प्रकाशक
प्रखर गूंज प्रकाशन
एच-3/2, सेक्टर -1, रोहिणी, दिल्ली - 110089
फोन : 27851059, 7982710571, 7838505899

◆

पहला संस्करण
2020

◆

◆

मूल्य
2090/-

◆

आवरण
प्रवीण कसाना

◆

अ.मा.पु.स.
978-93-89984-43-9

CINEMA KA SAFARNAMA
By **Yash Singhania & Ishita Vyas**

Published by **PRAKHAR GOONJ PUBLICATION**
H-3/2, Sector - 18, Rohini, Delhi - 110089
Contact : 7982710571, 7838505899, 011-27851059
Email :prakhargoonj@gmail.com, sinha.neelu123@gmail.com

|| समर्पित ||

सुभाष घई

अनुपम खेर

अखिलेन्द्र मिश्रा

के

साथ

सभी सिनेमा प्रेमियों को

॥ अनुक्रमणिका ॥

॥ भूमिका ॥

सिनेमा वर्तमान युग में इंसान को प्रभावित करनेवाला अत्यंत सहज और सरल साधन है। इसका स्वरूप, रूप, अर्थ और आकार इंसान के सर चढ़कर बोलने लगा है। सिनेमा मनुष्य के सपनों को सजा रहा है, संवार रहा है और उसे अपने काल्पनिक दुनिया के सहारे यथार्थ को परिचित करवा रहा है, तो अत्यंत लाभकारी है। आज दुनिया के पास जो भी नव-नवीन खोजों की उपलब्धता है वह उसकी कल्पना का ही कमाल है। सिनेमा मनुष्य विकास में योगदान दे रहा है और उसको अपनी वास्तविकताओं से परिचित करवाते हुए आनंद भी प्रदान कर रहा है। सिनेमा चलती हुई तस्वीरों का और सपनों का कारखाना है। वह लोकप्रिय कला, सार्वभौमिक अपील, परंपरागत कलाओं का एकत्रीकरण, विश्व सभ्यता का बहुमूल्य खजाना, यथार्थ और यथार्थ से परे लेकर जाने के लिए जादू की छड़ी, समय और समय के प्रतिबिंब को अंकीत करने का साधन, अपनी दुनिया का प्रदर्शन करने का तरीका, सबके लिए उपलब्ध सार्वजनिक कला, दुनिया को चौकानेवाली चमत्कारिक कला और बीसवीं सदी की सर्वश्रेष्ठ कला है। फिल्मों में कहानियां, गीत और संगीत जिस रूप में समाविष्ट हुए हैं उन्हें सिनेमा को सक्षम बना रहा है, साथ ही भविष्य में यह और नए रूप में आने के संकेत दे रहा है। नई तकनीकें और विज्ञान इसे और सक्षम, प्रभावकारी और जीवंत बनाने में जुटा है। जो कभी सजीव नहीं और हो नहीं सकता उसका सजीव होने का आभास निर्माण करना दर्शकों के लिए लुभाता है और हमेशा लुभाता रहेगा।

लिमिएर बंधु, दादासाहब फालके और अन्य फिल्म निर्माताओं ने अपनी पहली फिल्म के पहले भी फिल्में बनाने का प्रयास किया। वे सफल भी हुए परंतु सच्चे मायने में उन्हें फिल्म कहने के लिए जो फॉर्म होना चाहिए उसमें नहीं था, अतः उन्होंने भी उन्हें फिल्म मानने से इंकार किया और दर्शकों ने भी। चलते हुए चित्रों में जब पहली बार कहानी को पिरोया गया तब वह फिल्म मानी गई और निर्माताओं के मन को भी तसल्ली हो गई कि भई अभी सच्चे मायने में

हमारे मन की फिल्म परदे पर साकार हो चुकी है। धीरे-धीरे जैसे समय आगे सरकता गया वैसे-वैसे सिनेमा के फॉर्म में नई कलाएं और तकनीकें जुड़ती गई तो सिनेमा अपना आकार ग्रहण करते गया। सिनेमा की विशेषता यह है कि उसमें पुराना बना रहा और दिनों-दिन नया जुड़ता गया। हिंदी फिल्म इंडस्ट्री को दुनिया भर में बॉलीवुड के नाम से जाना जाता है। दुनिया में सबसे ज्यादा फिल्में बनाने का रिकॉर्ड भारत के नाम है। दुनिया में आज एक साल के भीतर लगभग 1,000 हजार फिल्में बनानेवाली कोई और इंडस्ट्री नहीं है। दिनों के हिसाब से सोच लें तो एक दिन के लिए तीन फिल्में बनना हमें भी चौंका देता है। अनेक भाषाओं के बहाने भारत में फिल्म इंडस्ट्री के भीतर कई लोग नसीब अजमाने के लिए आते हैं। इस ओर उठता प्रत्येक कदम भारतीय सिनेमा के मजबूती का कारण भी बनता है।

हिंदी सिनेमा को बॉलीवुड, साउथ की फिल्मों को टॉलीवुड, कॉलीवुड और अमेरिकी फिल्मों को हॉलीवुड कहा जाता है। ज्यादातर लोग ये जानते हैं कि फिल्मों की तरह ही बॉलीवुड का नाम हॉलीवुड से कॉपी किया गया है लेकिन इसमें सच्चाई कुछ भी नहीं है। कहा जाता है सिनेब्लिट्ज मैगजीन की कॉलमिस्ट बेविंडा कोलैको ने 1976 में सबसे पहले बॉम्बे के लिए 'बॉलीवुड' शब्द का इस्तेमाल किया। हालांकि भारतीय सिनेमा को बॉलीवुड कहा जरूर जाता है लेकिन यह नाम आधिकारिक नहीं है। यह तो सिर्फ ज्यादा बोले जाने के बाद प्रचलित हुआ। टॉलीवुड (उस वक्त बंगाली सिनेमा) शब्द का सबसे पहले इस्तेमाल 1932 में किया गया था। विल्फोर्ड ई डेमिंग नाम के एक साउंड इंजीनियर से सबसे पहले इस शब्द का इस्तेमाल किया। अमेरिकन सिनेमेटोग्राफर पत्रिका में सबसे पहले इस शब्द का इस्तेमाल किया गया। 'बॉलीवुड' शब्द पूरे भारतीय सिनेमा के लिए इस्तेमाल होने वाला शब्द नहीं है। हालांकि कुछ लोग इसे पूरे भारतीय सिनेमा के लिए उपयोग करते हैं जो कि गलत है। भारतीय फिल्म उद्योग में करीब 20 से भी ज्यादा भाषाओं में फिल्में बनाई जाती हैं। ऐसे में हिंदी फिल्मों के लिए ही बॉलीवुड का इस्तेमाल किया जाता है। हालांकि अमिताभ बच्चन इस शब्द को कुछ खास पंसद नहीं करते हैं। उनके लिए बॉलीवुड जैसा कोई शब्द मायने नहीं रखता है। वह इसे हिंदी सिनेमा कहलवाना ही पसंद करते हैं।

पुस्तक के पाठकों की जानकारी के लिये एक बात बताना आवश्यक है कि

एक साल में करीब 1500 फिल्में बनाने वाली भारतीय फिल्म इंडस्ट्री की सालाना आय करीब 2.1 अरब डॉलर (13,800 करोड़ रुपये) है। टॉलीवुड भारत की दूसरी सबसे बड़ी फिल्म इंडस्ट्री है। इतनी फिल्में बनाने के बाद भी हम बाकी दुनिया से कारोबार के मामले में पीछे हैं।

कई दशक बीत जाने और बड़े बड़े आर्थिक संकटों और दो विश्व युद्धों के बाद टीवी ने सिनेमा के दर्शकों को अपना लिया। यही कारण था कि बीसवीं शताब्दी के मध्य में सिनेमा ने दर्शकों को अपनी ओर आकर्षित करने के लिए नये नये तरीके खोजे। सिनेमा में रंग की वृद्धि तथा चित्रों के आकार में परिवर्तन और सिनेमास्कोप उन शैलियों में शामिल हैं जिनके बाद सिनेमा उद्योग में पुनः क्रांति आयी और उसके दर्शकों में भी वृद्धि हुई किंतु इसके बावजूद सिनेमा को अपना अस्तित्व बचाए रखने के लिए अधिक विस्तार व प्रगति की आवश्यकता थी और उसे तकनीकी दृष्टि से अधिक आधुनिकता की ओर बढ़ना था। विश्व सिनेमा की जैसी व्यापकता है वैसे ही भारतीय सिनेमा जगत् भी व्यापक और विस्तृत है। एशियाई देशों में बहुत बड़ा और ताकतवर देश के नाते भारत की पहचान बनती गई। भारतीय फिल्म इंडस्ट्री के कई केंद्र बनते गए और उसमें मुंबई हॉलीवुड़ की धरातल पर बॉलीवुड़ के नाते उभरता गया।

प्रस्तुत पुस्तक 'सिनेमा का सफरनामा' को हमने पाठकों की आसानी के लिये 5 भागों में बांटा है, जिसमें विश्व सिनेमा के आरम्भ के साथ भारत में सिनेमा की शुरूआत, उस दौर के निर्माता निर्देशकों का विस्तृत परिचय, सिनेमा के बदलते परिदृश्य और फिल्म निर्माण के सम्बंधित संक्षिप्त जानकारी को एक ही पुस्तक में समेटने का प्रयास किया है। हमने फिल्म निर्माता और निर्देशकों की जानकारी में केवल उन लोगों का परिचय शामिल किया है जिन्होंने अपनी फिल्मों से देश में फिल्म निर्माण विषयवस्तु को एक नया आयाम प्रदान किया। आशा है फिल्मों के जिज्ञासुओं के लिये यह पुस्तक उपयोगी होगी।

अंत में पुस्तक के समग्र लेखन के लिये हम आभार व्यक्त करना चाहते हैं लखनऊ की आरती खरे का जिन्होनें सामग्री के संकलन करने के साथ साथ महत्वपूर्ण सुझाव दिये।

यश सिंघानिया एवं इशिता व्यास

॥ भाग- 1 ॥

सिनेमा का इतिहास

विश्व और भारत में सिनेमा का आरम्भ

विश्व सिनेमा का आरंभ

सिनेमा....हालीवुड... बालीवुड..... आखिर सिनेमा की शुरूआत कैसे हुई? यह प्रश्न सभी के मन में घुमड़ता रहता है। आखिर सिनेमा कब और कैसे अस्तित्व में आया है तो इसके उत्तर में कहना चाहिए कि सिनेमा, सिनेमाटोग्राफ से निकला है जिसका अर्थ गतिशीलता से गुज़रना है। सिनेमा उन सभी दृश्यों के संग्रह को कहते हैं जो कैमरे द्वारा उतारे जाते हैं और फिर उनमें आवाज़ बढ़ा दी जाती है इस पूरी प्रक्रिया में जिस चीज़ की रचना होती है वह चित्रकला का उत्कृष्ट व आधुनिक नमूना होता है जो गति व संकलन के द्वारा एसी विशेषताओं से संपन्न हो जाती है जिससे दश्य ठहरा हुआ नहीं रह जाता।

अधिकांश लोगों का मानना है कि सिनेमा का अविष्कार, लिमियर ब्रदर्स अर्थात आगोस्ट और लुई ने या फिर एडीसन ने किया है। लिमिएर ब्रदर्स ने वर्ष 1895 में अपनी पहली फिल्म का प्रदर्शन पेरिस में एक तहखाना किराए पर लेकर आरंभ किया। लोमीर ब्रदर्स और एडीसन के अविष्कारों में अंतर यह था कि एडिसन की मशीन बाइस्कोप की तरह थी जबकि लिमिएर ब्रदर्स की मशीन वर्तमान मशीन की भांति ही थी। वर्ष 1929 में फिल्मों में संवाद के प्रवेश के साथ ही इस उद्योग में क्रांति आ गयी। चित्रों के साथ आवाज को भी रिकार्ड करने का विचार सब से पहले एडिसन के मन में आया और उन्होंने कैमन ग्राफ नामक एक साधन बना कर इस काम में सफलता भी प्राप्त की।

28 दिसंबर, 1895 में आयोजित पहले फिल्मी शो की देन लिमिएर बंधुओं की रही। 'द अरायव्हल ऑफ अ ट्रेन' उनकी पहली फिल्म बनी और सिनेमाटोग्राफी मशीन के सहारे बाद में उन्होंने कई छोटी-छोटी फिल्मों को दिखाना शुरू किया। उनके इन दृश्यों में कैमरा एक ही जगह पर सेट करके फिल्मांकन होता था, उसमें कई कमियां थी परंतु पूरे विश्व में विविध जगहों पर हो रहे उनके प्रदर्शन और उसे देख विद्वान और लोगों के आकर्षण तथा आश्चर्य का कोई पारावार नहीं था। इन फिल्मों का प्रदर्शन होता था उससे पहले विभिन्न

लिमिएर बंधु

देशों के अखबारों और उन शहरों में उसका प्रचार-प्रसार जोरशोर से होता था कि आपके शहरों मे सदी के सबसे बड़े चमत्कार का प्रदर्शन होने जा रहा है। इसका परिणाम यह हुआ कि शौकिन, जिनके पास पैसा था वे, कौतुहल रखनेवाले, वैज्ञानिक, पत्रकार, चिंतक, साहित्यकार तथा सभी वर्गों के लोग इस चमत्कार को आंखों से देखने तथा उसका साक्षी होने के लिए उपस्थित रहा कर रहे थे और सच मायने में चकित भी हो रहे थे। तभी वैज्ञानिक, चिंतक, इस विषय में रुचि रखनेवालों के साथ बाकी सब ने भी यह पहचान लिया था कि इसतरह से परदे पर चलते-फिरते चित्रों को देखना सच्चे मायने में अद्भुत है और इस तकनीक में असीम संभावनाएं भी है, भविष्य में यह तकनीक सचमुच सदी का सबसे बड़ा चमत्कार और अद्भुत खोज साबित होगी बता रही थी। आज विश्व सिनेमा जिन स्थितियों में है उससे आरंभ के समीक्षक और विद्वानों ने कहीं बात की सच्चाई साबित भी होती है। आज सिनेमा का भविष्य और ताकतवर, उज्ज्वल होने की संभावनाएं दिख रही है। नवीन तकनीकों के चलते सामान्य लोगों तक वह और बेहतर रूप में आसानी के साथ पहुंचेगा।

मूक फिल्मों से सवाक फिल्मों तक का सफर तय करते तथा आरंभिक सिनेमाई विकास की गति धीमी थी। इसके तकनीकों को लेकर शोध जारी था। आरंभिक तीस-पैंतीस सालों तक इसके विकास और तकनीक परिवर्तन की गति

भी धीमी थी पर लोगों में उत्साह ज्यादा था। जैसे ही फिल्मों में कहानी ढली तथा आवाज के साथ संगीत जुड़ा और वह रंगीन हो गया तब मानो सिनेमा में चार चांद लग गए। इसके बाद सिनेमा के विकास और तकनीकों में भी अद्भुत परिवर्तन आ गया। आज विश्व सिनेमा में जितनी भी बड़ी खोज हो चुकी वह सारी भारतीय सिनेमा जगत में देखी जा सकती है। उससे हम कल्पना कर सकते हैं कि 1895 से 1930 तक का सिनेमाई सफर धीरे-धीरे और वहां से आगे आज-तक 85 वर्षों में कितना परिवर्तित हो गया। सरसरी नजर से कहे तो केवल पचास वर्षों में इसमें इतना परिवर्तन आ गया कि जिससे पूरी दुनिया चकित है।

मनुष्य की ज्यादा से ज्यादा लंबी जिंदगी सौ वर्ष भी मानी जाए तो सिनेमा निर्माण और उसका चरम पर पहुंचना एक इंसान के लिए उसकी आंखों देखी है। आज-कल तो यह तकनीकें इतनी आसान हो गई है कि आप केवल कॅमरे और कंप्युटर के बलबूते पर बहुत और बहुत अच्छी फिल्म बना सकते हैं। ईरानी नव सिनेमा के प्रणेता जाफर पनाहिने इसका उदाहरण है। 'द व्हाईट बलुन' (1995), 'द सर्कल' (2000), 'ऑफसाईड' (2006) जैसी ईरानी फिल्में उन्होंने बनाई तो न केवल उनके देश में तो विश्व सिनेमा में मानो धमाका हो गया। जिन विषयों और तकनीकों को उन्होंने उठाया उससे उनकी सरकार

लिमिएर द्वारा निर्मित सिनोमाटोग्राफी मशीन

परेशान हो गई उन पर फिल्में बनाने के लिए पाबंदी लगवाई गई। फिर भी नए तकनीकों के सहारे बिना पैसा लगाए उन्होंने पाबंदी के बावजूद भी इसे बनना जारी रखा। 'दिस इज नॉट अ फिल्म' (2011), 'क्लोज्ड कर्टन' (2013) जैसी फिल्मों ने इनके दिमाग के तारों को खोल दिया। 2015 में आयोजित कॉन फिल्म समारोह में इनकी फिल्म 'टॅक्सी' (2015) को पुरुस्कृत किया जाना बताता है कि दुनिया की कोई भी ताकत किसी को भी फिल्में बनाने से और उसे प्रदर्शित करने से रोक नहीं सकती। कुछ ही दिनों में बिल्कुल कम लागत में केवल एक कॅमरे से और कंप्युटर तकनीक से बनी 'टॅक्सी' सम्मानित हो सकती है तो यह बहुत छोटा सिनेमाई इतिहास बहुत बड़ी ताकत दिखा देता है साथ ही निकट भविष्य में प्रत्येक व्यक्ति के लिए निर्माण क्षेत्र खुलने का भी संकेत देता है।

विश्व में कई देश हैं और कई भाषाएं भी है। फिल्म इंडस्ट्री भी इस तरह से विस्तृत और व्यापक है। फिल्म मनुष्यों के लिए मानो भूतकाल को दुबारा जीवंत करना, यथार्थ से परिचित होना और भविष्य में ताक-झांक करने जैसा है। अपने ही जीवन से जुड़ी घटनाएं एक साथ दो-ढाई घंटे मे परदे पर दृश्य रूप और ध्वनि के साथ साकार होना तीनों लोकों (भूत-वर्तमान-भविष्य) का सफर

द अरायव्हल आफ ट्रेन का एक दृश्य

करने जैसा ही है। इंसान ने सिनेमा को जादू-सा पाया और दुनिया की वास्तविकताओं, कल्पनाओं को एक ही जगह पर देख लिया और उसमें से बहुत कुछ अपनी झोली में भरना चाहा।

सिनेमा का आरंभ 28 दिसंबर, 1895 लिमिएर बंधुओं की फिल्म 'द अरायव्हल ऑफ अ ट्रेन' है। उसी दौरान जॉर्ज मेलिएस जैसे कई विद्वान इस नई तकनिक को पकड़ने की कोशिश कर रहे थे। जॉर्ज मेलिएस को भी इसमें सफलता मिल गई वैसे कइयों के हाथों में यह तकनीक आती गई और सबके रुचि के चलते इसमें बड़ी गति के साथ कार्य और फिल्म निर्माण होने लगा। शुरुआती दौर में कॅमरा को एक जगह पर सेट करके दृश्यों को फिल्माया जाता था और एक ही फिल्मांकन पूरी फिल्म माना जाता रहा। दो दृश्यों को जोड़ने का सफल प्रयोग रॉबर्ट डब्ल्यू पॉल की फिल्म 'कम अलांग डू!' में किया गया। फिल्मों में कहानी का समावेश करने का पहला सफल प्रयास एडविस पोर्टर और जॉर्ज मेलिएस ने किया। एडविस पोर्टर की फिल्म 'द ग्रेट ट्रेन रॉबरी' (1903) का प्रभाव दर्शकों पर बड़े पैमाने पर पड़ा। फिल्म के भीतर एक डकैत सामने बंदूक करके जब गोली चलाते हुए देखा तो दर्शक अपने-आपको बचाते भागने-बचने लगे। वहीं ' द अरायव्हल आफ ट्रेन' को लेकर हुआ गाड़ी अपने तरफ आते देख दर्शक घबराते हुए छिपने लगे थे। आज थ्री डी तकनीक से जो परिर्तन आया उससे भी दर्शकों ने कुछ ऐसा ही अनुभव लिया। पोर्टर द्वारा बनाई फिल्म 'द ग्रेट ट्रेन रॉबरी' और 'लाईफ ऑफ अमेरिकन फायर मॅन' कई दृश्यों को जुड़कर कहानी बताने में सफल हुआ।

जॉर्ज मेलिएस ने अपनी जिंदगी में लगभग पांच सौ लघु फिल्में बनाई जो कई विषयों से जुड़ती गई। अर्थात् मेलिएस का सिनेमाई दुनिया के लिए बड़ा योगदान कथा संरचना (नॅरेटिव्ह स्ट्रक्चर) को लेकर रहा है। उनके कई चर्चित फिल्मों में 'ए ट्रिप टू द मून' सबसे ज्यादा लोकप्रिय हो गई। जो कथा संरचना का अच्छा नमुना तो थी ही परंतु कल्पना की उड़ान भी थी जो लोगों को चांद पर ले जाने का एहसास करवा रही थी। जॉर्ज मेलिएस मूलतः कार्टुनिस्ट थे। उन्होंने फिल्मों में यथार्थ की अपेक्षा कल्पना, चमत्कार और संभावनाओं को तलाशना शुरू किया अर्थात् इससे कथा संरचना का विकास होते गया। मेलिएस ने सिनेमा को तकनीक परिवर्तन के लिए भी योगदान दिया है। स्लो मोशन, मल्टीपल एक्सपोजर, टाइम-लैप्स फोटोग्राफी और डिजाल्व जैसे साधन मेलिएस

की देन रहे और इससे कहानी कहने की कला में गति आती गई।

'ए ट्रिप टू द मून' (1902)

जॉर्ज मेलिएस ने फिल्म स्टूड़ियो का निर्माण किया और इससे फिल्में बनाने के लिए आसानी तो हो गई परंतु उसमें जो कमियां थी वह भी हटती गई। प्रकाश योजना का सफल इस्तेमाल स्टूड़ियो के निर्माण से ही संभव हुआ। 'द केव ऑफ डिमोन्स', 'ए ट्रिप टू द मून', 'द हाऊस दॅट जॅक बिल्ट' जैसी फिल्में मेलिएस की तकनीक, प्रकाश योजना और स्टूड़ियो का ही कमाल था। पहला कैमरा मूवमेंट का अनुभव देने की देन लुमिएर बंधुओं की है। उन्होंने एक फिल्म के दौरान ट्रेन के पीछले हिस्से में कैमरे को बिठा दिया और फिल्मांकन किया। आज फिल्मों के शूटिंग के दौरान इसे आधुनिकता के साथ बड़ी सफलता से उपयोग में लाया जा रहा है। कैमरा का मूवमेंट करवाना मानो दर्शक को खुद इधर-उधर घूम-फिरकर दृश्यों को देखने का एहसास देने लगा। कैमरा सबके लिए आंखें साबित हुआ और उसमें परिवर्तन और विकास के लिए तथा अँगल बनाने में महारत हासिल करने में निर्माता और कैमरामन जुट गए।

दर्शक और फिल्मी दुनिया को जोड़ने का अहं काम कैमरा ही करता है। हमारे सामने परदे पर जो दिखता है वह उस कैमरा और कैमरामन का कमाल होता है। फिल्मों का पहला अच्छा दर्शक कैमरामन ही होता है।

भारतीय सिनेमा का इतिहास

भारत में सिनेमा संयोगवश आया है। लिमिएर बंधुओं का ऑस्ट्रेलिया जाने से पहले मुंबई आना और 7 जुलाई, 1896 में उसका संयोगवश प्रदर्शन करना भारतीय सिनेमा की पहल माना जा सकता है। इस प्रदर्शनी के पहले शो के लिए मुंबई के प्रसिद्ध छायाचित्रकार हरिशचंद सखाराम भाटवड़ेकर भी शामिल हो गए थे। उनके मन में भी इस बात ने घर बना लिया कि लिमिएर बंधुओं द्वारा निर्मित सिनेमेटोग्राफ अगर मिल जाए तो हम भी ऐसी फिल्में बना सकते हैं। उन्होंने यह केवल सोचा नहीं तो इसे सत्य में उतारने के लिए लिमिएर बंधुओं से संपर्क स्थापित कर सिनेमेटोग्राफ का मशीन भी मंगा लिया। हरिशचंद सखाराम भाटवड़ेकर मुंबई में 1980 से स्टूड़ियो का संचालन कर रहे थे और इससे जुड़ा प्राथमिक तकनीकी ज्ञान और दृष्टि उनके पास पहले से मौजूद थी। लिमिएर बंधुओं के यंत्र का आधार लेकर उन्होंने मुंबई के हॅगिंग गार्डन में कुश्ती का आयोजन कर लघु फिल्म का निर्माण किया। उन्होंने दूसरी फिल्म सर्कस के बंदरों को ट्रेनिंग करवाते बनाई और दोनों फिल्मों को एक साथ 1899 में प्रदर्शित किया। इस प्रकार हरिशचंद सखाराम भाटवड़ेकर (सावे दादा) पहले भारतीय लघु फिल्म के निर्माता बने, परंतु इन फिल्मों में कई सैद्धांतिक कमियां थी जो उन्हें फिल्म ढाँचे में तब्दील नहीं कर सकी। मूलतः छायाचित्रकार होने के कारण उनकी फिल्में छायांकन ही रही और फिल्मों के लिए कथा-कहानी होना अत्यंत महत्त्वपूर्ण था जो इसमें न होने के कारण उनके प्रयास, प्रयास ही माने गए। आगे चलकर 'राजा हरिश्चंद्र' के बहाने कहानी के स्वरूपवाली पहली फिल्म भारतीय सिनेमा जगत् को मिल गई जो आरंभिक झंड़ा गाड़ने में सफल हो पाई।

भारत में सिनेमा का इतिहास फिल्म युग की शुरुआत तक फैला हुआ है। ल्यूमियर और रॉबर्ट पॉल की लंदन (1896) में चलती हुई तस्वीरों की स्क्रीनिंग के बाद, व्यावसायिक छायांकन दुनिया भर में सनसनी बन गया और

1896 के मध्य तक बंबई (अब मुंबई) में लुमीएरे और रॉबर्ट पॉल दोनों फिल्मों को दिखाया गया था।

1897 में प्रोफेसर स्टीवेंसन द्वारा एक फिल्म प्रस्तुति कलकत्ता स्टार थियेटर में एक स्टेज शो में की गयी। स्टीवेंसन के प्रोत्साहन और कैमरा से हीरालाल सेन, एक भारतीय फोटोग्राफर ने उस स्टेज शो के दृश्यों से 'द फ्लॉवर ऑफ़ पर्शिया' (1898) डफारस के फूल.फिल्म बनाई। ड27.एच एस भटवडेकर की 'द रेस्लर्स' (1899) पहलवान जो मुंबई के हैंगिंग गार्डन में एक कुश्ती मैच को दिखती है किसी भारतीय द्वारा शूट की हुई पहली फिल्म थी। यह पहली भारतीय वृत्तचित्र फिल्म भी थी।

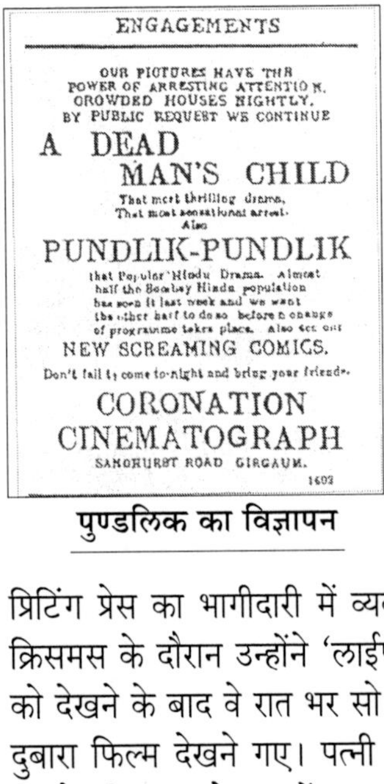

पुण्डलिक का विज्ञापन

दादा साहेब तोरणे (आर० जी० तोर्णे) की 'पुण्डलिक' एक मूक मराठी फिल्म पहली भारतीय फिल्म थी जो 18 मई 1912 को 'कोरोनेशन सिनेमेटोग्राफ', मुंबई, भारत में रिलीज़ हुई। कुछ लोगो का मत है की पुण्डलिक पहली भारतीय फिल्म के सम्मान की अधिकारी नहीं है, जिसके कई कारण हैं :- 1.उनकी यह फ़िल्म एक लोकप्रिय मराठी नाटक की रिकॉर्डिंग मात्र थी। 2. इसका चलचित्रकार जॉनसन एक ब्रिटिश नागरिक था। 3. इस फिल्म की प्रोसेसिंग लंदन में हुई थी। धुंड़िराज गोविंद फालके (दादासाहब फालके) मुंबई में प्रिटिंग प्रेस का भागीदारी में व्यवसाय शुरू कर चुके थे और सन् 1911 के क्रिसमस के दौरान उन्होंने 'लाईफ ऑफ क्राइस्ट' फिल्म को देखा। इस फिल्म को देखने के बाद वे रात भर सो नहीं पाए और दूसरे दिन अपनी पत्नी के साथ दुबारा फिल्म देखने गए। पत्नी और मित्रों के साथ चर्चा करके उन्होंने फिल्म बनाने की बात को मन में ठाना और उसकी प्राथमिक जानकारी हासिल करने और सामग्री प्राप्त करने के लिए लंडन गए। वापसी के बाद 'राजा हरिश्चंद्र' की पटकथा को लिखा 1912 में इस फिल्म का शूटिंग आरंभ हुआ। 21 अपैल, 1913 में मुंबई के ऑलंपिया सिनेमा हॉल में इसका प्रदर्शन हुआ। दादासाहब फालके और उनकी पत्नी सरस्वती का भारतीय सिनेमा के लिए बहुत बड़ा

दादा साहब फाल्के

योगदान है। जिस तपस्या और लगन से इन दोनों ने सिनेमा के लिए अपने आपको समर्पित किया वह प्रशंसनीय है।

भारत की पहली पूरी अवधि की फीचर फिल्म का निर्माण दादा साहब फाल्के द्वारा किया गया था। दादासाहब भारतीय फिल्म उद्योग के अगुआ थे। वो भारतीय भाषाओँ और संस्कृति के विद्वान थे जिन्होंने संस्कृत महा काव्यों के तत्वों को आधार बना कर राजा हरिश्चन्द्र (1913), मराठी भाषा की मूक फिल्म का निर्माण किया। इस फ़िल्म में पुरुषों ने महिलाओं का किरदार निभाया। यह फिल्म भारतीय सिनेमा के इतिहास में मील का पत्थर साबित हुई। इस फिलम का सिर्फ एक ही प्रिंट बनाया गया था और इसे 'कोरोनेशन सिनेमेटोग्राफ' में 3 मई 1913 को प्रदर्शित किया गया। फिल्म को व्यावसायिक सफलता मिली और इसने अन्य फिल्मो के निर्माण के लिए अवसर प्रदान किया। तमिल भाषा की पहली मूक फिल्म कीचक वधम का निर्माण रंगास्वामी नटराज मुदालियर ने 1916 में किया। मुदालियर ने मद्रास में दक्षिण भारत के पहले फिल्म स्टूडियो की स्थापना भी की।

पारसी उद्यमी जमशेदजी फ्रामजी मदन के मदन थिएटर पहली भारतीय सिनेमा थिएटर श्रृंखला थे। जमशेदजी 1902 से हर साल 10 फिल्मों का

राजा हरिश्चन्द्र का एक दृश्य

निर्माण और उनका भारतीय उपमहाद्वीप में वितरण करते थे। उन्होंने कोलकाता में एल्फिंस्टन बॉयोस्कोप कंपनी की स्थापना भी की। एल्फिंस्टन का 1919 में मदन थिएटर लिमिटेड में विलय हुआ जिसके माध्यम से बंगाल के कई लोकप्रिय साहित्यिक कार्यों को स्टेज पर आने का मौका मिला। उन्होंने 1917 में 'सत्यवादी राजा हरिश्चंद्र' का निर्माण भी किया जो दादासाहब फाल्के की 'राजा हरिश्चंद्र' (1913) का रीमेक थी।

इस बीच 'पीठाचे पंजे' दूसरी फिल्म वे बना चुके थे। इनके प्रभाव और सफलता से प्रेरित होकर उन्होंने 1917 में 'लंका दहन' फिल्म का निर्माण किया। इस फिल्म के प्रदर्शन से दादासाहब फालके को बहुत आर्थिक लाभ हुआ। सिक्कों को बोरों में भरकर बैलगाड़ी पर लादकर ले जाना पड़ा। इन आर्थिक सफलताओं के चलते मुंबई में अन्य लोग भी फिल्में बनाने को लेकर सजग हो गए। कला महर्षि बाबूराव पेंटर, आर्देशिर ईरानी जैसे निर्माता भी इसी काल में अपने पैर जमाने में सफल हो चुके थे। दादासाहब ने अपने जीवन में 20 कथा फिल्में और 180 लघु फिल्मों का निर्माण किया। उनकी बोलती फिल्म केवल 'गंगावतरण' (1937) रही। बाबूराव पेंटर ने पहली फिल्म 'सीता स्वयंवर' (1918) बनाकर फिल्मी दुनिया में कदम रखे। आगे 'सैरंध्री' (1920) से उन्हें काफी प्रसिद्धी मिली। बाबूराव पेंटर ने फिल्मी तकनीक को कॅमरा, इनडोअर शूटिंग, जनरेटर, रिफ्लेक्टर्स आदि से आधुनिक करते हुए जनमानस

के सामने रखा। वी. शांताराम की खोज भी बाबूराव पेंटर की ही मानी गई। इस दौरान विश्व सिनेमा में सवाक फिल्मों का दौर शुरू हुआ था और अन्य भारतीय फिल्म निर्माता भी आर्देशिर ईरानी की इस पहल से आगे और सफलता की सीढ़ियों पर चढ़ते गए।

रघुपति वेंकैया नायडू एक कलाकार थे जो मूक और बोलती भारतीय फिल्मों के अगुआ थे। 1909 से वो भारतीय सिनेमा इतिहास के कई पहलुओं से जुड़े थे, जैसे की एशिया के विभिन्न क्षेत्रों में फिल्मो के प्रचार और बढ़ावे के लिए भ्रमण। वो मद्रास के पहले भारतीय सिनेमा हाल गेयटी टॉकीज के निर्माता और स्वामी थे। उन्हें तेलुगु सिनेमा के पिता के रूप में श्रेय दिया गया। दक्षिण भारत में, पहली तमिल टॉकी कालिदास तमिल को 31 अक्टूबर 1931 को रिलीज़ किया गया था। नटराज मुदलियार ने मद्रास में दक्षिण भारत का पहला फिल्म स्टूडियो स्थापित किया।

बीसवी सदी के प्रारंभिक सालों में सिनेमा भारत की जनता के विभिन्न वर्गों में एक माध्यम के रूप में लोकप्रिय हुआ। सिनेमा टिकट को कम दाम पर आम जनता के लिए सस्ता बनाया गया। आर्थिक रूप से सक्षम लोगों के लिए अतिरिक्त आराम देकर प्रवेश टिकट के दाम बढ़ाये गये, क्योंकि मनोरंजन के इस सस्ते माध्यम सिनेमा की टिकट बम्बई में 1 आना (4 पैसा) के कम दाम में मिलती थी इसी लिए दर्शकों के भीड़ सिनेमा घरों में नज़र आने लगी। इसके साथ ही भारतीय व्यावसायिक सिनेमा की विषय वस्तु को जल्दी से जनता के आकर्षण के हिसाब से ढाला गया। युवा भारतीय निर्माता भारत के सामाजिक जीवन और संस्कृति के तत्वों को सिनेमा में सम्मिलित करने लगे। अन्य निर्माता विश्व के कई कोनो से विचार लाने लगे। इन सब वजहों से दुनिया भर के फिल्म दर्शक और फिल्म बाजार भारतीय फिल्म उद्योग के बारे में जानने लगे।

1927 में ब्रिटिश सरकार ने ब्रिटिश फिल्मों को अमरीकी फिल्मों पर प्राथमिकता देने के लिए 'इंडियन सिनेमेटोग्राफ इन्क्वारी कमेटी' गठित की। आई सी सी में टी. रंगाचारी (मद्रास के एक वकील) के नेतृत्व में तीन ब्रिटिश और तीन भारतीय मेम्बर थे। इस कमेटी ने ब्रिटिश फिल्मो को समर्थन देने की वांछित सिफारिश देने की जगह नवजात भारतीय फिल्म उद्योग को समर्थन की सलाह दी। परिणाम स्वरुप इनकी सिफारिशों को खारिज कर दिया गया।

1930 के आस-पास विश्व सिनेमा जगत् में फिल्मों के साथ ध्वनि को

आलम-आरा का एक दृश्य

जोड़ने की तकनीक विकसित हो गई थी। फिल्मों के साथ आवाज का जुड़ना उसको जीवंत बनाने की ओर एक पहल साबित हो गया। 'आलम आरा' (1931) भारतीय सिनेमा जगत् की पहली सवाक फिल्म साबित हो गई जिसे आर्देशिर ईरानी ने बनाया था।

इस फिल्म की शूटिंग रेलवे लाइन के पास की गई थी इसलिए इसके अधिकांश दृश्य रात के हैं। रात के समय जब ट्रेनों का चलना बंद हो जाता था तब इस फिल्म की शूटिंग की जाती थी। जाने माने फिल्म निर्माता श्याम बेनेगल ने 'भाषा' से कहा, "भारतीय सिनेमा की शुरुआत बातचीत के माध्यम से नहीं बल्कि गानों के माध्यम से हुई। यही कारण है कि आज भी बिना गानों के फिल्में अधूरी मानी जाती हैं।" वाडिया मूवी टोन की 80 हजार रुपये की लागत से निर्मित साल 1935 की फिल्म 'हंटरवाली' ने उस जमाने में लोगों के मानस पटल पर गहरी छाप छोड़ी और अभिनेत्री नाडिया की पोशाक और पहनावे को महिलाओं ने फैशन ट्रेंड के रूप में अपनाया।

'आलम आरा' फिल्म के प्रदर्शित होते ही भारत के अन्य हिस्सों में भी सिनेमा को लेकर पहल होना शुरू हुई थी। चेन्नई (मद्रास) और कोलकता (कलकत्ता) यह दो बड़े शहर है जो फिल्म निर्माण के क्षेत्र में उतरे। आगे चलकर एक दक्षिणी फिल्मों का और एक पूर्वी फिल्मों गढ़ भी बना। पहली सवाक फिल्म 'आलम आरा' का लेखन नाटककार जोसेफ डेविड ने किया,

नायक मास्टर विठ्ठल थे, नायिका जुबेदा थी। इस फिल्म में पृथ्वीराज भी थे। 'दे दे खुदा के नाम पे प्यारे, ताकत है गर देने की' यह पहला बोलते सिनेमा का गीत भी इसी फिल्म से फिल्माया गया। इस फिल्म के अलावा आर्देशिर ईरानी ने 'वीर अभिमन्यू' (1917), 'वीर दुर्गादास', 'रजिया सुल्तान' आदि फिल्में भी बनाई। आर्देशिर ईरानी द्वारा बनाई 'नूरजहां' (1934) यह फिल्म हिंदुस्तानी और अंग्रेजी में बनाई गई थी। इन भाषाओं के अलावा बर्मी, पस्तो, फारसी आदि भाषाओं के अलावा अन्य नौ भाषाओं में फिल्म निर्माण का कार्य आर्देशिर ईरानी ने किया। सन् 1937 में बनाई 'किसान कन्या' पहली भारतीय रंगीन फिल्म थी। आर्देशिर ईरानी ने अपने जिंदगी में 158 फिल्मों का निर्माण किया और भारतीय फिल्म उद्योग ने इन्हें 1956 को सवाक फिल्मों का जनक के नाते नवाजा।

सवाक भारतीय फिल्मों के आरंभिक दौर में निर्माता, निर्देशक, संगीतकार, नायक, नायिका, तकनीशियन, कैमरामेन, लेखक तथा अन्य छोटे-बड़े कलाकर निश्चित मासिक वेतन पर काम करते थे। लेकिन यह आरंभिक दौर जैसे ही आगे बढ़ा फिल्मों में अन्य कई लोगों की रुचि बढ़ने लगी और स्वतंत्र निर्माण करने लगे। स्वतंत्र निर्माताओं ने स्टूडियो को किराए पर लेना शुरू किया वैसे ही कलाकारों और अन्य लोगों को भी ठेके पर लिया जाने लगा। इस तरह की पद्धति आज भी भारतीय सिनेमा और विश्व सिनेमा में प्रचलित है। हां इसका स्वरूप बदलकर इसे कानून और अनुबंधों के दायरे में लिया गया है। सवाक फिल्मों के दौर में प्रभात, बॉंबे टॉकीज और न्यू थिएटर्स प्रमुख स्टूडियो थे। इस युग में गंभीर, संदेश देनेवाली फिल्में मनोरंजन के साथ बनाई जा रही थी जिसे दर्शकों ने बहुत पसंद किया। अन्याय के विरुद्ध विद्रोह करनेवाली, धार्मिक, पौराणिक, ऐतिहासिक, देशप्रेम से संबंधित फिल्मों का निर्माण किया जा रहा था। इस युग में वी. शांताराम 'दुनिया ना माने', 'डॉ. कोटनीस की 'अमर कहानी', फ्रँज ओस्टन की 'अछूत कन्या', दामले और फतेहलाल की 'संत तुकाराम', महबूब खान की 'वतन', 'एक ही रास्ता', 'औरत', 'रोटी', अर्देशिर ईरानी की 'किसान कन्या,' चेतन आनंद की 'नीचा नगर', उदयशंकर की 'कल्पना', ख्वाजा अहमद अब्बास की 'धरती के लाल' सोहराब मोदी की 'सिकंदर', 'पुकार', 'पृथ्वी वल्लभ', जे. बी. एच. वाड़िया की 'कोर्ट डांसर', एस. एस. वासन की 'चंद्रलेखा', विजय भट्ट की 'भरत मिलाप', 'राम राज्य',

आलमआरा का विज्ञापन

राजकपूर की 'बरसात', 'आग' जैसी फिल्में काफी लोकप्रिय हो गई और सिनेमा के इतिहास में मिल के पत्थर साबित हो गई।

टॉकीज़ (1930-मध्य -1940 के दशक)

अर्देशिर ईरानी ने पहली भारतीय बोलती फिल्म आलमआरा 14 मार्च 1931 को रिलीज़ की। ईरानी केवल 7 महीने बाद 31 अक्टूबर 1931, को रिलीज़ हुई पहली दक्षिण भारतीय बोलती फिल्म एच. एम. रेड्डी द्वारा निर्देशित तमिल फिल्म कालिदास के निर्माता भी थे। जुमई शास्ति पहली बंगाली बोलती फिल्म थी। 'टॉकीज' के भारत आगमन के बाद कई फिल्म स्टारों की मांग बहुत बढ़ गयी और वह अभनिय के माध्यम से आरामदायक आमदनी कमाने लगे। चित्तोर वी. नागया, पहले बहुभाषी फिल्म अभिनेता, गायक, संगीतकार निर्माता और निर्देशक थे। वो भारत के पॉल मुनि के रूप में जाने जाते थे।

1932 में, 'टॉलीवुड' का नाम बंगाली फिल्म उद्योग के लिए रखा गया क्योंकि ये टॉलीगंज नाम का 'हॉलीवुड' के साथ तुकबंदी था। टॉलीगंज तब भारतीय फिल्म उद्योग का केंद्र था। बॉम्बे ने बाद में टॉलीगंज को उद्योग के केंद्र के रूप में पछाड़ दिया और 'बॉलीवुड' और कई अन्य हॉलीवुड से प्रेरित नामों को जन्म दिया । 1937 में ईस्ट इंडिया फिल्म कंपनी ने कलकत्ता में शूट हुई अपनी पहली भारतीय फिल्म सावित्री रिलीज़ की। 75 हज़ार के बजट में बनी यह फिल्म प्रसिद्ध नाटक म्यलवरम बाल भारती समाजम, पर आधारित थी। निर्देशक सी. पुलइया ने इसमें थिएटर अभिनेता वेमुरी गगइया और दसारी रामाथिलकम को यम और सावित्री के रूप में लिया। इस ब्लॉकबस्टर फिल्म को वेनिस फिल्म समारोह में माननीय डिप्लोमा मिला।

10 मार्च 1935 को, एक और अग्रणी फिल्म निर्माता ज्योति प्रसाद अग्रवाल ने असमिया में अपनी पहली फिल्म जॉयमोती बनाई। फिल्मों के बारे

में और जानने के लिए ज्योति प्रसाद बर्लिन गए। इंद्रमलती एक और फिल्म है जिसे उन्होंने खुद जॉयमोती के बाद निर्मित और निर्देशित किया था। पहला तेलुगु फिल्म स्टूडियो दुर्गा सिनेटोन 1936 में निदामरथी सुरैय्या द्वारा राजाहमुन्द्री, आंध्र प्रदेश में स्थापित किया गया।

विश्वमोहिनी का पोस्टर

1930 के दशक में भारतीय सिनेमा में ध्वनि तकनीक की प्रगति के साथ संगीत और संगीतमय फिल्में जैसे इंद्र सभा और देवी देवयानी के माध्यम से फिल्मों में नाच और गाने का प्रारभ हुआ। देवदास, जैसी फिल्मों की देशव्यापी सफलता के बाद और फिल्म निर्माण के एक शिल्प के रूप में उदय के साथ कई मुख्य शहरों चेन्नई, कोलकाता और मुंबई में फिल्म स्टूडियो उभरे। 1940 की फिल्म 'विश्व मोहिनी' भारतीय फिल्म जगत को दर्शाने वाली पहली फिल्म है। इस फिल्म को वाइ. वी. राव ने निर्देशित किया और बलिजेपल्ली लक्ष्मीकांता कवि ने लिखा था। स्वामीकन्नु विन्सेंट, कोयंबटूर, में पहले सिनेमा हॉल का निर्माता ने 'टेन्ट सिनेमा' की शुरुआत की जिसमे शहर या गाँव के नज़दीक खुले मैदान में टेंट लगा कर फिल्मों का प्रदर्शन किया जाता है। एडिसन ग्रैंड सिनेमामेगाफोन नामक पहला स्थाई टेंट सिनेमा मद्रास के एस्प्लेनेड में शुरू हुआ। 1934 में हिमांशु राय, देविका रानी और , राजनारायण दुबे ने उद्योगपति एफ ई दीनशॉ, सर फ़िरोज़ सेठना के साथ मिल कर बॉम्बे टॉकीज़ स्टूडियो शुरू किया. पुणे के 'प्रभात स्टूडियो' ने मराठी दर्शकों के लिए फिल्मों का निर्माण शुरू किया। फिल्मनिर्माता आर इस डी चौधरी की फिल्म व्राथ (1930) पर ब्रिटिश सरकार

कर्मा फिल्म में देविका रानी और हिमांशु का चुम्बन दृश्य

द्वारा भारत में प्रतिबन्ध लगाया गया क्यों की इसमें भारतीयों को नेताओं के रूप में और भारतीय स्वतन्त्रता संग्राम के दौरान इस तरह के चित्रण पर रोक थी। तुकाराम (1608–50), वरकरी संत और आध्यात्मिक कवि के जीवन पर आधारित 1936 की फिल्म संत तुकाराम 1937 'वेनिस फिल्म समारोह' के दौरान प्रदर्शित हुई और किसी अंतर्राष्ट्रीय फिल्म समारोह में दिखाई गयी पहली फिल्म बन गयी।

1933 में प्रदर्शित फिल्म कर्मा इतनी अधिक लोकप्रिय हुई कि उस फिल्म की नायिका देविका रानी को लोग फिल्म स्टार के नाम से संबोधित करने लगे और वे भारत की प्रथम महिला फिल्म स्टार बनीं। मूक फिल्मों के जमाने तक मुंबई (पूर्व नाम बंबई) देश में चलचित्र निर्माण का केन्द्र बना रहा परंतु सवाक् फिल्मों का निर्माण शुरू हो जाने से और हमारे देश में विभिन्न भाषाओं का चलन होने के कारण चेन्नई (पूर्व नाम मद्रास) में दक्षिण भारतीय भाषाओं वाली चलचित्रों का निर्माण होने लगा। इस तरह भारत का चलचित्र उद्योग दो भागों में विभक्त हो गया। उन दिनों प्रभात, बांबे टाकीज और न्यू थियेटर्स भारत के प्रमुख स्टुडिओ थे और ये प्रायः गंभीर किंतु मनोरंजक फिल्में बना कर

दर्शकों का मनोरंजन किया करती थीं। ये तीनों स्टुडिओ देश के बड़े बैनर्स कहलाते था। उन दिनों सामाजिक अन्याय के विरुद्ध आवाज उठाने वाली, धार्मिक तथा पौराणिक, ऐतिहासिक, देशप्रेम से सम्बंधित चलचित्रों का निर्माण हुआ करता था और उन्हें बहुत अधिक पसंद भी किया जाता था। उस समय के कुछ प्रसिद्ध एवं लोकप्रिय फिल्में हैं - वी शांताराम की फिल्म 'दुनिया ना माने', फ्रैंज ओस्टन की फिल्म 'अछूत कन्या', दामले और फतेहलाल की फिल्म 'संत तुकाराम', मेहबूब खान की फिल्में 'वतन', 'एक ही रास्ता' और 'औरत', अर्देशीर ईरानी की फिल्म 'किसान कन्या' आदि। वी शांताराम की 'डॉ० कोटनीस की अमर कहानी', मेहबूब ख़ान की 'रोटी', चेतन आनंद की 'नीचा नगर', उदय शंकर की 'कल्पना', ख्वाज़ा अहमद अब्बास की 'धरती के लाल', सोहराब मोदी की 'सिकंदर', 'पुकार' और 'पृथ्वी वल्लभ', जे.बी.एच. वाडिया की 'कोर्ट डांसर', एस.एस. वासन की 'चंद्रलेखा', विजय भट्ट की 'भरत मिलाप' और 'राम राज्य', राज कपूर की 'बरसात' और 'आग' उन दिनों की अविस्मरणीय फिल्में हैं। आरंभ में स्टुडियो पद्धति का प्रचलन रहा। हरेक स्टुडिओ के अपने वेतनभोगी निर्माता, निर्देशक, संगीतकार, नायक, नायिका तथा अन्य कलाकार हुआ करते थे। पर बाद चलचित्र निर्माण में रुचि रखने वाले लोग स्वतंत्र निर्माता के रूप में फिल्म बनाने लगे। इन स्वतंत्र निर्माताओं ने स्टुडियो को किराये पर लेना तथा कलाकारों से ठेके पर काम करवाना शुरू कर दिया। चूँकि ठेके में काम करने में अधिक आमदनी होती थी, कलाकारों ने वेतन लेकर काम करना लगभग बंद कर दिया। इस प्रकार स्टुडियो पद्धति का चलन समाप्त हो गया और स्टुडियो को केवल किराये पर दिया जाने लगा।

1938 में डगुडावल्ली रामाब्रह्मम द्वारा सह निर्मित और निर्देशित सामाजिक समस्या फिल्म रायथू बिड्डा, ब्रिटिश प्रशासन द्वारा प्रतिबंधित की गयी क्यों की इसमें किसानों द्वारा ज़मींदार के विरूद्ध बगावत दिखाई गयी थी।

भारतीय मसाला फिल्म

रोमांस, नाच, गाने वाली व्यावसायिक फिल्म के लिए कठबोली शब्द — का उद्भव दुसरे विश्व युद्ध के बाद हुआ। दक्षिण भारतीय सिनेमा ने एस एस वासन के फिल्म चंद्रलेखा के साथ पूरे भारत में शोहरत हासिल की। 1940 के दशक के दौरान पूरे भारत के सिनेमा हालों में से आधे से ज्यादा दक्षिण भारत में थे और सिनेमा को सांस्कृतिक पुनर्निर्माण के साधन के रूप में देखा जाने

लगा। स्वंतत्रा के बाद भारत विभाजन की वजह से भारत की सिनेमा परिसंपत्तियाँ भी विभाजित हुई और कई स्टूडियो नव निर्मित पाकिस्तान के पास चले गए। बँटवारे का विवाद और दंगे अगले कई दशको तक फिल्म निर्माण के लिए चिरस्थायी विषय बने रहे।

भारत की स्वतंत्रता के बाद, एस. के. पाटिल समिति ने भारतीय सिनेमा की तहकीकात व् समीक्षा की। एस. के. पाटिल, समिति प्रमुख ने भारत में सिनेमा को 'कला, उद्यम और मनोरंजन' का मिश्रण कहा और इसके व्यावसायिक महत्व पर भी ध्यान दिया। पाटिल ने वित्त मंत्रालय के अंतर्गत फिल्म फाइनेंस कारपोरेशन की स्थापना की सिफारिश भी की। इस परामर्श को मानते हुए 1960 में पूरे भारत के प्रतिभाशाली फिल्मकारो की आर्थिक मदद के लिए इस की स्थापना की गयी। भारत सरकार ने 1948 'फिल्म डिवीज़न' को स्थापित किया जो आगे चल कर सालाना 200 लघु वृत्तचित्र (18 भाषा में 9000 प्रिंट संपूर्ण भारत में स्थायी सिनेमाघरों के लिए) का निर्माण कर के विश्व का सबसे बडा वृत्तचित्र निर्माता बन गया।

इंडियन पीपल्स थिएटर एसोसिएशन (इप्टा), कम्युनिस्ट झुकाव वाले एक कला आंदोलन ने 1940 और 1950 के दशक में स्वरूप लिया। इप्टा के कई यथार्थवादी नाटकों जैसे 1944 में विजन भट्टाचार्य' का नबन्ना (1943 के बंगाल के अकाल त्रासदी पर आधारित), ने भारतीय सिनेमा में यथार्थवाद की जड़ें मज़बूत की। इसका उदहारण ख्वाजा अहमद अब्बास' की धरती के लाल (1946) है। इप्टा प्रेरित आंदोलन लगातार सच्चाई और वास्तविकता पर ज़ोर देता रहा जिसके फलस्वरूप मदर इंडिया और प्यासा सरीखी भारत की सबसे अधिक पहचानी जाने वाली फिल्मों का निर्माण हुआ।

भारतीय सिनेमा के जनक : दादासाहब फालके

दादा साहेब फाल्के

भारतीय सिनेमा के जनक के नाते दादासाहब फालके के नाम का जिक्र होता है और उनकी पहली फिल्म और भारतीय सिनेमा जगत् की पहली फिल्म 'राजा हरिश्चंद्र' (1913) को लेकर भी कुछ बातों पर प्रकाश डाला है। यहां पर उनके योगदान पर संक्षिप्त दृष्टि डालना जरूरी है उसका कारण यह है कि आज भारतीय सिनेमा जिनकी पहल का परिणाम है वह जिन हालातों से गुजरा, उसने जो योगदान दिया उसका ऋणी है। सिनेमा को लेकर उनके जीवन से जुड़ी कुछ बातों का संक्षिप्त परिचय होना सिनेमा के पाठक को जरूरी है। दादासाहब फालके जी की कदमों पर कदम रखकर आगे भारतीय सिनेमा बढ़ा और करोड़ों की छलांगे भरने लगा है। अमीर खान, सलमान खान, शाहरूख खान के बीच चलती नंबर वन की लड़ाई या इनके साथ तमाम अभिनेता और निर्माताओं की झोली में समानेवाले करोड़ों के रुपयों में से प्रत्येक रुपैया दादासाहब जैसे कई सिनेमाई फकिरों का योगदान है। अतः तमाम चर्चाओं, विवादों, प्रशंसाओं, गॉसिपों के चलते इस इंडस्ट्री के प्रत्येक सदस्य को सामाजिक दायित्व के साथ सिनेमाई दायित्व के प्रति भी सजग होना चाहिए। अगले एक मुद्दे में सौ करोड़ी क्लब पर प्रकाश डाला है, परंतु इससे यह साबित होता नहीं कि वह फिल्म भारतीय सिनेमा का मानक हो। फिल्म इंडस्ट्री में काम करनेवाला प्रत्येक सदस्य याद रखें कि हमारे जाने के बाद हमने कौनसे कदम

दादा साहेब फाल्के सहयोगी के साथ फिल्मांकन के समय

ऐसे उठाए हैं, जिसकी आहट लंबे समय तक सुनाई देगी और छाप बनी है। अपनी आत्मा आहट सुन न सकी और छाप नहीं देख सकी तो सौ करोड़ी कल्ब में दर्ज किए अपने सिनेमा का मूल्य छदाम भी नहीं होगा। भारतीय सिनेमा के इतिहास में क्लासिकल और समांतर सिनेमा का एक दौर भी आया जो उसकी अद्भुत उड़ान को बयां करता है। इन फिल्मों के निर्माण में कोई व्यावसायिक कसौटी थी नहीं केवल लगन, मेहनत, कलाकारिता, अभिनय, संगीत, शब्द, गीत, विषय, तकनीक, सादगी, गंभीरता... की उत्कृष्टता थी, जो सच्चे मायने में सिनेमा के जनक को सलाम था और उनके द्वारा तैयार रास्ते पर चलने की तपस्या थी। हाल ही के वर्षों में बनती कुछ फिल्मों को छोड़ दे तो केवल व्यावसायिता, सतही प्रदर्शन, सस्ते मनोरंजन के अलावा कुछ नहीं है कहते हुए बड़ा दर्द होता है...।

भारतीय सिनेमा के जनक दादासहाब फालके का पूरा नाम धुंड़िराज गोविंद फालके है। उनका जन्म 30 अप्रैल, 1870 में नासिक (महाराष्ट्र) के पास त्र्यंबकेश्वर गांव के एक ब्राह्मण परिवार में हुआ था। आरंभिक शिक्षा अपने घर

में ही हुई और आगे चलकर उनका प्रवेश मुंबई के जे. जे. स्कूल ऑफ आर्टस् में हुआ। वहां उन्हें छात्रवृति भी मिली और उससे उन्होंने कॅमरा खरीदा। जे. जे. स्कूल ऑफ आर्टस् से शिक्षित दादासाहब प्रशिक्षित सृजनशील कलाकार थे। इस तरह प्रशिक्षित और सृजनशील होना उनके लिए सिनेमा बनाते वक्त अत्यंत लाभकारी हुआ। वे मंच के अनुभवी अभिनेता थे, नए प्रयोगों के शौकिन थे और न केवल शौकिन उसको सत्य में उतारने की कोशिश भी जी-जान से करते थे। आगे चलकर उन्होंने कला भवन बड़ौदा से फोटोग्राफी का पाठ्यक्रम भी पूरा किया। फोटो केमिकल प्रिटिंग में उन्होंने कई प्रयोग भी किए, जिस साझेदार के साथ जुड़कर प्रिटिंग प्रेस में उतरे थे, उससे अचानक साझेदारी वापस लेना और आर्थिक सहयोग को बंद करना उनके लिए बहुत बड़ा झटका था। उस समय उनकी उम्र 40 थी, व्यवसाय में निर्मित गंभीर हालातों से उनका स्वभाव चिड़चिड़ा हुआ और बात-बात पर गुस्सा करने लगे।

इसी दौरान उन्होंने मुंबई में 'क्राइस्ट ऑफ लाईफ' (ईसामसीहा की जिंदगी) फिल्म देखी और इस फिल्म ने उनके आहत स्थितियों को मानो चावी दी। फिल्म देखने के दौरान ही फालके ने निर्णय कर लिया कि उनकी जिंदगी का मकसद फिल्मकार बनना है। उन्हें लगा कि रामायण और महाभारत जैसे पौराणिक महाकाव्यों से फिल्मों के लिए अच्छी कहानियां मिलेंगी। उनके पास सभी तरह का हुनर था। वह नए-नए प्रयोग करते थे। अतः प्रशिक्षण का लाभ उठाकर और अपनी स्वभावगत प्रकृति के चलते प्रथम भारतीय चलचित्र बनाने का असंभव कार्य करनेवाले वह पहले व्यक्ति बने। उनके अंदर कई कल्पनाओं ने संभावनाओं को तौला और पत्नी सरस्वती देवी ने पति के साहस को अपने पलकों में सजाकर उनके हां में हां भरी। दोस्तों ने कुछ शंका-आशंकाओं के चलते स्वीकृति दी और धुंड़िराज गोविंद फालके जी के जवान मन और आंखों को पंख लगे।

उन्होंने 5 पौंड में एक सस्ता कैमरा खरीदा और शहर के सभी सिनेमाघरों में जाकर फिल्मों का अध्ययन और विश्लेषण किया। फिर दिन में 20 घंटे लगकर प्रयोग किये। ऐसे उन्माद से काम करने का प्रभाव उनकी सेहत पर पड़ा। उनकी एक आंख जाती रही। उस समय उनकी पत्नी सरस्वती बाई ने उनका साथ दिया। सामाजिक निष्कासन और सामाजिक गुस्से को चुनौती देते हुए उन्होंने अपने जेवर गिरवी रख दिये (40 साल बाद यही काम सत्यजित राय की

राजा हरिश्चन्द्र फिल्म का एक दृश्य

पत्नी ने उनकी पहली फिल्म 'पाथेर पांचाली' बनाने के लिए किया)। उनके अपने मित्र ही उनके पहले आलोचक थे। अतः अपनी कार्यकुशलता को सिद्ध करने के लिए उन्होंने एक बर्तन में मटर बोई। फिर इसके बढ़ने की प्रक्रिया को एक समय में एक फ्रेम खींचकर साधारण कैमरे से उतारा। इसके लिए उन्होंने टाइमैप्स फोटोग्राफी की तकनीक इस्तेमाल की। इस तरह से बनी अपनी पत्नी की जीवन बीमा पॉलिसी गिरवी रखकर, ऊंची ब्याज दर पर ऋण प्राप्त करने में वह सफल रहे।

दादासहब फालके जी के व्यापारी दोस्त नाड़कर्णी ने व्यापारी व्याजदर से पैसे देने की पेशकश की और उससे पैसे उठाकर, जहाज में बैठकर फरवरी 1912 में लंदन रवाना हो गए। उनका यह साहस अन्यों के लिए अंधेरे में तीर चलाने जैसा था, परंतु शायद फालके जी ने मन ने ठान ही लिया था कि इस जादू में अपने आपको निपुण बनाना ही है। लंदन में उनका किसी से परिचय नहीं था। केवल 'बायस्कोप' पत्रिका को और उसके संपादक को इसीलिए जानते थे कि यह पत्रिका वे नियमित मंगाकर पढ़ा करते थे। लंदन में दादासाहब

'बायस्कोप' पत्रिका के संपादक कॅबोर्ग को मिले और वह इंसान भी दिल से अच्छा निकला और दादासाहब का उत्साह दुगुना हो गया। कॅबोर्ग उन्हें विभिन्न स्टूड़ियो, सिनेमा के विभिन्न उपकरणों और केमिकल्स की दुकानों पर लेकर गए। सिनेमा निर्माण के लिए आवश्यक सामान दादासाहब ने खरीदा और वे 1 अपैल, 1912 में मुंबई वापस लौटे। सारी दुनिया में संघर्ष करके अपने मकाम पर पहुंचनेवाला प्रत्येक इंसान दादासाहब के 1912 में किए इस साहस, संघर्ष, आवाहन और कठिनाइयों की कल्पना कर सकता है। कैबाउर्न ने विलियमसन कैमरा, एक फिल्म परफोरेटर, प्रोसेसिंग और प्रिंटिंग मशीन जैसे यंत्रों तथा कच्चा माल का चुनाव करने में मदद की। चूंकि उस दौर में उनके सामने कोई और मानक नहीं थे, अतः सब कामचलाऊ व्यवस्था उन्हें स्वयं करनी पड़ी। अभिनय करना सिखाना पड़ा, दृश्य लिखने पड़े, फोटोग्राफी करनी पड़ी और फिल्म प्रोजेक्शन के काम भी करने पड़े। वापसी के बाद 'राजा हरिश्चंद्र' की पटकथा तैयार हो गई और तमाम कलाकार मिले परंतु महारानी ताराराणी की भूमिका के लिए कोई महिला तैयार नहीं हो पाई। बॉलीवुड़ और दुनिया के अन्य सिनेमाओं में अभिनय के मौके की तलाश करती कतार में खड़ी लड़कियों को देखकर आज दादासाहब को महिला अभिनेत्री खोजने पर भी नहीं मिली इससे आश्चर्य होता है।

दादासाहब वेश्याओं के बाजार और कोठों पर भी गए और हाथ जोड़कर महाराणी तारामती के भूमिका के लिए नम्र निवेदन किया। (इस दौर में दादासाहब फालके के वरिष्ठ दोस्त चित्रकार राजा रविवर्मा के जीवन से जुड़े प्रसंग की याद आ रही है, उनके देवी-देवताओं के चित्रों की और अन्य चित्रों की प्रेरणा, चेहरा, नायिका की। उस प्रेरणा ने राजा रविवर्मा के विरोध में देवताओं के ठेकेदारों से चलाए मुकदमें के दौरान कहे वाक्य की याद देती है, वकील और उच्चभ्रू समाज की ओर मुखातिब होकर वह कहती है कि 'इस आदमी ने एक मुझ जैसी औरत को देवी बनाया और आप जैसों ने उसे वेश्या!' शायद दादासाहब के हाथों से किसी स्त्री को सिनेमाई दुनिया के ताज पहनने की ताकत का अंदाजा उस समय तक नहीं आया था।) वेश्याओं ने दादासाहब की बात को हवा में उड़ाते हुए बड़ी बेरुखाई से जवाब दिया कि 'उनका पेशा फिल्मों में काम करनेवाली बाई से ज्यादा बेहतर है।' रास्ते में सड़क किनारे एक ढाबे पर दादासाहब रुके और चाय का ऑर्डर दिया। वेटर चाय का गिलास लेकर आया,

अन्ना सालुंके तारामती की भूमिका में

दादा ने देखा कि उसकी उंगलियां बड़ी नाजुक है और चाल-ढाल में थोड़ा जनानापन है। उसने दादा के तारामती के प्रस्ताव को मान लिया। इस तरह भारत की पहली फिल्म 'राजा हरिश्चंद्र' की नायिका कोई महिला न होकर पुरुष थी। उसका नाम था अण्णा सालुंके।' होटल का एक पुरुष रसोइया सालुंके ने भारतीय फिल्म की पहली नायिका की भूमिका की। शुरू में शूटिंग दादर के एक स्टूडियो में सेट बनाकर की गई। सभी शूटिंग दिन की रोशनी में की गई क्योंकि वह एक्सपोज्ड फुटेज को रात में डेवलप करते थे और प्रिंट करते थे (अपनी पत्नी की सहायता से)। छह माह में 3700 फीट की लंबी फिल्म तैयार हुई। 21 अप्रैल 1913 को ओलम्पिया सिनेमा हॉल में यह रिलीज की गई। पश्चिमी फिल्म के नकचढ़े दर्शकों ने ही नहीं, बल्कि प्रेस ने भी इसकी उपेक्षा की। लेकिन फालके जानते थे कि वे आम जनता के लिए अपनी फिल्म बना रहे हैं, अतः यह फिल्म जबरदस्त हिट रही। फालके के फिल्मनिर्मिती के प्रयास तथा पहली फिल्म राजा हरिश्चंद्र के निर्माण पर मराठी में एक फिचर फिल्म 'हरिश्चंद्राची फॅक्टरी' 2009 में बनी, जिसे देश विदेश में सराहा गया।

मुंबई के दादर में पहली फिल्म का शूटिंग शुरू हुआ। सूरज की रोशनी में दिन को शूटिंग और रात में उसी जगह पर पूरी यूनिट के लिए खाना बनता था। सरस्वती देवी के साथ मिलकर सारी टिम खाना बनाने में योगदान करती थी। किचन और खाना खत्म होने के बाद दादासाहब और उनकी पत्नी सरस्वती देवी फिल्म की डेवलपिंग-प्रिटिंग का काम करते थे। अपैल 1913 में फिल्म पूरी हो गई और 21 अप्रैल, 1913 को मुंबई के ऑलंपिया थिएटर में चुनिंदा लोगों के लिए पहले शो का आयोजन किया। चुनिंदा दर्शकों ने इस फिल्म को

पश्चिमी सिनेमा के तर्ज पर देखा और प्रेसवालों ने भी इसकी उपेक्षा की। परंतु दादासाहब इन आलोचनाओं के बावजूद अपनी निर्मिति से उत्साहित थे, आश्वस्त थे और उनको यह भी भरोसा था कि आम जनता और दर्शक इस फिल्म को सर पर बिठाएंगे। आगे 3 मई, 1913 कॉरोनेशन सिनेमा थिएटर में जब इसे आम जनता के लिए प्रदर्शित किया तो उसने दादासाहब के भरौसे को सच साबित किया। इसके बाद वे रुके नहीं और तुरंत नासिक में उन्होंने कथा फिल्म 'मोहिनी भस्मासूर' को बनाया। रंगमंच पर काम करनेवाली अभिनेत्री कमलाबाई को फिल्म के भीतर मौका दिया। अर्थात् दादासाहब की बदौलत 'राजा हरिश्चंद्र' में न सही अगली फिल्म में एक स्त्री ने किरदार निभाया और वह भारतीय सिनेमा की पहली स्त्री अभिनेत्री भी बनी। 'पीठाचे पंजे' (1914), 'लंका दहन' (1914), 'गंगावतरण' (1937) आदि हिट फिल्में के साथ कई कलाकारों को इस इंडस्ट्री में स्थापित करने का कार्य उन्होंने किया है।

दादासाहब अपने अंतिम दिनों में घोर आर्थिक तंगी का सामना कर चुके थे। चारों ओर से घिर चुके और बाजार से उठाए पैसों के कई मुकदमें भी शुरू हो गए। 16 फरवरी, 1944 को मुफलिसी के चलते नासिक में उन्होंने आखिरी सांस ली। उनके मौत के पश्चात् भारतीय फिल्म इंडस्ट्री बड़ी बेपरवाही से और संवेदनहीनता के साथ पेश आई। दादासाहब फालके जी का 1970 जन्म शताब्दी वर्ष था और भारत सरकार ने इनके योगदान को ध्यान में रखकर फिल्म इंडस्ट्री में अतुलनीय योगदान देनेवाले व्यक्ति को 'दादासहाब फालके' जी के नाम से पुरस्कार देना शुरू किया। इस पुरस्कार की एक ही कसौटी मानी गई है कि उस व्यक्ति का भारतीय सिनेमा के लिए आजीवन योगदान हो।

पहला 'दादासाहब फालके' पुरस्कार बॉम्बे टॉकिज की मालकिन और फिल्म अभिनेत्री देवीका रानी को दिया गया। अर्थात् भारत सरकार की पहल से भारतीय सिनेमा के जनक को दुबारा पहचान मिली और भारतीय सिनेमा के नवीन सितारे अपने पुरखों के प्रति, इतिहास के प्रति, जिम्मेदारी और कलाकारिता के प्रति सजग भी हो गए।

पिछले सवा सौ वर्षों का सिनेमा का इतिहास है। 1895 में विश्व कि पहली फिल्म 'अरायव्हल ऑफ द ट्रेन' बनी और उसके देखते-देखते अब तक कितना सफर तय किया है सिनेमा ने। इस परिदृश्य को देखकर दुनिया चकित होती है। एक ही साथ उसे नजरभर देखने की क्षमता भी हममें नहीं है। कितना

भी समेटने और लिखने की कोशिश करे बहुत कुछ छुटने का एहसास होता है। कई प्रवाहों, कई देशों और कई भाषाओं में चल रही इस दुनिया में बेरोजगारों को रोजगार देने की बहुत अधिक क्षमता है। केवल इसके दरवाजे पर कुछ कौशलों के साथ दस्तक देने की आवश्यकता है। युवकों को यह उद्योग अपने हाथों में उठाकर चमकता सितारा बना सकता है।

भारतीय सिनेमा दादासाहब फालके जी के 'राजा हरिश्चंद्र' (1913) से आरंभ होता है और उसके अब तक के वर्षों के छोटे परंतु अधिक व्यापक दुनिया में कई प्रकार की फिल्में बनी। दुनिया की सबसे ज्यादा फिल्में बनानेवाली इंडस्ट्री के नाते दुनिया भारतीय सिनेमा जगत् को देखती है। समय आगे बढ़ता गया। निर्माता, निर्देशक, कलाकार और तकनीकें बदलती रही और उसके साथ भारतीय सिनेमा भी बदलता गया। आज उसकी सौ करोड़ों की छलांगे देखकर आंखें चौंधियाती है। धर्मिक और पौराणिक कथाओं से शुरुआत करनेवाला भारतीय सिनेमा बाजारवादी सिनेमा तक पहुंचते-पहुंचते कई करवटें ले चुका है। यथार्थवादी समांतर सिनेमा के काल में भारतीय सिनेमा जगत् वैचारिक चोटी पर पहुंचा था। इस युग या ऐसे सिनेमाओं को सुवर्णकालीन सिनेमा कहा जा सकता है। ऐसा नहीं कि वह युग खत्म हुआ, उसका काल बहुत लंबा है और वैसी फिल्में समांतर सिनेमा के दौरान बनती तो थी ही, उसके पहले तथा बाद में और आज भी बन रही है। बाजारवाद के प्रभाव में आया सिनेमा पैसे कमाए कोई फर्क नहीं पड़ता परंतु बाजारू न बने तो उसका भविष्य तेजोमय होगा। हम कुछ भी कहे, शंकाओं को जताए भारतीय सिनेमा और विश्व सिनेमा अपने ही धून में विकसित होता रहेगा और आगे बढ़ेगा। हां कोई नया कलाकार, कोई नया निर्माता, कोई तकनीशियन और कोई प्रयोगवादी इसके रूख को बदल सकता है। कान फिल्मोत्सव में जाफर पनाहिने के 'टैक्सी' (2015) का पुरुस्कृत होना इसकी ओर संकेत करता है। वर्तमान युग में भारतीय सिनेमा में बॉलीवुड़ की फिल्में और अन्य प्रादेशिक भाषाओं की फिल्में दुनिया की किसी भी उत्कृष्ट फिल्म को टक्कर देने की क्षमता रखती है।

सिनेमा जगत के पितामह : वी शान्ताराम

वी शान्ताराम

भारतीय सिनेमा को मानव रूप दिया जाए तो वह वी. शांताराम की तरह होगा। वे उन गिने-चुने प्रमुख फिल्मकारों में से हैं जिन्होंने देश के सांस्कृतिक जीवन में सिनेमा को विशिष्ट स्थान दिलाने में महती भूमिका निभाई। इसके साथ ही शांताराम सिनेमा को एक जटिल और बहु-स्तरीय उद्योग के तौर पर स्थापित करने में भी अग्रणी रहे।

वी. शांताराम के बारे में बात करना सिर्फ एक बेहद कामयाब और कद्दावर शख्सियत के बारे में बात करना नहीं है। उनके निजी और पेशेवर जीवन तथा उनके समकालीन सामाजिक, सांस्कृतिक और ऐतिहासिक परिवेश का ताना-बाना गहरे से परस्पर जुड़ा हुआ है। बीती सदी की दूसरी दहाई में शुरू हुई हमारी सिनेमाई यात्रा मूक फिल्मों के दौर से गुज़रती हुई जब बोलती फिल्मों के शुरुआती सालों तक पहुंचती है, तब तक उसने अपना रचनात्मक और सांस्कृतिक स्वरूप पा लिया था तथा वह एक औद्योगिक आयोजन के रूप में स्थापित हो

चुकी थी। कलकत्ता (अब कोलकाता) में न्यू थियेटर्स और बंबई (अब मुंबई) में बॉम्बे टॉकीज के साथ पूना (अब पुणे) में प्रभात फिल्म कंपनी जैसे स्टूडियो 1930 के दशक के आते-आते सिनेमा की नींव पक्की कर अब उस पर विशाल इमारत खड़ी रहे थे।

वी. शांताराम प्रभात फिल्म कंपनी के संस्थापकों में से थे और उसके सबसे कामयाब निर्देशक भी. दूसरे महायुद्ध के दौरान और उसके तुरंत बाद जब स्टूडियो सिस्टम बिखर रहा था और स्वतंत्र निर्माता-निर्देशक स्थापित होने लगे थे, उस प्रक्रिया में भी राजकमल कला मंदिर के अपने अलग बैनर के साथ वी. शांताराम अगली पंक्ति में रहे। यह उपलब्धि इसलिए उल्लेखनीय है क्योंकि स्टूडियो सिस्टम के महारथी नए माहौल में अपने पैर जमा नहीं रख सके और किनारे होते गए। बहुत कम उम्र में कोल्हापुर में वे बाबूराव पेंटर की महाराष्ट्र फिल्म कंपनी में शामिल हुए और 1929 में इस कंपनी के कुछ सहकर्मियों के साथ उन्होंने उसी शहर में प्रभात फिल्म कंपनी बनाई। तब तक शांताराम एक अच्छे निर्देशक के तौर पर प्रतिष्ठित हो चुके थे. इन दोनों कंपनियों की कार्य-संस्कृति ऐसी थी कि हर व्यक्ति को हर विभाग में काम करना पड़ता था तथा इस प्रक्रिया में उन्हें सिनेमा का व्यापक ज्ञान और कौशल हासिल हो जाता था। बाद में उनकी कंपनी पुणे आ गई। साल 1942 में उन्होंने प्रभात से नाता तोड़ लिया और अपनी कंपनी बनाई। श्याम बेनेगल यह भी कहते हैं कि अगर आप भारतीय सिनेमा का इतिहास जानना चाहते हैं, तो शांताराम की आत्मकथा पढ़ लें।

यह भी एक विडंबना ही है कि इस महान फिल्मकार के ऊपर अभी तक कोई ठोस अध्ययन नहीं हुआ है. वर्ष 1987 में मराठी और हिंदी में छपी उनकी आत्मकथा का अंग्रेज़ी अनुवाद तक नहीं हो सका है। यह किताब भी आसानी से मिलती नहीं है और शायद सिर्फ़ शांताराम ट्रस्ट के पास ही इसकी कुछ प्रतियां हैं. हाल में उनकी बेटी मधुरा पंडित जसराज ने अंग्रेज़ी में एक किताब लिखकर इस कमी को कुछ हद तक पूरा करने का प्रयास किया है। भारतीय इतिहास के अध्ययन के साथ एक बड़ी कमजोरी यह है कि उसे हम आम तौर पर एक महाआख्यान की तरह पढ़ते-पढ़ाते हैं। इस प्रक्रिया में भारतीय भाषाओं और संस्कृतियों में विमर्श के रूझानों और उनकी परंपराओं की अवहेलना होती रहती है। लोकवृत्त (पब्लिक स्फेयर) को एकवचन में देखने की जगह उसकी

नवरंग फिल्म एक दृश्य

बहुलता को रेखांकित करना ज़रूरी है। यह राष्ट्र-निर्माण के प्रयासों का विशिष्ट हिस्सा होना चाहिए।

भारतीय सिनेमा का हिसाब-किताब भी बहुल है तथा उसकी औद्योगिक और सांस्कृतिक जटिलताओं को समझने के लिए उसका अध्ययन विभिन्न स्तरों पर किया जाना चाहिए। वी. शांताराम तथा प्रभात फिल्म कंपनी और राजकमल कला मंदिर के इतिहास के अध्ययन से बॉम्बे सिनेमा को बनाने-संवारने में मराठी संस्कृति और राजनीति के योगदान को रेखांकित किया जा सकता है। जब शांताराम ने सिनेमा से जुड़े, उस समय 19वीं सदी के मध्य से ही प्रचलित जाति, धर्म और सामाजिक-आर्थिक स्थिति पर ज्योतिबा फूले की रचनाएं बहुत प्रभावी हो चुकी थीं। कोल्हापुर में छत्रपति साहू जी महाराज सामाजिक न्याय के लिए अनेक कार्यक्रम चला रहे थे। उल्लेखनीय है कि छत्रपति ने कोल्हापुर में सिनेमा को बढ़ावा देने के लिए हरसंभव सहायता दी।

राजाराम वांकुडरे शांताराम एक कुशल निर्देशक, फ़िल्मकार, बेहतरीन अभिनेता थे। हिन्दी फ़िल्मों में बतौर निर्देशक शुरुआत करने वाले शांताराम ने डॉक्टर कोटनिस की 'अमर कहानी' (1946), 'अमर भूपाली' (1951), 'झनक-झनक पायल बाजे' (1955), 'दो आंखें बारह हाथ' (1957) और 'नवरंग' (1959) जैसी विविधतापूर्ण और गूढ़ अर्थों वाली फ़िल्में बनाकर

अलग मुक़ाम हासिल किया था।

महाराष्ट्र के कोल्हापुर में 18 नवंबर, 1901 को एक जैन परिवार में जन्मे राजाराम वांकुडरे शांताराम ने बाबूराव पेंटर की महाराष्ट्र फ़िल्म कम्पनी में छोटे-मोटे काम से अपनी शुरुआत की थी। शांताराम ने नाममात्र की शिक्षा पायी थी। उन्होंने 12 साल की उम्र में रेलवे वर्कशाप में अप्रेंटिस के रूप में काम किया था। कुछ समय बाद वह एक नाटक मंडली में शामिल हो गए।

गीत और संगीत शांताराम की फ़िल्मों का एक और मज़बूत पक्ष होता था। एक फ़िल्मकार के रूप में वह अपनी फ़िल्मों के संगीत पर विशेष ध्यान देते और उनका ज़ोर इस बात पर रहता कि गानों के बोल आसान और गुनगुनाने योग्य हों। शांताराम की फ़िल्मों में रंगमंच का पुट ज़रूर नज़र आता था, लेकिन वह अपनी फ़िल्मों से समाज को एक नई दृष्टि देने में कामयाब रहे। हर फ़िल्म अपने वक़्त की कहानी बयान करती है, लेकिन उन्हें लगता है कि अब शांताराम की 'पड़ोसी' (1940) और 'दो आंखें बारह हाथ' जैसी जीवंत फ़िल्में दोबारा नहीं बनाई जा सकतीं। शांताराम की कुछ कृतियों की गुणवत्ता का मुक़ाबला आज भी नहीं किया जा सकता। क़रीब छह दशक लंबे अपने फ़िल्मी सफर में शांताराम ने हिन्दी व मराठी भाषा में कई सामाजिक एवं उद्देश्यपरक फ़िल्में बनाई और समाज में चली आ रही कुरीतियों पर चोट की।

शांताराम ने फ़िल्मों की बारीकियाँ बाबूराव पेंटर से सीखीं। बाबूराव पेंटर ने उन्हें 'सवकारी पाश' (1925) में किसान की भूमिका भी दी। कुछ ही वर्षों में शांताराम ने फ़िल्म निर्माण की तमाम बारीकियाँ सीख लीं और निर्देशन की कमान संभाल ली। बतौर निर्देशक उनकी पहली फ़िल्म 'नेताजी पालकर' थी। इसके बाद उन्होंने वी.जी. दामले, के. आर. धाईबर, एम. फतेलाल और एस. बी. कुलकर्णी के साथ मिलकर 'प्रभात फ़िल्म' कंपनी का गठन किया। अपने गुरु बाबूराव की ही तरह शांताराम ने शुरुआत में पौराणिक तथा ऐतिहासिक विषयों पर फ़िल्में बनाईं। लेकिन बाद में जर्मनी की यात्रा से उन्हें एक फ़िल्मकार के तौर पर नई दृष्टि मिली और उन्होंने 1934 में 'अमृत मंथन' फ़िल्म का निर्माण किया। शांताराम ने अपने लंबे फ़िल्मी सफर में कई उम्दा फ़िल्में बनाईं और उन्होंने मनोरंजन के साथ संदेश को हमेशा प्राथमिकता दी।

यहां दो बातें जानना जरूरी है, पहली कि प्रभात फिल्म्स का नाम उन्होंने अपने बेटे प्रभात के नाम पर रखा था। दूसरा ये सारी उपलब्धियां जब उन्हें

डा0 कोटनिस की अमर कहानी का एक दृश्य

हासिल हुईं तब उनकी उम्र तीस साल भी नहीं थी। प्रभात फिल्म्स में वी शांताराम के साथ विष्णुपंत दामले, केशवराम, एस फतेलाल और सीताराम कुलकर्णी थे। इस बैनर पर वी. शांताराम ने करीब आधा दर्जन फिल्में बनाईं। जिनमें अयोध्या के राजा प्रमुख रही। अमृत मंथन को भी दर्शकों ने काफी सराहा। वी शांताराम को इन्हीं फिल्मों में पहली बार 'क्लोज-अप' को इस्तेमाल करने के लिए भी जाना जाता है।

बाद में वी शांताराम प्रभात फिल्म्स से अलग हो गए। प्रभात फिल्म्स के अलग होने के कुछ समय बाद ही उन्होंने डॉक्टर कोटनिस की अमर कहानी नाम से फिल्म बनाई। ये फिल्म डॉ. द्वारकानाथ कोटनिस के जीवन पर आधारित थी, जिनके बारे में ये कहा जाता है कि उन्होंने पंडित जवाहर लाल नेहरू का भाषण सुनने के बाद दूसरे विश्वयुद्ध में काम किया था। इसी समयकाल में वी शांताराम ने दहेज जैसी सामाजिक समस्या पर फिल्म बनाई, जिसमें अपने पिता की गोद में दम तोड़ते वक्त बेटी कहती है- ***'पिता जी आपने मेरे दहेज में हर चीज दी लेकिन एक चीज देना भूल गए- कफन'।*** इस फिल्म ने वी

शांताराम के सिनेमाई चमत्कार को दर्शकों को सामने रखा। ये कमाल वी शांताराम ही कर सकते थे कि उनकी अगली फिल्म जब बनकर तैयार होती थी तब तक उनकी पिछली फिल्म सिनेमा हॉल में लगी रहती थी। सिनेमा के तमाम तकनीकी पक्षों के अलावा वी शांताराम में संगीत की समझ कमाल की थी।

ये भी कहा जाता है कि उन्होंने कुछ फिल्मों के संगीत में काफी सक्रिय योगदान दिया था। संगीत की उनकी समझ के लिए एक किस्सा बड़ा मशहूर है। 60 के दशक में रामलाल नाम के संगीतकार हुआ करते थे। उनका काम बेहतरीन था लेकिन पहचान शून्य। लोग उन्हें जानते नहीं थे। गुमनामी के दौर में जी रहे रामलाल की किस्मत तब चमकी जब उनकी मुलाकात वी शांताराम से हुई। वी शांताराम ने उस कलाकार के साथ दो फिल्में की। पहली 'सेहरा' और दूसरी 'गीत गाया पत्थरों ने'। सेहरा फिल्म का संगीत खूब पसंद किया गया। फिल्म के लगभग सभी गाने खूब चले। हसरत जयपुरी के लिखे गीत 'पंख होते तो उड़ आती रे रसिया ओ बालमा', 'तकदीर का फसाना' और 'तुम तो प्यार हो सजनी' को लोगों ने खास तौर पर खूब सराहा।

हिन्दी सिनेमा के शुरुआती दौर में प्रमुखता से उभरे फ़िल्मकार वी शांताराम उन हस्तियों में थे जिनके लिए फ़िल्में मनोरंजन के साथ सामाजिक संदेश देने का माध्यम थी। अपने लंबे फ़िल्मी सफर में उन्होंने प्रयोगधर्मिता को भी बढ़ावा दिया। डॉ. कोटनिस की अमर कहानी, झनक झनक पायल बाजे, दो आंखे बारह हाथ, नवरंग, दुनिया ना माने जैसी अपने समय की बेहद चर्चित फ़िल्मों में शांताराम ने फ़िल्म निर्माण से जुड़े कई प्रयोग किए। उन्होंने फ़िल्मों के मनोरंजन पक्ष से कोई समझोता किए बिना नए प्रयोग किए जिनके कारण उनकी फ़िल्में न केवल आम दर्शकों बल्कि समीक्षकों को भी काफ़ी प्रिय लगीं। शांताराम ने हिन्दी फ़िल्मों में मूविंग शॉट का प्रयोग सबसे पहले किया। उन्होंने बच्चों के लिए 1930 में रानी साहिबा फ़िल्म बनायी। 'चंद्रसेना' फ़िल्म में उन्होंने पहली बार ट्राली का प्रयोग किया।

यह बड़े अफ़सोस की बात है कि महाराष्ट्र फिल्म कंपनी और प्रभात की बनाईं मूक फिल्में अब उपलब्ध नहीं हैं जिनमें 1925 में बनी सावकारी पाश भी शामिल है। इस फिल्म से शांताराम ने अभिनेता के रूप में पहली भूमिका निभाई थी। महाजनी चंगुल से तबाह किसानों की दुर्दशा पर आधारित इस फिल्म को खूब लोकप्रियता मिली थी और इसके यथार्थवादी शिल्प के लिए भी

बहुत सराहा गया था। वर्ष 1931 में शांताराम ने पहली बोलती फिल्म अयोध्याचे राजा बनाई। यह फिल्म मराठी और हिंदी दोनों भाषाओं में थी। मराठी संवेदनशीलता के साथ राष्ट्रीय स्तर पर पहुंचने की महत्वाकांक्षा भी इसमें दिखाई देती है। प्रभात में शांताराम और उनके सहयोगियों की महत्वाकांक्षा के स्तर का अनुमान इस बात से लगाया जा सकता है कि अगले ही साल उन्होंने सैरंध्री नामक रंगीन फिल्म बना दी जिसके सिलसिले में शांताराम ने जर्मनी की यात्रा की थी। हालांकि यह प्रयोग सफल न हो सका और फिल्म प्रिंट की अच्छी गुणवत्ता न होने के कारण इसे रोक लिया गया, पर जर्मन-प्रवास के दौरान शांताराम ने सिनेमा में एक्सप्रेशनिज़्म (एक्सट्रीम क्लोज अप, अंधेरे-उजाले और छाया का इस्तेमाल आदि इसके तत्व हैं) का जलवा देखा और बाद की उनकी कई फिल्मों में इस कला-रूप का शानदार प्रयोग दिखाई पड़ता है। उनकी फ़िल्म डा.कोटनिस की 'अमर कहानी' विदेश में दिखाई जाने वाली पहली भारतीय फ़िल्म थी।

शांताराम ने प्रभात फ़िल्म के लिए तीन बेहद शानदार फ़िल्में बनाई। शांताराम ने 1937 में करुकू (हिन्दी में दुनिया ना माने), 1939 में मानुष (हिन्दी में आदमी) और 1941 में शेजारी (हिन्दी में पड़ोसी) बनाई। शांताराम ने बाद में प्रभात फ़िल्म को छोड़कर राजकमल कला मंदिर का निर्माण किया। इसके लिए उन्होंने 'शकुंतला' फ़िल्म बनाई। इसका 1947 में कनाडा की राष्ट्रीय प्रदर्शनी में प्रदर्शन किया गया। शांताराम की बेहतरीन फ़िल्मों में से एक है डा.कोटनिस की अमर कहानी। यह एक देशभक्त डाक्टर की सच्ची कहानी पर आधारित है जो सद्भावना मिशन पर चीन गए चिकित्सकों के एक दल का सदस्य था।

सिनेमा और सामाजिक न्याय की इस परंपरा का जुड़ाव को समझने के लिए दो तथ्य बहुत हैं। महाराष्ट्र फिल्म कंपनी के बाबूराव पेंटर ने ही ज्योतिबा फूले की पहली प्रतिमा बनाई थी और छत्रपति ने बाबा साहेब आंबेडकर को स्कॉलरशिप दी थी। मराठी लोकवृत्त में तब मराठा राष्ट्रवाद के पुरोधा और ब्राह्मणवादी सिद्धांतकार राजाराम शास्त्री भागवत के विचार भी प्रभावशाली थे। न्यायाधीश एमजी रानाडे और आरजी भंडारकर द्वारा स्थापित प्रार्थना समाज भक्त-कवि तुकाराम समेत अन्य संतों के विचारों का प्रचार कर रहा था। इन्होंने संस्कृत के स्थान पर मराठी भाषा को बढ़ावा देने का भी प्रयास किया। वीआर

शिंदे की पत्रिका में रुढ़िवादी ब्राह्मणों और ईसाई मिशनरियों के बीच वाद-विवाद होता था और चिपलुंकर, तिलक और अहिताग्नि राजवाड़े जैसे दमदार रुढ़िवादी भी थे।

ये सभी मराठी राष्ट्रीयता, भाषा और संस्कृति के हिमायती थे। छत्रपति शिवाजी को ये सभी मराठा आदर्श के रूप में स्थापित कर चुके थे। गांधी और सावरकर भी राष्ट्रीय मंच पर अवतरित हो चुके थे। शांताराम ने तीनों कंपनियों में रहते हुए जो फिल्में बनाईं और जिनमें उन्होंने परदे के बाहर-भीतर योगदान दिया, उन सबमें मराठी लोकवृत्त और राष्ट्रीय स्वतंत्रता आंदोलन के विभिन्न स्वरों की अनुगूंज को सुना जा सकता है। राजनीति के साथ उस समय तक मराठी रंगमंच, जिसे संगीत नाटक कहा जाता है, एक स्थापित संस्था बन चुका था. दशावतार और तमाशे के साथ आधुनिक थियेटर भी अपने शबाब पर था।

सीता स्वयंवर, शकुंतला और शारदा जैसे नाटक लोकप्रिय और असरकारी थे। इनके असर का अनुमान इस बात से लगाया जा सकता है कि शारदा के पहले मंचन के 30 साल बाद जब कम उम्र की बच्चियों की शादी बड़े उम्र के लोगों के साथ करने की परंपरा पर क़ानूनी रोक लगी, तो उस क़ानून का नाम शारदा एक्ट रखा गया। ये सब बातें इसलिए उल्लेखनीय हैं क्योंकि शांताराम

दो आंखे बारह हाथ का पोस्टर

और प्रभात कंपनी ने इन सभी विषयों पर फिल्में बनाईं, जो नाटकों में लोकप्रिय हो रही थीं। अगर श्रीपाद कृष्णा कोल्हटकर को छोड़ दें, तो मराठी रंगमंच पर पारसी थियेटर का असर न के बराबर था। शांता गोखले ने लिखा है कि ऐसा इसलिए था कि मराठी लोग साझे सवालों, परंपराओं और आकांक्षाओं के साथ एक-दूसरे से जुड़े हुए थे। उन्होंने रेखांकित किया है कि समाज में बदलाव हो रहा था और मराठी रंगमंच इस बदलाव का एक हिस्सा था। यह ध्यान रखा जाना चाहिए कि शांताराम अपने वृहत सिनेमाई करिअर में विषयों और नरेटिव स्टाइल के लिए बार-बार इस परंपरा की ओर लौटते रहे। यह तथ्य प्रभात को न्यू थियेटर्स और बॉम्बे टॉकीज़ से कथानक और शिल्प के स्तर पर अलग करता है।

शांताराम की सर्वाधिक चर्चित फ़िल्म दो आंखे बारह हाथ है। जो 1957 में प्रदर्शित हुई। यह एक साहसिक जेलर की कहानी है जो छह क़ैदियों को सुधारता है। इस फ़िल्म को सर्वश्रेष्ठ फ़ीचर फ़िल्म के लिए राष्ट्रपति के स्वर्ण पदक से सम्मानित किया गया था। इसे बर्लिन फ़िल्म फेस्टिवल में सिल्वर बियर और सर्वश्रेष्ठ विदेशी फ़िल्म के लिए सैमुअल गोल्डविन पुरस्कार से भी सम्मानित किया गया। इस फ़िल्म का गीत ऐ मालिक तेरे बंदे हम... आज भी लोगों को याद है। झनक झनक पायल बाजे और नवरंग उनकी बेहद कामयाब फ़िल्में रहीं। दर्शकों ने इन फ़िल्मों के गीत और नृत्य को काफ़ी सराहा और फ़िल्मों को कई-कई बार देखा।

शांताराम की आखिरी महत्त्वपूर्ण फ़िल्म थी पिंजरा। यह फ़िल्म जोसफ स्टर्नबर्ग की 1930 में प्रदर्शित हुई क्लासिक फ़िल्म 'द ब्ल्यू एंजेल' पर आधारित थी। वैसे उनकी आखरि़ी फ़िल्म झांझर थी। यह फ़िल्म बॉक्स ऑफ़िस पर कामयाब नहीं हो सकी और सात दशकों तक चले उनके शानदार फ़िल्मी कैरियर का अंत हो गया।

वी शांताराम ने गीत गाया पत्थरों ने बनाई। इस फिल्म के साथ ही अभिनेता जितेंद्र ने अपने फिल्मी करियर की शुरुआत की थी। इस फिल्म में वी शांताराम ने अपनी बेटी राजश्री को भी लॉन्च किया था। इस फिल्म में भी वी शांताराम ने संगीत निर्देशक का जिम्मा रामलाल को ही दिया। गीत एक बार फिर हसरत जयपुरी के ही लिखे हुए थे। इस हिट गाने के बोल थे- गीत गाया पत्थरों ने। राजश्री वी शांताराम की दूसरी पत्नी जयश्री से उनकी औलाद थीं।

फिल्म का पोस्टर

बाद में उन्होंने जानवर और ब्रह्मचारी जैसी फिल्मों में भी अभिनय किया। इससे पहले उन्होंने विमलाबाई से विवाह किया था। विमलाबाई और वी शांताराम की बेटी मधुरा हैं। जो विश्वविख्यात शास्त्रीय गायक जसराज जी की पत्नी हैं।

वी शांताराम ने अपने करियर में चालीस से ज्यादा फिल्में बनाईं। जिसमें से आधी फिल्में 'बायलिंगुअल' थीं। दो आंखे बारह हाथ की शूटिंग के दौरान वी शांताराम को आंख में गंभीर चोट भी लगी थी। इस बात का खतरा था कि वी शांताराम की आंखों की रोशनी चली जाएगी। लेकिन भगवान की दुआ से उनकी आंखों की रोशनी बची रही। जिसके बाद उन्होंने 1959 में नवरंग फिल्म भी बनाई।

इस फिल्म के बाद से वी शांताराम का जादू फीका पड़ने लगा। साठ और सत्तर के दशक में समाज ने उनकी फिल्मों को वो प्यार नहीं दिया जो उन्हें मिला करता था। वो लगभग फिल्मों से दूर हो चुके थे। 1987 में उन्होंने झांझर नाम की एक फिल्म सिर्फ इसलिए बनाई क्योंकि उन्होंने अपने नाती सुशांत रे से वायदा किया था वो उसे फिल्मों में लॉन्च करेंगे। इस फिल्म में पद्मिनी कोल्हापुरे ने भी अभिनय किया था। इस लंबे फिल्मी जीवन चक्र में वी शांताराम ने तमाम बड़े पुरस्कार हासिल किए। नेशनल फिल्म अवॉर्ड से लेकर दादा साहेब फाल्के अवॉर्ड तक. 88 साल की उम्र में उनका निधन हुआ। जिसके करीब दो साल बाद उन्हें देश के दूसरे सर्वोच्च नागरिक सम्मान पद्मविभूषण से भी सम्मानित किया गया।

इसे सौभाग्य कहें या दुर्भाग्य कि हिंदुस्तान की एक बहुत बड़ी आबादी वी. शांताराम को उनकी फिल्म 'दो आंखें बारह हाथ' से जानती है। एक ऐसी फिल्म जो आजादी के 10 साल बाद आई थी जिसमें 'जेल रिफॉर्म्स' की बात थी। इस

फिल्म का गाना- ऐ मालिक तेरे बंदे हम, ऐसे हो हमारे करम...आज भी खूब सुना और गाया जाता है।

अब इसे सौभाग्य इसलिए समझिए कि पिछले 5-6 दशकों में हिंदी फिल्मों के 360 डिग्री बदले समीकरण में भी वी. शांताराम का काम अमर है। दुर्भाग्य इसलिए कि 'दो आंखें बारह हाथ' के पहले के उनके महान कामों का जिक्र कम ही हो पाता है। आज की पीढ़ी उस महान शख्सियत को कम ही जानती है जो एक संपूर्ण फिल्मकार थे। जो हिंदुस्तान के पहले विशेषज्ञ एडिटर माने जाते थे। जिनके निर्देशन पर इस बात की मोहर लगी होती थी कि वो समकालीन फिल्मों से अलग दिखाई देगी। जो ऐसी फिल्में प्रोड्यूस किया करते थे जिनका कोई सामाजिक सरोकार हो। जिनमें 'विजुअल' की समझ कमाल की थी। जिनमें फिल्म के लिए कहानियों को चुनने को लेकर गंभीर सजगता थी। जिससे वो समझ थी कि 'क्लास' और 'मास' दोनों के लिए कुछ बना सकें। जिनके बारे में कहा जाता था कि वो सिनेमा के तकनीकी पक्ष में दक्षता ना रखने के बाद भी कमाल के जानकार थे, जो असल मायने में हिंदुस्तानी फिल्म के 'लीजेंड' थे।

सिनेमा के परदे पर रंग का आना सिनेमाई इतिहास की एक खास़ परिघटना है और इसके साथ ही स्टूडियो के अंदर सेट बनाकर फिल्माने की रवायत टूटने लगी और कैमरा अब लोकेशन पर जाने लगा। लेकिन, शांताराम की रंगीन फिल्मों का अधिकांश स्टूडियो में ही फिल्माया गया है। इस मामले में भी वे अपने समकालीनों से भिन्न हैं। व्यापक सफलता के कारण आजाद भारत में सिनेमा उद्योग की रूप-रेखा तैयार करने में वी. शांताराम को अगुवा बनने की जिम्मेदारी निभानी पड़ी। नेहरू सरकार द्वारा गठित फिल्म इंक्वायरी कमेटी में उन्होंने सिनेमा उद्योग का प्रतिनिधित्व किया। इस कमेटी ने 1951 में अपनी रिपोर्ट दी थी।

फिल्म उद्योग की आपसी झंझटों में वे मध्यस्थता करते थे और उनकी बात टालने का साहस किसी में नहीं था। उनके स्टूडियो का दरवाजा नए लोगों के लिए हमेशा खुला रहता था। फिल्म उद्योग की विभिन्न संस्थाओं के वे लगातार अध्यक्ष और संरक्षक रहे। द्वितीय विश्वयुद्ध के दौरान उन्होंने फिल्म डिवीजन के साथ भी काम किया था। साल 1954 में सरकार ने उन्हें इस संस्था का सम्मानित प्रमुख निर्माता बनाया। आजादी के बाद राशनिंग के कारण फिल्मकारों

को निर्धारित मात्रा में रीलें मिलती थीं। वर्ष 1959 में इसे तय करने वाली संस्था रॉ स्टॉक स्टीयरिंग कमेटी के वे अध्यक्ष बनाए गए। शांताराम 1960 से 1970 तक सेंसर बोर्ड में भी रहे थे।

शांताराम की उपलब्धियों और उनके महत्व का आकलन ठीक से तभी हो सकता है, जब हम उनकी फिल्मों के साथ-साथ सिनेमाई इतिहास में उनके योगदान को हर आयाम से समझने का प्रयास करें। इतिहास को उसकी पूर्णता में देखे बिना हमें वर्तमान की सही दृष्टि नहीं मिल सकती है और न ही हम भविष्य को आकार दे पाने में सक्षम होंगे। वी. शांताराम हमारे आधुनिक सांस्कृतिक इतिहास की प्रमुख कड़ी हैंष्ट उन्हें जानना-समझना हमारे लिए ज़रूरी है।

॥ भाग- 2 ॥

भारत में सिनेमा

क्षेत्रीय फिल्में एवं सिनेमा का विकास

भारतीय सिनेमा का स्वर्ण युग

सत्यजित राय 20वीं शताब्दी के सर्वोत्तम फ़िल्म निर्देशकों में गिने जाते है। भारतीय स्वतन्त्रता संग्राम के बाद, 1944 से 1960 की काल अवधि फिल्म इतिहासकारों द्वारा भारतीय सिनेमा का स्वर्ण युग मन जाता है। पूरे भारतीय सिनेमा इतिहास की समीक्षकों द्वारा सर्वाधिक प्रशंसित फिल्में इस समय निर्मित हुई थी।

इस अवधि में बंगाली सिनेमा के नेतृत्व में एक नया समानांतर सिनेमा आंदोलन उभरा। इस आंदोलन की कुछ पहले उदाहरण फिल्मों चेतन आनंद' की नीचा नगर (1946), ऋत्विक घटक' की नागरिक (1952), और बिमल रॉय की दो बीघा ज़मीन (1953), ने नव यथार्तवाद और 'नयी भारतीय लहर ' की नींव रखी . पथेर पांचाली (1955), जो की सत्यजित राय की अपु त्रयी (1955–1959) का पहला भाग था, ने रॉय के भारतीय सिनेमा में प्रवेश की घोषणा थी। अपु त्रयी ने विश्व भर के प्रधान फिल्म समारोहों में प्रमुख पुरुस्कार जीते और भारतीय सिनेमा में 'समानांतर सिनेमा' आंदोलन को सुदृढ़ता से स्थापना की. विश्व सिनेमा पर इसका प्रभाव उन ' युवा कमिंग ऑफ ?ज नाटक फिल्मों के रूप में देखा जा सकता है जो 1950 से कला घरों में बाढ़ के रूप में फ़ैल रही है और 'अपु त्रयी की कर्ज़दार' हैं।

चलचित्रकार सुब्रत मित्र, जिनकी पहली फिल्म पथेर पांचाली थी का विश्व सिनेकला पर महतवपूर्ण प्रभाव पड़ा . उनकी एक ज़रूरी तकनीक थी बाउंस लाइटिंग, जिसका इस्तमाल करके वह सेट पर दिन के प्रकाश का प्रभाव लाते थे। उन्होंने इस तकनीक को अपराजितो (1956), अपु त्रयी का दूसरा भाग की शूटिंग के दौरान पहली बार इस्तेमाल किया। कुछ और प्रोयगात्मक तकनीक जिनकी सत्यजित राय ने अगुआई करी, उसमे शामिल हैं फोटो-नेगेटिव फ्लैशबैक(कथन) एक्स -रे विषयांतर प्रतिद्वंदी (1972) की शूटिंग के दौरान कैंसिल हुई 'द एलियन' नामक फिल्म के 1967 में लिखी हुई पठकथा को

स्टीवन स्पीलबर्ग की फिल्म ई.टी. द एक्स्ट्रा टेरेस्ट्रियल (1982) की प्रेरणा माना जाता है। सत्यजित राय और ऋत्विक घटक ने आगे चलकर कई और समीक्षक प्रशंसित कला फिल्म का निर्देशन किया। उनके अनुरसरण उनके पद चिन्हों पर चलते हुए अन्य प्रशंसित स्वतंत्र भारतीय फ़िल्मकार मृणाल सेन, मणि कौल, अडूर गोपालकृष्णन, जी. अरविन्दन और बुद्धदेब दासगुप्ता ने किया। 1960 के दशक में इंदिरा गांधी के सूचना और प्रसारण मंत्री कार्यकाल में उनके हस्तक्षेप से फिल्म फाइनेंस कारपोरेशन द्वारा और भिन्न सिनेमाई अभिव्यक्ति वाली फिल्मों का निर्माण हुआ।

व्यावसायिक बॉलीवुड हिंदी सिनेमा भी कामयाब हो रहा था। इस दौर की प्रशंसित फिल्मों में गुरु दत्त की प्यासा (1957) और कागज़ के फूल (1959) और राज कपूर की आवारा (1951) और श्री 420 (1955). ये फिल्मे उस दौर के सामाजिक विषय जो की उस वक़्त के शहरी कामकाजी वर्ग की ज़िन्दगी से जुड़े थे को दर्शाती थी; आवारा में शहर को भयावह और खूबसूरत सपने की तरह दिखाया गया जबकि प्यासा ने शहरी जीवन के मायाजाल की आलोचना की। कुछ प्रसिद्ध फिल्मे भी इस समय निर्मित हुई जैसे मेहबूब खान की मदर इंडिया (1957), जिसे विदेशी भाषा की सर्वश्रेष्ठ फिल्म के अकादमी पुरस्कार, का नामांकन भी मिला और के. आसिफ'की मुग़ल-ए-आज़म (1960)। वी. शांताराम 'की दो आँखें बारह हाथ (1957) को हॉलीवुड फिल्म द डर्टी डॉजेन (1967) की प्रेरणा भी कहा जाता है (1967)। बिमल रॉय द्वारा निर्देशित और ऋत्विक घटक द्वारा लिखित मधुमती (1958) ने पुनर्जन्म के विषय को लोकप्रिय पश्चिम संस्कृति में बढ़ावा दिया। अन्य लोकर्पिय मुख्य धारा के फिल्मेकर थे कमाल अमरोही और विजय भट्ट।

1946 में काँस फिल्म फेस्टिवल में चेतन आनंद की सामाजिक यथार्थवादी फिल्म नीचा नगर के प्रधान पुरुस्कार जीतने के बाद 1950 और 1960 के दशक में भारतीय फिल्मे लगातार काँन्स पालमे डी'ओर के मुकाबले में बानी रही और उन में से कई फिल्मों ने पुरुस्कार भी जीते। सत्यजित राय ने अपु त्रयी की अपनी दूसरी फिल्म अपराजितो (1956) के लिए वेनिस फिल्म समारोह में स्वर्ण सिंह और बर्लिन अंतरराष्ट्रीय फिल्म समारोह में स्वर्ण भालू और दो रजत भालू भी जीते। रे के समकालीन ऋत्विक घटक और गुरु दत्त की उनके जीवन काल में हालाँकि उपेक्षा हुई पर 1980 और 1990 के दशक में विलम्ब के

साथ अंतर्राष्ट्रीय पहचान मिली। राय को घटक और दत्त के साथ 20वी शताब्दी का सिनेमा के महानतम फिल्मकारों में से एक माना जाता है। 1992 में साईट और साउंड समीक्षक मतदान में राय को 10 सर्वकालीन श्रेष्ठ निर्देशकों में से 7 को चुना जबकि 2012 में साईट और साउंड के श्रेष्ठ निर्देशकों मतदान में दत्त को 73 वां स्थान मिला। सिवाजी गणेशन अंतरराष्ट्रीय पुरुस्कार पाने वाले पहले भारतीय अभिनेता बने जब उन्होंने 1960 के एफ्रो एशियाई फिल्म समारोह में सर्वश्रेष्ठ अभिनेता का खिताब जीता और 1995 में फ्रेंच सरकार ने उन्हें लीजन ऑफ़ ऑनर में शेवलिएर का सम्मान दिया। तमिल सिनेमा ने तमिल सिनेमा और द्रविड़ राजनीति पर अपना प्रभाव छोड़ा और कई प्रसिद्ध फिल्म व्यक्ति जैसे सी एन अन्नादुरै, एम जी रामचंद्रन, एम करूणानिधि और जयललिता तमिलनाडु के मख्यमंत्री बने।

इस स्वर्ण युग की कई फिल्मे की गिनती समीक्षकों और निर्देशकों के मतानुसार सर्वकालीन श्रेष्ठ फिल्मे में की जाती है। इस दौरान दक्षिण भारतीय सिनेमा महा ग्रन्थ महाभारत पर आधारित कुछ फिल्म निर्माण हुए जैसे मायाबाज़ार, आईबीएन लाइव के 2013 मतदान के सर्वश्रेष्ठ भारतीय फिल्म इन्डोनेशियाई फिल्म समारोह में नार्थंसला ने सर्वश्रेष्ठ निर्माण योजना और एस. वी. रंगा राव को सर्वश्रेष्ठ अभिनेता का पुरुस्कार मिला। साईट और साउंड समीक्षक मतदानो में सत्यजित राय की कई फिल्मों को स्थान मिला जिनमे 'अपु त्रयी', जलसाघर, चारुलता और अरण्येर दिन रात्रि। 2002 साईट और साउंड समीक्षक और निर्देशक मतदान में गुरु दत्त की प्यासा और कागज़ के फूल, ऋत्विक घटक की मेघे ढाका तारा और कोमल गांधार, राज कपूर की आवारा, विजय भट्ट' की बैजू बावरा, महबूब खान की मदर इंडिया और के. आसिफ़ की मुग़ल ए आज़म भी शामिल थी। 1998 में एशियाई सिनेमा मैगज़ीन सिनेमाया के समीक्षक मतदान में भी राय की अपु त्रयी, चारुलता और जलसाघर, घटक की सुबर्णरेखा को स्थान मिला। 1999 में द विलेज वॉयस के सदी की सर्वश्रेष्ठ 250 फिल्म मत में फिर से अपु त्रयी को मतों को मिलकर 5वा स्थान मिला। 2005 म, अपु त्रयी और प्यासा को टाइम मैगज़ीन की सर्वकालीन 100 श्रेष्ठ फिल्म स्थान मिला।

आधुनिक भारतीय सिनेमा

1970 के दशक में भी श्याम बेनेगल जैसे कई फ़िल्मकार यथार्थवादी

सामानांतर सिनेमा का निर्माण करते रहे। इस दौरान सक्रिय फ़िल्मकार थे सत्यजीत रे, ऋत्विक घटक, मृणाल सेन, बुद्धदेव दासगुप्ता और गौतम घोष बंगाली सिनेमा में, के बालाचंदर, बालू महेंद्र, भारथीराजा और मणि रत्नम तमिल सिनेमा में , अडूर गोपालकृष्णन, शाजी एन करुण , जी अरविंदन, जॉन अब्राहम, भारथन और पद्मराजन मलयालम सिनेमा में, नीरद एन. मोहपात्रा ओड़िया सिनेमा, के. एन. टी सास्त्री और बी. नरसिंग राव तेलुगु सिनेमा में; और मणि कौल, कुमार शाहाणी, केतन मेहता, गोविन्द निहलानी और विजया मेहता हिंदी सिनेमा में. फिल्म फिनान्स कारपोरेशन ने ऐसी कई फिल्मों की आर्थिक मदद भी की लेकिन कला फिल्मों के प्रति इस झुकाव की सरकारी उपक्रमों की जांच कमिटी ने 1976 में व्यवासयिक सिनेमा को बढ़ावा न देने के लिए आलोचना भी की।

दक्षिण भारतीय अभिनेता कमल हसन को 6 साल की आयु में अपनी पहली फिल्म कलाथुर कन्नम्मा के लिए राष्ट्रपति का स्वर्ण मेडल मिला। उन्हें भारतीय सिनेमा में अपने योगदान के लिए 1990 में पद्म श्री और 2014 में पद्म भूषण सम्मान भी मिला। हासन को ममूटी और अमिताभ बच्चन के साथ सर्वश्रेष्ठ अभिनेता के लिये 3 राष्ट्रीय फिल्म अवार्ड भी मिले हैं। तमिल फिल्म थेवर मगन के लिए सर्वश्रेष्ठ फीचर फिल्म का राष्ट्रीय फिल्म अवार्ड भी हासन को निर्माता के तौर पर पर मिला है। कमल ने पांच भाषाओं में रिकॉर्ड 19 फिल्मफेयर अवार्ड भी जीते हैं; 2000 में अपना आखिरी अवार्ड जीतने के बाद उन्होंने फिल्मफेयर को लिख कर और अपने आप को अवार्ड न देने की गुज़ारिश की। 2003 में रॉटरडैम फिल्म समारोह में उनकी फिल्मे हे राम , पुष्पक, नायकन (1987 फिल्म) और कुरथीपूणल निर्देशक फोकस में प्रदर्शित हुई। 2004 में पुचोन अंतरराष्ट्रीय फिल्म समारोह में विरुमांडी ने पहला सर्वश्रेष्ठ एशियाई फिल्म का खिताब जीता।

1970 के दशक में व्यवासयिक सिनेमा ने भी कुछ चिरस्थायी फिल्में जैसे आनंद (1971), अमर प्रेम (1971) और कटी पतंग (1972), जिन्होंने राजेश खन्ना को भारतीय सिनेमा का पहला सुपरस्टार या महानायक बनाया और उन्नति हासिल की। 1970 दशक के आखरी सालों में अमिताभ बच्चन ज़ंजीर (1974) और भारतीय सिनेमा की सफलतम फिल्मो में से एक शोले (1975) जैसी एक्शन फिल्मो के साथ अपनी एंग्री यंग मैन की छवि बनायी और भारत

के दुसरे महानायक का दर्ज़ा प्राप्त किया। धार्मिक फिल्म जय संतोषी माँ जिसने सफलता के कई रिकॉर्ड तोड़े 1975 में रिलीज़ हुई। यश चोपड़ा द्वारा निर्देशित और सलीम-जावेद की लिखी हुई दीवार, एक आपराधिक ड्रामा फिल्म थी जिसमे एक पुलिस अफसर शशि कपूर अपने गैंगस्टर भाई (अमिताभ बच्चन) से लड़ता है जिसका चरित्र असली स्मगलर हाजी मस्तान' पर आधारित था। इस फिल्म को डैनी बॉयल ने भारतीय सिनेमा की असली पहचान बताया है। भारतीय शास्त्रीय संगीत के पुनरुद्धार की कहानी बताती 1979 तेलुगु फिल्म संकरभरणम् को 1981 के बेसांको फ्रेंच फिल्म समारोह का जनता का पुरुस्कार मिला। पट्टाभिराम रेड्डी निर्देशित 1970 कन्नड़ फिल्म संस्कारा ने दक्षिण भारत में सामानांतर सिनेमा आंदोलन की शुरुआत करी. इस फिल्म को लोकार्नो अंतरराष्ट्रीय फिल्म समारोह में कांस्य तेंदुआ सम्मान मिला।

कई तमिल फिल्मों विश्व भर के अंतरराष्ट्रीय फिल्म समारोहों में प्रीमियर या प्रदर्शित हुई हैं जैसे मणि रत्नम' की कन्नथील मुथामित्तल, वसंथबालन' की वेय्यील और अमीर सुल्तान'की परूथीवीरण। कांचीवरम (2009) का प्रीमियर टोरंटो अंतरराष्ट्रीय फिल्म समारोह में हुआ था। तमिल फिल्मे विदेशी भाषा की सर्वश्रेष्ठ फिल्म का अकादमी अवार्ड के लिए 8 बार भेजी गयी है। मणि रत्नम की नायकन (1987) टाइम मैगज़ीन की सर्वकालीन 100 सर्वश्रेष्ठ फिल्मों की सूची में भी शामिल की गयी है। के. एस. सेथु माधवन निर्देशित मरूपक्कम (1991) सर्वश्रेष्ठ फीचर फिल्म का राष्ट्रीय अवार्ड पाने वाली पहली तमिल फिल्म थी।

दक्षिण भारतीय मलयालम सिनेमा का स्वर्ण युग 1980 के दशक और 1990 के शुरुआती वर्षों में था। उस काल के कुछ सर्वाधिक प्रशंसित फ़िल्मकार मलयालम सिनेमा से थे जिनमे अडूर गोपालकृष्णन, शाजी एन करुण , जी अरविंदन और टी. वी. चंद्रन प्रमुख हैं। अडूर गोपालकृष्णन, जिन्हें सत्यजित राय का आध्यात्मिक उत्तराधिकारी माना जाता है, ने इस इस समय अपनी कुछ सर्वाधिक प्रशंसित फ़िल्में निर्देशित की जिनमे एलीप्पथायम (1981) लंदन फिल्म समारोह में सुदरलैंड ट्रॉफी विजेता ; मथिलुकल (1989) वेनिस फिल्म समारोह में सम्मान विजेता प्रमुख हैं।

शाजी एन करुण की पहली फिल्म पिरावी (1989) को काँन्स फिल्म फेस्टिवल में कैमरा डी' ऑर सम्मान मिला जबकि उनकी दूसरी फिल्म स्वहम

(1994) 1994 के काँन्स फिल्म फेस्टिवल के पॉम डी' ऑर की प्रतियोगिता में थी। व्यवासयिक मलयालम सिनेमा को भी जयन की एक्शन फिल्मो से बढ़ावा मिला।

व्यवासयिक हिंदी सिनेमा 1980 और 1990 के दशक में एक दूजे के लिए (1981), मिस्टर इंडिया (1987), क़यामत से क़यामत तक (1988), तेज़ाब (1988), चांदनी (1989), मैंने प्यार किया (1989), बाज़ीगर (1993), डर (1993),ड103.हम आपके हैं कौन..! (1994), दिलवाले दुल्हनिया ले जायेंगे (1995) और कुछ कुछ होता है (1998) जैसी फिल्मों की रिलीज़ के साथ और बढ़ता रहा। इनमे कई नए कलाकार जैसे शाहरुख खान, माधुरी दीक्षित, श्रीदेवी, अक्षय कुमार, आमिर खान और सलमान खान ने अभिनय किया था। इस बीच में शेखर कपूर' की कल्ट श्रेष्ट फिल्म बैंडिट क्वीन (1994) भी बनी जिसने अंतर्राष्ट्रीय स्तर पर पहचान मिली।

1990 के दशक के अंत में 'समानांतर सिनेमा' का व्यावसायिक और समीक्षक रूप से सफल फिल्म सत्या (1998) के कारण पुनर्जन्म हुआ। मुंबई अंडरवर्ल्ड से प्रेरित यह एक अपराधिक ड्रामा था जिसका निर्देशन राम गोपाल वर्मा ने किया था और इसके लेखक थे अनुराग कश्यप। इस फिल्म की सफलता से एक नयी भिन्न शैली मुंबई नोयर का उदय हुआ। ये शहरी फिल्मे मुंबई की सामाजिक समस्याओं का चित्रण करती हैं। कुछ और मुंबई नोयर फ़िल्में है मधुर भंडारकर' की चांदनी बार (2001) और ट्रैफिक सिग्नल (2007), राम गोपाल वर्मा की कंपनी (2002) और इसकी पिछली कड़ी डी (2005), अनुराग कश्यप की ब्लैक फ्राइडे (2004)।

विशाल भारद्वाज की 2014 फिल्म हैदर, उनकी विलियम शेक्सपियर के भारतीय रूपांतरण त्रयी की मक़बूल (2003) और ओमकारा (2006) के बाद तीसरी फिल्म थी। इस फिल्म ने 9वे रोम फिल्म समारोह में मोंडो श्रेणी में पीपलस चॉइस अवार्ड जीतकर ऐसा करने वाली पहली भारतीय फिल्म बन गयी। आज के युग में अन्य सक्रिय कला फिल्म निर्देशक हैं मृणाल सेन, मीर शानी, बुद्धदेव दासगुप्ता, गौतम घोष, संदीप रे और अपर्णा सेन बंगाली सिनेमा में, संतोष सिवन और मणि रत्नम तमिल सिनेमा में, नीरद एन. मोहपात्रा ओड़िया सिनेमा, के. एन. टी सास्त्री और बी. नरसिंग राव अक्किकेनि कुटुंबा राव, देवा कट्टा तेलुगु सिनेमा में; अडूर गोपालकृष्णन, शाजी एन करुण , टी.

वी. चंद्रन, मलयालम सिनेमा में, मणि कौल, कुमार शाहाणी, केतन मेहता, गोविन्द निहलानी, मीरा नायर, नागेश कुकुनूर, और सुधीर मिश्रा हिंदी सिनेमा में और दीपा मेहता, अनंत बालानी, होमी अड़ाजानिया, विजय सिंह और सूनी तारापोरवाला भारतीय अंग्रेजी सिनेमा में।

ग्लोबल आदान प्रदान

भारतीय फ़िल्मकार उपनिवेशी राज के दौरान यूरोप से फिल्म अपकरण खरीदते थे। ब्रिटिश सरकार ने दूसरा विश्वयुद्ध के समय पर युद्धकालीन प्रचार फिल्मों के निर्माण के लिए पैसे भी दिए, जिनमे से कुछ में भारतीय सेना को धुरी राष्ट्र, के खिलाफ युद्ध करते हुए दिखाया गया विशेषकर जापान का साम्राज्य, जो भारत की सीमा में घुसपैठ भी कर ली थी। बर्मा रानी ऐसी ही एक कहानी थी जो म्यानमार में जापानी कब्ज़े के खिलाफ ब्रिटिश और भारतीयों द्वारा किये नागरिक विरोध को दिखाती है। आज़ादी से पहले के व्यापारी जैसे जे. एफ. मदन और अब्दुलली इसूफल्ली ग्लोबल सिनेमा में व्यापार करते थे।

भारतीय सिनेमा के दुसरे क्षेत्रों के साथ शुरुआती सम्पर्क तब दिखे जब भारतीय फिल्मो ने सोवियत यूनियन, मध्यपूर्व एशिया, दक्षिणपूर्व एशिया आदि में प्रवेश किया। मुख्य धारा फिल्म अभिनेता जैसे रजनीकांत और राज कपूर ने एशिया और पूर्वी यूरोप भर में अंतर्राष्ट्रीय शोहरत पायी। भारतीय फिल्मो ने अंतर्राष्ट्रीय फोरम और फिल्म समारोहों में भी अपनी उपस्थिति दर्ज़ कराई। इस माध्यम से सामानांतर बंगाली फिल्मकारों जैसे सत्यजित रे ने अंतर्राष्ट्रीय ख्याति पाई और उनकी फिल्मे यूरोपियन, अमरीकी और एशियाई दर्शकों में सफलता पाई। राय की फिल्मो ने तत्पश्चात् विश्वव्यापी प्रभाव डाला और मार्टिन स्कोर्सीसी, जेम्स आइवरी, अब्बास किआरोस्तामी, एलीआ कज़ान, फ्रांकोइस ट्रूफॉट, स्टीवन स्पीलबर्ग, कार्लोस सौरा, जॉन-लुक गोडार्ड, एसओ टाकाहाटा, ग्रेगोरी नावा, इरा साक्स और वेस एंडरसन उनकी सिनेमाई शैली से प्रभावित हुए और कई अन्य जैसे अकीरा कुरोसावा ने उनके काम की तारीफ़ की। वो ' युवा कमिंग ऑफ ?ज नाटक फिल्में जो 1950 से कला घरों में बाढ़ के रूप में फ़ैल रही है अपु त्रयी की कर्ज़दार' हैं।

सुब्रत मित्र की बाउंस लाइटिंग तकनीक जिसका इस्तमाल करके वह सेट पर दिन के प्रकाश का प्रभाव लाते थे का भी काफी प्रभाव पड़ा। राय की फिल्म 'कंचनजंघा (1962) ने एक कथा सरंचना शैली का इस्तेमाल किया जो बाद

में प्रचलित हाइपरलिंक सिनेमा से मिलती है। 1980 के पश्चात, कुछ पहले अनदेखे भारतीय फ़िल्मकार जैसे ऋत्विक घटक और गुरु दत्त ने मरणोपरांत अंतर्राष्ट्रीय ख्याति प्राप्त की है। तमिल फिल्मो ने दक्षिणपूर्व एशिया के दर्शकों में लगातार लोकप्रियता बनायीं है। चंद्रलेखा के बाद मुथु जापानी भाषा में डब होने वाली दूसरी तमिल फिल्म थी। (मुटु : ओडूरु महाराजा) और 1998 में इसने रिकॉर्ड 1.6 मिलियन की कमाई की। 2010 में एंथीरन ने उत्तर अमेरिका में रिकॉर्ड 1.4 मिलियन की कमाई की। कई एशियाई और दक्षिण एशियाई देश पश्चिमी सिनेमा के मुकाबले भारतीय सिनेमा को अपनी संवेदनाओं के निकट पाते हैं। 21वी शताब्दी तक भारतीय सिनेमा सीमाहीन हो गया है और उन सब जगहों तक फ़ैल गया है जहाँ प्रवासी भारतीय सार्थक संख्या में रहते हैं और अन्य अंतराष्ट्रीय सिनेमा का विकल्प बन रहा है।

हाल ही में भारतीय सिनेमा का प्रभाव पश्चिमी संगीतमय फिल्मो पर भी पड़ रहा है और इसने इस शैली के पुनरुद्धार में महत्त्वपूर्ण सहायता की है बाज़ लुहरमनं ने कहा है की उनकी सफल संगीतमय फिल्म मौलिन रूज़! (2001) बॉलीवुड संगीतमय फिल्मो से सीधी प्रभावित थी। मौलिन रूज़ की व्यावासयिक और समीक्षक सफलता से मरणासन्न पश्चिमी संगीतमय फिल्म शैली में नयी दिलचस्पी पैदा की और इसका नवजागरण हुआ। डैनी बॉयल 'की अकादमी अवार्ड विजेता फिल्म स्लमडॉग मिलियनेयर (2008) भी भारतीय फिल्मों से सीढ़ी प्रभावित थी और हिंदी व्यावसायिक सिनेमा को एक श्रद्धांजलि भी मानी जाती है। कुछ भारतीय फ़िल्मकार विधु विनोद चोपड़ा, जाह्नू बरुआ, सुधीर मिश्रा और पन नलिन भी ग्लोबल दर्शकों तक पहुंच बनाने की कोशिश कर रहे हैं। भारतीय सिनेमा को अमरीकन अकादमी अवार्ड में भी पहचान मिली है। तीन भारतीय फिल्मे मदर इंडिया (1957), सलाम बॉम्बे! (1988), और लगान (2001) सर्वश्रेश्ठ विदेशी भाषा फिल्म के अकादमी अवार्ड के लिए नामांकित हुई हैं। अकादमी अवार्ड जीतने वाले भारतीय हैं भानु अथैया (पशक डिज़ाइनर), सत्यजित राय (फ़िल्मकार), ए. आर. रहमान (संगीतकार), रेसुल पूकुट्टी (ध्वनि संपादक) और गुलज़ार (गीतकार)।

प्रेरणा और प्रभाव

भारतीय लोकप्रिय सिनेमा की परम्पराएँ 6 प्रमुख प्रभावों से बनी है। पहला; प्राचीन भारतीय महाकाव्यों महाभारत और रामायण ने भारतीय सिनेमा

के विचार और कल्पना पर गहरा प्रभाव छोड़ा है विशेषकर कथानक पर। इस प्रभाव के उदहारण है साथ की कहानी, पीछे की कहानी और कहानी के अंदर कहानी की तकनीक। लोकप्रिय भारतीय फिल्मों के प्लाट में अक्सर कहानी उप कथाओं में फ़ैल जाती है, ये कथानक का प्रसार 1993 की फिल्म 'खलनायक और गर्दिश में देखा जा सकता है।

दूसरा : प्राचीन संस्कृत नाटक, अपनी शैलीबद्ध स्वरुप और प्रदर्शन पर महत्व के साथ संगीत, नृत्य और भाव भंगिमा मिलकर ' जीवंत कलात्मक इकाई का निर्माण करते हैं जहाँ नृत्य और अनुकरण/स्वांग नाटकीय अनुभव का केंद्र हैं'। संस्कृत नाटक नाट्य के नाम से भी जाने जाते हैं। नाट्य शब्द की उत्पत्ति 'नृत' (नाच) शब्द मूल से हुई है जिससे संस्कृत नाटक के भव्य नृत्य नाटक चरित्र का पता चलता है जिस परंपरा का पालन आज भी हिंदी सिनेमा में हो रहा है। अभिनय की रास विधि जिसकी उत्पत्ति प्राचीन संस्कृत नाटक के काल में हुई थी, एक मूल गुण है जो जो भारीतय सिनेमा को पश्चिमी सिनेमा से भिन्न करता है। रास विधि में अभिनेता समानुभूतिक ' के भाव दिखाता है जिसे दर्शक महसूस करता है पश्चिमी स्टानिसलावस्की पद्धति के विपरीत जहाँ अभिनेता को अपने चरित्र का 'जीता जागता अवतार' बनना चाहिए। ' अभिनय की रास पद्धति लोकप्रिय हिंदी फिल्म अभिनेता जैसे अमिताभ बच्चन और शाहरुख खान और देश भर में प्रिय फिल्म जैसे रंग दे बसंती (2006) और अंतराष्ट्रीय स्तर पर सराही गयी सत्यजित रे के फिल्मो भी दिखता है।

तीसराः पारम्परिक लोक भारतीय थिएटर, जो 10 वी शताब्दी में संस्कृत नाटक के पतन के बाद लोकप्रिय हुआ। इन क्षेत्रीय प्रथाओं में बंगाल की जात्रा, उत्तर प्रदेश की राम लीला, कर्णाटक का यक्षगान, आंध्र प्रदेश का चिन्दु नाटकम्, और तमिलनाडु का तेरुक्कुटू है।

चौथाः पारसी थिएटर, जिसमें यथार्थवाद और फंतासी, संगीत और नाच , कथानक और प्रदर्शन, जमीनी संवाद और स्टेज प्रदर्शन की पटुता, और इन सब को एक में पिरो कर अतिनाटक के नाटकीय सम्भाषण में प्रस्तुत किया जाता है। पारसी नाटकों में भोंडा हास्य, मधुर गाने और संगीत , सनसनीखेज और चकाचौंध स्टेज कला होती है।' ये सारे प्रभाव मसाला फिल्मो में स्पष्ट दिखते है जो मनमोहन देसाई जैसे फिल्मकारों ने 1970 और 1980 में लोकप्रिय बनाया। इसका उदहारण हैं कुली और हाल ही में समीक्षकों द्वारा प्रशंसित रंग

दे बसंती।

पाँचवाः 1920 से 1950 का हॉलीवुड जब वहां पर संगीतमय फिल्म लोकप्रिय थी, हालाँकि भारतीय फ़िल्मकार अपने हॉलीवुड समकक्ष से कई तरीकों से अलग थे। उदहारण के लिए हॉलीवुड की संगीतमय फिल्म का प्लाट अधिकतर मनोरंजन की दुनिया में ही होता था जबकि भारतीय फ़िल्मकार लोकप्रिय फिल्मो में फंतासी के तत्वों को बढ़ाते हुए गीत-संगीत और नृत्य को कई परिस्थितियों में अभिव्यक्ति का एक प्राकृतिक माध्यम की तरह इस्तेमाल करते थे। गीत और नृत्य के साथ मिथको, इतिहास, परी कथा इत्यादि का कथा वचन एक भारतीय प्रथा है। इसके अतिरिक्त 'जहाँ हॉलीवुड के फ़िल्मकार अपनी फिल्मो को निर्मित स्वरुप को छिपाने की कोशिश करते हैं ताकि यथार्थवादी कथानक पूरी तरह से प्रधान रहे, भारतीय फ़िल्मकार इस तथ्य को छुपाने की कोशिश नहीं करते की स्क्रीन पर दिखाया गया दृश्य एक कृति, एक माया, एक कल्पना है। लेकिन उन्हों अपनी इस कृति की लोगों की रोज़ाना की ज़िन्दगी के साथ रोचक और जटिल तरीकों से मिलाया।' एक और प्रभाव पश्चिमी म्यूजिक वीडियो हैं जिनका 1990 के बाद से काफी प्रभाव पड़ा है जिसे नृत्य क्रम, कैमरा एंगल, गति और संगीत मेमे भी देखा जा सकता है। इसका एक शीघ्र उदहारण है मणि रत्नम की 'बॉम्बे (1995)।

लोकप्रिय भारतीय सिनेमा की तरह भारतीय समान्तर सिनेमा पर भी भारतीय थिएटर (मुख्यतः संस्कृत नाटक) और भारतीय साहित्य (मुख्यतः बंगाली साहित्य) का प्रभाव पड़ा है लेकिन अंतर्राष्ट्रीय प्रेरणा के रूप में उस पर यूरोपियन सिनेमा खास तौर पर इतालियन नवयथार्तवाद और फ्रेंच काव्यात्मक यथार्थवाद का हॉलीवुड के मुकाबले ज़्यादा असर पड़ा है। सत्यजित रे ने इतालियन फ़िल्मकार विट्टोरिओ डे सीका' की बाइसिकल थीव्स (1948) और फ्रेंच फ़िल्मकार जॉन रेनॉर'की द रिवर (1951), को अपनी पहली फिल्म पाथेर पांचाली (1955) की प्रेरणा बताया है। रे ने अपने आप को यूरोपियन सिनेमा और बंगाली साहित्य के अलावा भारतीय थिएटर की परम्परा खास तौर पर शास्त्रीय संस्कृत नाटक की रास पद्धति का भी कर्ज़दार माना है। रास में पात्र न सिर्फ भावना महसूस करते हैं बल्कि उसे एक कलात्मक रूप में दर्शको को भी दर्शाते हैं और यही दोहरा चित्रण अपु त्रयी में दिखता है। बिमल रॉय की दो बीघा ज़मीन (1953) भी डे सीका की बाइसिकल थीव्स से प्रेरित थी और

इसने भारतीय नयी लहर का मार्ग प्रशस्त किया जो फ्रेंच नयी लहर और जापानी नयी लहर का समकालीन था।

बहुभाषी

1930 के दशक की कुछ भारतीय फिल्मे 'बहुभाषी' के रूप में जानी जाती है। इन फिल्मो को मिलती जुलती लेकिन असमान रूपांतर में विभिन्न भाषाओँ में शूट किया गया था।' इनसाइक्लोपीडिया ऑफ इंडियन सिनेमा (1994) में राजधक्ष्य और विलेमेन के अनुसार, एक बहुभाषी फिल्म अपने सटीक रूप में - एक बहुभाषी या त्रिभाषी फिल्म. एक प्रकार की फिल्म है जो 1930 में स्टूडियो युग में बनी थी, जिसमे अलग भाषाओँ में हर दृश्य के अलग लेकिन समान शॉट लिए जाते थे जिसमे अभिनेता अलग होते थे लेकिन तकनिकी कर्मी और संगीत एक होते थे। राजधक्ष्य और विलेमेन के अनुसार अपने इनसाइक्लोपीडिया के शोध के दौरान उन्हें बहुभाषी , डब फिल्मो , रीमेक इत्यादि के बीच में भेद करने में काफी कठिनाई हुई। कुछ मामलो में वही फिल्म अलग शीर्षक के साथ भिन्न फिल्म के रूप में दूसरी भाषा में सूचीबद्ध की गयी हैं। कई वर्षों के विद्वत्तापूर्ण कार्य के बाद ही इसमें निर्णायक विवरण निकाला जा सकता है।

भारत में क्षेत्रीय सिनेमा

भारतीय सिनेमा के अन्तर्गत भारत के विभिन्न भागों और भाषाओं में बनने वाली फिल्में आती हैं जिनमें आंध्र प्रदेश और तेलंगाना, असम, बिहार, उत्तर प्रदेश, गुजरात, हरियाणा, जम्मू एवं कश्मीर, झारखंड, कर्नाटक, केरल, महाराष्ट्र, ओडिशा, पंजाब, राजस्थान, तमिलनाडु, पश्चिम बंगाल और बॉलीवुड शामिल हैं। भारतीय सिनेमा ने 20वीं सदी की शुरुआत से ही विश्व के चलचित्र जगत पर गहरा प्रभाव छोड़ा है।। भारतीय फिल्मों का अनुकरण पूरे दक्षिणी एशिया, ग्रेटर मध्य पूर्व, दक्षिण पूर्व एशिया और पूर्व सोवियत संघ में भी होता है। भारतीय प्रवासियों की बढ़ती संख्या की वजह से अब संयुक्त राज्य अमरीका और यूनाइटेड किंगडमभी भारतीय फिल्मों के लिए एक महत्वपूर्ण बाजार बन गए हैं। एक माध्यम (परिवर्तन) के रूप में सिनेमा ने देश में अभूतपूर्व लोकप्रियता हासिल की और सिनेमा की लोकप्रियता का इसी से अन्दाजा लगाया जा सकता है कि यहाँ सभी भाषाओं में मिलाकर प्रति वर्ष 1,600 तक फिल्में बनी हैं।

भारत में, फिल्म उद्योग सबसे प्रसिद्ध, व्यापक और प्रशंसित आकर्षणों में से एक है। हालांकि, यह मानना एक गंभीर गलती है कि मुंबई आधारित बॉलीवुड ही ऐसा केंन्द्र है जहाँ पर सभी फिल्में रिलीज होती हैं। क्षेत्रीय फिल्में भी अब आगे बढ़ रही हैं तथा देश और दुनिया भर में अपने प्रदर्शन के दमपर दर्शकों के दिलों पर कब्जा कर रही हैं। 2018 में बॉक्स ऑफिस की आय 1.5 बिलियन अमेरिकी डॉलर थी जिसमें (पिछले वर्ष की तुलना में) काफी वृद्धि नहीं हुई है, लेकिन तमिल, तेलगू, मलयालम, गुजराती, बंगाली, कन्नड़ और पंजाबी फिल्मों ने काफी उन्नति प्राप्त की है। ऐसी संभावना की जा रही है कि 2021 में, यह प्रवृत्ति पूरी तरह से अलग दिखेगी। क्षेत्रीय फिल्म उद्योग स्वयं ही एक अरब डॉलर का उद्योग बनने के लिए तैयार है। आईये जानते हैं क्षेत्रीय सिनेमा के बारे में -

असमिया सिनेमा

असमिया फिल्म उद्योग की उत्पत्ति क्रांतिकारी कल्पनाकर रुपकोंवर ज्योतिप्रसाद अग्रवाल के कार्यों में है, जो एक कवि, नाटक लेखक, संगीतकार और स्वतंत्रता सेनानी भी थे। उनका चित्रकला मूवीटोन के बैनर में 1935 में बनी पहली असमिया फिल्म जोयमती के निर्माण में महत्वपूर्ण योगदान था। प्रशिक्षित तकनीशियनों के कमी के कारण ज्योतिप्रसाद को अपनी फिल्म बनाते हुए निर्माता और निर्देशक के अलावा पटकथा लेखक, नृत्य निर्देशक, संगीतकार, गीतकार, संपादक आदि कई अतिरिक्त जिम्मेदारियां भी निभानी पड़ी. 60,000 रुपए के बजट में बनी यह फिल्म 10 मार्च 1935 को रिलीज़ हुई और बॉक्स ऑफिस पर असफल रही । कई अन्य शुरुआती भारतीय फिल्मो की तरह जोयमती के भी नेगेटिव और पूरे प्रिंट गायब है। अल्ताफ मज़ीद ने निजी तौर बचे हुए प्रिंट का नवीनीकरण और उपशीर्षक किया है। जोयमती में हुए नुकसान के बावजूद दूसरी असमिया फिल्म इन्द्रमालती को 1937 से 1938 फिल्माया गया और 1939 में रिलीज़ किया गया। 21वी शताब्दी की शुरुआत में बॉलीवुड- शैली में असमिया फिल्मो का निर्माण होने लगा।

बंगाली सिनेमा

टोलीगंज पश्चिम बंगाल में स्थित बंगाली सिनेमाई परंपरा प्रसिद्ध फ़िल्मकार जैसे सत्यजित रे, ऋत्विक घटक और मृणाल सेन को अपने सबसे प्रशंसित सदस्यों के रूप में गिनती है। हाल की फिल्मे जिन्होंने राष्ट्रीय ध्यान आकर्षित किया है वो हैं ऋतुपर्णो घोष' की चोखेर बाली अभिनीत ऐश्वर्या राय, कौशिक गांगुली की शब्दो आदि। बंगाली सिनेमा में विज्ञानं कल्प और सामाजिक विषयों पर भी फिल्मे बनी है। 2020 के दशक में 80 - 90 बंगाली फिल्मे सालाना बन रही है।

बंगाल में सिनेमा का इतिहास 1890 में शुरू होता है जब पहले 'बॉयोस्कोप' कोलकाता के थिएटर में दिखाए गए। दस वर्षों के भीतर ही हीरालाल सेन विक्टोरियन युग सिनेमा के अगुआ ने रॉयल बॉयोस्कोप कंपनी की स्थापना कर बंगाली फिल्म उद्योग के बीज बोए. रॉयल बॉयोस्कोप स्टार थिएटर (कलकत्ता), मिनर्वा थिएटर (कलकत्ता), क्लासिक थिएटर इत्यादि के लोकप्रिय नाटको के स्टेज निर्माण के सीन दिखाता था। सेन के कार्यों के काफी साल बाद 1918 में धीरेन्द्र नाथ गांगुली ने इंडो ब्रिटिश फिल्म कंपनी पहली

बंगाली स्वामित्व वाली निर्माण कंपनी की स्थापना की। लेकिन पहली बंगाली फीचर फिल्म बिल्वमंगल मदन थिएटर के बैनर तले 1919 में निर्मित हुई. बिलत फेरत 1921 में इंडो ब्रिटिश का पहला निर्माण था। मदन थिएटर की जमाई षष्ठी पहली बंगाली बोलती फिल्म थी।

1932 में टॉलीवुड नाम बंगाली फिल्म उद्योग के लिए इस्तेमाल हुआ चूँकि टॉलीगँज फिल्म उद्योग का केंद्र था और ये हॉलीवुड के साथ मेल खाता था। बाद में ये बॉलीवुड और ऐसे ही और हॉलीवुड प्रेरित नाम की भी प्रेरणा बना जब बम्बई (अब मुंबई) टॉलीगँज को पीछे छोड़कर भारतीय फिल्म उद्योग का केंद्र बन गया। 1950 में सामानांतर फिल्म आंदोलन बंगाली फिल्म उद्योग में शुरू हुआ। तब से कई युगों का इतिहास लिखा जा चुका है जिसमे रे, घटक आदि फ़िल्मकार और उत्तम कुमार और सौमित्र चटर्जी आदि अभिनेताओं ने अपनी जगह बनायीं।

भोजपुरी सिनेमा

भोजपुरी भाषा के फिल्में मुख्यतः पश्चिमी बिहार और पूर्वी उत्तर प्रदेश के निवासियों का मंजोरंजन करती हैं। भोजपुरी बोलने क्षेत्रो से प्रवास के कारण इन फिल्मो का एक बड़ा दर्शक वर्ग दिल्ली और मुंबई जैसे महानगरों में भी पाया जाता है। भारत के अलावा अन्य देश जहाँ भोजपुरी भाषा बोलने वाले दर्शक है जैसे दक्षिण अफ्रीका, वेस्ट इंडीज, ओशानिया और दक्षिण अमरीका में भी इन फिल्मों का बाजार पाया जाता है। भोजपुरी फिल्मों का इतिहास 1962 में कुंदन कुमार द्वारा निर्देशित सफल फिल्म गंगा मैय्या तोहे पियरी चढ़इबो ('गंगा माँ, मैं तुम्हें पीली साड़ी चढ़ाऊंगा'), से शुरू माना जाता है। इसके बाद कई दशकों तक भोजपुरी फिल्मों का निर्माण यदा कदा ही हुआ। हालाँकि एस एन त्रिपाठी निर्देशित बिदेसिया ('विदेशी') (1963) और कुंदन कुमार द्वारा निर्देशित गंगा(भोजपुरी फिल्म) (1965) जैसी फिल्मे लोकप्रिय भी हुई और उन्होंने मुनाफा भी कमाया लेकिन 1960 से 1990 के दशक तक भोजपुरी फिल्मों का निर्माण सामान्यतः नहीं होता था।

मोहन प्रसाद निर्देशित सुपर हिट फिल्म सैय्याँ हमार (2001) ने भोजपुरी फिल्म उद्योग को पुनर्जीवित किया और इस फिल्म के हीरो रवि किशन को भोजपुरी फिल्मो का पहला सुपर स्टार बनाया। इस फिल्म की सफलता के बाद कई और सफल भोजपुरी फिल्मों का निर्माण हुआ जैसे मोहन प्रसाद निर्देशित

पंडितजी बताई न बियाह कब होइ (2005) और ससुरा बड़ा पइसा वाला (2005)। भोजपुरी फिल्म उद्योग की सफलता के प्रमाण के रूप में इन फिल्मों ने उत्तर प्रदेश और बिहार में इन फिल्मों ने अपने प्रदर्शन के समय बॉलीवुड की मुख्यधारा फिल्मो से बेहतर व्यवसाय किया और कम बजट में बनी दोनों ही फिल्मों ने अपनी लागत से दस गुना ज़्यादा मुनाफा कमाया। हालाँकि भोजपुरी सिनेमा अन्य भारतीय सिनेमा उद्योग के मुकाबले छोटा आकार का है, भोजपुरी फिल्मो की शीघ्र सफलता से भोजपुरी सिनेमा को बहुत प्रसार मिला है। अब भोजपुरी फिल्म उद्योग का एक फिल्म पुरुस्कार समारोह है और एक फिल्म व्यापार पत्रिका भोजपुरी सिटी भी है।

छत्तीसगढ़ी सिनेमा

छॉलीवुड का जन्म 1965 में मनु नायक निर्मित और निर्देशित पहली छत्तीसगढ़ी फिल्म ' कही देबे सन्देश ' के प्रदर्शन के साथ हुआ। इस फिल्म की कहानी अंतरजाति प्रेम पर आधारित थी। कहा जाता है की भूतपूर्व भारतीय प्रधानमंत्री इंदिरा गांधी ने इस फिल्म को देखा था। इस फिल्म के दो गाने लोकप्रिय गायक मोहम्मद रफ़ी ने गाये थे। इसके बाद 1971 में निरंजन तिवारी निर्देशित और विजय कुमार पाण्डेय द्वारा निर्मित घर द्वार का निर्माण हुआ, लेकिन दोनों फिल्मो ने बॉक्स ऑफिस पर अच्छा प्रदर्शन नहीं किया और अपने निर्माताओं को निराश किया। जिसकी वजह से अगले 30 तक किसी छत्तीसगढ़ी फिल्म का निर्माण नहीं हुआ।

गुजराती सिनेमा

गुजरात के फिल्म उद्योग की शुरुआत 1932 में हुई। उस समय से गुजराती सिनेमा ने भारतीय सिनेमा में महत्त्वपूर्ण योगदान दिया है। अन्य क्षेत्रीय भाषा के सिनेमा के मुकाबले गुजराती सिनेमा ने काफी लोकप्रियता हासिल करी है। गुजराती सिनेमा की कहानियाँ पुराणो, इतिहास, समाज और राजनीती पर आधारित होती हैं। अपने उद्भव से ही गुजरती फिल्मकारों ने भारतीय समाज के मुद्दों और कहानियों के साथ प्रयोग किये हैं। गुजरात ने अपने अभिनेताओं के रूप में बॉलीवुड को भी योगदान दिया है। गुजराती फिल्म उद्योग में निम्न कलाकारों का काम भी शामिल है संजीव कुमार, राजेंद्र कुमार, बिंदु, आशा पारेख, किरण कुमार, अरविन्द त्रिवेदी, अरुणा ईरानी, मल्लिका साराभाई, नरेश कनोड़िआ, महेश कनोड़िआ और असरानी।

गुजराती फिल्मो की स्क्रिप्ट और कहानियाँ आतंरिक रूप से मानवीय होती है। ये रिश्तों और पारवारिक विषयों के साथ मानवीय आकाँक्षाओं को भारतीय परिवारों के सन्दर्भ में देखती है। पहली गुजराती फिल्म, नानुभाई वकील द्वारा निर्देशित नरसिंह मेहता, 1932 में रिलीज़ हुई थी। इस फिल्म के अभिनेता मोहन लाला, मारुती राव, मास्टर मनहर और मिस मेहताब थे। संत नरसिंह मेहता, के जीवन पर आधारित ये फिल्म 'संत फिल्मो' की श्रेणी में गिनी जाती है। लेकिन संत फिल्मो के विपरीत इस फिल्म में कोई भी चमत्कार नहीं दर्शाये गए थे। 1935 में एक और सामाजिक फिल्म, होमी मास्टर द्वारा निर्देशित, घर जमाई रिलीज़ हुई। इस फिल्म में हीरा , जमना, बेबी नूरजहां, अमू, अलिमिया, जमशेदजी और गुलाम रसूल ने अभिनय किया था। इस फिल्म में अपने ससुराल में रह रहे दामाद (घर जमाई) और उसकी हरकतों और उसके महिलाओं की स्वतंत्रता के बारे में समस्यात्मक रुख को दर्शाया गया था। यह एक कॉमेडी फिल्म थी जिसे काफी सफलता मिली। गुजराती सिनेमा में आगे भी ईसी प्रकार कई और महत्त्वपूर्ण सामाजिक, राजनीतिक और धार्मिक विषयो पर फिल्मों का निर्माण हुआ। 1948, 1950, 1968 और 1971 में गुजराती सिनेमा के कुछ नए आयाम स्थापित हुए। चतुर्भुज दोशी निर्देशित करियावर, रामचन्द्र ठाकुर की वडिलोना वांक, रतिभाई पूणतर की गडानो बेल और वल्लभ चोकसी की लीलुडी धरती ने गुजराती सिनेमा में काफी सफल रही. वर्त्तमान में गुजराती फिल्मे आधुनिकता की समस्याओं के प्रसंग पर चर्चा करती है। गडानो बेल जैसी फिल्मो में यथार्थवाद और बदलाव की झलक देखी जा सकती है।

कन्नड़ सिनेमा

कन्नड़ फिल्म उद्योग (सन्दलवुड) बंगळुरु में केंद्रित है और कर्नाटक राज्य की मनोरंजन आवश्यकताएं पूरी करता है। राजकुमार कन्नड़ सिनेमा के प्रख्यात महानायक है। अपने फ़िल्मी करियर में उन्होंने बहुमुखी किरदार निभाए और सैकड़ों गाने गाये। अन्य मशहूर कन्नड़ और तुलु अभिनेता है विष्णुवर्धन, अम्बरीष, रविचंद्रन, गिरीश कर्नाड, प्रकाश राज, शंकर नाग, अनंथ नाग, उपेन्द्र, दर्शन, सुदीप, गणेश, शिवराज कुमार(अभिनेता), पुनीत राजकुमार, कल्पना, भारथी, जयंथी, पंडरी बाई, तारा, उमाश्री और रम्या। कन्नड़ सिनेमा के फिल्म निर्देशक जैसे गिरीश कसरावल्ली, पी. शेषाद्रि राष्ट्रीय ख्याति प्राप्त की है। पुट्टण्णा कनगल, जी. वी. अय्यर , गिरीश कर्नाड, टी. एस. नागभारना,

केसरी हरवू, उपेन्द्र, योगराज भट्ट, और सूरी अन्य मशहूर कन्नड़ निर्देशक है। जी.के. वेंकटेश, विजय भास्कर, राजन नागेन्द्र, हंसलेखा, गुरुकिरण, अनूप सेलिन और वी. हरिकृष्ण मशहूर कन्नड़ संगीत निर्देशक है। कन्नड़ सिनेमा ने भी बंगाली और मलयालम फिल्मों के साथ भारतीय सामानांतर सिनेमा के युग में योगदान किया है। इस श्रेणी की कुछ प्रभावशाली फ़िल्में है संस्कारा (यू. आर. अनंतमूर्ति के उपन्यास पर आधारित), बी. वी. करंथ की चोमाना डूडी , ताबरना कथे, वंसावृक्षा, कडु कुडुरे, हंसगीथे, भूतय्यना मगा अय्यु, एक्सीडेंट, मानसा सरोवर, घटाश्रद्धा, मने, क्रौर्य, थाई साहेबा, द्वीपा, मुन्नुदी, अतिथि, बेरु, थुत्तुरी, विमुक्थि, बेत्तडा जीवा और भारत स्टोर्स।

कोंकणी सिनेमा

कोंकणी भाषा की फिल्मो का निर्माण मुख्यता गोवा में होता है। 2009 में 4 फिल्मों के निर्माण के साथ ये भारत के सबसे छोटे फिल्म उद्योगों में से एक है। कोंकणी भाषा मुख्यत गोवा, महाराष्ट्र, कर्नाटक और सीमित मात्रा में केरल में बोली जाती है। पहली पूर्ण अवधि की कोंकणी फीचर फिल्म मोगचो अंवद्ड़ो निर्माता निर्देशक जेरी ब्रगांजा के एटिका पिक्चर्स बैनर तले 24 अप्रैल 1950 को रिलीज़ हुई थी। इसी लिए 24 अप्रैल को कोंकणी फिल्म दिवस के रूप में मनाया जाता है। कज़र् (हिंदीः शादी) 2009 में बनी रिचर्ड कास्टेलिनो द्वारा निर्देशित और फ्रैंक फर्नांडेज़ द्वारा निर्मित कोंकणी फिल्म है। कासरगोड चिन्ना की 'उजवाडु ' पुराने विषयों पर नया प्रकाश डालती है। मोग आणि मैपस एक मंगलोरी कोंकणी फिल्म है।

मलयालम सिनेमा

मलयालम फिल्म उद्योग जिसे मौलीवुड के नाम से भी जाना जाता है केरल में स्थित है। यह भारत का चौथा सबसे बड़ा फिल्म उद्योग है। मलयालम फिल्म उद्योग को सामानांतर सिनेमा और मुख्यधारा सिनेमा के बीच की दूरी को पाटने वाली सामाजिक विषयों पर विचारो को प्रेरित करने वाली तकनिकी रूप से उत्तम काम बजट की फिल्मों के लिए जाना जाता है। अडूर गोपालकृष्णन, जी अरविंदन, शाजी एन करुण, के. जी. जॉर्ज, पद्मराजन, सथ्यन अन्थिकड़, टी. वी. चंद्रन और भारतन मलयालम सिनेमा के नामचीन फिल्मकार है। जे. सी. डैनियल द्वारा निर्मित व निर्देशित विगतकुमारन, 1928 में रिलीज़ हुई मूक फिल्म से मलयालम फिल्म उद्योग की शुरुआत हुई। 1938 में रिलीज़ हुई

बालन, पहली मलयालम 'टॉकीज ' या बोलती फिल्म थी। 1947 तक जब पहले मलयालम फिल्म स्टूडियो, उदय स्टूडियो की केरल में शुरुआत हुई, मलयालम फिल्में का निर्माण तमिल निर्माताओं द्वारा होता था। 1954 में नीलककुयिल फिल्म बे राष्ट्रपति का रजत मेडल जीत कर राष्ट्रीय ध्यान आकर्षित किया। मशहूर मलयालम उपन्यासकार उरूब द्वारा लिखित और पी. भास्करन एवं रामू करिअत द्वारा निर्देशित इस फिल्म को पहली प्रामाणिक मलयालम माना जाता है। 1955 में छात्रों के समूह द्वारा निर्मित न्यूज़पेपर बॉय (अखब़ार वाला लड़का)पहली नव यथार्थवादी मलयालम फिल्म थी। थक़ाज़ी सिवसंकरा पिल्लै की कहानी पर आधारित रामू करिअत द्वारा निर्देशित चेम्मीन (1965), बहुत लोकप्रिय हुई और सर्वोत्तम फीचर फिल्म का राष्ट्रीय पुरुस्कार पाने वालीं दक्षिण भारत की पहली फिल्म थी।

मोहनलाल, ममूटी, सुरेश गोपी, जयराम, मुरली, थिलकन, श्रीनिवासन और नेदुमुदी वेणु जैसे अभिनेताओं और आई. वी. ससी, भारतन, पद्मराजन, के. जी. जॉर्ज, सथ्यन अन्थिकड़, प्रियदर्शन, ऐ. के. लोहितादास, सिद्दीकी-लाल , और टी . के . राजीव कुमार जैसे फिल्मकारों के उदय के साथ 1980 से 1990 तक का समय 'मलयालम सिनेमा का स्वर्ण युग ' माना जाता है।

मराठी सिनेमा

मराठी फिल्म उद्योग मराठी भाषा में फिल्मो का निर्माण करता है जिनका प्रमुख बाजार महाराष्ट्र राज्य है। मराठी सिनेमा भारतीय फिल्म जगत के सबसे पुराने फिल्म उद्योगों में से एक है। वास्तव में भारतीय सिनेमा के अग्र-दूत दादा साहेब फाल्के, जिन्होंने 1913 में भारत में चल चित्र क्रांति की शुरुआत की अपनी स्वदेशी निर्मित मूक फिल्म राजा हरिश्चंद्र से की , उसे भारत के अंतर्राष्ट्रीय फिल्म समारोह और अन्य संस्थाओं द्वारा मराठी सिनेमा का अंग माना जाता है क्यों की उसका निर्माण एक मराठी कर्मीदल द्वारा हुआ था। पहली मराठी बोलती (टॉकीज) फिल्म अयोध्येचा राजा (प्रभात फिल्म्स द्वारा निर्मित) 1932 में रिलीज़ हुई, 'आलम आरा' पहली हिंदी बोलती (टॉकीज) फिल्म के सिर्फ एक साल बाद। हाल के वर्षों में 'श्वास' (2004) और 'हरिशचंद्राची फैक्ट्री' (2009), जैसी फिल्मो के निर्माण से मराठी सिनेमा का विकास हुआ है। ये दोनों फिल्मे ऑस्कर पुरुस्कार के लिए भारत की आधिकारिक प्रविष्टि के रूप में भेजी गयी. आज मराठी सिनेमा मुंबई में स्थित है पर अतीत में इसका

विकास कोल्हापुर और पुणे में हुआ। मराठी भाषा की कुछ उल्लेखनीय फिल्म है 'सांगते एका ','एक गाव बारा भानगड़ी', वी. शांताराम की 'पिंजरा' ,'सिंहासन', 'पथलॉग' 'जैत रे जैत' 'सामना', 'संत वहते कृष्णमि ','संत तुकाराम', और प्रह्लाद केशव अत्रे के साने गुरूजी के उपन्यास पर आधारित 'श्यामची आई'। मराठी सिनेमा के कई कलाकारों ने हिंदी सिनेमा ' बॉलीवुड' में भी कॉफ़ी योगदान किया है। इनमे से कुछ प्रसिद्ध कलाकार है नूतन, तनूजा, वी. शांताराम, श्रीराम लागू, रमेश देव, सीमा देव, नाना पाटेकर, स्मिता पाटिल, माधुरी दीक्षित, सोनाली बेंद्रे, सदाशिव अमरापुरकर,विक्रम गोखले, सचिन खेडेकर, अमोल पालेकर, सचिन पिलगाओंकर, सोनाली कुलकर्णी, मकरंद देशपांडे, रितेश देशमुख, दुर्गा खोटे और अन्य।

उड़िया सिनेमा

भुबनेश्वर और कटक स्थित उड़िया फिल्म उद्योग, ओलीवुड उड़िया भाषा में फिल्मो का निर्माण करता है। पहली उड़िया बोलती (टॉकीज) फिल्म सीता बिबाह का निर्माण 1936 में सुन्दर देब गोस्वामी ने किया था। गापा हेले बे साता (कहानी है पर सच है) पहली रंगीन उड़िया फिल्म थी। इसका निर्माण नगेन रे ने किया था और इसके चलचित्रकार पुणे के फिल्म इंस्टिट्यूट में प्रशिक्षित सुरेन्द्र साहू थे। 1984 उड़िया सिनेमा का स्वर्णिम वर्षा था जब दो उड़िया फिल्मे ' माया मृगा ' और ' धारे अलुआ' को भारतीय चित्रमाला (पैनारोमा) में प्रदर्शित किया गया। नीरद मोहपात्रा की माया मृगा को कांन्स फिल्म समारोह में क्रिटिक (आलोचक) सप्ताह के लिए निमंत्रण मिला और इसने मैंनहेइम में सर्वश्रेष्ठ तीसरी दुनिया फिल्म का पुरुस्कार तथा हवाई में जूरी पुरुस्कार मिला। इसे लंदन फिल्म समारोह में प्रदर्शित भी किया गया।

पंजाबी सिनेमा

के. डी. मेहरा ने पहली पंजाबी फिल्म शीला (पिंड दी कुड़ी के नाम से भी जानी जाती है) का निर्माण किया। लोकप्रिय अभिनेत्री बेबी नूर जहाँ को इसी फिल्म में अभिनेत्री और गायिका के रूप में पहली बार देखा गया। शीला का निर्माण कलकत्ता (अब कोलकाता) में हुआ और इसे पंजाब की तत्कालीन राजधानी लाहौर में रिलीज़ किया गया। ये फिल्म पूरे राज्य में बहुत सफलतापूर्वक चली और हिट घोषित हुई। पंजाबी भाषा की इस पहली फिल्म की सफलता की वजह से कई और फिल्मकार पंजाबी भाषा में फिल्मे बनाने लगे। वर्ष 2009

तक पंजाबी सिनेमा में 900 से 1,000 फिल्मो का निर्माण हो चुका था। हालाँकि 1970 के दशक में 9 फिल्मो की रिलीज़ से गिरते हुए 1997 में सिर्फ 5 पंजाबी फिल्मे ही रिलीज़ हुई। लेकिन 2000 में पंजाबी सिनेमा में पुनर्जीवन का संचार हुआ। अब हर साल ज़्यादा फिल्मे रिलीज़ हो रही है जिनके बजट भी बढे हैं और स्थानीय फिल्म अभिनेताओं के साथ बॉलीवूड के पंजाबी कलाकार भी इन फिल्मो में अभिनय कर रहे है। 2013 में पहली पंजाबी 3ऊ फिल्म पहचान 3ऊ रिलीज़ हुई।

सिंधी सिनेमा

सिंधी सिनेमा, भारत में किसी राज्य या क्षेत्र का प्रतिनिधि न होने के कारण अपने अस्तित्व के लिए संघर्ष कर रहा है। इसके बावजूद समय समय पर सिंधी फिल्मो का निर्माण होता रहता है। 1958 में निर्मित अबाना पहली सिंधी फिल्म थी और इसे सफलता भी मिली। विगत कुछ समय में सिंधी सिनेमा ने बॉलीवूड शैली में फिल्मो का निर्माण हुआ है जैसे हल ता भाजी हलूं, परेवारी, दिल दीजे दिल वरन खे, हो जमालो, प्यार करे दिसः फील द पावर ऑफ़ लव और द अवेकनिंग. पाकिस्तानी सिनेमा और बॉलीवुड में सिंधी समुदाय के कई व्यक्तित्व है जैसे जी पी सिप्पी, रमेश सिप्पी, रामसे बंधू , गोविन्द निहलानी, संगीता बिजलानी, बबिता, साधना, असरानी, आफताब शिवदासानी,वशु भगनानी, राजकुमार हिरानी, दिलीप ताहिल, विशाल ददलानी, रणवीर सिंह, हंसिका मोटवानी, निखिल अडवाणी, रितेश सिधवानी, प्रीती झंगिआनी आदि।

शेरुडुकपेन सिनेमा

निर्देशक सोंगे दोरजी थोंडोक शेरुडुकपेन में पहली भारतीय फिल्म क्रासिंग ब्रिज्स 2014 मे बनायीं। . शेरुडुकपेन भाषा भारत के पूर्वोत्तर राज्य अरुणाचल प्रदेश में बोली जाती है। दोरजी शेरुडुकपेन में और भी फिल्मे बनें चाहते है ताकि भारतीय सिनेमा में एक और क्षेत्रीय भाषा की बढ़ोतरी हो।

तमिल सिनेमा

एच. एम. रेड्डी ने पहली दक्षिण भारतीय टॉकीज कालिदास को निर्देशित किया जिसको तमिल और तेलुगु दोनों भाषाओं में शूट किया गया था। शिवाजी गणेशन अंतर्राष्ट्रीय पुरुस्कार पाने वाले भारत के पहले कलाकार बने जब उन्हें 1960 के एफ्रो एशियाई फिल्म समारोह में सर्वश्रेष्ठ अभिनेता चुना गया। उन्हें

फ्ऱांस सरकार द्वारा लीजन ऑफ़ ऑनर पुरुस्कार में शेवलिएर की उपाधि 1995 में प्रदान की गयी। तमिल सिनेमा द्रविड़ राजनीति द्वारा प्रभावित होता है। के. बी. सुन्दरम्बल राज्य विधानसभा के लिए चुनी गयी भारत की पहली फिल्म व्यक्तित्व थी। भारतीय फिल्म उद्योग में एक लाख रुपए वेतन पाने वाली वह पहली महिला थी। प्रसिद्ध फिल्म व्यक्तित्व जैसे सी एन अन्नादुराई , एम जी रामचंद्रन, एम करूणानिधि और जयललिता तमिलनाडु के मुख्यमंत्री बने। तमिल फिल्मे एशिया, दक्षिण अफ्रीका, उत्तर अमेरिका, यूरोप और ओशानिया में वितरित होती हैं। कॉलीवुड के प्रभाव से श्रीलंका, मलेशिया, सिंगापुर और कनाडा में तमिल फिल्मों का निर्माण हुआ है।

प्रसिद्ध तमिल फिल्म अभिनेता रजनीकांत को 'सुपरस्टार' बोला जाता है और वो लम्बे समय से दक्षिण भारत के लोकप्रिय अभिनेता बने हुए हैं। उनका फ़िल्मी परदे पर रंग ढंग और संवाद बोलने की शैली (डायलाग डिलीवरी) जनता में उनकी व्यापक लोकप्रियता और अपील का कारण माने जाते हैं। शिवाजी (2007) में अपने रोल के लिए ?26 करोड़ (3.8 मिलियन) कमाने की बाद वह एशिया में जैकी चान के बाद सर्वाधिक कमाने वाले अभिनेता बन गए हैं।

प्रसिद्ध अभिनेता कमल हासन ने सर्वप्रथम कलाथुर कन्नमा फिल्म में अभिनय किया। इस फिल्म के लिए उन्हें सर्वश्रेष्ठ बाल अभिनेता का राष्ट्रपति स्वर्ण पदक मिला। हासन ने सर्वश्रेष्ठ अभिनेता का राष्ट्रीय फिल्म पुरुस्कार ममूटी और अमिताभ बच्चन की तरह तीन बार प्राप्त किया है। 7 प्रविष्टियों के साथ कमल हासन ने सर्वाधिक में अभिनय किया है। तमिल सिनेमा में संगीत और गाने महत्त्वपूर्ण भूमिका निभाते हैं। समीक्षक प्रशंसित तमिल फिल्म संगीतकार इल्लियाराजा और ए. आर. रहमान के भारत के अलावा विदेशों में भी प्रशंसक है।

तेलुगू सिनेमा

भारत के 10167 फिल्म थिएटर में से सर्वाधिक 2809 थिएटर आंध्र प्रदेश और तेलेंगाना राज्यों में है जहाँ तेलुगू भाषा में फिल्मो का निर्माण होता है। 2017, 2018 और 2019 में तेलुगू सिनेमा ने 268, 245 और 286 फिल्मो के निर्माण के साथ बॉलीवुड को पीछे छोड़ते हुए भारत में सर्वाधिक फिल्मो का निर्माण किया। गिनेस वर्ल्ड रिकॉर्ड के अनुसार विश्व का

सबसे बड़ा फिल्म निर्माण स्थल रामोजी फिल्मसिटी हैदराबाद में है। प्रसाद आईमैक्स, हैदराबाद विश्व का सबसे बड़ा और सबसे ज़्यादा दर्शकों वाला 3ऊ आईमैक्स स्क्रीन है। तेलुगू सिनेमा में मूक फिल्मो का निर्माण 1921 में रघुपथी वेंकैया नायडू और आर. एस. प्रकाश की 'भीष्म प्रतिज्ञा' के साथ शुरू हुआ। 1932 में पहली तेलुगु टॉकीज फिल्म भक्त प्रह्लाद का निर्माण एच. एम. रेड्डी ने किया जिन्होंने पहली दक्षिण भारतीय टॉकीज फिल्म कालिदास (1931) निर्देशित की थी।

वुप्पलादियाम नागेया पद्मश्री पुरुस्कार पाने वाले दक्षिण भारत के पहले बहुभाषी फिल्म अभिनेता , गायक , संगीत निर्देशक, निर्माता और अभिनेता थे। वो भारत के पॉल मुनि के रूप में जाने जाते थे। एस. वी. रंगा राव भारत के अंतर राष्ट्रीय पुरुस्कार पाने वाले पहले अभिनेताओं में से एक थे। उन्हें इंडोनेशियाआई फिल्म समारोह, जकार्ता (1963) में नर्थंनसाला के लिए पुरूस्कृत किया गया था। एन. टी. रामा राव जिन्हे (एन. टी. आर) के नाम से जाना जाता है, राजनीति में आने से पहले तेलुगु सिनेमा के व्यावसायिक रूप से सफल अभिनेताओं में से एक थे। बी. नरसिंग राव, के. एन. टी. सास्त्री और पट्टाभिरामा रेड्डी ने समान्तर सिनेमा में अपने पथ प्रदर्शक काम के लिए अंतर राष्ट्रीय पहचान पाई है। अदुरथी सुब्बा राव, ने निर्देशक के रूप में अपने कार्य के लिए कई राष्ट्रीय फिल्म पुरस्कार प्राप्त किये। पुरुष पार्श्वगायक के रूप में सबसे अधिक गाना गाने के लिए गिनेस रिकॉर्ड धारक एस. पी. बालसुब्रमण्यम ने सबसे अधिक गाने तेलुगु में गाये हैं। एस. वी. रंगा राव, एन. टी. रामा राव, कांता राव, भानुमथी रामकृष्णा, सावित्री, गुम्मडी और सोभन बाबू को अभिनय के लिए राष्ट्रपति मेडल। शारदा, अर्चना, विजया शांति, रोहिणी, नागार्जुन अक्किकेनि और पी. एल. नारायणा को राष्ट्रीय फिल्म पुरस्कार से सम्मानित किया गया।

तुलु सिनेमा

तुलु फिल्म उद्योग वार्षिक 2 - 3 फिल्मों के निर्माण के साथ भारतीय सिनेमा का एक लघु उद्योग है। आमतौर पर यह फिल्मे तुलु भाषी क्षेत्रों। तुलु नाडु और डीवीडी पर रिलीज़ होती है। 1971 में रिलीज़ हुई इन्ना ठंगडी तुलु भाषा की पहली फिल्म थी। समीक्षकों द्वारा प्रशंसित तुलु फिल्म सुधा ने 2006 के ओशियान सर्वश्रेष्ठ भारतीय फिल्म का पुरुस्कार जीता। 2011 में रिलीज़

हुई एच. एस. राजशेखर की ओरियाडोरी असल तुलु भाषा की सबसे सफल फिल्म है। विष्णु कुमार की कोटी चेन्नया (1973) पहली ऐतिहासिक तुलु फिल्म है। अरूर भीमाराव की करियानी कट्टण्डी कन्दनी (1978) तुलु भाषा में पहेली रंगीन फिल्म थी। बिसाटी बाबू (1972) राज्य सरकार द्वारा पुरुस्कृत पहली तुलु फिल्म थी। रिचर्ड कास्टेलिनो की सितम्बर 8की पूरी शूटिंग सिर्फ 24 घंटो में मंगलौर हुई जो की एक रिकॉर्ड है।

संस्कृत सिनेमा

संस्कृत सिनेमा भारत के दो प्रमुख राष्ट्रीय चलचित्र उद्योगों में से एक है। भारतीय सिनेमा में संस्कृत सिनेमा एवं हिन्दी सिनेमा का नाम प्रमुखता से आता है। तथा कई बार इसे ' संस्कृत सिनेमा ' भी कहा जाता है। संस्कृत में अब तक लगभग 9 चलचित्र बन चुके हैं। यह हमारे देश का सबसे सभ्य सिनेमा माना जाता है।

मसाला सिनेमा

मसाला भारतीय फिल्मों की एक शैली है जो की मुख्यतः बॉलीवुड, बंगाली और दक्षिण भारतीय सिनेमा में बनती है। मसाला फिल्मों एक ही फिल्म में विभिन्न शैली की फिल्मो के तत्वों का मिश्रण होता है। उदाहरण के लिए, एक मसाला फिल्म में एक्शन, कॉमेडी, ड्रामा, रोमांस और मेलोड्रामा सब का चित्रण हो सकता है। मसाला फिल्में संगीतमय भी होती है और इनमे चित्रात्मक या प्राकृतिक जगहों में फिल्माए गए गाने भी होते हैं जो बॉलीवुड या दक्षिण भारतीय मसाला फिल्मों में बहुत सामान्य है। इन फिल्मो की कहानी नए या अनजान दर्शकों को तर्कहीन या असम्बद्ध भी लग सकती है। इस शैली का नाम भारतीय भोजन में प्रयोग होने वाले मसालों के नाम पर रखा गया है।

समानांतर सिनेमा

समानांतर सिनेमा, जिसे कला सिनेमा और नयी भारतीय लहर के नाम से भी जाना जाता है , भारतीय सिनेमा का एक विशिष्ट आन्दोलन है। समानांतर सिनेमा यथार्थवाद और प्रकृतिवाद की अपनी गंभीर सामग्री के साथ समकालीन सामाजिक-राजनीतिक माहौल पर गहरी नज़र के साथ लिए जाना जाता है,। यह आंदोलन मुख्यधारा बॉलीवुड सिनेमा से अलग है और नयी फ्रेंच लहर और जापानी नयी लहर के आस पास ही शुरू हुआ. इस आंदोलन का नेतृत्व शुरू

में बंगाली सिनेमा (जिसने सत्यजीत रे, मृणाल सेन, ऋत्विक घटक और दूसरे कई अंतरराष्ट्रीय स्तर पर प्रशंसित फिल्मकारों को जन्म दिया) ने किया और बाद में अन्य भारतीय फिल्म उद्योगों में प्रसिद्धि प्राप्त की। इस आन्दोलन की कुछ फिल्मों ने व्यवसायिक सफलता भी प्राप्त कर कला और व्यावसयिक सिनेमा के बीच सामंजस्य बनाया. इस का शुरुआती उदहारण है बिमल रॉय की फिल्म दो बीघा ज़मीन (1953), जिसने दोनों व्यावसायिक और समालोचनात्मक सफलता प्राप्त की तथा 1954 के कान फ़िल्म महोत्सव में अन्तराष्ट्रीय फिल्म का पुरस्कार भी जीता। इस फिल्म की सफलता ने नयी भारतीय लहर के लिए मार्ग प्रशस्त किया। नवयथार्थवादी फिल्मकारों में प्रमुख थे बंगाली फ़िल्मकार जैसे सत्यजीत रे, ऋत्विक घटक, मृणाल सेन, श्याम बेनेगल, मलयाली फ़िल्मकार जैसे शाजी एन. करुण , अडूर गोपालकृष्णन और कन्नड़ गिरीश कासरवल्ली। रे की अपु त्रयी की फिल्म पथेर पांचाली (1955) , अपराजितो (1956) और अपूर संसार (1959) ने विश्व भर के प्रधान फिल्म समारोहों में प्रमुख पुरस्कार जीते और भारतीय सिनेमा में 'समानांतर सिनेमा' आंदोलन को सुदृढ़ता से स्थापित किया। इन्हें विश्व की सर्वश्रेष्ठ फिल्मों में गिना जाता है।

वर्ष 2018 में, देश में रिलीज हुई कुल फिल्मों की संख्या 1,900 दर्ज की गयी है। बेशक, इन फिल्मों में सबसे बड़ा हिस्सा बॉलीवुड से आता है लेकिन इसके बावजूद हमें यह अच्छी तरह से याद है कि इस वर्ष में केवल 340 हिंदी फिल्में ही रिलीज हुईं थी। इसका मतलब है कि क्षेत्रीय सिनेमा ने 2018 में एक बहुत बड़ी संख्या में 1560 फिल्मों का आयोजन किया। क्षेत्रीय और स्थानीय फिल्मों के माध्यम से देश में राजस्व आय तेजी से कैसे बढ़ रही है इसका उदाहरण बाहुबली -2 फिल्म है। वर्ष 2017 जून में, टॉलीबुड की फिल्म बाहुबली -2 ने बॉक्स ऑफिस (दुनिया भर में) पर कुल मिलाकर 1,686 करोड़ रुपये की कमाई की, इसके बाद अभिनेता आमिर खान की दंगल फिल्म (बॉलीवुड प्रोडक्शन) ने 1,968 करोड़ रुपये की कमाई की। शुरुआत में बाहुबली फिल्म ने बॉक्स ऑफिस पर 600 करोड़ रूपए से अधिक की कमाई की। अगस्त 2016 में, रजनीकांत द्वारा अभिनीत की गई एक टॉलीबुड फिल्म 'कबाली' ने 650 करोड़ रुपये की कमाई की थी। बंगाली फिल्म उद्योग (जिसे टॉलीबुड भी कहा जाता है) कभी भी अधिक कमाई नही कर पाया। हालांकि, 2017 में रिलीज हुई फिल्म 'पोस्तो' ने कुल 70 करोड़

रुपये की कमाई दर्ज की गई है। इतना ही नहीं बल्कि क्षेत्रीय फिल्में धीरे-धीरे सर्वाधिक कमाई करने वाली भारतीय फिल्मों की सूची में शामिल हो रही हैं, ऐसा लग रहा है कि यह घरेलू और विदेशी संकलनों के लिए नए मानक को निर्धारित करने के लिए प्रयास कर रहीं हैं। साल 2019 में कई ऐसी क्षेत्रीय भाषा की फिल्में आईं जिनको उनके क्षेत्र से बाहर के लोगों ने भी सराहा...हम बात करेंगे 2019 में आई ऐसी ही 5 क्षेत्रीय भाषाओं की फिल्मों की जिनको पूरे भारत में सराहा गया।

पहली फ़िल्म है असुरन - तमिल लेखक पूमनी के नॉवल वेक्कल पर आधारित असुरन फ़िल्म में धनुष मुख्य भूमिका में थे। फ़िल्म के डायरेक्टर थे वेटरिमारण। असुरन खेतिहरों और ज़मींदार के टकराव और बदले की कहानी है। फ़िल्म ने दुनियाभर में 100 करोड़ की कमाई की थी साथ ही क्रिटिक्स ने भी खूब सराहा था।

दूसरी फिल्म है हिलारो - गुजराती भाषा की फ़िल्म हिलारो को इस साल राष्ट्रीय सर्वश्रेष्ठ फीचर फ़िल्म का अवार्ड भी मिला है। हिलारो एक पीरियड ड्रामा है जिसमें ग्रामीण इलाकों में महिलाओं से जुड़ी समस्याओं की बात की गई है। गुजरात के कच्छ इलाके पर आधारित इस फ़िल्म में श्रद्धा डंगर ने मुख्य भूमिका निभाई है।

तीसरी फिल्म हौ जल्लीकट्टू - लीजो जोस पेलिसरी की एक्शन फिल्म जल्लीकट्टू मलयालम भाषा की सबसे चर्चित फिल्म रही। शार्ट स्टोरी माओइस्ट पर आधारित इस फ़िल्म में एक सांड बूचड़खाने से बचकर भागता है और पहुंच जाता है एक गांव में। इस सांड को पकड़ने के लिए गांव के लोग इसका पीछा करते हैं।

चौथी फ़िल्म है सुपर डीलक्स - तमिल भाषा की इस थ्रिलर फिल्म ने दक्षिण भारत की बाकी फिल्मों से ज़्यादा सुर्खियां बटोरीं। विजय सेतुपति और चाइल्ड आर्टिस्ट अश्वन्त की परफॉर्मेंस को दशक के 100 महान परफॉर्मेंस में जगह मिली । सुपर डीलक्स में चार अलग अलग कहानियां एक साथ चल रही हैं। इस फ़िल्म की सिनेमेटोग्राफी, डायलॉग और म्यूजिक ज़ोरदार हैं। जेंडर, सोशल ईविल जैसे कई मुद्दे इस फ़िल्म में उठाये गए।

पांचवी फ़िल्म है मूथोन - हिंदी और मलयाली भाषा में बनी थ्रिलर

मूथोन भी खूब चर्चा में रही। मलयाली सुपरस्टार निविन पॉली ने इस फ़िल्म में मुख्य भूमिका निभाई है। ये कहानी है एक बहन की जो गांव से अपने भाई को ढूंढने मुम्बई आती है और यहां आकर वो रेड लाइट एरिया के वहन जाती है जहां उसे कई मुश्किलों का सामना करना पड़ता है। निविन पॉली की दमदार एक्टिंग और गीतू मोहनदास की डायरेक्शन में बनी मूथोन को क्रिटिक और फैंस ने बहुत सराहा है। 2019 कि क्षेत्रीय भाषाओं में बनी फिल्मों में मुथोन ने भी अपनी जगह बनाई।

2018 में, कोलीबुड ने 290 तमिल फिल्मों और टॉलीबुड ने 204 फिल्मों की प्रस्तुति करके यह साबित कर दिया है कि वह बहुत पीछे नही हैं। हम केवल संख्याओं के आधार पर इसे बेहतर नही बता रहे हैं बल्कि तमिल और तेलगू फिल्म उद्योगों ने दुनिया की कुछ बेहतरीन अत्याधुनिक प्रौद्योगिकी और तकनीकों के माध्यम से फिल्मों को फिल्माया है। बॉलीवुड की मुख्यधारा सिनेमा अभी तक वीएफएक्स, ध्वनि प्रभाव, स्टंट और छायांकन के मामले में इससे पीछे है। तथ्य यह है कि क्षेत्रीय फिल्मों की बढ़ती संख्या को देखते हुए अकादमी पुरस्कारों में सर्वश्रेष्ठ विदेशी फिल्म की श्रेणी में भारत का प्रतिनिधित्व करने के लिए कुछ फिल्मों को चुना गया है जिनमें – 2016 में 'विसारणई' (तमिल) प्रविष्टियों में से एक थी, 2015 में 'कोर्ट' (मराठी), 2013 में 'द गुड रोड' (गुजराती), 2011 में मलयालम फिल्म 'अदमिनेते मकन अबू' और 2009 में 'हरिश्चंद्राची फैक्टरी' (मराठी) विशेष रुप से इस श्रेणी में प्रदर्शित फिल्मों में शामिल थीं। हालांकि, हम एक क्षेत्रीय फिल्म देखने के लिए, टिकट बुक कराने में अनिच्छुक हो सकते हैं, लेकिन वास्तव में भारतीय फिल्में, वैश्विक दर्शकों को पसंद आती हैं। उदाहरण के लिए, लंदन भारतीय फिल्म समारोह के दौरान क्षेत्रीय फिल्मों से भरा है। परंपरागत रूप से भारतीय क्षेत्रीय सिनेमा ने विदेशी बाजारों में उपेक्षित रूप से ज्यादा वृद्धि की है। इस समय हमें क्षेत्रीय फिल्मों की वित्तीय सफलता और समृद्धता की प्रशंसा करनी चाहिए जिसने बड़े पैमाने पर सफलता हासिल की है।

भारतीय सिनेमा का विकास

भारतीय सिनेमा के अन्तर्गत भारत के विभिन्न भागों और भाषाओं में बनने वाली फिल्में आती हैं जिनमें हिन्दी सिनेमा (बॉलीवुड), तेलुगू सिनेमा (आंध्र प्रदेश और तेलंगाना), असमिया सिनेमा (असम), मैथिली सिनेमा (बिहार), ब्रजभाषा चलचित्रपट (उत्तर प्रदेश), गुजराती सिनेमा (गुजरात), हरियाणवी सिनेमा (हरियाणा), कश्मीरी (जम्मू एवं कश्मीर), झॉलीवुड (झारखंड), कन्नड सिनेमा (कर्नाटक), मलयालम सिनेमा (केरल), मराठी सिनेमा (महाराष्ट्र), उड़िया सिनेमा (ओडिशा), पंजाबी सिनेमा (पंजाब), राजस्थान का सिनेमा (राजस्थान), कॉलीवुड (तमिलनाडु) और बांग्ला सिनेमा (पश्चिम बंगाल) शामिल हैं। भारतीय सिनेमा ने 20वीं सदी की शुरुआत से ही विश्व के चलचित्र जगत पर गहरा प्रभाव छोड़ा है।

भारतीय फिल्मों का अनुकरण पूरे दक्षिणी एशिया, ग्रेटर मध्य पूर्व, दक्षिण पूर्व एशिया और पूर्व सोवियत संघ में भी होता है। भारतीय प्रवासियों की बढ़ती संख्या की वजह से अब संयुक्त राज्य अमरीका और यूनाइटेड किंगडम भी भारतीय फिल्मों के लिए एक महत्वपूर्ण बाजार बन गए हैं। एक माध्यम (परिवर्तन) के रूप में सिनेमा ने देश में अभूतपूर्व लोकप्रियता हासिल की और सिनेमा की लोकप्रियता का इसी से अन्दाजा लगाया जा सकता है कि यहाँ सभी भाषाओं में मिलाकर प्रति वर्ष 1,600 तक फिल्में बनी हैं। भारतीय सिनेमा किसी भी अन्य देश की तुलना में अधिक लोगों द्वारा देखी गई फिल्मों का उत्पादन करता है; 2011 में, पूरे भारत में 3.5 बिलियन से अधिक टिकट बेचे गए, जो हॉलीवुड से 900,000 अधिक थे।भारतीय सिनेमा कभी-कभी बोलचाल की भाषा में इंडीवूड के रूप में जाना जाता है।

दादा साहेब फाल्के भारतीय सिनेमा के जनक के रूप में जाना जाते हैं। दादा साहब फाल्के के भारतीय सिनेमा में आजीवन योगदान के प्रतीक स्वरुप और 1969 में दादा साहब के जन्म शताब्दी वर्ष में भारत सरकार द्वारा दादा

साहेब फाल्के पुरस्कार की स्थापना उनके सम्मान में की गयी। आज यह भारतीय सिनेमा का सबसे प्रतिष्ठित और वांछित पुरस्कार हो गया है।

20वीं सदी में भारतीय सिनेमा, संयुक्त राज्य अमरीका का सिनेमा हॉलीवुड तथा चीनी फिल्म उद्योग के साथ एक वैश्विक उद्योग बन गया। 2018 में भारत वार्षिक फिल्म निर्माण में पहले स्थान पर था इसके बाद नाइजीरिया सिनेमा, हॉलीवुड और चीन के सिनेमा का स्थान आता है। वर्ष 2018 में भारत में 1602 फ़िल्मों का निर्माण हुआ जिसमें तमिल सिनेमा अग्रणी रहा जिसके बाद तेलुगु और बॉलीवुड का स्थान आता है। भारतीय फ़िल्म उद्योग की वर्ष 2018 में कुल आय 1.86 अरब की रही। बढ़ती हुई तकनीक और ग्लोबल प्रभाव ने भारतीय सिनेमा का चेहरा बदला है। अब सुपर हीरो तथा विज्ञान कल्प जैसी फ़िल्में न केवल बन रही हैं बल्कि ऐसी कई फिल्में एंथीरन, रा.वन, ईगा और कृष 3 ब्लॉकबस्टर फिल्मों के रूप में सफल हुई है। भारतीय सिनेमा ने 90 से ज्यादा देशों में बाजार पाया है जहाँ भारतीय फिल्मे प्रदर्शित होती हैं। दंगल दुनिया भर में 300 मिलियन से अधिक की कमाई करके अंतरराष्ट्रीय ब्लॉकबस्टर बन गयी ।

सत्यजीत रे, ऋत्विक घटक, मृणाल सेन, अडूर गोपालकृष्णन, बुद्धदेव दासगुप्ता, जी अरविंदन, अपर्णा सेन, शाजी एन करुण, और गिरीश कासरावल्ली जैसे निर्देशकों ने समानांतर सिनेमा में महत्वपूर्ण योगदान दिया है और वैश्विक प्रशंसा जीती है। शेखर कपूर, मीरा नायर और दीपा मेहता सरीखे फिल्म निर्माताओं ने विदेशों में भी सफलता पाई है। 100% प्रत्यक्ष विदेशी निवेश के प्रावधान से 20वीं सेंचुरी फॉक्स, सोनी पिक्चर्स, वॉल्ट डिज्नी पिक्चर्स और वार्नर ब्रदर्स आदि विदेशी उद्यमों के लिए भारतीय फिल्म बाजार को आकर्षक बना दिया है। एवीएम प्रोडक्शंस, प्रसाद समूह, सन पिक्चर्स, पीवीपी सिनेमा,जी, यूटीवी, सुरेश प्रोडक्शंस, इरोज फिल्म्स, अयनगर्न इंटरनेशनल, पिरामिड साइमिरा, आस्कार फिल्म्स पीवीआर सिनेमा यशराज फिल्म्स धर्मा प्रोडक्शन्स और एडलैब्स आदि भारतीय उद्यमों ने भी फिल्म उत्पादन और वितरण में सफलता पाई। मल्टीप्लेक्स के लिए कर में छूट से भारत में मल्टीप्लेक्सों की संख्या बढ़ी है और फिल्म दर्शकों के लिए सुविधा भी। 2003 तक फिल्म निर्माण / वितरण / प्रदर्शन से सम्बंधित 30 से ज़्यादा कम्पनियां भारत के नेशनल स्टॉक एक्सचेंज में सूचीबद्ध की गयी थी जो फिल्म माध्यम के बढ़ते

वाणिज्यिक प्रभाव और व्यसायिकरण का सबूत हैं। भारतीय सिनेमा उद्योग भाषा द्वारा खंडित है। बॉलीवुड या हिंदी भाषा फिल्में सबसे बड़ा 43% बॉक्स ऑफिस राजस्व का योगदान करता है। तमिल सिनेमा और तेलुगू सिनेमा फिल्में 36% राजस्व का प्रतिनिधित्व करते हैं. दक्षिण भारतीय फिल्म उद्योग दक्षिण भारत की चार फिल्म संस्कृतियों को एक इकाई के रूप में परिभाषित करता है। ये कन्नड़ सिनेमा, मलयालम सिनेमा, तेलुगू सिनेमा और तमिल सिनेमा हैं। हालाँकि ये स्वतंत्र रूप से विकसित हुए हैं लेकिन इनमे फिल्म कलाकारों और तकनीशियनों के आदान-प्रदान और वैष्वीकरण ने इस नई पहचान के जन्म में मदद की।

भारत से बाहर निवास कर रहे प्रवासी भारतीय जिनकी संख्या आज लाखों में हैं, उनके लिए भारतीय फिल्में डीवीडी या व्यावसायिक रूप से संभव जगहों में स्क्रीनिंग के माध्यम से प्रदर्शित होती हैं। इस विदेशी बाजार का भारतीय फिल्मों की आय में 12% तक का महत्वपूर्ण योगदान हो सकता है। इसके अलावा भारतीय सिनेमा में संगीत भी राजस्व का एक साधन है। फिल्मों के संगीत अधिकार एक फिल्म की 4 -5 % शुद्ध आय का साधन हो सकते हैं।

भारतीय फिल्म उद्योग में 1000 से अधिक फिल्म निर्माण कम्पनियां हैं, लेक़िन इनमे से कुछ ही अंतराष्ट्रीय बाजार में सफल होने में कामयाब रहे हैं। इन निर्माण घरों (प्रोडक्शन हाउस) ने भारतीय सिनेमा को विदेशों में फिल्म रिलीज़ और विदेशी दर्शकों के लिए वितरण से अंतर्राष्ट्रीय मंच तक पहुँचने में मदद की है। भारतीय फिल्म उद्योग में कुछ निर्माण घर है यशराज फिल्म्स, रेड चिल्लीस एंटरटेनमेंट, धर्मा प्रोडक्शन, एरोस इंटरनेशनल, बालाजी मोशन पिक्चर और यूटीवी मोशन पिक्चर।

संगीत भारतीय फिल्मो का एक अभिन्न अंग है। एक सामान्य भारतीय फिल्म में लगभग 5-6 गीत हो सकते है जिनमे से कई संयोजित नृत्य भी सकते है। भारतीय सिनेमा में संगीत राजस्व का एक प्रमुख स्रोत है। फिल्म के संगीत अधिकार अकेले एक फिल्म के राजस्व का 4-5% भाग तक हो सकते हैं। भारत की प्रमुख फिल्म संगीत कंपनियों में सारेगामा, टी सीरीज , सोनी म्यूजिक और यूनिवर्सल म्यूजिक आदि हैं। व्यवसयिक रूप में फिल्म संगीत की बिक्री भारत के पूरे संगीत की बिक्री का 48% है। एक बहुसांस्कृतिक, और तेजी से वैश्विक (ग्लोबल) भारतीय दर्शकों की मांग के फलस्वरूप भारतीय फिल्म संगीत अक्सर

विभिन्न स्थानीय और अंतरराष्ट्रीय संगीत शैलीयों का मिश्रण करता है। लेकिन फिर भी स्थानीय नृत्य और संगीत समय की परीक्षा में सफल हो कर कालातीत बना है और इसी लिए ये बार बार भारतीय फिल्मों में इस्तेमाल होता है। इसने भारतीय प्रवासियों के साथ साथ भारत की सीमाओं के बाहर भी अपना रास्ता बना दिया है। पार्श्व गायक मोहम्मद रफी, लता मंगेशकर, येसुदास आदि ने राष्ट्रीय और अंतरराष्ट्रीय फिल्म संगीत स्टेज शो के साथ बड़ी संख्या में भीड़ को आकर्षित किया है। 20 वीं सदी के अंत और 21 वीं की शुरुआत में भारतीय और पश्चिमी दुनिया के कलाकारों के बीच व्यापक आदान प्रदान हुआ। भारतीय मूल के कलाकारों ने अपने देश के लोगों को अपनी विरासत की परंपराओं से मिश्रित लोकप्रिय समकालीन संगीत को जन्म दिया। भारत के भीतर भी गायकों की संख्या इतनी ज्यादा हो गयी है कि संगीत प्रेमी एक गायक को सिर्फ उसकी आवाज के आधार पर नहीं पहचान सकते है। भारतीय संगीतकार ऐ आर रहमान ने दो अकादमी पुरुस्कार, दो ग्रैमी पुरुस्कार, एक बाफ्टा और एक गोल्डन ग्लोब पुरुस्कार के साथ भारतीय फिल्म संगीत को विश्व में एक नयी पहचान दी है।

सिनेमा का विस्तार

1913 से 1929 तक भारतीय सिनेमा में मूक फिल्मों की ही प्रधानता रही पर 1930 के आसपास चलचित्रों में ध्वनि के समावेश करने का तकनीक विकसित हो जाने से सवाक् (बोलती) फिल्में बनने लगीं। आलम आरा भारत की पहली सवाक् फिल्म थी जो कि सन् 1931 में प्रदर्शित हुई।

चालीस और पचास का दशक

अगर देखा जाए तो भारत में फिल्मों के आरम्भ के 40 और 50 का दशक हिन्दी सिनेमा के लिहाज से शानदार रहा। 1949 में राजकपूर की फिल्म 'बरसात' ने बाक्स आफिस पर धूम मचाई। इस फिल्म को उस जमाने में 'ए' सर्टिफिकेट दिया गया था क्योंकि अभिनेत्री नरगिस और निम्मी ने दुपट्टा नहीं ओढ़ा था। बिमल राय ने 'दो बीघा जमीन' के माध्यम से देश में किसानों की दयनीय स्थिति का चित्रण किया। फिल्म में अभिनेता बलराज साहनी का डायलॉग ''जमीन चले जाने पर किसानों का सत्यानाश हो जाता है, आज भी भूमि अधिग्रहण की मार झेल रहे किसानों की पीड़ा को सटीक तरीके से अभिव्यक्त करता है। यह पहली भारतीय फिल्म थी जिसे कॉन फिल्म समारोह में पुरस्कार प्राप्त हुआ। 50 के दशक में सामाजिक विषयों पर आधारित व्यवसायिक फिल्मों का दौर शुरू हुआ। वी शांताराम की 1957 में बनी फिल्म 'दो आंखे बारह हाथ' में पुणे के 'खुला जेल प्रयोग' को दर्शाया गया। लता मंगेशकर ने इस फिल्म के गीत 'ऐ मालिक तेरे बंदे हम' को आध्यात्मिक ऊंचाइयों तक पहुंचाया। फणीश्वरनाथ रेणु की बहुचर्चित कहानी 'मारे गए गुलफाम' पर आधारित फिल्म 'तीसरी कसम' हिन्दी सिनेमा में कथानक और अभिव्यक्ति का सशक्त उदाहरण है। ऐसी फिल्मों में बदनाम बस्ती, आषाढ़ का दिन, सूरज का सातवां घोड़ा, एक था चंदर-एक थी सुधा, सत्ताईस डाउन, रजनीगंधा, सारा आकाश, नदिया के पार आदि प्रमुख है। 'धरती के लाल और नीचा नगर' के माध्यम से दर्शकों को खुली हवा का स्पर्श मिला और अपनी

माटी की सोंधी सुगन्ध, मुल्क की समस्याओं एवं विभीषिकाओं के बारे में लोगों की आंखें खुली। ''देवदास, बन्दिनी, सुजाता और परख'' जैसी फिल्में उस समय बाक्स आफिस पर उतनी सफल नहीं रहने के बावजूद ये, फिल्मों के भारतीय इतिहास के नये युग की प्रवर्तक मानी जाती हैं। महबूब खान की साल 1957 में बनी फिल्म ''मदर इण्डिया'' हिन्दी फिल्म निर्माण के क्षेत्र में मील का पत्थर मानी जाती है। सत्यजीत रे की फिल्म पाथेर पांचाली और शम्भू मित्रा की फिल्म 'जागते रहो' फिल्म निर्माण और कथानक का शानदार उदाहरण थी। इस श्रृंखला को स्टर्लिंग इंवेस्टमेंट कारपोरेशन लिमिटेड के बैनर तले निर्माता निर्देशक के आसिफ ने 'मुगले आजम' के माध्यम से नयी ऊंचाइयों तक पहुंचाया। अभिनेताओं में चालीस के दशक में कुन्दन लाल सहगल, अशोक कुमार, दिलीप कुमार, देव आनन्द, इफ़्तेखाऱ, रहमान, पिंचू कपूर, प्रेमनाथ, अजीत,राज कपूर और पृथ्वीराज कपूर लोकप्रिय हुये तथा अभिनेत्रियों में देविका रानी और मीना कुमारी चर्चित रही। इसीपरकार पचास के दशक में अभिनेताओं में शम्मी कपूर,राजेन्द्र कुमार,राज कुमार,सुनील दत्त,जीवन,किशोर कुमार,मदन पुरी,ओम शिवपुरी,अनूप कुमार और राजेन्द्र नाथ चर्चित रहे तथा अभिनेत्रियों में चर्चित रही मधुबाला,वहीदा रहमान और आशा पारेख।

1930-40 का दशक के.एल. सहगल, सोहराब मोदी, पृथ्वीराज कपूर, देविका रानी, नसीम बानो आदि का रहा। देवदास, अछूत कन्या और पुकार इस दशक की प्रमुख फिल्में रहीं।

1940-50 के दशक में अशोक कुमार छाये रहे। इसी दशक के उत्तरार्ध में दिलीप कुमार, राज कपूर और देवानंद का पदार्पण हुआ। महिला कलाकार थे कामिनी कौशल, मधुबला, निम्मी, नरगिस आदि। इस दशक की प्रमुख फिल्में थीं - सिकंदर, किस्मत, शहीद, बरसात, महल, और अंदाज।

1950-1980 की प्रमुख फिल्में - बाजी (देवानंद, गीताबाली), आवारा (राज कपूर, नारगिस), आन (दिलीप कुमार, नादिरा, निम्मी), दो बीघा जमीन बलराज साहनी), आर पार (गुरुदत्त), देवदास (दिलीप कुमार, सुचित्रा सेन, वैजयंतीमाला), बाजी (देवानंद, गीताबाली), झनक झनक पायल बाजे (मदनपुरी, मनोरमा, भगवान, संध्या), श्री 420 (राज कपूर, नरगिस), चोरी चोरी (राज कपूर, नरगिस), जागते रहो (राज कपूर, नरगिस), काबुली वाला

(बलराज साहनी), सी.आई.डी (देवानंद, वहीदा रहमान, जॉनी वाकर, शकीला), प्यासा (गुरुदत्त, वहीदा रहमान, माला सिन्हा), दो आँखें बारह हाथ (व्ही. शांताराम, संध्या), मदर इंडिया (नरगिस, सुनील दत्त, राजेन्द्र कुमार, कुमकुम), मधुमती (दिलीप कुमार, वैजयंतीमाला), चलती का नाम गाड़ी (अशोक कुमार, किशोर कुमार, अनूप कुमार, मधुबाला), सुजाता (नूतन, सुनील दत्त, शशिकला), कागज के फूल (गुरुदत्त, वहीदा रहमान), कानून (अशोक कुमार, राजेन्द्र कुमार, नंदा), मुगल-ए-आज़म (दिलीप कुमार, मधुबाला), गंगा जमुना (दिलीप कुमार, वैजयंतीमाला), जंगली (शम्मी कपूर, सायरा बानो), बंदिनी (अशोक कुमार, नूतन, धर्मेंद्र), दोस्ती (सुधीर कुमार, सुशील कुमार), संगम (राज कपूर, वैजयंतीमाला, राजेन्द्र कुमार), हकीकत (बलराज साहनी, धर्मेंद्र, प्रिया राजवंजश, विजय आनंद), वक्त (राज कुमार, सुनीलदत्त, साधना, शशि कपूर, शर्मिला टैगोर), गाइड (देवानंद, वहीदा रहमान), जब जब फूल खिले (शशि कपूर, नंदा), तीन देवियाँ (देवानंद, वहीदा रहमान), तीसरी मंज़िल (शम्मी कपूर, आशा पारेख), मेरा साया (सुनील दत्त, साधना), राम और श्याम (दिलीप कुमार, वहीदा रहमान), एन ईव्हनिंग इन पेरिस (शम्मी कपूर, शर्मिला टैगोर), ज्वेल थीफ (देवानंद, वैजयंतीमाला), फर्ज (जितेन्द्र, बबीता), उपकार (मनोज कुमार, आशा पारेख), पड़ोसन (सुनील दत्त, सायरा बानो, किशोर कुमार), आराधना (राजेश खन्ना, शर्मिला टैगोर), दो रास्ते (राजेश खन्ना, मुमताज), खामोशी (राजेश खन्ना, वहीदा रहमान), जॉनी मेरा नाम (देवानंद, हेमा मालिनी), सच्चा झूठा (राजेश खन्ना, मुमताज), मेरा नाम जोकर (राज कपूर, पद्मिनी), हरे राम हरे कृष्ण (देवानंद, जीनत अमान), कटी पतंग (राजेश खन्ना, आशा पारेख), आनंद (राजेश खन्ना, अमिताभ बच्चन,), गुड्डी (जया भादुड़ी,), मेरा गाँव मेरा देश (धर्मेंद्र, आशा पारेख, विनोद खन्ना), पूरब और पश्चिम (मनोज कुमार, सायरा बानो), शोर (मनोज कुमार, जया भादुड़ी), सीता और गीता (धर्मेंद्र, हेमा मालिनी, संजीव कुमार), पाकीज़ा (राज कुमार, मीना कुमारी), कारवाँ (जितेन्द्र, आशा पारेख), दाग (राजेश खन्ना, शर्मिला टैगोर), यादों की बारात (धर्मेंद्र, जीनत अमान), अभिमान (अमिताभ बच्चन, जया भादुड़ी), जंजीर (अमिताभ बच्चन, जया भादुड़ी), बाबी (ऋषि कपूर,

डिंपल कापड़िया), जुगनू (धर्मेंद्र, हेमा मालिनी), रोटी कपड़ा और मकान (मनोज कुमार, शशि कपूर, अमिताभ बच्चन, जीनत अमान, मौसमी चटर्जी), जूली (लक्ष्मी), चुपके चुपके (धर्मेंद्र, शर्मिला टैगोर), आंधी (संजीव कुमार, सुचित्रा सेन), शोले (अमिताभ बच्चन, धर्मेंद्र, हेमा मालिनी), जै संतोषी माँ, दीवार (अमिताभ बच्चन, शशि कपूर), कभी कभी (अमिताभ बच्चन, वहीदा रहमान, शशि कपूर, राखी), चितचोर (अमोल पालेकर), धरम वीर (धर्मेंद्र, जीनत अमान, जितेन्द्र, नीतू सिंह), हम किसी से कम नहीं (ॠषि कपूर, जीनत अमान), अमर अकबर एंथोनी (अमिताभ बच्चन, विनोद खन्ना, ॠषि कपूर, परवीन बॉबी, शबाना आज़मी, नीतू सिंह), डॉन (अमिताभ बच्चन, जीनत अमान), त्रिशूल (अमिताभ बच्चन, शशि कपूर, संजीव कुमार), मुकद्दर का सिकंदर (अमिताभ बच्चन, विनोद खन्ना, राखी), सरगम (ॠषि कपूर, जयाप्रदा), द ग्रेट गेम्बलर (देवानंद,), गोलमाल (अमोल पाकेकर,), कुरबानी (फिरोज़ खाऩ, जीनत अमान), शान (धर्मेंद्र,),

भारतीय सिनेमा का स्वर्णिम काल - सन् 1950 से 1980

भारतीय सिनेमा विकास के रास्ते पर निरंतर आगे बढ़ता ही गया और उसने मुड़कर कभी पीछे नहीं देखा। किंतु सन् 1950 से उसका स्वर्णिम काल प्रारंभ हुआ। रोचक कथानकों और सुमधुर गीत संगीत के मेल होने के कारण अद्बितीय फिल्में बनने लगीं। राज कपूर, महबूब खान, गुरु दत्त, व्ही. शांताराम और बिमल राय जैसे महान निर्माताओं ने बूट पालिश, श्री 420, जागते रहो, आन, मदर इंडिया, प्यासा, कागज के फूल, दो आँखें बारह हाथ, नवरंग, दो बीघा जमीन और मधुमती जैसी सुंदर, सशक्त एवं अविस्मरणीय चलचित्रों का निर्माण किया जो कि आज भी लोकप्रिय हैं। सन् 1955 में सत्यजित राय, जो कि विश्व के जाने माने निर्देशकों में से एक हैं, द्वारा निर्देशित फिल्म पाथेर पांचाली ने अंतर्राष्ट्रीय ख्याति अर्जित की। भारतीय सिनेमा के स्वर्णिम काल में बनाई गई लोकप्रिय फिल्मों का विवरण इस प्रकार है :

महबूब खान के 'महबूब प्रोडक्शन्स' के द्वारा बनाई गई लोकप्रिय फिल्में हैं हुमायु (1945), अनमोल घड़ी (1946), अनोखी अदा (1948), अंदाज (1949), झाँसी की रानी (1952), आन (1952), अमर (1954),

आवाज (1956), मदर इंडिया (1957), सन आफ इंडिया (1962)।

बिमल राय के 'बिमल राय प्रोडक्शन्स' के द्वारा बनाई गई लोकप्रिय फिल्में हैं दो बीघा जमीन (1953), नौकरी (1954), देवदास (1955), अमानत (1955), परिवार (1956), मधुमती (1958), सुजाता (1959), उसने कहा था (1960), परख (1960), काबुलीवाला (1961), प्रेम पत्र (1962), बंदिनी (1963), बेनज़ीर (1964), दो दूनी चार (1968)।

राज कपूर के 'आर.के. फिल्म्स' के द्वारा बनाई गई लोकप्रिय फिल्में हैं आग (1948), बरसात (1949), आवारा (1951), बूट पालिश (1954), श्री 420 (1955), जिस देश में गंगा बहती है (1961), संगम (1964), मेरा नाम जोकर (1970), धरम करम (1975), सत्यं शिवं सुंदरम् (1978)।

राज कपूर अपने समय के सबसे कम उम्र वाले निर्देशक थे। संगीत की उन्हें खूब समझ थी इसीलिये उनकी फिल्मों के गाने आज तक लोकप्रिय हैं, खास कर बरसात का गाना 'हवा में उड़ता जाये.....', आवारा का गाना 'घर आया मेरा परदेशी.....', बूट पॉलिश का गाना 'नन्हे मुन्ने बच्चे तेरी मुट्ठी में क्या है.....', श्री 420 का गाना 'मेरा जूता है जापानी.....' एवं 'प्यार हुआ इकरार हुआ.....', जिस देश में गंगा बहती है का गाना 'ओ बसंती पवन पागल.....', संगम का गाना 'ओ मेरे सनम ओ मेरे सनम.....' आदि।

देव आनंद के 'नवकेतन इंटरनेशनल' के द्वारा बनाई गई लोकप्रिय फिल्में हैं अफसर (1950), टैक्सी ड्राइव्हर (1954), हाउस नं.44 (1955), फंटूश (1956), नौ दो ग्यारह (1957), काला पानी (1958), काला बाजार (1960), हम दोनों (1961), तेरे घर के सामने (1963), गाइड (1965), ज्वेल थीफ (1967), प्रेम पुजारी (1970), हरे राम हरे कृष्ण (1971), शरीफ़ बदमाश (1973), छुपा रुस्तम (1973), इश्क इश्क इश्क (1974), जानेमन (1976), लूटमार (1980)।

देव आनंद सदाबहार हीरो रहे। ग्रैगरी पैक के अंदाज में अभिनय किया करते थे और खूब लोकप्रिय हुये। उनके दोनों भाई चेतन आनंद और विजय आनंद भी गजब के प्रतिभा के धनी थे। फिल्म गाइड के निर्देशन के लिये विजय

आनंद को सभी लोगों से बहुत प्रशंसा मिली थी।

गुरु दत्त के 'गुरुदत्त फिल्म्स' के द्वारा बनाई गई लोकप्रिय फिल्में हैं बाज़ी (1951), प्यासा (1958), कागज के फूल (1959), साहेब बीबी और गुलाम (1962)।

वैसे तो गुरु दत्त की बनाई सभी फिल्में लाजवाब थीं पर फिल्म प्यासा की तारीफ सबसे अधिक की गई थी। आपको शायद पता हो कि उनके द्वारा बनाई गई फिल्म कागज के फूल हिंदी की पहली सिनेमास्कोप फिल्म है।

जेमिनी प्रोडक्शन्स के द्वारा बनाई गई लोकप्रिय फिल्में हैं चंद्रलेखा (1948), निशान (1949), संसार (1951), मिस्टर संपत (1952), बहुत दिन हुये (1954), इंसानियत (1955), राज तिलक (1958), पैगाम (1959), घराना (1961), औरत (1967), तीन बहूरानियाँ (1968), शतरंज (1969)।

ए.व्ही.एम. प्रोडक्शन्स के द्वारा बनाई गई लोकप्रिय फिल्में हैं बहार (1951), लड़की (1953), चोरी चोरी (1956), भाई भाई (1956), भाभी (1957), मिस मेरी (1957), बरखा (1959), बिंदिया (1960), छाया (1961), मैं चुप रहूँगी (1962), मुनीम जी (1962), पूजा के फूल (1964), लाडला, मेहरबान, दो कलियाँ (1968)। जेमिनी प्रोडक्शन्स तथा ए.व्ही.एम. प्रोडक्शन्स दक्षिण भारत की फिल्म निर्माण संस्थाएँ थीं पर सामाजिक कथाओं पर आधारित लोकप्रिय हिंदी फिल्मे भी बनाया करती थीं।

बी.आर. चोपड़ा के 'बी.आर. फिल्म्स' के द्वारा बनाई गई लोकप्रिय फिल्में हैं एक ही रास्ता (1956), नया दौर (1957), साधना (1958), धूल का फूल (1959), कानून (1961), धर्मपुत्र (1962), गर्ल्स हॉस्टल (1962), गुमराह (1963), वक्त (1965), हमराज़ (1967), इत्तिफाक (1969), हम एक हैं (1970), आदमी और इंसान (1970), जवाब (1970), छाटी सी बात (1976), इंसाफ का तराजू (1980)। बी.आर. चोपड़ा जाने माने निर्माता निर्देशक रहे हैं। उनकी बनाई टी.व्ही. सीरयल महाभारत की आज भी प्रशंसा होती है। एस. मुखर्जी के 'फिल्मालय प्रोडक्शन्स' के द्वारा बनाई गई

लोकप्रिय फिल्में हैं दिल दे के देखो (1959), हम हिंदुस्तानी (1960), लव्ह इन शिमला (1960), प्यार का सागर (1961), एक मुसाफिर एक हसीना (1962), आओ प्यार करें (1964), तू ही मेरी जिंदगी (1965)।

सुबोध मुखर्जी के 'सुबोध मुखर्जी प्रोडक्शन्स' के द्वारा बनाई गई लोकप्रिय फिल्में हैं जंगली (1961), एप्रिल फूल (1964), शागिर्द (1967), अभिनेत्री (1970), शर्मीली (1971), मि. रोम्यो (1974)।

ताराचंद बड़जात्या के 'राजश्री प्रोडक्शन्स' के द्वारा बनाई गई लोकप्रिय फिल्में हैं आरती (1962), दोस्ती (1964), महापुरुष (1965), तकदीर (1967), जीवन मृत्यु (1970), उपहार (1971), मेरे भैया (1972), पिया का घर (1972), सौदागर (1973), हनीमून (1973), तूफान (1975), गीत गाता चल (1975), तपस्या (1976), चितचोर (1976), पहेली (1977), दुल्हन वही जो पिया मन भाये (1977), अलीबाबा मरजीना (1977), एजेंट विनोद (1977), अँखियों के झरोखे से (1978), सुनयना (1979), शिक्षा (1979), सावन को आने दो (1979), साँच को आँच नहीं (1979), नैया (1979), गोपाल कृष्ण (1979), राधा और सीता (1979), तराना (1979), मनोकामना (1980), मान अभिमान (1980), एक बार कहो (1980), हमकदम (1980)।

रामानंद सागर के 'सागर आर्ट' के द्वारा बनाई गई लोकप्रिय फिल्में हैं जिंदगी (1964), आरजू (1965), आँखें (1968), गीत (1970), ललकार (1972), चरस (1976)।

रामानंद सागर के बनाये टी.व्ही. सीरियल रामायण के प्रसारण के समय ट्रेनों को भी स्टेशन में रोक दिया जाता था जिससे कि यात्री उसे देख सकें। प्रसारण समाप्त हो जाने के बाद ही ट्रेनें आगे बढ़ती थी। त्रिलोक जेतली ने गोदान के निर्माता निर्देशक के रूप में जिस प्रकार आर्थिक नुकसान का ख्याल किये बिना प्रेमचंद की आत्मा को सामने रखा, वह आज भी आदर्श है। गोदान के बाद ही साहित्यिक कृतियों पर फिल्म बनाने का सिलसिला शुरू हुआ। प्रयोगवाद की बात करें तो गुरूदत्त की फिल्में 'प्यासा', 'कागज के फूल' तथा

'साहब बीबी और गुलाम' को कौन भूल सकता है। मुजफ्फर अली की 'गमन' और विनोद पांडे की 'एक बार फिर' ने इस सिलसिले को आगे बढ़ाया। रमेश सिप्पी की 1975 में बनी फिल्म 'शोले' ने हिन्दी फिल्म निर्माण को नयी दिशा दी। यह अभिनेता अमिताभ बच्चन के एंग्री यंग मैन के रूप में उभरने का दौर था। पचास के दशक में ट्रेजडी किंग के रूप में दिलीप कुमार लोकप्रिय हुये। दिदार (1951) और देवदास(1955) जैसी फिल्मो में दुखद भूमिकाओं के मशहूर होने के कारण उन्हे ट्रेजिडी किंग कहा गया। मुगले-ए-आज़म (1960) में उन्होने मुग़ल राजकुमार जहांगीर की भूमिका निभाई। यह फिल्म पहले श्वेत और श्याम थी और 2004 में रंगीन बनाई गई। उन्होने 1961 में गंगा-जमुना फिल्म का निर्माण भी किया, जिसमे उनके साथ उनके छोटे भाई नासीर खान ने काम किया। 1970, 1980 और 1990 के दशक में उन्होने कम फिल्मो में काम किया। इस समय की उनकी प्रमुख फिल्मे थीः विधाता (1982), दुनिया (1984), कर्मा (1986), इज्जतदार(1990) और सौदागर(1991)। 1998 में बनी फिल्म किला उनकी आखरी फिल्म थी।

साठ के दशक के चर्चित अभिनेताओं में शशि कपूर,कैस्टो मुखर्जी,धर्मेन्द्र,जितेन्द्र,राजेश खन्ना,संजीव कुमार,फ़िरोज़ खा़न,संजय खा़न,जॉय मुखर्जी,विश्वजीत,मनमोहन कृष्णा,ओम प्रकाश,असित सेन,प्रेम चोपड़ा,ए के हंगल और रमेश देव का नाम आता है, वहीं अभिनेत्रियों में प्रिया राजवंश,नरगिस,हेमा मालिनी,शर्मिला टैगोर,राखी गुलज़ार आदि की। सत्तर के दशक में जिन अभिनेताओं की चर्चा हुयी उनमें प्रमुख हैं अमिताभ बच्चन,अनिल कपूर,नवीन निश्चल,राकेश रोशन,राकेश बेदी और ओम पुरी आदि, वहीं अभिनेत्रियों में रेखा,मुमताज़,ज़ीनत अमान,परवीन बॉबी,नीतू सिंह,शबाना आज़मी,प्रीति गाँगुली,प्रीती सप्रू आदि चर्चित रही। इसी प्रकार अस्सी के दशक में संजय दत्त,सनी देओल,शाहरुख ख़ान,आमिर खा़न,सलमान खा़न आदि अभिनेताओं का धमाकेदार प्रवेश हुआ, वहीं अभिनेत्रियों में माधुरी दीक्षित,जूही चावला,अमिता नाँगिया आदि की। 80 के दशक तक फिल्में जमींदारी, स्त्री शोषण सहित उन सभी मुद्दों पर आधारित होती थी जो समाज को प्रभावित करते थे। उनका उद्देश्य व्यावसयिक न होकर सामजिक कल्याण होता था। पर 90 के दशक में फिल्मों में व्यापक बदलाव आये। फ़िल्मकारों ने ऐसे विषय चुनने शुरू कर दिए, जो बहुत ही

सीमित वर्ग की पसंद के थे, लेकिन बदले में उन्हें चूंकि डॉलर में कमाई होने वाली थी इसलिए व्यावसायिक हितों को कोई नुकसान नहीं होने वाला था। और ये वही दौर था जब फिल्में समाज हित से हटकर पूरी तरह से व्यावासिक हित में रम गयी। फिल्में बनाने वाले निदेशकों और निर्माताओं का उदेश्य फिल्म में वास्तविकता डालने की बजाये उन चीजों को डालने का होता जो दर्शक को मनोरंजन कराये जिसका आज समाज पर नकरात्मक प्रभाव पड़ने लगा। आज भारतीय समाज जो आधुनिकता की नंगी दौड़ में दौड़ रहा उसका श्रेय बहुत हद आज के दौर निर्मित होने वाली फिल्मों को ही जाता है अगर उदाहरण से समझना हो तो नब्बे के दशक के उत्तरार्ध में बनी फिल्म 'दिलवाले दुल्हनिया ले जाएंगे' से शुरू करके 'नील और निक्की' तक की कहानी में इस बदलाव को देखा जा सकता है। इस बदलाव को दो रूपों में देखने की जरूरत है। एक रूप है भारत के घरेलू फिल्मकारों का और दूसरा प्रवासी भारतीय फिल्मकारों का। दोनों की फिल्मों का कथानक आश्चर्यजनक रूप से एक जैसा है। इनमें से जो लोग पारिवारिक ड्रामा नहीं बना रहे हैं वे या तो औसत दर्जे की सस्पेंस थ्रिलर और अपराध कथा पर फिल्म बना रहे हैं या संपन्न घरों के युवाओं व महानगरों के युवाओं के जीवन में उपभोक्तावादी संस्कृति की अनिवार्य खामी के रूप में आए तनावों पर फिल्म बना रहे हैं। घरेलू फिल्मकारों में आदित्य चोपड़ा, करण जौहर, राकेश रोशन, रामगोपाल वर्मा, फरहान अख्तर जैसे सफल फिल्मकारों के नाम लिए जा सकते हैं और दूसरी श्रेणी में गुरिन्दर चंढा (बेंड इट लाइक बेकहम), नागेश कुकुनूर (हैदराबाद ब्लूज), विवेक रंजन बाल्ड (म्यूटिनीः एशियन स्टार्म म्यूजिक), बेनी मैथ्यू (ह्वेयर द पार्टी यार), निशा पाहूजा (बालीवुड बाउंड), महेश दत्तानी (मैंगो सौफल), मीरा नायर (मानसून वेडिंग), शेखर कपूर (द गुरू), दीपा मेहता आदि के नाम लिए जा सकते हैं, जो अनिवार्य रूप से प्रवासियों के लिए फिल्में बनाते हैं।

पुराने जमाने में 'तीसरी कसम' से लेकर 'भुवन शोम' और अंकुर, अनुभव और अविष्कार तक फिल्मों का समानान्तर आंदोलन चला। इन फिल्मों के माध्यम से दर्शकों ने यथार्थवादी पृष्ठभूमि पर आधारित कथावस्तु को देखा.परखा और उनकी सशक्त अभिव्यक्तियों से प्रभावित भी हुए। नये दौर में विजय दानदेथा की कहानी पर आधारित फिल्म 'पहेली' श्याम बेनेगल की 'वेलकम टू सज्जनपुर' और 'वेलडन अब्बा', आशुतोष गोवारिकर की 'लगान',

'स्वदेश', आमिर खान अभिनीत 'थ्री इडियट्स', अमिताभ बच्चन अभिनीत 'पा' और 'ब्लैक', शाहरूख खान अभिनीत 'माई नेम इज खान' जैसे कुछ नाम ही सामने आते हैं जो कथानक और अभिव्यक्ति की दृष्टि से सशक्त माने जाते हैं। 60 और 70 का दशक हिंदी फिल्मों के सुरीले दशक के रूप में स्थापित हुआ तो 80 और 90 के दशक में हिन्दी सिनेमा 'बालीवुड' बनकर उभरा।

नब्बे के दशक में संजय कपूर,अक्षय कुमार,सुनील शेट्टी, सैफ़ अली खाऩ, अजय देवगन आदि अभिनेताओं का तो वहीं अभिनेत्रियों में दिव्या भारती,बिपाशा बसु, करिश्मा कपूर, करीना कपूर, मनीषा कोइराला, काजोल देवगन, रानी मुखर्जी, प्रीति ज़िंटा आदि का आगमन हुआ। इसी प्रकार 2000 के दशक में शाहिद कपूर, ऋतिक रोशन, अभिषेक बच्चन, फ़रदीन खाऩ आदि अभिनेताओं तथा अभिनेत्रियों में प्रियंका चोपड़ा,नीतू चन्द्रा,दीपिका पादुकोण,अनुष्का शर्मा,सोनम कपूर,अमीशा पटेल,प्रीति झंगियानी तथा 2010 के दशक में सोनाक्षी सिन्हा का धमाकेदार आगमन हुआ।

क्षेत्रीय भाषाओं में विस्तार

1931 में आर्देशिर ईरानी ने भारत की पहली सवाक फिल्म आलम आरा का प्रदर्शन किया। उसी साल तमिल की पहली सवाक फिल्म कालिदास और तेलुगु की सवाक फिल्म भक्त प्रह्लाद का प्रदर्शन किया गया। न्यू थिएटर्स ने बंगला में चंडीदास फिल्म का निर्माण 1932 में किया था। इसके बाद भारत की कई भाषाओं में सवाक फिल्मों के निर्माण की प्रक्रिया तेजी से शुरू हो गई। मूक फिल्मों के पूरे दौर में अधिकतर फिल्में या तो पौराणिक या धार्मिक या ऐतिहासिक कथाओं पर आधारित होती थीं। कुछ फिल्में अरब, यूरोप आदि की लोकप्रिय कहानियों पर भी बनी थीं। लेकिन सामाजिक विषयों पर फिल्मों का निर्माण बहुत ही कम हुआ। मूक सिनेमा में ही बाबूराव पेंटर जैसे फिल्मकार उभर चुके थे, जिनके लिए सिनेमा सिर्फ मनोरंजन का माध्यम नहीं था बल्कि वह सामाजिक संदेश देने का माध्यम भी था। 1930 और 1940 के दशक में मराठी और हिंदुस्तानी फिल्मों को ऊंचाइयों की ओर ले जाने वाले एस. फत्तेलाल, विष्णुपंत दामले और वी. शांताराम इन्हीं बाबूराव पेंटर की देन थे। भारतीय सिनेमा में यथार्थवाद की शुरुआत का श्रेय बाबूराव पेंटर को जाता है।

1 जनवरी 1961 को एक फिल्म आयी 'गंगा जमुना'। इस फिल्म में अवधी संवादों का प्रयोग था। हिन्दी सिनेमा के इतिहास में यह पहली बार हुआ

था। यह फिल्म व्यापक सफल हुई थी। इसके निर्माता दिलीप कुमार के भाई नासिर खाँ एवं निर्देशक नितिन बोस थे। दिलीप कुमार एवं वैजयन्ती माला के साथ नज़ीर हुसैन ने भी इस फिल्म में अभिनय किया था। 'गंगा जमुना' ने यह विश्वास कायम कर दिया था कि अगर कोई उत्तर भारतीय बोलियों-भाषाओं में भी फ़िल्में बनाए, तो वह घाटे का सौदा नहीं होगा।इसी से प्रेरणा लेकर उत्तर भारत में ब्रजभाषा सिनेमा का प्रारम्भ हिन्दी फिल्मों के प्रसिद्ध अभिनेता शिव कुमार ने किया। वर्ष 1982 में रिलीज फिल्म ब्रज भूमी के साथ ब्रजभाषा सिनेमा का आरम्भ हुआ।

भारत के प्रथम राष्ट्रपति की इच्छा थी कि भोजपुरी में भी फिल्म निर्माण किया जाये। उनकी इस इच्छा के दृष्टिगत भोजपुरी की पहली फिल्म का निर्माण हुआ, जिसका नाम था 'हे गंगा मैया तोहे पियरी चढ़ाइबो'। फिल्म निर्माता विश्वनाथ प्रसाद शाहाबादी ने 21 फ़रवरी 1963 को तत्कालीन राष्ट्रपति देशरत्न डॉ॰ राजेन्द्रप्रसाद को पटना के सदाकत आश्रम में समर्पित किया। यानि 21 फ़रवरी 1963 को इस फ़िल्म का उद्घाटन समारोह समझा गया। इसके एक दिन बाद अर्थात 22 फ़रवरी 1963 को फिल्म का एक प्रीमियर शो पटना के वीणा सिनेमा में रखा गया। लेकिन इसके व्यावसायिक प्रदर्शन की शुरुआत 4 अप्रैल 1963 को वाराणसी के प्रकाश टॉकीज (अब बन्द हो चुका है) से हुई। यह आश्चर्य का विषय है कि इस वर्ष एक ओर भारतीय सिनेमा अपना शताब्दी वर्षगांठ मनाने जा रहा है तो दूसरी ओर भोजपुरी सिनेमा अपना पच्चस वर्ष भी पूरा कर रहा है।

पारसी थियेटर का योगदान

पारसी थियेटर ने हिंदी-उर्दू विवाद से परे रहते हुए बोलचाल की एक ऐसी भाषा की परंपरा स्थापित की जो हिंदी और उर्दू की संकीर्णताओं से परे थी और जिसे बाद में हिंदुस्तानी के नाम से जाना गया। यह भारतीय उपमहाद्वीप के बड़े हिस्से में संपर्क भाषा के रूप में विकसित हुई थी। हिंदी सिनेमा ने आरंभ से ही भाषा के इसी रूप को अपनाया। इस भाषा ने ही हिंदी सिनेमा को गैर हिंदी भाषी दर्शकों के बीच भी लोकप्रिय बनाया। उन्होंने हिंदू-मुस्लिम एकता को प्रत्यक्ष और परोक्ष रूप से बढ़ावा दिया। आगा हश्र कश्मीरी (1879-1935) का नाटक 'यहूदी' इसका श्रेष्ठ उदाहरण है, जिस पर कई बार फिल्में बनीं और बिमल राय ने भी इस नाटक पर फिल्म बनाना जरूरी समझा।

प्रारम्भिक दिनों के कुछ दिलचस्प किस्से

बॉलीवुड का जन्म :

1910 में मुंबई में फिल्म द लाइफ ऑफ क्राइस्ट के प्रर्दशन के दौरान दर्शकों की भीड़ में एक ऐसा शख्स भी था जिसे फिल्म देखने के बाद अपने जीवन का लक्ष्य मिल गया। लगभग दो महीने के अंदर उसने शहर में प्रदर्शित सारी फिल्में देख डाली और निश्चय कर लिया वह फिल्म निर्माण ही करेगा। यह शख्स और कोई नहीं भारतीय सिनेमा के जनक दादासाहब फाल्के थे।

बावर्ची बनी बॉलीवुड की पहली हीरोइन :

भारतीय सिनेमा जगत की पहली फीचर फिल्म राजा हरिश्चंद्र का निर्माण दादा साहब फाल्के (मूल नाम धुंडिराज गोविन्द फाल्के) ने फाल्के फिल्म कंपनी के बैनर तले किया। फिल्म बनाने में उनकी मदद फोटोग्राफी उपकरण के डीलर यशवंत नाडरकर्णी ने की थी। फिल्म में राजा हरिशचंद्र का किरदार दत्तात्रय दामोदर, पुत्र रोहित का किरदार दादा फाल्के के पुत्र भालचंद्र फाल्के जबकि रानी तारामती का किरदार रेस्टोरेंट में बावर्ची के रूप में काम करने वाले व्यक्ति अन्ना सालुंके निभाया था।

500 लोगों ने किया काम, 15000 रुपए में बनी फिल्म :

फिल्म के निर्माण के दौरान दादा फाल्के की पत्नी ने उनकी काफी सहायता की। इस दौरान वह फिल्म में काम करने वाले लगभग 500 लोगों के लिये खुद खाना बनाती थीं और उनके कपड़े धोती थीं। फिल्म के निर्माण में लगभग 15000 रूपये लगे जो उन दिनो काफी बड़ी रकम हुआ करती थी। फिल्म का प्रीमियर ओलंपिया थियेटर में 21 अप्रैल 1913 को हुआ जबकि यह फिल्म तीन मई 1913 में मुंबई के कोरनेशन सिनेमा में प्रर्दशित की गयी। लगभग 40 मिनट की इस फिल्म को दर्शकों का अपार समर्थम मिला। फिल्म टिकट खिड़की पर सुपरहिट साबित हुयी।

भारत की पहली महिला अभिनेत्री और पहला डांस नंबर :

फिल्म राजा हरिश्चंद्र की अपार सफलता के बाद दादा साहब फाल्के ने वर्ष 1913 में मोहिनी भस्मासुर का निर्माण किया। इसी फिल्म के जरिये कमला गोखले और उनकी मां दुर्गा गोखले जैसी अभिनेत्रियों को भारतीय

फिल्म जगत की पहली महिला अभिनेत्री बनने का गौरव प्राप्त हुआ था। इसी फिल्म में पहला डांस नंबर भी फिल्माया गया था। कमला गोखले पर फिल्माए इस गीत को दादा फाल्के ने नृत्य निर्देशित किया था।

हिट हुआ फाल्के का आइडिया, खुलने लगीं फिल्म कंपनियां :

वर्ष 19। 4 में दादा फाल्के ने राजा हरिश्चंद्र, मोहिनी भस्मासुर और सत्यवान सावित्री को लंदन में प्रर्दशित किया। इसी वर्ष आर.वैकैया और आर.एस प्रकाश ने मद्रास में पहले स्थायी सिनेमा हॉल गैटी का निर्माण किया। वर्ष 1917 में बाबू राव पेंटर ने कोल्हापुर में महाराष्ट्र फिल्म कंपनी की स्थापना की वही जमशेदजी फरामजी मदन (जे.एफ मदन) ने एलफिंस्टन बाईस्कोप के बैनर तले कोलकाता में पहली फीचर फिल्म सत्यवादी राजा हरिश्चंद्र का निर्माण किया।

बॉलीवुड का पहला डबल रोल, पहली सुपरहिट फिल्मः

वर्ष 1917 में प्रदर्शित दादा फाल्के की फिल्म लंका दहन वैसी पहली फिल्म थी जिसमें किसी कलाकार ने दोहरी भूमिका निभाई थी। अन्ना सांलुके ने इस फिल्म में राम और सीता का किरदार निभाया था। इस फिल्म को भारतीय सिनेमा को पहली सुपरहिट फिल्म बनने का गौरव प्राप्त है। बंबई के एक सिनेमा हॉल में यह फिल्म 23 सप्ताह तक लगातार दिखाई गयी थी। वर्ष 1918 में प्रर्दशित फिल्म कीचक वधम दक्षिण भारत में बनी पहली फिल्म थी।

जब फिल्मी पर्दा बन गया मंदिरः

वर्ष 1919 में प्रदर्शित दादा फाल्के की फिल्म कालिया मर्दन महत्वपूर्ण फिल्म मानी जाती है। इस फिल्म में दादा फाल्के की पुत्री मंदाकिनी फाल्के ने कृष्णा का किरदार निभाया था। लंका दहन और कालिया मर्दन के प्रर्दशन के दौरान श्रीराम और श्री कृष्ण जब पर्दे पर अवतरित होते थे तो सारे र्दशक उन्हे दंडवत प्रणाम करने लगते। वर्ष 1920 में आर्देशिर इरानी ने अपनी पहली मूक फिल्म नल दमयंती का निर्माण किया। फिल्म में पेटनीस कूपर ने मुख्य भूमिका निभाई थी।

शुरु हुआ कमर्शियल सक्सेस का दौरः

1920 का दशक फिल्मो का निर्माण व्यवसायिक रूप से सफलता प्राप्त करने के लिये होने लगा। वर्ष 1921 में प्रर्दशित फिल्म भक्त विदुर

कोहीनूर स्टूडियो के बैनर तले बनायी गयी एक सफल फिल्म थी। इसी वर्ष 1921 में प्रदर्शित फिल्म द इंग्लैंड रिटर्न पहली सामाजिक हास्य फिल्म साबित हुयी। फिल्म का निर्देशन धीरेन्द्र गांगुली ने किया था। इस वर्ष प्रर्दशित फिल्म सुरेखा हरन से बतौर अभिनेता राजाराम वानकुदरे शांताराम (व्ही शांताराम) ने अपने सिने करियर की शुरूआत की थी।

पहला स्टार, सेंसर बोर्ड की आपत्ति और पहला पोस्टरः

वर्ष 1922 में प्रर्दशित जे.जे.मदन निर्देशित फिल्म पति भक्ति को टिकट खिड़की पर उल्लेखनीय सफलता प्राप्त की। फिल्म की सफलता ने अभिनेता पेटनीस कूपर स्टार बन गये। यह पहली फिल्म थी जहां सेसंर बोर्ड ने फिल्म पर अपनी आपति जताते हुए इस फिल्म के एक गाने को हटाने की मांग की थी। बाबू राव पेंटर निर्मित और वर्ष 1923 में प्रदर्शित फिल्म सिंघद पहली फिल्म थी जिसमे आर्टिफिशियल लाईट का इस्तेमाल किया गया था। इस फिल्म में व्ही शांताराम ने मुख्य भूमिका निभाई थी। इसी वर्ष पहला सिनेमा पोस्टर बाबू राव पेंटर ने अपनी फिल्म वत्सला हरन के लिये छपवाया था।

पहली महिला निर्देशकः

वर्ष 1926 में प्रर्दशित फिल्म बुलबुले परिस्तान पहली फिल्म थी जिसका निर्देशन महिला ने किया था।बेगम फातिमा सुल्ताना इस फिल्म की निर्देशक थीं। फिल्म में जुबैदा, सुल्ताना और पुतली ने मुख्य भूमिका निभाई थीं। इसी वर्ष आर्देशिर इरानी ने इंपेरियल फिल्मस की स्थापना की।लाहौर में पंजाब फिल्म कॉरपोरेशन की स्थापना भी इसी वर्ष की गयी।

पहली सिल्वर जुबलीः

मराठी फिल्म श्याम सुंदर(1932) ने र्सवप्रथम सिल्वर जुबली मनायी थी। दादा साहब तोरणे निर्मित और भाल.जे.पेडरकर निर्देशित इस फिल्म ने मुंबई के वेस्ट इंड सिनेमा में 27 सप्ताह दिखाई गयी। मदन थियेटर के बैनर तले बनी फिल्म इंदौरसभा (1932) में र्सवाधिक 71 गाने थे। इसी साल प्रर्दशित न्यू थियेटर की फिल्म मोहब्बत के आंसू से कुंदन लाल सहगल ने बतौर अभिनेता कदम रखा।

॥ भाग- 3 ॥

फिल्म निर्माता और निर्देशक

जिन्होंने भारतीय फिल्मों की
दशा और दिशा को निर्धारित किया

1. बॉम्बे टॉकीज : हिमांशु राय–देविका रानी

हिमांशु राय

भारतीय सिनेमा के अग्रदूत हिमांशु राय का जन्म 1892 को हुआ। इन्होनें विभिन्न विषयों पर फिल्म बनाते हुए सिनेमा को आम जनमानस के मध्य लोकप्रिय किया। एक कुलीन बंगाली परिवार में जन्म लेने के बाद हिमांशु राय ने अपनी स्कूली शिक्षा के कई साल शांति निकेतन में बिताये। कोलकाता से कानून की डिग्री प्राप्त करने के बाद, वह बैरिस्टर बनने के लिए लंदन चले गए। वहां उनकी मुलाकात एक नाटककार और पटकथा लेखक निरंजन पाल से हुई। निरंजन पाल से मिलने के बाद हिमांशु राय के अन्दर भी सिनेमा के प्रति आकर्षण बढने लगा। इन दोनों की जोड़ी ने एक फिल्म द लाइट ऑफ एशिया को बनाने का नेतृत्व किया, जिसे उन्होंने फ्रांज ओस्टन के साथ सह-निर्देशित किया था। राय भी इस फिल्म में मुख्य अभिनेताओं में से एक थे। उन्हें नोबेल पुरस्कार विजेता रवींद्रनाथ टैगोर की परपोती देविका रानी से प्यार हुआ और उनसे प्यार हो गया। इससे पहले कि यह फिल्म पूरी होती, उन्होंने उससे शादी कर ली।

हिमांशु राय ने 1934 में देविका रानी तथा अन्य साझेदारों के साथ बाम्बे स्टूडियो की स्थापना की। बॉम्बे टॉकीज स्टूडियो में, राय ने शशधर मुखर्जी के

साथ भागीदारी की, और मुखर्जी के बहनोई ने स्टूडियो में एक तकनीशियन के रूप में काम किया। एक फिल्म में अपनी पत्नी और अभिनेता के बीच संदिग्ध रोमांटिक संपर्क के कारण, हिमांशु ने प्रमुख व्यक्ति को बर्खास्त कर दिया और, अजीब दिखने वाले और अनिच्छुक अशोक कुमार को प्रमुख भूमिका के रूप में लिया। देविका रानी को इंडियन सिनेमा की पहली स्टार अभिनेत्री कहा जाता है। जिस दौर में लड़कियों को घर से निकलने की इजाजत नहीं थी, उस दौर में उन्होंने अभिनेत्री बनकर लड़कियों के लिए नए रास्ते खोले। 9 साल की उम्र में ही शिक्षा हासिल करने के लिए इंग्लैंड गईं। वहीं रॉयल अकादमी ऑफ ड्रामेटिक आर्ट में एक्टिंग की पढ़ाई की। देविका को उन चंद शख्सियतों में से एक माना जाता है जिन्होंने इंडियन सिनेमा को ग्लोबल स्टैंडर्ड पर ले जाने का काम किया। वे जर्मन सिनेमा से बहुत इंस्पायर्ड थीं। जर्मन एक्ट्रेस मार्लिन डीट्रिच को वो काफी फॉलो करती थीं। उनकी एक्टिंग स्टाइल की तुलना ग्रेटा गार्बो से भी की गई। जिस कारण उन्हें 'इंडियन गार्बो' जैसे कॉम्प्लिमेंट भी दिए गए। दूसरी तरफ उन्हें अपने गर्म स्वभाव के लिए 'ड्रैगन लेडी' भी कहा गया।

देविका ने अपने 10 वर्ष के अभिनय कॅरिअर में सिर्फ 15 फिल्मों में काम किया, लेकिन वो हिंदी सिनेमा में अमर हो गईं। 1936 में आई फिल्म 'अछूत कन्या' में देविका ने एक दलित लड़की का किरदार निभाया और खुद इसमें

देविका रानी

बाम्बे टॉकीज का विज्ञापन

गाना भी गाया। इस फिल्म के बाद उन्हें 'फर्स्ट लेडी ऑफ इंडियन स्क्रीन' और 'ड्रीमगर्ल' की उपाधि भी मिली। सरोजिनी नायडू उन दिनों देविका की फ्रेंड थीं। उनके ही कहने पर पंडित जवाहरलाल नेहरू ने 'अछूत कन्या' देखी। फिल्म देखकर वे काफी प्रभावित हुए और देविका के नाम फैन लेटर भी लिखा। बाद में उन्हें पद्मश्री से सम्मानित भी किया गया। उन दिनों मुंबई के गवर्नर सर रिचर्ड टेंपल भी उनके फैन थे।

उनके भव्य सौंदर्य का इतना असर था कि मुंबई के गवर्नर लॉर्ड ब्रेबॉर्न तो 'अछूत कन्या' की शूटिंग के दौरान नियमित रूप से गवर्नर हाउस से फिल्म स्टूडियो पहुंचते थे। ब्रिटेन के सारे अखबार एक समय उनकी तारीफों से भरे रहते थे। लंदन के समाचार पत्र 'द स्टार' में उन पर लिखा, 'आप देविका रानी की अंग्रेजी सुनिए, आपने कभी इतनी सधी हुई भाषा नहीं सुनी होगी और न ही इतना खूबसूरत चेहरा देखा होगा।'

देविका जब पढ़ाई करके इंग्लैंड से लौटीं तो उनकी मुलाकात निर्माता हिमांशु रॉय से हुई। चूंकि देविका उस जमाने के हिसाब से बहुत मॉडर्न और खूबसूरती थीं। हिमांशु उन्हें देखते ही दीवाने हो गए। उन्होंने तुरंत देविका को

किस्मत का पोस्टर

अपनी फिल्म 'कर्मा' के लिए हीरोइन का ऑफर दे दिया। हिमांशु खुद इस फिल्म के हीरो भी थे। यह किसी इंडियन द्वारा बनाई गई पहली अंग्रेजी संवादों वाली फिल्म थी। पहली बार इस फिल्म में चार मिनट का सबसे लंबा किसिंग सीन दिखाया गया। यह सीन उस समय की सबसे बड़ी सनसनी खबर बन गया। चारों तरफ इसी सीन और देविका रानी के चर्चे होने लगे साथ ही देविका की खूब आलोचना भी हुई कि एक लड़की इतना बोल्ड सीन कैसे दे सकती है। आखिरकार फिल्म को बैन कर दिया गया। इसके बाद हिमांशु ने देविका से शादी कर ली। फिर उन्होंने देविका के साथ मिलकर 'बॉम्बे टॉकीज' नाम का स्टूडियो बनाया। जिसके बैनर तले कई सुपर हिट फिल्में आईं।

देविका रानी ने ही पहली बार दिलीप कुमार को एक्टर बनने के लिए ब्रेक दिया था। दिलीप कुमार की आटोबायोग्राफी में ये बात लिखी है कि कैसे वे डॉक्टर मसानी के साथ बॉम्बे टॉकीज के स्टूडियो गए और वहां देविका रानी ने उनसे पूछा कि क्या तुम एक्टर बनना चाहते हो? इसके लिए आपको 1250 रुपए महीने की सैलरी मिलेगी। एक दिन वे दिलीप को स्टूडियो ले गईं और वहां अशोक कुमार से मिलवाते हुए कहा कि इस लड़को को एक्टर के रूप में भर्ती किया है। देविका ने ही 'युसूफ़ खाऩ' की जगह उनका नया नाम 'दिलीप कुमार' रखा। उन्हीं दिनों दिलीप साहब, राजकपूर से मिले जो वहां पहले से

काम करते थे पर उनकी सैलरी मात्र 170 रुपए थी। एक दिन बातों ही बातों में दिलीप साहब ने अपनी सैलरी राज कपूर को बता दी। यह शिकायत लेकर राज देविका रानी के पास पहुंचे और बोले कि मेरी सैलरी दिलीप से कम क्यों है? इस पर उन्होंने कहा कि तुम दोनों ही नौसीखिए हो और नौसीखियों की कोई एक कीमत नहीं होती। बस ये बात राजकपूर को बुरी लग गई और उन्होंने वहां से काम छोड़ दिया।

राजनारायण दुबे

देविका रानी ने बॉम्बे टॉकीज से जुड़े हर एक शख्स के लिए खास ड्रेस कोड रखा था। कई और सख्त रूल्स भी थे जिनके तहत चमकीले और भड़कीले कपड़े पहनकर आने वालों से 100 रुपए का जुर्माना वसूला जाता था। ऐसी और भी कई पाबंदियां थीं जिसकी इजाजत बॉम्बे टॉकीज में नहीं थी। एक रोज दिलीप साहब ने देविका रानी के सिगरेट बॉक्स से एक सिगरेट निकाली और पीने लगे। देविका रानी ने दिलीप साहब से पूछा, 'क्या आपको सिगरेट पीने की आदत है?' दिलीप साहब मुकर गए और कहा, 'नहीं, मैंने तो बस यूं ही सुलगा ली थी।' बस इसी बात पर फौरन जुर्माने का एलान हुआ और जब अगले महीने दिलीप साहब को सैलरी मिली तो उसमें से 100 रुपए काटे जा चुके थे। दरअसल, देविका रानी को इस बात से आपत्ति नहीं हुई कि दिलीप साहब ने सिगरेट जला ली, बल्कि इस बात से आपत्ति हुई कि जब वे पीते नहीं तो वे उसकी आदत क्यों डाल रहे हैं।

देविका का स्वभाव जरा बिंदास था। बॉम्बे टॉकीज की पहली फिल्म बन रही थी 'जवानी की हवा' जिसमें उनके हीरो लखनऊ के रहने वाले हैंडसम नजमुल हसन थे। फिल्म की कहानी में नायिका कमला (देविका रानी) एक दिन

घर छोड़ कर गायब हो जाती है। वह अपने प्रेमी रतनलाल (नजमुल हसन) के साथ भाग जाती है। यह तो थी फिल्मी कहानी पर रियल लाइफ में भी देविका ने कुछ ऐसा ही किया। 1936 में 'जीवन नैया' की शूटिंग के दौरान वे और नजमुल हसन एक रात अचानक से गायब हो गए। फिल्म की शूटिंग रुकी और दोनों की तलाश शुरू हुई। शशधर मुखर्जी जो हिमांशु के काफी भरोसेमंद थे। उन्होंने चुपचाप पता लगाया तो दोनों कोलकाता में मिले। देविका अपने पति हमिांशु को छोड़कर नजमुल के साथ शादी करना चाहती थीं। किसी तरह से उन्हें समझाया गया और फिर फिल्म की शूटिंग शुरू हुई, लेकिन नजमुल को फिल्म से निकाल दिया गया और उनकी जगह अशोक कुमार को फिल्म में हीरो लिया गया। इस तरह नजमुल-देविका के प्रेम प्रसंग से दादामुनि फिल्मों में आए।

1940 में पति हिमांशु रॉय की मौत के बाद देविका रानी ने बॉम्बे टॉकीज का पूरा कार्यभार संभाला। चीफ कंट्रोलर और डायरेक्टर के नाते उन्हें स्टूडियो मैनेजमेंट से लेकर बिजनेस तक सारा काम देखना पड़ा। फिर भी उन्होंने अपने निर्देशन में बनी किसी भी फिल्म का स्तर नहीं कम होने दिया। 'पुनर्मिलन', 'किस्मत' जैसी फिल्में उसी समय की देन हैं। हालांकि एक तरफ वे स्टूडियो का कार्यभार देख रही थी, तो दूसरी तरफ उनके मन में अभिनय को लेकर भी जद्दोजदह चल रही थी। इन्हीं दिनों जब वे दिलीप कुमार अभिनीत पहली फिल्म 'ज्वार भाटा' के प्रोडक्शन पर काम कर रही थीं तब उनकी मुलाकात स्वेतोस्लाव रॉरिक से हुई। देविका अपनी आखिरी फिल्म के सेट के डिजाइन के लिए स्वेतोस्लाव रेरिख के स्टूडियो गई थीं। यहीं पर हुई स्वोतोस्लाव से हुई उनकी पहली मुलाकात ने उनकी लाइफ बदल दी। जिसके एक साल बाद दोनों ने शादी कर ली और देविका ने बॉम्बे टॉकीज बंद कर दी। फिल्मी कॅरिअर छोड़कर कुल्लू में रहने चली गईं फिर चार साल बाद ही बेंगलुरू में शिफ्ट हो गईं। बॉम्बे टॉकीज की गिनती कभी हिन्दी सिनेमा के सर्वश्रेष्ठ तकनीकी स्टूडियो में होती थी। 1934 में हिमांशु राय द्वारा कुल 17 एकड़ में स्थापित यह स्टूडियो हर तरह से संसाधन-सम्पन्न और अन्तर्राष्ट्रीय स्तर का माना जाता था। कहा जाता है कि इस स्टूडियो के पास अपना विशाल फिल्म पुस्तकालय था।

बसन्त का पोस्टर

हिमांशु राय ने उच्च शिक्षा प्राप्त तकनीशियनों को इस स्टूडियो से जोड़ा था जिनमें इंग्लैंड और जर्मनी के कई कुशल तकनीशियन शामिल थे। बता दें कि 'लाइट ऑफ एशिया', 'ए थ्रो ऑफ डाइस' और 'शीराज' जैसी प्रसिद्ध मूक फिल्मों के निर्देशक फ्रांज ओस्टेन भी उनमें एक थे।

बहरहाल, तीस और चालीस के दशक में जब फिल्में बैनर के नाम से बिकती थीं तब प्रभात, राजकमल, कलामंदिर और बॉम्बे टॉकीज बड़े अहम नाम हुआ करते थे। कई नामचीन सितारों की जगमगाहट से सजा बॉम्बे टॉकीज इन नामों के बीच भी अपनी अलग अहमियत रखता था। अशोक कुमार की पहली फिल्म जीवन नैया (1936), बाल कलाकार के रूप में मधुबाला की पहली फिल्म बसंत (1942), दिलीप कुमार की पहली फिल्म ज्वार भाटा (1944) और देवआनंद की पहली हिट फिल्म जिद्दी (1948) यहीं बनी थी। हिन्दी फिल्मों के इतिहास में खास स्थान रखने वाली फिल्में अछूत कन्या (1936), किस्मत (1943) और महल (1949) भी इसी की देन है।

इस स्टूडियो ने कई मशहूर कलाकारों को अपनी प्रतिभा दिखाने का मौका दिया। दिलीप कुमार, मधुबाला, राज कपूर, किशोर कुमार, सत्यजीत रे, बिमल रॉय और देव आनंद जैसे सितारों ने अपने करियर की शुरुआत इसी बॉम्बे टॉकीज़ से की थी। इस स्टूडियो ने कई यादगार फ़िल्में बनाई जो आज भी लोगों

के दिल और दिमाग में बसी हुई है। बॉम्बे टॉकीज़ के पीछे तीन लोग थे, हिमांशु राय, देविका रानी और राजनारायण दुबे। इन तीनों ने हिंदी सिनेमा को एक पहचान और दिशा दी। जब हिमाशु राय लंदन से ज़ब भारत आए थे तो उनका बस एक ही सपना था कि वो फ़िल्में बनाए। उनके पास सभी सहूलियतें थीं लेकिन उन्होंने देखा कि यहाँ के लोगों का नज़रिया अच्छा नहीं है फ़िल्मों को लेकर।

फ़िल्मों में काम करने वाले लोगों की पारिवारिक पृष्ठभूमि भी एक गंभीर मुद्दा था। फ़िल्मों में काम करने वाली लड़कियों के बारे में लोग तरह-तरह की बातें करते थें। कुछ की हालत ख़राब हुआ करती थी और वे मजबूरी में फ़िल्मों में काम करती थीं। उस ज़माने में लोग अपने परिवार वालों से छुप कर चुपचाप सिनेमा देखने जाया करते थे। बच्चों को तो सिनेमा देखने की इज़ाज़त ही नहीं दी जाती थी। राज नारायण और हिमांशु राय ने यह संकल्प किया था कि वे भारतीय सिनेमा को सम्मानजनक स्थान दिलाएंगे। उन्होंने कोशिश की और लोगों की सोच तब बदली जब देविका रानी हिंदी सिनेमा के साथ जुड़ीं। इसके बाद से ही सिनेमा को लोगों ने हलके में न लेकर उसके प्रति अपनी दिलचस्पी दिखानी शरू की। आगे चलकर हिंदी सिनेमा को सम्मान मिलना शुरू हुआ। अच्छी फ़िल्में बनने लगीं। 'अछूत कन्या' और 'बन्धन' जैसी फ़िल्मों का निर्माण हुआ। अशोक कुमार की 'किस्मत' पहली मेगा हिट फ़िल्म थी। ये 350 दिनों तक सिनेमा घरों में लगी रही। बॉम्बे टॉकीज़ ने 280 कलाकारों को मौका दिया।

बॉम्बे टॉकीज़ के आने से पहले कोई भी फ़िल्म हिट नहीं हुआ करती थी लेकिन चर्चा में ज़रूर रहती थी। 'आलम आरा' पहली बोलती फ़िल्म थी, 'राजा हरिश्चंद्र' उसी ज़माने में बनी थी। उस वक़्त साधन कम थे, इसलिए हमारा सिनेमा तक़नीक के लिहाज़ से उतना अच्छा नहीं लगता था। कई कमियाँ थीं। बॉम्बे टॉकीज़ ने उन कमियों को पूरा किया। 'बॉम्बे टॉकीज़ ने एडिटिंग, डबिंग ,कपड़े, मिक्सिंग, लोकेशन और कलाकारों का लुक इन सब का पूरा ज़िम्मा उठाया। 1934 से लेकर 1954 तक 102 फ़िल्में बनाई गईं। इसी बीच में दूसरा विश्वयुद्ध भी हुआ और चार सालों तक कोई फ़िल्म नहीं बन

सकीं। ज़्यादातर फ़िल्में सफल हुईं। 1954 में बॉम्बे टॉकीज़ के पास करने के लिए कुछ नया नहीं रह गया था।

हिमांशु राय के साझेदार केदार शर्मा काफी कड़क मिजाज के व्यक्ति थे। उस वक्त कहा जाता था कि बॉम्बे टॉकीज़ में जिसने भी थप्पड़ खाया, उसे सफलता मिली। राज कपूर को भी थप्पड़ पड़ा। राज कुमार फ़िल्म ज्वारभाटा कि शूटिंग कर रहे थे। केदार शर्मा उस फ़िल्म के असिस्टेंट डायरेक्टर थे। जब वो शूट पर क्लैप कर के शूट शुरू करने के लिए बोलते थे तब-तब राज कैमरे के सामने आकर बाल ठीक करने लग जाया करते थे। दो-तीन बार देखने के बाद केदार शर्मा ने उन्हें एक थप्पड़ लगा दिया और फिर उन्हीं केदार शर्मा ने अपनी फ़िल्म नीलकमल में राज कुमार को मधुबाला के साथ लिया। ये फिल्म बॉम्बे टॉकीज़ ने बनाई थी। इस थप्पड़ ने राज कपूर जी की किस्मत ही बदल कर रख दी और कुछ ऐसा ही हुआ दिलीप कुमार के साथ भी। पुणे से दिलीप कुमार को राजनारायण दुबे मुम्बई लेकर आए थे। उस वक्त दिलीप कुमार बहुत तनाव में रहा करते थे। उन्हें महीने का 80 या 120 रुपये वेतन मिला करता था। वे बॉम्बे टॉकीज़ के कंपाउंड में ही रहा करते थे। साझेदार राजनारायण दुबे ब्राह्मण और पहलवान भी थे। उन्हें सिगरेट पसंद नहीं थी और दिलीप कुमार तनाव में रहने की वजह से बहुत सिगरेट पिया करते थे। एक बार मना किया तो वो शूटिंग के दौरान चुपचाप सिगरेट पीने लगे।

इसी क्रम में एक बार देखने पर उनका एक महीने का वेतन काट लिया गया। इसके बावजूद दिलीप कुमार ने सिगरेट पीनी नहीं छोड़ी। तब एक दिन किसी ने उन्हें देख लिया और उनकी शिकायत कर दी। यह सुनने के बाद राजनारायण दुबे गए और उन्हें एक थप्पड़ मार दिया। उनके लगाए इस थप्पड़ ने हिंदुस्तानी सिनेमा का इतिहास बदल कर रख दिया। बॉम्बे टॉकीज़ को देव आनन्द भी कुछ अलग ही ढंग से मिले। देव आनन्द की पहली फ़िल्म 'हम सब एक है' रिलीज हुई थी। वो सिनेमा घरों में नहीं चली। इससे देव आनन्द बेहद दुखी थे। उनकी हालत ठीक नहीं थी। वे बाकी लड़कों की तरह बॉम्बे टॉकीज़ के बाहर लाइन लगाकर कर खड़े थे तभी राजनारायण दुबे, कमल प्रदीप और अशोक कुमार बाहर बात कर रहे थे। तभी एक लड़का आया और उसने देव

आनन्द के बारे में बताया और कहा कि वे बहुत दुखी हैं। यह सुनने के बाद राजनारायण दुबे ने उन्हें एक मौका दिया। अशोक कुमार ने कहा कि क्यों न मेरी फ़िल्म इसे दे दी जाए। फ़िल्म का नाम था 'ज़िद्दी'। इस फ़िल्म की एक दिन की शूटिंग भी हो गई थी लेकिन अशोक कुमार ने अपना बड़ा दिल दिखाया और 'ज़िद्दी' देव आनन्द को दे दी गई।

लेकिन इससे फ़िल्म के निर्देशक कमल प्रदीप नाराज़ हो गए। फ़िल्म 'ज़िद्दी' ने देव आनन्द की दुनिया ही बदल दी। इसके बाद उन्हें अपनी प्रतिभा दिखाने के कई मौके मिले। मधुबाला ने बॉम्बे टॉकीज़ में बाल कलाकार के रूप में काम करना शुरू किया था। फ़िल्म बेबी मुमताज़ में उनके पिता बॉम्बे टॉकीज़ के कंपाउंड में काम किया करते थे।

2. सत्यजीत रे

सत्यजीत रे

सत्यजित रे बीसवीं शताब्दी के विश्व की महानतम फ़िल्मी हस्तियों में से एक थे, जिन्होंने यथार्थवादी धारा की फ़िल्मों को नई दिशा देने के अलावा साहित्य, चित्रकला जैसी अन्य विधाओं में भी अपनी प्रतिभा का परिचय दिया। सत्यजित राय प्रमुख रूप से फ़िल्मों में निर्देशक के रूप में जाने जाते हैं, लेकिन लेखक और साहित्यकार के रूप में भी उन्होंने उल्लेखनीय में ख्याति अर्जित की है। सत्यजित राय फ़िल्म निर्माण से संबंधित कई काम खुद़ ही करते थे। इनमें निर्देशन, छायांकन, पटकथा, पार्श्व संगीत, कला निर्देशन, संपादन आदि शामिल हैं। फ़िल्मकार के अलावा वह कहानीकार, चित्रकार और फ़िल्म आलोचक भी थे। सत्यजित राय कथानक लिखने को निर्देशन का अभिन्न अंग मानते थे। सत्यजित राय ने अपने जीवन में 37 फ़िल्मों का निर्देशन किया, जिनमें फ़ीचर फ़िल्में, वृत्त चित्र और लघु फ़िल्में शामिल हैं। इनकी पहली फ़िल्म 'पाथेर

पांचाली' को कान फ़िल्मोत्सव में मिले 'सर्वोत्तम मानवीय प्रलेख' पुरस्कार को मिलाकर कुल ग्यारह अन्तर्राष्ट्रीय पुरस्कार मिले। विश्व में भारतीय फ़िल्मों को नई पहचान दिलाने वाले सत्यजित राय भारत रत्न (1992) के अतिरिक्त पद्म श्री (1958), पद्म भूषण (1965), पद्म विभूषण (1976) और रेमन मैग्सेसे पुरस्कार (1967) से सम्मानित हैं। विश्व सिनेमा में अभूतपूर्व योगदान के लिए सत्यजित राय को मानद 'ऑस्कर अवॉर्ड' से अलंकृत किया। इसके अलावा उन्होंने और उनके काम ने कुल 32 राष्ट्रीय फ़िल्म पुरस्कार प्राप्त किये।

विश्व सिनेमा के पितामह माने जाने वाले महान् निर्देशक अकीरा कुरोसावा ने राय के लिए कहा था 'सत्यजित राय के बिना सिनेमा जगत वैसा ही है जैसे सूरज-चाँद के बिना आसमान'

अपने माता-पिता की इकलौती संतान सत्यजित राय के पिता 'सुकुमार राय' की मृत्यु सन् 1923 में हुई जब सत्यजित राय मुश्किल से दो वर्ष के थे। उनका पालन-पोषण उनकी माँ 'सुप्रभा राय' ने अपने भाई के घर में ममेरे भाई-बहनों, मामा-मामियों वाले एक भरे-पूरे और फैले हुए कुनबे के बीच किया। उनकी माँ जो लंबे सधे व्यक्तित्व की स्वामिनी थीं, वो रवीन्द्र संगीत की मंजी हुई गायिका थीं और उनकी आवाज़ काफ़ी दमदार थी। सत्यजित राय के दादाजी 'उपेन्द्रकिशोर राय' एक लेखक एवं चित्रकार थे और इनके पिताजी भी बांग्ला में बच्चों के लिए रोचक कविताएँ लिखते थे और वह एक चित्रकार भी थे। यह परिवार अपरिहार्य रूप से टैगोर घराने के नजदीक था। प्रेसीडेंसी कॉलेज कलकत्ता से स्नातक होने के बाद राय पेंटिंग के अध्ययन के लिए जिसमें वे प्रारंभिक अवस्था में ही अपनी योग्यता प्रदर्शित कर चुके थे, रवीन्द्रनाथ टैगोर द्वारा स्थापित रवीन्द्र भारती विश्वविद्यालय, शांतिनिकेतन चले गए।

राय को कोलकाता का माहौल पसन्द था और शान्तिनिकेतन के बुद्धिजीवी जगत से ये खास प्रभावित नहीं थे। माता के आग्रह और ठाकुर के प्रति इनके आदर भाव की वजह से अन्ततः इन्होंने विश्व-भारती जाने का निश्चय किया। शान्तिनिकेतन में राय पूर्वी कला से बहुत प्रभावित हुए। बाद में इन्होंने स्वीकार किया कि प्रसिद्ध चित्रकार नन्दलाल बोस और बिनोद बिहारी मुखर्जी से इन्होंने बहुत कुछ सीखा। मुखर्जी के जीवन पर इन्होंने बाद में एक वृत्तचित्र द इनर आई

भी बनाया। अजन्ता, एलोरा और एलिफेंटा की गुफाओं को देखने के बाद ये भारतीय कला के प्रशंसक बन गए।

1943 में पाँच साल का कोर्स पूरा करने से पहले राय ने शान्तिनिकेतन छोड़ दिया और कोलकाता वापस आ गए जहाँ उन्होंने ब्रिटिश विज्ञापन अभिकरण डी. जे. केमर में नौकरी शुरु की। इनके पद का नाम 'लघु द्रष्टा' ('junior visualiser') था और महीने के केवल अस्सी रुपये का वेतन था। हालांकि दृष्टि रचना राय को बहुत पसन्द थी और उनके साथ अधिकतर अच्छा ही व्यवहार किया जाता था, लेकिन एजेंसी के ब्रिटिश और भारतीय कर्मियों के बीच कुछ खिंचाव रहता था क्योंकि ब्रिटिश कर्मियों को ज्यादा वेतन मिलता था। साथ ही राय को लगता था कि 'एजेंसी के ग्राहक प्रायः मूर्ख होते थे'। 1943 के लगभग ही ये डी. के. गुप्ता द्वारा स्थापित सिग्नेट प्रेस के साथ भी काम करने लगे। गुप्ता ने राय को प्रेस में छपने वाली नई किताबों के मुखपृष्ठ रचने को कहा और पूरी कलात्मक मुक्ति दी। राय ने बहुत किताबों के मुखपृष्ठ बनाए, जिनमें जिम कार्बेट की मैन-ईटर्स ऑफ़ कुमाऊँ (Man-eaters of Kumaon, कुमाऊँ के नरभक्षी) और जवाहर लाल नेहरु की डिस्कवरी ऑफ़ इंडिया (Discovery of India, भारत की खोज) शामिल हैं। इन्होंने बांग्ला के जाने-माने उपन्यास पथेर पांचाली (पथ का गीत) के बाल संस्करण पर भी काम किया, जिसका नाम था आम आँटिर भेँपु (आम की गुठली की सीटी)। राय इस रचना से बहुत प्रभावित हुए और अपनी पहली फ़िल्म इसी उपन्यास पर बनाई। मुखपृष्ठ की रचना करने के साथ उन्होंने इस किताब के अन्दर के चित्र भी बनाये। इनमें से बहुत से चित्र उनकी फ़िल्म के दृश्यों में दृष्टिगोचर होते हैं।

राय ने दो नए फॉन्ट भी बनाए — 'राय रोमन' और 'राय बिज़ार'। राय रोमन को 1970 में एक अन्तरराष्ट्रीय प्रतियोगिता में पुरस्कार मिला। कोलकाता में राय एक कुशल चित्रकार माने जाते थे। राय अपनी पुस्तकों के चित्र और मुखपृष्ठ खुद़ ही बनाते थे और फ़िल्मों के लिए प्रचार सामग्री की रचना भी खुद़ ही करते थे।

उस समय पर शांतिनिकेतन साहित्य और कला की नयी भारतीय चेतना के केंद्र के रूप में न केवल देश में बल्कि विश्व भर में चर्चित था। रवीन्द्रनाथ

टैगोर के प्रति आकर्षण समूचे भारत से छात्र और अध्यापकों को यहाँ खींच लाता था। अन्य देशों से भी छात्र यहाँ आते थे और इस तरह एक ऐसी नयी भारतीय संस्कृति के विकास की परिस्थितियां निर्मित हो रही थीं जो अपनी स्वयं की परंपराओं पर आधारित थीं। शांतिनिकेतन में सत्यजित राय ने नंदलाल बोस और विनोद बिहारी मुखोपाध्याय जैसे सिद्धहस्त कलाकारों से शिक्षा प्राप्त की, जिन पर बाद में उन्होंने 'इनर आई' फ़िल्म भी बनाई।

सन 1942 में मध्य भारत के कला स्मारकों के भ्रमण के बाद राय ने शांतिनिकेतन छोड़ दिया। शीघ्र ही उन्हें एक ब्रिटिश विज्ञापन एजेंसी 'डी .जे. केमर एंड कंपनी' में वाणिज्यिक कलाकार (कमर्शियल आर्टिस्ट) के रूप में रोज़गार मिल गया जहाँ काम करते हुए उन्होंने पुस्तकों के आवरण पृष्ठों की साज सज्जा (डिजाइनिंग) और रेखांकन कार्य पर्याप्त मात्रा में किया। यह काम उन्होंने भारतीय पुस्तक प्रकाशन के क्षेत्र में नए मानक स्थापित करने वाले अग्रणी प्रकाशन संस्थान 'साइनेट प्रेस' के लिए किया। जिन पुस्तकों का उन्होंने रेखांकन किया उनमें से एक 'विभूति भूषण बंद्योपाध्याय' की पाथेर पांचाली का संक्षिप्त संस्करण भी था।

इस समय तक, फ़िल्मों में उनकी रुचि पर्याप्त रूप से उजागर हो चुकी थी। सन् 1947 में उन्होंने अन्य लोगों के साथ 'कलकत्ता फ़िल्म सोसायटी' की स्थापना की और भारतीय सिनेमा की समस्याओं तथा सिनेमा किस तरह का चाहिए, विषय पर लेख लिखे। कलकत्ता फ़िल्म सोसायटी ने बड़ी संख्या में सिने प्रेमियों को जुटाया जिनमें से कुछ प्रमुख फ़िल्म निर्माता बने। राय की पहल ने न केवल उन्हें फ़िल्म शिक्षण प्रदान किया बल्कि अन्य को भी फ़िल्मी शिक्षा प्रदान की, क्योंकि कलकत्ता फ़िल्म सोसायटी ने विश्व सिनेमा की बहुत सी ऐसी प्रमुख कृतियों का प्रदर्शन किया जो इससे पूर्व भारत में कभी नहीं दिखाई गई थीं।

सन 1950 में उनके नियोक्ताओं ने उन्हें अग्रिम प्रशिक्षण के लिए लंदन भेजा। यह उनकी लिंड्से एंडर्सन और गाविन लम्बर्ट से मित्रता हुई और उन्होंने अपने साढ़े चार माह के प्रवास के दौरान लगभग सौ फ़िल्में देखीं जिनमें बाइसिकिल थीवस तथा अन्य इतालवी नव-यथार्थवादी फ़िल्में शामिल थीं,

जिन्होंने सत्यजित राय के ऊपर गहरा प्रभाव छोड़ा। जलयान द्वारा भारत वापस लौटते समय ही उन्होंने पाथेर पांचाली की पटकथा लिखना शुरू किया। सन् 1952 में भारत के पहले अंतर्राष्ट्रीय फ़िल्म महोत्सव का आयोजन हुआ जिसमें उन्होंने एक बार फिर इतालवी नव-यथार्थवादी फ़िल्मों से साक्षात्कार किया। साथ ही जापान सहित अन्य देशों की फ़िल्मों भी उन्होंने देखीं।

सत्यजित राय का सिनेमा का प्रारंभिक प्रशिक्षण हॉलीवुड फ़िल्मों के अध्ययन के रूप में हुआ- वास्तव में आज़ादी से पूर्व वे ये ही फ़िल्में देख सकते थे। जैसा कि उन्होंने बार-बार कहा- उन्होंने फ़िल्म निर्माण मुख्यतः अमरीकी फ़िल्मों को बार-बार देखकर सीखा। तार्किक और (कम से कम सतह पर) यथार्थवादी वर्णन की हॉलीवुड शैली ने उनके ऊपर गहरा प्रभाव छोड़ा।

1947 में चिदानन्द दासगुप्ता और अन्य लोगों के साथ मिलकर राय ने कलकत्ता फ़िल्म सभा शुरु की, जिसमें उन्हें कई विदेशी फ़िल्में देखने को मिलीं। इन्होंने द्वितीय विश्वयुद्ध में कोलकाता में स्थापित अमरीकन सैनिकों से दोस्ती कर ली जो उन्हें शहर में दिखाई जा रही नई-नई फ़िल्मों के बारे में सूचना देते थे। 1949 में राय ने दूर की रिश्तेदार और लम्बे समय से उनकी प्रियतमा बिजोय राय से विवाह किया। इनका एक बेटा हुआ, सन्दीप, जो अब खुद़ फ़िल्म निर्देशक है। इसी साल फ़्रांसीसी फ़िल्म निर्देशक ज्यां रेनुआ कोलकाता में अपनी फ़िल्म की शूटिंग करने आए। राय ने देहात में उपयुक्त स्थान ढूंढने में रन्वार की मदद की। राय ने उन्हें पथेर पांचाली पर फ़िल्म बनाने का अपना विचार बताया तो रन्वार ने उन्हें इसके लिए प्रोत्साहित किया। 1950 में डी. जे. केमर ने राय को एजेंसी के मुख्यालय लंदन भेजा। लंदन में बिताए तीन महीनों में राय ने 99 फ़िल्में देखीं। इनमें शामिल थी, वित्तोरियो दे सीका की नवयथार्थवादी फ़िल्म लाद्री दी बिसिक्लेत्ते (बाइसिकल चोर) जिसने उन्हें अन्दर तक प्रभावित किया। राय ने बाद में कहा कि वे सिनेमा से बाहर आए तो फ़िल्म निर्देशक बनने के लिए दृढ़संकल्प थे।

फ़िल्मों में मिली सफलता से राय का पारिवारिक जीवन में अधिक परिवर्तन नहीं आया। वे अपनी माँ और परिवार के अन्य सदस्यों के साथ ही एक किराए के मकान में रहते रहे।. 1960 के दशक में राय ने जापान की यात्रा की और

वहाँ जाने-माने फिल्म निर्देशक अकीरा कुरोसावा से मिले। भारत में भी वे अक्सर शहर के भागम-भाग वाले माहौल से बचने के लिए दार्जीलिंग या पुरी जैसी जगहों पर जाकर एकान्त में कथानक पूरे करते थे। राय ने निश्चय कर रखा था कि उनकी पहली फ़िल्म बांग्ला साहित्य की प्रसिद्ध बिल्डुंगसरोमान पथेर पांचाली पर आधारित होगी, जिसे बिभूतिभूषण बंद्योपाध्याय ने 1928 में लिखा था। इस अर्ध-आत्मकथात्मक उपन्यास में एक बंगाली गाँव के लड़के अपु के बड़े होने की कहानी है। राय ने लंदन से भारत लौटते हुए समुद्रयात्रा के दौरान इस फ़िल्म की रूपरेखा तैयार की। भारत पहुँचने पर राय ने एक कर्मीदल एकत्रित किया जिसमें कैमरामैन सुब्रत मित्र और कला निर्देशक बंसी चन्द्रगुप्ता के अलावा किसी को फ़िल्मों का अनुभव नहीं था। अभिनेता भी लगभग सभी गैरपेशेवर थे। फ़िल्म का छायांकन 1952 में शुरु हुआ। राय ने अपनी जमापूंजी इस फ़िल्म में लगा दी, इस आशा में कि पहले कुछ शॉट लेने पर कहीं से पैसा मिल जाएगा, लेकिन ऐसा नहीं हुआ। पथेर पांचाली का छायांकन तीन वर्ष के लम्बे समय में हुआ — जब भी राय या निर्माण प्रबंधक अनिल चौधरी कहीं से पैसों का जुगाड़ कर पाते थे, तभी छायांकन हो पाता था। राय ने ऐसे स्त्रोतों से धन लेने से मना कर दिया जो कथानक में परिवर्तन कराना चाहते थे या फ़िल्म निर्माता का निरीक्षण करना चाहते थे। 1955 में पश्चिम बंगाल सरकार ने फ़िल्म के लिए कुछ ऋण दिया जिससे आखिरकार फ़िल्म पूरी हुई। सरकार ने भी फ़िल्म में कुछ बदलाव कराने चाहे (वे चाहते थे कि अपु और उसका परिवार एक 'विकास परियोजना' में शामिल हों और फ़िल्म सुखान्त हो) लेकिन सत्यजित राय ने इसपर कोई ध्यान नहीं दिया।

पथेर पांचाली 1955 में प्रदर्शित हुई और बहुत लोकप्रिय रही। भारत और अन्य देशों में भी यह लम्बे समय तक सिनेमा में लगी रही। भारत के आलोचकों ने इसे बहुत सराहा। द टाइम्स ऑफ़ इंडिया ने लिखा — 'इसकी किसी और भारतीय सिनेमा से तुलना करना निरर्थक है। पथेर पांचाली तो शुद्ध सिनेमा है।'ड13.अमरीका में लिंडसी एंडरसन ने फ़िल्म के बारे में बहुत अच्छी समीक्षा लिखी। लेकिन सभी आलोचक फ़िल्म के बारे में इतने उत्साहित नहीं थे। फ्राँस्वा त्रुफ़ो ने कहा — 'गंवारों को हाथ से खाना खाते हुए दिखाने वाली

फ़िल्म मुझे नहीं देखनी।' न्यू यॉर्क टाइम्स के प्रभावशाली आलोचक बॉज़्ली क्राउथर ने भी पथेर पांचाली के बारे में बहुत बुरी समीक्षा लिखी। इसके बावजूद यह फ़िल्म अमरीका में बहुत समय तक चली।

राय की अगली फ़िल्म अपराजितो की सफलता के बाद इनका अन्तरराष्ट्रीय कैरियर पूरे जोर-शोर से शुरु हो गया। इस फ़िल्म में एक नवयुवक (अपु) और उसकी माँ की आकांक्षाओं के बीच अक्सर होने वाले खिंचाव को दिखाया गया है। मृणाल सेन और ऋत्विक घटक सहित कई आलोचक इसे पहली फ़िल्म से बेहतर मानते हैं। अपराजितो को वेनिस फ़िल्मोत्सव में स्वर्ण सिंह से पुरस्कृत किया गया। अपु त्रयी पूरी करने से पहले राय ने दो और फ़िल्में बनाईं — हास्यप्रद पारश पत्थर और ज़मींदारों के पतन पर आधारित जलसाघर। जलसाघर को इनकी सबसे महत्त्वपूर्ण कृतियों में गिना जाता है।

अपराजितो बनाते हुए राय ने त्रयी बनाने का विचार नहीं किया था, लेकिन वेनिस में उठे एक प्रश्न के बाद उन्हें यह विचार अच्छा लगा। इस शृंखला की अन्तिम कड़ी अपुर संसार 1959 में बनी। राय ने इस फ़िल्म में दो नए अभिनेताओं, सौमित्र चटर्जी और शर्मिला टैगोर, को मौका दिया। इस फ़िल्म में अपु कोलकाता के एक साधारण मकान में गरीबी में रहता है और अपर्णा के साथ विवाह कर लेता है, जिसके बाद इन्हें कई कठिनाइयों का सामना करना पड़ता है। पिछली दो फ़िल्मों की तरह ही कुछ आलोचक इसे त्रयी की सबसे बढ़िया फ़िल्म मानते हैं (राबिन वुड और अपर्णा सेन)। जब एक बंगाली आलोचक ने अपुर संसार की कठोर आलोचना की तो राय ने इसके प्रत्युत्तर में एक लम्बा लेख लिखा।

अपनी कार्य यात्रा के अधोबिंदु तक पहुंचने से पूर्व सत्यजित राय ने नायक (1966) का निर्माण किया, इसकी कहानी स्वयं उन्होंने लिखी थी और इसमें नायक के रूप में बंगाल के प्रतिभाशाली सिने अभिनेता उत्तम कुमार को लिया गया था। कंचनजंघा की तरह वे एक बार फिर श्रेष्ठ सम्मति पूर्ण कसे हुए और वर्गाकार ढांचे का निर्माण करते हैं। फ़िल्म का समूचा अभिनय नायक का अपनी एक भूमिका के लिए पुरस्कार लेने जाने की दिल्ली की एक रात की रेल यात्रा के दौराना घटित होता है। उत्तम कुमार जो समुचित बौद्धिकता, विनम्रता और

फिल्म के पोस्टर

लोकप्रियता वाले अभिनेता हैं, एक तरह से स्वयं अपने आपको ही अभिनीत कर रहे हैं। शर्मिला टैगोर जो बाद में अखिल भारतीय हिन्दी फ़िल्मों की एक बड़ी स्टार बनी, यहाँ एक पत्रकार की भूमिका में है जो उसी रेलगाड़ी में यात्रा कर रही है और फ़िल्म अभिनेता का साक्षात्कार लेती है।

अपराजितो (1956)

अपराजितो में अपनी पूर्ववर्ती फ़िल्म के तात्विक गुण नहीं हैं, न इसकी संरचना इसे वैसी ही संतोषकारी पूर्ण कृति बना पाती है। यह फ़िल्म अपेक्षाकृत तीन भागों में बंट जाती है, संरचनात्मक रूप से अपराजितो मुख्यतः पाथेर पांचाली और 'अपुर संसार' के बीच पुल के रूप में अर्थपूर्ण है। स्वयं अपने आप में यह पर्याप्त संतुलित नहीं है, बनारस जीवंत हो उठता है अपनी दार्शनिक गहराई और भावनात्मक प्रत्यक्षता में अपराजितो राय की फ़िल्मों में असाधारण है, खास़तौर पर बनारस के दृश्यों में।

अपुर संसार (1959)

सत्यजित राय के संरचनात्मक दृढ़ता के गुण की ओर वापस मुड़ती है और अपराजितो की दृष्टिकोण की शुद्धता को जारी रखती है और उससे आगे भी पहुंचती हैं फ़िल्म एक ऐसे दृढ़ प्राकृतिक तर्क के साथ आगे बढ़ती है जो इसके काव्य को पूरी तरह औचित्यपूर्ण ठहराता है, स्वयं घटनाओं में से उभरता हुआ जैसा कि वह है न कि घटनाओं के ऊपर फ़िल्म निर्माता द्वारा थोपा हुआ।

जलसा घर (1958)

वास्तविक मार्मिकता का खूब़सूरत आह्वान। फ़िल्म दोनों ही काम करती है, उनकी क्षमताओं का विकास करती है और उन्हें उनकी पहली दो फ़िल्मों के नव यथार्थवादी दायरों से बाहर भी ले जाती है। जलसा घर यथार्थ परक मुख्यतः लोकेशन शॉट वाली तथा ग़ैर पेशेवरों द्वारा अभिनीत फ़िल्म है। जलसा घर में उन्होंने स्टूडियों के परिवेश को अधिक महत्त्व दिया और बंगाली सिनेमा की एक बड़ी हस्ती छवि विश्वास को निर्देशित किया। यहाँ वे विश्रांति और नव यथार्थवाद की मान्यताओं को छोड़कर वैयक्तिक चरित्र और परिस्थिति के प्रति उनके सम्मोहन के अधिक निकट आए।

जलसा घर और पारस पत्थर दोनों में अपनी पहली दो फ़िल्मों के विपरीत सत्यजित राय अधिकाधिक संभावित भिन्न-भिन्न वस्तुओं को साधने की कोशिश करते हैं। वह निर्धनता के शोकाकुल नव यथार्थवादी इतिहासकार के रूप में स्वयं को रूढ़ करने से इंकार कर देते हैं। फिर भी जलसा घर उसी तरह से सामाजिक परिवर्तन की एक कहानी है जैसे कि त्रयी की पहली दो फ़िल्में हैं, और एक निर्धन व्यक्ति की तरह ही पारस पत्थर का क्लर्क भी हमारी सहानुभूति जीत लेता है।

देवी (1960)

फ़िल्म देवी ने रूढ़िवादियों में अपने प्रति कुछ विरोध पैदा किया और साथ ही उदारपंथियों को भी विचलित किया, पर यह फ़िल्म 'प्रगति' का पक्ष नहीं लेती। सन् 1960 का वर्ष रवीन्द्रनाथ टैगोर का जन्म शताब्दी वर्ष था। सत्यजित राय ने इसको एक फ़ीचर फ़िल्म और एक दीर्घ वृत्तचित्र के साथ मनाया। यह उस व्यक्ति के पति एक श्रद्धांजलि थी जो भारतीयों, विशेष रूप से बंगालियों की कुछ पीढ़ियों का पथ-प्रदर्शक रहा था। बड़ी संख्या में लिखी गई टैगोर की कहानियों में से बहुत-सी कहानियां उत्कृष्ट शिल्पबद्ध हैं, फिर भी उनमें सहजता, मानवता है जो उन्हें एक विशाल पाठक वर्ग में लोकप्रिय बना देती है।

पोस्ट मास्टर (1961)

पोस्ट मास्टर में सत्यजित राय एक बार फिर अपने रूप में दिखाई देते हैं।

चालीस मिनट की यह फ़िल्म अपने संक्षिप्त लेकिन कुशलता से शिल्पबद्ध किए गए अपने रूपाकार के भीतर मानवीय गरिमा से आप्लावित है।

कंचनजंघा (1962)

सत्यजित राय की पहली रंगीन फ़िल्म थी, जो उनकी अपनी कहानी पर आधारित थी और इस दृष्टि से भी पहली कि इसमें तत्कालीन समाज को साधा गया था। पारस पत्थर में कलकत्ता के जीवन की झलकियां हैं लेकिन यथार्थ और फैंटेसी का मिश्रण इसे किनारे कर देता है, और उसे तत्कालीन सामाजिक रीति-रीवाजों पर टिप्पणी के रूप में मुश्किल से ही व्याख्यायित किया जा सकता है। लेकिन पारस पत्थर के कुछ दृश्यों की तरह कंचनजंघा में भी समाज के विभिन्न वर्गों के बीच की, भले ही यह सौम्य क्यों न हो, टकराहट को उजागर किया गया है।

अभियान (1962)

सत्यजित राय के कैरियर में एक ऐसे विचलन का प्रतिनिधित्व करती है जिसकी व्याख्या इसी रूप में की जा सकती है कि सत्यजित राय जिस काम के लिए प्रशंसित होते हैं, कुछ समय बाद वे उस काम की सीमाओं को तोड़कर बाहर आना चाहते हैं और किसी नए और अप्रचलित पर हाथ आज़माना चाहते हैं, टैक्सी ड्राइवरों, तस्करों और रखैल औरतों की दुनिया राय के मध्यवर्गीय अनुभव से उतनी ही दूर है जितनी कि कोई भी वस्तु हो सकती है।

सत्यजित राय की अगली तीन फ़िल्मों- महानगर (1963), चारुलता (1964) और लघु फ़ीचर फ़िल्म कापुरुष (1965)- में औरत के प्रति एक नया बोध दिखाई देता है, पुरुष की परछाईं के रूप में नहीं बल्कि उसकी अपनी निजता के रूप में। महानगर में पहली बार ऐसा होता है कि हम ऐसी औरत को सामने पाते हैं जो अपनी स्वयं की ज़िंदगी की दिशा निर्धारित करने की संभावनाओं के प्रति जागरूक है। विशिष्टता यह है कि जागृति का यह स्पर्श पति की ओर से आता है, क्योंकि पारंपरिक रूप से पुरुष स्वतंत्र है ठीक उसी तरह जैसे कि वे स्त्रियों को गुलाम बनाए हुए हैं। सत्यजित राय का विश्लेषणात्मक तरीक़ा और कम शब्दों तथा सटीकता के साथ मानसिक घटना को अभिव्यक्त

करने की उनकी क्षमता चारुलता में अपने शिखर पर पहुंचती है। उनका तरीक़ा इस कथन को उचित ठहराता है कि भारतीय परंपरा में सज्जा और अभिव्यक्ति दो अलग अलग वस्तुएं न होकर एक हैं। उनका शिल्प विवरण की ऐसी उत्कृष्टता तक पहुंचता है जो कौशल को कला में, मात्रा को गुण में और सज्जा को भावनात्मक अभिव्यक्ति में बदल देता है। चारुलता में जो पूरी दोषरहित है, कुछ ऐसे महत्त्वपूर्ण दृश्य भी हैं जिनका उल्लेख किया जाना चाहिए। चारु के अकेलेपन को दर्शाने वाला प्रारंभिक दृश्य शब्दरहित चरित्र चित्रण का उत्कृष्ट उदाहरण है जिसकी तुलना जलसा घर के दृश्य से की जा सकती है।

सिनेमा वह माध्यम है जो भारतीय संगीत की तुलना में पश्चिमी संगीत के अधिक निकट है क्योंकि भारतीय परंपरा में अपरिवर्तनीय समय की अवधारणा मौजूद नहीं है- वहां 'संयोजन' रचना नहीं है- अवधि परिवर्तनीय है और संगीतकार की मन स्थिति पर निर्भर करती है। लेकिन सिनेमा समयबद्ध संयोजन है। यही कारण है कि मैं महसूस करता हूँ कि पश्चिमी रूपों की मेरी जानकारी मेरे लिए एक सुविधा के बतौर रही है। एक लाभ यह है कि 'सोनाटा का रूपाकार एक नाटकीय रूपाकार है जिसके साथ विकास (डेवलपमेंट), कथ्य और लय की पुनरावृत्ति (रिकेपिटुलेशन), और 'कोडा' (एक विशेष संगीत रचना से जुड़े हुए) सिंफनी या सोनाटा जैसी संगीत विधाओं ने मेरी फ़िल्मों की संरचना को काफ़ी प्रभावित किया है।

यहाँ इस दृश्य को एक दूरबीन (ओपेरा ग्लास) की विकसित तकनीक द्वारा संपन्न किया गया है। फ़िल्म का झूले का दृश्य फ़िल्म का सर्वाधिक प्रभावशाली दृश्य है और रेनेवां जैसे प्रकाश छाया चित्रण से रौशन है, इस दृश्य को सूक्ष्मता से तराशा गया है जहाँ हर बार क्षणांश के लिए चारु का पैर ज़मीन का स्पर्श करता है ताकि झूले की गति को अतिरिक्त बल दिया जा सके। फिर वह क्षण है जब चारु झूले की गति को धीमा करती है अपनी दूरबीन अमल पर स्थिर करती है और, स्याह होते चेहरे के साथ, अनुभव करती है कि वह उससे प्रेम करने लगी है। सत्यजित राय की शब्दरहित संप्रेषण की शैली में यह एक बड़ी उपलब्धि है, बचपन के दिनों को उसके स्मृत करने के लंबे दृश्यों में, जिसमें एक खूबसूरत लय है जिसे झूले के मंददोलन के साथ उस नाव के दोलन

को मिलाकर गढ़ा गया है जिसका पाल कुशलता से तैयार किया गया है और जिसमें उसका चेहरा धीरे से विलीन हो जाता है। यह एक लयात्मक स्थानांतरण है जो हमें चारु की उस मनःस्थिति के समांतर खड़ा कर देता है जिसमें वह अतीत की ललक से भरी हुई है और जिस बारे में वह लिखना चाहती है। वर्णन का यह श्रेष्ठ गुण ही राय की फ़िल्म को साधारण रूप रेखा के साथ कही गई कहानी से सौंदर्य की दृष्टि से ऊपर उठा देता है।

'नायक' और 'कंचनजंघा' (1965)

नायक और कंचनजंघा में गहरी समानता है। पहाड़ की भव्यता को फ़िल्मी नायक की भव्यता से स्थानांतरित किया गया है। फ़िल्म के पात्रों की दृष्टि से और दर्शकों की दृष्टि से फ़िल्मी अभिनेता को वैसी ही प्रतिष्ठा प्राप्त है जैसी कि कंचनजंघा में। स्थान दार्जिलिंग की जगह रेलगाड़ी, दोनों ही स्थान पात्रों को नियमित दैनिक जीवन से काटते हैं और संक्षिप्त अवधि के लिए उन्हें एक साथ कर देते हैं। दैनिक जीवन से अलगाव दोनों ही मामलों में उनकी निजी समस्याओं को सतह पर लाने में मदद करता है। रंग और निरंतर परिवर्तित प्रकाश के स्थान पर यहाँ रेलगाड़ी की स्थायी गति है। इसका अतिरिक्त पहलू इसकी बदलती ध्वनियां हैं।

चिड़ियाखाना (1967)

महापुरुष के साथ-साथ, चिड़ियाखाना (1967) ऐसी फ़िल्म है जिसे राय की कृति के रूप में स्वीकार करना किसी के लिए भी कठिन हो सकता है। इसको राय के एक सहायक द्वारा निर्देशित किया जाना था लेकिन निर्माता के दबाव के कारण सत्यजित राय को स्वयं इसे अपने हाथ में लेना पड़ा था। एक दृश्य को छोड़कर जैसा कि पहले कहा गया है, समूची फ़िल्म एक सामान्य औसत बंगाली फ़िल्म के स्तर पर चलती है, यदि नायक में इसके खूबसूरत शिल्प और मानवीय पहलुओं के पीछे सामान्य स्तरीयता है तो इसके बाद आने वाली फ़िल्म इनसे भी वंचित है। एक शताब्दी से भी अधिक तक फैले कालखंड में आए सामाजिक परिवर्तन के वे महान् इतिहासकार थे। उन्होंने इसे संपूर्णता में देखा क्योंकि यह देखना एक फ़ासले से था। लेकिन इस फ़ासले ने उन्हें वस्तुओं

की तात्कालिक वास्तविकता खास़तौर से तत्कालीन समाज की वास्तविकता से दूर रखा। स्वयं अपने लिखे हुए का उद्धरण (साइट एंड साउंड, विंटर 1966-67)- जलती हुई ट्रामों, सांप्रदायिक दंगों, बेरोज़गारी, बढ़ती हुई कीमतों, खाद्य की कमी वाला कलकत्ता राय की फ़िल्मों में मौजूद नहीं है, हालांकि राय इस शहर में रह रहे होते हैं लेकिन उनके और 'पीड़ा का काव्य' के बीच जो कि पिछले दस वर्षों से बांग्ला साहित्य पर छाया हुआ है, कोई संबंध नहीं है। जैसे जैसे वक़्त गुजरता गया राय के प्रति यह शिकायत एक फुसफुसाहट के स्तर से बढ़कर कर्ण कटु शोर में बदल गयी।

कापुरुष और महापुरुष (1965)

कापुरुष उन पूर्व फ़िल्मों की कमज़ोर पुनरावृत्ति है जिनका अंत अपनी स्वतंत्रता की खोज में बाधित और आहत तथा अपेक्षाकृत अधिक बुद्धिमान औरत द्वारा अपने स्वच्छंदतावादी प्रेमी के अस्वीकार में होता है। नयी उभरती औरत की विषयवस्तु वाली शृंखला के एक भाग के रूप में ही कापुरुष का महत्त्व निहित है। कापुरुष के लगभग कटुतापूर्ण अंत के बाद भी महापुरुष (फ़िल्म के दूसरे भाग की कहानी) की अधमनी और अनुपयुक्त खर मस्ती को स्वीकार करना कठिन है। सत्यजित राय का व्यंग्य हमेशा प्रभावकारी होता है लेकिन उनकी विनोदप्रियता में उनके पिता की उस प्रतिभा का अभाव दिखता है जिसमें वे मौज मस्ती और मूर्खता, असंगति, कटुता और विद्रूपता का आनंददायी मिश्रण तैयार कर दिया करते थे। 'कापुरुष और महापुरुष' को महत्त्वहीन मानकर नकार दिया गया। नायक बॉक्स आफ़िस पर सफल नहीं हुई और चिड़ियाखाना टिप्पणी के योग्य नहीं मानी गयी। बंगाल तथा अन्य स्थानों के कुछ समूहों ने ऋत्विक घटक के काम में अधिक जीवंत समसामयिकता को देखना शुरू कर दिया।

घटक की अजांत्रिक (1968)

आपने बहुत ही (अभियान के ड्राइवर की तुलना में) विश्वनीय टैक्सी ड्राइवर के साथ, मेघे ढाका तारा (1960) पूर्वी पाकिस्तान से आए शरणार्थियों के जीवन की तीखी तस्वीर और अंत में 'मैं जीना चाहता हूं' की ऊँची आवाज़ के साथ और अंततः स्वर्ण रेखा (1965) ने अपनी प्रबल स्पष्टता और पतित

क्रांतिकारियों की तीखी विडंबना के साथ, बांग्ला मानस पर गहरा प्रभाव छोड़ा। जब राय की प्रेरणा धीमी हो रही थी तब घटक को बंगाली सिनेमा के वास्तविक भविष्य का प्रतिनिधित्व करने वाले कहीं अधिक महान् व्यक्तित्व के रूप में स्थापित करने के ज़ोरदार दावे किए गए। विदेशों में घटक की पहचान बहुत कम थी जबकि राय अपनी पूर्व फ़िल्मों के बल पर, भारत की तुलना में कहीं अधिक विदेशों में क़द ऊंचा बना रहे थे।

भुवन शोम (1969)

मृणाल सेन भुवन शोम (1969) हिन्दी में, के साथ अखिल भारतीय परिदृश्य पर रोशनी में आए। उनके नव-फ्रांसीसी सिनेमा के प्रति लगाव ने अंततः एक ऐसी शैली का विकास किया जो सत्यजित राय की शैली से भिन्न थी। इन सब ने राय को कितना प्रभावित किया यह कहना कठिन है और इसका अनुमान लगाना निरर्थक है। इसका परिणाम गोपी गायने बाघा बायने (1968) के निर्माण में हुआ। यह उपेन्द्र किशोर राय चौधरी द्वारा लिखित मनोरंजक फ़ंतासी पर आधारित थी। बच्चों की दुनिया में वे मूल्य, जो सत्यजित राय ने टैगोरवादी आदर्शों से बनी पहले की दुनिया से प्राप्त किए थे, पूरी तरह समाप्त नहीं हुए थे। सत्यजित राय की बाल फ़िल्मों में वह निर्दोषिता और अपने होने का वह श्रेष्ठ भाव है जो उनकी प्रारंभिक वयस्क फ़िल्मों में था। आत्म सजगता का भाव प्रायः अपु और परेश बाबू, विश्वंभर राय और काली किंकर राय, आरती और चारुलता में समान रूप से मौजूद प्रवृत्ति है। वे सब बच्चों और जानवरों की तरह अपने आप में तल्लीन हैं, पूरी तरह अपने अपने भाग्य विधानों से जुड़े रहे। बच्चों की फ़िल्मों में मनुष्येतर जो भी प्राणी मिलते हैं वे परी कथा रूप में मिलते हैं, राय की इन फ़िल्मों में आनंद की एक गोपन अनुभूति छिपी रहती है। इनमें मौजार्टवादी संगीत का गुण है जहां बच्चे बुराई से प्रभावित नहीं होते, वहाँ अगर बादल हैं तो इसलिए कि उनमें से चमकता हुआ सूर्य बाहर आ सके।

आठवाँ दशक

जब तक सत्यजित राय ने वयस्क दुनिया में नयी समझ और नयी पहचान शुरू की तब तक आठवां दशक शुरू हो चुका था। सन् 1969 में जब अरण्येर

दिनरात्रि बनाई गई, बंगाल का वयस्क विश्व लपटों से घिर चुका था। 'जलती ट्रामों वाला कलकत्ता' जो सत्यजित राय की फ़िल्मों में कभी नहीं देखा गया, एक अग्निपुंज में बदल चुका था। हर रोज़ हत्याएं हो रही थीं, देसी बम और बंदूकें आम दृश्य और ध्वनियों के हिस्से बन गए थे, युवकों का तीखा असंतोष नक्सलवादी आंदोलन में उभर रहा था जिसमें बहुत से प्रतिभावान विश्वविद्यालयीन युवक शामिल हो गए थे। न केवल इस नयी परिघटना को ही बल्कि पुनर्जागरण के अवशिष्ट गौरव को पीछे छोड़ आई थी और उन्हें लेकर अधीर होने लगी थी। लेकनि ज़िम्मेदारी का पाठ अरण्येर दिनरात्रि के मनोरंजन का सबसे छोटा अंश है। चारुलता से हर तरीक़े से भिन्न होने के बावजूद इस फ़िल्म में संरचना और संगीतात्मक लय में वैसी ही परिपूर्णता है। इसमें वैसी ही गीतात्मकता, पुनरावृत्तियों और अनुगूंजों का वैविध्य और वैसी ही स्वरानुक्रम की सटीकता मौजूद है। फ़िल्म का रूप अनेक प्रकार से ज्यां रेनेवां की फ़िल्म 'रूल्स आफ द गेम्स' की याद दिलाता है। भारतीय खास़तौर पर बंगाली बुद्धिजीवीयों की दृष्टि में विषयवस्तु स्वयं को विधान से आसानी से अलग कर लेती है, भारतीय बुद्धिजीवी संरचना और विवरण के अवलोकन को विषयवस्तु की तरह ही कला के आवश्यक तत्त्व के रूप में मुश्किल से ही देख पाता है। बर्गमैन की द सेवेन सील को वह पसंद करता है और स्माइल आफ़ ए समर नाइट के जादुई आकर्षण को वह महसूस नहीं कर पाता। जब अरण्येर दिनरात्रि को पहले पहल

आगन्तुक का पोस्टर

प्रदर्शित किया गया था तो इसे बहुत लोगों ने अतिसामान्य बताकर खारिज कर दिया था। प्रायः राय के दर्शक ही अधिक साहित्यिक सिद्ध होते हैं, उनकी इस फ़िल्म में चरण दर चरण निर्मिति इतनी परिपूर्ण है जितनी कि चारुलता में थी। इसकी लय में अधिक वैविध्य है, इस पात्र के पास संचालन की अपनी गति और शैली है जो इस गुट की लापरवाह तथा अलग अलग प्रवृत्ति, आंतरिक दायित्व बोध की कमी को उजागर करती है। पात्रों की ये भिन्नाएं उन गुणों के बावजूद हैं जो उनमें समान रूप में मौजूद हैं।

सत्यजित राय की पेशेवर ज़िंदगी में प्रतिद्वंद्वी कई मायनों में प्रथम मुक़ाम है। पहली दफ़ा इस फ़िल्म में वे उस तकनीक का प्रयोग करते हैं जिसे वे कभी मृणाल सेन के साथ हुए एक तीखे सार्वजनिक विवाद में चालू लटका कहकर खारिज कर चुके थे। कहानी एक नकार से शुरू होती है, नकार से ही अनेक बिंदुओं को पकड़ती हैं, खास़कर उस दृश्य में यह नकार अपनी पराकाष्ठा पर है जहां नर्स वेश्या अपनी कंचुकी खोलने को उद्यत दिखाई पड़ती है। बीच बीच में सिद्धार्थ की मेडिकल शिक्षा की छवियां अचानक और संक्षिप्त रूप में दिखती हैं उदाहरण के लिए जब सुगठित काया वाली एक लडकी गली से गुजरती है तो पर्दे पर 'स्त्री वक्षस्थल' का डायग्राम उभरता है जिसकी तकनीकी व्याख्या एक शिक्षक कर रहा होता है। फिर काल्पनिक कामनापूर्ति के दृश्यों की झांकियां भी हैं, जैसे एक दृश्य में सिद्धार्थ द्वारा अपनी बहन के बॉस को पीटते हुए दिखाया जाता है। यहाँ ऐसा लगता है मानो राय यह सिद्ध करने के लिए कृतसंकल्प हों कि अगर लटकों-झटकों की बात है, तो उनके प्रयोग में भी वे उतने ही सिद्धहस्त हैं जितने की दूसरे या संभवतः उनसे बेहतर।

सत्यजित राय की दूसरी महत्त्वपूर्ण कृति शांतिनिकेतन के अपने पूर्व शिक्षक-चित्रकार विनोद बिहारी मुखोपाध्याय पर बना वृत्तपूर्ण है। दृष्टि खो देने के बाद भी श्री मुखोपाध्याय सक्रिय चित्रकारी में लगे रहे थे। बीस मिनट के इस वृत्तचित्र दि इनर आइ (1972) में राय ने चित्रकार के जीवन और कृतियों के बारे में तथ्यपरक जानकारी अपनी विशिष्ट शैली में दी है। यहां चित्रकार के नेत्रहीन होने के साथ व्यर्थ की भावुकता कहीं भी नहीं दिखती। नतीजतन, तथ्यों की बारीक़ प्रस्तुति तब अत्यंत मार्मिक हो उठती है जब चित्रकार को हम उसके

अंधेपन के दौर में पाते हैं और देखते हैं कि कैसे यह नेत्रहीन चित्रकार घर के इर्द-गिर्द घूम लेता है, कैसे बिना किसी की सहायता के अपने लिए चाय बना लेता है आदि आदि।

शतरंज के खिलाड़ी का पोस्टर

सत्यजित राय वर्षों तक हिन्दी में फ़िल्म बनाने के प्रस्तावों की अनसुनी करते रहे। हिन्दी भाषा की उन्हें कोई जानकारी नहीं थी और इसीलिए वे जानते थे कि भाषा की यह ग़ैरजानकारी फ़िल्म-निर्माण की उनकी निजी शैली को रास नहीं आएगी। अभी तक उनकी फ़िल्मों में एक भी संवाद नहीं था, जिसे उन्होंने खुद न लिखा हो। लेकिन 'शतरंज के खिलाड़ी' में वे ऐसा नहीं कर सके। अंशतः रंगीन माध्यम में काम करने की ज़रूरत से तो शायद अंशत उस विशिष्ट कालावधि और परिदृश्य की व्यापकता के आकर्षण से अनुप्राणित होकर राय ने न केवल हिन्दी वरन् वाजिद अली शाह के जमाने की शिष्ट उर्दू में फ़िल्म बनाना स्वीकार किया।

मुंशी प्रेमचंद की यह मशहूर कहानी अपने कलेवर में अत्यंत संक्षिप्त है। कहानी एक महत्त्वपूर्ण विरोधाभास का महज रेखांकन करती है कि कैसे, तब अंग्रेज़ों द्वारा लखनऊ पददलित किया जा रहा था, दो नवाबों ने शतरंज के खेल में अपनी पूरी ज़िंदगी खपा दी। भाषा की जानकारी नहीं होने का ही नतीजा था कि सत्यजित राय को इस फ़िल्म में दूसरों की सहायता लेनी पड़ी, तथापि उन्होंने इस फ़िल्म में ख्यातिलब्ध और निपुण कलाकारों को ही भूमिकाएँ सौंपी थीं। नवाब की भूमिका में अमजद ख़ान जो कि समकालीन लोकप्रिय हिन्दी फ़िल्मों के ठप्पेदार खलनायक के रूप में मशहूर थे तथा जिनसे दर्शक स्नेहित घृणा करते थे, ख़ासे उम्दा लगे। दोनों नवाबों की भूमिकाओं में जिन्हें क्रमशः संजीव

कुमार तथा सईद जाफ़री ने निभाया है, भी अभिनय की दृष्टि से उत्कृष्ट हैं। फिर भी जाफ़री के अभिनय में लखनऊ की शिष्ट वाक्पटुता तथा संस्कार (परिष्करण) की ज़्यादा सच्ची अभिव्यक्ति हुई है। हालांकि यह सत्यजित राय की किसी भी अन्य फ़िल्म से ज़्यादा बजट की फ़िल्म थी जिसमें हिन्दी फ़िल्मों के अति लोकप्रिय सितारों ने भूमिकाएँ की थीं, फिर भी कलकत्ता को छोड़कर जहाँ इसने कमोबेश अच्छा व्यवसाय दिया था, शतरंज के खिलाड़ी कहीं भी एकमुश्त बड़े माने पर रिलीज़ नहीं हो पाई। ढेर सारी आलोचनाएं भी मिलीं, खास़कर उन लोगों की जो वाजिद अली शाह को 'भारत का अंतिम स्वायत्त शासक' के रूप में महिमामंडित होते देखना चाहते थे। इस विषय पर एक साक्षात्कार के दौरान अपनी राय ज़ाहिर करते हुए सत्यजित राय ने कहा थाः बहुत ही संभव है कि अवध के अतिक्रमण की घटना कोई ऐसा चित्रण करे जिसमें वाजिद अली शाह का महिमामंडन हो तथा आटरैम की भर्त्सना। ऐसे चित्रण से, ज़ाहिर है, फ़िल्म की लोकप्रियता में स्वतः इज़ाफ़ा हो जाता। मेरी फ़िल्म इस अयथार्थवादी चित्रण से मुक्त है। यह फ़िल्म उस प्रवृत्ति को भी हतोत्साहित करती है जो सामंतवाद और उपनिवेशवाद के प्रति मायूस किंतु 'स्वीकृत प्रक्रिया' के रूप में अक्सर उनकी कमियों को नज़रअंदाज कर देती है या फिर उनकी बुराइयों को समझने के साथ-साथ उनके चरित्रों में खास़ मानवीय प्रवृत्तियाँ देखने का आग्रह करती है। इन मानवीय प्रवृत्तियों का अन्वेषण नहीं किया जाता, बल्कि ऐतिहासिक साक्ष्य से उन्हें पुष्ट किया जाता है। मैं जानता था कि ऐसे चित्रण से मनोवृत्ति का द्वैध पैदा होगा तथापि शतरंज के खिलाड़ी को मैं ऐसी कहानी नहीं मानता जिसमें आसानी से किसी एक पक्ष का हिमायती बना जा सके। यह कहानी मेरे लिए विचारोत्तेजक ज़्यादा है जिसमें दो संस्कृतियों की टकराहट है- एक निष्प्राण और अप्रभावी संस्कृति है तो दूसरी अमंगलकारी किंतु ऊर्ज्वसित। इन दो धुर छोरों की उन अर्द्ध अर्थच्छायाओं को भी पकड़ने की कोशिश की है जो इन दोनों छोरों के बीच झलकती हैं।

शतरंज के खिलाड़ी

प्रेमचन्द की यह कहानी आज़ादी से बहुत पहले लिखी गई थी। सत्यजित राय की फ़िल्म भी उसी यथार्थ को दर्शाती है जो तब से लेकर अब तक

शतरंज के खिलाड़ी

अपरिवर्तित रही है। सच ही, आज के इस दौर में जब पुनरुत्थानवादी हिन्दू कट्टरता तथा हरिजनों के विरुद्ध दमन की वारदातें बढ़ रही हैं, फ़िल्म नए रूप में प्रासंगिक हो जाती है। सत्यजित राय प्रेमचंद की कहानी में कोई भी परिवर्तन नहीं करते, शीर्षक से लेकर पंक्ति-दर-पंक्ति वे प्रेमचन्द का अनुसरण करते हैं और कहना न होगा कि राय के लिए यह प्रविधि अस्वाभाविक है। तथापि सत्यजित राय इस फ़िल्म को प्रभावित कर देने वाली विश्वसनीयता से लैस कर देते हैं- एक ऐसी विश्वसनीयता जिसे कोई सिद्धहस्त व्यक्ति ही चलचित्रों के माध्यम से व्यक्त कर सकता है। शतरंज के खिलाड़ी की अनुवर्ती राय की फ़िल्में या तो उल्लासकारी हैं। या बच्चों के लिए उपदेशात्मक कहानियां, (जय बाबा फेलुनाथ, हीरक राजार देशे) या फिर दूरदर्शन के लिए बनाई गई लघु फ़िल्में (पिकू, सद्गति) जबकि लोग उनसे यह आस लगाए बैठे थे कि वे मानव मन की गहरी अनुभूतियों पर आधारित कोई महती कृति लेकर उपस्थित होंगे।

3. बिमल रॉय

बिमल रॉय

बिमल रॉय सिर्फ फ़िल्मकार ही नहीं बल्कि अपने आप में एक संस्था थे। उन्होने सिनेमा जगत में कई लोगों को पहचान दी, वो एक ऐसे फिल्मकार थे जिनकी फिल्मे आज भी लोगों की जुबान पर चढ़ी हुईं हैं। बांग्लादेश के ढाका में 12 जुलाई को एक जमीदार परिवार में जन्मे बिमल रॉय के पिता की अचानक हुई मौत ने उन्हें झकझोर कर रख दिया था। घर में पारिवारिक विवाद के चलते जमींदारी उनके हाथ से छिन गयी। जिसके बाद वो अपने परिवार के साथ कोलकाता में आकर बस गये। जमींदारी से बेदखल होने का ही नतीजा था कि, कुछ फिल्मों में उस वक्त की हकीकत को उन्होंने पर्दे पर कुछ इस अंदाज में पेश किया जो यादगार फिल्में बन गयीं। इन्हीं फिल्मों में से एक फिल्म थी 'दो बीघा जमीन' जिसे उस दौर की बेहतरीन फिल्मों में शुमार किया गया। वहीं अंतर्राष्ट्रीय स्तर पर भी इस फिल्म को काफी पसंद किया गया। इस फिल्म ने कई पुरस्कार जीते थे।

बिमल रॉय की सोच सामान्य फिल्मकारों से अलग कुछ ऐसी थी कि, जो वो सोचते थे उस दौर में कोई और उस अंदाज में सोचता हो ऐसा संभव ही नहीं था। यही वजह रही कि, उनके जैसी फिल्में बना पाना किसी और के लिए संभव नहीं हो पाया। एक बार महान फिल्मकार राजकपूर ने भी फिल्म 'दो बीघा जमीन' को देख कर कहा था कि उनके जैसी फिल्म वो क्यों नहीं बना पाए।

उन्होंने मानवीय सरोकारों से जुड़े पहलुओं को अपनी फिल्मों में बेहद खूबसूरत अंदाज में पेश किया, जो हमेशा के लिये यादगार बन गये। सलिल चौधरी बिमल रॉय के विशेष करीबी रहे। उन्होने ही 'दो बीघा जमीन' फिल्म की कहानी लिखी थी और अभिनेता बलराज साहनी को इस फिल्म में मुख्य भूमिका दिलवाई थी।

रबींद्रनाथ टैगोर के गीत 'जन गण मन' को राष्ट्रीय गान बनाए जाने से पहले उन्होने इस महान गीत को अपनी दूरदर्शिता से बहुत पहले ही परख लिया था। उन्होने साल 1945 में अपनी फ़िल्म 'हमराही' में इस गीत को पहली बार प्रस्तुत किया था। दूसरे विश्व युद्ध के दौरान फ़ासीवाद ने इटली के समाज को तहस नहस कर के रख दिया था। मुसोलिनी के भय से जब ज्यादातर फिल्मकार ऐसा कुछ दिखाने से डर रहे थे, उस दौर में कुछ ही फिल्मकार वास्तविकता दिखाने का साहस कर पाए। इन फिल्मकारों की लिस्ट में रॉबर्ट रोसेलिनी, वित्तोरियो डी सिका और विस्कोन्ती जैसे कुछ फिल्मकारों के साथ बिमल रॉय भी शामिल थे। उन्होने अपनी फिल्म 'नव-यथार्थवाद', में शोषित और शोषक के बीच के द्वंद को प्रदर्शित किया। वहीं भारतीय संदर्भों में इस संघर्ष को उन्होने अपनी बांग्ला फिल्म 'उदेर पाथेय' में दिखाया। इस फिल्म ने बांग्ला सिनेमा में जबरदस्त हलचल मचा दी थी। यही वजह रही कि स्वभाव से शांत बिमल रॉय को फिल्म क्रिटिक बुर्जोर खुर्शीदजी करंजिया ने 'साइलेंट थंडर' नाम की उपमा दी थी।

बांग्ला साहित्य के महान लेखक शरतचंद्र के उपन्यास 'परिणीता' पर 'बिराज बहु' और 'देवदास' उनकी वह सिनेमाई तस्वीर है जो आज के फिल्मकारों के लिए प्रेरणास्त्रोत का कार्य करती है । 'देवदास' ने तो अभिनय सम्राट दिलीप कुमार को रातो रात ट्रेजेडी किंग बना दिया । इसके बाद बिमल रॉय ने 1958 में पुनर्जन्म पर आधारित 'मधुमति' और 'यहूदी' जैसी फिल्मे बनाई जो हिट रही । इस बीच सिनेमा के चाहने वाले लोगो को ऐसा लगने लगा कि बिमल रॉय एक तरह से पैरेलेल सिनेमा के साथ ही कमाल कर सकते है । 1963 में नूतन के साथ 'बंदिनी' बनाकर उन्होंने दुनिया को दिखा कि वह क्या क्या कर सकते है साथ ही उनकी फिल्मो की रेंज कहा तक है । यह फिल्म सहज और सेंसिटिव होने के साथ ही मनोरंजन के हर पैमाने और दर्शको की कसौटी पर खरी उतरी थी ।

मधुमती का पोस्टर

बिमल राय की 'मधुमती' मधु (वैजयंतीमाला) और आनंद(दिलीप कुमार) की पुनर्जन्म कथा को बयान करती है ।, कथाक्रम को पूरा करने के लिए दिलीप कुमार और वैजयंतीमाला के पात्र एक से अधिक बार रचे गए हैं । इस अवधारणा में आनंद और मधु की प्रेमकथा का सुखातमक समापन देवेन्द्र और राधा में हुआ । मधु,माधवी और राधा के पात्रों से वैयजंतीमाला प्रमुखता से उभर कर आई हैं। उम्दा अभिनय के लिए उन्हें 'फिल्मफेयर' पुरस्कार मिला था । आनंद एवं मधु की रूहानी प्रेमकथा जो कभी प्रकृति की गोद में सांसे ले रही थी, त्रासद रुप से इन्ही फिजाओं में सिमट गई। हरित – नैसर्गिक प्रदेश में पल रहे प्रेम को विकास के ठेकेदार (पूंजीवादी खलनायक) की नज़र लगी । खलनायक को बर्दाश्त नहीं कि मधु उसे ना चाह कर किसी और को महत्त्व दे। वह पूंजीवादी व्यवस्था का प्रतिनिधि है, टिम्बर कंपनी का मालिक होने के नाते प्राकृतिक संपदा एवं भोले-भाले पहाडी संरक्षकों का शोषण करता है । पान राजा जैसे लोग कंपनी अनैतिक नीतियों के विरूध हैं। मधु पान राजा की सुंदर कन्या है, पूंजीवादी पाश से अनभिज्ञ प्रकृति की गोद में उन्मुक्त गुनगुनाती है। मधुमती को बिमल राय की बडी कमर्शियल 'हिट' फ़िल्म तौर पर देखा जाता है। हिन्दी सिनेमा में नैसर्गिक पर्यावरण की छटा (कैमरे में कैद दिलकश नैसर्गिक नज़ारे) 'मधुमती' से निखर कर आई ।

'मधुमति' के लिए संगीतकार सलिल चौधरी ने ऐसी धुनें रची जो आज भी लोगो की जुबान पर है । इस तरह बिमल दा एक के बाद एक बेमिसाल सिनमाई तस्वीर फिल्म जगत को देते जा रहे थे । इसी कड़ी में सामजिक ताने बाने में छुआछुत जैसी विभीषिका को पर्दे पर लाने का साहस बिमल रॉय की 'सुजाता' ने कर दिखाया । फिल्म में सुजाता नाम की दलित कन्या चुप रहने वाली, गुणी ,सुशील और त्यागी सेविका बनी है जबकि उसी परिवार-परिवेश की असली बेटी एक प्रतिभावान मंचीय नर्तकी ,आधुनिका ,वाचाल और अपनी मर्जी की इज्जत करने वाली शख्सियत बनती है । साथ ही समाज में अपने स्थान को तय करती है ।

हिदी सिनेमा में प्रचलित यथार्थवादी और व्यावसायिक धाराओं के बीच की दूरी को पाटते हुए लोकप्रिय फिल्में बनाने वाले बिमल रॉय बेहद संवेदनशील और मौलिक फिल्मकार थे। सिनेमा की भाषा, तकनीक और अभिनय के व्याकरण से पूरी तरह वाकिफ बिमल रॉय ने ऐसी फिल्में बनाई जिनकी प्रासंगिकता आज भी बरकरार है। उदाहरण के लिए उनकी कालजयी फिल्म 'दो बीघा जमीन' को लिया जा सकता है। करीब 55 साल पहले प्रदर्शित इस फिल्म में गाँवों से शहरों में रोजगार की तलाश में आए खेतिहर मजदूरों की पीड़ा का मार्मिक वर्णन है। बलराज साहनी और निरूपा राय अभिनीत इस फिल्म के एक दृश्य में रिक्शा खींच रहे श्रमिक को अधिक पैसे कमाने के लिए कार से प्रतिस्पर्धा करनी पड़ती है। यह मजदूरों की ऐसी अमान्वीय तसवीर है जो आज भी प्रासंगिक है, खासकर ऐसे वक्त में जब बड़ी संख्या में किसान आत्महत्या कर रहे हैं। फिल्म देखने के बाद ऐसा प्रतीत होता है कि बिमल रॉय को बहुत पहले ही भविष्य में विकास और उद्योग के नाम पर सीमांत किसानों और खेतिहर मजदूरों पर गहराते संकट का अहसास हो गया था। बिमल रॉय ने अपनी फिल्मों में सामाजिक समस्याओं को तो उठाया ही, उनके समाधान का भी प्रयास किया और पर्याप्त संकेत दिए कि उन स्थितियों से कैसे निबटा जाए। बंदिनी' और 'सुजाता' फिल्मों का उदाहरण सामने है, जिनके माध्यम से वह समाज को संदेश देते हैं। देशभक्ति और सामाजिक फिल्मों से अपना सफर शुरू करने वाले बिमल रॉय की कृतियों के विषय का फलक काफी व्यापक रहा और वह किसी एक इमेज में बंधने से बच गए। एक और वह सामाजिक बुराई का संवेदना के साथ चित्रण कर रहे थे तो दूसरी ओर उनका ध्यान स्त्रियों के सम्मान और उनकी

बन्दिनी का पोस्टर

पीड़ा की तरफ भी था। हिंदी फिल्मों में नायक केंद्रित कथानकों का ही जोर रहा है, लेकिन 'बिमल दा' ने उसे भी खारिज कर दिया और नायिकाओं को केंद्रित कर बेहद कामयाब फिल्में बनाई। ऐसी फिल्मों में मधुमती', 'बंदिनी', 'सुजाता', 'परिणीता', 'बेनजीर', 'बिराज बहू' आदि शामिल हैं। सामाजिक समस्याओं से रू-ब-रू कराते हुए भी बिमल रॉय भारतीय मूल्यों और परंपराओं को भूलते नहीं दिखते। उनकी एक और बेहद् सफल और चर्चित फिल्म 'देवदास' में यह बात साफ तौर पर उभरकर सामने आई है। 'देवदास' में नायक के लिए पारो भले ही बेवफा हो, लेकिन उसके लिए रीति-रिवाजों के परंपरागत भंवर में फँसना ही आदर्श है। इसकी रक्षा के लिए वह जीवन भर देवदास के प्रभाव से मुक्त नहीं हो पाती। इसके साथ ही चंद्रमुखी का भी चरित्र है, जो तमाम विपरीत स्थिति के बावजूद मन से गंगा की तरह पवित्र है।

12 जुलाई 1909 को पैदा हुए बिमल रॉय के मानवीय अनुभूतियों के गहरे पारखी और सामाजिक मनोवैज्ञानिक होने के कारण उनकी फिल्मों में सादगी बनी रही और उनमें कहीं से भी जबरदस्ती थोपी हुई या बडबोलेपन की झलक नहीं मिलती। इसके अलावा सिनेमा तकनीक पर भी उनकी मजबूत पकड़ थी, जिससे उनकी फिल्में दर्शकों को प्रभावित करती हैं और दर्शकों को अंत तक बाँधकर रखने में सफल होती हैं। शायद यही वजह रही कि जब उनकी फिल्में आईं तो प्रतिस्पर्धा में दूसरे निर्देशक नहीं ठहर सके उन्हें सर्वश्रेष्ठ निर्देशन के लिए सात बार 'फिल्मफेयर पुरस्कार' मिले। इनमें दी बार तो उन्होंने हैट्रिक बनाई। उन्हें 1953 में 'दो बीघा जमीन के लिए' पहली बार यह पुरस्कार मिला। इसके बाद 1954 में 'परिणीता', 1955 में 'बिराज बहू' के लिए यह

सम्मान मिला। दो साल के अंतराल के बाद 1958 में 'मधुमती', 1959 में 'सुजाता' और 1960 में परख के लिए उन्हें यह पुरस्कार मिला। इसके अलावा 1963 में 'बैंदिनी' के लिए उन्हें 'सर्वश्रेष्ठ निर्देशन' का 'फिल्म फेयर पुरस्कार मिला।

भारतीय परिपेक्ष्य में इस संघर्ष को सबसे पहले दिखाती बिमल रॉय की 'उदेर पाथेय'(1944) ने बंगाली सिनेमा में तूफ़ान ला दिया था। स्वभाव से शांत रहने वाले बिमल रॉय को फ़िल्म पत्रकार बुर्जोर खुर्शीदजी करंजिया ने 'साइलेंट थंडर' की उपमा दी थी। बिमल रॉय ने निर्माता निर्देशक बीएन सरकार की निगहबानी में न्यू थिएटर्स (कोलकाता) से बतौर कैमरामैन अपना फ़िल्मी सफ़र शुरू किया था। पीसी बरुआ निर्देशित और केएल सहगल अभिनीत 'देवदास' फ़िल्म के वे फोटोग्राफर रहे। 40 के दशक में न्यू थिएटर्स और बंगाल सिनेमा का बिखराव हो रहा था। न्यू थिएटर्स के लिए बनाई गईं उनकी फिल्में जैसे 'अंजनगढ़', 'मंत्रमुग्ध' और 'पहला आदमी' फ्लॉप हो गयीं। 'उदेर पाथेय' के हिंदी रीमेक 'हमराही' (1945) ने औसत व्यवसाय किया। हां, बिमल रॉय की बतौर डायरेक्टर बहुत तारीफ हुई और इसमें पहली बार रबींन्द्रनाथ टैगोर के 'जन गण मन' गीत को लिया गया। 'मुंबई में 'पहला आदमी' के प्रीमियर पर मिली प्रतिक्रिया ने उन्हें और निराश कर दिया था, वो भारी मन से कोलकाता लौट गए।'

देवदास का पोस्टर

लेकिन क़िस्मत को कुछ और ही मंज़ूर था। उन दिनों हिंदी सिनेमा पर बंगाली प्रभाव बढ़ रहा था। बिमल रॉय के अनन्य मित्र हितेन चौधरी ने अभिनेता अशोक कुमार

से मिलकर उन्हें बॉम्बे टाकीज़ की एक फ़िल्म 25000 रु बतौर मेहनताना निर्देशन के लिए दिलवा दी। बॉम्बे टाकीज़ की स्थापना देविका रानी के पति हिमांशु रॉय और संगीतकार मदन मोहन के पिता रायबहादुर चुन्नीलाल ने की थी। बिमल रॉय ने बॉम्बे टाकीज़ के लिए 'मां' (1952) फ़िल्म का निर्देशन किया जो अमेरिकी फ़िल्म 'ओवर द हिल्स' से प्रेरित थी। फिल्म ज़बरदस्त हिट हुई और फिर बिमल रॉय हमेशा के लिए मुंबई के होकर रह गए। बाद में अशोक कुमार के ही कहने पर उनके प्रोडक्शन हाउस 'फ़िल्मिस्तान' के तले उन्होंने 'परिणीता'(1953) का निर्देशन किया।

दो बीघा जमीन का एक दृश्य

इन फिल्मों की सफलता से हौसला बढ़ा तो उन्होंने 'बिमल रॉय प्रोडक्शन्स' की स्थापना कर 'दो बीघा ज़मीन' बनाया। इस फ़िल्म के बनने के पीछे अगर कोई शख्स था, तो वे थे - ऋषिकेश मुखर्जी। हुआ यह कि 1952 में मुंबई में अंतरराष्ट्रीय फ़िल्म फ़ेस्टिवल हुआ जिसमें 'बायसाइकिल थीव्स' और 'रोशोमन' जैसी फिल्मों का मंचन हुआ था। इन फ़िल्मों का ऐसा प्रभाव हुआ कि लौटते वक़्त बिमल रॉय और अन्य सभी ख़ामोश थे। तभी ऋषिकेश मुखर्जी उनसे बोले कि वे ऐसी फिल्में क्यूं नहीं बनाते। बिमल रॉय ने कहानी के न होने का अभाव बताया, तो ऋषिकेश मुखर्जी ने तुरंत कहा कि उनके पास एक कहानी है - 'रिक्शावाला'। हालांकि यह कहानी महज़ कुछ ही पन्नों की थी। ऋषिकेश मुखर्जी ने इस पर 24 पन्नों की स्क्रिप्ट तैयार करके बिमल रॉय को फ़िल्म बनाने

के लिए मजबूर कर दिया।

दुसरे विश्व युद्ध की पृष्ठभूमि में वित्तोरियो डी सिका की 'बायसाइकिल थीव्स' एक पिता और पुत्र की कहानी है जो अपनी चोरी की गयी साइकिल को खोजने निकले हैं। अगर साइकिल न मिली तो पिता नौकरी नहीं कर पायेगा जिससे परिवार पर संकट आ जाएगा। 'दो बीघा ज़मीन' में पिता (बलराज साहनी) अपने बेटे के साथ कोलकाता आकर गांव में दो बीघा ज़मीन को बचाने के लिए साइकिल रिक्शा चलाता है। दोनों ही फिल्मों में 'पिता' हार जाते हैं! बिमल रॉय की सिनेमाई सोच को समझने के लिए इस फिल्म से जुड़ा एक क़िस्सा जानना ज़रूरी है। बॉम्बे टाकीज़ के मालिक इसके कलाकारों के चयन को लेकर संतुष्ट नहीं थे। उनके मुताबिक़ पंजाब से ताल्लुक रखने वाले बलराज साहनी कुछ ज्यादा ही गोरे थे और निरूपा रॉय फिल्मों में देवियों का किरदार निभाती थीं। दोनों का ग्रामीण परिवेश में फिट बैठना कुछ अटपटा था। बिमल रॉय अड़ गए। शायद इसलिए कि बलराज साहनी समाजवादी विचारधारा से प्रभावित थे। फ़िल्म भी सर्वहारा की ज़िंदगी पर आधारित थी। लिहाज़ा बिमल रॉय के मुताबिक़ बलराज किरदार के साथ न्याय करने की कुव्वत रखते थे।

समाजवाद से प्रेरित और सिनेमा से सर्वहारा की आवाज़ उठाने वाले बिमल रॉय पर कमर्शियल यानी व्यावसायिक फ़िल्में बनाने का ज़बरदस्त दवाब था। उनका कमाल था कि बॉक्स ऑफिस की ज़रूरत को ध्यान में रखते हुए भी वे अपने मनपसंद विषयों पर फिल्म बना लेते थे। 'नौकरी (1954) और 'मधुमती'(1958) इसी का नतीजा थीं। 'मधुमती' बॉम्बे टाकीज़ की फ़िल्म 'महल' (1949) से प्रेरित थी। इसके एडिटर बिमल रॉय ही थे। 'पुनर्जन्म' की अवधारणा पर बनी 'मधुमती' हिंदुस्तान के सिनेमा में मील का पत्थर है जिसने हिंदी सिनेमा ही नहीं, हॉलीवुड को भी 'रीइंकारनेशन ऑफ़ पीटर प्राउड' बनाने के लिए प्रेरित किया था। आगा हश्र कश्मीरी की कहानी 'यहूदी की लड़की' से प्रेरित उन्होंने 'यहूदी' बनाई। जात-पांत और छूत-अछूत के मुद्दे पर 'सुजाता' (1959) हो गया लोकतंत्र पर व्यंग करती 'परख'(1960) या फिर स्त्री केंद्रित 'बंदिनी' (1963) ये सारी फिल्में उनकी रेंज दिखाती हैं। इत्तेफ़ाक है कि बॉम्बे टाकीज़ ने इसी विषय पर 'अछूत कन्या' बनाई थी, जिसमें देविका रानी ने ये किरदार निभाया था। दोनों ही कमाल की फिल्में हैं। पर टीस इस बात की है कि दोनों ही में तथाकथित 'नीची जाति' की लड़की को बलिदान करते हुए

बन्दिनी के दृश्य

दिखाया गया है। गोकि सहानभूति के ज़रिये ही बराबरी पर आया जा सकता है।

बिमल रॉय शरतचंद के साहित्य से इतने प्रभावित थे कि उनकी कहानियों पर उन्होंने तीन फ़िल्में बनायीं। 'देवदास', 'परिणीता' और 'बिराज बहू'। जानकारों का मानना है कि उनकी बनाई 'देवदास' शरत बाबू की कहानी के सबसे नज़दीक है। कुछ हद तक दिलीप कुमार की 'ट्रेजेडी किंग' की छवि के लिए 'देवदास' और 'यहूदी' भी ज़िम्मेदार हैं। बिमल रॉय सिर्फ फ़िल्मकार ही नहीं थे। अपने आप में एक संस्था थे। उन्होंने सलिल चौधरी, ऋषिकेश मुखर्जी, ऋत्विक घटक, कमल बोस, नुबेंदु घोष, रघुनाथ झालानी और गुलज़ार जैसे नायाब लोग हिंदी सिनेमा को दिए। गुलज़ार के लिए वे डायरेक्टर या गुरू से बढ़कर पिता समान थे। उन्होंने शायरी की ज़ुबान में बिमल दा पर एक पोर्ट्रेट भी लिखा है और अपनी क़िताब 'रावी पार' में बिमल रॉय के साथ हुए अंतिम दिनों की बातचीत का मार्मिक ब्यौरा भी दिया है।

आख़िर ऐसा क्या था एक कैमरामैन के महान डायरेक्टर बनने में जो आज भी हमें उनकी फ़िल्में देखते वक़्त विस्मृत कर देता है? शायद कैमरे को लेकर बिमल दा की समझ कमाल की थी। फोटोग्राफी में रोशनी के प्रभाव को

जितना बख़ूबी उन्होंने दिखाया है उसका मुकाबला बहुत कम फिल्मकार कर सकते हैं। याद कीजिये 'बंदिनी' का वह दृश्य जिसमें कामिनी (नूतन) के मन में द्वंद है कि क्या उसे किसी औरत का क़त्ल कर देना चाहिए। इस सीन में नायक के सामने लोहार काम कर रहे हैं और वेल्डिंग मशीन से निकलता ताप उसके चेहरे पर रोशनी बनकर गिर रहा है। दूसरे ही सीन में डायरेक्टर को यह दिखाना था कि कामिनी ने दूध के ग्लास में ज़हर मिलाया है। इसको दर्शाने के लिए उन्होंने ज़हर की शीशी और ग्लास की तस्वीरों को एक साथ मिला दिया है! फ़िल्म का सेट बनाने के बजाय बिमल रॉय आउटडोर लोकेशन को ज्यादा तरजीह देते थे। मसलन, 'दो बीघा ज़मीन' में हावड़ा ब्रिज पर शूटिंग करना उन दिनों वाक़ई कमाल की बात थी। उस वक़्त का सिनेमा जहां अतिरेक से लबरेज़ था तो वहीं बिमल रॉय ने किरदारों को हकीक़त की ज़मीन पर ही रखा। किसी को 'लार्जर देन लाइफ' नहीं बनाया। उनका कहानियों का चयन एक तरफ साहित्यिक था, जैसे रबींद्रनाथ टैगोर की 'काबुलीवाला' (बतौर प्रोडूसर) और शरत बाबू का 'देवदास' तो दूसरी तरफ 'सुजाता' या 'दो बीघा ज़मीन' ऐसी समकालीन कहानियां थीं जिनमें सर्वहारा इंसान समाज में अपना वजूद ढूंढ रहा था।

निर्विवाद रूप से सत्यजीत रे भारत के सबसे महान फ़िल्मकार हुए हैं और बिमल दा को उनसे एक पायदान नीचे खड़ा होना पड़ता है। शायद इसलिए कि सत्यजीत रे के सामने कमर्शियल फ़िल्म बनाने की मज़बूरी नहीं थी। उन्होंने बिमल दा की तरह ये समझौते नहीं किए और दूसरा, बिमल रॉय जल्द ही दुनिया से विदा हो गए। आपको ताज्जुब होगा यह जानकर कि उन्हें हिंदी नहीं आती थी।

4. ऋषिकेश मुखर्जी

ऋषिकेश मुखर्जी

अगर दादा साहेब फाल्के ने भारतीय सिनेमा की शुरुआत की तो ऋषिकेश मुखर्जी ने उसमें जान डाली। ऋषिकेश मुखर्जी भारतीय फिल्म इंडस्ट्री के अव्वल दर्जे के फिल्म निर्देशक के रूप में जाने जाते हैं। उन्होंने समाज के हर संवेदनशील मसलों पर फिल्म बनाई और लोगों को जागरूक करने की कोशिश की। ऋषिकेश मुखर्जी अपनी फिल्मों के जरिए दूरदर्शी सोच को दिखाते रहे हैं। ऋषिकेश मुखर्जी को बॉलीवुड में स्टार मेकर के रूप में याद किया जाता रहेगा। ऋषिकेश मुखर्जी का जन्म 30 सितंबर 1922 को कोलकाता में हुआ था। कोलकाता विश्वविद्यालय से उन्होंने स्नातक की शिक्षा पूरी की। इसके बाद वह गणित और विज्ञान के अध्यापक के रूप में काम करने लगे। इन सब के बावजूद ऋषिकेश मुखर्जी का ध्यान थिएटर की ओर जाता रहा। 40 के दशक में ऋषिकेश मुखर्जी ने अपने सिने करियर की शुरुआत न्यू थिएटर में बतौर कैमरामैन से की। इसके बाद ऋषिकेश मुखर्जी फिल्मकार बिमल रॉय के

साथ सहायक के तौर पर काम करने लगे। ?षिकेश मुखर्जी ने अपने पूरे फिल्मी सफर में 42 फिल्में निर्देशित की।

अभिमान का पोस्टर

ऋषिकेश मुखर्जी की प्रतिभा को सही आकार देने में प्रसिद्ध निर्माता-निर्देशक विमल राय का भी महत्वपूर्ण योगदान रहा। मुखर्जी ने 1951 में फिल्म 'दो बीघा जमीन' में विमल रॉय के सहायक के रूप में काम किया था। विमल राय के साथ 6 साल तक काम करने के बाद ऋषिकेश मुखर्जी ने 1957 में मुसाफिर फिल्म से अपने निर्देशन कॅरियर की शुरुआत की। फिल्म तो टिकट खिड़की पर असफल साबित हुई पर ऋषिकेश मुखर्जी की प्रतिभा को बल मिलने लगा। 1959 में ऋषिकेश मुखर्जी को राज कपूर के साथ काम करने का मौका मिला फिल्म था। 'अनाड़ी' फिल्म बॉक्स ऑफिस पर सुपरहिट साबित हुई और ऋषिकेश मुखर्जी फिल्म इंडस्ट्री के बड़े नाम बन गए। 1960 में ऋषिकेश मुखर्जी की एक और फिल्म 'अनुराधा' आई जो भले ही टिकट खिड़की पर असफल साबित हुई लेकिन राष्ट्रीय पुरस्कार के साथ ही बर्लिन फिल्म फेस्टिवल में भी इसे सम्मानित किया गया।

भारतीय फिल्म इंडस्ट्री में ऋषिकेश मुखर्जी का अंदाज सबसे जुदा था। उन्होंने हर फिल्म में जीने की फिलॉसफी देने की कोशिश की। अपनी फिल्मों में हंसते-हंसाते जीवन के सच से भी वह रूबरू करा देते थे। कहा जाता है कि ऋषिकेश मुखर्जी फिल्मों की स्क्रिप्ट में डूब जाते थे और तब फिल्मों का निर्माण

बावर्ची के कलाकार

करते थे। यह उनकी सादगी का भी प्रतिनिधित्व करता था। ऋषिकेश मुखर्जी ने अपनी फिल्मों के जरिए कई कलाकारों को स्टार बनाया जिसमें धर्मेंद्र, राजेश खन्ना, अमिताभ बच्चन, अमोल पालेकर व जया भादुड़ी जैसे सितारे शामिल हैं। ऋषिकेश मुखर्जी ने मानवीय पहलुओं पर फिल्म बनाने के साथ-साथ मनोरंजन के पक्ष को भी कभी अनदेखा नहीं किया। यही कारण है कि उनकी फिल्में आज भी लोगों में लोकप्रिय है।

आनंद, गोलमाल, बावर्ची, नमक हराम, अभिमान, बुड्ढा मिल गया, गुड्डी, मिली, सत्य काम, चुपके-चुपके और अनाड़ी ऋषिकेश मुखर्जी की महत्वपूर्ण फिल्में थी। अभिनय ही नहीं बल्कि गानों के फिल्मांकन में भी ऋषिकेश मुखर्जी बेजोड़ थे। उनकी फिल्मों के गाने भी लोगों को खूब पसंद आते थे।

ऋषिकेश मुखर्जी हंसी के साथ आंसुओं को मिलाकर मानवीय संवेदनाओं का ऐसा कॉकटेल तैयार करते थे कि फिल्म खत्म होते-होते, मजबूत दिल वाले दर्शकों की आंखें भी नम हो जाती थी। 1971 में फिल्म आनंद के किरदार में उन्होंने कुछ इस तरह प्राण फूंके कि दर्शक सिनेमा हाल से जैसे जीवन दर्शन समझ कर बाहर निकले कि 'जिंदगी बड़ी होनी चाहिए बाबू मोशाय, लंबी नहीं।

'कैंसर से जूझता वो नायक आनंद जिसके सामने मौत खड़ी है, लेकिन वो कहकहे लगाता है और मौत का मजाक बनाता हुआ, अपने आसपास के लोगों को जीने का ढंग सिखा जाता है। आनंद वो नायक था जो खुद पूरी फिल्म में हंसता है लेकिन दर्शक अपने आंसू रोक नहीं पाते। मशहूर फिल्ममेकर फ्रांक कापरा ने कहा था कि असली ट्रेजेडी वो नहीं होती जब एक्टर रोता है, ट्रेजेडी वो होती है जब दर्शक रोते हैं। आनंद पर ये कथन पूरी तरह सच साबित हुआ। ऋषि दा संवेदनशीलता और भावनाओं के संगम को जिस तरह से अपनी फिल्मों में दिखाते थे वो फिल्म आनंद में अपने चरम पर पहुंच गई।

फिल्म 'आनंद के कुछ किस्से बड़े मशहूर हुए थे इस फिल्म में राजेश खन्ना के अभिनय ,गुलजार साहेब के लिखे गीत ,राजेश खन्ना,अमिताभ के डायलॉग लोगों को आज भी याद है लेकिन फिल्म 'आनंद 'के लिए राजेश खन्ना निर्देशक की पहली पसंद नही थे ऋषिकेश मुखर्जी अपनी इस फिल्म 'आनंद' में अभिनेता राजकपूर को लेना चाहते थे 'आंनद' के शीर्षक रोल के लिए निर्देशक ऋषिकेश मुखर्जी की पहली पसंद राज कपूर ही थे।

आनन्द का पोस्टर

दरअसल ये फिल्म ऋषिकेश मुखर्जी ने राजकपूर को ध्यान में रखकर ही लिखी थी 'आनंद' का वास्तविक चरित्र राजकपूर से प्रेरित था राजकपूर मुखर्जी को हमेशा ' बाबू मोशाय ' कहते थे। ऐसा माना जाता है कि मुखर्जी ने फिल्म तब लिखी थी जब एक बार राजकपूर गंभीर रूप से बीमार थे और मुखर्जी ने सोचा था कि उनकी मृत्यु हो

सकती है। जब सही समय आया तो ऋषिकेश मुखर्जी स्क्रिप्ट लेकर राजकपूर के पास गए लेकिन राज साहेब अपने ही आर.के बैनर की फिल्मों मे व्यस्त थे और 'बाबू मोशाय ऋषिकेश ' के लिए समय न निकाल सके। ऋषि दा ने इंतज़ार भी किया ऐसे ही वक्त निकलता गया फिर राज कपूर का बुढापा देखकर ऋषिकेष मुखर्जी को लगा की ये किरदार किसी और को देना चाहिए और उन्होंने अपना इरादा बदल दिया फिर शशि कपूर को मुख्य भूमिका की पेशकश की गई थी। लेकिन वो तो राजकपूर से भी ज्यादा व्यस्त थे। फिर बात आ कर ठहर गई अभिनेता और गायक 'किशोर कुमार' और 'महमूद ' पर। फिल्म में कैंसर के विशेषज्ञ डॉक्टर भास्कर बैनर्जी यानि बाबू मोशाय का किरदार महमूद द्वारा निभाया जाना था। महमूद तैयार भी हो गये उन्होंने ऋषि दा से कहा की। 'पहले किशोर से बात कर लो ' फिर इस फिल्म के लिए ऋषिकेश जी किशोर कुमार के पास गए, बात पक्की हुयी, पर कुछ ऐसा हुआ की शूटिंग शुरू करने के कुछ ही दिन पहले किशोर कुमार को ऋषिकेश मुखर्जी ने फिल्म से 'आंनद 'से निकाल दिया।

किशोर कुमार को 'आनंद' फिल्म से निकाले जाने की इस घटना के पीछे का कारण काफी दिलचस्प है। उस वक्त किशोर कुमार एक बंगाली फिल्म निर्माता के साथ कई स्टेज शो कर रहे थे लेकिन पैसो को लेकर कुछ अनबन हो गई तिलमिलाए और गुस्सा हुए किशोर घर लौटे और उन्होंने अपने बंगले के गार्ड को बड़े सख़्त लहज़े में साफ़ साफ़ कह दिया। 'खबरदार, उस बंगाली फिल्म निर्माता को मेरे घर के अंदर कभी मत आने देना ' अब वो बात अलग है की किशोर खुद भी बंगाली ही थे ये वही वक्त था जब ऋषिकेश मुखर्जी किशोर कुमार के घर अपनी फिल्म 'आनंद' के बारे में कुछ चर्चा करने पहुंच गए जैसे ही उन्होंने एक फिल्म निर्माता के रूप में अपना परिचय किशोर दा के बंगले के गार्ड को दिया, गार्ड को गलतफहमी हो गई जब गार्ड को पता चला की वो एक फिल्म निर्माता है और बंगाली भी तो उन्होंने अपने मालिक के हुक्म अनुसार बंगले के अंदर आने से मना कर दिया और साथ में यह भी कह दिया की ये हुक्म इनके मालिक किशोर कुमार का है। इससे ऋषिकेश काफी गुस्सा हुए इस घटना से मुखर्जी बेहद आहत हुए उन्होंने किशोर कुमार के साथ काम नहीं करने और 'आनंद 'फिल्म को किशोर कुमार के बिना बनाने का फैसला कर लिया। नतीजतन, महमूद को भी फिल्म छोड़नी पड़ी और इस तरह गार्ड की

गलती के वजह से किशोर कुमार के हाथ से ये फिल्म निकल गयी और राजेश खन्ना को फिल्म के टाइटल रोल के लिए चुन लिया गया।

ऋषिकेश मुखर्जी ने जिस खूबसूरती से क्लाइमैक्स में पहले से रिकॉर्ड किए डायलॉग का इस्तेमाल किया था उसने इस फिल्म और राजेश खन्ना के किरदार को सिनेमा में अमर कर दिया। आनंद की मौत को बयां करती गुलजार की कविता 'मौत तू एक कविता है' को जिस मर्मस्पर्शी अंदाज में अमिताभ बच्चन ने पढ़ा उसे कोई भूल नहीं पाया है। हिंदी सिनेमा में उल्लेखनीय योगदान को देखते हुए ऋषिकेश मुखर्जी को कई सर्वोच्च सम्मानों से सम्मानित किया गया। इन महत्वपूर्ण सम्मानों में दादा साहेब फाल्के पुरस्कार और पद्म विभूषण भी शामिल है। इसके अलावा उन्हें राष्ट्रीय फिल्म पुरस्कार और 7 बार फिल्म फेयर पुरस्कार से सम्मानित किया जा चुका है।

5. गुरू दत्त

गुरू दत्त

गुरु दत्त को भारतीय सिनेमा का जीनियस माना जाता है। गुरुदत्त की प्रतिभा का अंदाजा लगाने के लिए यह तथ्य अपने आप में पर्याप्त है कि टाइम पत्रिका ने गुरुदत्त की फिल्मों 'प्यासा' और 'कागज के फूल' को दुनिया की सौ बेहतरीन फिल्मों में जगह दी थी। बॉलीवुड में गुरुदत्त वर्ष 1944 से 1964 तक सक्रिय रहे. इस दौरान उन्होंने कई बेहतरीन फिल्में दीं। कुछ फिल्मों में खुद अभिनय भी किया, जबकि कुछ का केवल निर्देशन किया। उन्होंने बॉलीवुड में बतौर डायरेक्टर फिल्म 'बाजी' से 1951 में डेब्यू किया था। इस फिल्म में देव आनंद और गीता दत्त मुख्य भूमिका में थे। गुरु दत्त की पहली ही फिल्म की काफी तारीफ की गई। इसके बाद गुरु दत्त ने सीआईडी में वहीदा रहमान को पहली बार कास्ट किया। इसके बाद तो गुरु दत्त ने अपनी क्लासिकल फिल्मों की लाइन लगा दी। इन फिल्मों में प्यासा, साहिब बीवी और गुलाम, चौदवीं का

गुरू दत्त की प्रसिद्ध फिल्मों के पोस्टर

चांद, कागज के फूल और आर-पार जैसी फिल्में शामिल हैं।

गुरु दत्त का जन्म 9 जुलाई 1925 को बंगलौर में शिवशंकर राव पादुकोणे व वसन्ती पादुकोणे के यहाँ हुआ था। उनके माता पिता कोंकण के चित्रपुर सारस्वत ब्राह्मण थे। उनके पिता शुरुआत के दिनों एक विद्यालय के हेडमास्टर थे जो बाद में एक बैंक के मुलाजिम हो गये। माँ एक साधारण गृहिणीं थीं जो बाद में एक स्कूल में अध्यापिका बन गयीं। गुरु दत्त जब पैदा हुए उनकी माँ की आयु सोलह वर्ष थी। वसन्ती घर पर प्राइवेट ट्यूशन के अलावा लघुकथाएँ लिखतीं थीं और बंगाली उपन्यासों का कन्नड़ भाषा में अनुवाद भी करती थीं। गुरु दत्त ने अपने बचपन के प्रारम्भिक दिन कलकत्ता के भवानीपुर इलाके में गुजारे जिसका उनपर बौधिक एवं सांस्कृतिक प्रभाव पड़ा। उनका बचपन वित्तीय कठिनाइयों और अपने माता पिता के तनावपूर्ण रिश्ते से प्रभावित था। उन पर बंगाली संस्कृति की इतनी गहरी छाप पड़ी कि उन्होंने अपने बचपन का नाम वसन्त कुमार शिवशंकर पादुकोणे से बदलकर गुरु दत्त रख लिया।

गुरु दत्त की दादी नित्य शाम को दिया जलाकर आरती करतीं और चौदह वर्षीय गुरु दत्त दिये की रौशनी में दीवार पर अपनी उँगलियों की विभिन्न मुद्राओं

साहिब बीबी और गुलाम

से तरह तरह के चित्र बनाते रहते। यहीं से उनके मन में कला के प्रति संस्कार जागृत हुए। हालांकि वे अप्रशिक्षित थे, गुरु दत्त प्रेरित आवर्तनों का उत्पादन कर पाते और इसी तरह उन्होंने अपने उसे उत्तरार्द्ध से एक पेंटिंग पर आधारित है, एक साँप नृत्य प्रदर्शन फोटोग्राफ, उनके चाचा, बी बी बेनेगल राजी जब वह था के रूप में , वह कर सकता। उनकी यह कला परवान चढ़ी और उन्हें सारस्वत ब्राह्मणों के एक सामाजिक कार्यक्रम में पाँच रुपये का नकद पारितोषक प्राप्त हुआ। जब गुरु दत्त 16 वर्ष के थे उन्होंने 1941 में पूरे पाँच साल के लिये 75 रुपये वार्षिक छात्रवृत्ति पर अल्मोड़ा जाकर नृत्य, नाटक व संगीत की तालीम लेनी शुरू।

गुरु दत्त ने पहले कुछ समय कलकत्ता जाकर लीवर ब्रदर्स फैक्ट्री में टेलीफोन ऑपरेटर की नौकरी की लेकिन जल्द ही वे वहाँ से इस्तीफा देकर 1944 में अपने माता पिता के पास बम्बई लौट आये। उनके चाचा ने उन्हें प्रभात फ़िल्म कम्पनी पूना तीन साल के अनुबन्ध के तहत फ़िल्म में काम करने भेज दिया। प्रभात फिल्म कम्पनी में गुरु दत्त का कॉन्ट्रैक्ट खत्म हुआ और ये फिर बेरोजगार हो गए। वहीं सुप्रसिद्ध फ़िल्म निर्माता वी0 शान्ताराम ने कला मन्दिर के नाम से अपना स्टूडियो खोल रक्खा था। यहीं रहते हुए गुरु दत्त की मुलाकात फ़िल्म अभिनेता रहमान और देव आनन्द से हुई जो आगे जाकर उनके बहुत अच्छे मित्र बन गये। उन्हें पूना में सबसे पहले 1944 में चाँद नामक फ़िल्म में श्रीकृष्ण की एक छोटी सी भूमिका मिली। 1945 में अभिनय के साथ ही फ़िल्म निर्देशक विश्राम बेडेकर के सहायक का काम भी देखते थे। 1946

में उन्होंने एक अन्य सहायक निर्देशक पी0 एल0 संतोषी की फ़िल्म हम एक हैं के लिये नृत्य निर्देशन का काम किया।

यह अनुबन्ध 1947 में खत्म हो गया। उसके बाद उनकी माँ ने बाबूराव पै, जो प्रभात फ़िल्म कम्पनी व स्टूडियो के सी0ई0ओ0 थे, के साथ एक स्वतन्त्र सहायक के रूप में फिर से नौकरी दिलवा दी। वह नौकरी भी छूट गयी तो लगभग दस महीने तक गुरु दत्त बेरोजगारी की हालत में माटुंगा बम्बई में अपने परिवार के साथ रहते रहे। इसी दौरान, उन्होंने अंग्रेजी में लिखने की क्षमता विकसित की और इलस्ट्रेटेड वीकली ऑफ इण्डिया नामक एक स्थानीय अंग्रेजी साप्ताहिक पत्रिका के लिये लघु कथाएँ लिखने लगे। देखा जाये तो उनके संघर्ष का यही वह समय था जब उन्होंने लगभग आत्मकथात्मक शैली में प्यासा फ़िल्म की पटकथा लिखी। मूल रूप से यह पटकथा कश्मकश के नाम से लिखी गयी थी जिसका हिन्दी में अर्थ संघर्ष होता है। बाद में इसी पटकथा को उन्होंने प्यासा के नाम में बदल दिया। यह पटकथा उन्होंने माटुंगा में अपने घर पर रहते हुए लिखी थी। यही वह समय था जब गुरु दत्त ने दो बार शादी भी की; पहली बार विजया नाम की एक लड़की से, जिसे वे पूना से लाये थे वह चली गयी तो दूसरी बार अपने माता पिता के कहने पर अपने ही रिश्ते की एक भानजी सुवर्णा से, जो हैदराबाद की रहने वाली थी।

चौदहवीं का चांद

गुरु दत्त को प्रभात फ़िल्म कम्पनी ने बतौर एक कोरियोग्राफर के रूप में काम पर रखा था लेकिन उन पर जल्द ही एक अभिनेता के रूप में काम करने का दवाव डाला

गया। और केवल यही नहीं, एक सहायक निर्देशक के रूप में भी उनसे काम लिया गया। प्रभात में काम करते हुए उन्होंने देव आनन्द और रहमान से अपने सम्बन्ध बना लिये जो दोनों ही आगे चलकर अच्छे सितारों के रूप में मशहूर हुए। उन दोनों की दोस्ती ने गुरु दत्त को फ़िल्मी दुनिया में अपनी जगह बनाने में काफी मदद की। प्रभात के 1947 में विफल हो जाने के बाद गुरु दत्त बम्बई आ गये। वहाँ उन्होंने अमिय चक्रवर्ती व ज्ञान मुखर्जी नामक अपने समय के दो अग्रणी निर्देशकों के साथ काम किया। अमिय चक्रवर्ती की फ़िल्म गर्ल्स स्कूल में और ज्ञान मुखर्जी के साथ बॉम्बे टॉकीज की फ़िल्म संग्राम में। बम्बई में ही उन्हें देव आनन्द की पहली फ़िल्म के लिये निर्देशक के रूप में काम करने की पेशकश की गयी। देव आनन्द ने उन्हें अपनी नई कम्पनी नवकेतन में एक निर्देशक के रूप में अवसर दिया था किन्तु दुर्भाग्य से यह फ़िल्म फ्लॉप हो गयी। इस प्रकार गुरु दत्त द्वारा निर्देशित पहली फिल्म थी नवकेतन के बैनर तले बनी बाज़ी जो 1951 में प्रदर्शित हुई।

प्यासा फिल्म के सिनेमैटोग्रफर वी.के. मूर्ती ने अपने एक इंटरव्यू में बताया था कि जूनियर आर्टिस्ट के साथ कुछ सीन्स शूट हो रहे थे, लेकिन वो सही नहीं लग रहे थे। इससे गुरु दत्त बहुत चिढ़े हुए थे। इसके बाद उनका खुद का एक सीन आया। शाम के पांच बजे इस सीन का शूट शुरू हुआ। मूर्ति ने तकरीबन साढ़े पांच घंटे बाद गुरु दत्त को याद दिलाया कि अब रात के साढ़े 10 बज चुके हैं। ये सीन सुबह शूट करेंगे। गुरु दत्त नहीं माने। शूटिंग एक घंटे और चली। लेकिन गुरु दत्त मानने को तैयार नहीं थे। मूर्ति के बहुत मनाने के बाद जाकर जब वो माने, तब तक 104 रीटेक्स हो चुके थे। इसके बाद अगले दिन फिर से इसी सीन से शूट शुरू हुआ और गुरु दत्त ने पहले ही टेक में वो सीन ओके कर दिया।

गुरु दत्त को कोलकाता से खास प्यार था। उनका बचपन वहीं गुजरा था। जब वो कोलकाता जाते थे तो गोलगप्पे और विक्टोरिया मेमोरियल के लॉन में बैठकर झाल मुड़ी जरूर खाते थे। एक बार उन्होंने देखा कि चारखाने की लुंगी और एक अजीब सी टोपी पहने, हाथ में तेल की बोतल लिए हुए एक मालिश वाला आवाज लगा रहा है। वहीं से एक रोल ने आकार लिया। खास तौर से एक गाना लिखवाया गया- 'सर जो तेरा चकराए'। इस गाने को जॉनी वॉकर पर फिल्माया गया जो बाद में बड़ा हिट साबित हुआ।

गुरुदत्त की खुद की जिंदगी इतनी फिल्मी थी कि उन पर ही कई फिल्में बन जाएं और जब वह किसी फिल्म को बनाते थे तो लगता था मानों फिल्म का हरेक किरदार असल जिंदगी जी रहा हो। गुरुदत्त की जिंदगी अगर कहानी है तो उनकी मौत भी एक अफसाना। गुरुदत्त की मौत को कोई आत्महत्या बताता है तो कोई हत्या तो कोई सामान्य मौत। पर उस सच को कोई नहीं जानता जो उनकी आखिरी रात का था।

जिस रात के काले अंधेरों के आगोश में गुरुदत्त मौत की नींद सो गए थे उस रात उन्होंने जमकर शराब पी थी, इतनी उन्होंने पहले कभी नहीं पी थी। गीता (उनकी पत्नी, जिनके साथ वह उनके अलगाव का दौर था) के साथ उनकी नोंकझोंक हो गई थी। गीता ने उनकी बिटिया को उनके साथ कुछ वक्त बिताने के लिए भेजने से इंकार कर दिया था। गुरुदत्त अपनी पत्नी को बार–बार फोन कर रहे थे कि वह उन्हें अपनी बेटी से मिलने दे लेकिन गीता फोन नहीं उठा रही थी। हर फोन के साथ गुरुदत्त का गुस्सा बढ़ता ही जा रहा था। अंत में उन्होंने अल्टीमेटम या फिर कहें कि यह संकेत देते हुए कहा, 'बच्ची को भेज दो या फिर तुम मेरा मरा मुंह देखो।' इसके बाद उन्होंने करीब एक बजे खाना खाया और ऐसे सोए कि दुबारा नहीं उठे। उनकी मौत उनके कमरे में हुई।

बॉलिवुड में जब भी प्रेम कहानियों का जिक्र होता है तो वहीदा रहमान और गुरुदत्त का नाम सबसे पहले आता है। इन दोनों की जोड़ी बॉलिवुड की शुरुआती प्रेमी जोड़े की थी। दोनों का प्यार अगर सबकी निगाहों में सबसे बेहतरीन प्यार था तो दोनों का जुदा होना भी किसी ड्रामे से कम नहीं। जुदाई में एक सच्चे आशिक का क्या हाल होता है यह गुरुदत्त ने दिखाया था। शराब की बोतल में डूबे आशिक की छवि अकसर हमें फिल्मों में ही देखने को मिलती है लेकिन असल जिंदगी में उस किरदार को गुरुदत्त ने ही जिया था। आमतौर पर गुरुदत्त का नाम आते ही उनकी कलात्मक फिल्मों के नाम लोगों के जुबां पर बरबस आ जाते हैं, जबकि क्राइम थ्रिलर फिल्में बनाने में उनका कोई सानी नहीं था और जाल एवं बाजी जैसी फिल्मों को मानक माना जाता है।

बॉलिवुड में जिस समय अभिनेता अक्सर अपने काम के लिए दूसरे अभिनेता को हटाने के सारे हथकंडे अपनाते थे वहीं गुरुदत्त ने दोस्ती की मिसाल कायम की। देवानंद और गुरुदत्त यह वह जोड़ी थी जो बॉलिवुड में दोस्ती की पहली मिसाल बनकर उभरी। दोनों ने एक साथ अपने कॅरियर की शुरुआत की

थी। अपने स्ट्रगल के दिनों में दोनों की दोस्ती खूब जमी और दोनों ने निर्णय किया कि अगर गुरुदत्त साहब कभी डायरेक्टर बने तो वह देवानंद को अपनी फिल्म में लेंगे और अगर कभी देवानंद ने अपनी प्रोडक्शन कंपनी खोली तो गुरुदत्त उनकी फिल्म को डायरेक्ट करेंगे। गुरुदत्त और देवानंद ने अपने वायदे निभाए भी। देवानंद ने जब अपनी प्रोडक्शन कंपनी 'नवकेतन' खोली तो गुरुदत्त को पहली बार फिल्म 'बाजी' में डायरेक्टर बनने का मौका दिया। इसी तरह गुरुदत्त ने भी अपनी सुपरहिट फिल्म 'सीआईडी' में देवानंद को अभिनेता के तौर पर काम दिया। दोनों की दोस्ती के किस्से बॉलिवुड में जगजाहिर हैं।

हिंदी सिनेमा में गुरु दत्त का मुकाम सबसे अलहदा है, जिन्हें पूरी दुनिया आज भी याद करती है। वह एक ऐसे ठहरे हुए इंसान और सुलझे हुए फिल्मकार थे, जो कामयाबी पर इतराते नहीं थे और नाकामी से घबराते नहीं थे। जिंदगी में हार और जीत तो लगी रहती है लेकिन जो हार को एक सबक की तरह लेकर आगे बढ़ता है कामयाबी उसी के कदम चूमती है। बॉलिवुड में अगर पहले शो-मैन का खिताब किसी को जाता है तो वह हैं गुरुदत्त। गुरुदत्त एक कॉमर्शियल मूवी को एक आर्ट मूवी की तरह पेश करते थे और उस समय में उनकी फिल्मों की सफलता देखते ही बनती थी। गुरुदत्त ने प्यासा, कागज के फूल, साहब बीबी और गुलाम और चौदहवीं का चाद जैसी कई यादगार फिल्मों का निर्माण किया। इसी दौरान अभिनेत्री वहीदा रहमान के साथ उनकी जोड़ी काफी चर्चित रही। पर्दे के पीछे इन दोनों के रूमानी रिश्ते की भी चर्चा रही।

10 अक्तूबर, 1964 को उनका निधन हुआ, उस समय उनकी उम्र महज 39 साल थी। उनकी मौत को लेकर रहस्य है। कुछ लोग इसे खुदकुशी करार देते हैं। उनकी आखिरी फिल्म सांझ और सवेरा रही। टाइम पत्रिका ने प्यासा और कागज के फूल को 100 सर्वकालीन सर्वश्रेष्ठ फिल्मों में शुमार किया। सीएनएन ने उन्हें एशिया के 25 सर्वश्रेष्ठ अभिनेताओं में शामिल किया। खैर, यह मौत थी या आत्महत्या या फिर हत्या, इस सवाल को छोड़ भी दें तो भी कह सकते हैं कि यह मौत लगभग वैसे ही थी जैसा अंत गुरु दत्त 'कागज़ के फूल' में अपने नायक के लिए रचते हैं। कागज के फूल को गुरु दत्त की जिन्दगी की अपनी कहानी कहकर ही प्रचारित किया गया। खुद गुरु दत्त ने ही इसकी कहानी लिखी थी और इसे इस तरह ही देखा-समझा जाए उनकी यह चाहत भी थी। हालांकि यह फिल्म फ्लॉप रही थी। बाद में भले ही इसे क्लासिक के तौर पर

देखा गया लेकिन, उस समय के दर्शकों ने इस आत्महंता कहानी को सिरे से खारिज कर दिया था। सिर्फ यही नहीं और भी दो क्लासिक्स गुरु दत्त की झोली में हैं- प्यासा और साहिब बीबी और गुलाम।

गुरु दत्त की जिंदगी पर जब भी बात की जाए, अकेले की जानी असंभव है। एक प्रेम त्रिकोण सा इसमें आना ही आना है। इस त्रिकोण के तीन सिरे गुरु दत्त, गीता दत्त और वहीदा रहमान हैं। अभिनेत्री वहीदा रहमान लंबे अरसे तक गुरुदत्त खेमे की एक जरूरी कड़ी रहीं। कहा जाता है कि वे गुरु दत्त के लिए प्रेरणा और जीवन-स्त्रोत भी थीं। उन्हीं वहीदा रहमान ने एक इंटरव्यू में इस बात से साफ़ इंकार किया था कि गुरु दत्त की मौत का कारण कागज के फूल की असफलता थी। बल्कि उन्होंने इसका दोष उनकी आत्महंता प्रवृति को दिया था। उनका कहना था, 'गुरु दत्त को कोई नहीं बचा सकता था, ऊपरवाले ने उन्हें सबकुछ दिया था पर संतुष्टि नहीं दी थी। कुछ लोग कभी भी संतुष्ट नहीं रह सकते, जो चीज उन्हें जिंदगी नहीं दे पाती उसकी तलाश उन्हें मौत से होती है। उनमें बचने की चाह नहीं थी। मैंने कई बार उन्हें समझाने की कोशिश की कि एक जिन्दगी में सबकुछ नहीं मिल सकता और मौत हर सवाल का जवाब नहीं है। 'इस बात में जाहिर है एक अनाम दर्द और अपने को निर्दोष साबित करने का प्रयास था। दरअसल अधिकतर लोग जैसे गीता दत्त के घर वापस न लौटने को गुरुदत्त की मौत की वजह बताते रहे वैसे ही वहीदा रहमान के गुरु दत्त से बिलकुल कट जाने और केवल गुरु दत्त की फिल्मों में ही काम करने के सात साल के कांट्रेक्ट को 'रीन्यू' न होने देने की उनकी जिद को भी। हालांकि यह कोई गैरवाजिब जिद न थी। अभिनेत्री वहीदा को भी अपने हिस्से का खुला आकाश चाहिए था। जहां वे आराम से अपने अभिनय के पर फैला सकें। कुछ हद तक यह खीझ साहिब बीवी और गुलाम के छोटी बहू के रोल से भी उपजी थी जिसे मीना कुमारी को दे दिया गया था, वहीदा के गुरु दत्त कैंप से लगातार जुड़े रहने के बावजूद।

वहीदा रहमान के अलग होने के ठीक साल भर के भीतर ही गुरुदत्त दुनिया से विदा हुए थे। इस अभिनेत्री के साफ़-सुथरे चमकदार व्यक्तित्व और फ़िल्मी जीवन पर इस मौत का दोष एक धब्बे की तरह लगा रहा है। हालांकि अपने शालीन और मर्यादित व्यवहार के लिए जानी जाने वाली वहीदा रहमान भविष्य में जब भी इस सवाल से घिरीं, इसे अपना व्यक्तिगत जीवन कहकर टाल

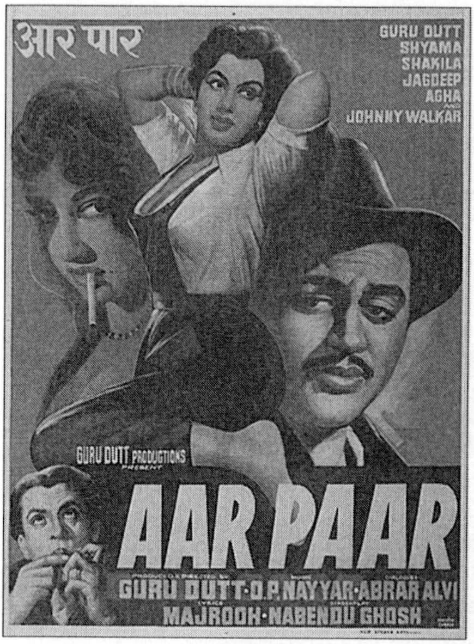

आर पार

जाती रहीं। उनके ही एक अजीज के अनुसार उन्होंने इसलिए अपने कदम पीछे खींच लिए थे कि उन्हें अहसास हो चुका था कि गुरु दत्त की जिन्दगी में गीता दत्त की जगह कोई नहीं ले सकता। उन्हें शायद लगा होगा कि वे पीछे लौट जाएंगी और सब सुधर जाएगा। हालांकि वहीदा चाहतीं तो आराम से गुरु दत्त के साथ शादी कर सकती थीं। गीता दत्त घर छोड़कर जा ही चुकी थीं। लोग कुछ दिनों में सब कुछ भूल ही जाते और फिर कहानी भी दूसरी ही हुई होती। पर यह हो न सका इसलिए भी कि ये तीनों कोई और नहीं गुरु दत्त, गीता दत्त और वहीदा रहमान थे।

एक अनाम सा डर वहीदा रहमान के दिल में गुरु दत्त के स्वभाव की अस्थिरता को भी लेकर रहा हो शायद। गुरु दत्त अपने निजी जीवन में और बतौर कलाकार भी उस जिद्दी बच्चे जैसे थे जिसे कुछ चाहिए होता है तो बस चाहिए होता है। ना नुकुर, किन्तु-परंतु की वहां कोई गुंजाइश होती ही नहीं। इसका सबसे बड़ा प्रमाण वह बंदिश है जो गीता दत्त से लेकर वहीदा तक समान रूप से लागू थी। उन्हें और कहीं फिल्म करने की आजादी नहीं थी। गुरु दत्त के अकेले पड़ जाने का सबसे बड़ा एक कारण यह भी था कि वे अति की सीमा तक 'पजेसिव' थे। अपनी बनाई कैद में लोगों को बांधकर रखते हुए वे यह भी भूल जाते थे कि सामने वाला भी उनकी ही तरह एक इंसान और कलाकार है। जब वे किसी खांचे या कहें तो एक ही तरह के काम से बंधकर नहीं जी सकते थे तो उस व्यक्ति की छटपटाहट की सीमा क्या रहती होगी? नर्तक, लेखक और कोरियोग्राफर से लेकर निर्देशक, लेखक और अभिनेता तक उनकी विविधरंगी यात्रा क्या किसी ऐसी ही कैद में वह स्वरूप ग्रहण कर पाती? लेकिन न सुनना

तो गुरु दत्त को मंजूर ही नहीं था। इसका सबसे बड़ा उदाहरण है प्यासा के लिए दिलीप कुमार की ना के बाद गुरु दत्त का खुद उस भूमिका में उतरना।

आत्ममोह और आत्मकेंद्रीयता की इस प्रवृत्ति का कुछ लेना-देना उनके बचपन से भी था। मां अपने सब बच्चों में सबसे अधिक लगाव उन्हीं से करती रहीं। वे गुरु दत्त की प्रतिभा और जिद को जानती थीं शायद इसलिए उनके हर निर्णय को बिना सवाल बचपन से ससम्मान तवज्जो देती थीं। पर इस माने जाने ने भी गुरु दत्त का बहुत नुकसान किया। यह उस मां के लगाव की पराकाष्ठा ही थी कि उनके नाम वसंत कुमार शिवशंकर पादुकोने में उनका अनिष्ट छिपा है, यह जानते ही उन्होंने उनका नाम गुरु दत्त कर डाला था। पर वे नहीं जानती थीं कि अनिष्ट नामों में नहीं होता और नाम बदलने भर से चला भी नहीं जाता। सदाबहार अभिनेता और गुरु दत्त के अभिन्न मित्र देव आनंद ने बिलकुल ठीक ही कहा था- वे भावुक इंसान थे बहुत, उनकी वजह से हमें इतनी आला दर्जे की फिल्मों की सौगात मिली, मगर उनकी मौत का कारण भी वह भावुकता ही बनी । गुरु दत्त अपने आपमें एक संपूर्ण कलाकार बनने की पूरी पात्रता रखते थे। उनकी साहित्यिक रुचि और संगीत की समझ की झलक भी हमें उनकी सभी फिल्मों में दिखती है. वे विश्वस्तरीय फ़िल्म निर्माता और निर्देशक थे। उनकी जिद का ही परिणाम था कि फिल्म इंडस्ट्री को कई बेहतरीन फिल्में, पटकथाएं, एक बेहतरीन टीम और वहीदा रहमान जैसी एक सशक्त और शाश्वत अदाकारा मिली। वहीदा और देव आनंद की वह बेमिसाल जोड़ी भी, जो बरसों तक सिनेमाप्रेमियों के दिलों पर राज करती रही। कुछ लोग गीता दत्त का नाम भी इस फेहरिस्त में जोड़ते हैं लेकिन, गीता दत्त गुरु

मिस्टर एण्ड मिसेज 55

दत्त से मिलने से पहले से ही बाजी फिल्म के गीत 'तदबीर से बिगड़ी हुई तकदीर बना लें' से चमकता हुआ सितारा हो चुकी थीं।

हां, गुरु दत्त से पहले प्रेम और फिर शादी करके उन्होंने अपने पर भरोसा रखते हुए इक दांव ही खेला था, जिसमें अंततः वे असफल रहीं। पर तमाम बंदिशों और रुसवाइयों के बावजूद वे गुरु के बैनर की फिल्मों के लिए न सिर्फ गाती रहीं, बल्कि यह गाना उनके लिए हमेशा गले से ज्यादा दिल से गाना रहा। यह गुरु दत्त के लिए उनके प्यार की इंतहा के सिवा और क्या हो सकता था? यह अलग बात है कि वहीदा रहमान के उनकी जिंदगी से निकल जाने के बाद वे गुरु दत्त के घर वापस लौट आने की पुकार को अनसुना करती रही थीं। क्योंकि वे जानती थी, सुबह फिर गुरु दत्त होंगे, उनके दोस्त और करीबी होंगे, उनकी फ़िल्में होंगी और उनके हिस्से वे अंतहीन चुप्पियां और अकेलापन ही होगा। गीता बस उनसे सुबह फोन करने की बात कहती थीं। वे जानती थीं उनका फोन नहीं आयेगा.

गुरु दत्त के जाने के बाद उनकी टीम तो रही पर उसमें वह बात न रही। अबरार अलबी पटकथा और डायलॉग लेखक के रूप में काम करते रहने के बावजूद वह नहीं रह पाए जो गुरु दत्त के रहते होते। गीता दत्त गुरु दत्त के जाने के बाद से ही नर्वस ब्रेक डाउन से गुजरीं तो फिर कभी उबरी ही नहीं। इसके बाद के नौ साल उनके लिए गुमनामी, चुप्पी और दर्द के साल थे जो किसी कलाकार के जीते जी मौत जैसे ही होते हैं।

6. महबूब खान

मेहबूब खान

किस्सा हिंदी सिनेमा का जब भी बयाँ होगा, महबूब और उनकी 'मदर इंडिया' के जिक्र के बगैर अधूरा रहेगा। छप्पन साल पहले प्रदर्शित हुई 'मदर इंडिया' और आधी सदी पहले इस फानी दुनिया को अलविदा कह गए जनाब महबूब खान आज भी वर्तमान की उपस्थिति हैं। उन्होंने जो किस्से सिनेमा के पर्दे पर बयाँ किए उनके न जाने कितने 'क्लोज' हिंदी सिनेमा के बड़े-बड़े तीसमारखाओं ने पेश किए और जब तक सिनेमा का अस्तित्व कायम है ये सिलसिला रुकनेवाला नहीं। चाहे दिलीपकुमार की 'गंगा जमना' हो या राजकपूर की 'संगम' या अमिताभ बच्चन की 'दीवार' सब महबूब की आँखों देखे गए ख्वाबों से उधार ली गई है।

'मदर इंडिया' पहली भारतीय फिल्म है जिसे ऑस्कर के लिए नामांकित किया गया था और आखिरी स्टेज पर सिर्फ एक वोट से खिताब से चूक गई। वजह खास यह थी कि पति के पलायन कर जाने पर सुक्खी लाला के विवाह के प्रस्ताव को राधा द्वारा ठुकरा दिया जाना पश्चिमी तहजीब ने बेवकूफी भरा दृष्टिकोण माना था। इसके पीछे एक और कारण ये भी है कि भारतीय बौद्धिकता ने खुद ही अपने कृतित्व को कोई तरजीह नहीं दी। सच तो यह है कि आज भी 'विकास' के पश्चिमी मॉडल का भूत हमारे सिर सवार है जिसने कांग्रेस और भाजपा जैसी धुर विरोधी राजनीतिक पार्टियों के मूल भेद को खत्म कर दिया है और उनकी लड़ाई मिलीजुली कुश्ती बनकर रह गई है।

हिंदी सिनेमा के 100 से भी अधिक वर्ष का इतिहास मूल रूप से प्रेम के चित्रण का इतिहास रहा है । फिल्मो में तो नायक-नायिका का प्यार हमेशा दिखाया जाता है लेकिन कुछ ऐसे फ़िल्मकार भी रहे है जो पर्दे पर नायिका का प्यार दिखाते दिखाते अंत में पर्दे के पीछे ही नायिका के प्यार में पागल हो बैठे। उन्ही में से एक थे बहुचर्चित महान फिल्मकार महबूब खान।

महबूब खान का असली नाम रमजान खान था। उनका जन्म 1906 में गुजरात के बिलमिरिया में हुआ। महबूब कहने को तो पढ़े-लिखे व्यक्ति नहीं थे, लेकिन जीवन की पाठशाला में उन्होंने ऐसे नायाब सबक सीखे कि उनकी फिल्में सदाबहार मनोरंजन का पर्याय बन गईं। हमेशा कुछ नया करने की जिद ने उन्हें फिल्म निर्माण से जुड़े हर पक्ष पर मजबूत पकड़ बनाने के लिए प्रेरित किया। वह युवावस्था में ही 1925 के आसपास घर से भागकर मुंबई आ गए और एक स्टूडियो में काम करने लगे। बम्बई नगरी में आये तो इम्पीरियल कम्पनी वाल ने उन्हें अपने यहा हेल्पर के रूप में रखा लिया । कई वर्ष बाद उन्हें फिल्म 'बुलबुले बगदाद' में खलनायक का किरदार निभाना पड़ा । अभिनेता के रुप में उन्होंने अपने सिने करियर की शुरूआत 1927 में प्रदर्शित फिल्म 'अलीबाबा एंड फोर्टी थीफ्स' से की। इस फिल्म में उन्होंने चालीस चोरों में से एक चोर की भूमिका निभाई थी।

मजे की बात ये कि खुद महबूब मियाँ हालीवुड से बेइंतिहा मुतास्सिर थे। वे सिसिल बी डिमेले की भव्य फिल्मों की तरह फिल्में बनाने का ख्वाब किशोरावस्था से देखते थे। पर उन्होंने उस भव्यता को आवरण की तरह इस्तेमाल किया, फिल्मों की रूह सौ फीसदी हिंदुस्तानी थी। दरअसल सिनेमा का जन्म ही पश्चिम में हुआ और सिने पितामह दादा साहब फाल्के ने भी क्राइस्ट के जीवन पर आधारित फिल्म देखकर ही हिंदी में अपने पौराणिक आख्यानों को सिनेमा के पर्दे पर प्रस्तुत करने का सपना देखा था। उनकी ही तरह महबूब ने भी अपने सृजन में भारतीय आख्यानों और आदर्शों को ही ग्रहण किया।

अलिफ लैला के किस्सों की तरह हैरतअंगेज है, गुजरात के सरार गाँव में जन्मे इस लड़के की दास्तान जिसने स्कूल की चौखट पर पाँव नहीं रखा, 'मसि कागद छुओ नहीं, कलम गही नहिं हाथ', उसने खुद को हिंदी सिनेमा का एक स्कूल बनकर दिखा दिया। जिसके पास किसी किस्म की कोई औपचारिक शिक्षा

नहीं थी। गरीब परिवार में पैदा हुआ था। हुनर सिर्फ इतना कि बचपन से सिनेमा में 'हीरो' बनने का भूत सिर पर सवार। जुनून ऐसा कि पंद्रह साल की उम्र में ही घर से भागकर मायानगरी बंबई जा पहुँचे दर-दर की ठोकरें खाने के लिए। तब मूक फिल्मों का जमाना था और किशोरों की सिनेमा के प्रति आसक्ति बरबादी का लक्षण मानी जाती थी। महबूब के सिपहसालार किस्म के पुलिसमैन पिता उन्हें बंबई से पकड़कर गाँव वापस ले गए और सत्रह की उम्र में ही उनसे भी छोटी फातिमा बी के साथ निकाह करा दिया। करेले पर नीम चढ़ा ये कि दो साल में ही वे पिता भी बन गए। तब भी महबूब के पैरों में बेडियाँ डालने की कोई साजिश काम न आई और वे बीस की उम्र में पारिवारिक मित्र इस्माइल जीवा की मेहरबानी से न सिर्फ बंबई पहुँच गए बरन इंपीरियल फिल्म कंपनी के मालिक आर्देशिर ईरानी से मिलने में भी कामयाब हो गए और उन्हें 'अनपेड एक्सट्रा' की तरह दाखिल कर लिया गया। पर यह महबूब की दोहरी लगन थी जिससे वे जल्द ही ईरानी सेठ की नजरों में चढ़ गए। एक तो यह कि वे हर काम हर वक्त करने के लिए तैयार और दूसरी ये कि पाँचों वक्त की नमाज अदा करने से किसी भी हालत में न चूकना। शीघ्र ही वे तीस रुपए' माह पगार पाने लगे और इंपीरियल की फिल्मों में छोटे-मोटे रोल भी मिलने लगे।

1927 से 35 के दरमियान महबूब ने 6 मूक और 11 सवाक फिल्मों में अभिनय किया और 'हीरो' बन पाने की कोशिश में जी जान से लगे रहे और हर बार मौका उनके हाथ से फिसलता रहा। ईरानी सेठ ने उन्हें हिंदुस्तान की पहली सवाक फिल्म 'आलम आरा' का नायक तय किया था। उनके परिधान वगैरह भी तैयार करा लिए गए थे लेकिन ऐन वक्त पर इतने महंगे और महत्वाकांक्षी प्रोजेक्ट के लिए जिसे भारत का पहला बोलता चित्रपट बनना था एक नामालूम छोटे से अभिनेता पर दाँव खेलना माकूल नहीं समझा गया और हीरो का रोल मूक युग के प्रसिद्ध नायक मास्टर विट्ठल की झोली में जा गिरा। ऐसा एक बार नहीं एकाधिक मर्तबा हुआ। कभी उनकी जगह मोतीलाल ले लिए गए और कभी याकूब। महबूब के हिस्से सहायक भूमिकाएँ ही आती रही। मगर वह आशिक ही क्या जिसकी हिम्मत पस्त हो जाए। वे तो डायरेक्टर के कहने पर 'अलीबाबा' में एक चोर की भूमिका करते हुए घड़े में घंटों कैद रहे, जहाँ उनका चेहरा भी नहीं दिखा। यह उनकी समझ के बाहर था कि जब उन पर कैमरे की नजर ही नहीं जानी थी तो उन्हें दिन भर घड़े में कैद क्यों रखा गया।

पर ये भी खुदाई करिश्मा ही समझ लिया। 'शीरीं खुसरू' (1929) की धरमपुर के महाराजा के महल के बाहर शूटिंग के दौरान जब उनके बिगडैल घोड़े की लगाम थामकर काबू करना था, और तमाम साथी कलाकार पीछे हट गए तो महबूब ने जान जोखिम में डालकर भी घोड़े को काबू कर दिखाया। यह पहला मौका था जब महबूब को रजतपट पर पहली बार अभिनेता के रूप में अपना चेहरा देखना नसीब हुआ। आर्देशिर ईरानी की शाबासी मिली और दस रुपए की वेतन वृद्धि।

महबूब ने सात वर्षों में आर्देशिर ईरानी के पास काम करते हुए अनेक दोस्त बनाए थे। उस दौर के प्रसिद्ध निर्देशक भगवती प्रसाद मिश्रा और रमाशंकर चौधरी की निकटता और सहानुभूति हासिल की थी। फरदून ईरानी जिन्होंने उनके द्वारा निर्देशित पहली से आखिरी तक हर फिल्म फोटोग्राफ की, बाबूभाई मेहता जो उनकी कई फिल्मों के लेखक ही नहीं बौद्धिक परामर्शदाता भी थे जैसे अनेक दोस्त उनकी प्रतिभा और मेहनत के कायल बने और इन्हीं के सहयोग से महबूब पहली फिल्म बनाने का मौका हासिल करने में कामयाब हुए। खास तौर से फरदून ईरानी ने सागर फिल्म कंपनी के बॉस अंबालाल पटेल को भरोसा दिलाया और 1935 में महबूब निर्देशित पहली फिल्म 'जजमेंट ऑफ अल्लाह' उर्फ अलहिलाल प्रदर्शित हुई। अल्लाह के द्वारा ली जा रही महबूब की परीक्षा पूरी ही नहीं हुई उन्हें अद्वितीय सफलता मिली। उनकी पहली ही फिल्म सुपरहिट साबित हुई। सागर द्वारा बड़े-बड़े डायरेक्टरों की बनाई फिल्मों से भी बढ़ चढ़कर सफल। इसके बाद 1942 तक महबूब ने सागर मूवीटोन और बाद में इसी के बदले नाम नेशनल स्टूडियोज के लिए ग्यारह फिल्में बनाई और हर फिल्म न केवल हिट साबित हुई अपितु बुद्धिजीवियों द्वारा भी सराही गई।

उस दौर के खुर्राट फिल्म समीक्षक, फिल्म इंडिया नामक पत्रिका के संपादक बाबूराव पटेल ने जिनके लिए बड़ों-बड़ों की धज्जियाँ उड़ा देना हँसी खेल हुआ करता था - महबूब की पहली फिल्म की तारीफ करते हुए उन्हें एक ऐसा डायरेक्टर बतलाया जिसके कृतित्व की प्रतीक्षा की जाएगी। महबूब ने पटेल की भविष्यवाणी को सच साबित किया। जैसे उन्होंने कबीर की वाणी की सत्यता अपने व्यक्तित्व से उजागर कर दी थी - 'पोथी पढ़ि-पढ़ि जग मुआ पंडित भया न कोय/ढाई आखर प्रेम का पढ़ै सो पंडित होय।' 'जजमेंट ऑफ अल्लाह'

की कहानी भी अंगूठा छाप महबूब की ही थी जिसे उन्होंने देसी-परदेसी अनेक फिल्मों के प्रभाव से गढ़ा था। विशेष रूप से सोहराब मोदी की कन्हैयालाल माणिकलाल मुंशी द्वारा लिखित 'पृथ्वीवल्लभ' और उनके आदर्श डिमैले की 'द साइन ऑफ द क्रॉस' का प्रभाव इस पर लक्षित किया गया था। गीतकार और संवाद लेखक थे मुंशी एहसान लखनवी और संगीतकार प्राणसुख नायक। मुख्य कलाकार-कुमार, इंदिरा, सितारा देवी, याकूब, पांडे, आसूजी और अजूरी। रोमन और मुस्लिम शासकों के बीच अच्छाई और बुराई के युद्ध की कथा में प्रेम त्रिकोण का भी समावेश किया गया था। इस आरंभिक युग में भी फरदून ईरानी ने युद्ध के ऐसे लोमहर्षक दृश्य चित्रांकित किए कि लोग दाँतों तले अँगुली दबा लेते।

इस सफलता के तुरंत बाद सागर ने महबूब के निर्देशन में बनने जा रही दूसरी फिल्म 'चैलेंज' की घोषणा कर दी। निश्चित ही वे अगली फिल्म बनाने की खुद जल्दी में थे पर वे उसे अपने ही दृष्टिकोण और अपनी पहली फिल्म की टीम के साथ ही बनाने के लिए प्रतिश्रुत थे। यह अनका दृढ़ मंतव्य था कि फिल्म के तमाम रचनात्मक सूत्र निर्देशक के ही हाथों में होना चाहिए। वही सूत्रधार होता है रचना का - प्रथम पुरुष। सागर के मालिकान और महबूब के बीच द्वंद्व का कायदा कुछ फिल्म कंपनियों ने उठाने के लिए महबूब को अपने यहाँ आमंत्रित किया लेकिन फरदून और मेहता के परामर्श से उन्होंने सागर में ही रहकर अपनी नींव पुख्ता करने में बेहतरी मानी। महबूब के महत्व को सागर ने भी पहचाना और न सिर्फ महबूब को अपनी मर्जी के मुताबिक काम करने की छूट दी, उन्हें निर्देशक के रूप में पाँच हजार रुपए का पारिश्रमिक दिया। उन दिनों यह राशि दो किलो से अधिक सोना खरीदती थी।

अब महबूब ने पहली फिल्म से बिल्कुल अलग विशुद्ध रूप से स्टंट फिल्म बनाई। 1935 में होमी वाडिया की हंटरवाली' ने तहलका मचा दिया था। सागर के लिए इसी वर्ष चिमनलाल लुहार ने भी 'सिल्वर किंग' नामक सफल स्टंट फिल्म बनाई थी जिसके नायक मोतीलाल थे। इसके ठीक एक वर्ष पूर्व 1934 में सागर की ही 'शहर का जादू' से मोतीलाल ने सिनेमा में कदम रखा था और पहली फिल्म से ही उन्होंने अपने सहज अभिनय से दर्शकों पर जादू कर दिया था। मोती के पहले इस फिल्म के लिए महबूब को ही हीरो बनाने पर विचार किया गया था। महबूब यह सिद्ध कर देना चाहते थे कि वे हर जेनर

की फिल्म बना सकते है और उन्होंने यह साबित भी कर दिया। 'डेक्कन क्वीन' भी बेहद सफल हुई। स्टंट फिल्म होते हुए भी महबूब ने इसे राजा-रानी की फंतासियों से अलग हटकर सामाजिक कथा का ताना-बाना बुना। सेठ निरंजनमल के सहयोगी उन्हें धोखा देकर जायदाद ही नहीं हड़पते अपितु उनकी बेटी को जेल भी भिजवा देते हैं। बेटा दरबदर ठोकरें खाता है। जेल से छूटकर उनकी बेटी आतातताइयों को ठिकाने लगाती है। महबूब ने इसमें भी प्रेम त्रिकोण जोड़ दिया था। महबूब का यह यकीन था कि अंततः प्रेम भाव ही मानव विज्ञान का आधार है। फिल्म की नायिका अरुणा देवी की दोहरी भूमिका थी और नायक थे सुरेंद्र। सुरेंद्र एक सुशिक्षित व्यक्ति थे और अभिजात्य परिवार से संबंध रखते थे। नामावली में उनका नाम लिखा गया था - 'सुरेंद्र नाथ, बी.ए.एल.एल.बी'। वे एक अच्छे गायक भी थे और महबूब ने ही उन्हें अपनी अगली फिल्म 'मनमोहन' में कुंदनलाल सहगल के मुकाबले गायक अभिनेता की तरह पेश किया था जो 'देवदास' की तर्ज पर बनाई गई थी।

1935 में न्यू थियेटर्स, कलकत्ता की 'देवदास' जो बँगाली और हिंदी दोनों भाषाओं में अलग-अलग बनाई गई थी, समूचे भारत में तहलका मचा दिया था। सागर के कर्ताधर्ता चाहते थे कि वे भी कोई ऐसी ही फिल्म प्रस्तुत करें जो इस सफलता का जवाब बनकर सामने आए। उस समय प्रमुख फिल्म कंपनियों में एक साथ कई निर्देशक जुड़े होते थे। सागर में महबूब तो नए-नए थे। उनके पहले से नंदलाल जसवंत लाल, सर्वोत्तम बदामी, आर-एस. चौधरी, चिमन लाल लुहार, काली प्रसाद घोष आदि इंपीरियल और सागर के लिए फिल्में बना रहे थे। पर 'देवदास' के जवाब में फिल्म बनाने की चुनौती महबूब ने उठाई। नायक के रूप में सुरेंद्र को चुना ही जाना था। दो नायिकाएँ थीं - बिब्बो और आशा लता। बिब्बो अपने जमाने में दर्शकों के दिलों की रानी थी। सुप्रसिद्ध कथाकार शिवमूर्ति बतलाते है कि उनके पिता बिब्बो के ऐसे अनन्य प्रशंसक थे कि उनकी मृत्यु पर दो दिन उन्होंने खाना नहीं खाया। इसके लेखन की जवाबदारी जिया सरहदी को सौंपी गई जो प्रसिद्ध मार्क्सवादी लेखक थे और आगे चलकर जिन्होंने अपनी रुझान की 'हमलोग' (1951), 'फुटपाथ' (1953) और 'आवाज' (1956) फिल्में भी बनाईं। इनको प्रशंसा तो मिली लेकिन ये सामान्य जन द्वारा नहीं अपनाई गईं। जिया सरहदी और महबूब का रिश्ता ठीक ख्वाजा अहमद अब्बास और राजकपूर की तरह था। सरहदी की 'आवाज' के तो

महबूब निर्माता भी थे।

जिया सरहदी द्वारा लिखी गई 'मनमोहन' व्यावसायिक रूप से 'देवदास' से कम सफल नहीं हुई। यह गोल्डन जुबली प्रमाणित हुई। इसके साथ ही महबूब ने सागर मूवीटोन में निर्देशन के रूप में खुद को सर्वोपरि बना दिया। यह एक पेंटर और अनाथ लड़की की प्रेमकथा थी जिसका माँ बाप द्वारा तय कर दिए गए विवाह के कारण प्रेमी उससे बिछुड़कर शराब में खुद को गर्क कर लेता है। एक धनी स्त्री उसे सहारा देती है लेकिन वह अपने पहले प्यार को नहीं भूल पाता। इसके संगीत निर्देशक अशोक घोष थे और म्यूजिक अरेंजर अनिल विश्वास। इस फिल्म के सर्वाधिक लोकप्रिय हुए गीत 'तुम्हीं ने मुझको प्रेम सिखाया' की धुन भी अनिल विश्वास ने बनाई थी। इस फिल्म के साथ ही अनिल, महबूब के बहुत निकट आ गए और इसके बाद 1942 में 'रोटी' तक महबूब की हर फिल्म का संगीत अनिल विश्वास ने ही दिया। 1937 में महबूब की चौथी फिल्म आई 'जागीरदार'। महबूब की जिद पर ही इसका संगीत अनिल विश्वास को सौंपा गया। इसमें पिता-पुत्र की भूमिकाएँ सुरेंद्र और मोतीलाल ने निभाई थी। अन्य कलाकार थे - बिब्बो, याकूब, माया बनर्जी, पांडे, जिया सरहदी और भूड़ो आडवाणी। एक जागीरदार जब सामाजिक रूढ़ियों के चलते अपनी गरीब प्रेमिका से गुप्त विवाह करने के लिए बाध्य होता हे तो एक दुर्घटना में उसे मृत मान लिए जाने पर प्रेमिका अपने होने वाले बच्चे को वैधता प्रदान करने के लिए एक गरीब किसान से विवाह कर लेती है। जागीरदार के लौटने पर स्त्री के हक का द्वंद्व उठ खड़ा होता है। इसका फायदा उठाकर खलनायक किसान की हत्या कर देता है जो खुद नायिका पर आसक्त है और न केवल नायक को हत्या के जुर्म में फंसा देता है अपितु उसके बेटे को भी उसके खिलाफ खड़ा कर देता है। इसमें महबूब का हॉलीवुड की फिल्मों के प्रति आकर्षण प्रखरता से सामने आता है। नायक और खलनायक को ओवरकोट और फेल्ट हैट ठीक हिचकॉक की फिल्मों की स्टायल में पहनाए गए। इस फिल्म का संगीत भी बेहद लोकप्रिय हुआ। बिब्बो के स्वर में 'जीवन यूँ ही बीत न जाए', सुरेंद्र के गाए - 'अगर देनी थी हूरो जन्नत हमको तो यहाँ देते' और खुद अनिल विश्वास का गाया - 'वो ही पुराने खेल जगत के वो ही पुरानी बात' आदि सभी गीत लोकप्रिय हुए। यहाँ तक कि गायन से अनभिज्ञ मोतीलाल और माया बनर्जी के गाए गीत भी। इस फिल्म ने भी बॉक्स आफिस पर जबर्दस्त कामयाबी दर्ज

की। गरज यह कि महबूब का नाम कामयाबी का पर्याय बन गया। इसके बाद उन्होंने सागर के लिए 1938 में 'हम तुम और वह' तथा 'वतन', 1939 में 'एक ही रास्ता' और 1940 में दो भागों में 'अलीबाबा' का सृजन किया। 'अलीबाबा' हिंदी के साथ पंजाबी में भी बनाई। 'अलीबाबा' के पंजाबी संस्करण का निर्देशन तो महबूब ने किया ही इसका संगीत भी उनके हठ पर अनिल विश्वास को ही देने पर बाध्य होना पड़ा। महबूब और अनिल विश्वास का अंतरंगता का अत्यंत सजीव वर्णन शरद दत्त द्वारा लिखित अनिल विश्वास की जीवनी 'ऋतु आए ऋतु जाए' में किया गया है जो सिनेमा के जीवनी साहित्य की अनुपम पुस्तक है।

ये सब फिल्में भी बहुत सफल हुईं। महबूब सागर मूवीटोन में सर्वोपरि हो गए। इसलिए जब द्वितीय विश्वयुद्ध के आरंभ होने पर परिस्थितियोंवश सागर को समाप्त कर एक नई संस्था 'नेशनल स्टूडियोज' की नींव रखी गई तो महबूब को भी आवश्यक रूप से वहाँ ले जाया गया। और क्यों नहीं उनकी फिल्मों ने सागर मूवीटोन को मालामाल कर दिया था। उनका नाम जुड़ते ही असफलता दूर-दूर तक झांकने की हिम्मत नहीं जुटा पाती थी। जिस प्रकार प्रभात फिल्म के लिए वी. शांताराम अपरिहार्य थे, उसी तरह सागर के लिए महबूब। यह भी संयोग ही है कि 1943 में ही प्रभात से अलग होकर शांताराम ने अपनी स्वयं की निर्माण संस्था राजकमल कला मंदिर की स्थापना की, उसी तरह इसी वर्ष महबूब ने भी महबूब प्रॉडक्शन की नींव रखी। पर यह अभी दूर की बात है। अभी तो महबूब को नेशनल स्टूडियोज के लिए ही तीन फिल्में और बनानी थीं। 1940 में ही उन्होंने 'रोटी' बनाई। इसी का रंगीन संस्करण सत्रह साल बाद 1957 में विश्वविख्यात 'मदर इंडिया' के रूप में सामने आया। 1947 में 'बहन' और 1942 में 'रोटी'।

ये तीनों ही फिल्में सिर्फ फिल्मकार की तरह नहीं एक बौद्धिक व्यक्तित्व की तरह महबूब की परिपक्वता का प्रमाण देती हैं। 'रोटी' के कथाकार थे - बाबूभाई मेहता जिन्हें महबूब अपना बौद्धिक सलाहकार मानते थे। यह कथा पर्ल एस.बक के विश्वप्रसिद्ध उपन्यास 'द गुड अर्थ' पर आधारित थी। संवाद वजाहत मिर्जा के और गीतकार डॉ. सफदर आह। इसकी केंद्रीय भूमिका में थीं सरदार अख्तर जो बाद में महबूब की दूसरी पत्नी बनीं। उनके अच्छे और बिगड़ैल बेटों की भूमिका में सुरेंद्र और याकूब थे जो 'मदर इंडिया' में राजेंद्र कुमार और सुनील दत्त ने

अदा की। राधा के पति की भूमिका अरुण आहूजा ने की थी जो बाद में राजकुमार के हिस्से में आई। बस एक कन्हैयालाल ही हैं जिन्होंने दोनों में सुक्खी लाला बनने का सुअवसर पाया। शायद उनका कोई विकल्प ही नहीं था। इस श्वेत-श्याम फिल्म को बड़ी कामयाबी और प्रशंसा मिली। इसे उस समय का सबसे प्रतिष्ठित बेंगाल फिल्म जर्नलिस्ट एसोसिएशन का बेस्ट फिल्म का अवार्ड मिला। कई समीक्षक यह मानते हैं कि 'औरत' में अनिल विश्वास का संगीत, नौशाद के 'मदर इंडिया' के संगीत से बहुत बेहतर था। उसमें ग्रामीण समाज के लोकरंग की गहरी अनुगूंज थी। इसके अधिकांश गीतों में कोरस का अत्यंत प्रभावशाली प्रयोग किया गया था। अधिकांश समूह गीत थे और नायिका के हिस्से में एक गीत नहीं था। अनिल विश्वास ने स्वयं फिल्म के बारह में से चार गीतों में अपना स्वर दिया था। सबसे लोकप्रिय गीत 'काहे करता है देर बराती जाना है तोहे पी की नगरिया' में अनिल अधिक बेहतर थे या 'आज होली खेलेंगे साजन के संग' में यह निर्णय करना मुश्किल है। सुरेंद्र और ज्योति के स्वर में 'तुम रुठ गई बारी सजनियाँ, बलिहारी सजनियाँ' भी अत्यंत लोकप्रिय हुआ था। यूँ लगभग हर गीत ने जनमानस को प्रभावित किया था। दरअसल फिल्म का प्रत्येक पक्ष सशक्त था। सरदार अख्तर ने नायिका राधा की भूमिका को जीवंत कर दिया था। फरदून ईरानी का छायांकन इतना कल्पनाशील था कि एक समीक्षक ने लिखा कि छायाकार ने ग्राम्य जीवन के चित्रों का दुर्लभ एलबम प्रस्तुत कर दिया है।

1941 में प्रदर्शित इुई 'बहन' में महबूब ने एक नए अभिनेता शेख मुख्तार को प्रस्तुत किया जो एक रफ-टफ व्यक्तित्व के रूप में आगे चलकर प्रसिद्ध हुए और निर्माता-निर्देशक भी बने। अन्य कलाकार थे नलिनी जयवंत, हरीश, कन्हैयालाल, भूडो अडवानी और आठ वर्ष की उम्र में मीना कुमारी ने इसमें बेबी मीना के नाम से नायिका के बचपन की भूमिका की थी। कथाकार थे बाबूभाई मेहता और जिया सरहदी। संवाद लिखे थे वजाहत मिर्जा ने और गीतकार थे सफदर आह। यह भूकंप में नष्ट हो गए भरे पूरे परिवार में शेष बचे बड़े भाई और छोटी बहन की कहानी है जहाँ भाई, बहन के प्रति इस तरह सुरक्षा भाव से ग्रस्त है कि वह उसका विवाह भी नहीं होने देना चाहता और जब वह शादी करके चली जाती है तो उसका जीवन एक महाशून्य बन जाता है। अनिल विश्वास के ही स्वर में 'क्यों करता है मूरख आशा, झूठी है तेरी अभिलाषा' भाई

की वेदना को मूर्त करती है।

1942 में प्रदर्शित हुई 'रोटी' महबूब के समूचे करिअर में ही नहीं हिंदी सिनेमा की भी एक अनूठी फिल्म है। इसके कथाकार थे रमाशंकर चौधरी जिनके निर्देशन में महबूब ने अपने करिअर के आरंभ में कुछ फिल्मों में अभिनय किया था। पटकथा वजाहत मिर्जा ने तैयार की थी और मिर्जा के साथ सफदर वजहाद लखनवी और आरजू लखनवी ने गीत लिखे थे। यह एक काल्पनिक देश की कहानी है जहाँ आदिम समुदाय निवास करता है। जहाँ व्यक्तिगत संपत्ति की अवधारणा नहीं है। जहाँ हर परिवार को उसकी जरूरत के मुताबिक मिलता है और जहाँ वस्तुओं के विनियम द्वारा समाज चलता है। मुद्रा की अवधारणा ही नहीं है। वहाँ आधुनिक नागर सभ्यता का प्रतिनिधि जोड़ा अपना व्यक्तिगत हवाई जहाज क्रेश होने से पहुँच जाता है और इस तरह आधुनिक सभ्यता और मानव गरिमा के द्वंद्व का चित्रण किया गया है। दरअसल इसमें यह चित्रित किया गया है कि सभ्यता के आवरण में मनुष्य अपने वास्तविक स्वरूप को खोकर पशुओं से भी बदतर हो गया है और उस धन-दौलत के पीछे दीवाना हो रहा है जिनसे जिंदा रहने के वास्तविक संसाधनों की प्राप्ति नहीं की जा सकती। फिल्म के अंत में नायक रेगिस्तान में भूखा-प्यासा दम तोड़ता है जबकि उसकी मोटरकार में सोने की ईंटें भरी हुई हैं।

इसका कथानक स्पष्टतः कम्युनिज्म की वकालत करता था और आजादी पूर्व के उन दिनों में इसका सेंसर से बच पाना भी मुश्किल था। इसमें बहुत काट-छाँट की गई। बावजूद इसके जब 'रोटी' प्रदर्शित हुई तो इसकी प्रशंसा ही नहीं हुई बल्कि फिल्म ने अच्छी व्यावसायिक सफलता भी पाई। 'रोटी' में आधुनिक समाज के प्रतिनिधि जोड़े की भूमिका में थे चंद्रमोहन और बेगम अख्तर और आदिम समाज के राजा-रानी की भूमिका में शेख मुख्तार तथा सितारा देवी। यह उन चंद फिल्मों में है जिनमें बेगम अख्तर ने छह गजलें भी गाई थीं जिनमें से बाद में दो का ही समावेश हुआ, चार हटा दी गईं। पर फिल्म का सबसे लोकप्रिय गीत बना सितारा देवी के स्वर में- 'सजना सांझ भई, आन मिलो-आन मिलो सजना सांझ भई।' अमीर और गरीब के बीच की खाई पर टिप्पणी करने के लिए निर्देशक ने एक पागल की भूमिका में अशरफ खान को उतारा था जो अपने पागलपन में सभ्यता की मक्कारी का पर्दाफाश करता है। वह अपने गीतों के द्वारा एक तरह से क्रांति का आह्वान करता है - 'दुखिया,

दुर्बल छीन ले रोटी, भीख माँगकर जीने से तो अच्छा है मर जाना!' इतना ही नहीं वह एक और गीत में मानो चेतावनी देता है - 'डरो उस वक्त से जब रंग बदलेगा जमाने का, ये तुमसे बदला लेंगे जिनका आज अपमान करते हो।'

इसके साथ ही निर्देशक के रूप में महबूब की रचनात्मकता का पहला दौर समाप्त होता है जिसमें 1935 से 42 के बीच उन्होंने सागर मूवीटोन और नेशनल स्टूडियो के लिए ग्यारह फिल्मों का सृजन किया और प्रत्येक फिल्म से अपार सफलता पाई। समूचे हिंदी सिनेमा में ऐसा कोई दूसरा निर्देशक नहीं है। यह भी नहीं कि उन्होंने एक ही तरह की फिल्में बनाकर यह कारनामा किया हो। उन्होंने अलग-अलग विधाओं की फिल्में बनाईं। इस सफलता के कारण थ उनका समर्पण। अहसान को न भूलना और रचनात्मक साथियों के साथ गहरी अंतरंगता। मानवीय मनोभावों की पहचान में उनकी गहरी पैठ थी। अपनी नाकुछ हैसियत वाले दिनों को उन्होंने कभी नहीं भुलाया। जब वे 'अलीबाबा' बना रहे थे, उस समय वे पहला शॉट लेने उसी इंपीरियल कंपनी में गए जहाँ आर्देशिर ईरानी के द्वारा उन्हें पहला मौका मिला था और इसी नाम की फिल्म में वह भूमिका की थी जिसमें उनका चेहरा भी नहीं दिखा था। उनकी सृजनात्मक सफलता की गाथा जैसे उनकी ही फिल्म के एक गीत में इन शब्दों में अभिव्यक्त हुई है - 'मालिक है तेरे साथ न डर गम से तू ऐ दिल, मेहनत को इंसान तो क्या काम है मुश्किल।'

इसके साथ ही महबूब का अनिल विश्वास के साथ अंतरंगता का दौर भी पूर्णता को प्राप्त होता है। शायद 1942 में नेशनल स्टूडियो के बंद होने पर अनिल विश्वास का बांबे टाकीज में चला जाना महबूब को ठीक नहीं लगा क्योंकि बेरोजगार तो सब हुए थे और अनिल के अकेले के सामने संकट नहीं था। शायद इसीलिए अनिल विश्वास का जाते वक्त महबूब द्वारा फिल्म शुरू किए जाते वक्त वापस लौट आने का वादा करने के बावजूद महबूब ने जब 1943 में अपने प्रॉडक्शन की शुरुआत की तो अनिल को नहीं बुलाया - 'गो कि उनसे ठहरा न गया, उनसे बुलाया न गया!' बगैर किसी तकरार या मान-मनौव्वल के एक लंबी रचनात्मक अंतरंगता का पटापेक्ष हो गया।

महबूब की रचनात्मकता का दूसरा दौर 1943 से 1948 का है जिसमें उन्होंने छह फिल्मों का निर्माण किया। उनकी निर्माण संस्था का प्रतीक चिह्न बना हंसिया हथौड़ा और जब वह रजतपट पर आता था तो नेपथ्य में संगीतकार

रफीक गजनवी की आवाज में आगा हश्र कश्मीरी का यह शेर गूंजता था - 'मुद्दई लाख बुरा चाहे तो क्या होता है, वही होता है जो मंजूर ए खुदा होता है।' आप चाहें इसे विरोधाभास भी कह सकते हैं लेकिन परंपरा और आधुनिकता का अजब तालमेल उनके व्यक्तित्व में भी था और रचनात्मकता में भी। वे आधुनिक भी थे और परंपरा की खूबियों का आदर करने वाले भी। जितना यकीन कर्म में, उतना ही खुदा में।

1943 में महबूब प्रॉडक्शन की पहली फिल्म आई - 'नजमा'। इसके लेखक थे आगा जानी काश्मीरी, गीतकार-अंजुम पीलीभीती और संगीतकार के रूप में आए रफीक गजनवी। यह उच्च और निम्नवर्ग की कहानी थी जिसमें गरीब अपने बड़प्पन से इस खाई को पाटता है। पहली बार विश्वसनीय ढँग से गुजरे जमाने की नवाबी-शान-ओ-शौकत और उनके रूढ़िवादी खोखले मूल्यों को प्रस्तुत किया गया था। इस फिल्म के साथ ही महबूब के सिनेमा में तब के सबसे बड़े स्टार अशोक कुमार का प्रवेश हुआ। 1943 में ही अशोक कुमार की सबसे कामयाब फिल्म बॉम्बे टाकीज की 'किस्मत' प्रदर्शित हुई और इसमें अनिल विश्वास ने संगीत रचना की थी। महबूब पहली बार अशोक कुमार को निर्देशित कर रहे थे और अनिल विश्वास भी पहली बार अभिनीत किसी फिल्म फिल्म का संगीत दे रहे थे- मगर अलग-अलग फिल्मों में। कैसे अजीब संयोग होते हैं। 'नजमा' के अन्य कलाकार थे - वीना, सितारा, कुमार, याकूब और मुराद।

इसी वर्ष महबूब की एक और फिल्म आई - 'तकदीर'। इसकी सबसे बड़ी खासियत यह थी कि यह हीरोइन की तरह नरगिस की पहली फिल्म थी। तब वे सिर्फ चौदह साल की थीं। यह एक हास्य का छौंक लगाकर बनाई गई। बिछड़ने-मिलने की कहानी थी। कुंभ के मेले में बिछड़कर गरीब का बेटा अमीर के घर पहुँच जाता है और अमीर की बेटी गरीब के घर पलती है और अंत में दोनों का मिलन न हो तो फिल्म बनती ही कैसे! अन्य कलाकार थे - मोतीलाल, चंद्रमोहन, चार्ली और जिल्लो। इसके संगीतकार की रफीक गजनवी ही थे।

1945 में अशोक कुमार को ऐतिहासिक भव्य फिल्म 'हुमायूँ' में पेश किया महबूब ने। इसमें नरगिस, वीना, चंद्रमोहन, के.एन. सिंह, शाहनवाज जैसे अन्य बड़े सितारे थे। एक हिंदू राजकुमारी से हुमायूँ को राखी बंधवाकर हिंदू-मुस्लिम एकता का संदेश भी दिया गया था। इससे महबूब ने अत्यंत भव्य

स्तर पर बनाया था। यह फिल्म प्रशंसित भी बहुत हुई पर उस तरह की व्यावसायिक सफलता अर्जित नहीं कर सकी जो इस तरह की बड़े बजट की फिल्म के लिए अपेक्षित थी। इसमें संगीतकार के तौर पर रफीक गजनवी की जगह गुलाम हैदर लाए गए जिन्होंने 'खजांची' के संगीत से धूम मचा दी थी। पर यहाँ उनका संगीत प्रभावशाली होते हुए भी बहुत लोकप्रिय नहीं हो सका। एक ही गीत खासतौर से अवाम की जुबान पर चढ़ा था - 'हुस्न कहता जा रहा है, बादशाही कुछ नहीं।' अनिल विश्वास की जगह न रफीक गजनवी भर सके थे और न ही गुलाम हैदर को इसमें कामयाबी मिली। इन फिल्मों की व्यावसायिक सफलता की किंचित् कमजोरी का एक बड़ा कारण यह भी था। जिस तरह अनिल विश्वास के बावजूद महबूब अच्छी फिल्में बना रहे थे पर संगीत में वह बात पैदा नहीं हो रही थी, उसी तरह महबूब से अलग होकर विश्वास संगीत तो अच्छा दे रहे थे, पर 'किस्मत' जैसे चंद अपवाद छोड़कर कोई फिल्म बड़ी कामयाब नहीं हो रही थी और न ही फिर उन्हें कोई महबूब जैसा पारखी-कद्रदान मिला।

अनिल विश्वास ने ही हिंदी फिल्म संगीत को अपनी अलग शिनाख्त दी। उसे शास्त्रीय जड़ता से मुक्त कर शास्त्रीयता को लोकरंग के विभिन्न आयामों से जोड़ा। वे बांबे टाकीज में गए जरूरत लेकिन तीन वर्षों में ही वहाँ से निकल भागे। धीरे-धीरे नई पीढ़ी के संगीतकार आते गए, सिने संगीत का मिजाज भी बदलने लगा और अनिल विश्वास अप्रासंगिक होते चले गए। महबूब की तलाश भी 1946 में 'अनमोल घड़ी' में नौशाद के आगमन के साथ पूरी हुई। जैसे उन्हें अपने पहले दौर में अनिल विश्वास के लिए तीन फिल्मों का इंतजार करना पड़ा था, उसी प्रकार दूसरे दौर में नौशाद के लिए भी तीन फिल्मों तक इंतजार करना पड़ा, तब तलाश पूरी हुई। इसके बाद 1962 में आखिरी फिल्म 'सन ऑफ इंडिया' तक हर फिल्म के संगीतकार नौशाद और गीतकार शकील बदायूंनी भी जो 1948 में 'अनोखी अदा' के साथ जुड़े तो आखिर तक साथ रहे। अनिल विश्वास और नौशाद दोनों ने ही महबूब की आठ-आठ फिल्मों को संगीतबद्ध किया है और इनमें किसी को किसी से बेहतर या कमतर नहीं कहा जा सकता।

अगर ये कहें कि 1946 में प्रदर्शित 'अनमोल घड़ी' का सबसे प्रबल पक्ष इसका गीत-संगीत ही था तो अतिश्योक्ति नहीं होगी। बतौर कथा पक्ष इसमें वही

अमीर-गरीब और ऊँच-नीच का पुराना राग अलापा गया था। अभिनय के क्षेत्र में भी नूरजहाँ, सुरैया और सुरेंद्र, तीनों अपनी गायकी (और खूबसूरती!) से ही प्रभावित करते हैं। लेकिन इन तीनों के गाए गीतों ने एकबारगी समूचे हिंदुस्तान में तहलका मचा दिया। लोग आवाज के जादू की डोर से बंधे बार-बार सिनेमाघरों में वापस लौटते। 'आजा मेरी - बर्वाद मुहब्बत के सहारे-' 'जवाँ है मुहब्बत हँसी है जमाना' - 'आवाज दे कहाँ है दुनिया मेरी जवाँ है' - 'सोचा था क्या-क्या हो गया'- 'मेरे बचपन के साथ मुझे भूल न जाना'- एक एक गीत में लोगों की गुनगुनाहटों में शामिल होने की जैसे होड़ लगी हो।

निस्संदेह 'अनमोल घड़ी' की कारोबारी सफलता और आवाम के बीच बेहद लोकप्रियता ने महबूब को राहत तो दी, पर संतोष नहीं। वे यह महसूस कर रहे थे कि अपने रास्ते से कुछ पीछे ही हटे हैं। एक फिल्मकार की तरह वे तृप्ति महसूस नहीं कर रहे थे। इसलिए एक बार फिर वे अपने सामाजिक परिदृश्य की ओर लौटे तथा मुस्लिम समाज की रूढ़ियों के खिलाफ और सांप्रदायिक सामंजस्य के आधार पर 'ऐलान' फिल्म का निर्माण किया। दो सौतेले भाइयों के माध्यम से अच्छाई और बुराई के संघर्ष को दिखाया गया। साथ ही नायिका के द्वारा अपने पूर्व प्रेमी के पुनर्विवाह के प्रस्ताव को ठुकराया जाना दिखलाकर और समाज सुधार के लिए अपने महल को स्कूल में बदलकर पीढ़ियों को अज्ञान के अंधकार से मुक्त करने का संदेश देकर नए जमाने को सुधारवादी संदेश दिया। इसके लिए महबूब को प्रशंसा तो अवश्य मिली लेकिन तब भी बात कुछ बनी नहीं। अवाम ने भी इसका रूखा-सूखा स्वागत ही किया। वस्तुतः यह इस तरह की फिल्म के लिए उपयुक्त समय भी नहीं था। देश विभाजन की लहर चल रही थी। उस उथल-पुथल के समय में ऐसी फिल्म को किसी वर्ग द्वारा अपनाया जाना कठिन ही था। परिणाम यह कि महबूब फिर प्रेम त्रिकोण की ओर लौटे और 1948 में नसीम बानो, सुरेंद्र और प्रेम अदीब के साथ 'अनोखी अदा' में। जहाँ 'ऐलान' जिया सरहदी ने लिखी थी, वहीं इसमें उनके साथ आगा जानी काश्मीरी भी जुड़े।

'ऐलान' की नायिका मुनव्वर सुल्ताना ने पाकिस्तान जाने का मन बना लिया था। इसलिए 'अनोखी अदा' में ब्यूटी क्वीन' 'नसीम' को लिया गया। बेशक सायरा बानो की माताश्री अपनी बेटी की ही तरह बेइंतिहा खूबसूरत थीं और उनकी ही तरह भावशून्य चेहरा भी। 'अनोखी अदा' का प्रेम त्रिकोण जिसमें

याददाश्त खोने और वापस आने का नुस्खा आजमाया गया था नई पीढ़ी को मोहने में नाकामयाब हुआ। दरअसल अब सुरेंद्र नसीम-अदीब का जमाना भी गुजर चुका था। परिदृश्य में दिलीप, देव और राज आ चुके थे। फिर इन दोनों में नौशाद का संगीत भी कुछ खास असर पैदा नहीं कर सका। 'अनमोल घड़ी' वाला जादू तो एकदम नदारद था।

इसके साथ ही 1943 से 48 के बीच का दूसरा दौर समाप्त हुआ। यह निश्चित ही पहले दौर की तरह चमत्कारिक नहीं था। यद्यपि कोई फिल्म गर्क तो नहीं हुई और महबूब ने अपनी रचनात्मकता में वैविध्य भी बनाए रखा लेकिन तब भी एक 'अनमोल घड़ी' को छोड़कर अन्य किसी फिल्म को सुपरहिट का दर्जा नसीब नहीं हुआ। जबकि पहले दौर की हर फिल्म ने यह खुशनसीबी हासिल की थी। यहाँ तक कि उनकी बेहद महत्वाकांक्षी और ऊँचे पैमाने पर अपने समय के सबसे बड़े सितारों के साथ बनाई गई ऐतिहासिक फिल्म 'हुमायूँ' का परिणाम भी निराशाजनक ही रहा। इस स्थिति ने महबूब को पुनर्विचार के लिए प्रेरित किया। अब महबूब पुराने जमाने के प्रतिनिधि बन गए थे और उनका मुकाबला नए जमाने के फिल्मकारों से था। राजकपूर, चेतन आनंद, ख्वाजा अहमद अब्बास और कमाल अमरोही जैसे फिल्मकार नई ऊर्जा और सोच के साथ आ गए थे।

लिबर्टी थियेटर में अंदाज

और यहीं महबूब ने फिर एक विस्फोट किया जब वे 1949 में 'अंदाज' के साथ सामने आए। इस एक फिल्म ने महबूब को एकबारगी सातवें आसमान पर पहुँचा दिया। वह भी इस तरह कि एक 'कल्ट' फिल्म बन गई और आज तक बनी हुई है। इस तरह कि जब भी कोई फिल्म प्रेम त्रिकोण बनाई गई इसकी छुअन से बचकर नहीं रह सकी। परंपरा और आधुनिकता का अद्भुत समन्वय कर सके महबूब 'अंदाज' में। अनेकानेक कारणों से हिंदी सिनेमा के इतिहास में यह अनूठी रचना बन गई और आज तक बनी हुई हैं पैंसठ साल गुजर जाने के बावजूद। यही महबूब का चमत्कार है। अपने समय में भविष्य के पार देखने की कूबत है। इसने जैसे महबूब को नवजीवन दिया और यहीं से महबूब की रचनात्मकता के तीसरे दौर की शुरुआत होती है।

महबूब ने अपनी रचनात्मकता के पहले 8 वर्षों के दौर में 11 फिल्में का सृजन किया। दूसरे 6 वर्षों के दौर में 6 फिल्में और तीसरे 14 वर्षों के दौर में कुल पाँच फिल्में। 1949 में 'अंदाज', 1952 में 'आन', 1954 में 'अमर', 1957 में 'मदर इंडिया' और 1962 में 'सन ऑफ इंडिया'। 'अंदाज' ने महबूब को यह समझाइश दी कि अब सफलता और असफलता उसके लिए एक ही सिक्के के दो पहलू हैं। उसका कद अब इन दुनियावी चीजों के उस पार है। उसकी प्राप्ति अब इसके आगे कुछ और है।

'अंदाज' में वह प्रेम त्रिकोण था जो इसके बाद फिर कभी रजतपट पर नुमाया नहीं हो सका। नरगिस, दिलीप कुमार और राजकपूर। नरगिस तो क्या दिलीप कुमार और राजकपूर तक फिर कभी एक साथ नहीं लाए जा सके। खुद राजकपूर तक अपनी पहली रंगीन फिल्म 'संगम' (1964) में लाख कोशिशों के बावजूद यह कर पाने में नाकामयाब रहे। यद्यपि राजकपूर, महबूब के प्रिय अदाकारों में कभी नहीं थे। वे तो यहाँ सिर्फ नरगिस के आग्रह के कारण लाए गए थे। इसके बाद फिर राजकपूर कभी महबूब की किसी फिल्म में नहीं आए। 1949 से 56 तक 'मदर इंडिया' के पहले महबूब भी नरगिस को अपनी किसी फिल्म के लिए नहीं ले सके। यह राज-नरगिस की अटूट अंतरंगता का समय था। जब 1956 में राज-नरगिस का संबंध अच्छा हुआ, तब ही उन्होंने अपनी आखिरी फिल्म की तरह ही 'मदर इंडिया' को स्वीकार किया।

1951 में जिस 'आवारा' ने राजकपूर को अंतरराष्ट्रीय ख्याति दी, वह कथा लेकर अब्बास पहले महबूब के पास ही गए थे। यदि बात नहीं बनी तो

सिर्फ इसलिए कि महबूब को सब कुछ स्वीकार पर राजकपूर नहीं। वे बेटे की भूमिका में दिलीप को लेना चाहते थे और अब्बास इस बात पर दृढ़ थे कि पिता-पुत्र की भूमिका में पृथ्वीराज और राजकपूर ही होना चाहिए। यदि महबूब इस पर रजामंद हो जाते तो शायद आजादी के बाद के सिनेमा के आगामी बीस सालों का इतिहास ही बदल जाता।

अंदाज का पोस्टर

'अंदाज' में दिलीप के मुकाबले राजकपूर की भूमिका संक्षिप्त है। पर राजकपूर के अभिनय की नेचुरल स्पॉनटेनिअसनैस ने इस संक्षेप में कमाल कर दिया है। इस तरह की खुद दिलीप कुमार ने भी इस सच्चाई को स्वीकार किया है। दरअसल राजकपूर ने महबूब के मन में स्पष्ट आधुनिकता के एकतरफा दुराग्रह के प्रति संकोच को साकार किया है। सारी सहानुभूति तो दिलीप के चरित्र के साथ जुड़ी हुई है वह अवैध होकर भी पौरुष को स्वीकार है। उसकी स्त्री के प्रति एकतरफा अधिकार भावना पुरुष के अहंकार को संतुष्ट करती है। स्त्री के सोच का कोई महत्व ही नहीं है। वह उसे निर्णय का अधिकार देना ही नहीं चाहता। महबूब बहुत साफ-साफ कहते हैं कि एक स्पष्ट सीमा से आगे बढ़ते ही स्त्री और पुरुष के बीच मित्रता में दैहिक संसर्ग का न होना एक असंभव आदर्शवाद है और तथाकथित आधुनिकता के बावजूद कोई पुरुष कम से कम अपनी संतान के पिता के रूप में तो ऐसी स्त्री को स्वीकार कर ही नहीं सकता। आधुनिकता को बाहरी आवरण की तरह स्वीकार कर जीवन नहीं चल सकता। समाज के स्वीकार-अस्वीकार का प्रश्न बहुत बाद में आता है। सबसे पहले यह आधुनिक कहा जाने वाला सोच हमें आपने अंतर्मन में स्वीकार करना होगा। क्या हम इसके लिए

तैयार हैं क्या हम स्त्री को एक से अधिक पुरुषों के साथ संबंध रखने के लिए स्वीकृति देने हेतु रजामंद हैं और यदि ऐसा नहीं हैं तो यह आधुनिकता एक छद्म है। यह काल्पनिक उड़ान और बौद्धिक मनोविलास की वस्तु तो हो सकती है लेकिन व्यावहारिक जीवन की नहीं। क्या आज पैंसठ साल बाद भी यह व्यावहारिक सत्य नहीं है

व्यवहार का सच तो यह है कि आज इस तथाकथित आधुनिक सोच ने स्त्री-पुरुष के संबंधों को और अधिक जटिल बना दिया है। उनके बीच की स्वाभाविकता को विकसित करने की जगह संकुचित किया है। स्त्री के लिए 'स्पेस' और अधिक सीमित किया है। आज भी पुरुष जिसे अपना स्वाभविक अधिकार मान लेता है वही अधिकार स्त्री को दने के लिए कतई तैयार नहीं हैं। यह तब ही मुमकिन है जब हम वैवाहिक संस्था को पूरी तरह निरस्त कर दें नारी प्रधान समाज को स्वीकार करें और संतान पर पिता के अधिकार को खारिज कर दें। वह सिर्फ माँ के नाम से ही पहचानी जाए। उस पर पिता का कोई अधिकार न हो। हम यौन वर्जनाओं से मुक्ति को पूर्ण स्वीकृति प्रदान करें। क्या यह आज भी कहीं संभव हो सका है। इस संभावना तक को पुरुष सिर्फ अपने हित चिंतन तक ही स्वीकार करता रहा है।

इसलिए 'अंदाज' में सिर्फ आवरण ही आधुनिकता का है। अंतर्मन तो परंपराओं से गहरी आसक्ति में जकड़ा हुआ है। नायिका के पिता उससे कहते हैं- दुनिया में ऐसी बहुत बातें हैं जिन्हें मदरसों में नहीं पढ़ाया जाता। जिन्हें कॉलेज के प्रोफेसर नहीं सिखा सकते उन्हें सिर्फ जिंदगी के अनुभव ही सिखाते हैं। उस शिक्षा के अभाव में हम अपने जीवन को सिर्फ त्रासदी के अंधेरे कुएं में धकेल सकते हैं। एक क्षणिक आवेगमय उत्ताप को जीने की कल्पना में संपूर्ण जीवन को नारकीय बना सकते हैं। स्त्री जिसे मित्रता समझती है, पुरुष उसे समर्पण मानकर अपने अधिकार क्षेत्र में उसके आगमन की सूचना मानता है और जिसे वह अपना अधिकारी पति कहती है वह भी इसे किसी अन्य रूप में स्वीकार नहीं करता।

सिर्फ नायिका का प्रेमी और पति ही ऐसा नहीं समझते, उसकी सहेली भी यही मानती है। जिसे थ्योरी के रूप में एक पल में स्वीकार कर हम आधुनिकता का ढोल पीटने लगते हैं, उसे प्रेक्टिकल में अमल में लाने के लिए युगों की साधना अनिवार्य होती है। क्या आज हम व्यावहारिक प्रत्यक्ष जीवन में बड़ें

अंदाज के एक दृश्य में दिलीप कुमार और नरगिस

बौद्धिक पुरोधाओं तक को इस छद्म का शिकार हुआ नहीं देख रहे हैं वह जमात जो रेप के लिए मृत्युदंड दिए जाने की गुहार लगा रही है, वही रोज हजारों दुष्कर्मों को अंजाम दे रही है। आधुनिकता बाहरी आवरण नहीं अंतर्मन के स्वीकार की भावना है। सिर्फ भारतीय ही नहीं दुनिया भर की स्त्रियाँ इस छद्म के दुष्परिणाम भुगत रही हैं। संबंधों की यह दुर्लंहय रेखा स्त्री और पुरुष दोनों के लिए लाजिमी है और इसका निर्धारण दोनों की सहमति से ही होना चाहिए।

'अंदाज' में पुरुष इस बारे में निर्णय अपने मनोभाव से लेना चाहता है स्त्री की सहमति से नहीं। यह ठीक है कि स्त्री उसे नहीं बतलाती कि वह किसी और के प्रति समर्पित है परंतु वह भी तो उसके सामने समर्पण का प्रस्ताव नहीं रखता। वह अपने अनुमान से तय कर लेता है कि वह उसके लिए समर्पित है। छल यदि है तो दोनों ओर समान है। भावनाओं के खेल में दो और दो जोड़ हमेशा चार ही हो ये जरूरी नहीं है। मनोजगत के इस द्वंद्व को तीनों केंद्रीय चरित्रों ने इतनी तन्मय अंतरंगता से जिया है कि दर्शक मात्र प्रेक्षक नहीं रह जाता, वह घटनाक्रम का अभिन्न अंग बन जाता है।

इसके गीतकार हैं मजरूह-जिनकी अर्थवत्तापूर्ण पंक्तियों को नौशाद ने जितने अनुराग से संगीतबद्ध किया है विशेष रूप से मुकेश ने उतने ही आंतरिक उल्लास और वेदना से डूबा स्वर श्रोताओं के दिलों में उतार दिया है - 'तू कहे अगर जीवन भर मैं गीत सुनाता जाऊँ' - 'हम आज कहीं दिल खो बैठे' - 'टूटे न दिल टूटे ना' - और - 'झूमझूम के नाचो आज गाओ खुशी के गीत' - ये

चारों गीत फिल्म संगीत की अनमोल धरोहर हैं। लता के स्वर में - कोई मेरे दिल में खुशी बनके आया' - तोड़ दिया दिल मेरा, तूने अरे ओ बेवफ़ा' और लता-शमशाद का - 'डर न मुहब्बत कर ले' भी मनोमुग्धकारी गीत था। यूँ तो अधिकांशतः दिलीप कुमार के लिए रफी और तलत ने ही स्वर दिया परंतु जब भी मुकेश को अवसर दिया गया तो उनके गाए गीत अमर हो गए। 'अंदाज' के अतिरिक्त 'यहूदी' में 'ये मेरा दीवानापन है यह मुहब्बत का सुरूर' और 'मधुमती' में - 'सुहाना सफर और ये मौसम हँसी' इसका प्रमाण है।

अंदाज की अपार सफलता के बाद महबूब ने 1952 में फिर भव्य स्केल पर टेक्नीकलर में 'आन' का निर्माण किया। इसक फिल्म का अनेक देशों में सफलतापूर्वक प्रदर्शन हुआ। इंग्लैंड में भी इस सराहा और देखा गया। एक फंतासी कथा जो भव्य रूप में ढाली गई थी भारत में अपेक्षाकृत कम पसंद की गई। पर महबूब के लिए सबसे बड़ी सफलता यह थी कि इसकी प्रशंसा में खुद उनके आदर्श सिसिल बी. डिमेले ने उन्हें सराहना का पत्र लिखा। महबूब के लिए इससे बड़ा अवार्ड कोई और नहीं था। यहूदी मूल की नादिरा को इसमें घमंडी राजकुमारी की तरह महबूब ने पेश किया। भारतीय मानस उसके स्वरूप को नायिका की तरह स्वीकार नहीं कर सका। बाद में राजकपूर ने 1955 में नादिरा को 'श्री 420' में खलनायिका माया बनाकर पेश किया तो प्रशंसा भी मिली और वह फिल्म की ताकत भी बनी। पर 'आन' में उसे निम्मी के मुकाबले नायिका की तरह प्रस्तुत किया जाना दर्शकों को रास नहीं आया। उसके मर्दाना लुक ने उसे नायिका की तरह भारतीय जनमानस में स्वीकृत होने ही नहीं दिया। वर्ना इस फिल्म में वह सब कुछ था जो किसी फिल्म से टिकट खिड़की पर धूम मचवाता। है। खूबसूरत, आँखों को ठंडक पहुँचाने और दिलों में खलबली मचाने वाली दृश्यावलियों और भव्य सेट्स, दिलीप कुमार और प्रेमनाथ के लोमहर्षक तलवारबाजी के दृश्य और शकील के गीत तथा नौशाद का मुग्ध करने वाला संगीत - 'दिल में छुपा कर प्यार का तूफान ले चले, हम आज अपनी मौत का सामान ले चले' - 'आग लगी तन मन में दिल को पड़ा थमना, राम जाने कब होगा सैयाँ जी का सामना' - 'मान मेरा अहसान अरे नादान कि मैंने तुझसे किया है प्यार' - 'तुझे खो दिया हमने पाने के बाद, तेरी याद आई तेरे जाने के बाद'।

घमंडी राजकुमारी को एक साधारण युवक द्वारा सीधे रास्ते पर लाने का

जो नुस्खा महबूब कारगर नहीं बना पाए, उसी की नकल 25 साल बाद मनमोहन देसाई 1977 में 'धरमवीर' में बेहद कामयाब बना ले गए। पर वह महबूब की नहीं उस छवि की असफलता थी जिसे महबूब ने चुना था। दर्शक अपने अजीज हीरो दिलीप कुमार के साथ नायिका की तरह नादिरा को कुबूल ही नहीं कर सके। शायद महबूब ने विदेशी दर्शकों को नजर में रखते हुए नायिका का चुनाव किया होगा। तब भी यह बड़ी नाकामयाबी नहीं थी। हाँ, इसके बड़े बजट की तुलना में मामूली सफलता जरूर थी।

पर महबूब के लिए बड़ी नाकामयाबी आगे जरूर खड़ी थी - और इस तरह से जिसे फिल्मकार अपनी सबसे ईमानदार और दिल के करीब फिल्म माने उसे दर्शक ठुकरा दे। 1954 में प्रदर्शित हुई 'अमर' के साथ यही हादसा पेश आया। यह महबूब के संपूर्ण कृतित्व में बिल्कुल अलग तरह का कथा चित्र है। यह मनुष्य की महानताओं की जगह उसकी कमजोरियों को अनावृत्त करता है। जाहिर करता है कि यह हाड़-माँस का पुतला अपनी कमजोरियों को दुलारकर और उनसे मुक्ति पाकर ही जीवन के अलौकिक आनंद का अनुसंधान करता है।

महबूब ने अपने दिल के बहुत नजदीक स्त्री की उस संवेदना को पाया जो पुरुष को जीवन के आनंद को अनुभव कर सकने और गहराई में उतरकर उस दिव्य ज्योति के आलोक को पहचान पाने की शक्ति देती है जो उसे देवत्व प्राप्ति का मार्ग प्रशस्त करती है। यह उन अनपढ़ गँवार ग्वालिन के आदिम प्रेम भाव की ईमानदारी से आधुनिक सभ्यता से कुंठित अहंकार में डूबे पुरुष के अहंकार के बीच द्वंद्व की कथा है जो उसकी क्षूद्रता को अपने उत्सर्ग से तिरोहित करती है। वह पुरुष जिसे वह अपने मनमंदिर में प्रतिभा की तरह स्थापित किए हुए है, उसी से बलात्कृत होती है तब भी उसके विरुद्ध जुबान नहीं खोलती। उसे आत्म वेदना की भट्ठी में तपने का अवसर देकर खरा सोना बना देती है।

मनुष्य को आत्मानुसंधान कराने वाले आलोक से परिचित कराने वाली इस कथा को भव्यता से नहीं सादगी से चित्रित करने की आवश्यकता थी। इसके नायक की महामहिम छवि उसे क्षुद्रता की प्रतीति करा सकने की सामर्थ्य ही नहीं देती। यहाँ दिलीप कुमार की जगह किसी बलराज साहनी या मोतीलाल जैसे अभिनेता की आवश्यकता थी। मीना कुमारी की जगह मधुबाला को नायिका की तरह लाना दूसरी भूल थी जो महबूब को दिलीप के व्यामोह या दबाव में करनी पड़ी। यह निम्मी के उत्कर्ष की फिल्म है। इस आदिम नारी गंध से परिचित

कराने वाली नायिका को अभी तक उसे सिनेमा में अभूतपूर्व योगदान के लिए उसी तरह नहीं पहचाना गया है जिस तरह अमर का नायक उसके समर्पण के अनाभिव्यक्त सौंदर्य को नहीं पहचान पाता।

शकील के गीत और नौशाद का संगीत यहाँ भी था और वह दर्शकों को अनुरंजित करता है। 'इंसाफ का मंदिर है ये भगवान का घर है' और 'न मिलता गम तो बर्वादी के अफसाने कहाँ जाते-' आज भी अपनी पूरी ताजगी के साथ मौजूद हैं। 'अंदाज' के बाद महबूब सृजन में नित नवीन प्रयोग करना चाहते थे। अब वे महज आर्थिक सफलता से संतुष्ट नहीं हो सकते थे। वे फिल्म इंडस्ट्री के निर्विरोध नेता भी बन गए थे और देश के पहले प्रधानमंत्री पं. जवाहरलाल नेहरू के न सिर्फ बहुत नजदीक थे अपितु उनसे गहरा अनुराग रखते थे। वे नव स्वतंत्र देश को अलौकिक गरिमा देने वाले सिनेमाई अनुभव से आलोकित करना चाहते थे। इसके लिए वे फिर अतीत में लौटे और 'अमर' के बाद उन्होंने भव्य स्तर पर आजाद मुल्क में 'औरत' के पुनर्निर्माण की योजना बनाई। नरगिस और राजकपूर के संबंध विच्छेद के बाद उन्हें नरगिस सुलभ हो गईं, जिसके बगैर 'मदर इंडिया' की कल्पना भी नहीं की जा सकती। फिल्म समीक्षक बाबू राव पटेल ने इस तरह खुले दिल से कभी किसी फिल्म की प्रशंसा नहीं की थी। उन्होंने इसे हॉलीवुड की किसी भी महानतम फिल्म का मुकाबला कर सकने वाली फिल्म बतलाते हुए यह भी कहा कि अपनी विषयवस्तु के स्तर पर तो उनसे बहुत-बहुत आगे की महान फिल्म

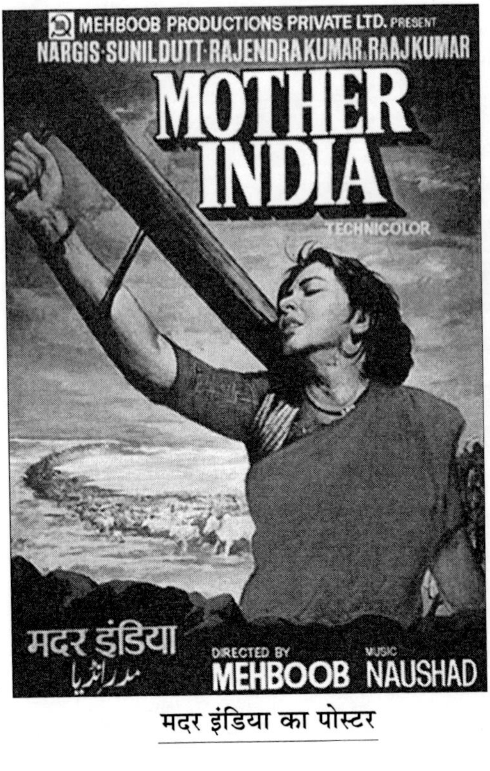

मदर इंडिया का पोस्टर

है। नरगिस के बारे में उनके शब्द - 'रिमूव नरगिस एंड देयर इज नो मदर इंडिया। शी इज बोथ द बॉडी एंड सोल ऑफ द पिक्चर। नर्गिस रीचेज सच रेअर हाइट्स ऑफ इमोशंस दैट इट विल बी डिफीकल्ट टू फाइंड अनादर आर्टिस्ट इन द एंटायर फिल्म वर्ल्ड टुडे टू कंपेयर विद हर। नर्गिस लिव्ज द रोल बैटर देन राधा कुड हैव लिव्ड इट।'

1957 में प्रदर्शित हुई 'मदर इंडिया' आज 56 साल बाद भी वैसी ही नई नवेली तरो-ताजा वर्तमान की फिल्म है। ऐसी फिल्म जिसके बारे में कहा जा सकता है कि महबूब ने यदि बाइस फिल्में नहीं बनाई होतीं, एक अकेली मदर इंडिया ही बनाई होती तब भी उनकी कीर्ति अक्षुण्ण रहती। इस फिल्म का यह रिकॉर्ड था कि प्रथम प्रदर्शन के दशकों बाद भी जब ये फिल्म कहीं भी किसी भी सिनेमाघर में प्रदर्शित होती थी तो हाउसफुल चढ़ती थी और हाउसफुल ही उतरती थी। अब इक्कीसवीं सदी में जब मल्टीप्लेक्स संस्कृति ने पुरानी फिल्मों का सिनेमाघरों में प्रदर्शन बाधित कर दिया है तब भी यह टेलीविजन के अन्यान्य चैनलों पर अक्सर प्रदर्शित होती रहती है। यह मातृत्व को अर्पित की गई अनन्य श्रद्धांजलि है। ऐसा चित्रपट जो हमें अपने क्षुद्रताओं से मुक्त होने की सामर्थ्य देता है। इसके कथा विस्तार में जाने की आवश्यकता इसलिए नहीं है क्योंकि बार-बार इसे दोहराया जा चुका है और वह करोड़ों दिलों में अंकित है। हिंदी के यथानाम तथागुण प्रखर कथाकार सुबोध कुमार श्रीवास्तव ने 'वसुधा' के सिनेमा विशेषांक में इस पर विस्तृत आलेख 'भारतीय कृषक जीवन का दृश्य महाकाव्य' शीर्षक से लिखा था।

नरगिस के अतिरिक्त सुनील दत्त, राजकुमार, राजेंद्र कुमार, कुमकुम, मुकरी, जिल्लोबाई, मास्टर साजिद, चंचल, अजरा, सितारा देवी और कन्हैयालाल इसके प्रमुख कलाकार थे। गीतकार शकील और संगीतकार नौशाद की एक रचना आज तक जनमानस को उद्वेलित करती है- 'पी के संग आज प्यारी दुल्हनियाँ चली' - 'ओ मेरे लाल आजा' - 'ओ आने वालो जाओ न घर अपना छोड़ के' - 'उमरिया कटती जाए रे' - 'नगरी-नगरी द्वारे-द्वारे द्वारे ढूँढू रे साँवरिया'- 'न मैं भगवान हूँ न मैं शैतान हूँ' - 'खट खट करती खुट खुट करती गाड़ी हमरी जाए' - 'घूंघट नहीं खोलूंगी सैंयाँ तोरे आगे', 'दुख भरे दिन बीते रे भैया अब सुख आयो रे' और विलक्षण होली गीत - 'होली आई रे कन्हाई, रंग छलके सुना दे जरा बाँसुरी' - जिसके एक अंतरे की पंक्तियाँ किसी भी काव्य

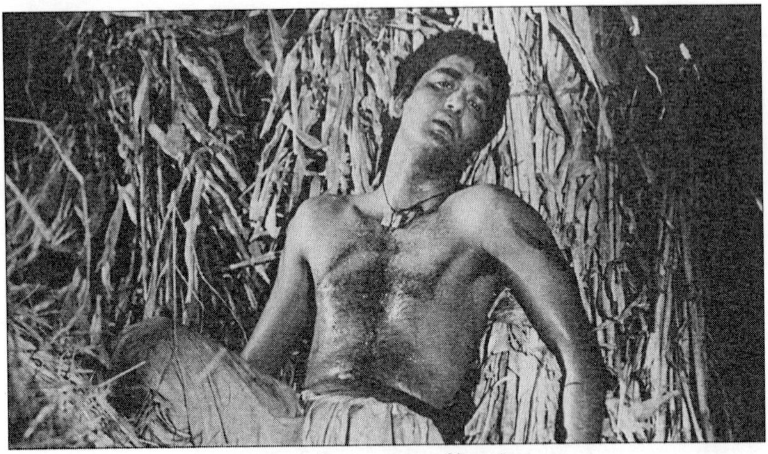

मदर इंडिया के एक दृश्य में सुनील दत्त

सौंदर्य का प्रतिमान बनने का सामर्थ्य रखती हैं 'छूटे न रंग ऐसी रंग दे चुनरिया, धोबनियाँ धोए चाहे सारी उमरिया।'

महबूब दिलीप कुमार के प्रति अत्यंत मोहग्रस्त थे और यहाँ भी वे उन्हें बिगड़ैल बेटे बिरजू की भूमिका में लेना चाहते थे। पर फिल्म के सौभाग्य से यह मुमकिन नहीं हो सका। इसका एक कारण यह बतलाया जाता है कि जिसके साथ नायक की भूमिकाएँ कीं, उसका बेटा बनाना उन्हें ठीक नहीं लगा। दूसरा यह भी कि उन्हें नायिका के मुकाबले फिल्म में स्पेस बहुत संकुचित लगा इसलिए वे नायिका के पुत्र और पति की दोहरी भूमिका करना चाहते थे। बहरहाल जो भी हो, पर यह बेहतर हुआ कि वे फिल्म में नहीं हुए, वर्ना उसके संतुलन का प्रभावित न होना नामुमकिन था।

'औरत' के कथानक से महबूब ने एक ही महत्वपूर्ण परिवर्तन किया था। वहाँ पति आर्थिक संकुचन की स्थिति में जब नायिका चौथी बार गर्भवती होती है तब आत्मग्लानि वश उसे छोड़ जाता है। यहाँ वह अपंग होने पर पलायन करता है। 'मदर इंडिया' का अग्निकांड प्रसंग नरगिस और सुनील दत्त के विवाह का कारक बना था और 'औरत' की नायिका सरदार अख्तर से खुद महबूब ने विवाह किया था।

1962 में प्रदर्शित हुए 'सन ऑफ इंडिया' महबूब की अंतिम और एकमात्र असफल फिल्म थी। असफल आर्थिक क्षति से भी कहीं बहुत आगे इस

संदर्भ में कि यह वह फिल्म है जिसमें निर्देशक दिशाहीन प्रतीत होता है। जैसे उसे खुद ही मालूम न हो कि वह क्या कहना चाहता है। इसे महबूब ने 'मदर इंडिया' से भी बढ़कर भव्य स्तर पर बनाया था, वह भी सिनेमास्कोप में। महबूब ने गुरुदत्त की 'कागज के फूल' (1959) के सिनेमास्कोप में बनाए जाने के हादसे भी नहीं सीखा कि भारत में इस तरह की फिल्म के प्रदर्शन के लिए उचित सिनेमाघर ही नहीं हैं। यद्यपि इसके लिए महबूब ने अनेक सिनेमाघरों को इस पद्धति की फिल्म के प्रदर्शन हेतु विकसित कराया था पर यह असफलता इसलिए दुखद थी क्योंकि यह 'कागज के फूल' की तरह 'महान असफलता' नहीं थी। यह एक कमजोर फिल्म की असफलता थी जिसे महबूब को भीतर से हिला दिया। उन्हें विचलित कर दिया।

1962 में भारत-चीन युद्ध की त्रासदी ने जिस तरह उनके आदर्श नेहरू का दिल तोड़ा ठीक उसी तरह 'सन ऑफ इंडिया' की असफलता से महबूब बेहद निराश हुए। यह फिल्म उन्होंने बिल्कुल नए कलाकारों और नायक के रूप में 'मदर इंडिया' में बालक बिरजू का किरदार अदा करने वाले साजिद को लेकर बनाई थी। यह वह समय था जब फिल्म इंडस्ट्री का माहौल भी नई करवट ले रहा था। फिल्मकारों के मुकाबले सितारों का कद ऊँचा हो रहा था और स्वाभिमानी फिल्मकार के लिए अपने नजरिए की फिल्म बना पाना दिन-ब-दिन मुश्किल होता जा रहा था। महबूब का स्वास्थ्य भी गिर रहा था। इन्हीं परिस्थितियों के बीच उन्हें एक और गहरा आघात लगा। 27 मई 1964 को नेहरूजी की मृत्यु का समाचार उनके ऊपर बिजली की तरह गिरा और उन्हें हार्ट अटैक आया। अगले दिन 28 मई 1964 को वे भी इस फानी दुनिया से महज 57 साल की उम्र में विदा हो गए।

7. कमाल अमरोही

कमाल अमरोही

कमाल अमरोही बॉलीवुड में एक ऐसे गीतकार, पटकथा और संवाद लेखक के नाम से जाने जाते हैं जिनकी फिल्मों के जरिए बॉलीवुड में कई बड़े कलाकारों, गायकों का आगाज इस तरह से हुआ कि उनकी कामयाबी ने फिर कभी पीछे मुड़कर देखने का नाम न लिया। वर्ष 1949 में बनी, अशोक कुमार निर्मित हॉरर फिल्म 'महल' का नाम आपको भी याद होगा। इस फिल्म के निर्देशक, स्क्रिप्ट राइटर कमाल अमरोही थे। इस फिल्म का गीत-संगीत और स्क्रिप्ट इतनी गजब की थी जिससे न सिर्फ फिल्म की गायिका लता मंगेशकर के सिने कॅरियर को सही दिशा मिली वहीं इस फिल्म से अदाकारा मधुबाला को फिल्म जगत में स्टार रूप में पहचान मिली। इस फिल्म के गीत 'आएगा आने वाला' को तो आज की जनरेशन को भी गाते सुना जा सकता है। 'महल' फिल्म के एक और मिठास भरे, लता जी के गाए गीत 'मुश्किल है बहुत मुश्किल' की खासियत रही कि कमाल अमरोही के डायरेक्शन में इसे महज एक सिंगल शॉट में फिल्मा लिया गया था।

कमाल अमरोही का जन्म 17 जनवरी, 1918 को उत्तर प्रदेश के

कमाल अमरोही के साथ मीना कुमारी

अमरोहा ग्राम हुआ था। इनका नाम सैयद आमिर हैदर कमाल था, बॉलीवुड में उन्हें कमाल अमरोही के नाम से जाना गया। कमाल अमरोही के लिए लाहौर उनके जीवन की दिशा बदलने वाला साबित हुआ। वहाँ उन्होंने 'प्राच्य भाषाओं' में मास्टर की डिग्री हासिल की और फिर एक उर्दू समाचार पत्र में मात्र 18 वर्ष की आयु में ही नियमित रूप से स्तम्भ लिखने लगे। उनकी प्रतिभा का सम्मान करते हुए अखब़ार के सम्पादक ने उनका वेतन बढाकर 300 रुपए मासिक कर दिया, जो उस समय क़ाफी बड़ी रकम थी। बॉलीवुड में कदम रखने से पहले कमाल अमरोही लेखक के रूप में एक उर्दू समाचार पत्र में नियमित रूप से स्तंभ लिखते थे। अखबार में कुछ समय तक काम करने के बाद वे कलकत्ता और फिर मुंबई आ गए। मुंबई पहुंचने पर प्रारंभ में कमाल अमरोही को मिनर्वा मूवीटोन की निर्मित कुछ फिल्मों जेलर, पुकार, भरोसा इत्यादि में संवाद लेखक के रूप में काम करने को मिला। इन फिल्मों से हालांकि कमाल अमरोही की कोई खास पहचान नहीं बन पाई किन्तु 1949 में बनी फिल्म 'महल' ने उन्हें बॉलीवुड में पूरी तरह स्थापित कर दिया। कमाल अमरोही के लेखन की एक खासियत रही कि फिल्मों में अपनी कोई स्क्रिप्ट या संवाद लिखने में कभी भी उन्होंने पेन का इस्तेमाल नहीं किया, लिखने के लिए वे हमेशा पेन्सिल का इस्तेमाल किया करते थे ताकि उसमें संशोधन साफ-सफाई से किए जा सकें।

महल का पोस्टर

महल फ़िल्म की कामयाबी के बाद कमाल अमरोही ने 1953 में 'कमाल पिक्चर्स' और 1958 में कमालिस्तान स्टूडियो की स्थापना की। कमाल पिक्चर्स के बैनर तले उन्होंने अभिनेत्री पत्नी मीना कुमारी को लेकर 'दायरा' फ़िल्म का निर्माण किया लेकिन भारत की कला फ़िल्मों में मानी जाने वाली यह फ़िल्म बॉक्स ऑफिस पर नहीं चल पाई। इसी दौरान निर्माता-निर्देशक के.आसिफ अपनी महत्वाकांक्षी फ़िल्म मुग़ल-ए-आजम के निर्माण में व्यस्त थे। इस फ़िल्म के लिए वजाहत मिर्जा संवाद लिख रहे थे लेकिन आसिफ को लगा कि एक ऐसे संवाद लेखक की ज़रूरत है जिसके लिखे डायलॉग दर्शकों के दिमाग से बरसों बरस नहीं निकल पाएं और इसके लिए उन्हें कमाल अमरोही से ज्यादा उपयुक्त व्यक्ति कोई नहीं लगा। उन्होंने उन्हें अपने चार संवाद लेखकों में शामिल कर लिया। उनके उर्दू भाषा में लिखे डायलॉग इतने मशहूर हुए कि उस दौरान प्रेमी और प्रेमिकाएं प्रेमपत्रों में मुग़ले आजम के संवादों के माध्यम से अपनी मोहब्बत का इजहार करने लगे थे। इस फ़िल्म के लिए उन्हें सर्वश्रेष्ठ संवाद लेखक का फ़िल्म फेयर पुरस्कार दिया गया। उनकी हिंदी फिल्मों में महल (1949), पकीजाह (1972) और रजिया सुल्तान (1983) शामिल हैं।

पाकीज़ा कमाल अमरोही का ड्रीम प्रोजेक्ट थी जिस पर उन्होंने 1958 में

पाकीजा का पोस्टर

काम करना शुरू किया था। उस समय यह ब्लैक एंड व्हाइट में बनने वाली थी। कुछ समय बाद जब भारत में सिनेमास्कोप का प्रचलन शुरू हो गया तो उन्होंने 1961 में इसे सिनेमास्कोप रूप में बनाना शुरू किया लेकिन कमाल अमरोही का अपनी तीसरी पत्नी मीना कुमारी से अलगाव हो जाने के कारण फ़िल्म का निर्माण 1961-69 तक बंद रहा। बाद में किसी तरह उन्होंने मीना कुमारी को फ़िल्म में काम करने के लिए राज़ी कर लिया और आखिरकार 1971 में जाकर यह फ़िल्म पूरी हुई तथा फरवरी 1972 को रिलीज हुई।

कमाल अमरोही निर्देशित सुपरहिट फिल्म 'पाक़ीज़ा' की शूटिंग तब शुरू हुई थी जब मीना कुमारी से उनकी मोहब्बत की शुरूआत ही थी, इस फिल्म को बनने में 14 साल लगे और जब यह फिल्म बनकर तैयार हुई तब तक कमाल और मीना कुमारी एक दूसरे से अलग हो चुके थे। 'पाक़ीज़ा' फिल्म का मशहूर गीत 'मौसम है आशिकाना' कमाल अमरोही ने मीना कुमारी के लिए ही लिखा था, इसे लिखते समय कमाल और मीना कुमारी की नाराजगी चरम पर थी। पाक़ीज़ा फिल्म के लिए लिखा उनका डायलॉग आपके पांव देखे... बहुत हसीन हैं, इन्हें जमीन पर मत उतारिएगा, मैले हो जाएंगे... बहुत हिट डायलॉगों में है। बेहतरीन संवाद, गीत-संगीत, दृश्यांकन और अभिनय से सजी इस फ़िल्म ने रिकार्डतोड़ कामयाबी हासिल की और आज यह फ़िल्म इतिहास की क्लासिक फ़िल्मों में गिनी जाती है। उन्होंने इस फ़िल्म के लिए एक गीत मौसम है आशिकाना.. भी लिखा था। जो बेहद मकबूल हुआ था। इस फ़िल्म के बाद

रजिया सुल्तान का पोस्टर

कमाल अमरोही का फ़िल्मों से कुछ समय तक नाता टूटा रहा। 1983 में उन्होंने फिर फ़िल्म इंडस्ट्री का रुख क़िया और रज़िया सुल्तान फ़िल्म से अपनी निर्देशन क्षमता का लोहा मनवाया।

'महल', 'मुगल ए आजम' और पाकीजा जैसी सुपरहिट फिल्में देने वाले कमाल अमरोही की तीन शादियां हुईं। उनकी पहली पत्नी का नाम 'बानो' और दूसरी पत्नी का नाम 'महमूदी' था। कमाल अमरोही की तीसरी पत्नी थीं बॉलीवुड की मशहूर अदाकारा मीना कुमारी। मीना कुमारी से कमाल अमरोही की मुलाकात 1952 में फिल्म 'तमाशा' के सेट पर हुई थी। मीना कुमारी से कमाल अमरोही बहुत प्रभावित थे। मीना कुमारी से उनकी मोहब्बत को बॉलीवुड की चर्चित प्रेम कहानियों में गिना जाता है। हालांकि फिल्मी दुनिया की तरह कमाल की दुनिया में भी एक ऐसा मोड़ आया जिसकी वजह से मीना कुमारी से उनका निकाह ज्यादा समय नहीं चला और एक समय ऐसा भी आया जब इन दोनों का तलाक हो गया। वर्ष 1972 में मीना कुमारी की मौत के बाद कमाल अमरोही टूट से गए और उन्होंने फिल्म इंडस्ट्री से किनारा कर लिया हालांकि इसके लगभग 10 वर्ष बाद 1983 में कमाल ने खुद को पुनः स्थापित करने के उद्देश्य से एक बार फिर से फिल्म इंडस्ट्री की ओर रुख किया और फिल्म 'रजिया सुल्तान' का निर्देशन किया। 'रजिया सुल्तान' बॉक्स ऑफिस पर तो हिट नहीं हो पाई किन्तु इस फिल्म में कमाल के निर्देशन ने बहुत तारीफ बटोरी। 11 फरवरी 1993 को कमाल अमरोही दुनिया को अलविदा कह गए किन्तु उनकी फिल्मों, डायलॉग्स के जरिए आज भी वे बॉलीवुड इंडस्ट्री और हमारे बीच जिन्दा हैं।

8. मृणाल सेन

मृणाल सेन

अधजली सिगरेट को बायीं हथेली में दबाए, अधखुले बटन वाले सफेद कुरते और पाजामे पहने काले फ्रेम वाले मोटे चश्मे के पीछे से छोटी लेकिन पैनी आँखों से झाँकते मृणाल सेन अपने बाएँ कंधे को चौखट से टिकाए हैं। मैं गौर से उन्हें देख रहा हूँ, देर तक। देखना मात्र कोई ऐंद्रिक क्रिया नहीं होती; देखना, दरअसल हासिल करना है अपनी धरती पर बिखरे उन रूपकों, प्रतिकों को जिनसे हमारे अनुभव संसार का विकास होता है। देखना, अंतर्भूत करना है जिससे सघन संवेदना का निर्माण और विकास होता है। मृणाल सेन भारतीय सिनेमा में एक रूपक की तरह याद किए जाने वाले फिल्मकार हैं जिन्होंने हमारी दुनिया की तमाम सुबह और साँझों के विन्यास को ठोस यथार्थ के रूपकों में रचा है। सेन की फिल्मों में सुबह और साँझ बहुत भारी और सघन होकर विन्यस्त होती है। प्रसिद्ध उपन्यासकर गैब्रियल गार्सिया मार्खेज जिन्होंने यथार्थ को जादुई रूप में रचा है, मृणाल सेन के ठोस यथार्थ से उनका गाढ़ा संबंध है। यह सबंध अंटलांटिक महासागर के दोनों पाटों पर बहने वाली हवाओं की ताजगी का है।

मार्खेज और मृणाल सेन की दोस्ती हमें चौंकाती है। मार्खेज का उपन्यास और मृणाल सेन का सिनेमा दोनों दो अलग-अलग दुनियाओं की दास्तान कहती है। दोनों के यथार्थ-विन्यास में अंतर देखा जाना चाहिए। हम अंतर देखते भी हैं। बहरहाल, दो दर्जन से अधिक फिल्मों के यथार्थ सरोकारों वाले शास्त्रीय सफर में 'रातभोर' मृणाल सेन की पहली फिल्म है फिर उसके बाद क्रमशः 'नील आकाशेर नीचे', 'बाइशे श्रावण', 'पुनश्च', 'अवशेष', 'प्रतिनिधि', 'आकाश कुसुम', 'भुवन शोम', 'एक अधूरी कहानी', 'कलकत्ता 1971', 'कोरस', 'मृगया', 'ओका ओरी कथा', 'एक दिन प्रतिदिन', 'आकालेर संधाने', 'चलचित्र', 'जेंनसिस', 'एक दिन अचानक', 'सिटी लाइफ-कलकत्ता' आदि। मृणाल सेन अपनी फिल्मों के माध्यम से भारत में पसरे हुए यथार्थ के धूसर रंग को सेलूलाइड पर बिखेर देने का एक अलग सौंदर्यशास्त्र अपने कैमरे की आँख से विन्यस्त करते हैं। उनकी इस आँख में उनके अपने और हमारे समय की तमाम दरारें हैं। उन दरारों को देखना दरअसल एक स्तर पर आजादी के बाद के भारत में राष्ट्र-राज्य के चरित्र को देखना है, जो खामोशी से हमारे जीवन में धीरे-धीरे शामिल हो गया है।

मृणाल सेन क़ा जन्म 14 मई 1923 को फरीदपुर नाम के एक छोटे से शहर में जो अब बांग्ला देश में है, हुआ था। अपने जीवन की प्रारंभिक शिक्षा प्राप्त की हाईस्कूल की परीक्षा उत्तीर्ण करने के बाद उन्होंने अपना यह शहर छोड़ दिया और आगे की पढ़ाई के लिए आज के कोलकाता में आ गए। यहीं उन्होंने विज्ञान के रूप में भौतिक शास्त्र को चुना और उसके विद्यार्थी बने। कोलकाता में उन्होंने अपनी शिक्षा स्कोटिश चर्च कॉलेज एवं कलकत्ता यूनिवर्सिटी से पूरी की। मृणाल सेन में विज्ञान के प्रति चेतना शुरुआत से ही थी यही कारण रहा है कि वे अध्ययनकाल में ही विचार के स्तर पर वामपंथी विचारधारा से जुड़े और उसके सांस्कृतिक कार्यक्रमों को आगे बढ़ाने का काम किया। मृणाल सेन कभी इस पार्टी के सदस्य नहीं रहे लेकिन सांस्कृतिक कार्यक्रमों के रूप में 'इप्टा' से जुड़ने के कारण वे अनेक समान विचारों वाले और समान सांस्कृतिक रुचि वाले लोगों के परिचय में आए और इस कारण चिंतन का एक व्यापक फलक मृणाल सेन के सामने खुला। मृणाल सेन की फिल्मों के दृश्यों में हमें यह सांस्कृतिक संपन्नता रोजमर्रे की तरह उपस्थित होने का आभास दिलाती है। मृणाल सेन का सिनेमाई दुनिया में आना एक आकस्मिक घटना की तरह रहा

है। सेन जीवन की शुरुआत में दवाओं के कारोबार से जुड़े हुए थे और अपने 'बोध' के शहर कलकत्ता से दूर हो गए थे, जहाँ वे थोड़े अनमने, थोड़े परेशान थे। यह कौन जानता था कि सिनेमा के सौंदर्यशास्त्र पर एक किताब के अध्ययन से सेन सिनेमा की दुनिया में खींचे चले आएंगे।

मृणाल सेन कलकता लौट आए और कलकता फिल्म स्टूडियो में ध्वनि टेक्नीशीयन के कार्य से जुड़ कर सिनेमा की बारीकी को समझने में अपने को रमा लिया था। भारतीय फिल्म का यथार्थवादी परदा मृणाल सेन के इंतजार में था। उनके आने के बाद सिनेमा का परदा सुनहरा नहीं रहने वाला था बल्कि गाँव और खेत, मिट्टी और वनस्पतियों के अपने 'होने' की उपस्थिति कराने वाला था। मृणाल सेन की अधिकांश फिल्में श्वेत-श्याम हैं, और जिन फिल्मों में रंग भरा गया है उनमें एक गाढ़ापन दिखलाई देता है। मृणाल सेन की पहली फीचर फिल्म 'रातभोर' 1955 में आई जिसका संगीत अपने समय के प्रसिद्ध संगीतकर सलिल चौधरी ने दिया था। और उसके ठीक बाद 'नील आकाशेर नीचे'आई। मृणाल सेन की पहचान 'भुवन शोम' जो 1969 में आई थी उसके प्रदर्शित होने के बाद नए सिरे से बनी। बलाई चंद्र मुखोपाध्याय की 'बनफूल' बंगाली कहानी पर बनी 'भुवन शोम' को 1969 के तीन राष्ट्रीय पुरस्कार मिले। 'भुवन शोम' सरकारी अनुदान प्राप्त फिल्म थी। कम बजट में भारतीय सिनेमा को एक नई पहचान देने और सिनेमा को 'नया सिनेमा' जैसे पदबंध वाले आंदोलन से जोड़ने में 'भुवन शोम' का महत्वपूर्ण स्थान माना जाता है। यह सच है कि इस फिल्म ने मृणाल सेन की आर्थिक तंगी को दूर कर दिया था और

भुवन शोम का पोस्टर

इतनी प्रसिद्धि दी कि आज तक मृणाल सेन की फिल्मों पर बात करने वाले सबसे पहले इसी फिल्म को याद करते हैं।

मृणाल सेन को 'भुवन शोम' तक सीमित कर देना उनके पूरे फिल्मी अवदान को अनदेखा करना होगा। हम यहाँ उनकी अन्य फिल्मों पर बात करना चाहेंगे जिसमें 'ओका ओरी कथा' और 'अकालर संधाने' विशेष रूप से उल्लेखनीय है। कलकता पर केंद्रित उनकी तीन फिल्में उपनिवेशवादी कलकता और उसके बाद के कलकता के पूरे ढाँचे को परदे पर कलकता को सही मायने में 'होने' को हमारे सामने लाता है। मृणाल सेन की फिल्म में कोलकाता एक चरित्र की तरह और एक प्रेरणा की तरह प्रमुखता से पेश हुआ है। मृणाल सेन ने अपने समय के यथार्थ को बड़ी खूबसूरती से अपनी फिल्मों में पात्रों, उसकी मूल्य प्रणाली, उसके वर्ग के अंतर को कोलकाता शहर की सड़कों पर बुना है। कोलकाता, उनकी फिल्म में मात्र एक शहर भर नहीं है बल्कि एक पात्र की तरह है। कलकता पर बनी फिल्म को देखते हुए मिर्जा गालिब बार-बार याद हो आते हैं 'कलकत्ते का जो जिक्र किया तूने हमनशीं, इक तीर मेरे सीने में मारा के हाए-हाए'।

मृणाल सेन की अधिकांश फिल्में वामपंथी विचारधारा और उसकी राजनीति से जुड़ी हुई रही हैं। 'आकालेर संधान' जिसके पात्र अकाल पर फिल्म बनाए जाने के विषय पर लगातार बहस करते रहते हैं और अपनी बहसों में मार्क्स की रचनाओं को उद्धृत करते चलते हैं साथ ही 129 मिनट की इस फिल्म में कई हिंदी, अंग्रेजी, बांग्ला पुस्तकों की चर्चा है और अकाल से ग्रस्त तस्वीरों की निरंतर उपस्थिति है। यह फिल्म 1980 में रिलीज हुई थी। 1943 के बंगाल में हुए अकाल जिसमें चार मिलियन लोग भुखमरी और बीमारी से मारे गए थे और यह अकाल कोई प्राकृतिक प्रकोप का नतीजा नहीं था बल्कि सरकार की नीतियों की असफलताओं से उपजा हुआ मानव निर्मित अकाल था जिसमें द्वितीय विश्वयुद्ध की प्रमुख भूमिका थी। कह सकते हैं यह अकाल, युद्ध का एक उत्पाद था। युद्ध अपने साथ क्या-क्या लाता है, क्या-क्या ला सकता है इसके लिए 1943 के अकाल को एक संदर्भ की तरह देखा जाना चाहिए जैसे पश्चिम में 'प्लेग' की त्रासदी को एक संदर्भ की तरह देखा जाता है। यह अकाल भारत के लिए एक सांस्कृतिक झटका की तरह का था जहाँ से युद्ध, विनाश और मृत्यु एक त्रासदी की तरह भारत के भूगोल पर पसर गया था।

एक दिन अचानक का पोस्टर

कहा जाता है कि अकाल के समय कलकता की सड़कों पर अनगिनत लाशें बिखरी हुई थीं। अकाल के समय लोग अपनी बेटियों को दस रुपये में बेचने तक लगे थे। स्त्रियाँ भुखमरी की हालत में अपनी देह बेचने लगी थीं। इस अकाल को लेकर बनाई गई तस्वीरों को गौर से देखने पर मस्तिष्क में एक सन्नाटा पसरता चला जाता है। जैनुदिन आबादीन की अकाल की तस्वीरों का पाठ भी नए सिरे से किया जाना चाहिए। मृणाल सेन ने इस अकाल के संपूर्ण परिदृश्य को अपनी इस फिल्म में नए सिरे से गहरी संवेदना के साथ सिरजा है। इस फिल्म की पटकथा मृणाल सेन और अमलेंदु चक्रवर्ती ने लिखी है जिसके लिए बेस्ट स्क्रीनप्ले का राष्ट्रीय पुरस्कार वर्ष 1980 में दिया गया था। मृणाल सेन की अधिकांश फिल्मों में संगीत सलिल चौधरी ने दिया है, इस फिल्म में भी संगीत उन्हीं का है। सिनेमेटोग्राफी के.के. महाजन का है। धरतीमान चटर्जी, स्मिता पाटिल और गीता सेन ने प्रभावी भूमिका निभाई है। परदे पर बिखरते हुए अकाल के चित्रों में छोटे बच्चों की अस्थियों को देखना रोंगटे खड़े कर देने वाला है। इन चित्रों के बीच दूसरी शताब्दी की गांधार स्थापत्य शैली वाली गौतम बुध की अस्थि-पंजर वाली तस्वीर एक सांस्कृतिक विचलन पैदा करती है। मृणाल सेन की यह एक विशेषता है जो उनकी अनेक फिल्मों में देखी जा सकती है। इस फिल्म में एक स्त्री (गीता सेन) का अकेलापन अपाहिज पति के साथ इस तरह से पसरा हुआ है जैसे उसके घर में गरीबी दीवारों पर न जाने कब से टंगी है। इस अकेलेपन को स्मिता पाटिल जो इस फिल्म में अकाल पर बनने वाली फिल्म

में अभिनेत्री की भूमिका करने वाली है, बांटती है। दोनों स्त्री पात्र के बीच का संवाद अकेलेपन से संवाद है जो फिल्म में बड़ी ही तीव्रता के साथ मौजूद है। पति की मृत्यु और अपनी बेटी के इंतजार में बैठी स्त्री 'आकालेर संधाने' में एक समानांतर कहानी की तरह है जिसमें जमीन पर बिछी चटाई दर्शक के दिमाग पर बहुत देर तक काबिज रहती है। फिल्म में अंधेरा, झींगुर की आवाज, पुराने मकान और अकाल ग्रस्त स्त्री जिसने अपने जीवन में कभी सवेरा नहीं देखा इस फिल्म के पूरे कैनवास को एक साथ समस्त संदर्भों में देखने को आमंत्रित करता है। मृणाल सेन ऐसे फिल्मकर रहे हैं जो न केवल अपने सिनेमाई पात्रों पर काम करते हैं बल्कि सिनेमा के पूरे पर्दे पर एक कोने से दूसरे कोने के कोण पर काम करते हैं। फिल्म के आखिर दृश्य में एक स्त्री पूरे परदे पर उपस्थित होती है जिसका बच्चा मर गया है, पति खो गया है और वह स्त्री परदे पर धीरे-धीरे लांग शॉट, प्रति लांग शॉट में परदे के ठीक बीचोबीच एक चिह्न, मात्र एक चिह्न में रूपायित हो जाती है। किसी भी तरह के अकाल में सबसे अधिक प्रभावित होने वाली एक स्त्री की तरह।

मृणाल सेन की एक और महत्वपूर्ण फिल्म 'ओका ओरी कथा' है। यह फिल्म तेलुगू भाषा में अंग्रेजी सबटाइटल्स के साथ 1977 में आई। इस फिल्म की कथा में प्रेमचंद की मशहूर कहानी 'कफन' को नरेट किया गया है, तेलुगू समाज के गाँव में इस कहानी के विन्यास को रेशे-रेशे में देखना एक अलग अनुभव है। हम यहाँ कफन कहानी के संदर्भ से कोई बात नहीं कर रहे हैं बल्कि 'ओका ओरी कथा' के विन्यास पर विचार कर रहे हैं। 113 मिनट 44 सेकेंड की इस फिल्म में जो गाँव पसरा हुआ है, उसका भूगोल भारत के किसी भी हिस्से का हो सकता है और इसके मुख्य पात्र वेंकय्या (वासुदेव राव), किस्तइय्या (नारायण राव), निलम्मा (ममता शंकर) और जमींदार (भद्रा रेड्डी) के विन्यास का भूगोल किसी भी भू-खंड का हो सकता है। वेंकय्या और किस्तइय्या पिता-पुत्र हैं (कफन में घिसु-माधव), दोनों अधनंगे हैं, रात के अंधेरे में खेत से आलू चुराते हैं, बगीचे से आम चुराते हैं, अपनी झोपड़ी में बारिश की रात में टाट ओढ़े भींगते हैं। इस सिनेमा के संपूर्ण ढाँचे में वेंकय्या एक खूंखार व्यक्ति की तरह मौजूद है जैसे उसने अपनी गरीबी को गरीब कर देने की कसम खा ली हो। वेंकय्या, जिसके आगे के दो दाँत टूट गए है, बाल इस प्रकार बिखरे हैं जैसे कई बरसों से उसने कँघी न की हो। अपने बेटे किस्तइय्या के शादी करने के फैसले

पर कुपित है। कुपित होने का कारण यह दिखलाई देता है जैसे इस कि शादी का होना उसकी गरीबी का मजाक उड़ाना है। शादी के बाद की पहली रात के प्रेम प्रसंग इस फिल्म के ढाँचे में निलम्मा को एक ऐसे स्त्री के रूप में चित्रित करता है जैसे इस दुनिया में स्त्रियाँ बिना किसी से कोई शिकायत किए जिंदा रहने के लिए अभिशप्त कर दी गई हों। प्रेम के छोटे-छोटे क्षण इस फिल्म को एक नया अर्थ देते हैं। इस पूरी फिल्म में गाँव का जो धूसर रंग है, वह फिल्म में एक अलग शास्त्र रचता है। शोषण के छोटे-छोटे चिह्न इस फिल्म में पसरे हुए हैं। किस्तइय्या जमींदार के ताड़ के पेड़ से ताड़ के बड़े-बड़े पत्ते तोड़ लाता है जिससे वह अपनी झोपड़ी के छप्पर को बरसात के मौसम के आने से पहले ठीक कर ले। जमींदार आकर वह भी छीन ले जाता है। निलम्मा कातर हो देखते रह जाती है। निलम्मा गर्भवती होती है और इस अवस्था में भी वह अपने ससुर और अपने पति के भरण-पोषण का इंतजाम करती रहती है। पानी भरती है, जलावन की लड़की इक्कठा करती है। वह अपने ससुर को फटकारती भी है। वह अपने होने वाले बच्चे को बचाने के लिए चावल बनाकर खाती है और अपने भूखे पति और ससुर के कोप का भाजन बनती है। वह कहती है कि मेरे पेट में बच्चा पल रहा है इसलिए उसका खाना दरअसल उस संभावना के लिए है जो उसकी पेट में पल रहा है। जिस पर किस्तइय्या का तो ध्यान है लेकिन वह भी अपने पिता के ड़र से कुछ नहीं बोलता है। बाद में प्रसव से पूर्व दर्द से कराहती है, किस्तइय्या चिंतित होता है लेकिन उसका पिता इससे बिल्कुल बेपरवाह है और किस्तइय्या को भी आराम करने की सलाह देता है। दर्द से कराहती निलम्मा सुबह होने तक मर जाती है। किस्तइय्या सुबह उठकर अपनी पत्नी को जगाने के लिए झकझोरता है, वह मर चुकी होती है। 45 सेकेंड का यह दृश्य 'ओका ओरी कथा' फिल्म का सबसे भारी समय है। सिनेमा के इस समय में इतनी दरारें हैं कि हम इन दरारों में आजादी के बाद के कई गाँवों की तस्वीर बड़े ही साफ तरीके से देख सकते हैं। यह देखना भारत में खाद्य सुरक्षा बिलों के बाद भी लगा रहेगा। किस्तइय्या अपनी पत्नी के मरने के बाद अपने पिता के साथ उसके अंतिम संस्कार के लिए बैठा है, हाथ फैलाए। उसके हाथों में धीरे-धीरे सिक्के जमा हो रहे हैं, उधर निलम्मा के शव पर मक्खियाँ बैठ रही हैं। सिक्के की खनखनाहट बढ़ती जा रही है और शव पर मक्खियों की भिनभिनाहट भी। वेंकय्या ठहाके मार कर हँस रहा है। उसका हँसना भयभीत

करने वाला है, वह एक साथ अपने समय पर, अपनी गरीबी पर, सिक्के देने वाले लोगों पर और दर्शकों पर सभी पर एक साथ हँसता हुआ दिखलाई देता है। क्लोज अप में निलम्मा के शव जिस पर मक्खियाँ भिनभिना रही हैं, हमें भीतर तक हिलाकर रख देता है। बाप-बेटे सिक्के इकट्ठा कर पेड़ के नीचे बैठ जाते हैं। वेंकय्या सिक्कों को अपनी हथेली में कसकर पकड़े हुए अपने बेटे से कहता है वह भी इन हथेलियों को जोर से दबाकर रखे। इससे वह दो बोरी चावल खरीदेगा, थोड़े कपड़े और एक घर बनाएगा ताकि उसके बच्चे रह सकें सुरक्षित। शव के गर्भ में भ्रूण धीरे-धीरे काला होता जा रहा है, काला और काला। इस फिल्म के विन्यास में फ्रेम दर फ्रेम जो दारुण्य गरीबी हमारे आँखों के सामने फैलती जाती है वह कोई करुणा या दया भाव उत्पन्न नहीं करती न ही निलम्मा की मृत्यु किसी मातम की तरह हमारे सामने आती है बल्कि वह एक शोक गीत की तरह आती है जिसे मृणाल सेन की पैनी आँख ने इसे प्रेमचंद के कथा विन्यास को विस्तार देते हुए हमारे जीवन के पर्दे पर ठोस तरीके से उतारा है। इस फिल्म का स्क्रीन प्ले मोहित चटोपाध्याय ने लिखा है और सिनेमेटोग्राफी के.के. महाजन ने की है संगीत की जिस विलक्षण ध्वनि को इसमें मृणाल सेन ने पिरोया है उसे विजय राघव रेड्डी ने तैयार किया है। 'भुवन शोम' का संगीत भी इनके द्वारा दिया गया है। चटोपाध्याय आर्ट फिल्म्स ने 'ओका ओरी कथा' के वितरण का जिम्मा लेकर हमारे सामने एक उत्कृष्ट फिल्म को सामने लाने का काम किया है और इस मिथक को तोड़ा है कि फिल्म का वितरण केवल पूंजी के उगाही के लिए किया जाता है। इस फिल्म को आंध्र प्रदेश सरकार ने 1977 में नंदी बेस्ट फीचर फिल्म का पुरस्कार और इसी बरस नेशनल अवार्ड भी मिला।

मृणाल सेन के सिनेमाई दौर का प्रमुख हिस्सा भारत में खासकर बंगाल में नक्सलवादी आंदोलन के दौर का रहा है। उनकी फिल्मों की राजनीतिक आवाज वामपंथी आवाजों के समानांतर चलती हुई दिखलाई देती है। इस दौर में मृणाल सेन की लगातार कई ऐसी फिल्में आईं जिसमें उन्होंने मध्यमवर्गीय समाज और समाज के तमाम दरारों में पनपते असंतोष और बेचैनी को आवाज दी है। यह कहा जाता है की मृणाल सेन की सिनेमाई सृजनात्मकता का सबसे महत्वपूर्ण समय यही था। भारत सरकार ने मृणाल सेन को 1981 में पद्म भूषण से सम्मानित किया गया और 2005 में दादा साहब फाल्के पुरस्कार प्रदान किया

गया। सत्यजित राय और ऋत्विक घटक के साथ मृणाल सेन भारतीय सिनेमा के भूगोल में एक ऐसा त्रिकोण रचते हैं जिसमें दुनिया के हर हिस्से की फिल्में कहीं न कहीं समोई हुई लगती हैं। यह पहचान भारतीय सिनेमा की अपनी पहचान है जिसमें अपना गारा, अपना सीमेंट लगा है। कहा जाता है कि मृणाल सेन की फिल्म पर इतालवी, जर्मन, फ्रेंच सिनेमाई दर्शनों का प्रभाव है। मृणाल सेन की फिल्मों को देखकर लगता भी है लेकिन इनकी फिल्मों के भूगोल में पात्रों की गतिकी, ध्वनि, संगीत, और शब्द संवाद एक सीध में भारतीय मानस तक गैर व्यावसायिक तरीके से पहुँचती हैं। चिड़ियों की उड़ान भरती एक कतार की तरह। साँझ को अपने घोंसले में लौटने की बेकरारी में समवेत ध्वनि की तरह। मृणाल सेन की फिल्मों को देखे जाने से ज्यादा महत्वपूर्ण सुना जाना है। ध्वनि का खास स्थान मृणाल सेन की फिल्मों में है, दरअसल राबर्ट ब्रेसां के इस कथन की तरह ध्वनि मृणाल सेन की फिल्मों में है, 'खामोशी संगीत के लिए अनिवार्य है और संगीत का हिस्सा नहीं है। संगीत खामोशी पर अवलंबित है।' दरअसल मृणाल सेन की फिल्मों की ध्वनि मस्तिष्क और हमारी संवेदना के तहखाने संचित होती जाती है और सिनेमा से बाहर के समय में बार-बार निकल-निकलकर हमें हमारे समय के दरारों की याद दिलाती हुई बेचैन करती रहती है। हमारे समय के दरारों में हमारा चेहरा अपराध बोध के साथ झाँकता है। दरअसल, मृणाल सेन का सिनेमा हमें महज एक दर्शक रहने नहीं देता बल्कि वह उसका भागीदार/साझेदार बना देता है, लगता है कि सिनेमा में घटने वाली घटनाओं की जिम्मेदारी हम पर है। निलल्मा की मृत्यु का कारण हम स्वंय हैं। मृणाल सेन की फिल्मों को हमें एक पाठ की तरह देखना/पढ़ना चाहिए। आगामी समयों में देखे जाने वाले एक बेचैन स्वप्न की तरह मृणाल सेन की फिल्में संभावनाओं से भरी हैं। उनकी फिल्मों को देख लेने के बाद यह लगता है कि उनकी फिल्मों में विन्यस्त समय जल्द से जल्द खत्म हो जाए।

9. मणि कौल

मणि कौल

मणि कौल के बारे में लिखते हुए और अभी-अभी दुबारा 'सतह से उठता आदमी' देखते हुए मुझे पुर्तगाली कवि अल्बेर्तो काइरो (1889-1915) की 'यदि मेरे मरने के बाद' कविता की पंक्तियाँ बार-बार याद आ रही हैं -

'मेरे बारे में बड़ी आसानी से लिखा जा सकता है,
मैं पागलों की तरह जिया
मैंने बिना भावुकता के चीजों को प्यार किया
मुझे कभी भी ऐसी कोई लालसा नहीं रही
जिसे मैं पूरा न कर पाया
क्योंकि मैं कभी अंधा नहीं हुआ'

मणि कौल का जीवन और फिल्में बहुत जटिल या संश्लिष्ट नहीं रही हैं, उनकी फिल्मों को जटिल, कठिन और संश्लिष्ट बताए जाने की रवायत जरूर

रही है। यह रवायत बहुत फायदेमंद रही है उन व्यापारियों (फिल्मकारों) के लिए जिन्होंने सेलुलाइड की रोशनी में ही दुनिया को जाना और पूँजी को अपना ईश्वर समझा। मणि कौल के समूची फिल्मी सफर को ध्यान से देखने पर यह पता चलता है कि मणि कौल साहित्य, समाज और सिनेमा के संवादधर्मी चेतना के फिल्मकार हैं, जहाँ पूँजी का बाजार अपने सड़ते और वीभत्स रूप में हमारे सामने कई-कई अर्थ छवियों के साथ सामने आता है। दरअसल, सिनेमा दो तरह से बनाया जा सकता है; एक तो वह जो अपने समय के प्रचलित तरीके से, दौड़ में शामिल होते हुए बनाया जाए और दूसरा वह जिसमे अपनी राह खुद बनाए और नए-नए रास्ते ढूँढ़े, नए बिंबों और सिनेमा के नए मुहावरों को सृजित करे। मणि कौल दूसरे रास्ते के सृजनकर्ता रहे हैं। इसे अतिशयोक्ति कि तरह मैं नहीं कह रहा हूँ कि मणि कौल की फिल्में ऊँघते समाज को झकझोरने और जगाने वाली फिल्में हैं जिनमें पुनर्जागरणकालीन रोशनी की लौ है। इसलिए मणि कौल के बारे में लिखना एक रोशनी के बारे में लिखना है। मणि कौल की अधिकतर फिल्में हिंदी की साहित्यिक कृतियों पर ही केंद्रित/आधारित हैं। 'सतह से उठता आदमी' (मुक्तिबोध) 'उसकी रोटी' (मोहन राकेश) और 'नौकर की कमीज' (विनोद कुमार शुक्ल) का ध्यान इस सिलसिले में सहज ही हो आता है। फिर 'दुविधा' (विजयदान देथा) भी है - राजस्थानी/हिंदी में। इस तथ्य के स्मरण के साथ यह बात भी सहज ही ध्यान में आती है कि वह भाषा से संबंधित या उसको सोचता हुआ सिनेमा भर नहीं है - वह भाषा को सोचता हुआ सिनेमा भी है। इस नाते मणि कौल का सिनेमा हिंदी में बनी हुई फिल्मों से बहुत अलग हैः फिर वे चाहे बॉलीबुड की फिल्में हो या समांतर सिनेमा की फिल्में।

मणि कौल का जन्म 25 दिसम्बर 1944 को राजस्थान राज्य के जोधपुर शहर में हुआ था। मणि कौल पुणे के फ़िल्म संस्थान में ऋत्विक घटक के छात्र थे। उन्होंने पहले अभिनय और फिर निर्देशन का कोर्स किया और निर्देशन को ही अपना रचनात्मक जुनून बनाया। मुंबइया फ़िल्मों से जुड़े लोग प्रायः उनके काम को उसी तरह कभी सराह नहीं पाए। ऋत्विक घटक के साथ-साथ रूसी फ़िल्मकार तारकोव्स्की की फ़िल्मों से भी मणि कौल प्रभावित रहे। उन्होंने सिनेमा का नया व्याकरण गढ़ा, जबकि उनके यहाँ तकनीक और नैरेटिव (आख्यान) का इस्तेमाल भी नए तरीके से होता है। उनके सिनेमा में डॉक्यूमेंटरी (वृत्तचित्र) और

फीचर फ़िल्म के बीच की रेखा धुँधली हो जाती है, मगर यह उनकी फ़िल्म की ताकत है, कमज़ोरी नहीं।

मणि कौल के पैदा होने के ठीक पचास बरस पहले 1896 में जब दुनिया की पहली फिल्म 'एराइवल ऑफ ए ट्रेन एट कोवैत्ल स्टेशन' लुइमेर ब्रदर्स द्वारा बनाई गई तो कौन जानता था की भारत में मणि कौल जैसे फिल्मकार 'पर्दे पर चलती हुई ट्रेन को देखकर' एक दिन सिनेमा का 'नया और पारदर्शी पर्दा' का इतिहास रचेंगे जो सिने-इतिहास के प्रचलित अर्थों से भिन्न होगा और जहाँ कला की खूबसूरती से पहले कला की सच्चाई पर ध्यान दिया जाएगा। 1907 में जे.एफ. मदान द्वारा कलकता में देश का पहला सिनेमा हॉल 'एलिफिस्टन पिक्चर पैलेस' जब खोला गया तो कौन जानता था कि इक्कीसवीं सदी में बड़े-बड़े मल्टीप्लेक्स खुल जाने के बाद भी छोटी और गंभीर फिल्मों को प्रदर्शन के लिए अंतहीन इंतजार में रहना होगा। जब 1937 में भारत की पहली रंगीन फिल्म 'किसान कन्या' जिसकी पटकथा और संवाद अपने समय के मशहूर लेखक सआदत हसन मंटो ने लिखी थी तब यह कौन जानता था कि आने वाले समय में भारतीय सिनेमा का रजत पट्ट श्वेत-श्याम की पारिभाषिकी से अलग इक्कीसवीं सदी तक आते-आते रंगीन दुनिया का एक नया पूँजीवादी इतिहास रचेगा, और मणि कौल जैसे फिल्मकारों के लिए यह इतिहास और धूसर होता जाएगा।

मणि कौल की पहली फिल्म 'उसकी रोटी' (1969) थी। इस फिल्म को भारतीय फिल्म की तकनीक में परिवर्तन के लिहाज से एक 'डिपार्चर' माना गया, इस फिल्म के लंबे-लंबे शॉट एक दूसरी किस्म के लय का निर्माण करते हैं जिसकी तुलना आज की पापुलर फिल्म से नहीं की जा सकती। इसी फिल्म के लिए पहली बार मणि कौल को फिल्मफेयर क्रिटिक एवार्ड भी दिया गया। (वर्तमान दौर में जब कि पुरस्कारों और सम्मानों के लिए रोज आक्टोपसीय दाँव-पेंच और स्वयं को प्रायोजित करने के लिए 'बहुअर्थी निवेश' किए जा रहे हों ऐसे में मणि कौल के लिए किसी भी तरह के पुरस्कारों का उल्लेख करते हुए हिचकिचाहट होती है।) मणि कौल द्वारा मोहन राकेश के नाटक 'आषाढ़ का एक दिन' (1971) पर बनाई फिल्म एक अविस्मरणीय फिल्म है, विजयदान देथा कि कहानी पर 'दुविधा' (1973) स्त्री मनोविज्ञान की छानबीन करता है, विजय तेंदुलकर के नाटक पर 'घासीराम कोतवाल' पर इसी नाम से बनी फिल्म

(1974) समाज की सड़ांध को उकेरती है, मुक्तिबोध की कविता 'सतह से उठता आदमी' पर इसी नाम से बनी फिल्म (1980), 'ध्रुपद' (1982), 'माटी मानस' (1984), 'नजर' (1989), ठुमरी गायिका सिद्धेश्वरी के जीवन पर एक बेहतरीन डाक्यूमेंट्री 'सिद्धेश्वरी' (1989), 'इडियट' (1992), विनोद कुमार शुक्ल के चर्चित उपन्यास 'नौकर की कमीज' (1999) नए रंग-ढंग कि फिल्म जिसमें मध्यवर्गीय जीवन पद्धतियाँ और स्थितियाँ सृजित हुई है, 'भोज' (2000) और अपने जीवन के आखिरी दिनों में विनोद कुमार शुक्ल के उपन्यास ' दीवार में एक खिड़की रहती है' पर सोचते हुए अपनी फिल्मी यात्रा पूरी की, जबकि मणि कौल मानते थे कि यात्रा कभी पूरी नहीं होती, होनी भी नहीं चाहिए।

यह तो सर्वज्ञात है कि कोई भी भाषा किसी अन्य माध्यम/विधा में व्यवहृत होते ही, एक अलग प्रकार की भूमिका में उतर जाती है, फिर वह चाहे कविता-कहानी-नाटक-उपन्यास-निबंध में बरती जा रही हो, या रंगमंच, सिनेमा और संगीत में। पर, यह भी होता ही है कि उसकी यह भूमिका कभी-कभी इतनी सघन, तीव्र, गहरी, एकाग्र और मौलिक हो सकती है कि उस पर अलग से सोचने की जरूरत महसूस होती है। मणि कौल की फिल्मों में हिंदी की भूमिका पर, भाषा की भूमिका पर, अलग से सोचने और चर्चा करने की ऐसी ही जरूरत सचमुच महसूस होती है, क्योंकि वह सिने भाषा में, सिने माध्यम में, भाषा का व्यवहार कुछ ऐसा सोचने और खोजने के लिए किया जा रहा है जो किसी मानवीय अर्थ और बोध को छवियों के साथ मिलकर बहुत गहरा कर रहा हो।

जब उसकी 'रोटी' फिल्म रिलीज हुई थी तो उसे यह कहकर बहुतों के द्वारा कोसा गया था कि वह अत्यंत शिथिल और उबाऊ है, कि उसके'विलंबित लय' वाले संवाद अत्यंत असहज लगते हैं। तब इस बात को भुला दिया गया था कि संवादों की इस प्रकार की अदायगी का अपना अर्थ और मर्म है। दुभार्ग्यवश मणि कौल के सिनेमा को लेकर यह बात इतनी बार दुहराई गई कि आम दर्शक का ध्यान तो उसकी ओर से कटता ही गया, जिन्हें हम प्रबुद्ध दर्शक कहेंगे वे भी उनके सिनेमा को लेकर उस तरह उत्साहित नहीं हुए, जिस तरह कि होना चाहिए। उदयन वाजपेयी की एक पुस्तक 'अनेक आकाश' जरूर एक अपवाद की तरह सामने आई, और कुछ कवियों-लेखकों सिने-प्रेमियों की वे टिप्पणियाँ भी जो मणि कौल के सिनेमा को 'खारिज' करने की जगह उसकी

खोज-परक यात्रा को समझने का यत्न करती हुई मालूम पड़ीं।

यह भी कम दुर्भाग्य की बात नहीं थी कि मणि कौल के सिनेमा को लेकर यह धारणा भी बनी, बनाई गई - और प्रचारित भी हुई - कि उनका सिनेमा पश्चिम के फिल्मकारों से प्रेरित सिनेमा है। जबकि स्थिति यह है कि वह फेलिनी, इंगमार बर्गमैन, फ्रांसुआ त्रुफो, गोदार आदि-आदि के सिनेमा से कहीं रोल नहीं खाता। हाँ, उसमें ऋत्विक घटक के सिनेमा की 'प्रतिध्वनियाँ' अवश्य हैं, जो मणि कौल के 'गुरू' और पथ प्रदर्शक थे। अच्छी बात यह भी है कि मणि 'प्रतिध्वनियों' पर ही नहीं रुके, अपनी तरह की सिने-भाषा की खोज में लगे रहे। प्रसंगवश, यहाँ यह भी याद करने की जरूरत है कि मणि कौल का संगीत से गहरा संबंध था और उन्होंने स्वयं ध्रुपद सीखा, और अंनतर कुछ देशी-विदेशी शिष्यों को सिखाया भी। यह स्वाभाविक ही था कि सिनेमा में भी वह शब्द-भाषा को सांगीतिक रचना का-सा आधार देकर, भाषा-मर्म की कई तहों को टटोलते-खँगालते। 'सिद्धेश्वरी देवी' जैसी वृत्तात्मक फिल्म में मणि कौल ने बनारस के घाटों, गंगा, और इमारतों के भीतर-बाहर के दृश्यों को जिस तरह फिल्माया है, और शब्दों की बारी आने पर, इन सबके बीच उन्हें तैयारा-गुंजाया है, उसका मर्म फिल्म देखते हुए ही समझा जा सकता है - उसे लिखकर बताना बहुत मुश्किल ही है। सो, वह यत्न में नहीं करूँगा। अपने को एक बार यह-याद जरूर दिलाऊँगा कि अगली बार जब भी 'सिद्धेश्वरी' को देखने का अवसर आए तो उसमें शब्द-व्यवहार को लेकर अपनाए गए दृष्टिकोण को लेकर और सजग रहूँ। स्मृति के आधार पर - फिल्म की स्मृति के आधार पर - अभी तो एक चीज का ध्यान और गहरा रहा है कि मणि ने अपनी फिल्मों में शब्द को 'प्रहरों' के आधार पर जिस तरह बरता है, उस पर भी ध्यान जाना ही चाहिए। कोई पहर रात का है, दिन दुपहर-शाम का है, और वह क्या करूँ ... क्या करूँ ... कह' रहा है और शब्द-माध्यम से (छवियों के बीच) उस पर और क्या कसर या 'कहलवाया' जा सकता है, इस पर उनकी पकड़ अचूक रहती है।

मणि कौल और उनकी फिल्मों के बारे में बात करने और उनकी फिल्मों को देखने के तरीके का संदर्भ हमे मणि कौल की विचार-यात्रा में मिलता है। यह बेहतर होगा की हम मणि कौल की विचार-यात्रा को समझने की कोशिश करें, उनकी सिनेमा की तरफ जाने के रास्ते इन्ही विचारों से होकर गुजरते हैं, मणि कौल की फिल्मों को देखने, समझने वाली नई पीढ़ी के लिए यह विचार-यात्रा

बेहद महत्वपूर्ण है। हम यहाँ संक्षिप्त रूप में उसे उल्लिखित कर रहे हैं - 'जिंदगी में भी और फिल्म में भी, कि जैसे हमारी अपनी सृष्टि है, किसी और की भी अपनी सृष्टि है, लेकिन हमारी सृष्टि में वे सब मौजूद हैं, वे सारी सृष्टि। उनकी सृष्टि में हमारी सृष्टि भी है। ये एक दूसरे को काटती हैं। दुनियाएँ इंटरसेक्ट करती है। मतलब सारी दुनियाएँ मेरी दुनिया में हैं। मैं सारी दुनियाओं में हूँ, जिन-जिन का मुझमें संयोग है, कम से कम उनकी सृष्टि में तो हूँ ही। हमने समझौता करके एक औसत सृष्टि बना ली, और उस सृष्टि का आधार नैतिकी रही है। पवित्र और अपवित्र। उसके अंदर सभी पवित्र और अपवित्र के आधार पर चलते हैं।'

'एक शॉट लेते समय यह संभव नहीं है कि उस स्पेस के अंदर हम समय को इस तरह से जोड़ दें या समय में ऐसा कुछ कर दें कि वह स्वप्न लगने लगे... अक्सर जो फिल्में बनती हैं उनके लिए स्क्रिप्ट लिखी जाती है, स्क्रिप्ट के अनुसार शूटिंग की जाती है। शूटिंग के अनुसार उसकी एडिटिंग की जाती है। एडिटिंग के अनुसार उसकी रिकोर्डिंग और री-रिकार्डिंग की जाती है, और फिर प्रिंट बन जाता है। इसमें एक भारी फेलिसी (हेत्वाभास) है। जितनी फिल्में बनती है और अगर मेरी फिल्म उनसे अलग है तो उसका एक मुख्य कारण यही हो सकता है कि मेरी जो स्क्रिप्ट है उसका ताल्लुक शूटिंग से बिलकुल नहीं है, जो शॉट मेटीरियल है, उसका ताल्लुक एडिटिंग से बिलकुल नहीं है, जो एडिटेड मटेरियल है उसका साउंड से कोई ताल्लुक नहीं है।'

'मैं जो भी शूट करता हूँ सारा का सारा प्रिंट करता हूँ और वह बड़ा महँगा पड़ता है क्योंकि लोग आमतौर पर ओ.के. और एन.जी. (नॉट गुड) टेक्स्ट को अलग-अलग कर लेते हैं। वो सिर्फ उसे ही प्रिंट कराते हैं जो ठीक है, जो ठीक नहीं उसको नहीं करवाते... यह जो एन.जी. शॉट्स है जिन्हें हम नॉट गुड कहते हैं (इंग्लैंड में शायद उन्हें आउट टेक्स्ट कहते हैं) उन्हें भी मैं एन.जी. नहीं मानता क्योंकि जो भी मैंने शूट किया है, जब भी हमने कैमरा चलाया, जो भी सामने आया, सारा मटेरियल काम का है। उसमें ऐसा कुछ नहीं है जो ओ.के. हो या एन.जी. हो।' 'मैं समझता हूँ कि मेरा एक संबंध है ब्रेसों से और ऋत्विक घटक से भी। लेकिन दोनों में बहुत फर्क है। यह एक अजीब बात है कि मेरा इन दो आदमियों से कैसे संबंध है जो एक दूसरे से बिलकुल विपरीत हैं और कैसे मैं अक्सर कोशिश करता हूँ कि इन दोनों के बीच कोई संगति बिठाई जाय।

इन दोनों को मैंने भीतर बैठा रखा है। भीतर दोनों ही मौजूद हैं। अब जाकर मुझे लगता है कि हल्के-हल्के 'इडियट' में यह हो रहा है कि कई सालों से भिड़े दरवाजे से ऋत्विक घटक भी आ गए हैं और ब्रेसों भी मौजूद हैं। संयम और ऐंद्रिकता दोनों को एक साथ लाना बड़ा मुश्किल काम है।'

'मुझे लगता है अब एक ऐसा समय आ गया है कि हम एक ऐसी फिल्म बनाएँ जिसके अंदर बहुत सी फिल्में हों। जैसे आप 'एट एंड हाफ' को देखें।' '...शुरू से लेकर आज तक मेरी फिल्मों में एक बड़ा अंतर आया है। मैंने अपनी ओर से काफी कुछ नियंत्रण छोड़ दिया है। जितना नियंत्रण मैं पहले करता था, अब मैंने वह छोड़ दिया है। लेकिन आश्चर्य यह है कि नियंत्रण न करने पर भी चीज आकर अपने आप ही ऐसी जम जाती है कि लोगों को लगता है कि मैंने बहुत सोचकर ऐसे जमाया है।' 'जहाँ तक हो सके मैं री-टेक नहीं करता। अगर करना भी पड़ता है तो उसे बदल देता हूँ क्योंकि मैं वही री-टेक करना नहीं चाहता। संवाद बदल देता हूँ या कुछ और बदल देता हूँ।' 'सिनेमा क्या है? यह मालूम नहीं है लेकिन हमें मालूम है कि यह नाटकीय है। हमें यह मालूम है कि ये चित्रकलात्मक है, यह सांगीतिक है, यह साहित्यिक है। तो ये चीजें बाहर रखो। शायद जो बचा-खुचा है, वह सिनेमा है।' 'सिनेमा का सबसे बड़ा श्राप एकरैखिक नेरेटिव है। एक नेरेटिव जो यहाँ से चलकर यहाँ होता हुआ एक क्लाइमेक्स पर जाकर खत्म हो जाता है। यह जो एकरैखिक नेरेटिव है, आप समझ लीजिए, यह फिल्म के लिए सबसे बड़ा बंधन है जो साहित्य की देन है बल्कि कहिए खराब साहित्य की देन है। साहित्य भी अब बढ़ चुका है। सोलहवीं शताब्दी के बाद।' (अभेद आकाश - मध्यप्रदेश फिल्म विकास निगम मर्यादित, संस्कृति भवन, वाणगंगा, भोपाल द्वारा प्रकाशित, से उल्लिखित।)

मणि कौल के ये विचार भारतीय सिनेमा के प्रति हमारी प्रचलित समझ को चुनौती देते हैं। यह चुनौती हमे एक ऐसी दुनिया को समझने के लिए मनसा तैयार करती हैं जहाँ सब कुछ 'ठीक और चमकीला' नहीं है। भारतीय सिनेमा का पर्दा अपने प्रचलित अर्थों में चमकीला, साफ-सुथरा, प्रदूषणमुक्त और धब्बा रहित है, सब कुछ ठीक-ठाक अपनी जगह पर। पर्दे के बाहर की दुनिया राजनीति के जुमलों से बाहर खून, कीचड़, जख्म और अंतहीन पीड़ा की धूसर दुनिया है। यह दुनिया 'आने वाले सौ सालों के दरम्यान रोटी और पानी के लिए गृहयुद्ध के लिए तैयार होती दुनिया' है। मणि कौल और उनके समकालीन

फिल्मकारों के सामने की दुनिया इसी तरह की रही है। विश्वयुद्धों, गृहयुद्धों के अनुभवों को जानने, समझने और अपनी ज्ञानेंद्रियों से अनुभूत कर लेने वाली पीढ़ी की दुनिया त्रासदी भरी रही है। मणि कौल को 'न्यू वेब सिनेमा' की मानसिकता वाले फिल्मकार की श्रेणी में रखा जाता है। यूरोप में 1960-1970 के दशक में 'न्यू वेब सिनेमा' का उभार माना जाता है। त्रुफो, लुइमान, रिवेत, गोदार आदि के विचार 'न्यू वेब सिनेमा' के मूल में है। इस प्रकार की फिल्म के मूल में 'लो बजट' सिनेमा की अवधारणा काम करती है। दरअसल, इस दौर की यह प्रमुख विशेषता थी कि कैमरा को कलम के रूप में इस्तेमाल किया गया। सामाजिक परिवर्तन के प्रमुख औजार के रूप में कैमरा उपस्थित हो रहा था। तत्कालीन यूरोप में 'न्यू वेब सिनेमा' एक आंदोलन कि तरह प्रचलित हुआ। इस तरह के आंदोलन ने प्रबुद्ध फिल्माकर और प्रबुद्ध दर्शक वर्ग कि चेतना को उभारा, दरअसल 'न्यू वेब सिनेमा' कि यह विशेषता रही है कि वह रचनाकार की निजी विशिष्टताओं पर यकीन करती है और उसे उभारने के नए 'स्थान' का विधान रचती है। इस विधान में साहित्य को सिनेमा के समानांतर रखा गया और यह माना गया कि समकालीन 'समय' और 'सामाजिक स्थिति' के यथार्थ चित्रण के लिए इन दोनों में संतुलन होना अनिवार्य है। भारत में 'न्यू वेब सिनेमा' आंदोलन की भूमिका इसी संदर्भ में रही है। मणि कौल, मृणाल सेन (मृणाल सेन की 'भुवन शोम' इसकी शुरुआत है), कुमार साहनी, ऋत्विक घटक जैसे फिल्मकार इसी पृष्टभूमि के फिल्मकार माने गए। 'थर्ड वर्ल्ड सिनेमा' की अभिरुचि का विकास भी दरअसल विकासशील देशों में 'लो बजट' की अवधारणा को लेकर था, यह असल में 'न्यू वेब सिनेमा' का विस्तार था जिसकी परिधि में यथार्थवादी वर्गीय चिंताएँ होती थीं और जो पूँजीवादी व्यवस्था के बरक्स एक बेहतर विकल्प की तलाश और उस तलाश के आसान रास्तों को बताती थी। 'थर्ड वर्ल्ड सिनेमा' अपने विस्तार में व्यक्ति के स्वभाव और बाजार के स्वभाव के बीच के फर्क को पूरी समग्रता और सचाई के साथ ग्रहण करती है। मणि कौल की फिल्में हमें यह भूलने नहीं देती कि जनता में' क्रिटिकल सेन्स' का होना पूँजीवादी व्यवस्था के शोषण को समझने के लिए कितना जरूरी है। मणि कौल बड़े ही सधे ढंग से अपनी फिल्म में ध्वनि, संगीत और संवाद के माध्यम से यह करने में सफल रहे हैं।

यह तथ्य बार-बार दुहराया जाता रहा है कि कान ज्यादा संवेदनशील है या

आँख। सुना जाना असरकारी है या देखा जाना। दरअसल सुना जाना हमारे भीतर कही ज्यादा गहराई और असरकारी तरीके से उतरता है यह कारण रहा है कि तमाम कला माध्यमों में संगीत का विशेष स्थान है। मणि कौल कि फिल्मों में संगीत का दिलचस्प और प्रभावी प्रयोग है। संगीत मणि कौल के यहाँ पर्दों पर कई-कई बिंबों को उत्पन्न करती है। मणि कौल की फिल्मों के लंबे-लंबे शॉट में विन्यस्त संगीत इसका प्रमाण है। मणि कौल की फिल्मों में संगीत का कोई निश्चित आरोह-अवरोह नहीं है ये कभी तेज और कभी अचानक कम और फिर अचानक मध्यम हो जाता है। असल में, मणि कौल एक ऐसे फिल्मकार हैं जिसे पहले से कुछ बाधित नहीं करता। वे पूरी आजादी के साथ फिल्म बनाते हैं। 'उसकी रोटी' और 'नौकर की कमीज' के संवादों और उसकी ध्वनियों को अगर गौर से देखा जाए तो यह फर्क हमे साफ दिखलाई देगा, इनमें कभी हमें विलंबित तो कभी द्रुत राग विभिन्न बिंबों में लगातार दिखलाई देता है। मणि कौल में ध्वनि की यह विविधता समकालीन सिनेमा आंदोलनों की उपज मानी जा सकती है जो उनके अपने अनुभवों से होकर गुजरी है। 'फेलनी' की तरह यह एक 'पोयटिक तकनीक' है, जो निरंतर एक 'मेंटल एक्टिविटी' की तरह हमारे जेहन में चलती रहती है; और यही वह वजह है जिससे मणि कौल की फिल्मों को दुरूह कहा जाता है। जबकि वह दुरूह नहीं हैं बल्कि एक जिम्मेदार दर्शक की माँग करने वाली फिल्में हैं। दुर्भाग्य से भारत में चकाचौंध वाली फिल्मों ने दर्शकों की रुचियों को इस कदर बदला है कि पर्दे की बेहतरीन दुनिया की छवि उसके सपनों में बार-बार दस्तक देती है और वही वास्तविक दुनिया भी लगती है। यह बेहद खतरनाक है कि कैमरे में कैद की छवियों की अवास्तविक और मायावी दुनिया ने हमारे समय में वास्तविक दुखों, तकलीफों के अनुभव-संसार को एक हद तक भावशून्य कर दिया है। एक खास तरह के भुलावे और अपने ही समाज से काट कर भारतीय फिल्मों की चकाचौंध ने आंदोलनकारी फिल्मों के स्थान को सीमित कर दिया है।

दरअसल मणि कौल की फिल्मों को एक संश्लिष्ट विधान में सिनेमा के व्याकरणिक मुहावरों को गढ़ने वाली परिधि में रख कर समझने की परिपाटी बनाई गई है, जिसे गलत नहीं कहा जा सकता लेकिन इस कारण से इसे दुरूह कह कर खारिज नहीं किया जा सकता। मणि कौल की फिल्मों की एक सीमा यह जरूर है कि वह प्रबुद्ध दर्शक की माँग करती हैं। भारत जैसे देश में जहाँ

चालीस फीसदी आबादी अब भी शिक्षित नहीं है और शिक्षा को लेकर अब भी जागरूक समाज निर्मित नहीं हो पाया है, ऐसे में जागरूक दर्शक की उम्मीद करना बेमानी हो जाता है। मुक्तिबोध के समस्त कृतित्व पर आधारित फिल्म 'सतह से उठता आदमी' कारखानों, चिमनियों से उठते धुओं के सामने 'जीवन क्या जिया' पर विचार करता हुआ कितना वास्तविक लगता है, वह मशीनों से निकलने वाली कर्कश ध्वनि को एक आदिम राग की तरह सुनता है। हालाँकि यह उल्लेखनीय है कि यह फिल्म मुक्तिबोध के लेखन और चिंतन को पूर्णतया से हमारे सामने नहीं ला पाती है; वैसे भी किसी फिल्म से पूर्णता की माँग करना भी अपने आप में एक गलत प्रश्न की शुरुआत मानी जा सकती है।

बीसवीं सदी के सिनेमा के इतिहास में ऋत्विक घटक, मणि कौल, कुमार साहनी, मृणाल सेन ने सिनेमा के जिस विन्यास को रचा है उसे देखकर हमें कई बार 'गोदार', 'तारकोव्स्की', 'कुरासोवा', 'दे सिका', 'फेलिनी' आदि याद आते हैं। मणि कौल के जाने के बाद फैज अहमद फैज कि यह पंक्ति बार-बार याद आती है - 'वीरां है मयकदा, खुम-ओ-सागर उदास है'।

10. बासु चटर्जी

बासु चटर्जी

हिंदी सिनेमा में जब एंग्री यंगमैन का दौर चरम पर था और मनमोहन देसाई, प्रकाश मेहरा, यश चोपड़ा जैसे दिग्गज फिल्मकारों का परचम लहरा रहा था, बासु चटर्जी ने फार्मूला से अलग हटते हुए आम आदमी को ध्यान में रखकर साफसुथरी और मनोरंजक फिल्में बनाईं जो न केवल बॉक्स आफिस पर कामयाब हुईं बल्कि समीक्षक भी उसकी सराहना करने को मजबूर हो गए।

बासु चटर्जी जन्म 10 जनवरी 1930 को राजस्थान के अजमेर (भारत) में हुआ था। चटर्जी ने अपने करियर की शुरुआत बॉम्बे (अब मुंबई) में प्रकाशित साप्ताहिक टैब्लॉइड ब्लिट्ज के साथ एक रोस्टर और कार्टूनिस्ट के रूप में की, जिसे रुस्तम खुरशेदजी करंजिया ने शुरू किया था। यहां चटर्जी

साहब ने 18 साल तक काम किया। बासु चटर्जी ने अपने फिल्मी करियर की शुरुआत बासु भट्टाचार्य का सहायक बनकर की। इसी दौरान उन्हे एक बार उन्हे राज कपूर और वहीदा रहमान की फिल्म 'तेरी कसम' (1966) में निर्देशक बासु भट्टाचार्य की सहायता करने का मौका मिला और उस फिल्म ने बाद में सर्वश्रेष्ठ फीचर फिल्म का राष्ट्रीय फिल्म पुरस्कार भी जीता। तब से उन्होंने फिल्म निर्देशक बनने का फैसला किया और आखिरकार, उन्होंने 1969 में 'सारा आकाश' जैसी फिल्म के साथ उन्होंने अपने निर्देशन की शुरुआत की। बासु भट्टाचार्य और ऋषिकेश मुखर्जी की फिल्मों की तरह बासु चटर्जी की फिल्में भी हल्के मूड वाली मध्यमवर्गीय परिवार की कहानियां होती थीं। वह अपनी फिल्मों में शादी और प्रेम संबंधों पर ज्यादा जोर देते थे। इसके अलावा उनकी फिल्में सामाजिक और नैतिक मुद्दों पर भी बातचीत करती थीं।

बासु चटर्जी की फ़िल्में शहरी क्षेत्र के अक्सर मध्यम वर्गीय परिवारों की हल्की-फुल्की कहानियों से जुड़ी होती हैं, जिसमें वैवाहिक और प्रेम संबंधों पर ध्यान केंद्रित किया जाता है। 1970 से 1980 के दशक के दौरान, वह मध्यम सिनेमा या मध्य सिनेमा के नाम से जाने जाने वाले सिनेमा से जुड़े हुए थे। उन्होंने अपनी कई साधारण फिल्मों में बड़े सितारों का भी निर्देशन किया, लेकिन इन अभिनेताओं को इससे पहले ऐसी भूमिकाओं मे कभी देखा गया नहीं था। उन्होंने फिल्म 'शौकीन' में मिथुन चक्रवर्ती को रति अग्निहोत्री के साथ, फिर से मिथुन चक्रवर्ती को मूनमून से साथ फिल्म 'शीशा' में, विनोद मेहरा के साथ मौसमी चटर्जी फिल्म 'उस पार' में, जीतेंद्र ने नीतू सिंह के साथ फिल्म 'प्रियतमा' में, देव आनंद ने टीना मुनीम के साथ फिल्म 'मन पसंद' में, राजेश खन्ना को नीतू सिंह के साथ फिल्म चक्रव्यूह (1978 फ़िल्म) में, धर्मेन्द्र, हेमा मालिनी के साथ 'दिल्लगी' में और अमिताभ बच्चन 'मंज़िल' में, का निर्देशन किया। उनमें से, अमिताभ बच्चन के साथ मंजिल और राजेश खन्ना के साथ चक्रव्यूह (1978 फिल्म) केवल ये दो बॉक्स ऑफिस पर सफल नहीं रही, लेकिन उनकी रिलीज के समय समीक्षकों द्वारा प्रशंसित किया गया था। उन्होंने अपने करियर मे कई बंगाली फिल्मों का भी निर्देशन किया है।

इसी दशक में छोटी सी बात, बातों बातों में, खट्टा मीठा, चमेली की शादी, रजनीगंधा, चितचोर, पिया का घर, सारा आकाश, स्वामी, शौकीन जैसी एक से बढ़कर एक फिल्में बनाईं। बासु चटर्जी हिंदी सिनेमा के उन कुछ

फिल्मकारों में से रहे हैं जिनकी फिल्मों में आम आदमी की समस्याएं और उसकी उलझनें उभर कर सामने आती हैं। रिषिकेश मुखर्जी की परंपरा को आगे बढ़ाने वाले बासु चटर्जी ने अपनी फिल्मों में समझौता नहीं किया और पूरे परिवार को ध्यान में रखकर फिल्में बनाईं तथा जीवन के यथार्थ को खूबसूरती से परदे पर उतारते रहे। बासु चटर्जी की फिल्मों को देखकर आम आदमी किरदारों से अपने को जोड़ता है और ऐसा लगता है कि परदे की कहानी कहीं न कहीं उसकी अपनी कहानी ही है। उनकी फिल्मों में एक ओर तीखा व्यंग्य है वहीं बेहतरीन हास्य भी है। ऐसी फिल्मों में विलेन कोई नहीं होता बल्कि मध्यमवर्गीय जीवन की असलियत ही खलनायक होती है और समय समय पर अपनी उपस्थिति दर्ज कराती रहती है। लेकिन सामजिक उद्देश्य साफ होता है और उस पर व्यावसायिकता या मनोरंजन हावी नहीं हो पाता।

जब 1970 और 80 के दशक में हिंदी फिल्मों में हिंसा और अश्लीलता बढ़ती जा रही थी, उन्होंने साफ सुथरी फिल्में बनाईं। उनकी खासियत रही है कि उन्होंने सितारों के स्थान पर कहानी, पटकथा, संगीत पर ध्यान दिया। उनकी फिल्मों के कई गाने आज भी काफी पसंद किए जाते हैं। उनकी फिल्मों की एक और खासियत दृश्यों की निरंतरता है और कहानी एक लय में आगे बढ़ती रहती है। दर्शकों को बांध कर रखने वाली ऐसी फिल्मों में आगे के बारे में जानने की उत्सुकता लगातार बनी रहती है।

कई पुरस्कारों से सम्मानित बासु चटर्जी ने एक बार कहा था कि फिल्म निर्माताओं की सामाजिक जिम्मेदारी होती है। फिल्में बनाना भले ही आज महंगा हो गया है लेकिन अच्छी फिल्मों को दर्शक हमेशा मिल जाते हैं। वह उन फिल्मकारों में रहे हैं जिनके लिए सिनेमा समाज में मूल्यों को बढ़ावा देने वाला माध्यम है। बासु चटर्जी ने छोटे परदे का रूख किया तो वहां भी उनकी प्रतिभा दिखी। उन्होंने दूरदर्शन के लिए रजनी, दर्पण, कक्काजी कहिन, व्योमकेश बख्शी जैसे लोकप्रिय धारावाहिकों का निर्माण किया।

बासु चटर्जी की कुछ बेहतरीन फिल्में

सारा आकाश (1969)

इस फिल्म के साथ बासु चटर्जी ने फिल्मों में निर्माण और निर्देशन की शुरुआत की थी। फिल्म की कहानी राजेंद्र यादव के लिखे उपन्यास

'सारा आकाश' पर आधारित है। शुरुआत करने के लिहाज से बासु की यह फिल्म सुपरहिट साबित हुई। इस फिल्म में राकेश पांडे, मधु चक्रवर्ती, नंदिता ठाकुर, एके हंगल और दीना पाठक मुख्य भूमिकाओं में हैं। फिल्म की कहानी में आगरा का एक संयुक्त परिवार दर्शाया गया है जो शादी होकर आने वाले एक नए जोड़े का स्वागत करता है। इसके बाद इस घर में तकरार शुरू होती है। शादी के बंधन में बंधने वाले दोनों ही लोग घरेलू जिंदगी जीने के लिए बिल्कुल तैयार नहीं थे। अंत में शादी खत्म हो जाती है। इस फिल्म की पटकथा खुद बासु चटर्जी ने ही लिखी थी। इसके लिए उन्हें सर्वश्रेष्ठ पटकथा लेखक के फिल्मफेयर पुरस्कार से नवाजा गया था।

रजनीगंधा (1974)

मनु भंडारी की लिखी एक शॉर्ट स्टोरी 'यही सच है' पर आधारित इस फिल्म में अमोल पालेकर, विद्या सिन्हा और दिनेश ठाकुर ने मुख्य भूमिकाएं निभाई हैं। अमोल पालेकर के लिए यह पहली हिंदी फिल्म रही है जबकि विद्या सिन्हा को इस फिल्म से पहचान मिलनी शुरू हुई। बाद में इन दोनों ही कलाकारों ने बासु चटर्जी के साथ कई फिल्मों में काम किया। बासु ने अपने निर्देशन में इस फिल्म के जरिए शहरों में रहने वाले मध्यमवर्गीय परिवारों की कहानी को करीब से दिखाया है।

इस फिल्म के लिए बासु को सर्वश्रेष्ठ फिल्म के लिए फिल्मफेयर क्रिटिक्स अवॉर्ड से सम्मानित किया गया था।

छोटी सी बात (1976)

बीआर चोपड़ा के निर्माण और बासु चटर्जी के निर्देशन में बनी इस फिल्म को 70 के दशक की सबसे बेहतरीन कॉमेडी फिल्मों में से एक माना जाता है। बासु चटर्जी ने इस फिल्म की पटकथा को भी लिखा।

इसके लिए उन्हें सर्वश्रेष्ठ पटकथा लेखक के फिल्मफेयर अवॉर्ड से भी नवाजा गया। अमोल पालेकर, विद्या सिन्हा, अशोक कुमार, धर्मेंद्र, हेमा मालिनी और असरानी जैसे बड़े कलाकार इस फिल्म के पात्रों में शामिल थे इसलिए यह फिल्म बॉक्स ऑफिस पर भी हिट रही। बासु की इस

फिल्म के बाद अमोल पालेकर ने फिल्म इंडस्ट्री में असाधारण कॉमिक हुनर वाले कलाकार के रूप में खुद को स्थापित कर लिया था।

चितचोर (1976)

बासु चटर्जी के लेखन और निर्देशन में बनी इस रोमांटिक म्यूजिकल फिल्म को राजश्री प्रोडक्शन के बैनर तले ताराचंद बड़जात्या ने इसका निर्माण किया है। यह फिल्म सुबोध घोष की एक बंगाली कहानी पर आधारित है। अमोल पालेकर और जरीना वहाब की इस फिल्म के हिट

साबित होने पर इसे बाद में तेलुगू और मलयालम में भी रीमेक किया गया। फिल्म के बेहतरीन निर्देशन के लिए बासु चटर्जी को फिल्मफेयर अवॉर्ड के लिए नामित किया गया था। वर्ष 2003 में आई सूरज बड़जात्या के निर्देशन में बनी फिल्म 'मैं प्रेम की दीवानी हूं' भी इसी फिल्म की रीमेक है जिसमें अभिषेक बच्चन, ऋतिक रोशन और करीना कपूर मुख्य भूमिकाओं में हैं।

स्वामी (1977)

यह रोमांटिक ड्रामा फिल्म शरदचंद्र चटर्जी की लिखी किताब पर आधारित है। हालांकि इसी नाम से वर्ष 1949 में भी एक बंगाली फिल्म रिलीज हो चुकी थी। बासु चटर्जी ने इस फिल्म के निर्देशन के

साथ इसको लिखने का भी काम किया है। फिल्म में शबाना आजमी, विक्रम, गिरीश कर्नाड और उत्पल दत्त मुख्य भूमिकाओं में नजर आए। इसके अलावा हेमा मालिनी और धर्मेंद्र ने भी एक साथ इस फिल्म में गेस्ट अपीयरेंस किया है। इस फिल्म को दहिसर और दहिसर नदी के किनारे पर फिल्माया गया है। बेहतरीन निर्देशन के लिए बासु चटर्जी को सर्वश्रेष्ठ निर्देशक के फिल्मफेयर पुरस्कार से सम्मानित किया गया।

खट्टा मीठा (1978)

बासु चटर्जी की लिखी और निर्देशित की गई यह फिल्म काफी हद तक 1968 में आई अमेरिकन फिल्म 'योर्स, माइन एंड आवर्स' पर आधारित

है। इस फिल्म में अशोक कुमार, राकेश रोशन, बिंदिया गोस्वामी, पर्ल पदम्सी, देवेन वर्मा, रंजीत चौधरी, प्रीति गांगुली, प्रदीप कुमार और इफ्तिखार मुख्य भूमिकाओं में नजर आए। वर्ष 2010 में आई रोहित शेट्टी की फिल्म 'गोलमाल 3' भी इसी फिल्म से प्रेरित है। कहानी में चार बच्चों का अकेला पिता होता है जो अपने बच्चों की परवरिश के लिए एक मां की तलाश करता है। उसे एक विधवा मिलती है जिसके पहले से ही तीन बच्चे होते हैं। अब इन दोनों परिवारों में जो उठापटक होती है, वह देखने लायक है।

बातों बातों में (1979)

अपने पसंदीदा जॉनर के अनुसार बासु चटर्जी ने इस फिल्म में भी रोमांस और कॉमेडी को अग्रणी रखा। उन्होंने इस फिल्म का निर्देशन भी किया है और निर्माण भी किया है। फिल्म की कहानी मुंबई के बांद्रा इलाके में रहने वाले कैथोलिक लोगों की कहानी बताती है। फिल्म बॉक्स ऑफिस पर जितनी हिट हुई थी उतना ही इस फिल्म ने समीक्षकों को भी प्रभावित किया था। फिल्म में बासु चटर्जी के पसंदीदा कलाकार अमोल पालेकर, टीना मुनीम के साथ मुख्य भूमिका में नजर आए। इसके अलावा फिल्म में डेविड, पर्ल पदम्सी, असरानी और रंजीत चौधरी भी सहायक कलाकारों की भूमिकाओं में नजर आए।

शौकीन (1982)

यह फिल्म काफी हद तक 1962 में आई अमेरिकन फिल्म 'बॉयज नाइट आउट' पर आधारित है। इस फिल्म का रीमेक वर्ष 2014 में 'द शौकीन्स' नाम से किया गया। बासु चटर्जी ने इस फिल्म की पटकथा लिखी और निर्देशन भी किया है। यह फिल्म ऐसे लोगों की मानसिकता दर्शाती है जो अधेड़ उम्र में पहुंचकर भी कुछ रोमांचक करने की चाह रखते हैं। फिल्म में अशोक कुमार, उत्पल दत्त, ए के हंगल, रति अग्निहोत्री और मिथुन चक्रवर्ती मुख्य भूमिकाओं में नजर आए।

चमेली की शादी (1986)

बासु चटर्जी का इस फिल्म में किया निर्देशन उनकी सबसे बेहतरीन

निर्देशित फिल्मों में से एक रहा। इस फिल्म में अनिल कपूर, अमृता सिंह, अमजद खान, पंकज कपूर, राम सेठी आदि कलाकार मुख्य भूमिकाओं में नजर आए। इस कॉमेडी फिल्म के कम बजट के हिसाब से इस फिल्म ने बॉक्स ऑफिस पर अच्छा प्रदर्शन किया। साथ ही फिल्म को समीक्षकों से भी काफी सराहना मिली। फिल्म की कहानी में चरणदास एक कोयले की डिपो के मालिक की बेटी चमेली से प्यार करने लगता है और उससे शादी करना चाहता है। जबकि इन दोनों के परिवारों को इन दोनों के मिलन से आपत्ति होती है।

कमला की मौत (1989)

पंकज कपूर, सुप्रिया पाठक, रूपा गांगुली, इरफान खान, मृणाल कुलकर्णी, आशा लता, आशुतोष गोवारिकर जैसे कलाकारों से सजी इस ड्रामा फिल्म को बासु चटर्जी ने निर्देशित किया है और इसकी पटकथा को भी लिखा है। यह फिल्म आधुनिक भारत में रिश्तों, प्रेम संबंधों और शादी से पहले शारीरिक संबंध बनाने जैसे मुद्दों पर प्रकाश डालती है। मुंबई की पृष्ठभूमि पर आधारित इस फिल्म की पटकथा लिखने पर बासु चटर्जी को सर्वश्रेष्ठ पटकथा लेखक के फिल्मफेयर अवॉर्ड से सम्मानित किया गया।

11. राज कपूर

राज कपूर

हिन्दी सिनेमा जगत के मोस्ट हैंडसम, मोस्ट टैलेंटेड, सपनो के सौदागर, द ग्रेट शोमैन, निर्माता निर्देशक व अभिनेता राजकपूर का नाम भला कौन नहीं जानता। युवा राज कपूर नेहरूवादी समाजवाद से प्रेरित थे, उनकी बनाई शुरूआती फिल्मों आवारा, श्री 420, बूट पॉलिश, जागते रहो में इसकी झलक स्पष्ट रूप से देखी जा सकती है। आम आदमी के सुख-दुख को अभिव्यक्त करने वाली उनकी बनाई ये फिल्में आज भी चर्चा में बनी हुई हैं। बाद में राजकपूर ने रोमांटिक फिल्मों की ओर रूख किया और अपनी फिल्मों में प्रेम को एक नई परिभाषा दी जिससे प्रभावित हो हिन्दी सिनेमा जगत में और भी फिल्मकारों ने उनकी इस शैली को अपनाया, उसके बाद तो फिल्मों में लगातार रोमांटिक फिल्मों की बहार सी छा गई।

राज कपूर का जन्म 14 दिसंबर, 1924 को पेशावर में उस समय हुआ था जब भारत पाकिस्तान का विभाजन नहीं हुआ था और पेशावर अविभाज्य

भारत का हिस्सा था जो अब पाकिस्तान में है। राज कपूर के पिता पृथ्वी राज कपूर एक जाने माने थियेटर आर्टिस्ट और फिल्म कलाकार थे। पृथ्वीराज कपूर के तीन बेटे थे राज कपूर, शम्मी कपूर और शशि कपूर जो तीनों ही अपने दौर के दिग्गज अभिनेता रहे हैं। पृथ्वी राज कपूर के बेटे ही क्या समस्त कपूर खानदान आज अभिनय की दुनिया में एक बड़ा नाम है।

राज कपूर का पूरा नाम रणबीर राज कपूर था। उनकी पारिवारिक पृष्ठभूमि के आधार पर हालांकि फिल्मों में अपनी जगह बनाना उनके लिए बहुत आसान था किन्तु उनके पिता पृथ्वीराज कपूर चाहते थे कि राज कपूर का खुद का अपना हुनर है और वह किसी के नाम के साथ नहीं बल्कि अपने दम पर अपना मुकाम हासिल करें और ऐसा ही हुआ भी। राज कपूर ने अपनी मेहनत और काबिलियत के दम पर ही फिल्मों में अपनी अलग पहचान बनाई।

अपने अभिनय का आगाज़ राज कपूर ने पृथ्वीराज थियेटर के मंच से ही किया। साल 1935 में मात्र 10 साल की उम्र में फिल्म 'इंकलाब' में उन्होंने एक छोटा सा रोल किया था उसके पश्चात फिल्मी दुनिया में उनकी एंट्री निर्देशक केदार शर्मा की फिल्मों में 'क्लैपर बॉय' के रूप में हुई। यहां उनके साथ एक किस्सा भी जुड़ा है। एक फिल्म में केदार शर्मा जी ने उनसे क्लैप कर शूट शुरू करने के लिए बोला तब राज कपूर कैमरे के सामने आकर बाल ठीक करने लग गए। इस पर केदार शर्मा को बहुत गुस्सा आया और गुस्से में उन्होंने राज कपूर को एक चांटा लगा दिया, हालांकि बाद में केदार शर्मा समझ गए कि राजकपूर का टैलेंट क्लैपर बॉय का नहीं बल्कि वो नायक, अभिनेता बनने की काबिलियत रखते हैं। कुछ लोगों का मानना है कि उनके पिता पृथ्वीराज कपूर को विश्वास नहीं था कि राज कपूर कुछ विशेष कार्य कर पायेगा, इसीलिये उन्होंने उसे सहायक या क्लैपर ब्वाय जैसे छोटे काम में लगवा दिया था पृथ्वीराज कपूर हमेशा कहते थे राज पढ़ेगा-लिखेगा नहीं, पर फिल्मी दुनिया में शानदार काम करेगा। केदार ने उसे मेरा बेटा होने के कारण काम दिया है, लेकिन एक दिन वह भी होगा जब लोग राज को पृथ्वीराज का बेटा नहीं बल्कि पृथ्वीराज को राज कपूर का बाप होने के कारण जानेंगे। उस समय के प्रसिद्ध निर्देशक केदार शर्मा ने राज कपूर के भीतर के अभिनय क्षमता और लगन को पहचाना और उन्होंने राज कपूर को सन् 1947 में अपनी फ़िल्म 'नीलकमल' में नायक की भूमिका दे दी।

फिल्म बरसात के एक दृश्य में राज कपूर और नरगिस

नायक के रूप में राज कपूर का फ़िल्मी सफ़र 'हिन्दी सिनेमा की वीनस' मानी जाने वाली सुप्रसिद्ध अभिनेत्री मधुबाला के साथ आरंभ हुआ। 1946-47 में प्रदर्शित केदार शर्मा की 'नीलकमल' तथा मोहन सिन्हा के निर्देशन में बनी 'चित्तौड़ विजय' और 'दिल की रानी' तथा 1948 में एन॰एम॰ केलकर द्वारा निर्देशित 'अमर प्रेम' में भी मधुबाला ही राज कपूर की नायिका थी। नरगिस के अतिरिक्त मधुबाला के साथ ही राज कपूर ने सबसे अधिक फिल्मों में नायक की भूमिका की है। परंतु, इनमें सफल केवल 'नीलकमल' ही हुई। अन्य फिल्मों की असफलता के कारण उन्हें भुला दिया गया। 1948 में प्रदर्शित 'आग' वह पहली फिल्म थी जिसमें अभिनेता के साथ साथ निर्माता-निर्देशक के रूप में भी राज कपूर सामने आये। हालाँकि यह फिल्म सफल नहीं हो पायी। 'आग' के प्रदर्शन के साथ ही राज कपूर की छवि एक विवाद ग्रस्त व्यक्तित्व के रूप में बनी। 'आग' स्थापित परम्पराओं का अनुकरण नहीं करती थी, किन्तु वह अपनी अलग पहचान भी नहीं बना सकी। 'आग' के बाद 1949 में राज कपूर 'बरसात' फिल्म में अभिनेता के साथ-साथ निर्माता-निर्देशक के रूप में भी पुनः उपस्थित हुए और

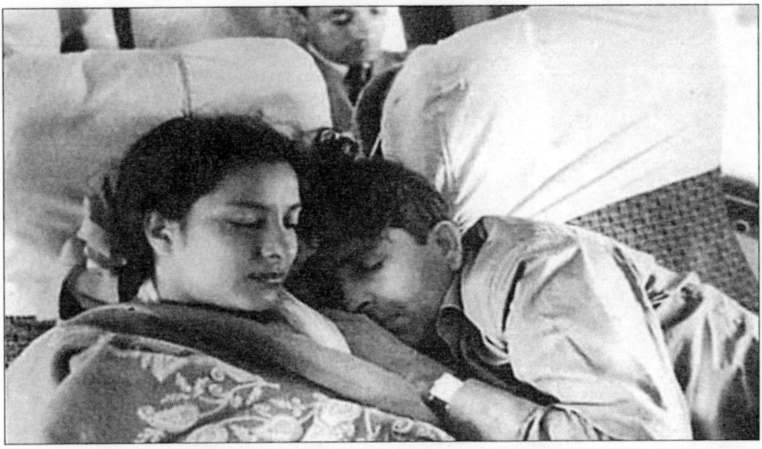

बस में सफर के दौरान राज कपूर एवं नरगिस

इस फिल्म ने सफलता का नया मानदंड कायम कर दिया। इस फिल्म की लगभग पूरी टीम ही नयी थी। संगीतकार नये थे-- शंकर-जयकिशन। गीतकार नये थे-- हसरत जयपुरी और शैलेन्द्र। लेखक नया था-- रामानन्द सागर। फिल्म की नायिका भी नयी थी-- निम्मी। इतना ही नहीं राधू कर्मकार, एम॰आर॰ अचरेकर और जी॰जी॰ मायेकर जैसे नये टैक्नीशियनों की पूरी टीम थी। इन कारणों से लोग कहते थे 'आग' में जो कुछ जलने से रह गया है वह 'बरसात' में बह जाएगा। लेकिन राज कपूर ने किन्हीं की बातों पर ध्यान नहीं दिया। सिर्फ एक वर्ष के समय में 'बरसात' पूरी हो गयी और 1949 में 'बरसात' के प्रदर्शन के साथ ही हिन्दी सिनेमा में विस्मय का विस्फोट हुआ। शंकर-जयकिशन, शैलेन्द्र, हसरत जयपुरी, रामानन्द सागर, निम्मी और सारे टैक्नीशियन रातों-रात चोटी पर पहुँच गये। 'बरसात' का संगीत देश-काल की सीमाओं को लाँघ गया। चारों ओर मुकेश और लता के गाये हुए गीतों की धुन थी। गायिका लता मंगेशकर की पहचान भी 'बरसात' फिल्म में ही मुख्यतः बन पायी। 'बरसात' पूरी तरह एक नयी फिल्म थी जिसकी नसों में पूरा का पूरा नया खून था। इतनी ताजगी और स्वनिर्मिती के साथ जुड़कर इस तरह सफल होने का दूसरा कोई उदाहरण आजादी के बाद के हिन्दी सिनेमा के पास नहीं है।

'बरसात' की ही प्रचंड सफलता का यह परिणाम था कि इसके अगले वर्ष अर्थात् सन् 1950 में नायक के रूप में राज कपूर की छह फिल्में आयीं। राज

राज कपूर पत्नी कृष्णा एवं अपने बेटों रणधीर, राजीव एवं ऋषि के साथ

कपूर के पूरे नायक युग में एक वर्ष में इससे अधिक फिल्में कभी नहीं आयीं। इस वर्ष नरगिस के साथ उनकी 'जान पहचान' और 'प्यार' फिल्में आयीं। केदार शर्मा के निर्देशन में गीता बाली के साथ 'बावरे नयन', ए॰आर॰ कारदार के निर्देशन में सुरैया के साथ 'दास्तान', जी॰ राकेश के निर्देशन में निम्मी के साथ 'भँवरा', और रेहाना के साथ पी॰एल॰ सन्तोषी के निर्देशन में 'सरगम' सन् 1950 में रिलीज होने वाली फिल्में थीं। इनमें कारदार की 'दास्तान' सबसे अधिक सफल रही। यह एकमात्र फिल्म है जिसमें राज कपूर, सुरैया के साथ नायक बने। 'सरगम', 'दास्तान' और 'बावरे नयन' का संगीत अत्यधिक लोकप्रिय हुआ। 'सरगम' और 'बावरे नयन' भी टिकट-खिड़की पर सफल रहीं।

इसके बाद तो महबूब, केदार शर्मा, नितिन बोस, विमल राय, महेश कौल, वी शांताराम जैसे महामहिमों के रहते नौसिखए राज कपूर ने अपनी फिल्म 'आवारा' से साबित कर दिया कि वह हर मोर्चे पर बड़े-बड़े दिग्गजों के हौसले पस्त कर सकता है।

सन् 1951 में प्रदर्शित 'आवारा' हिन्दी सिनेमा के इतिहास में मील का पत्थर साबित हुआ। इसने राज कपूर को नायक के रूप में नयी और अलग पहचान दी। 'आवारा' ने ही फिल्मकार के रूप में एक दृष्टिकोण दिया; और 'आवारा' ने ही उनकी फिल्मों को सामाजिक यथार्थ के धरातल पर ला खड़ा

किया। 'आवारा' ने इस सत्ताइस साल के नौजवान को उस ऊँचाई पर पहुँचा दिया, जहाँ तक पहुँचने के लिए बड़े-से-बड़ा कलाकार लालायित हो सकता है। 'आवारा' ने ही उसे अन्तर्राष्ट्रीय ख्याति प्रदान की। यहाँ तक कि वह पंडित जवाहरलाल नेहरू के बाद सर्वाधिक लोकप्रिय व्यक्तित्व बन गया-- सोवियत रूस में। रूस और अनेक समाजवादी देशों में 'आवारा' को सिर्फ प्रशंसा ही नहीं मिली, वरन् वहाँ की जनता ने भी बेहद आत्मीयता के साथ इसे अपनाया। भारत ने विश्व स्तर पर चाहे जो छवि बनायी हो और उसके जो भी नये प्रतीक हों, लेकिन इतना तय है कि चीन, पूर्व सोवियत संघ और मिस्र जैसे देशों में राजकपूर हमेशा के लिए भारत का प्रतीक बने रहेंगे। चीन के सबसे बड़े नेता माओ त्से तुंग ने सार्वजनिक तौर पर कहा था कि 'आवारा' उनकी सर्वाधिक पसंदीदा फिल्म थी। शायद यही कारण है कि आज भी पेइचिंग और मास्को की सड़कों पर घूमते-टहलते हुए 'आवारा हूं' गीत सुनाई पड़ने लगते हैं। यह राज कपूर की लोकप्रियता के विशाल दायरे का एक उदाहरण मात्र है।

सन् 1952 में नायक के रूप में राज कपूर की चार फिल्में प्रदर्शित हुईं-- 'अम्बर', 'अनहोनी', 'बेवफ़ा' और 'आशियाना'। इन चारों में ही उनकी नायिका नरगिस थीं। इतना ही नहीं सन् '51से '56 के बीच राज कपूर की जितनी भी फिल्में आयीं, उनमें नायिका नरगिस ही थीं। यह भी अपने-आप में एक रिकॉर्ड है। इस वर्ष की जयन्त देसाई निर्देशित 'अम्बर' सबसे सफल फिल्म

त्रिमूर्ति के रूप में प्रसिद्ध राज कपूर, देवआनन्द और दिलीप कुमार

राज कपूर के बचपन का चित्र

थी और ख़्वाजा अहमद अब्बास निर्देशित 'अनहोनी' सबसे असफल। एम॰एल॰ आनन्द के निर्देशन में बनी 'बेवफा' इस वर्ष की एक महत्त्वपूर्ण फिल्म थी, जिसमें राज-नरगिस के साथ अशोक कुमार भी थे। अशोक कुमार ने बेवफा में एक भावुक चित्रकार की भूमिका में मर्मस्पर्शी अभिनय किया था।

सन् 1953 राज कपूर के लिए दुर्भाग्यपूर्ण वर्ष साबित हुआ। इस वर्ष उनकी आर॰के॰ फिल्म्स की तीन फिल्में रिलीज हुईं-- 'आह' 'धुन' और 'पापी'। ये तीनों ही फिल्में असफल हो गयीं। हालाँकि इनमें से 'आह' की असफलता एक आश्चर्यजनक बात थी। इसमें राज कपूर ने टीबी के मरीज के रूप में एक निराश प्रेमी की भूमिका निभायी थी, जिसे दर्शक स्वीकार नहीं कर पाये। अपने दौर की सभी विशेषताओं को लिए हुई थी 'आह'। इसका संगीत तो बेहद लोकप्रिय हुआ था। उसकी गुरुता और मोहनी-शक्ति 'बरसात' और 'आवारा' से उन्नीस नहीं, बीस थी। 'राजा की आएगी बारात, रंगीली होगी रात, मगन मैं नाचूँगी', 'आजा रे अब मेरा दिल पुकारा' और 'जाने न नज़र पहचाने जिगर' आदि गीत बेहद लोकप्रिय हुए थे।... फिर भी 'आह' इसलिए असफल हो गयी, क्योंकि 'आवारा' ने राज कपूर की इमेज एक बिल्कुल अलग किस्म के मस्तमौला, फक्कड़ नौजवान की बना दी थी। उस फ्रेम में राज कपूर का यह निराशावादी व्यक्तित्व कहीं नहीं अँटता था।

सन् 1953 की उक्त तीनों फिल्मों की असफलता से राज कपूर की लोकप्रियता को गहरा धक्का लगा। राज कपूर के पास उस समय कोई फिल्म नहीं थी। लेकिन वे हार मानने वाले व्यक्तित्व नहीं थे। 'आह' की असफलता के तुरंत बाद आर॰के॰ फिल्म्स के अंतर्गत एक ऐसी फिल्म बनायी गयी जिसने पूरे फिल्म उद्योग को चौंका दिया। यह फिल्म थी 'बूट पॉलिश', जिसमें राज कपूर

स्वयं नायक भी नहीं थे और नरगिस भी नहीं थी। इसमें थे दो बाल कलाकार- - बेबी नाज और रतन कुमार और प्रसिद्ध चरित्र अभिनेता अब्राहम डेविड। बाल फिल्मों की सफलता हमेशा ही संदिग्ध रही है। परन्तु राज कपूर के महत्वाकांक्षी व्यक्तित्व के अनुरूप 'बूट पॉलिश' एक ऐसा करिश्मा साबित हुई जिसने उनकी प्रतिष्ठा पर लगे धक्के के एहसास तक को नष्ट कर दिया। इसकी रजत-जयंती सफलता ने पूरे फिल्म उद्योग को अचंभे में डाल दिया।

सन् 1955 में आर॰के॰ फिल्म्स की 'श्री 420' ने फिर से राज कपूर को सबसे बढ़कर बना दिया। इस फिल्म को सफलता तो मिली ही, देश-विदेश में सराहना भी हुई। और इन दोनों से बढ़कर यह कि 'श्री 420' अपने समय की सबसे अलग फिल्म थी बिल्कुल नए मिजाज की। दर्शकों को इसमें नया स्वाद मिला। उन्होंने इसकी संवेदनशील भाषा में सामाजिक जिन्दगी का नया अर्थ पहचाना। तब देश आजाद हुए कुल 8 वर्ष हुए थे। जनमानस पर आजादी का नशा छाया हुआ था। उस समय 'श्री 420' में सभ्यता और प्रगति की आड़ में पनप रही खोखली नैतिकता को पहचानने की कोशिश के साथ ही उसके संभावित खतरों से आगाह किया गया था। इस फिल्म में राज कपूर का अभिनय बेमिसाल है। इसमें वे मजाक ही मजाक में बहुत बड़ी बातें कहते हैं। यह एक

फिल्म आह के एक दृश्य में नरगिस के साथ राज कपूर

ऐसी फिल्म थी जो अपने समय की जरूरत को पूरा करती है। हर वर्ग के दर्शक के साथ तादात्म्य स्थापित कर लेती है।

सन् 1956 राज कपूर के जीवन का महत्त्वपूर्ण वर्ष रहा। इसी वर्ष वे एक ओर कलात्मक ऊँचाइयों के चरमोत्कर्ष तक पहुँचे और दूसरी ओर लोकप्रियता के उच्चतम शिखर तक भी। वे हिन्दी सिनेमा में अपने ढंग का अलग व्यक्तित्व बन गये, जिसका कोई मुकाबला नहीं। इस वर्ष उनकी दो फिल्में प्रदर्शित हुईं- - 'जागते रहो' और 'चोरी-चोरी'। इनमें से व्यावसायिक दृष्टि से 'चोरी-चोरी' अधिक सफल रही थी तथा अत्यधिक लोकप्रिय भी। 'जागते रहो' को आरंभ में अधिक व्यवसायिक सफलता नहीं मिली; परंतु यह एक महान फिल्म थी। इस फिल्म को कार्लोरीवेरी अन्तर्राष्ट्रीय फिल्म महोत्सव में सर्वश्रेष्ठ फिल्म का 'ग्रैंड प्रीं' पुरस्कार मिला। अन्तर्राष्ट्रीय स्तर पर पुरस्कृत होने के उपरान्त हिन्दी दर्शक इस फिल्म का नाम सुनकर चौंके और दोबारा प्रदर्शित होने पर पहले की अपेक्षा 'जागते रहो' को अधिक सफलता प्राप्त हुई। उस समय तक अन्तर्राष्ट्रीय स्तर पर किसी भारतीय फिल्म को इतना बड़ा पुरस्कार प्राप्त नहीं हुआ था। यह पुरस्कार मिलने के बाद हिन्दी जगत ने 'जागते रहो' का भरपूर स्वागत किया। कला समीक्षकों ने इसे हिन्दी सिनेमा की महत्त्वपूर्ण उपलब्धि माना। ऑस्कर अवार्ड यदि सचमुच ही वैश्विक श्रेष्ठता का मापदण्ड हो तो जागते रहो आज भी उसकी हकदार है। हालांकि भारतीय सिनेमा के वातावरण को इस सबकी जरूरत नहीं क्योंकि पुरस्कारों की नियति खुद भी बहुत दरिद्र होती आयी है। उधर राजकपूर को भी शायद ही कभी पुरस्कारों की ऐषणा रही हो। जनता की लगातार तालियों से बड़ा और कौन-सा पुरस्कार हो सकता है! जागते रहो सिर्फ अपने समय का नहीं बल्कि हर समय का विराट सच है और आधुनिक समाज के परिदृश्य में तो इसकी प्रासंगिकता और भी बढ़ती जाती है! इसीलिए मैं इसे कालजयी फिल्म स्वीकार करता हूं। इसके निर्माण के 53 वर्ष बाद भी यह फिल्म एक ताजा गुलाब की तरह जहनो दिल में महकती है।

सन् 1957 में दक्षिण भारत के प्रसिद्ध निर्माता-निर्देशक एल॰ वी॰ प्रसाद की पहली हिन्दी फिल्म 'शारदा' में राज कपूर के साथ नायिका रूप में मीना कुमारी आयीं। यह फिल्म भी सफल हुई तथा इसने रजत जयन्ती मनायी। 'शारदा' में मीना कुमारी ने उस त्यागमयी भारतीय नारी की भूमिका निभायी है जो परिस्थितिवश उसी व्यक्ति के पिता से विवाह करने के लिए मजबूर हो जाती

फिल्म फिर सुबह होगी में माला सिन्हा

है, जिससे वह प्यार करती है। जिसे पति के रूप में पाना चाहिए था उसे बेटे के रूप में पाती है। वह दृश्य जिसमें राज कपूर मीना कुमारी को पहली बार माँ कह कर संबोधित करते हैं, दिल को दहला देने वाला है।

सन् 1958 में राज कपूर की दो फिल्में प्रदर्शित हुईं-- 'परवरिश' और 'फिर सुबह होगी' इन दोनों ही फिल्मों में उनकी नायिका माला सिन्हा थीं। ये दोनों ही फिल्में व्यावसायिक दृष्टि से सफल नहीं हो पायीं। 'परवरिश' एक सामान्य फिल्म थी भी, परन्तु दोस्तोयेव्स्की के सुप्रसिद्ध उपन्यास 'अपराध और दण्ड' पर आधारित 'फिर सुबह होगी' वस्तुतः एक उत्तम फिल्म थी। '58 में ही प्रदर्शित होने वाली रमेश सहगल की 'फिर सुबह होगी' निश्चित ही एक उम्दा फिल्म थी, लेकिन टिकिट-खिड़की पर बुरी तरह असफल हो गयी। हिन्दी सिनेमा में कभी-कभी कुछ चमत्कार भी होते हैं। 'फिर सुबह होगी' की असफलता एक ऐसा ही चमत्कार थी। इसमें राज कपूर और माला सिन्हा ने उत्कृष्ट अभिनय किया था। रमेश सहगल का निर्देशन भी सक्षम था और इसके साथ ही साहिर लुधियानवी के सारगर्भित भावनापूर्ण गीतों को संगीतकार खय्याम ने मधुर धुनों से सजाया था।... 'फिर सुबह होगी' में राज कपूर ने अपनी प्रचलित छवि से हटकर संजीदा भूमिका की थी। पर इस फिल्म की असफलता ने उन्हें बाद में पुनः अपने छवि के दायरे में वापस कर दिया।'

सन् 1959 में राज कपूर अभिनीत पाँच फिल्में प्रदर्शित हुईं-- 'अनाड़ी', 'दो उस्ताद', 'कन्हैया', 'मैं नशे में हूँ', तथा 'चार दिल चार राहें'। इनमें से किसी के निर्माता-निर्देशक स्वयं राज कपूर नहीं थे। इनमें से ख्वाजा अहमद अब्बास निर्देशित 'चार दिल चार राहें' असफल हो गयी तथा 'अनाड़ी' को छोड़कर शेष तीन फिल्में औसत रूप में ही सफल रहीं। 'अनाड़ी' का निर्माण एल॰बी॰ लछमन तथा निर्देशन सुप्रसिद्ध निर्देशक हृषिकेश मुखर्जी ने किया था। यह फिल्म राज कपूर के लिए एक सुखद घटना बन गयी। 1956 में नरगिस के अलग हो जाने के बाद 1959 में आकर 'अनाड़ी' ने राज कपूर को फिर अनोखे रूप में प्रस्तुत किया। निराशा का एक दौर समाप्त हुआ और सृजनात्मकता का नया अध्याय आरंभ। इसमें उत्कृष्ट अभिनय के लिए राज कपूर को सर्वश्रेष्ठ अभिनेता का 'फिल्मफेयर पुरस्कार' भी प्राप्त हुआ।

सन् 1960 में राज कपूर की तीन फिल्में प्रदर्शित हुईं-- 'छलिया', 'श्रीमान् सत्यवादी' तथा 'जिस देश में गंगा बहती है'। इनमें से 'श्रीमान् सत्यवादी' असफल साबित हुई, जबकि भारत-पाक-विभाजन की पृष्ठभूमि पर आधारित 'छलिया' सफल हुई। 'जिस देश में गंगा बहती है' का निर्माण भी राज कपूर ने ही किया था। यह फिल्म काफी उत्तम तथा सफल सिद्ध हुई। इसमें उत्तम अभिनय के लिए राज कपूर को तो सर्वश्रेष्ठ अभिनेता का 'फ़िल्मफ़ेयर पुरस्कार' मिला ही, इस फिल्म को भी सर्वश्रेष्ठ फ़िल्म का 'फिल्म फेयर पुरस्कार' प्राप्त हुआ।

सन् 1961 में राज कपूर की एकमात्र फिल्म प्रदर्शित हुई 'नज़राना' तथा 1962 में 'आशिक'। 'नज़राना' मद्रास के सुप्रसिद्ध निर्माता निर्देशक श्रीधर की पहली हिन्दी फिल्म थी। इसमें राज कपूर की नायिका थी वैजयन्ती माला। प्रेम और कर्तव्य के अंतर्द्वंद को प्रस्तुत करने वाली 'नज़राना' में राज कपूर ने लम्बे समय के बाद गंभीर भूमिका निभाई थी। यह अभिनय की दृष्टि से उनकी महत्त्वपूर्ण फिल्म है। 'आशिक' हृषिकेश मुखर्जी के निर्देशन के बावजूद अस्त-व्यस्त पटकथा के कारण अधिक सफल साबित नहीं हो पायी।

सन् 1963 में प्रदर्शित 'दिल ही तो है' तथा 'एक दिल सौ अफ़साने' एवं 1964 में प्रदर्शित 'दूल्हा-दुल्हन' सामान्य रूप से ही सफल हुईं। 'दिल ही तो है' में ही मन्ना डे की आवाज में गाया गया सुप्रसिद्ध गीत था 'लागा चुनरी में दाग छुपाऊँ कैसे'।

26 जून 1964 को अखिल भारतीय स्तर पर 'संगम' प्रदर्शित हुई। इसके 100 से अधिक प्रिंट एक साथ रिलीज किये गये थे। यह निर्माता, निर्देशक तथा अभिनेता सभी रूपों में राज कपूर की पहली रंगीन फिल्म थी। 'संगम' में राज कपूर अपनी बहुआयामी प्रतिभा के साथ उपस्थित हुए। 'संगम' के निर्माता, निर्देशक, संपादक और नायक वे स्वयं थे। इस फिल्म के लिए उन्हें 'फ़िल्मफ़ेयर सर्वश्रेष्ठ निर्देशक पुरस्कार' और 'फ़िल्मफ़ेयर सर्वश्रेष्ठ सम्पादक पुरस्कार' भी प्राप्त हुए। यद्यपि यह राज कपूर की पहली फिल्म थी जिसमें कोई संदेश नहीं था; फिर भी रागात्मक सम्मोहन, नयनाभिराम दृश्यांकन और मधुर संगीत ने मिलकर इसे घनघोर लोकप्रिय बना दिया। भारत में ही नहीं, यूरोप के अनेक देशों में भी 'संगम' को बहुत सफलता मिली। 'संगम' ने राज कपूर को एशिया का सबसे बड़ा शो मैन बना दिया। 'संगम' में राज कपूर की नायिका सुप्रसिद्ध नर्तकी-अभिनेत्री वैजयन्ती माला थी तथा सह अभिनेता राजेन्द्र कुमार थे, जिनकी भूमिका को अपने उदार स्वभाव के अनुरूप ही राज कपूर ने स्वयं की भूमिका से भी अधिक महत्व दिया था।

सन् 1966 में राज कपूर तथा वहीदा रहमान अभिनीत 'तीसरी कसम' प्रदर्शित हुई। यह हिन्दी साहित्य के सुप्रसिद्ध कथाकार फणीश्वर नाथ 'रेणु' रचित इसी नाम की लम्बी कहानी पर केंद्रित थी। इसका निर्माण कवि-गीतकार शैलेन्द्र ने किया था। साहित्यिक कृति पर बनी फिल्म होने से आरंभ में इसे मुश्किल से वितरक मिले और बॉक्स ऑफिस पर भी आरंभ में इसे सफलता नहीं मिली। इसी दुःख में शैलेन्द्र दुनिया से चल बसे। परंतु बाद में लोगों ने इसका महत्व समझा और सिनेमा हॉल हाउसफुल रहने लगे। यह वह फिल्म थी जिसमें राज कपूर ने अपने जीवन की सर्वोत्कृष्ट भूमिका अदा की; हालाँकि इस फिल्म के लिए पारिश्रमिक स्वरूप उन्होंने अपने मित्र कवि-गीतकार शैलेन्द्र से मात्र एक रुपया लिया था। 'तीसरी कसम' यदि एकमात्र नहीं तो चन्द उन फिल्मों में से है जिन्होंने साहित्य-रचना के साथ शत-प्रतिशत न्याय किया हो। 'तीसरी कसम' को बाद में 'राष्ट्रपति स्वर्ण पदक' मिला, बंगाल फिल्म जर्नलिस्ट एसोसिएशन द्वारा सर्वश्रेष्ठ फिल्म और कई अन्य पुरस्कारों द्वारा सम्मानित किया गया। मास्को फिल्म फेस्टिवल में भी यह फिल्म पुरस्कृत हुई। इसकी कलात्मकता की काफी प्रशंसा की गयी।

1967 में राज कपूर अभिनीत 'अराउंड द वर्ल्ड' और 'दीवाना' तथा

1968 में 'सपनों का सौदागर' प्रदर्शित हुईं। ये तीनों ही फिल्में असफल हो गयीं। इनमें से किसी के निर्माता-निर्देशक राज कपूर नहीं थे। 'दीवाना' और 'सपनों का सौदागर' के निर्देशक महेश कौल थे। सक्षम निर्देशक होने के बावजूद इन फिल्मों में वे अपनी सक्षमता का परिचय नहीं दे पाये और राज कपूर की उत्तम अभिनय क्षमता का सटीक उपयोग नहीं कर पाये।

सन् 1970 के दिसंबर में आर०के० फिल्म्स की अपने समय की सबसे महँगी फिल्म 'मेरा नाम जोकर' अखिल भारतीय स्तर पर एक साथ प्रदर्शित हुई। यह राज कपूर के जीवन की सबसे महत्त्वाकांक्षी फिल्म थी। निश्चय ही राजकपूर इसके माध्यम से (बाजार) लूटने के लिए नहीं, अपने कलाकार की मुक्ति की उद्दाम आकांक्षा से उद्वेलित होकर निकले थे... एक निर्देशक और एक कलाकार के रूप में राजकपूर ने अपनी जिन्दगी का सब-कुछ 'जोकर' को दिया। एक निर्माता के रूप में उन्होंने अंगरेजी की 'लेफ्ट नो स्टोन अनटर्न्ड' कहावत चरितार्थ की। 'मेरा नाम जोकर' राजकपूर के सपनों का एक ऐसा तमाशा था जिसे वह एक साथ कलात्मक और व्यावसायिक ऊँचाइयों तक पहुँचाना चाहते थे। 'जोकर' असफल हो गयी। राजकपूर की जिन्दगी का सबसे बड़ा सपना मिट्टी में मिल गया। वह सपना जिसके लिए उसने अपना पूरा अस्तित्व दाँव पर लगा दिया था। इस सब के बावजूद 'जोकर' राजकपूर की महानतम कलाकृति है जिसमें उसने अपने व्यक्तित्व, अपने रचनात्मक कौशल और कलाकार की पीड़ा को अत्यन्त मार्मिक और सघन अभिव्यक्ति दी है।

'आवारा', 'श्री 420' तथा 'मेरा नाम जोकर' राज कपूर के सृजन के तीन शिखर भी हैं तथा उनके जीवन-दर्शन को प्रस्तुत करने के महत्वाकांक्षी माध्यम भी। यही कारण है कि राज कपूर ने 'आवारा' तथा 'श्री 420' इन दोनों फिल्मों को किसी न किसी रूप में मेरा नाम जोकर से सम्बद्ध किया है। 'मेरा नाम जोकर' में 'आवारा' का प्रसिद्ध गीत 'आवारा हूँ' दोहराया गया है तथा 'श्री 420' के कई दृश्यों की झलक दिखलायी गयी है। इसलिए 'मेरा नाम जोकर' को समझने के लिए यह आवश्यक है कि उसे देखने से पहले 'श्री 420' को अवश्य देख लिया गया हो।

'मेरा नाम जोकर' जब रिलीज हुई तो इसका रनिंग टाइम 4 घंटे 43 मिनट था। दो सप्ताह बाद ही इसे संपादित कर 4 घंटे 9 मिनट का किया गया और बाद में इसे काफी छोटा कर लगभग 3 घंटे (178 मिनट) का संस्करण

तैयार किया गया। 1986 में पुनः संपादित यह संस्करण व्यवसाय की दृष्टि से बहुत सफल रहा। इसमें सबसे अधिक फुटेज तीसरे भाग के ही काटे गये थे। कहानी तो वही थी, सिर्फ दूसरे और तीसरे भाग की लंबाई कम हो गयी थी। इन सोलह सालों में 'जोकर' की महानता और तकनीकी गुणवत्ता के बारे में बहुत कुछ लिखा जा चुका था और जनता को लगा कि हमने अपने प्रिय राजू के साथ इंसाफ नहीं किया है।

युवा पीढ़ी के दर्शकों ने तुलना कर देखा और उन्हें अपनी पीढ़ी के फिल्मकार इस 'प्यारे बूढ़े जोकर' के सामने बहुत फीके लगे। हिन्दी सिनेमा में दो असफलताओं की बड़ी हसरत से चर्चा की जाती है। गुरुदत्त की 'कागज के फूल' और राज कपूर की 'मेरा नाम जोकर'। ये दोनों ही फिल्में इनकी सबसे महत्त्वाकांक्षी फिल्में थीं जिन्हें दर्शकों ने नकार दिया। लेकिन दो-दो पीढ़ियाँ गुजर जाने के बावजूद वे आज भी मौजूद हैं। उन्हीं दर्शकों को, उनकी अगली पीढ़ी को अचंभित कर रही हैं। आनंदित कर रही हैं।

'मेरा नाम जोकर' के साथ ही राज कपूर ने नायक के रूप में फिल्मों से विदा ले ली। इसके बाद उन्होंने कई फिल्मों में चरित्र अभिनेता के रूप में भूमिकाएँ निभायीं। वे पहली बार आर॰के॰ फिल्म्स के ही बैनर तले निर्मित 'कल आज और कल' में चरित्र अभिनेता के रूप में प्रस्तुत हुए। इसके निर्देशक थे उन्हीं के ज्येष्ठ पुत्र रणधीर कपूर। बाद में रणधीर कपूर निर्देशित 'धरम-करम' के अलावा उन्होंने दारा सिंह की फिल्म 'मेरा देश मेरा धर्म', दुलाल गुहा निर्देशित 'खान दोस्त', ऋषिकेश मुखर्जी की 'नौकरी', संजय खान की 'चाँदी सोना' तथा 'अब्दुल्ला' में भी चरित्र अभिनय किया। नरेश कुमार के 'दो जासूस' तथा 'गोपीचंद जासूस' में अपेक्षाकृत उन्होंने मुख्य भूमिका निभायी। राजकपूर ने ये फिल्में स्वीकार न की होतीं तो वही ज्यादा उपयुक्त होता। पर राजकपूर ईमानदारी से दोस्ती निभाने वाले लोगों में-से हैं। उन्होंने किसी का एहसान कभी नहीं भुलाया। मुहब्बत की हमेशा कद्र की। प्यार के एक कतरे से बढ़कर अजीज तो उनकी जिन्दगी में कुछ है ही नहीं। इसीलिए दोस्ती की खातिर, मुहब्बत की खातिर उन्होंने कई ऐसी फिल्मों में भूमिकाएँ कीं जिनमें उन्हें कतई काम नहीं करना चाहिए था।' वकील बाबू' उनके द्वारा अभिनीत अंतिम फिल्म थी।

'मेरा नाम जोकर' जैसी क्लासिक फिल्म की व्यावसायिक असफलता तथा

मेरा नाम जोकर में राज कपूर

अपनी व्यावसायिक क्षमता के प्रति लोगों की आशंकाओं को निराधार साबित करते हुए राज कपूर ने स्वनिर्मित 'बॉबी' फिल्म के द्वारा यह सिद्ध कर दिया कि यदि बॉक्स ऑफिस ही उनके ध्यान में हो तो वे बड़े-बड़े सितारों के बिना भी बॉक्स ऑफिस पर तहलका मचा देने में पूरी तरह सक्षम हैं। बॉबी सन् 1973 में प्रदर्शित हुई जो बॉक्स आफिस पर सुपरहिट हुई। अपनी इस फ़िल्म में उन्होंने अपने बेटे ऋषि कपूर और डिम्पल कपाड़िया जैसे बिल्कुल नये कलाकारों को मुख्य भूमिका में लिया और दोनों ही सुपरहिट स्टार साबित हुए। इस फ़िल्म ने उस समय व्यावसायिक सफलता के सारे रिकॉर्ड तोड़ दिये।

बॉबी फ़िल्म की सफलता के बाद राज कपूर ने अगली फ़िल्म 'सत्यम शिवम सुन्दरम' बनायी जो कि फिर एक बार हिट हुई। इस फिल्म ने यद्यपि रजत जयंती मनायी, परंतु इसने दर्शकों और कला पारखियों को निराश ही किया। जितनी आकांक्षाएँ इसको लेकर पैदा की गयी थीं, उन पर यह पूरी नहीं उतरी। हालाँकि उन्होंने इस फिल्म पर पानी की तरह पैसा बहाया। एक-एक दृश्य को चरम सीमा तक खूबसूरत बनाने के लिए उन्होंने कड़ा परिश्रम किया था। इस फ़िल्म के क्लाइमेक्स में बाढ़ का दृश्य था जिसे फ़िल्माने के लिये उन्होंने अपने खर्च से नदी पर बांध बनवाया और नदी में भरपूर पानी भर जाने के बाद बांध को तुड़वा दिया जिससे कि बाढ़ का स्वाभाविक दृश्य फ़िल्माया जा सके। 'सत्यम् शिवम सुन्दरम' के बाढ़-दृश्य इतने प्रामाणिक इसलिए लगते हैं

कि वे असली बाढ़ के दृश्य हैं और कमर तक पानी में खड़े रह कर लिए गए हैं। दरअसल वे दृश्य बहुत खतरा उठा कर लिए गए हैं, क्योंकि बाढ़ का तेज बहाव यूनिट के सदस्यों को मुसीबत में डाल सकता था। स्वयं राज कपूर कमर तक पानी में खड़े रहकर काम कर रहे थे। जब बाढ़ का पानी उतर गया, तब देखा कि 'सत्यम् शिवम सुन्दरम' के लिए लगाया पूरा गाँव बह गया है। मन्दिर का विशाल सेट लगभग नष्ट हो गया है। राज कपूर ने उस समय भी शूटिंग की जब बाढ़ का पानी उतार पर था, क्योंकि फिल्म में उन दृश्यों की भी आवश्यकता थी।

'सत्यम् शिवम् सुंन्दरम' के बाद राज कपूर ने 'प्रेम रोग' का निर्माण किया। इसका निर्देशन भी उन्होंने स्वयं किया। इसमें नायक रूप में ऋषि कपूर एवं नायिका के रुप में पद्मिनी कोल्हापुरे को लिया गया। आरंभ में इस फिल्म की सफलता की गति काफी धीमी रही। इसके विरुद्ध प्रचार भी खूब हुआ था, परंतु धीरे-धीरे यह सँभलती चली गयी तथा सफल हो गयी। अनेक स्थानों पर इसने रजत जयंती मनायी। यद्यपि इसकी व्यापारिक सफलता चामत्कारिक नहीं थी, परंतु अनेक दृष्टियों से इस फिल्म को काफी महत्वपूर्ण माना गया है। यह न केवल विधवा-विवाह की समस्या पर आधारित थी, वरन् मूलतः यह औरत के बारे में तत्कालीन सामंती सोच पर बहुत से सूक्ष्मता से प्रहार करने वाली फिल्म

बॉबी का एक दृश्य

सत्यम शिवम सुन्दरम की शूटिंग में जीनत अमान और राज कपूर

थी। स्त्री के अक्षत कौमार्य की रुढ़िगत महत्ता को अत्यंत कलात्मकता के साथ इसमें तोड़ा गया है।

सन् 1985 में रणधीर कपूर द्वारा निर्मित तथा राज कपूर द्वारा निर्देशित फिल्म 'राम तेरी गंगा मैली' प्रदर्शित हुई। यह वह समय था जब पिछले कुछ वर्षों में फिल्म उद्योग के प्रायः सभी हिन्दी फिल्म निर्माता चमत्कारी सफलता का मुंह देखने के लिए तरस गये थे। इस फिल्म के भी रिलीज होने के एक दिन पहले तक किसी को अनुमान भी नहीं था कि राज कपूर का जादू फिर लोगों के सिर चढ़कर बोलेगा। वैसे भी फिल्म में कोई स्टार नहीं था जिसका सम्मोहन दर्शकों को खींचता। राजीव कपूर की इससे पहले की सारी फिल्में फ्लॉप हो चुकी थीं। लेकिन जब यह फिल्म रिलीज हुई तो इसने सफलता का नया कीर्तिमान रच दिया। फिल्म के एक दृश्य में पहाड़ों में रहने वाले एक लड़की के निर्द्वन्द्व तथा उन्मुक्त जीवन को दर्शाने के लिए दिखलाये गये छोटे से उन्मुक्त दृश्य पर कुछ लोगों ने काफी हो हल्ला मचाया; परंतु इस फिल्म को देखने के लिए उमरी पारिवारिक दर्शकों की भारी भीड़ तथा उसमें भी महिलाओं की अधिक संख्या ने सबके मुंह बंद कर दिये।

राम तेरी गंगा मैली बनाने के बाद वे 'हिना' के निर्माण में लगे थे जिसकी

कहानी भारतीय युवक और पाकिस्तानी युवती के प्रेम-सम्बन्ध पर आधारित थी। 'हिना' के निर्माण के दौरान राज कपूर की मृत्यु हो गयी और उस फ़िल्म को उनके बेटे रणधीर कपूर ने पूरा किया।

राज कपूर को संगीत की बहुत अच्छी समझ थी। साथ ही साथ वे यह भी अच्छी तरह से जानते थे कि किस तरह के संगीत को लोग पसंद करते हैं। यही कारण है कि आज तक उनके फ़िल्मों के गाने लोकप्रिय हैं। शंकर जयकिशन जैसे प्रसिद्धि के शिखर तक पहुंचनेवाले संगीतकार को उन्होंने ही अपनी फ़िल्म 'बरसात' में पहली बार संगीत-प्रस्तुतीकरण का अवसर दिया था। फ़िल्म बरसात से राज कपूर ने अपनी फल्मों के गीत-संगीत के लिए एक प्रकार से एक टीम बना लिया था जिसमें उनके साथ गीतकार शैलेन्द्र तथा हसरत जयपुरी, गायक मुकेश और संगीतकार शंकर जयकिशन शामिल थे। ये सभी एक-दूसरे के अच्छे मित्र थे और बहुत लम्बे अरसे तक एक साथ मिल कर काम करते रहे।

चार्ली चैप्लिन से राज कपूर की तुलना अनेक बार की गयी है। निस्संदेह चार्ली विश्व सिनेमा का एक महान स्तंभ है। उससे यदि राजकपूर की तुलना की जाए तो यह भी बड़ी बात ही होगी। पर है यह गलत। इनमें बाह्य साम्य देखकर इनके मूल ध्येय को भुला देना गड़बड़ी होगी। चार्ली चेप्लिन ने अपनी फिल्मों में मनुष्य के भौतिक जीवन के प्रति आग्रही व्यक्तित्व के बाह्य संकट की ओर अधिक ध्यान केंद्रित किया है, जबकि राजकपूर का क्षेत्र अधिकांशतः आदमी का मानसिक यातना-संसार है। चार्ली चेप्लिन और राजकपूर इसी धरातल पर एक-दूसरे से बिल्कुल अलग हैं। हाँ, अपने समय से आगे दोनों देखते हैं- सार्थक कलात्मक दृष्टि से। 'मॉडर्न टाइम्स' में चार्ली इशारा करता है कि मशीनीकरण की अन्धी दौड़ स्वयं मनुष्य को मशीन बना देगी। इस बात को बहुत बाद में महसूस किया गया। इसी तरह 'श्री 420' में राजकपूर शिक्षित बेरोजगारी की आगत भविष्य में भयावहता की ओर संकेत करता है। जिस ताकत से उसने यह बात सन् 1955 में कही थी, भारतीय समाज और उसके नियामकों ने उसकी शिद्दत को सन् 1970 के बाद ही समझा। उन्होंने चार्ली की नकल नहीं की, बल्कि उन्हें भारतीय रंग में कुछ इस कदर, इतने मौलिक रूप में रंग दिया कि वे विश्व के दूसरे चैप्लिन बन गये।

दिलीप कुमार और राज कपूर हिन्दी सिनेमा के दो महान स्तम्भ हैं। अपने अपने ढंग के महारथी। दोनों ने हिन्दी सिनेमा के चार दशकों को प्रभावित किया

राष्ट्रपति वेंकटरमण द्वारा फालके पुरस्कार ग्रहण करते राज कपूर

है। इतनी लम्बी और जबरदस्त लोकप्रियता इनके अतिरिक्त किसी और के हिस्से में नहीं आयी। देव आनन्द भी इनके समानान्तर उतने ही लम्बे समय तक छाये रहे, किन्तु उन ऊँचाइयों तक वे नहीं पहुँच सके, जिन्हें राजकपूर और दिलीप कुमार ने स्पर्श किया। हिन्दी सिनेमा में यह हमेशा विवाद का विषय रहा है कि राज कपूर बड़े हैं या दिलीप कुमार? हालाँकि इन दोनों व्यक्तित्वों की तुलना की ही नहीं जा सकती। तुलनाएँ अक्सर गलत मन्तव्यों तक ले जाती हैं और किसी हद तक वे बेमतलब भी होती हैं। हिन्दी सिनेमा में इन दोनों की स्थिति ठीक उसी प्रकार की है जैसी हिन्दी साहित्य में तुलसी और सूर की है। आज तक यह निर्णय नहीं हो सका कि इन दोनों में श्रेष्ठ कौन है। यह निर्णय हो भी नहीं सकता, क्योंकि वे दोनों अपने-अपने क्षेत्रों में अनुपम हैं। तुलसी का व्यक्तित्व बहुआयामी है। उन्होंने अपने काव्य में लोकमंगल को प्रधानता दी। उनकी दृष्टि की परिधि में सम्पूर्ण मानव-जीवन समाहित हो जाता है। सूर के व्यक्तित्व में सघनता है। उनकी दृष्टि जीवन के अनिर्वचनीय सौंदर्य का सन्धान करती है। वे प्रेम और सौन्दर्य के महासागर में डूब जाते हैं। जीवन के एक ही भाव की अनन्त

गहराइयों में उतरते हैं। ठीक उसी तरह राजकपूर और दिलीप कुमार हैं। जहाँ राजकपूर का सपना एक सम्पूर्ण फिल्म होती है, वहीं दिलीप कुमार अपने अभिनेता व्यक्तित्व के प्रति इतने सतर्क हैं कि वे पूरी फिल्म की उत्तमता का पर्याय बन जाते हैं। राजकपूर अपनी निजता को फिल्म से सम्बन्धित प्रत्येक व्यक्ति में प्रसारित करते हैं। वह प्रत्येक सहयोगी कलाकार और तकनीशियन के भीतर की क्षमता का अधिक-से-अधिक उपयोग कर लेते हैं। वह अपने व्यक्तित्व को प्रत्येक पक्ष में बाँट देते हैं और फिल्म निर्माण के साथ जुड़े हुए हर व्यक्ति की क्षमता को अधिक से अधिक विकसित करने में सहयोगी बनते हैं। दिलीप कुमार के भीतर भी निर्देशक बनने का सपना आजीवन पलता रहा लेकिन वे अंततः खुलकर सामने कभी नहीं आये।

राजकपूर के जीवनकाल में उनके द्वारा निर्मित-निर्देशित फिल्मों ने, उनके लिए जितना लाभ कमाया, उससे हजार गुना अधिक धन, उनकी मृत्यु के बाद विगत इक्कीस वर्षों में कमाया है। प्रति तीन वर्ष सैटेलाइट पर प्रदर्शन के अधिकार अकल्पनीय धन में बिकते रहे हैं और यह सिलसिला आज भी जारी

दादा साहेब फाल्के पुरस्कार ग्रहण करने के तुरन्त बाद समारोह स्थल पर ही राज कपूर को सांस लेने में तकलीफ होने लगी। उन्हें तुरन्त आक्सीजन दी गई।

है। उनके समकालीन किसी भी फिल्मकार की रचनाओं को ये दाम नहीं मिले हैं। सूरज बड़जात्या की पहली फिल्म 'मैंने प्यार किया' का सफल प्रदर्शन हुआ और फिल्म के लिए श्रेष्ठ निर्देशक का पुरस्कार लेते हुए बड़जात्या ने कहा कि राजकपूर की फिल्मों ने उन्हें प्रेरित किया है और पाठ्यक्रम की तरह, वे इन फिल्मों को बार-बार देखते हैं। युवा पीढ़ी के करण जौहर और आदित्य चोपड़ा भी राजकपूर की फिल्मों से प्रेरणा लेते हैं।

राज कपूर भारतीय सिनेमा के एक ऐसे कलाकार थे, जिनकी तुलना अन्य किसी कलाकार से नहीं की जा सकती है। सिनेमा का कोई भी ऐसा क्षेत्र नहीं है, जिसका ज्ञान और अनुभव उन्हें नहीं रहा हो। सिनेमा उनमें बसता था और वे खुद सिनेमा को जीते थे, यही कारण है कि वे एक मिसाल बन गए। उनकी कामयाबी और ऊँचाई तक कोई भी पहुँच नहीं पाया है। उन्हें अपने अभिनय के लिए दस सर्वश्रेष्ठ अभिनेताओं में एक माना गया। उन्हें सदी के सर्वश्रेष्ठ निर्देशक और सदी के सर्वश्रेष्ठ शो मैन का सम्मान भी प्रदान किया गया। उन्हें सिनेमा का सबसे बड़ा शो मैन माना जाता है, लेकिन इसका अर्थ यह कदापि नहीं है कि वे सिर्फ व्यावसायिक फिल्में ही बनाते थे। उनकी अधिकांश फिल्मों में व्यावसायिकता, कलात्मकता, साहित्यिकता और सामाजिकता का सम्मोहक सम्मिश्रण मिलता है। वास्तव में वे एक हरफनमौला सिने व्यक्तित्व थे। उनकी फिल्मों का हर पक्ष इतना सधा हुआ होता था कि हिन्दी सिनेमा का हर दर्शक उससे मुग्ध हो जाता था। वे हिन्दी और भारतीय सिनेमा के वैसे पहले व्यक्ति थे, जिन्होंने उसे एक विश्वमंच प्रदान किया।... नायक तो सिनेमा के क्षेत्र में बहुतेरे हुए, पर राज जैसे नायक सदियों में कोई एक ही होता है।

12. मनमोहन देसाई

मनमोहन देसाई

सत्तर और अस्सी के दशक में जादूगर थे मनमोहन देसाई, कई फिल्मों ने जुबली मनाई बॉक्स ऑफिस पर कीर्तिमान रचने वाली कई फिल्मों के निर्देशक मनमोहन देसाई को 'जनमोहन' देसाई भी कहा जाता था, क्योंकि अपने दौर के दर्शकों की नब्ज पर उनकी खासी पकड़ थी। उनकी फिल्मों में जनता को मोहने वाले सभी मसाले होते थे- नाच-गाने, कव्वाली, मारधाड़, इमोशन, कॉमेडी वगैरह। हर फिल्म का ताना-बाना एक परिवार की घटनाओं को लेकर बुना जाता था। मनमोहन देसाई को फिल्म-कला विरासत में मिली। उनके पिता कीकूभाई देसाई फिल्म निर्माता थे और स्टंट फिल्में बनाते थे।

मनमोहन देसाई का सिनेमा मसाला-सिनेमा है। वे दूसरे फिल्मकारों की तुलना में डबल तड़का लगाकर अपने दर्शकों को परोसते थे। वह यह बात

अच्छी तरह जानते थे कि देश के फिल्म समीक्षक उन्हें निजाम ऑफ नानसेंस (बकवास का बादशाह) या फिर ड्रीम ऑफ एम्परर (सपनों का शहंशाह) विशेषणों के साथ खिल्ली उड़ाते हैं। मनजी ने अपने आलोचकों की कभी परवाह नहीं की। जो रास्ता एक बार तय कर लिया था, आखिरी समय तक उस पर चलते रहे। उनका सीधा तर्क था- 'सिनेमा मेरे लिए शिक्षा तथा कला बिलकुल नहीं है। महंगाई, बेरोजगारी, गरीबी भ्रष्टाचार और अभावों के बीच रहने वाला आदमी जब फिल्म देखने के लिए आता है, तो उसे मनोरंजन और सिर्फ मनोरंजन चाहिए। मैं हमेशा मनोरंजन प्रधान फिल्में बनाता रहूंगा। जब नहीं बना पाऊंगा, तो फिल्मों से संन्यास ले लूंगा।'

मनमोहन देसाई उन निर्देशक में हैं, जिन्होंने भारतीय सिनेमा को एक नया आयाम दिया। उन्होंने 'सदी के महानायक' कहे जाने वाले अमिताभ बच्चन को भी अपने फ्लेवर में ढाला। प्रकाश मेहरा ने अमिताभ को अगर 'एंग्री यंग मैन' बनाया, तो मनमोहन देसाई ने उन्होंने 'बिग बी' बनाया। अमिताभ बच्चन के फ़िल्मी करियर में उनका शानदार योगदान है। ऐसे कई बार अमिताभ खुद़ भी कह चुके हैं।

मनमोहन देसाई का जन्म 26 फरवरी 1937 को मुंबई में हुआ। उन्होंने अपने पिता की विरासत को ना सिर्फ आगे बढ़ाया, बल्कि उसे एक शानदार शिखर तक पहुंचाया। मुम्बई के गुजराती परिवार में जन्मे मनमोहन देसाई के पिता का साया उन पर से साढ़े तीन साल में ही उठ गया था। उनसे बड़े सुभाष देसाई हैं, जो फिल्म लाइन में आ गए थे। सेंट जेवियर्स स्कूल-कॉलेज से मनमोहन ने इन्टरमीजिएट तक शिक्षा प्राप्त की। बीस साल की उम्र में बड़े भाई सुभाष से कहा कि उन्हें फिल्मों में किस्मत आजमाना है। उन्हें फिल्म छलिया के निर्देशन का भार दिया गया। अंतरराष्ट्रीय प्रसिद्धी वाले राज कपूर और नूतन फिल्म की नायिका थी। नौजवान मनमोहन उनके सामने बौने थे। अपनी एंटरटेनिंग स्टाइल से उन्होंने राज साहब को प्रसन्न किया। इस पहली फिल्म के पालने से ही मनमोहन के पांव दिखाई दे गए थे कि वे कितना आगे जाएंगे।

मनमोहन जब फिल्मों में आए तब दिलीप-देव-राज की त्रिमूर्ति के अलावा शम्मी कपूर रिबेल हीरो के रूप में तेजी से उभर रहे थे। उन्होंने शम्मी को लेकर फिल्म 'ब्लफ मास्टर' तथा 'बदतमीज' फिल्में बनाईं। फिल्मों ने औसत सफलता हासिल की। ब्लफ मास्टर का हंसी-मजाक-जोश-खरोश से फिल्माया गाना

कुली फिल्म की शूटिंग के दौरान पुनीत इस्सर, अमिताभ बच्चन और मन मोहन देसाई। यह अमिताभ की दुर्घटना वाले सीन को फिल्माने से पूर्व का चित्र है।

'गोविंदा आला रे' हर जन्माष्टमी पर मक्खन की हंडिया फोड़ते समूह द्वारा जोर-शोर से गाया जाता है। दरअसल मनमोहन, राजकपूर के स्कूल के विद्यार्थी थे। गुरु तथा चेले में अंतर यही था कि राज कपूर की फिल्म स्टाइल का वह सरलीकरण कर देते थे।

मनमोहन की फिल्मों में ऐसे-ऐसे सीन देखने को मिलते हैं कि जादूगर पी.सी. सरकार भी वैसा जादू कभी नहीं दिखा पाते। अथवा कोई बेटमैन-सुपरमैन-स्पाइरमैन भी जिसे संभव नहीं कर पाता, उसे मनमोहन की फिल्म का साधारण कलाकार संभव बना देता था। फिल्म मर्द में हवाई जहाज आसमान में उड़ रहा है। जमीन पर दारासिंह खड़े हैं। वह रस्सी का फंदा इतनी ताकत से उछालते हैं कि वह हवाई जहाज के पंखों में उलझकर उसे जमीन पर उतरने को मजबूर कर देता है। यह भले ही अति हो, मगर दर्शक दारासिंह के हाथों से यह कमाल देखते हैं, तो आसानी से भरोसा कर तालियां पीटने लगते थे। फिल्म का हीरो किसी इमारत की दसवीं मंजिल से नीचे गिर रहा है, तो सड़क पर कपड़ों से लदा ट्रक गुजरता है, जो उसे बचा लेता है। भारतीय पौराणिक कथाओं में जो किरदार तथा चमत्कार हुए हैं, उन्हें आधुनिक अंदाज में परदे पर दिखाने में मनमोहन देसाई की महारत को सलाम करने का जी चाहता है। इसके पीछे एक सच्चाई यह है कि डायरेक्टर बनने के पहले मनमोहन देसाई की ट्रेनिंग सिनेमाटोग्राफर बाबू भाई मिस्त्री के निर्देशन में हुई। बाबू भाई धार्मिक फिल्मों की ट्रिक फोटोग्राफीके बादशाह थे। मनमोहन देसाई ने उस कला का इस्तेमाल

सामाजिक फिल्मों में किया।

निर्देशक की हैसियत से मनमोहन देसाई की पहली फिल्म 'छलिया' में राज कपूर, नूतन, प्राण और रहमान ने अहम किरदार अदा किए। इसमें कल्याणजी-आनंदजी की धुनों वाले 'डम-डम डीगा-डीगा' और 'तेरी राहों में खड़े हैं दिल थाम के' जैसे गीत आज भी लोकप्रिय हैं। 'छलिया' के बाद वह फिल्म-दर-फिल्म कामयाबी का इतिहास रचते गए। उनकी कई फिल्मों ने सिल्वर और गोल्डन जुबली मनाई। इनमें 'सच्चा झूठा' (राजेश खन्ना, मुमताज), रामपुर का लक्ष्मण (रेखा, रणधीर कपूर), भाई हो तो ऐसा (जीतेंद्र, हेमा मालिनी, शत्रुघ्न सिन्हा), 'आ गले लग जा' (शशि कपूर, शर्मिला टैगोर), धरम वीर (धर्मेंद्र, जीतेंद्र, जीनत अमान, नीतू सिंह), और 'चाचा भतीजा' (धर्मेंद्र, हेमा मालिनी, रणधीर कपूर) शामिल हैं। 'आ गले लग जा' की कहानी बाद में एक दूसरे निर्देशक की फिल्म 'तेरी मेहरबानियां' (1985) में दोहराई गई। 'गंगा जमुना सरस्वती' (1988) की नाकामी के बाद मञ्नमोहन देसाई ने फिर कोई फिल्म निर्देशित नहीं की।

यूं तो मनमोहन देसाई ने उस दौर के सभी बड़े कलाकारों के साथ काम किया, लेकिन सबसे ज्यादा फिल्में अमिताभ बच्चन को लेकर बनाईं। इनमें 'परवरिश', अमर अकबर एंथॉनी, सुहाग, नसीब, देशप्रेमी, कुली, 'मर्द' और 'गंगा जमुना सरस्वती' शामिल हैं। तीन दशक लम्बे कॅरियर में उन्होंने 20 फिल्मों का निर्देशन किया। मनमोहन देसाई की ज्यादातर फिल्में बिछुड?ा-मिलना फार्मूले पर बनीं। किसी फिल्म में भाई बचपन में बिछुड़े तो किसी फिल्म में पूरा परिवार। सभी बिछुड़े सदस्य एक ही इलाके में रहते हुए भी अंत में ही मिलते हैं।

यह मनमोहन देसाई की विशेषता भी है और उनका फॉर्मूला भी है कि उन्होंने बचपन में खोए भाई तथा मां-बाप के फॉर्मूले पर इतना जोर दिया कि वह उनके नाम से पेटेंट बन सकता था। खोए बच्चों की मां का किरदार निभा रही अभिनेत्री निरुपा राय पर तो मजाक में यह लिखा जाता था कि वह ऐसी मां हैं, जो दो बच्चों को भी संभाल कर नहीं रख पाती और वे बचपन में ही बिछुड़ जाते हैं। लेकिन इस फारमूले की शुरुआत के लिए पाठकों को हम याद दिला दें कि बॉम्बे टॉकीज की फिल्म किस्मत (1943) में भी अशोक कुमार अपने मां-बाप से कुंभ बिछड़ जाते हैं। मनमोहन देसाई ने विदेशी फिल्मों की कभी नकल नहीं

एक कार्यक्रम में (बायें से दायें) प्रेम चोपड़ा, मनमोहन देसाई, राज खोसला, डैनी देसाई, अमिताभ बच्चन, सुभाष देसाई और यश जौहर।

की और न कभी प्रेरणा प्राप्त की। वे भारतीय फिल्मकारों की फिल्मों से ही आइडिया लेकर अगली फिल्म उससे बेहतर बनाने की कला जानते थे। जैसे बीआर चोपड़ा की फिल्म वक्त से आइडिया लेकर अमर अकबर एंथोनी बना कर अधिक सफलता हासिल करने में कामयाब रहे।

यदि मनमोहन देसाई की तमाम फिल्मों को खारिज कर दिया जाए और सिर्फ अमर अकबर एंथोनी फिल्म को ही रखा जाए, तो भी वे हमेशा याद किए जाएंगे और इस मनोरंजक फिल्म के जरिये फिल्म इतिहास में शामिल रहेंगे। बीबीसी लंदन ने जब अपने चैनल पर हिंदी फिल्म दिखाने का फैसला लिया, तो पहली फिल्म थी- अमर-अकबर-एंथोनी। इस फिल्म की कव्वाली परदा है परदा बेहद लोकप्रिय हुई। वे मुंबई के खेतवाड़ी इलाके में रहते थे, जहां अक्सर कव्वाली की रातें होती थी। उसका असर उन पर जबरदस्त हुआ। 'अमर अकबर एंथॉनी' के संगीत (लक्ष्मीकांत-प्यारेलाल) के नाम अनूठा रेकॉर्ड दर्ज है। इसका एक गीत 'हमको तुमसे हो गया है प्यार' लता मंगेशकर, मो. रफी, किशोर

कुमार और मुकेश ने गाया था। यह चारों आवाजें किसी और गीत में एक साथ नहीं आईं। आम आदमी के बीच रहना मनमोहन देसाई को अच्छा लगता था इसलिए मुंबई के पॉश इलाके में रहने के लिए वे नहीं गए। खेतवाड़ी में वे अक्सर आम लोगों के साथ क्रिकेट खेलते थे और उन्हीं के बीच से वे अपनी फिल्मों के लिए किरदार ढूंढ लिया करते थे।

अमिताभ ने एक बार मनमोहन देसाई को याद करते हुए किस्सा सुनाया। उन्होंने यह बताया कि कैसे उनकी बातें सुननी पड़ती थीं। अमिताभ ने बताया 'उन दिनों मैं ऋषिकेश मुखर्जी और मनमोहन देसाई की एक साथ फिल्में कर रहा था। एक फिल्म में एक शॉट था, जिसमें मुझे मंदिर में जाकर भगवान् की मूर्ति के पैर छू कर वापस आना था। क्योंकि वह एक मंदिर था इसलिए मैं बहुत आदर के साथ मंदिर के पास पहुंचा। झुककर प्रणाम किया। तभी मनमोहन देसाई ने कट-कट कहा। मैंने पूछा क्या हुआ मनमोहन दादा। तो उन्होंने कहा - यह बंगाली पिक्चर नहीं है। यह मनमोहन देसाई का पिक्चर है। जल्दी जा पाँव छू और वापस आ जा। मेरे पास इतना टाइम नहीं है।'

मनमोहन देसाई में भी कुछ चुंबकीय शक्ति ऐसी थी कि वे जिस सितारे को ऑफर करते वह उनकी फिल्म में काम करने को राजी हो जाता। राज कपूर से उन्होंने शुरुआत की थी। जब राजेश खन्ना सितारा बने, तो उन्हें अपनी फिल्म में मौका दिया। अमिताभ बच्चन को सितारा हैसियत बनाने का श्रेय भी मनमोहन देसाई को जाता है। मनमोहन देसाई पर अमिताभ आंख मूंद कर विश्वास करते थे और कभी उन्होंने सवाल नहीं किया कि फिल्म में उनसे ऐसा क्यूं करवाया जा रहा है? अमिताभ जानते थे कि आम आदमी की नब्ज पर मनमोहन देसाई को गजब की पकड़ है। अमिताभ, मनमोहन देसाई के पसंदीदा एक्टर हो गए थे। कुली फिल्म के सेट पर खलनायक के एक घूंसे से घायल अमिताभ के स्वास्थ्य लाभ के लिए मनमोहन देसाई ने एड़ी-चोटी का जोर लगाया था।

शशि कपूर, ऋषि कपूर, विनोद खन्ना, शत्रुघ्न सिन्हा, धर्मेन्द्र, हेमा मालिनी, परवीन बॉबी जैसे तमाम स्टार्स के साथ उन्होंने फिल्में बनाईं। अपने तीस साल के फिल्म करियर में मनमोहन देसाई ने बीस फिल्में डायरेक्ट की। इनमें से पन्द्रह फिल्मों ने सिल्वर, गोल्डन तथा डायमंड जुबिली तक मनाई थी। मनमोहन देसाई की फिल्में बड़े बजट, बड़े सितारे और भव्यता के साथ बनाई

मनमोहन देसाई की सुपरहिट फिल्में

जाती थी। वे भी शो-मैन थे, लेकिन घर की छत पर चढ़कर अपने शो-मैन होने की बात पर वे कभी जोर से नहीं चिल्लाए। मनमोहन देसाई का पूरा सिनेमा मनोरंजन का सिनेमा है। आम आदमी की रूचि का सिनेमा उन्होंने हमेशा बनाया, लेकिन कभी फूहड़ता का सहारा नहीं लिया। अपनी फिल्मों में कभी हीरोइनों से अंगप्रदर्शन नहीं करवाया। वे खुद हंसमुख थे। मिलनसार थे। सूरत के शहर से उनके पूर्वजों का वास्ता था। वे हमेशा सूरत स्टाइल में गालियां बका करते थे। अपशब्द उनके मुंह से कब निकल जाएगा, कोई बता नहीं सकता था। एक बार अमिताभ ने उनसे पूछा था कि मनमोहन देसाई आप सेंट जेवियर्स की प्रोडक्ट हैं, फिर ये गालियां क्यों? उनका जवाब था इनमें कोई दुर्भावना नहीं है, बस ये अलंकार का काम करती हैं।

अपने अंतिम दिनों में मनमोहन देसाई परेशान थे। उनके बेटे द्वारा बनाई गई फिल्में असफल हो गईं। वीडियो के आने से घर-घर फिल्में देखे जानें लगी, जिससे उन्हें सिनेमा का भविष्य अंधकारमय नजर आने लगा। इस तरह आम आदमी को हंसाने वाला खुद ट्रेजेडी का शिकार होकर स्वर्ग गया। मनमोहन

देसाई की यह नियति समझ से परे है।

मनमोहन देसाई का नाम बॉलीवुड एक्ट्रेस नंदा से भी जुड़ा। कहते हैं वो एक्ट्रेस नंदा से बेइंतहा प्यार करते थे और नंदा भी उनसे प्यार करती थीं। नंदा के शर्मीले स्वभाव की वजह से मनमोहन उनसे अपने प्यार का इजहार करने में झिझकते रहे। मनमोहन देसाई ने 1979 में जीवनप्रभा देसाई से शादी कर ली। वाइफ की मौत के बाद मनमोहन देसाई नंदा से प्यार करने लगे थे। उस वक्त नंदा 54 साल की थी और मनमोहन देसाई 55 साल के। 18 जुलाई 1992 को नंदा और मनमोहन देसाई ने सगाई भी कर ली। दोनों शादी करने ही वाले थे कि नंदा की मां को कैंसर हो गया और दोनों ने कुछ साल रूककर शादी करने का फैसला किया लेकिन इसी बीच मनमोहन देसाई ने सुसाइड कर लिया।

1 मार्च 1994 को मनमोहन देसाई के निधन की खबर ने पूरे बॉलीवुड को हिला दिया था। उनकी मौत घर की बालकनी से गिरने से हुई थी हालांकि खबरें तो ये भी थीं कि उन्होंने सुसाइड कर लिया था। मनमोहन देसाई की मौत का राज आज भी रहस्य है। मनमोहन देसाई के जाने के बाद नंदा ने बिना शादी अकेले ही रहने का फैसला लिया। नंदा की वहीहा रहमान, आशा पारेख, सायरा बानो से अच्छी दोस्ती थी और कई बार वो इनके साथ दिखी। 25 मार्च 2014 को अचानक नंदा दुनिया छोड़कर चली गई। हार्ट अटैक की वजह से उनकी मौत हो गई।

13. प्रकाश मेहरा

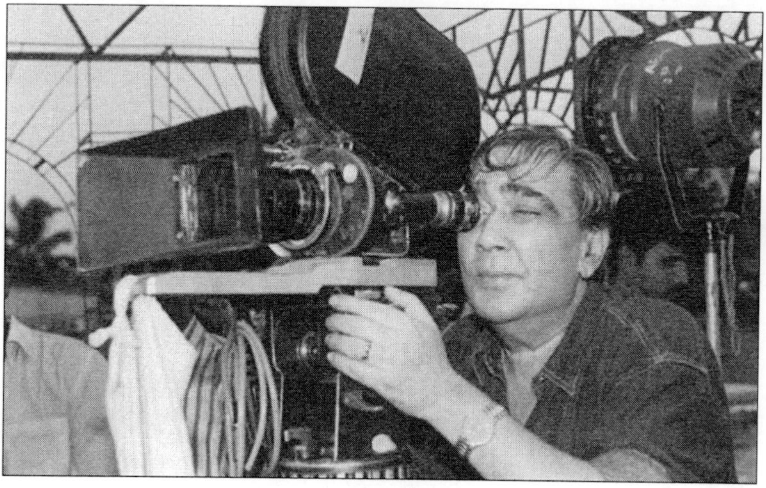

प्रकाश मेहरा

हिंदी सिनेमा जगत में एक से बढ़कर एक निर्देशक हुए उसी फेहरिस्त में एक और दमदार निर्देशक का नाम शामिल है जिसने नायक को सदी का महानायक बना दिया। जिसने एक फिल्म का साइनिंग अमाउंट सिर्फ एक रूपया दिया था। वह हैं प्रकाश मेहरा जिन्होंने अमिताभ बच्चन को एंग्री यंग मैन बनाया। अमिताभ बच्चन के साथ जंजीर, खून पसीना, लावारिस, नमक हलाल जैसी सफल फिल्में करने वाले प्रकाश मेहरा असल मायने में 'एंग्री यंग मैन' की छवि के जन्मदाता थे।

उत्तर प्रदेश के बिजनौर में 13 जुलाई 1939 को पैदा होने वाले प्रकाश का जीवन संघर्षों से भरा रहा। कभी नाई की दुकान में रात बितायी तो कभी भूखे पेट फुटपाथ पर बैठे रहे। फिर भी उन्होंने हिम्मत नहीं हारी। संघर्ष के दिनों में उन्होंने फिल्म डिवीजन में रोजाना पांच रुपये पर नौकरी की। इधर-उधर भटकते

धर्मेन्द्र और प्रकाश मेहरा

प्रकाश ने ढेरों संगीतकारों के आगे अपना गीत सुनने के लिए मिन्नतें करते थे। अक्सर लोग उन्हें दुत्कार दिया करते थे। कभी कोई सुनता भी तो अनमने ढंग से। एक बार संगीतकार के यहां बैठे प्रकाश का गीत भरत व्यास ने सुना और वह गीत खरीदा लिया। प्रकाश को बदले में मिले थे सिर्फ पचास रुपये। यह गीत था तुम गगन के चन्द्रमा हो मैं धरा की धूल हूं। यहीं से शुरू हुआ प्रकाश मेहरा का फिल्मी सफर। इसके बाद वे फिल्म निर्माण में आए। 1968 में उन्होंने शशि कपूर के साथ फिल्म हसीना मान जाएगी बनाई हिट रही थी। 1971 में संजय खान व फिरोज खान के साथ उनकी फिल्म मेला रिलीज हुई। फिर प्रकाश एक के एक फिल्म बनाते चले गए।

प्रकाश मेहरा की मुलाकात प्राण से हुई तो इन दोनों ने मिलकर जंजीर का ताना बाना बुना। वर्ष 1973 में रिलीज हुई जंजीर ने अमिताभ और प्रकाश मेहरा दोनों के लिए हिंदी फिल्मों में शानदार सफर का आगाज कर दिया। बताया जाता है धर्मेन्द्र और प्राण के कहने पर प्रकाश मेहरा ने अमिताभ को जंजीर में काम करने का मौका दिया और उन्हें साइंनिग अमाउंट एक रुपया दिया था। प्रकाश मेहरा अमिताभ को प्यार से ..लल्ला..कहकर बुलाते थे। जंजीर की सफलता के बाद अमिताभ और प्रकाश मेहरा की सुपरहिट फिल्मों का कारवां काफी दूर तक चला। जंजीर में अमिताभ बच्चन ने एक ईमानदार पुलिस अफसर का यादगार रोल किया था। इसमें धीर-गंभीर और अपराधियों के प्रति

अपना सारा गुस्सा निकालनेवाले एंग्री यंगमैन का जन्म हुआ। इस फिल्म की लेखक जोड़ी सलीम खान और जावेद अख्तर को ही भ्रष्टाचार के विरोध में उबले गुस्से का जनक माना जाता है। अमिताभ बच्चन, प्राण और जया भादुड़ी की इस फिल्म ने बाक्स आफिस पर भी कमाल दिखाया था। यहीं से निर्देशक प्रकाश मेहरा और अमिताभ की जुगलबंदी शुरू हुई। इस जोड़ी की अगली फिल्म हेराफेरी भी हिट रही। इसके बाद अमिताभ और विनोद खन्ना को लेकर खून पसीना फिल्म ने भी कमाल दिखाया।

जंजीर के बाद अमिताभ व प्रकाश मेहरा की जोड़ी की सबसे शानदार फिल्म आई मुकद्दर का सिंकदर थी। यह एक बेसहारा गरीब बच्चे के संघर्ष की दास्तान है। जो बड़ा होकर सही-गलत तरीके अपनाते हुए पैसेवाला बन जाता है। इस फिल्म ने अमिताभ के एंग्रीयंग मैन की इमेज को और भी पुख्ता किया। इस फिल्म के सारे गीत भी काफी लोकप्रिय हुए थे। खासकर ओ साथी ले तेरे बिना भी क्या जीना, सलामे इश्क मेरी जान जरा कबूल कर ले, टाइटल सांग और दिल तो है दिल दिल का ऐतबार क्या किजे। सलामे इस तो बिनाका गीतमाला में टॉप में रहा था। इस फिल्म के बाद अमिताभ बच्चन बॉलीवुड के सबसे बड़े सुपर स्टार में शुमार हो गए थे। हालत यह हो गई कि उनके टक्कर का कोई अभिनेता नहीं बचा खासकर सबसे ज्यादा मेहनताना लेने में वे सभी अभिनेताओं से काफी आगे निकल गए।

लावारिस इस जोड़ी की एक और सुपर हिट फिल्म थी। इसका गीत मेरे अंगने में तुम्हारा क्या काम है,जो है नाम वाला वही तो बदनाम है काफी लोकप्रिय हुआ था। क्ष्नमक हलाल (1982)में प्रकाश मेहरा अमिताभ बच्चन की एंग्री यंगमैन की छवि से हटकर कॉमेडी करने का मौका दिया। इसमें भी अमिताभ बच्चन ने कमाल दिखाया और फिल्म सुपरहिट हुई। इस फिल्म में भी पग घुंघरू बांध मीरा नाची थी और हम नाचे बीन घूंघरू के ..उस वर्ष का सबसे हिट गाना था।

1984 में आई शराबी फिल्म में अमिताभ ने यादगार अभिनय किया था। इस फिल्म के गीत प्रकाश मेहरा ने ही लिखे थे जो काफी लोकप्रिय हुए थे। खासकर जहां चार यार मिल जाएं वहां रात हो गुलजार, मुझे नौ लख्खा मंगा दे और लोग कहते हैं मैं शराबी हूं। 1989 में आई जादूगर इस जोड़ी की सबसे बेकार फिल्म कही जा सकती है। इनकी अन्य फिल्मों में ज्वालामुखी (1980)

, मुकद्दर का फैसला (1981) , मुहब्बत के दुश्मन (1988), जादूगर (1989) , जिन्दगी एक जुआ (1992) चमेली की शादी आदि । वस्तुतः प्रकाश मेहराका सिनेमा मनोरंजन के सफल फ़ॉर्मूले का सिनेमा है । दर्शक आखिर क्या देखना पसंद करते है इस बात को प्रकाश मेहरा बखूबी समझते है । केवल अमिताभ बच्चन ही नहीं , शत्रुघ्न सिन्हा और विनोद खन्ना की प्रतिभा का भी प्रकाश मेहरा की फिल्मो में बेहतरीन उपयोग हुआ है। अमिताभ और प्रकाश मेहरा ने एक साथ सात फिल्मों में काम किया जिसमें से छह हिट रहीं और एक फ्लॉप। कहते है 'जादूगर' की असफलता के बाद प्रकाश मेहरा और अमिताभ बच्चन की जोड़ी टूट गई। वर्ष 1996 में उन्होंने राजकुमार के पुत्र पुरु राजकुमार को 'बाल ब्रह्मचारी' में मौका दिया पर यहां भी उन्हें असफलता ही हाथ लगी। बतौर निर्देशक यह उनकी आखिरी फिल्म थी।

वह नायक को आम आदमी की संवेदनाओं से लैस तो रखते थे लेकिन उनका नायकत्व विशिष्ट होता था । और जब महान सा दिखने वाला नायक प्रतिरोधी शक्ति को हराता था तो तो दर्शक तालियाँ बजाने लगते थे। प्रकाश मेहरा कद्दावर किरदारों को तरजीह देते थे। अमिताभ बच्चन और विनोद खन्ना बारम्बार उनकी फिल्मो के नायक इसलिए बनते रहे है। प्रकाश महरा समझते थे कि दर्शक फिल्मे महज दुखों को महसूस करने के लिए नहीं आते वरन फिल्मों की चमत्कृत कर सकने जैसी शक्ति को देखने आते है। दर्शक भावुकता के साथ-साथ साहस और पराक्रम का नाटक देखने आते हैं।

प्रकाश मेहरा ऐसी कहानी कहने की कोशिश करते थे जो आम दर्शकों को अपनी सी लगे। शराबी का अंदर से दुखी किन्तु बाहर से हंसोड़ किरदार हो या मुक्कदर का सिकन्दर का साहसी किन्तु भीतर से टूटे दिल वाला सिंकदर या फिर लापरवाह लावारिस जिसके भीतर उपेक्षा के भाव का लावा उबलता रहता है ये सभी किरदार और अति नाटकीय प्रभाव दर्शकों के दिलो दिमाग को झकजोर कर रख देते थे। यही प्रकाश महरा के फिल्मों की सबसे बड़ी ताकत थी।

प्रकाश मेहरा एक सफल फिल्मकार के अलावा गीतकार भी थे और उन्होंने अपनी कई फिल्मों के लिये सुपरहिट गीतों की रचना की थी। इन गीतों में ओ साथी रे, तेरे बिना भी क्या जीना, लोग कहते है मैं शराबी हूँ, जिसका कोई नहीं उसका तो खुदा है यारो, जवाने जाने मन हसीन दिलरूबा, जहां चार

जंजीर के एक दृश्य में प्राण, जया भादुड़ी एवं अमिताभ बच्चन

यार मिल जाये वहां रात हो गुलजार, इंतहा हो गयी इंतजार की, दिल तो है दिल, दिल का ऐतबार क्या कीजे, दिलजलों का दिलजला के क्या मिलेगा दिलरुबा, दे दे प्यार दे और इस दिल में क्या रखा है और अपनी तो जैसे तैसे कट जायेगी और रोते हुये आते है सब हंसता हुआ जो जायेगा..आदि शामिल है।

प्रकाश मेहरा ने अपने सिने करियर में 22 फिल्मों का निर्देशन और 10 फिल्मों का निर्माण किया। वर्ष 2001 में प्रदर्शित फिल्म मुझे मेरी बीबी से बचाओ प्रकाश मेहरा के सिने करियर की अंतिम फिल्म साबित हुयी। यह फिल्म बॉक्स ऑफिस पर बुरी तरह से नकार दी गई। अपने प्रिय सितारे अमिताभ बच्चन को लेकर प्रकाश मेहरा के पास कई बड़ी योजनाएँ थीं, जो क्रियान्वित नहीं हो सकीं। अमिताभ और हॉलीवुड सितारों को लेकर उन्होंने हिंदी और अँग्रेजी में बनने वाली भव्य फिल्म बनाने की योजना बनाई थी। इसी तरह उनकी एक फिल्म का निर्देशन भी अमिताभ करने वाले थे, लेकिन यह बात घोषणा से आगे नहीं बढ़ पाई।

अमिताभ जब सुपरस्टार थे, तब प्रकाश मेहरा और मनमोहन देसाई उनके प्रिय निर्देशक थे। मनमोहन देसाई और प्रकाश मेहरा में कभी नहीं बनी। उनमें

जंजीर का पोस्टर

इस बात की होड़ मची रहती थी कि अमिताभ को लेकर कौन बड़ी हिट फिल्म बनाता है। दोनों बड़बोले बयान जारी करते थे और अपनी फिल्मों को बड़ी हिट साबित करने का कोई अवसर नहीं छोड़ते थे। मेहरा और देसाई में सिर्फ एक ही कॉमन बात थी-अमिताभ।

प्रकाश मेहरा को भारतीय सिनेमा के एक सफल निर्देशक के तौर पर जाना जाता है। उनकी फिल्में मसाला प्रधान होती थीं। अमिताभ बच्चन के साथ उनकी जोड़ी ने खूब धमाल मचाया। प्रकाश मेहरा अपने जिंदगी के अंतिम पलों में अमिताभ को लेकर गाली नामक एक फिल्म बनाना चाह रहे थे लेकिन उनका यह सपना अधूरा ही रहा और अपनी फिल्म के जरिये दर्शकों का भरपूर मनोरंजन करने वाले प्रकाश मेहरा 17 मई 2009 को मुंबई में इस दुनिया को अलविदा कह गये।

14. शक्ति सामंत

शक्ति सामंत

शम्मी कपूर। एक जमाने के सुपरस्टार। काम करने के मामले में मूडी आदमी। लेकिन इसी सुपरस्टार को एक डायरेक्टर ने उनके प्राइम टाइम में बोल दिया था कि तुम अब हीरो नहीं बन सकते। दरअसल शम्मी एक बड़े सुपरस्टार थे तो कोई भी डायरेक्टर उन्हें कुछ भी नसीहत देने से डरता था। लेकिन एक फिल्म की शूटिंग के दौरान इस डायरेक्टर ने शम्मी से कहा कि आपकी उम्र के साथ आपका मोटापा भी बढ़ता जा रहा है। अब या तो आप अपना वजन कम करिए या फिर हीरो की जगह कैरेक्टर रोल करना शुरू करिए। इसके बाद शम्मी ने वजन कम करने की नाकाम कोशिश की। जब ऐसा मुमकिन नहीं हुआ तो कैरेक्टर रोल करने ही शुरू कर दिए।

शम्मी जैसे बड़े स्टार के मुंह पर ऐसा कहने वाले उस डायरेक्टर का नाम था, शक्ति सामंत। वही शक्ति सामंत, जिन्होंने राजेश खन्ना की सुपरहिट फिल्मों 'आराधना', 'कश्मीर की कली' सहित 40 से ज्यादा हिंदी और बंगाली मूवीज डायरेक्ट की थीं। शक्ति सामंत का जन्म बंगाल के बर्धमान जिले में 13 जनवरी, 1926 को हुआ था। पिताजी इंजीनियर थे। जब शक्ति दो साल के थे, उनके पिता एक दुर्घटना में नहीं रहे। उसके बाद बंगाल में शक्ति को मुसीबतों का सामना करना पड़ रहा था। इसलिए उन्हें अपने चाचा के पास यूपी के बदायूं

भेज दिया गया। शक्ति पढ़ाई-लिखाई में तेज थे तो पढ़ने के लिए देहरादून चले गए। वहां से इंटरमीडियट पास कर अपने पिता की तरह इंजीनियर बनने का सपना लेकर कलकत्ता पहुंचे। वहां इंजीनियरिंग के लिए एंट्रेंस का एग्जाम दिया। एग्जाम अच्छे नंबरों से पास भी कर लिया। लेकिन उस टाइम अंग्रेजों का राज था तो एक अलग नियम था। उस नियम के मुताबिक बंगाल में बंगाल के अलावा केवल बिहार और उड़ीसा के छात्रों को एडमिशन मिलता था। क्योंकि शक्ति अब यूपी के रहने वाले बन चुके थे तो उन्हें एडमिशन नहीं मिला और वापस आने तक यूपी के कॉलेजों का एडमिशन का टाइम निकल चुका था। इसलिए यह साल बर्बाद होना तय हो गया था। अपने चाचा के कहने पर वो उनके काम में हाथ बंटाने लगे थे। इस बीच शक्ति को ऐक्टिंग का चस्का लग चुका था। जिसके चलते वो काम के साथ साथ थिएटर और ड्रामा भी करने लगे। थिएटर करने के चलते वो देर-सवेर घर लौटते थे और काम में भी कम ध्यान लगा पाते थे। ये उनके चाचा को पसंद नहीं था। एक दिन वो थिएटर से रात में लेट आए। इस पर उनके चाचा ने बुरी तरह से डांट दिया और बुरा भला सुनाया। इससे शक्ति बहुत दुखी हो गए और हमेशा के लिए चाचा का घर छोड़कर अपना शौक पूरा करने मुंबई निकल गए।

शक्ति निकले तो मुंबई के लिए थे, पर सीधे मुंबई नहीं पहुंच पाए। उस टाइम वो बस 21 साल के थे पर उनको समझ थी कि बिना किसी सहारे के मुंबई में जगह नहीं मिल सकती। इसलिए उन्होंने मुंबई से 200 किलोमीटर पहले दापोली में एक अंग्रेजी हाई स्कूल में नौकरी ली। यहां से मुंबई स्टीमर से बस दो-तीन घंटे की दूरी पर थी, तो वो आसानी से मुंबई आ-जा सकते थे। इस स्कूल में अधिकतर अफ्रीकी मुस्लिम छात्र पढ़ते थे। यहां खेलने के लिए साज-ओ-सामान नहीं था। शक्ति ने स्कूल प्रशासन से बात कर खेल-कूद के सामान मंगवाए। इससे वहां पढ़ने वाले छात्र शक्ति से बड़े खुश हुए और उनके दोस्त बन गए। यहां शक्ति को काम करने के लिए 130 रुपये मिलते थे।

फिल्मों में काम करने की चाह में शक्ति हर शुक्रवार को मुंबई चले जाते थे और अगले दो दिन वहीं काम की तलाश करते थे, लेकिन मुंबई में काम मिलना इतना आसान नहीं था। उस टाइम बॉम्बे टॉकीज एक बड़ा स्टूडियो था। शक्ति भी वहीं जाकर अपनी उम्मीद तलाशते थे। शक्ति और भारत देश दोनों की किस्मत एक साथ पलटी। अंग्रेजों का राज खत्म हुआ और भारत से दो देश बन

गए। बहुत से कलाकारों को रातों-रात भारत छोड़ पाकिस्तान जाना पड़ा, और यहीं से शक्ति सामंत की किस्मत बदल गई। बॉम्बे टॉकीज में कलाकारों की कमी हो गई थी। उस समय के जाने-माने ऐक्टर अशोक कुमार उर्फ दादामुनि बॉम्बे टॉकीज के साथ जुड़े हुए थे। शक्ति ने दादामुनि के पास जाकर काम मांगा। दादामुनि ने एक असिस्टेंट डायरेक्टर बनाकर शक्ति को काम पर तो रख लिया लेकिन बिना पैसे के। उन्हें सिर्फ खाना-पीना मिलता था, पैसे नहीं मिलते थे। एक ब्रेक पाने की कोशिश में लगे शक्ति के लिए यह बड़ा मौका था। वो बिना पैसे के भी काम करने लगे।बंगाली और हिंदी दोनों भाषा जानने के कारण वो डायरेक्टर फणी मजूमदार के लिए बांग्ला से हिंदी में ट्रांसलेशन का काम भी करते थे। इस काम के उन्हें पैसे मिलते और खर्चा चलता। एक दिन शक्ति ने दादामुनि को अपने ऐक्टर बनने के सपने के बारे में बताया लेकिन दादागुनि ने उनके टैलेंट को देखते हुए डायरेक्शन की फील्ड में ही काम करते रहने की सलाह दी।

अपनी ऐक्टिंग की हसरत को पूरी करने के लिए वो मूवीज में छोटे-मोटे रोल कर लेते थे। अमूमन सारी पिक्चरों में उन्हें एक पुलिसवाले का किरदार मिलता था जिसका काम बस 'फॉलो हिम' बोलना होता था। लेकिन इस बीच काम करते-करते उनकी बहुत-सी बड़ी हस्तियों से जान-पहचान हो गई थी। इनमें गुरुदत्त और ब्रजेन्द्र गौड़ भी थे। गौड़ को उन दिनों एक फिल्म डायरेक्ट करने का ऑफर हुआ जिसका नाम था 'कस्तूरी' लेकिन गौड़ साहब उस टाइम एक दूसरी पिक्चर पर काम कर रहे थे। जिसके चलते उन्हें काम करने में दिक्कत महसूस हुई। उन्होंने इस काम में शक्ति की मदद मांगी। शक्ति तो इस मौके के लिए तैयार थे। उन्होंने 250 रुपये की तनख्वाह में काम करना तय किया। ये शक्ति की फिल्मों से पहली बड़ी कमाई थी।

ये तो अभी छोटी सी शुरुआत थी। अभी बड़ा मौका तो शक्ति का इंतजार कर रहा था। म्यूजीशियन और प्रॉड्यूसर एस एच बिहारी और लेखक दरोगाजी एक फिल्म बनाने जा रहे थे जिसका नाम था 'इंस्पेक्टर'। वो इस कहानी पर नाडियाड़वाला के साथ मिलकर काम कर रहे थे। उन्हें लगा कि इस स्टोरी को हिट बनाने के लिए किसी बड़े ऐक्टर को लेना पड़ेगा पर इससे बजट बिगड़ जाएगा। ऐसे में उन्होंने पैसे बचाने के लिए किसी बड़े डायरेक्टर की जगह एक नये डायरेक्टर को काम दिया जिसका नाम था शक्ति सामंता। मूवी में दादामुनि

और गीता बाली ने काम किया और 'इंस्पेक्टर' सुपरहिट हुई। लेकिन मजे की बात तो यह थी कि 'इंस्पेक्टर' का काम पहले शुरू करने के बावजूद उनकी एक दूसरी मूवी 'बहू' पहले रिलीज हो गई थी। इंस्पेक्टर मूवी डायरेक्ट करने से शुरू हुआ शक्ति दा का ये सफर चलता ही गया। और एक के बाद एक कई बड़े सितारों के साथ बहुत सारी फिल्में की।

राजेश खन्ना को बॉलीवुड का सुपर स्टार बना देने वाली फिल्म 'आराधना', 'कटी पतंग', 'अमर प्रेम' और 'अजनबी' भी शक्ति सामंत ने ही डायरेक्ट की थीं। राजेश खन्ना के सुपर स्टार बनने में एस डी बर्मन और शक्ति सामंत का बहुत बड़ा रोल था। शम्मी कपूर को हीरो लेकर बनाई पिक्चर 'कश्मीर की कली' ने तो हर पिक्चर में रोमांस के लिए कश्मीर के सीन दिखाने का ट्रेंड बना दिया था। इस पिक्चर का गाना 'तारीफ करूं क्या उसकी' सुपर-डुपर हिट रहा। शक्ति सामंत ने अशोक कुमार से लेकर अमिताभ बच्चन तक कई बड़े सुपरस्टारों के साथ काम किया. उन्होंने हिंदी और बंगाली की 43 मूवीज डायरेक्ट की।

शक्ति सामंत की एक बड़ी बात हिट पिक्चरों के साथ हिट गानों की भी थी। उनकी फिल्मों के कई गाने एवरग्रीन गाने बन गए। इन गानों की लिस्ट बहुत लंबी है पर इनमें से कुछ खास नगमे 'रूप तेरा मस्ताना', 'तारीफ करूं क्या उसकी', 'मेरे सपनों की रानी कब आएगी तू', 'कोरा कागज था ये मन मेरा', 'बार-बार देखो', 'चंदा है तू', 'एक अजनबी हसीना से' और 'ये शाम मस्तानी' प्रमुख हैं। एस डी बर्मन ने शक्ति सामंत के साथ बहुत काम किया था। तो ऐसे सुपरहिट नगमे दोनों की पहचान बने।

शक्ति सामंत का एक्सीडेंट हो गया था। वो बहुत दिनों तक बिस्तर पर रहे और पड़े-पड़े एक पिक्चर की कहानी सोच ली जिसका नाम रखा हावड़ा ब्रिज। तय किया कि इस पिक्टर में अशोक कुमार और मधुबाला को लेंगे। पर उस वक्त इतने पैसे नहीं थे कि दोनों सुपरस्टार्स को ले सकें। उन्होंने अशोक कुमार से इस बारे में बात की। स्टोरी को देखकर अशोक कुमार खुद तो तैयार हो ही गये साथ ही मधुबाला से बात करने का जिम्मा भी ले लिया। कहानी को लेकर अशोक ने मधुबाला से बात की और उन्हें सिर्फ एक रुपये टोकन मनी पर काम करने के लिए राजी कर लिया। साथ ही संगीतकार ओपी नैयर को 1000 रुपये देकर साइन किया। ये फिल्म पर्दे पर सुपरहिट साबित हुई और शक्ति सामंत की

पहचान एक प्रॉड्यूसर के रूप में भी बन गई।

यमुना में जलक्रीड़ा करतीं गोपियों के चीर चुराते कृष्ण का पौराणिक-धार्मिक आख्यान भारतीयों के जीवन का एक हिस्सा रहा है। उसे श्रद्धा-भाव से पढ़ा सुना जाता रहा है। मगर इसी से मिलता-जुलता सीन जब 1938 की मराठी-हिंदी में बनी फिल्म 'ब्रह्मचारी' में परदे पर आया, तो परंपरागत मराठी समाज में भूकंप आ गया। फिल्म में हीरोइन थीं शादीशुदा मीनाक्षी शिरोडकर (शिल्पा और नम्रता शिरोडकर की दादी) और हीरो थे अभिनेत्री नंदा के पिता मास्टर विनायक। फिल्म में नायिका वन पीस बिकिनी (स्विमिंग सूट) पहने गाती है, 'यमुना जलि खेलू खेल कन्हैया का लाजताष्ठ' (मैं यमुना में जलक्रीड़ा कर रही हूं, कृष्ण तुम क्यों शरमा रहे हो)। सिचुएशन ऐसी थी कि राष्ट्रीय स्वयंसेवक संघ के अनुशासन और ब्रह्मचर्य के दर्शन में विश्वास करने वाले हीरो को हीरोइन लुभाती है। इसकी खूब आलोचना हुई, मगर लोगों ने फिल्म को हिट कर दिया। यह पहला मौका था जब किसी हीरोइन ने फिल्म में बिकिनी पहनी थी। हालांकि पहली बार बिकिनी पहनने का श्रेय शर्मिला टैगोर को दिया जाता है क्योंकि बिकिनी को विवाद के साथ बड़े पैमाने पर प्रतिष्ठा और चर्चा मिली थी 1967 की 'एन इवनिंग इन पेरिस' में। इसकी हीरोइन थी शर्मिला टैगोर। टैगोर को हिंदी फिल्मों में शक्ति सामंत ही 1964 में 'कश्मीर की कली' में लेकर आए थे।

शक्ति सामंत 1967 में पेरिस की सुंदरता पर लट्टू होकर 'एन इवनिंग इन पेरिस' बना रहे थे। उनके हीरो शम्मी ने उनसे कहा कि वह हेलिकॉप्टर पर लटक कर एक गाना गाना चाहते हैं। इच्छा जाहिर कर शम्मी तो भूल गए, मगर उस गाने की कल्पना सामंत ने कर ली थी। नीचे नीला समुंदर होगा, उसके सीने पर वाटर स्केटिंग करते युवक-युवतियों के साथ नीली वन पीस बिकिनी पहने शर्मिला टैगोर होंगी, स्केटिंग से उछलते पानी की सफेद बूंदों को कैमरा फिल्मबंद करेगा और इसके ठीक ऊपर हवा में हेलिकॉप्टर से शम्मी गाना गाते हुए अपनी इच्छा पूरी करेंगे। गजब का खूबसूरत सीन होगा।

सामंत को उम्मीद थी कि शर्मिला बिकिनी पहनने के लिए तैयार हो जाएगी क्योंकि 1966 में टैगोर ने वन पीस बिकिनी क्या टू पीस बिकिनी पहन फोटो सेशन करवाया था, जो एक फिल्म पत्रिका के कवर पर छपा था। इसकी खूब चर्चा हुई थी। सामंत के दिमाग में खटका सिर्फ यह था कि क्या भारतीय

समाज इसे पचा पाएगा? सामंत ने जोखिम उठाना तय किया। सुबह शूटिंग से पहले शम्मी से कहा कि तैयार रहो हेलिकॉप्टर से लटकने के लिए। शम्मी ठंडे पड़ गए क्योंकि उन्होंने तो मजाक किया था। जब सामंत नहीं माने तो दो पैग लगा कर शम्मी तैयार हो गए। इस तरह नीले समुंदर में नीली वन पीस बिकिनी पहने उतरी शर्मिला टैगोर। ऊपर हेलिकॉप्टर से लटकते हुए शम्मी ने गाया, 'आसमान से आया फरिश्ताष्ठ'। फिल्म रिलीज हुई तो खूब हंगामा हुआ। सामंत की आलोचना भी हुई मगर दर्शकों ने फिल्म को सुपर हिट कर दिया।

आराधना राजेश खन्ना की पहली बड़ी फिल्म थी। आराधना में शर्मिला टैगोर और राजेश खन्ना थे। जब यह फिल्म शूट हो गई थी तो शक्ति सामंत अपने दोस्त निर्माता सुरेंदर कपूर (अनिल कपूर के पिता) की एक फिल्म की स्पेशल स्क्रीनिंग में गये। शक्ति दा ने पाया कि उस फिल्म का क्लाईमैक्स आराधना के क्लाईमैक्स से पूरा मिलता है, और इन दोनों फिल्मों को लिखा भी एक ही आदमी ने था जो थे सचिन भौमिक। शक्ति ने इस फिल्म को ड्रॉप करने के बारे में भी सोचा लेकिन इतना नुकसान वो सहन नहीं कर सकते थे। इसलिए भारी मन से आराधना रिलीज करने का ही फैसला लिया। शुरुआत में इस फिल्म पर लोगों का रेस्पॉन्स भी फीका आया। लेकिन दूसरे हफ्ते से ये फिल्म हिट होना शुरू हुई और थियेटरों के बाहर लम्बी लाइनें लगना शुरू हो गई। ये फिल्म बड़ी हिट साबित हुई और एक नया नाम राजेश खन्ना सुपरहिट हो गये। इस फिल्म को तीन फिल्मफेयर अवॉर्ड मिले थे। शर्मिला टैगोर को बेस्ट एक्ट्रेस का और शक्ति सामंत को बेस्ट डायरेक्टर का फिल्मफेयर मिला। ये फिल्म भारत के साथ-साथ रूस में भी बहुत हिट हुई थी।

'कश्मीर की कली' फिल्म के गाने तो आज भी सुपर हिट हैं। इस फिल्म के बाद से ही कश्मीर की खूबसूरती फिल्म के जरिए लोगों के सामने आई। अमिताभ बच्चन के साथ की मूवी 'द ग्रेट गैम्बलर' (1979) एक फ्लॉप पिक्चर साबित हुई। ये पिक्चर मुंबई के बाहर तो बिल्कुल ही नहीं चली और शक्ति दा के लिए एक डिजास्टर साबित हुई। शम्मी कपूर, शर्मिला टैगोर और प्राण को लेकर पेरिस में बनाई गई मूवी 'एन इवनिंग इन पेरिस' भी सुपर हिट रही। इस मूवी में शर्मिला टैगोर ने स्विम शूट पहन कर सीन किए थे, जो उस जमाने में पिक्चरों में नहीं हुआ करते थे। इसके बाद से शक्ति सामंत को कुछ नया करने वाले डायरेक्टर के रूप में जाना जाने लगा। शक्ति सामंत ने कुछ

फिल्में प्रॉड्यूस भी की थीं और अपना शक्ति प्रॉडक्शन बनाया। आराधना के अलावा उन्हें अनुराग और अमानुष फिल्मों के लिए बेस्ट डायरेक्टर का फिल्मफेयर मिला। डायरेक्टर के रूप में उनकी आखिरी फिल्म गीतांजलि 1993 में आई थी और प्रॉड्यूसर के रूप में डॉन मुथुस्वामी 2008 में आई थी।

शक्ति सामंत दा लाइमलाइट से दूर रहने वाले लोगों में से थे। उनकी पत्नी और दो बेटे हमेशा चकाचौंध से दूर रहे। उनके एक पोते आदित्य सामंत ने 'ये जो मोहब्बत है' नाम की पिक्चर में काम किया। मजे की बात ये है कि इस पिक्चर का टाइटल भी शक्ति सामंत की फिल्म 'कटी पतंग' के एक गाने से लिया था। शक्ति सामंत को फिल्मफेयर उन्हें लाइफटाइम अचीवमेंट अवॉर्ड देने वाला था लेकिन उससे कुछ दिन पहले उन्हें लकवा पड़ गया। इसके बाद वो ठीक नहीं हो पाए. और दिल की धड़कन रुकने से 83 साल की उम्र में 9 अप्रैल, 2009 को शक्ति सामंत का निधन हो गया। अपने आखिरी समय में शक्ति सामंत गुमनामी में जिए। कोई भी बड़ी हस्ती उनके अंतिम संस्कार में नहीं आई और शक्ति सामंत बड़ी बेरुखी से रुखसत हो गए। शक्ति सामंत की 10 ऐसी फिल्में जिनमें से तमाम आप पाठकों ने भी देखी होंगी लेकिन शायद इसके डायरेक्टर के नाम पर इतना गौर नहीं किया होगा।

इंस्पेक्टर (1956)

साल 1955 में बहू के बाद शक्ति सामंत की इंस्पेक्टर दूसरी फिल्म थी। यह थ्रिलर जॉनर की फिल्म थी। फिल्म में अशोक कुमार, गीता बाली और प्राण मुख्य किरदारों में दिखे। पूरी फिल्म की कहानी एक कत्ल के इर्द गिर्द घूमती है जिसे सुलझाने की जिम्मेदारी इंस्पेक्टर श्याम (अशोक कुमार) को मिलती है। यह शक्ति सामंत के शुरुआती दिनों की फिल्म थी जिसके बाद वह इंडस्ट्री में एक काबिल निर्देशक के रूप में पहचाने जाने लगे।

हावड़ा ब्रिज (1958)

इस फिल्म में अशोक कुमार और मधुबाला ने साथ काम किया और इसी फिल्म से शक्ति सामंत ने बॉक्स ऑफिस पर सिक्का जमा दिया। फिल्म में ओपी नय्यर ने आशा भोसले से कमाल के गाने गवाए जो लोगों के दिलों पर छा गए। फिल्म का गाना मेरा नाम चिन चिन चू काफी पसंद किया गया जिसे सलाम बॉम्बे फिल्म में फिर से इस्तेमाल किया गया। फिल्म में अशोक कुमार और चमन पुरी भाइयों के किरदार में हैं। उनके पिता का रंगून में सफल व्यापार है। लेकिन तभी एक भाई (चमन) अचानक से गायब हो जाता है और फिल्म की कहानी रंगून से कलकत्ता पहुंच जाती है।

चाइना टाउन (1962)

अशोक कुमार जैसे सुपरस्टार के साथ काम करने के बाद शक्ति सामंत ने इस फिल्म में शम्मी कपूर को साथ लिया। फिल्म में उन्होंने डबल रोल निभाया। शकीला के साथ हेलन भी नजर आईं। शम्मी कपूर, शेखर नामक एक गायक के रोल में हैं जो अपनी विधवा मां के साथ दार्जिलिंग में रहता है। वह रीता (शकीला) से प्यार करने लगता है जो अमीर परिवार से ताल्लुक रखती है। रीता के पिता दोनों के रिश्ते से खुश नहीं होते हैं जिसके बाद

दोनों की जिंदगी में कई अनूठे मोड़ आते हैं। फिल्म में मोहम्मद रफी द्वारा गाया गाना बार बार देखो काफी पसंद किया गया।

कश्मीर की कली (1964)

इस फिल्म के साथ ही शम्मी कपूर और शक्ति सामंत का कॉम्बिनेशन हिट साबित हो गया था। यह शर्मिला टैगोर की डेब्यू हिंदी फिल्म थी। फिल्म में शम्मी कपूर एक अमीर परिवार के बेटे होते हैं जो मां के द्वारा शादी का दबाव बनाने के कारण कुछ दिनों के लिए घर से दूर चले जाते हैं। वह कश्मीर पहुंच जाते हैं जहां उनकी मुलाकात शर्मिला टैगोर से होती है जिसके बाद दोनों एक दूसरे से प्यार करने लगते हैं और शादी करने का निश्चय भी कर लेते हैं लेकिन दोनों की जिंदगी में एक एक करके कुछ मुश्किलें भी आती हैं जिससे कहानी में नया मोड़ आ जाता है। फिल्म का गाना ये चांद सा रोशन चेहरा काफी पंसद किया गया था।

एन इवनिंग इन पेरिस (1967)

यह एक रोमांटिक थ्रिलर फिल्म है। फिल्म में शम्मी कपूर और शर्मिला टैगोर डबल रोल में नजर आए हैं। वहीं प्राण ने विलेन का किरदार निभाया है। इस फिल्म का एक किस्सा बहुत मशहूर है कि फिल्म के अभिनेता शम्मी कपूर ने मजाक-मजाक में शक्ति सामंत से कह दिया था कि शक्ति दा अगर आप एक

हेलीकॉप्टर ला दें तो गाना शूट करने में मजा आएगा। अगले ही दिन शक्ति दा ने एक हैलीकॉप्टर का इंतजाम कर दिया। जिस पर चढ़कर शम्मी कपूर ने आसमान से आया फरिश्ता प्यार का सबक सिखलाने गाना शूट किया।

आराधना (1969)

कहा जाता है कि शम्मी कपूर के साथ एक के बाद एक फिल्म में काम करने के बाद शक्ति सामंत ने राजेश खन्ना को फिल्म अराधना के अंदर एक बड़ा मौका दिया। इस फिल्म के बाद राजेश खन्ना ने कभी पलट कर नहीं देखा और उन्हें इंडस्ट्री के पहले सुपरस्टार का तमगा भी हासिल हुआ। इसी सफलता के साथ ही किशोर कुमार भी राजेश कुमार की प्लेबैक वॉयस बन गए। वहीं इस फिल्म के लिए शक्ति सामंत शर्मीला टैगोर की जगह हेमा मालिनी को लेना चाहते थे उनके अनुसार फिल्म की स्क्रिप्ट की तुलना में शर्मिला टैगोर की इमेज काफी ग्लैमरस थी लेकिन शर्मीला टैगोर की जिद के बाद उन्हें यह फिल्म मिल गई। फिल्म में उनकी अदाकारी की काफी तारीफ की गई। इस फिल्म ने फिल्मफेयर का सर्वश्रेष्ठ फिल्म का अवॉर्ड भी अपने नाम किया।

कटी पतंग (1970)

यह फिल्म आशा पारेख के कमाल के अभिनय के लिए याद की जाती है। इस फिल्म में उन्होंने एक विधवा का किरदार निभाया है। वहीं राजेश खन्ना उनके पड़ोसी बने हुए हैं। कटी पतंग राजेश खन्ना की लगातार 17 हिट फिल्मों में से एक है। फिल्म का संगीत आर. डी बर्मन ने दिया है जो लोगों के दिलों में छा गया। इस फिल्म का ये शाम मस्तानी और प्यार दीवाना होता है जैसे गाने आज भी याद किए जाते हैं।

अमर प्रेम (1971)

राजेश खन्ना के साथ शक्ति सामंत ने 1972 में रोमांटिक फिल्म अमर प्रेम बनाई। इस फिल्म के गाने और डायलॉग्स लोगों की जुबान पर आज भी हैं। यह फिल्म बंगाली फिल्म निशि पद्मा की हिंदी रीमेक है। फिल्म में एक स्कूल बॉय की कहानी दिखाई गई है जिससे उसकी सौतेली माता अच्छा व्यवहार नहीं करती है और उसकी दोस्ती पड़ोस में रहने वाली एक वेश्या से हो जाती है।

अमानुष (1975)

यह एक एक्शन ड्रामा फिल्म है जिसमें शर्मिला टैगोर, उत्तम कुमार और उत्पल दत्त नजर आए थे। इस फिल्म ने बंगाली फिल्म स्टार उत्तम कुमार को शोहरत की शीर्ष पर पहुंचा दिया था वहीं उत्पल दत्त की छवि एक विलेन के तौर पर भी स्थापित हुई। इसे बॉक्स ऑफिस पर तो खास सफलता हासिल नहीं हुई लेकिन फिल्म को दो अवॉर्ड और नौ नॉमिनेशन प्राप्त हुए।

बरसात की एक रात (1981)

शक्ति सामंत ने एंग्री यंग मैन अमिताभ बच्चन के साथ फिल्म बरसात की एक रात बनाई। फिल्म में अमिताभ बच्चन के अलावा राखी, अमजद खान और उतपल दत्त भी थें। इस फिल्म को हिंदी और बंगाली भाषा में शूट किया गया था। बंगाली सिनेमा में यह फिल्म उस साल की सबसे अधिक कमाई करने वाली फिल्म बन गई थी। यह फिल्म अपने गानों जैसे अपने प्यार के सपने सच हुए और कालीराम का खुल गया पोल के लिए भी याद रखी जाती है।

15. यश चोपड़ा

यश चोपड़ा

बॉलिवुड में एक खास पहचान बनाना बहुत मुश्किल होता है। लेकिन जब एक बार वह पहचान मिल जाती है तो सफलता कदम चूमने लगती है। जैसे बॉलिवुड में ट्रेजडी का शिरोमणि दिलीप कुमार को माना जाता है तो भारत कुमार के नाम से मशहूर मनोज कुमार ने पर्दे पर देशप्रेम की अलग गाथा लिखी और फिर आज के दौर में पर्दे पर रोमांस को उतारने में यश चोपड़ा का दूसरा कोई सानी नहीं है। यश चोपड़ा को हिन्दी सिनेमा का 'किंग ऑफ रोमांस' कहा जाता है। दीवार, कभी कभी, डर, चांदनी, सिलसिला, दिल तो पागल है, वीर जारा जैसी अनेकों बेहतरीन और रोमांटिक फिल्में बनाने वाले यश चोपड़ा ने पर्दे पर रोमांस और प्यार को नए मायने दिए हैं।

27 सितंबर, 1932 ब्रिटिश भारत के लाहौर (अब पाकिस्तान में) में

जन्में यश चोपड़ा ने हिंदी सिनेमा का रुख ही बदल दिया। यश चोपड़ा के पिता लाल विलायती राज चोपड़ा ब्रिटिश पंजाब एडमिनिस्ट्रेशन के इंजी अकाउंटेंट थे और पूरे परिवार के साथ जालंधर में रहते थे। यश चोपड़ा 8 भाई-बहनों में सबसे छोटे थे। इनके सबसे बड़े भाई बी.आर. चोपड़ा इनसे 18 साल बडे थे और वे हिंदी सिनेमा के पॉपुलर फिल्म मेकर थे। यश चोपड़ा की शुरुआती पढ़ाई से ग्रेजुएशन जब जालंधर से हुआ लेकिन इंजीनियरिंग की पढ़ाई इन्होंने लुधियाना से की थी। चोपड़ा और जौहर का रिश्ता इनके भाई बी.आर.चोपड़ा और करण जौहर के दादा आई.एस जौहर से चला आ रहा है। यश चोपड़ा के घरवाले उन्हें एक बड़ी कंपनी में जॉब करते देखना चाहते थे लेकिन उनका मन भाई के साथ फिल्मों में लगता था। इनके पिता इसके लिए तैयार नहीं थे तो मां ने इन्हें मुंबई इनके भाई बी.आर. चोपड़ा के पास भेज दिया जिससे यश चोपड़ा का सपना पूरा हो सके। हर किसी की तरह इनका सपना भी हीरो बनने का था लेकिन बात नहीं बन पाई और इन्होंने अपने भाई को असिस्ट करना शुरु कर दिया। यश चोपड़ा ने अपने भाई के साथ सह निर्देशक के तौर पर काम करना शुरू किया। अपने भाई बी.आर चोपड़ा के बैनर तले उन्होंने लगातार पांच फिल्में निर्देशित कीं। इन फिल्मों में 'एक ही रास्ता', 'साधना' और 'नया दौर' शामिल हैं।

इसके बाद यश चोपड़ा ने निर्देशक के तौर पर काम करना शुरू किया। उन्होंने 1959 में पहली बार अपने भाई के बैनर तले ही बनी फिल्म 'धूल का फूल' का निर्देशन किया। इसके बाद उन्होंने भाई के ही बैनर तले 'धर्म पुत्र' को भी निर्देशित किया। दोनों ही फिल्में औसत कामयाब रहीं पर इसमें यश चोपड़ा की मेहनत सबको नजर आई। वर्ष 1965 में आई फिल्म 'वक्त' यश चोपड़ा की पहली हिट फिल्म साबित हुई। इस फिल्म का गीत 'ऐ मेरी जोहरा जबीं तुझे मालूम नहीं' दर्शकों को आज भी याद है। फिल्म 'इत्तेफाक' उनकी उन चुनिंदा फिल्मों में से है जिसमें उन्होंने कॉमेडी और रोमांस के अलावा थ्रिलर पर भी काम किया था।

1973 में उन्होंने फिल्म निर्माण में कदम रखा और इसकी शुरूआत की 'दाग' जैसी सुपरहिट फिल्म से। इस फिल्म की सफलता ने उन्हें बॉलिवुड में नया नाम दिया। इसके बाद आई 1975 की फिल्म 'दीवार' जिसमें अमिताभ बच्चन ने अभिनय किया था। इस फिल्म की सफलता ने यश चोपड़ा को

कामयाब निर्देशकों की श्रेणी में ला खड़ा किया जहां उनकी फिल्मों में काम करने के लिए अभिनेता उनके घर के चक्कर लगाने लगे। इसके बाद तो यश चोपड़ा ने 'सिलसिला', 'कभी-कभी' जैसी फिल्मों में अमिताभ के साथ ही काम किया।

हालांकि 80 के दशक की शुरूआत में यश चोपड़ा को असफलता का कड़वा स्वाद भी चखना पड़ा पर 1989 में आई 'चांदनी' ने उन्हें दुबारा एक सफल और हिट निर्देशक बना डाला। 1991 में आई 'वो लम्हे' भी इसी दौर की एक सुपरहिट फिल्म थी। इसके बाद उन्होंने 1995 में बतौर निर्माता फिल्म 'दिलवाले दुल्हनिया ले जाएंगे' में दांव लगाया। शाहरुख और काजोल के अभिनय से सजी यह फिल्म बॉलिवुड की सबसे हिट फिल्म मानी जाती है। इसके बाद 1997 में उन्होंने फिल्म 'दिल तो पागल है' का निर्देशन किया। कुछ सालों तक वह निर्देशन से दूर रहे और फिर लौटे 2004 की सुपरहिट फिल्म 'वीर जारा' को लेकर। इस फिल्म का निर्देशन यश चोपड़ा ने किया। फिल्म में प्यार की परिभाषा की ऐसी व्याख्या की गई कि यश चोपड़ा को लोगों ने सही अर्थो में किंग ऑफ रोमांस कहना शुरू कर दिया।

शशि कपूर, दिलीप कुमार, राजेश खन्ना, अमिताभ बच्चन, ऋषि कपूर

राखी और शर्मिला टैगोर के साथ यश चोपड़ा

शूटिंग के दौरान श्री देवी को दृश्य समझाते हुए यश चोपड़ा

और शाहरुख खान को यश चोपड़ा अपनी ज्यादातर फिल्मों में लेते थे। यश चोपड़ा के फेवरेट दिलीप कुमार, अमिताभ बच्चन और शाहरुख खान रहे हैं और इनको लेकर यश चोपड़ा ने कई फिल्में निर्देशित की हैं। यश चोपड़ा की फिल्मों में रोमांटिक सीन बहुत ही दिलचस्प हुआ करते थे और वे अपनी हीरोइनों को शिफॉन की साड़ी के साथ बारिश में भिगवाते जरूर थे। उनके लिए खूबसूरत लड़की का मतलब तभी होता था जब वो शिफॉन के लिबाज़ हो और इसी लिबाज़ में वो अपने प्रेमी के करीब जाए।

यश चोपड़ा को लोग सबसे ज्यादा उनके दृश्यों के लिए याद रखते हैं। लाल फूलों के बीच सफेद रंग की साड़ी में निष्कलुष नारी सौंदर्य। गाने जो दिल से और डायलॉग जो जुबान से उतरना नहीं जानते। लंबे मोनोलॉग, सॉलिलोकी। पर्दे पर उकेरी हुई कविता। यश चोपड़ा की दूसरी पहचान उनके रोमांस से जुड़ी है। लेकिन बॉलिवुड की दस में से नौ फिल्में रोमांटिक ही हुआ करती हैं, लिहाजा रोमांस को भी उनका सिग्नेचर नहीं माना जा सकता। जो चीज यश चोपड़ा को एक स्थायी ट्रेंड और 50 साल से भी ज्यादा लंबा एक फनॉमिना बनाती है, वह कुछ और ही है।

यह चीज है जिंदगी और कहानी को लेकर उनकी समझ। इस मामले में यश चोपड़ा के अंदर न तो गुरुदत्त जैसी इंटेंसिटी है, न विजय आनंद जैसी सामाजिक दृष्टि। हृषिकेश मुखर्जी और श्याम बेनेगल की यथार्थधर्मिता से

यश चोपड़ा की प्रमुख फिल्में

उनका दूर-दूर तक का रिश्ता नहीं है। डायरेक्शन का नया स्कूल, जिसके युवा निर्देशकों ने पिछले कुछ सालों में ठेठ देसी दृश्यों वाली नायाब फिल्में दी हैं, यश चोपड़ा से दूरी बनाए रखने में ही अपनी भलाई मानता है। दुर्घटना में अलग हुए परिजनों का फिल्म के उत्तरार्ध में एक-दूसरे से मिल जाना, भाई का भाई के खिलाफ, बेटे का बाप के खिलाफ, प्रेमी-प्रेमिका का एक-दूसरे के खिलाफ खड़े हो जाना- ऐसे यश चोपड़ा रचित सीक्वेंस अब पैरोडी के विषय बन चुके हैं। लेकिन यश चोपड़ा का अनूठापन इस बात में है कि वे अपने चरित्रों को परिस्थितियों से पैदा करते हैं, उन्हें मेज पर गढ़ कर दर्शक के सामने पेश नहीं करते।

अक्सर उनके नायकों में कोई खामी, कोई पेचीदगी, कोई टेढ़ हुआ करती है, जिसके असर में वे भीतर ही भीतर विध्वंस की हद तक घुलते जाते हैं। उनकी

फिल्में लगभग हर बार ही सुखांत होती हैं, लेकिन आखिरी दृश्य में आने वाली राहत उनके चरित्रों की व्यथा को धुंधला नहीं पड़ने देती। यही वह बात है जिसने 1965 की 'वक्त', 1975 की 'दीवार' और 1989 की 'चांदनी' से लेकर 1993 की 'डर' तक देश की कई पीढ़ियों को उनकी फिल्मों का मुरीद बनाए रखा। यश चोपड़ा का यह ट्रेंडी टच बाद में 'हम-तुम' और 'सलाम-नमस्ते' जैसी उनकी प्रड्यूस की हुई फिल्मों में भी जारी रहा, लेकिन वह एक अलग कहानी है।

यश चोपड़ा के यहां रोमांस की गहराई हर बार उन तकलीफों से पैदा होती है, जो तरह-तरह की संकीर्णताओं ने इंसान की जिंदगी में पैदा कर दी हैं। 2004 में आई 'वीर-जारा' का स्टार क्रॉस्ड रोमांस तो कुछ भी नहीं है। अटपटेपन को उकेरने में वे असंभव की हद तक जा चुके हैं। 1991 की उनकी यादगार फिल्म 'लम्हे' में नायिका अपनी मां के प्रेमी से प्यार करने लगती है-एक ऐसी संकल्पना जो आज भी बोलने में अटपटी लगती है। हमारे जो गुनी-ज्ञानी फिल्मकार इस देश की आम समझ पर तरस खाते हुए कभी भी कुछ भी परोसने को तैयार रहते हैं, उनकी यश चोपड़ा के लिए सबसे बड़ी श्रद्धांजलि यही हो सकती है कि हुनर के मामले में एक-दो बातें उनसे सीखने में वे अपने अहं को आड़े न आने दें।

सन् 1959 से 2012 के बीच यश चोपड़ा ने 22 फिल्मों का निर्देशन किया। समय के साथ फिल्मों की हीरोइनें बदलती गई। यश जी की यही कोशिश रही कि उनकी फिल्म की नायिका अपने दौर की चर्चित और स्वीकृत स्टार हो। उन्होंने अपनी किसी भी फिल्म में नई अभिनेत्रियों को मौका नहीं दिया। वे हमेशा स्थापित अभिनेत्रियों के साथ ही फिल्में बनाते रहे। गिनकर देखें, तो उनकी 22 फिल्मों में लगभग 22 अभिनेत्रियों को मौका मिला। गौर करने की बात है कि 'चांदनी' और 'लमहे' के अलावा उनकी सभी फिल्मों में दो या दो से ज्यादा हीरोइनें रही हैं। फिर भी अभिनेत्रियों की संख्या 22 के पार नहीं जाती। उसकी वजह है कि यश चोपड़ा अपनी अभिनेत्रियों को रिपीट करने में यकीन रखते थे। वे अपनी पसंदीदा अभिनेत्रियों को जल्दी नहीं छोड़ते थे, लेकिन ऐसा भी नहीं रहा कि हीरोइनों का बाजार भाव कम हो गया हो और यश चोपड़ा किसी लगाव की वजह से उन्हें रिपीट कर रहे हों। इस मामले में वे बिल्कुल प्रोफेशनल थे। उन्होंने 'धूल का फूल' और 'धर्मपुत्र' में माला सिन्हा

को मौका दिया। फिर जब 1965 में उन्होंने 'वक्त' का निर्देशन किया, तो साधना और शर्मिला टैगोर को अपनी फिल्म में लेकर आए। कुछ समय तक शर्मिला टैगोर उनकी पसंद बनी रहीं, लेकिन एक बार राखी से परिचय होने के बाद उन्होंने अपनी फिल्मों में बार-बार राखी को रखा। फिल्मों की संख्या के हिसाब से राखी और वहीदा रहमान उनकी सबसे प्रिय अभिनेत्रियां कही जा सकती हैं। उसके बाद श्रीदेवी का नाम लिया जा सकता है। नीतू सिंह भी उन्हें उतनी ही प्रिय रहीं, लेकिन फिल्मों में हमेशा उन्हें सेकेंड लीड में ही रखा गया। उन्होंने हेमा मालिनी के साथ भी कुछ महत्वपूर्ण फिल्में कीं, जबकि दर्शकों को यश चोपड़ा की हीरोइनों में हेमा मालिनी का नाम ही याद नहीं आता।

प्रकृति के बाद नारी को दुनिया की श्रेष्ठ रचना मानने वाले यश चोपड़ा ने अपनी फिल्मों में हीरोइनों को हमेशा खूबसूरत, पवित्र और पॉजिटिव किरदारों में ही रखा। उनकी हीरोइनें फिल्म की कहानी के दायरे में बोल्ड और प्रभावशाली रही हैं। यह बी आर चोपड़ा का असर था कि यश चोपड़ा की फिल्मों में भी हीरोइनों की महत्वपूर्ण भूमिका होती थी। किसी भी फिल्म में हीरोइन के महत्व को समझने का सबसे आसान तरीका यह देखना है कि फिल्म की कहानी को आगे बढ़ाने में किसी अभिनेत्री की क्या भूमिका है? इस लिहाज से उनकी 'दीवार' और 'त्रिशूल' में भी औरतें निर्णायक भूमिकाओं में रही हैं। ठीक है कि अमिताभ बच्चन जैसे हीरो के अपोजिट रहने पर उनके हिस्से में ज्यादा कुछ नहीं आया, लेकिन इन दोनों फिल्मों में मां के रूप में वे हीरो को प्रभावित और संचालित करती हैं। यश चोपड़ा ने अपनी हीरोइनों की सुंदरता को सादगी के साथ प्रस्तुत करने में अधिक रुचि दिखाई। उनकी हीरोइनें तड़क-भड़क से दूर रहती हैं। यह भी उल्लेखनीय है कि 'डर' के पहले उनकी अधिकांश हीरोइनें मुख्य रूप से साड़ियां पहनती थीं। बाद में फैशन डिजाइनरों और मनीष मल्होत्रा के प्रभाव में उन्होंने अपनी हीरोइनों को आधुनिक लिबास दिए, लेकिन उन्हें शिफॉन की साड़ी पहनाकर खूबसूरत वादियों में ले जाने और गीत गवाने से नहीं चूके।

कम लोग जानते हैं कि फिल्मों के निर्देशन में आने से पहले यश चोपड़ा अपने बड़े भाई बी आर चोपड़ा के सहायक थे। उन दिनों संयोग से उन्हें मीना कुमारी के करीब आने का मौका मिला। शेर-ओ-शायरी ने नजदीकी बढ़ाई। औरतों के प्रति यश चोपड़ा का दृष्टिकोण एक हद तक मीना कुमारी से प्रभावित

शाहरुख खान की रोमांटिंक छबि को यश चोपड़ा ने ही गढा था।

रहा। उस प्रभाव का असर उनकी फिल्मों की नायिकाओं के नाम तक में दिखता है। उनकी शुरू की तीन फिल्मों की नायिकाओं का नाम मीना है। बाद में उन्होंने शीतल, शालिनी, निशा, चांदनी, सुमन, सपना जैसे नाम रखे। इनमें से ज्यादातर हीरोइनें पंजाबी परिवेश और परिवारों की हैं। वैसे भी यश चोपड़ा की फिल्मों का समाज मुख्य रूप से पंजाबी ही रहा है। उन्होंने पंजाब को फिल्मों की राष्ट्रीय संस्कृति बनाने में बड़ा योगदान किया। पंजाब के सरसों के खेत से लेकर भंगड़ा, सलवार-कुर्ती, पैरी-पौना और अन्य पंजाबी सलीके को आम व्यवहार का हिस्सा बना दिया।

'वीर-जारा' की रिलीज के सात साल बाद 'जब तक है जान' का निर्देशन करते समय यश चोपड़ा ने वर्तमान दौर की हीरोइनों कट्रीना कैफ और अनुष्का शर्मा को तो चुना, लेकिन हीरो के तौर पर किसी नए स्टार को आजमाने से वे चूक गए। बीस सालों से उनकी फिल्मों के रोमांटिक हीरो शाहरुख खान बने हुए हैं। उम्र की झुर्रियां उनके चेहरे पर साफ दिख रही हैं, लेकिन यह यश चोपड़ा का रोमांस है, जहां शाहरुख की बाहों में कभी गिटार है तो कभी अनुष्का और कभी कट्रीना। नई हीरोइनों के साथ शाहरुख खान की केमिस्ट्री का अंदाजा तो दीवाली की रोशनी में ही लगेगा। फिलहाल दर्शकों को इतना सुकून होना चाहिए कि यश चोपड़ा ने अपनी जान रहने तक हीरोइनों को शालीन, खूबसूरत और सपनीली बनाकर रखा।

यश चोपड़ा और पामेला के विवाह अवसर पर मीना कुमारी।

यश चोपड़ा की पर्सनल लाइफ की बात करें तो उनकी पत्नी का नाम पामेला चोपड़ा है। इनके दो बेटे है आदित्य और उदय। आदित्य भी निर्देशक है जिन्होंने 2014 में रानी मुखर्जी से शादी की। वही उदय बॉलीवुड एक्टर है।यश चोपड़ा और मुमताज के प्यार के किस्से भी काफी चर्चा में रहे थे। लाखों दिलों की जान मुमताज यश चोपड़ा के प्यार में पागल थी। वही यश भी उन्हें बेहद पसंद करते थे। दोनों शादी भी करना चाहते थे। यश मुमताज के प्यार में इस तरह पागल थे कि उन्होंने अपनी फिल्म 'आदमी और इंसान' में सायरा बानो के अलावा मुमताज को भी कास्ट कर लिया था।

सायरा बानो फिल्म में लीड रोल में थीं जबकि मुमताज साइड। यश चोपड़ा ने मुमताज का रोल को बढ़ा दिया और एक स्पेशल गाना भी उन्हें दे दिया, जबकि सायरा बानो उस फिल्म में कुछ खास नहीं कर पाईं। इस फिल्म के जरिए यश चोपड़ा ने मुमताज को साइड हीरोइन से लीड एक्ट्रेस बना दिया था।इस फिल्म के बाद दोनों का प्यार और गहरा हो गया। दोनों की बढ़ती नजदीकियां को देखकर यश चोपड़ा के बड़े भाई बी.आर. चोपड़ा रिश्ता लेकर मुमताज के घर गए लेकिन बात नहीं बनी। दरअसल, उस वक्त मुमताज का

करियर अभी शुरू ही हुआ था और उनकी फैमिली शादी के लिए तैयार नहीं थी। वो नहीं चाहते थे कि मुमताज का ध्यान अपने करियर से भटके। इस तरह दोनों का रिश्ता खत्म हो गया।

मुमताज अपने करियर पर ध्यान देने लगी और यश चोपड़ा ने पामेला सिंह से शादी कर ली। बता दें कि 2001 में यश चोपड़ा को भारत के सर्वोच्च सिनेमा सम्मान दादा साहेब फाल्के पुरस्कार से नवाजा गया था। वहीं, 2005 में उन्हें पद्म भूषण सम्मान मिला। फिल्मों की शूटिंग के लिए यश चोपड़ा को स्विट्जरलैंड सबसे ज्यादा पसंद था। स्विट्झ्रालैंड में उनके नाम पर एक सड़क भी है और एक ट्रेन भी चलाई गई है।

यश चोपड़ा को अब तक 11 बार फिल्म फेयर पुरस्कार से सम्मानित किया गया। उन्हें 1964 में प्रदर्शित फिल्म 'वक्त' के लिए सर्वश्रेष्ठ निर्देशक के फिल्म फेयर पुरस्कार से सम्मानित किया गया। इसके बाद वह 1969 में फिल्म 'इत्तेफाक' सर्वश्रेष्ठ निर्देशक, 1973 में 'दाग' सर्वश्रेष्ठ निर्देशक, 1975 में 'दीवार' सर्वश्रेष्ठ निर्देशक, 1991 में 'लम्हे' सर्वश्रेष्ठ निर्माता, 1995 में 'दिलवाले दुल्हनियां ले जायेंगे' सर्वश्रेष्ठ निर्माता, 1997 में 'दिल तो पागल है सर्वश्रेष्ठ निर्माता, 2004 में 'वीर जारा' सर्वश्रेष्ठ निर्माता और 2006 से 2008 तक तीन बार पावर अवार्ड से भी सम्मानित किए गए। फिल्म के क्षेत्र में उनके उल्लेखनीय योगदान को देखते हुए 2001 में वह फिल्म जगत के सर्वोच्च सम्मान 'दादा साहब फाल्के' पुरस्कार से भी सम्मानित किए गए। 2005 में उन्हें भारत सरकार द्वारा 'पद्म भूषण' दिया गया था। फिल्म निर्माता यश चोपड़ा को भारतीय सिनेमा में उनके योगदान के लिए फ्रांस का सर्वोच्च ऑफिसियर डी ला लेजन पुरस्कार प्रदान किया गया। स्विस सरकार ने उन्हें 'स्विस एंबेसडरर्स अवार्ड 2010' से सम्मानित किया है।

16. सुभाष घई

सुभाष घई

मनमोहन देसाई और प्रकाश मेहरा की कड़ी में ही सुभाष घई बॉलीवुड के शोमैन है । सुभाष घई ने भी इन्ही दोनों की तरह बड़े प्लाट की कहानियों को बड़े सितारों के साथ प्रस्तुत किया है । उन्होंने ज्यादातर आपराधिक पृष्टभूमि वाली पटकथाओं पर फिल्मे बनाई । दो भाइयो के टकराहट में खानदान की प्रतिस्पर्धा , अंडरवर्ल्ड के षड्यंत्र तथा देशभक्ति के जज्बे वाले ड्रामे को उन्होंने बहुत ही प्रभावशाली तरीके से चित्रित किया है ।

सुभाष घई का जन्म 24 जनवरी 1945 को पंजाबी परिवार नागपुर (महाराष्ट्र) में हुआ था। उनके पिता दिल्ली में एक डेंटिस्ट थे। सुभाष घई नें अपनी शुरुआती पढ़ाई दिल्ली से पूरी की । कामर्स से स्नातक करने के बाद वर्ष

1963 में फिल्म टेलीविजन इंस्टीट्यूट पूणे में दाखिला लिया। वर्ष 1970 में सुभाष घई ने पुणे की ही एक लड़की से शादी कर ली जिसका नाम 'रहना' उर्फ मुक्ता था। आज वह अपनी पत्नी मुक्ता घई और बेटियों, मेघना घई पुरी और मुस्कान घई के साथ मुंबई में रहते हैं।

प्रारम्भ में उन्हें अभिनेता और गीतकार बनने का शौक था । 'आराधना' 'उमंग' 'भारत के शहीद' 'दो बच्चे दस हाथ' 'ग्रहण' 'धमकी' तथा 'नाटक' (सभी 70 से 75 के बीच) जैसी फिल्मो में उन्होंने अभिनय किया था । किन्तु बड़ी कामयाबी न मिलने पर वह निर्देशन और निर्माण की तरफ मुखातिब हुए । उन्होंने पहली बार बी.बी.भल्ला की फिल्म 'खान दोस्त' (1976) के लिए निर्देशन में सहयोग दिया । इसके पश्चात उन्होंने स्वतंत्र रूप से 'कालीचरण' से निर्देशन आरम्भ किया । अपनी सफल फिल्मो की बदौलत सुभाष घई बॉलीवुड के शो मैन की हैसियत रखते है । स्ट्रगल के दौरान उनकी मुलाकात एनएन सिप्पी से हुई। घई ने उन्हें अपनी लिखी फिल्म कालीचरण की स्क्रिप्ट दिखाई। यह स्क्रिप्ट 6 बार रिजेक्ट की जा चुकी थी। सिप्पी को कालीचरण की कहानी पसंद आ गई और उन्होंने इसे बनाने का फैसला कर लिया। सिप्पी ने घई को फिल्म के निर्देशन का जिम्मा भी सौंप दिया और इस तरह से उन्हें अपनी पहली फिल्म मिली।

सुभाष घई ने अपनी आरम्भिक तीन फिल्मो – कालीचरण (1976) , विश्वनाथ (1978) और गौतम-गोविंदा (1980) में शत्रुघ्न सिन्हा को मुख्य अभिनेता के रूप में पर्दे पर उतारा । माना भी जाता है कि शत्रुघ्न सिन्हा को पूरा एक्सपोजर सुभाष घई के निर्देशन में ही मिला । 'कालीचरण' में शुत्रुघ्न सिन्हा ने स्मरणीय भूमिका अदा के है । 'कालीचरण' में शत्रुघ्न सिन्हा की दोहरी भूमिका की तुलना 'डॉन' के अमिताभ बच्चन की दोहरी भूमिका से की गयी थी। दोनों फिल्मो में प्लाट में मामूली फर्क था । वर्ष 1978 में सुभाष ने एक बार फिर से शत्रुघ्न सिन्हा को लेकर 'विश्वनाथ' बनाई। इस फिल्म में सिन्हा ने एक तेजतर्रार वकील की भूमिका निभाई थी। फिल्म टिकट खिड़की पर सुपरहिट साबित हुई। इस फिल्म में शत्रुघ्न सिन्हा का बोला गया यह संवाद 'जली को आग कहते हैं, बुझी को राख कहते हैं, जिस राख से बारूद बने, उसे विश्वनाथ कहते हैं' दर्शकों के बीच आज भी लोकप्रिय है।

वर्ष 1980 में प्रदर्शित फिल्म 'कर्ज' सुभाष के करियर की एक और

सुपरहिट फिल्म साबित हुई। पुनर्जन्म पर आधारित इस फिल्म में ऋषि कपूर, टीना मुनीम, सिमी ग्रेवाल, प्राण, प्रेमनाथ और राजकिरण ने मुख्य भूमिकाएं निभाई थीं। इस फिल्म में सिमी ग्रेवाल ने नेगेटिव किरदार निभाकर दर्शकों को रोमांचित कर दिया था। 'कर्ज' टिकट खिड़की पर सुपरहिट फिल्म साबित हुई।

वर्ष 1982 में प्रदर्शित फिल्म 'विधाता' सुभाष घई के करियर की महत्वपूर्ण फिल्मों में शुमार की जाती है। इस फिल्म के जरिए सुभाष घई ने अभिनय सम्राट दिलीप कुमार, शम्मी कपूर, संजीव कुमार, संजय दत्त जैसे मल्टी सितारों को एकसाथ पेश किया। फिल्म ने सफलता के नए कीर्तिमान स्थापित किए। वर्ष 1982 में ही सुभाष घई ने अपनी प्रोडक्शन कंपनी मुक्ता आर्ट्स की स्थापना की जिसके बैनर तले उन्होंने वर्ष 1983 में प्रदर्शित फिल्म 'हीरो' का निर्माण-निर्देशन किया। इस फिल्म के जरिए सुभाष ने फिल्म इंडस्ट्री को जैकी श्रॉफ और मीनाक्षी शेषाद्रि के रूप में नया सुपरस्टार दिया। वर्ष 1986 में सुभाष घई ने दिलीप कुमार को लेकर अपनी महत्वाकांक्षी फिल्म 'कर्मा' का निर्माण किया। दिलीप कुमार, नूतन, जैकी श्रॉफ, अनिल कपूर, नसीरउद्दीन शाह, श्रीदेवी, पूनम ढिल्लो और अनुपम खेर जैसे सुपर सितारों से सजी इस फिल्म के जरिए सुभाष ने दर्शकों के बीच देशभक्ति की भावना का

यश चोपड़ा और राज सिप्पी के साथ सुभाष घई

राम लखन की शूटिंग के दौरान सुभाष घई के साथ जैकी श्राफ, डिम्पल कपाड़िया और अनिल कपूर

संचार किया। वर्ष 1989 में प्रदर्शित फिल्म 'राम-लखन' भी सुभाष घई के करियर की सुपरहिट फिल्मों में शामिल की जाती है। वर्ष 1991 में सुभाष ने दिलीप कुमार और राजकुमार को लेकर अपनी महत्वाकांक्षी फिल्म 'सौदागर' का निर्माण किया। दिलीप कुमार और राजकुमार वर्ष 1959 में प्रदर्शित फिल्म 'पैगाम' के बाद दूसरी बार एक-दूसरे के आमने-सामने थे।

'सौदागर' में अभिनय की दुनिया के इन दोनों महारथियों का टकराव देखने लायक था। इसी फिल्म के जरिए सुभाष ने मनीषा कोईराला और विवेक मुश्रान को फिल्म इंडस्ट्री में लांच किया। इस फिल्म के लिए सुभाष को सर्वश्रेष्ठ फिल्म निर्देशक का फिल्म फेयर पुरस्कार दिया गया। इसके बाद उन्होंने वर्ष 1993 में संजय दत्त को लेकर 'खलनायक', वर्ष 1997 में शाहरुख खान को लेकर 'परदेस' और वर्ष 1999 में ऐश्वर्या राय को लेकर 'ताल' जैसी फिल्मों का निर्माण किया। 'परदेस' के जरिए सुभाष घई ने महिमा चौधरी को फिल्म इंडस्ट्री में लांच किया।

सुपरहिट फिल्म कर्मा के सेट पर सुभाष घई के साथ जैकी श्राफ, अनिल कपूर, नसीरूद्दीन शाह, दिलीप कुमार और अनुपम खेर।

2000 का दशक सुभाष घई के करियर के लिए अच्छा साबित नहीं हुआ। इस दौरान बतौर निर्देशक उनकी यादें, किसना और युवराज जैसी फिल्में प्रदर्शित हुईं, जो टिकट खिड़की पर बेअसर साबित हुईं। वर्ष 2008 में प्रदर्शित फिल्म युवराज की असफलता के बाद सुभाष ने फिल्मों का निर्देशन करना बंद कर दिया। उन्होंने पिछले वर्ष प्रदर्शित फिल्म कांची के जरिए बतौर निर्देशक वापसी की लेकिन यह फिल्म टिकट खिड़की पर सफल नहीं हुई।

अमिताभ युग के मध्य में अंकुरित हुए सुभाष घई एक बड़ी हैसियत वाले फिल्मकार बन गये । उन्होंने अपना एक स्वतंत्र बैनर 'मुक्ता आर्ट्स' की स्थापना सन 1983 में की । इस अवधि में घई ऐसे निर्देशक हुए , जिनके निर्देशन में अमिताभ बच्चन की फिल्म नही है । वह हमेशा नये चर्चित कलाकारो के साथ फिल्मे बनाते रहे । अस्सी के दशक में जब फिल्म उद्योग के सभी बड़े फिल्मकार अमिताभ के साथ फिल्मे बनाने की ख्वाहिश रखते थे वही सुभाष घई शत्रुघ्न सिन्हा के साथ फिल्म निर्माण के मैदान में दाखिल हुए ।

सुभाष घई की प्रमुख फिल्में, जिन्होनें राज कपूर के बाद उन्हें शोमैन को खिताब दिलवाया -

कालीचरण (1976) - कालीचरण सुभाष की पहली फिल्म थी, जिससे उन्होंने इस इंडस्ट्री में डेब्यू किया था। फिल्म को प्रोड्यूस किया था

मशहूर प्रोड्यूसर एन एन सिप्पी ने और यह फिल्म रिलीज़ होते ही बॉक्स ऑफिस पर हिट हो गई। फिल्म में लीड रोल में नज़र आए थे शत्रुघ्न सिन्हा और रीना रॉय जिनके अलावा इस फिल्म में अजीत खान, डैनी डेन्जोंगपा, मदन पुरी और प्रेमनाथ भी थे। इस फिल्म से पहले उन्होंने तकीदर, आराधना उमंग, और गुमराह जैसी फिल्मों में बतौर एक्टर भी काम किया।

कर्ज़ (1980)- कर्ज़ सुभाष घई द्वारा निर्देशित 1980 की भारतीय हिंदी भाषा की एक थ्रिलर फिल्म थी, जिसमें ऋषि कपूर और टीना मुनीम लीड रोल्स में थे जिनके अलावा फिल्म में सिमी गरेवाल भी थीं। फिल्म में सिमी गरेवाल ने श्रषि कपूर की पिछले जन्म की जानलेवा पत्नी कामिनी वर्मा की भूमिका निभाई थी। फिल्म की कहानी श्रषि कपूर के साथ हुए पूर्व जन्म के हादसों पर बेस्ड थी। कर्ज उस दौर की बहुत बड़ी सुपरहिट फिल्म रही। इस फिल्म में जो मन्दिर दिखाया गया था उसे सुभाष घई द्वारा केवल फिल्म के लिये खण्डाला में बनाया गया था। फिल्म सुपरहिट होने के बाद खण्डाला में वह मन्दिर इतना प्रसद्धि हुआ कि लोग केवल उसे ही देखने के लिये वहां पहुंचने लगे। सभी को लगता था कि वह मन्दिर वास्तविक रूप से वहां स्थापित है।

विधाता (1982) - 1982 में आई यह फिल्म संजय दत्त की फहली फिल्मों में से एक थी। इस फिल्म में उनके अलावा दिलीप कुमार, पद्मिनी कोल्हापुरे,शम्मी कपूर, संजीव कुमार, अमरीश पुरी, मदन पुरी, सुरेश ओबेरॉय और सारिका थे। फिल्म में दिलीप कुमार और पद्मिनी कोल्हापुरे ने लीड रोल निभाया था।

हीरो (1983) - कहा जाए तो सुभाष घई ने इस फिल्म से जैकी श्रॉफ के करियर की शुरुआत की थी। इस फिल्म से ही जैकी श्रॉफ को इंडस्ट्री में पहचान मिली। इस फिल्म के बाद सुभाष घई के लगभग सभी फिल्मों में जैकी श्राफ ने अभिनय किया। फिल्म को भारतीय बॉक्स ऑफिस पर 'ऑल टाइम ब्लॉकबस्टर' घोषित किया गया था, इस फिल्म से जैकी श्रॉफ और मीनाक्षी शेषाद्री बहुत बड़े सितारे बन गए। कई शहरों में तो 750 दिनों तक हीरो का शो चला था।

कर्मा (1986)- 1986 की इस भारतीय एक्शन फिल्म में दिलीप कुमार, नूतन, नसीरुद्दीन शाह, जैकी श्रॉफ, अनिल कपूर, पूनम ढिल्लों, श्रीदेवी, दारा सिंह और अनुपम खेर थे। इस फिल्म से सुभाष घई और दिलीप कुमार कि जोड़ी 1982 में आई पिछली फिल्म विधाता की सफलता के बाद बड़े परदे पर दिखाई दी थी। इस फिल्म ने बॉक्स ऑफिस पर बहुत बड़ी सफलता प्राप्त की थी।

राम लखन (1989)- कहा जाए तो सुभाष घई ने ही जैकी श्रॉफ और अनिल कपूर के करियर की शुरुआत की थी। इस फिल्म में दोनों ही लीड रोल्स में नज़र आए। फिल्म को डायरेक्ट और प्रोड्यूस दोनों ही सुभाष घई ने ही किया था। इस फिल्म को बेस्ट फिल्म और सुभाष को बेस्ट डायरेक्टर का नोमिनेशन भी मिला था। इस फिल्म में अनिल कपूर के अभिनय को सराहा गया था।

सौदागर (1991)- इस फिल्म में दिलिप कुमार और राज कुमार 1959 में आई फिल्म पैगाम के बाद एक साथ नज़र आए थे। फिल्म की कहानी इन दोनों के किरदारों के बीच हुई मित्रता और दुशमनी को दर्शाती है। यह सुभाष की इकलौती फिल्म है, जिसके लिए उन्हें फ़िल्मफ़ेयर बेस्ट डायरेक्टर अवार्ड मिला था, और फिल्म को सिलवर जुबली घोशित कर दिया गया था।

खलनायक (1993)- इस फिल्म में लीड रोल में संजय दत्त और जैकी श्रॉफ नज़र आए थे। फिल्म में संजय एक कैदी की भूमिका में थे और जैकी एक पुलिसवाले की भूमिका निभा रहे थे। यह फिल्म 1993 की दूसरी सबसे ज्यादा कमाई करने वाली हिंदी फिल्म थी और 1990 के दशक की चौथी सबसे ज्यादा कमाई करने वाली हिंदी फिल्म थी। यह भी एक इत्तेफाक रहा कि इस फिल्म के साथ संजय दत्त की भी देश में मुम्बई बम विस्फोट में नाम आने से खलनायक की ही छबि बन गई थी।

परदेस (1997)- यह एक म्यूसिकल ड्रामा फिल्म थी, जिसमे शाहरुख खान, अमरीश पुरी, आलोक नाथ थे, जिनके अलावा न्यूकमर्स महिमा चौधरी और अपूर्वा अग्निहोत्री भी थे। फिल्म की कहानी में पूरब और पश्चिम के सांस्कृतिक मूल्यों को दो परिवारों के बीच हुए ड्रामा से दर्शाया गया था। फिल्म कमर्शियल और म्यूसिकल हिट दोनों ही घोशित कर दी गई थी।

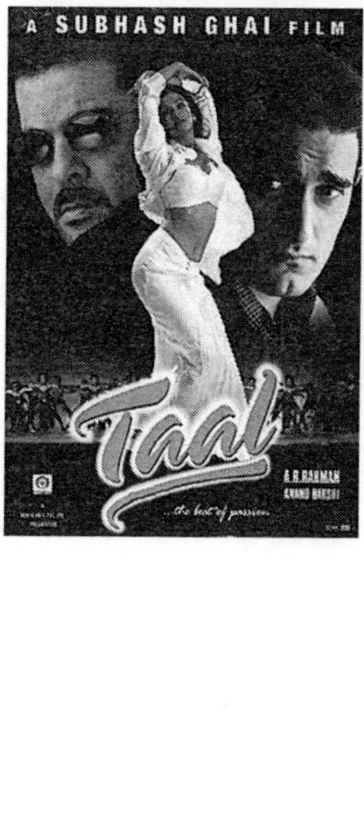

ताल (1999)- 1999 में आई इस फिल्म को प्रोड्यूस और डायरेक्ट दोनो ही सुभाष घई ने किया था, और इसे शिकागो इंटरनेशनल फिल्म फेस्टिवल, 2005 में रोजर एबर्ट फिल्म फेस्टिवल, और भारतीय सिनेमा खंड में जश्न नृत्य में भारत का 45 वां अंतर्राष्ट्रीय फिल्म समारोह में खास तौर पर दिखाया गया था। फिल्म में लीड रोल्स निभाते हुए अनिल कपूर, अक्षय खन्ना, ऐश्वर्या राय, नज़र आए थे। यह फिल्म सुभाष घई की हिट फिल्मों की गिनती में गिनी जाती है।

॥ भाग- 4 ॥

सिनेमा का बदलता परिदृश्य, साहित्य और समाज

नायक-नायिका की बदलती भूमिका के साथ सिनेमा में साहित्य, भाषा और आर्थिक बदलाव

बदलता देश, दशक और फिल्मी नायक

किसी को भी अपना शुरुआती इतिहास याद नहीं रहता। क्या यह महज संयोग नहीं है कि शुरुआती दौर की बहुत कम फिल्में हमें याद हैं। बताया जाता है कि मूक दौर में 1288 फिल्में बनी थीं, लेकिन उनमें से मात्र 13 फिल्में ही राष्ट्रीय अभिलेखागार में मिलती हैं। बाकी को हम भूल गए या भुला दिया। कहा जाता है कि गर्भकाल और शिशुकाल बहुत परतंत्र और कष्टमय होता है, इसलिए यह बेहतर है कि उसे भुला दिया जाए। प्रकृति ने कुछ ऐसी व्यवस्था कर रखी है कि हम स्वतः अपने बीज और शिशु दौर को भूल जाते हैं। वैसे उन दिनों में जो फिल्में आईं, उनके नाम और परिचय तो हमें मिलते ही हैं और उनके दम पर भी हिंदी फिल्मों का इतिहास बनता है।

कुछ लोग मानते हैं कि भारत में फीचर फिल्म का जन्म 1912 में ही 'पुंडलिक' नामक फिल्म से हो गया था, लेकिन सर्वस्वीकार्य रूप से भारतीय फीचर फिल्मों का जन्म 1913 में माना गया है। यह वही वर्ष था, जब महाकवि रवींद्रनाथ टैगोर को नोबेल पुरस्कार मिला था। उसके बाद साहित्य भले ही खूब रचा गया, लेकिन किसी भी भारतीय साहित्यकार को नोबेल नहीं मिला, दूसरी ओर, सिनेमा ने भी बहुत विकास किया, लेकिन कोई भी संपूर्ण भारतीय फिल्म सिनेमा का सर्वोच्च सम्मान - ऑस्कर नहीं जीत सकी। अब इस पर बहस हो सकती है कि भारतीय सिनेमा और भारतीय साहित्य कितना परिपक्व हुआ है। इसी के साथ हम एक बहस यह भी जोड़ लेते हैं कि भारतीय नायक कितना परिपक्व हुआ है। यह तो दुनिया के परिप्रेक्ष्य में एक दृष्टि हो गई, लेकिन वास्तव में अगर मुख्यधारा की भारतीय फिल्मों की बात करें, तो उनमें अभी भी काफी बचपना है। सौ की उम्र पार करने के बाद भी फिल्मों में कमी खोजी जा सकती है, बचपना खोजा जा सकता है। सिनेमा, साहित्य और नायक, तीनों में यह बचपना बरकरार है। ऐसा नहीं है कि पश्चिमी सिनेमा, साहित्य या नायक एकदम परिपक्व हो गए हैं या उनमें बचपना नजर नहीं आता, लेकिन वहाँ

तुलनात्मक रूप से परिपक्वता और तार्किकता ज्यादा है और तभी वह सिनेमा पूरी दुनिया को अपील करता है, जबकि मुख्यधारा के भारतीय सिनेमा की अपनी एक सीमा है। जैसे भारत, भारतीय समाज और भारतीय आधुनिक मन की एक सीमा है।

देश बदलता रहा है और उसके साथ-साथ फिल्में भी कुछ-कुछ बदलती रही हैं और साथ में उनके नायक भी बदलते रहे हैं। आज के देश, सिनेमा और नायक में हर दौर का कुछ न कुछ शामिल है। एक ही साथ अलग-अलग समय के दृश्य, प्रतीक, गुण और दोष चल रहे हैं। थोड़ा बचपन, थोड़ा किशोरपन, थोड़ी जवानी, थोड़ी प्रौढ़ता और थोड़ा बुढ़ापा, मानो मिलजुलकर कभी थोड़ा-तो कभी ज्यादा साथ-साथ चल रहे हैं। वैसे यह भी ध्यान रखना चाहिए कि बच्चा जब जवानों की तरह बात करता है, तो उसे अपवाद स्वरूप लिया जाता है, ठीक वैसे ही जवानी में बचपन के लक्षण को अपवाद स्वरूप ही लिया जाता है। बचपन वास्तव में बचपन है और जवानी वास्तव में जवानी। इस बात को ध्यान में रखते हुए मोटे तौर पर समय और उसके प्रभावों को लेकर हम एक रोचक अध्ययन यह कर सकते हैं कि बदलते देश में बदलते दशक के साथ फिल्मी नायक कैसे बदलता चला गया।

दशकवार अगर हम देखें, तो नायक कुछ यों नजर आते हैं :

बीज नायक	: 1910 का दशक
शिशु नायक	: 1920 का दशक
किशोर नायक	: 1930 का दशक
वयस्क नायक	: 1940 का दशक
आदर्श नायक	: 1950 का दशक
प्रेमी नायक	: 1960 का दशक
असंतुष्ट नायक	: 1970 का दशक
यथार्थवादी नायक	: 1980 का दशक
प्रवासी नायक	: 1990 का दशक
विलासी नायक	: 2000 का दशक
भ्रमित नायक	: 2010 का दशक

भारतीय फिल्मों के शुरुआती दो दशक बीज नायक और शिशु नायक को समर्पित रहे। हम जीना और चलना सीख रहे थे। हमें ठोकर लग रही थी, हम गिर रहे थे, फिर उठकर चल रहे थे। फिल्मों ने भी पौराणिक और ऐतिहासिक कहानियाँ सुनकर-सुनाकर बचपन बिताया। हमें यह अहसास नहीं था कि हम समाज से भी नायक उठा सकते हैं, तो हमने लगभग सभी नायक अपने पुराणों और इतिहास से उठाए। भारतीय सिनेमा ने पौराणिक कथाओं के साथ ही शुरुआत की और यह कहा जाता है कि शुरुआती वैचारिक बुनियाद तो बचपन में ही बनती है, हमें बचपन में जो संस्कार मिलते हैं, उनसे ही हमारा मानस बनता है। तो कोई आश्चर्य नहीं, आज भी भारतीय फिल्मों की ज्यादातर कहानियाँ पौराणिक कथाओं-महाभारत-रामायण के कथा-ढाँचे से बाहर नहीं आ पाई हैं। दर्शकों को नायक और खलनायक के संघर्ष में आज भी बहुत आनंद आता है। ज्यादातर आधुनिक भारतीय फिल्मों ने भी यह आनंद लेना और देना नहीं छोड़ा है। अच्छे-अच्छे निर्देशक यह ढाँचा तोड़ने की कोशिश कर चुके हैं, लेकिन उनमें से ज्यादातर को फिर पारंपरिक ढाँचे में आकर काम करना पड़ता है यानी भारतीय फिल्मों के बीज और शिशु नायक ने आज भी हमारा पीछा नहीं छोड़ा है।

यह वही दौर था, जब भारत की आजादी के नायक सिर उठा रहे थे, उनके सब्र का बाँध टूटने लगा था, उन्हें समझ में आने लगा था कि देश की मुक्ति के लिए खड़ा होना पड़ेगा। यह कहा जाता है कि बिना माँगे कुछ नहीं मिलता और बिना रोए माँ दूध नहीं पिलाती, तो यह वह दौर था, जब फिल्मों ने रोना और माँगना शुरू किया।

एक बांग्ला बने न्यारा

किशोर नायक : 1930 का दशक

1930 वह वर्ष था, जब गांधीजी दांडी मार्च पर निकले थे। उन्होंने फैसला कर लिया था कि अंग्रेजों द्वारा थोपे गए उन तमाम कानूनों को तोड़ेंगे, जो अन्याय के प्रतीक हैं। इसी वर्ष गांधीजी को अन्य भारतीय नेताओं के साथ प्रथम गोलमेज बैठक के लिए लंदन बुलाया गया था। देश की आवाज सुने जाने की बुनियाद तैयार हो चुकी थी और संयोग है कि 1931 में भारतीय फिल्मों ने भी बोलना शुरू कर दिया। फिल्मकार अर्देशिर ईरानी की 'आलम आरा' रिलीज हुई। विश्व पटल पर भारत की आवाज को साफ होने में वक्त लगा, ठीक

उसी तरह से 1930 के दशक में फिल्मों में आवाज को साफ होने में वक्त लगा। कई फिल्में तो 1934 तक मूक ही बनती रहीं। जैसे एक शिशु धीरे-धीरे बोलना शुरू करता है और धीरे-धीरे ही उसकी आवाज साफ होती जाती है, ठीक उसी तरह से 1930 का दशक भारतीय फिल्मों की आवाज साफ होने का दौर है। कहा जाता है कि छोटे बच्चे खूब बोलते-गाते हैं, तो 1932 में बनी फिल्म 'इंद्रसभा' में 69 गीत थे, क्या यह चौंकने वाली बात नहीं है

इस दौर में भारत में संघर्ष के अनेक स्रोत तैयार हो रहे थे, ठीक उसी तरह से फिल्मों में भी निर्माण के स्तर पर संघर्ष के अनेक स्रोत सामने आ रहे थे। अंग्रेजी राज का फिल्मों पर साफ असर था। अंग्रेज चाहते थे कि फिल्मों में खुलापन तो हो, लेकिन आजादी या संघर्ष की गूँज न हो। ऐसे में इस दशक में भी लगभग दो तिहाई फिल्में धार्मिक चरित्रों व पौराणिक आख्यानों को आधार मानकर बनीं। पौराणिक आख्यानों पर फिल्म बनाना फिल्मकारों के लिए भी लाभ का सौदा था, क्योंकि तब तक ऐसे आख्यानों को लोगों ने किताबों में ही पढ़ा था। बोलती-भागती तस्वीरों का आनंद बढने लगा था, ऐसे में, लोग पर्दे पर किसी सुनी-पढ़ी कहानी को देखकर भावविभोर हो जाते थे।

वैसे इसी दशक में समकालीन सामाजिक कथाओं पर फिल्म बनाने की शुरुआत हो गई थी, जैसे मुंशी प्रेमचंद ने फिल्मकार मोहन भवनानी के लिए फिल्म लिखी थी 'द मिल', जो 1934 में रिलीज हुई थी। बताया जाता है कि इस फिल्म का मजदूर समाज पर गहरा असर हुआ था, फिल्म देखकर मजदूर भड़क जाते थे। प्रदर्शन के बाद दंगे जैसी स्थिति पैदा हो जाती थी, लाहौर, पंजाब, दिल्ली इत्यादि शहरों में इसे प्रतिबंधित भी किया गया था। लोगों को उद्वेलित-उत्तेजित करने वाली फिल्मों में 'द मिल' को भारत की पहली फिल्म माना जाता है। इस दशक के बिल्कुल मध्य में 1935 में वी. शांताराम की 'अमृत मंथन' रिलीज हुई थी और आगे के दशकों में एक मास्टर फिल्मकार के रूप में स्थापित हुए महबूब खान की 'जजमेंट ऑफ अल्लाह'। बताते हैं कि 'अमृत मंथन' में जूम शॉट्स की शुरुआत हुई थी, यानी चीजों पर करीब से फोकस करने की शुरुआत। 1930 के दशक में फिल्मों के बारे में यह अहसास होने लगा था कि इन्हें हँसी में नहीं उड़ाया जा सकता। देश का मानस बनाने में फिल्मों का बहुत योगदान न था, लेकिन फिल्में उस दिशा में बढ़ने लगी थीं। समाज और फिल्मों के बीच संबंध बनने लगा था। समाज फिल्मों को समझ रहा

था और फिल्में समाज को समझ रही थीं। 1930 के दशक में ही भारतीय सिनेमा की कुछ अच्छी हस्तियों की फिल्मी मानसिकता तैयार हुई। फिल्में नौटंकी, रामलीला और पारसी थियेटर से बढ़कर भी कुछ हो सकती हैं, इसका अहसास होने लगा। अच्छे घरों के युवक-युवतियाँ भी फिल्मों में आने के बारे में सोचने लगे थे। जो लोग फिल्मों को बुरा माध्यम समझते थे, वे भी फिल्मों की उपेक्षा नहीं कर पा रहे थे, क्योंकि ईश्वरीय चरित्रों, संतों, ऐतिहासिक चरित्रों इत्यादि पर ढ़ेरों फिल्में बन रही थीं। लोग विज्ञान का जादू और धार्मिक कथा के आकर्षण में खिंचे चले आते थे। कुल मिलाकर 1930 के दशक में यह लगने लगा था कि फिल्में कुछ खास करने वाली हैं। इस दौर में के.एल. सहगल सबसे बड़े स्टार थे, वे अभिनेता से ज्यादा गायक थे। उनका अभिनय सादा और सतही-सा होता था, मानो किशोर दौर का शिशु स्तरीय अभिनय। वे ढंग से नाटकीय भी नहीं हो पाते थे। दूसरे शब्दों में कहें, तो सहगल के अभिनय में भी अलग तरह का भोलापन था, जैसे इस देश के लोग भोले थे, ठीक उसी तरह से। के.एल. सहगल न गायकी में प्रशिक्षित थे, न अभिनय में, वे अभिव्यक्ति एवं प्रदर्शन के लिए संघर्षरत थे, जैसे यह देश संघर्षरत था। जैसे देश के लिए किया जा रहा संघर्ष सबको प्रेरित कर रहा था, ठीक उसी तरह से सहगल द्वारा किया गया संघर्ष भी बहुतों को प्रभावित कर रहा था। उस दौर में अभिनेता और आम लोग सहगल की तरह गीत गाने और अभिनय करने में आनंद की अनुभूति करते थे और लगता था कि सबकुछ ऐसे ही चलेगा। 1935 में ही पी.सी. बरुआ ने सहगल को मुख्य भूमिका में लेकर 'देवदास' का निर्माण किया था। आज अगर इस 'देवदास' को कोई देखे, तो सब कुछ बड़ा बचकाना लगेगा, लेकिन हँसने वाली कोई बात ही नहीं है, क्योंकि वाकई यह फिल्मों के लिए किशोर दौर था। फिल्में ठीक से बढ़ना, बोलना और दौड़ना सीख रही थीं।

फिल्में तो अपने बचपन व किशोरवय को छोड़कर आगे बढ़ गईं, लेकिन वास्तव में देश 1930 के दौर की बहुत-सी चीजों को आज भी ढो रहा है। जैसे इसी दौर में सांप्रदायिकता और जातिवादी राजनीति भी उभरने लगी थी। 1935 में गवर्नमेंट ऑफ इंडिया एक्ट पास हो चुका था और देश में विभिन्न स्तरों पर संघर्ष के अनेक बचकाने प्रयोग हो रहे थे, कुछ ऐसे प्रयोग आगे चलकर युवा या अधेड़ हुए, लेकिन कई प्रयोग आज भी बचकाने ही लगते हैं और वैसे ही

बने हुए हैं। 1930 के दशक का अध्ययन अगर किया जाए, तो हम पाएँगे कि इस दशक में अंग्रेज देश को बाँट रहे थे, भारत को 11 प्रांतों में बाँट दिया गया था, बर्मा को भारत से अलग कर दिया गया था। कांग्रेस में फूट पड़ गई थी। सुभाष चंद्र बोस ने अपना अलग रास्ता चुन लिया था। वैसे संयोग व दुर्भाग्य से नेताजी का यह प्रयोग भी अगले दशक में बहुत हद तक बचकाना-सा ही सिद्ध हुआ। दूसरी ओर, यह सुखद संयोग है कि इस दशक में भारतीय राजनीति और समाज में पुख्ता रूप से कुछ हस्तियाँ उभरीं, ठीक उसी तरह से फिल्मों में भी के.एल. सहगल, सोहराब मोदी, मोतीलाल, अशोक कुमार, पृथ्वीराज कपूर जैसे अच्छे अभिनेता उभरे, जिन्होंने बाद की पीढ़ियों को अपने अच्छे काम से बहुत प्रभावित किया।

अँखिया लड़ाके ... चले नहीं जाना

वयस्क नायक : 1940 का दशक

इस दशक में फिल्मी माहौल कुछ गंभीर होने लगा था, लडकपन तो काफी हद तक पीछे छूट गया था। पौराणिकता के प्रति आकर्षण कम होने लगा था और फिल्में समकालीन समाज को संबोधित करने लगी थीं। इस दौर में फिल्मी नायक को एक पुख्ता रूप देने में जिन गंभीर फिल्मकारों का नाम लिया जा सकता है, उनमें देविका रानी, महबूब खान, नितिन बोस, वी. शांताराम, अमिय चक्रवर्ती, के.ए.अब्बास, केदार शर्मा, कमाल अमरोही और राजकपूर इत्यादि प्रमुख हैं। इनमें से कुछ फिल्मकार कहीं न कहीं इटली में उभरे फिल्मी नवयथार्थवाद से प्रभावित थे। नवयथार्थवादी फिल्में समय की माँग थीं। विश्व युद्ध से पीड़ित दुनिया, जिसमें बहुत गरीबी, बेरोजगारी और असमानता थी, वर्ग संघर्ष बढ़ गया था, आजादी की माँग बढ़ गई थी, विज्ञान भी तेज तरक्की कर रहा था, ऐसे में फिल्मों को ज्यादा समय तक समकालीन चेतना से बचाया नहीं जा सकता था। जैसे दुनिया में नवयथार्थवादी सिनेमा सशक्त होकर उभरा, वैसे ही भारत में भी ऐसे फिल्मकार होने लगे, जिनकी नजर केवल बाजार या टिकट खिड़की पर नहीं थी, जो समाज के बारे में भी निरंतर सोच रहे थे। हालांकि लोगों में भी मुक्ति की चाहत थी।

भारत की अगर बात करें, तो आजादी की चाहत इस दशक में शिखर पर थी, समस्याओं से स्वतंत्र होने और राहत पाने की इच्छा थी। यह दुनिया में अंग्रेजों की हार का दशक था, भारतीय युवा विजेता के रूप में खड़ा हो चुका

था और भारतीय फिल्मी नायक भी विजेता के रूप में पहचान बनाने लगा था। फिल्में राह दिखाने की मुद्रा में आने लगी थीं, जहाँ मनोरंजन करना उनका ध्येय होता था, वहीं उनमें यह प्रगतिशीलता भी गहरे बसने लगी थी कि लोगों और समाज का भी कुछ भला करना है, कोई न कोई अच्छा संदेश देना है। गांधीवादी, मार्क्सवादी या समाजवादी प्रभाव फिल्मों में स्पष्ट दिखने लगा था।

यह वही दशक है, जिसमें संगीत भी खुलकर रंग जमाने लगा। यह महज संयोग नहीं है कि संगीत का आनंद और संगीत की मनमोहक लय तभी बनी, जब देश आजाद हुआ। आजाद हवा में गीत गाने और सुनने का आनंद बढ़ गया। देश 1947 में आजाद हुआ, तो मानो फिल्मी संगीत को कोठों और नाटकीयता के करीब पहुँच रही शास्त्रीयता से आजादी मिली। दो फिल्मों ने भारत में संगीत के व्याकरण को काफी हद तक बदल दिया और संगीत को सुगम-सुलभ-सरस बना दिया। 1949 में ही राजकपूर की 'बरसात' फिल्म रिलीज हुई थी, जिसमें शंकर-जयकिशन ने कमाल कर दिया था। इसी वर्ष दूसरी संगीत प्रभावी फिल्म थी, कमाल अमरोही की 'महल', जिसमें संगीतकार खेमचंद प्रकाश ने भी संगीत को सुगम बनाने में योगदान दिया। लता मंगेशकर के नेतृत्व में देश के ज्यादातर गायकों की आवाज भी आजाद हुई और नकल या नाक के प्रभाव से अपनी-अपनी मौलिक आवाज की ओर गायक बढ़ चले। वाकई मौलिकता ही शानदार निर्माण में कारगर होती है। देश में भी अनेक मौलिक कार्य हो रहे थे और फिल्मी दुनिया में भी अनेक मौलिक कार्य हो रहे थे। फिल्में पूरी तरह से देश का साथ देने लगी थीं। पंडित नेहरू की नीति समाजवाद की निकट थी, तो ज्यादातर फिल्में भी समाजवादी प्रभाव में थीं।

इस दशक में हम अगर कोई एक प्रतीक नायक खोजने की कोशिश करें, तो थोड़ी मुश्किल होती है, लेकिन दिलीप कुमार को हम इस दशक का प्रतिनिधि नायक मान सकते हैं। वर्ष 1945-46 में नितिन बोस के निर्देशन में दिलीप कुमार की भूमिका वाली फिल्म 'मिलन' आई थी। बाम्बे टॉकीज की यह फिल्म दिलीप कुमार की पहली हिट थी। इसके पहले दिलीप कुमार 'ज्वार भाटा' और 'प्रतिमा' फिल्म में काम कर चुके थे, लेकिन जब 'मिलन' आई, तो उनकी मैथड एक्टिंग या पद्धतिबद्ध अभिनय को देखकर स्पष्ट हो गया कि न केवल भारतीय फिल्मों को एक वयस्क नायक मिल गया है, बल्कि अभिनय में भी वयस्कता आ गई है। 'मिलन' के बाद दिलीप कुमार की इसी दशक में नौ

और फिल्में आईं और वे प्रेमी, समर्पित नायक के रूप में हर दिल अजीज हो गए।

मैंने दिल तुझको दिया

आदर्श नायक : 1950 का दशक

1950 का दशक आदर्श दौर है। इस दौर में फिल्मकारों के दिमाग में भी देश और समाज के प्रति चिंतन हावी था। यह महबूब खान, दिलीप कुमार, राज कपूर, बिमल राय, के.ए.अब्बास, गुरुदत्त, चेतन आनंद, देव आनंद का चरम दौर है। इसी दशक में सत्यजित राय ने भी अपनी सजग चेतना से पूरे भारतीय चिंतन को प्रभावित किया। इस दौर की शुरुआत में 'आवारा' जैसी बेहतरीन फिल्म आई, 'मदर इंडिया' और 'जागते रहो', जैसी फिल्म भी इसी दौर में बनी। 1955 में राजकपूर की फिल्म 'श्री 420' आई। इस फिल्म में नायक अमीर होने के लिए गलत राह पर चल पड़ता है, लेकिन अभिनेत्री अपने आदर्श से जरा भी नहीं डिगती और अंततः नायक भी आदर्श की ओर लौट आता है। इस दौर की फिल्मों में आदर्श की जीत बहुत आम परिघटना थी। गलत से गलत व्यक्ति भी आदर्श की ओर लौट आता था या जो नहीं लौटता था, वह मारा जाता था। इसी दौर में शंभु मित्रा की 'जागते रहो' जैसी शानदार फिल्म आई, जिसमें यह दिखाया गया कि अमीर होने के लिए लोग क्या-क्या करते हैं और एक ईमानदार गरीब आदमी पानी के लिए भी तरस जाता है, वह पानी भी पीता है, तो उसे चोर कहा जाता है। इस फिल्म का गरीब नायक खड़े होकर पूरे समाज को आईना दिखा देता है।

वास्तव में 1950 का दशक भारतीय फिल्मों में नायकत्व के सशक्त होने का समय है। भारतीय समाज सदा से नायक की तलाश में रहा है, कोई ऐसा नायक, जो सबके लिए बात करे, सबके लिए लड़े, सबको संबोधित करे। इस दशक में सरकार के अंदर ही अनेक नायक थे, जो आजादी की लड़ाई से होकर उभरे थे। महात्मा गांधी का दौर बीत चुका था, पंडित जवाहरलाल नेहरू का दौर चल रहा था। नेहरू फिल्म प्रेमी व्यक्ति थे। वे फिल्म वालों की लोकप्रियता से प्रभावित रहते थे। उनके समय सरकार ने फिल्मों के विकास के लिए कई तरह से प्रयास शुरू किए, इससे भी फिल्मों में नायकत्व को बल मिला। पहले के दशकों की अपेक्षा इस दशक में फिल्में ज्यादा बेहतर ढंग से सुलझने लगीं, साफ-साफ अपनी बात रखने लगीं। गरीबी, अभाव, तरह-तरह के भेदभाव,

जातिवाद, सांप्रदायिकता, फासीवाद, हिंसा इत्यादि देश की बड़ी समस्याओं को फिल्मों ने बहुत तरीके से भरपूर मनोरंजन करते हुए भी प्रस्तुत किया।

इस दशक के प्रतिनिधि नायक-अभिनेता का अगर चुनाव किया जाए, तो दिलीप कुमार, देव आनंद और राजकपूर के बीच में हमें राजकपूर को चुनना चाहिए, क्योंकि वे एक ही साथ कई तरह की प्रतिभा का प्रदर्शन कर रहे थे। निर्माता, निर्देशक, अभिनेता, संपादक इत्यादि की भूमिका में वे अपने समकालीन स्टारों से आगे थे। हाँ, इसी दौर में एक और प्रतिनिधि नायक-अभिनेता को भी श्रेय देना चाहिए, बलराज साहनी। इनके बिना यह दशक आदर्श नहीं बनता, बिमल राय के निर्देशन में 'दो बीघा जमीन' फिल्म बलराज साहनी के लिए ही नहीं, बल्कि इस दशक में नया सिनेमा के लिए भी उत्कर्ष है।

इस दशक की एक और खास बात है कि नायक आदशरें और समाजवादी मूल्यों का प्रत्यक्ष या परोक्ष समर्थक था, लेकिन उसे ठीक से प्यार करना नहीं आता था। प्यार की अनुभूति मजबूत आकार नहीं ले सकी थी। 'अरेंज्ड मैरेज' का समाज था, जैसी समाज और परिवार की इच्छा होती थी, युवा वैसा ही करते थे। अपने प्यार की बलि चढ़ा देते थे या समझ ही नहीं पाते थे कि प्यार में क्या किया जाए। ध्यान दीजिए, इसी दौर में बिमल राय ने 'देवदास' का निर्माण किया। एक ऐसा नायक जो न ठीक से प्यार कर सका, न ठीक से प्यार पा सका। गुरुदत्त की 'प्यासा' में भी यही हुआ। देवदास अगर चाहता, तो बहुत आसानी से पारो से विवाह करके सुखी हो जाता, पारो उसे बहुत चाहती थी, लेकिन फिर वही जमींदारी, लोकलाज, परिवार, समाज इत्यादि-इत्यादि। फिर उसे चंद्रमुखी से प्यार हुआ, लेकिन वह भी मुकाम पर नहीं पहुँच सका, फिर वही लोकलाज, परिवार, समाज इत्यादि-इत्यादि। शायद यह एक तरह से प्रगतिशीलता का आह्वान था कि देखो, व्यक्तिगत प्यार की कोई औकात नहीं, देश को देखो, समाज को देखो और तब फैसला लो। एक तरह से इस दशक में नायक यह तो बोल सका कि मैंने दिल तुझको दिया, लेकिन बात आगे नहीं बढ़ा सका, क्योंकि उसमें साहस का अभाव था। प्रेम की पुकार की तुलना में देश, समाज और परिवार की पुकार बड़ी थी।

फिर भी 1950 के दशक का फिल्मी नायक संपूर्ण हिंदी सिनेमा का सबसे प्रभावी नायक है, इसकी नकल आज भी हो रही है। हमें यह भी ध्यान देना चाहिए कि 1950 के दशक का नायक ही भारतीय सिनेमा को विश्व पटल

पर ले गया था। राजकपूर दुनिया के कई देशों में लोकप्रिय थे, ठीक वैसे ही जैसे विश्व पटल पर नेहरू राजनीतिक दुनिया में चर्चित थे। पंडित नेहरू समाजवादी थे और उस दौर के राजकपूर भी समाजवादी। यह एक अलग तरह के आश्चर्य का समय था, सरकार भी नैतिकता के साथ समता और संपन्नता के सपने देख रही थी और फिल्मों ने भी यही किया। उस दौर की सरकार भी सेकुलर होने के प्रयास में थी और फिल्में भी ठीक ऐसा ही कर रही थीं। कोई शक नहीं, जब भी भारतीय फिल्मी नायक का विश्वास डिगेगा, उसे 1950 के दशक के पूर्वज नायक से सीखना पड़ेगा और देश को तो अपनी बेहतरी के लिए उस दशक के अनुभवों से हमेशा सीखना चाहिए। इस दशक में बहुत कुछ है सीखने के लिए।

पिया तो से नैना लागे रे

प्रेमी नायक : 1960 का दशक

यह दशक प्रेमियों का दशक था। इस प्रेम का जन्म समाजवाद की कोख से हुआ था, तो उसकी मस्ती भी देखने लायक थी, ताजा खिले फूल की तरह। राजकपूर ने ही एक तरह से प्रेम का ट्रेंड सेट किया, 1962 में उनकी फिल्म आई 'जिस देश में गंगा बहती है', उसमें एक गाना है - 'प्यार कर ले, नहीं तो फांसी चढ़ जाएगा।' यह एक तरह से नारा था कि प्यार की ओर बढ़ा जाए, क्योंकि प्यार नहीं, तो कुछ भी नहीं। इसी दशक में 'मुगले आजम' का गीत - 'जब प्यार किया तो डरना क्या'... खूब गूँज रहा था। प्यार की माँग बढ़ गई थी। दरअसल, 1962 में भारत को युद्ध में पराजय मिली, लोग निराश थे, नेहरू और उनके युग की विदाई हुई। 1965 में भारत को फिर युद्ध लड़ना पड़ा, ऐसे में, गीत-संगीत और प्रेम ने टूटे व घायल दिलों पर मरहम लगाने का काम किया। फिल्में राहत की तरह थीं।

इस दशक के बिल्कुल मध्य में 1965 में शानदार गीतों से सजी 'गाइड' रिलीज हुई। प्रेम ही फिल्म का केंद्र था। एक गाना मानो पूरी कहानी कह रहा है - 'कहीं बीते ना ये रातें कहीं बीते ना ये दिन, गाता रहे मेरा दिल, तू ही मेरी मंजिल...।' 1964-65 में ही राजकपूर की फिल्म 'संगम' की धूम थी। 'मेरे मन की गंगा और तेरे मन की यमुना का, बोल राधा बोल संगम होगा कि नहीं...'

नायक की इस मनोकामना ने इस दशक में अपना चरम देखा। प्रेम का दौर था, फिल्में सौभाग्य से रंगीन हो गई थीं। सपनों को चार चाँद लग गए थे।

'संगम' में राजकपूर अपना कैमरा लेकर दुनिया घूमने निकल गए। यह रंगीन होने का ही नतीजा था कि फिल्मी नायक विदेश घूमने निकल गया। देश की राजनीति में भी तरह-तरह के बदलाव और प्रयोग चल रहे थे, सत्ता बदल रही थी, सत्ता का स्वभाव बदल रहा था, तनाव बढ़ रहा था, ऐसे में, फिल्मकारों ने महसूस किया कि उनका काम है लोगों को अच्छा अनुभव कराना, क्योंकि लोग पैसे खर्च करके सिनेमा देखने आते हैं। वे अच्छा देखें, अच्छा सुनें, फिल्मकारों का यही लक्ष्य बनने लगा। यह वही दशक है, जब मेकअप का काम बढ़ गया, बनावट पर जोर दिया जाने लगा। वास्तविकता पार्श्व में जाने लगी। राजू गाइड (गाइड) से हीरामन गाड़ीवान (तीसरी कसम) तक, सारे नायक प्रेम के पीछे भाग रहे थे। दिल का मामला नाजुक हो रहा था। यह गाना भी खूब चला कि - 'आजकल तेरे मेरे प्यार के चर्चे हर जुबान पर, सबको मालूम है और सबको खबर हो गई...'। लोग भी बहुत खुश थे, इस दौर में प्रेम शायद इसलिए भी ज्यादा चल गया, क्योंकि गीतों के शब्द शानदार थे और संगीत भी।

इस दशक की एक और खास बात है कि नायक और नायिका, दोनों के ही 'सेक्स अपील' में इजाफा हुआ। यह अपील कोई बुरी बात नहीं थी, क्योंकि इस अपील में उस दौर में बहुत साफगोई थी। प्यार था, सुंदरता थी, लेकिन अनुशासन भी था। किसी के लिए मर मिटने का इरादा था, सुंदर दिखने की चाहत थी, साफ-सुथरा रहने का प्रयास था। इसका निश्चित रूप से समाज पर गहरा असर पड़ा। एक अच्छा और साफ-सुथरा मध्य वर्ग और मध्यवर्गीय मानसिकता को तैयार करने में इस दौर के नायक ने काफी मदद की। शहरों में सुधार आया, कॉलेजों के माहौल में सुधार आया, कुछ खुलापन आया, परस्पर सामाजिकता बढ़ी, प्रेम की स्वीकारोक्ति बढ़ी, प्रेम विवाहों की संख्या बढ़ी। इस दौर की पारिवारिक फिल्मों ने भी समाज और देश को काफी कुछ सिखाया।

इस दशक के प्रतिनिधि नायक-अभिनेता अगर हम चुनें, तो शम्मी कपूर, देव आनंद और राजेश खन्ना सबसे आगे नजर आएँगे। विशेष रूप से, आज भी न देव आनंद जैसा कोई नायक मिला है और न राजेश खन्ना जैसा। दोनों ही नायकों का अलग-अलग स्नेहिल प्रभाव था, दोनों ही नायक ऐसे थे, जिनके लिए जान देने को लोग तैयार थे। कहा जाता है कि लोग इन नायकों को खून से खत लिखते थे। दोनों ही रोमांटिक और सुदर्शन अभिनेता थे। यह भी एक खास बात है कि इस दौर में अच्छा दिखने वाले अभिनेताओं की भारी माँग थी।

इसी दशक में फिल्मी नायक या अभिनेता बनना कठिन हो गया। फिल्म बनाने का खर्च बहुत बढ़ गया था। स्टार छवि की माँग बढ़ गई थी। फिल्म निर्माण की चुनौती बढ़ गई थी। इस दशक के आखिर तक श्वेत-श्याम फिल्मों ने पूरी तरह से विदाई ले ली। रंगीन रुपहले पर्दे पर मजबूती से टिकना आसान नहीं रहा। वैसे प्रेम की डगर पर टिकना भी आसान नहीं होता। हम नहीं भुला सकते कि फिल्मी नायकों ने इस दशक में फिल्मों में जितना आदर्श प्यार किया, उतना अन्य किसी दशक में देखने में नहीं आया।

देना पड़ेगा मोहब्बत का इम्तेहान

असंतुष्ट नायक : 1970 का दशक

जब यह दशक शुरू हुआ, तो लोगों में असंतोष की भावना आ चुकी थी। यह असंतोष संगीतमय ढंग से भी उभरने लगा था। 1971 में कमाल अमरोही की फिल्म 'पाकीजा' के एक गाने की देश में बड़ी गूँज थी - 'इन्हीं लोगों ने ले लीन्हा दुपट्टा मेरा... हमरी न मानो सिपहिया से पूछो, जिसने... भरी बजरिया में छीना दुपट्टा मेरा...।' इस दौर का नायक व्यवस्था से निराश होने लगा था। सरकारी नीतियों और सरकारी लोगों का शिकंजा कसने लगा था। देश में लोगों और नायकनुमा तमाम लोगों को यह अहसास हो गया था कि देश की समस्याओं का समाधान उतना आसान नहीं है, जितना कि 1950 के दशक में सोचा गया था। राजनीति कोरे वादों से अपना काम चला रही थी। तत्कालीन राजनीतिक नायक सरकार के समक्ष शिकायत दर्ज कराने लगे थे। साहित्य में भी सरकार के प्रति निराशा और रोष का भाव आने लगा था। नायक विचलित होने लगे थे। ऐसे में, जब यह गाना बजा कि 'इन्हीं लोगों ने ले लीन्हा दुपट्टा मेरा', तो मानो यह अहसास हुआ कि देश की धरती गुहार लगा रही है, शिकायत कर रही है कि उसके साथ बहुत बुरा हो रहा है।

इस दशक में नायक का गुस्सा धीरे-धीरे बढ़ा, 'जंजीर' आई, तब भी ठीक था, क्योंकि नायक सरकार के दायरे में ही था, वह सरकार का अंग बनकर समाधान तलाश रहा था, लेकिन उसके बाद दशक के ठीक बीच में 1975 में 'शोले' आई, जिसमें नायक सरकार से बाहर आ चुका था, क्योंकि सरकार में रहते हुए उसे न्याय नहीं मिला था, 'शोले' का ठाकुर पहले पुलिस अधिकारी था, लेकिन जब पुलिस की नौकरी करते हुए उसका परिवार मार दिया गया, उसके हाथ काट दिए गए, तब निराश होकर उसे व्यवस्था से बाहर आना पड़ा

और तब उसके सहयोगी बने दो अपराधी। सरकार की व्यवस्था से इतर एक व्यवस्था बनी, जिसने डकैतों से लोगों को मुक्ति दिलाई। एक तरफ पीड़ित पक्ष था, दूसरी तरफ खलनायक था, जिसका व्यवस्था में कोई विश्वास नहीं था, तो तीसरी तरफ दो अपराधी थे, जो पैसे के लिए ही खलनायक को मारने के लिए तैयार हुए थे। देश की व्यवस्था ऐसे बिगड़ रही थी कि एक भ्रम खड़ा हो गया कि इसमें नायक कौन है। कुछ लोगों ने पीड़ित पक्ष - ठाकुर - को नायक माना, तो किसी ने अपराधी जय-वीरू को नायक माना, तो ऐसे लोग भी थे, जिन्होंने खलनायक गब्बर सिंह को ही नायक मान लिया। यह कहा जाता है कि असंतोष से क्रोध होता है और क्रोध के माहौल में आदमी अंधा हो जाता है। हम यह देखते हैं कि यह भ्रम समाज में बाद के दशकों में बढ़ता चला गया, एक दौर ऐसा भी आया, जब गब्बर सिंह ही नायक मान लिया गया, 'शोले' के जय (अमिताभ बच्चन) ने गब्बर सिंह जैसा किरदार बहुत शौक से -दूसरों से छीनकर- निभाया।

इसमें कोई शक नहीं कि 1970 का दशक असंतुष्ट नायकों का दौर है। तत्कालीन राजनीति पर अगर गौर करें, जहाँ एक ओर, प्रतिपक्ष (जयप्रकाश नारायण) में असंतोष का भाव था, वहीं दूसरी ओर, सत्ता पक्ष (इंदिरा गांधी) में देश में फैले असंतोष के प्रति रोष का भाव था। संघर्ष की स्थिति बनी, तो पीड़ित पक्ष को एक हद तक खुशी मिली, लेकिन वह वास्तविक जीत से वंचित रह गया। दोनों पक्ष के नायकों ने उसे निराश किया। संपूर्ण क्रांति का उत्थान और उसकी विफलता इसी दशक की घटनाएँ हैं। यह असंतोष और विरोधाभास का दशक है। हमें यह नहीं भूलना चाहिए कि सत्ता पक्ष ने सेंसरशिप का प्रयोग किया था, आपातकाल लगा था। अखबारों ही नहीं, फिल्मों पर भी नजर रखी जाती थी। एक फिल्म 'किस्सा कुर्सी का' में सत्ता के प्रति विरोध का भाव था, तो इस फिल्म की मूल कॉपी को सत्ता पक्ष के महाबलियों ने नष्ट कर दिया था। कला से राजनीति तक चहुं ओर असंतोष का भाव था।

हम यह कह सकते हैं कि इस दशक में भी निराशा, असंतोष या दुःख का टोन राजकपूर ने सेट किया था। वर्ष 1970-71 में चर्चित रही 'मेरा नाम जोकर' फिल्म की व्यंजना बहुत गहरी है। गरीबी और प्रेम में जब निरंतर निराशा हाथ लगती है, तब नायक जोकर बन जाता है। हम गरीब जनता ने सरकारों को चुना, बनाया, लेकिन सरकारें कहीं और समर्पित रहीं। इस फिल्म का जोकर भी

तो यही करता है, अपने भोलेपन से अपने बड़े होने तक, एक के बाद एक नायिकाओं को चुनता है, चाहता है, आगे बढ़ाता है और नायिकाएँ किसी और को समर्पित हो जाती हैं, तो यह अकेला, निराश आम आदमी जोकर ही तो है! वह समस्याओं से भरपूर सर्कस में खड़ा है और उसके हिस्से की तमाम खुशियाँ-नायिकाएँ दूर चली गई हैं। वास्तव में सरकार की उपेक्षा ने आम आदमी को जोकर बनाकर रख दिया।

'मेरा नाम जोकर' को ऐसे भी देखना चाहिए। वैसी बड़े दिल वाली फिल्म बनाने का साहस फिर किसी ने नहीं किया, क्योंकि जनता जोकर दिखना नहीं चाहती। उसे तो उन सबसे बदला लेना है, जिन्होंने उसे ठगा है, लूटा है, तरह-तरह से उत्पीड़ित किया है। इस दशक में यह सिद्ध हो गया कि भारतीय नायक जोकर नहीं बनेगा, वह लड़ेगा, दुश्मनों को चुन-चुनकर मारेगा। पर्दे पर गुंडे जब पिटते थे, तब लोगों की आँखों में खुशी के आँसू आ जाते थे, आज भी आ जाते हैं। गुस्से को हिंसा से रिलीज करने का शौक भारतीय नायकों को 1970 के दशक में ही हुआ है और वे आज भी अपना यह शौक पूरा करते हैं और जनता तालियां बजाती है। 1960 के दशक का प्रेमी फॉर्मूला और 1970 के दशक की मारधाड़-एक्शन का फॉर्मूला आज भी आजमाया जाता है और हिट होता है। सफल फिल्मी व्याकरण इस दशक में ज्यादा स्पष्ट हुआ। प्रेम, संगीत, ड्रामा, हास्य और मारधाड़, ये पाँच विधाएँ ऐसी थीं, जिन्होंने भारतीय फिल्मों में खुद को मजबूत कर लिया। इन विधाओं का अच्छा सम्मिश्रण आज भी हिट और सुपर हिट होता है।

इसमें कोई संदेह नहीं कि इस दशक के प्रतिनिधि नायक अमिताभ बच्चन हैं। इस दशक का मध्य वर्ष 1975 बहुत महत्वपूर्ण है, अमिताभ की 'दीवार', 'शोले' और 'फरार' इसी वर्ष की फिल्में हैं, जिनमें वे एंग्री यंगमैन की भूमिका में बेहतरीन तरीके से उभरे। वैसे इस दशक में रोष को जाहिर करने वाले अभिनेताओं में धर्मेंद्र को नहीं भुलाया जा सकता। 'कुत्ते, मैं तेरा खून पी जाऊँगा...' जैसा सिनेमाई संवाद धर्मेंद्र के अलावा और किसी पर नहीं जमा। अमिताभ समय के साथ खुद को बदलते रहे, लेकिन 1970 के दशक में गुस्से वाले आदमी के रूप में धर्मेंद्र की जो छवि बनी, उसने उनका पीछा नहीं छोड़ा और इसका प्रभाव उनके बेटे सनी देओल की छवि पर भी पड़ा। ठीक इसी तरह से 1970 के दशक में जो हिंसक मानसिकता पैदा हुई, वह आगे की पीढियों

को मिलती चली गई। देश में मुखर रोष के प्रतिनिधि इस दशक ने देश और फिल्मी नायक को भी हमेशा के लिए बदल दिया।

पापियों के पाप धोते - धोते

यथार्थवादी नायक : 1980 का दशक

दशक की शुरुआत में ही देश ने समझौता कर लिया। राजनीति में जिन नायकों को देश ने पिछले दशक में सत्ता से बाहर कर दिया था, उन्हीं लोगों को देश फिर सत्ता में ले आया यह सोचकर कि तुलनात्मक रूप से यही बेहतर नायक हैं। यानी देश ने यथार्थ या वस्तुस्थिति को स्वीकार कर लिया। कोई आश्चर्य की बात नहीं है कि इस दौर में यथार्थवादी फिल्मों की बाढ़-सी आ गई। नायक का नजरिया जमीनी हकीकत की ओर मुड़ा। आदर्शवाद हो, प्रेम हो, असंतोष हो, हर जगह यथार्थ दिखाने की कोशिश होने लगी। समानांतर सिनेमा का आंदोलन इसी दौर में सशक्त होकर उभरा। नसीरुद्दीन शाह, ओम पुरी, स्मिता पाटिल, शबाना आजमी, अनुपम खेर इस दौर के चर्चित यथार्थवादी नायक-नायिका थे। यह उम्मीद एक तरह से टूट चुकी थी कि फिल्मी नायक कोई क्रांति करेंगे, फिल्मी नायक तो उसी कथा को दर्शकों के सामने परोस रहे थे, जो कथा खुद दर्शकों के बीच बिखरी हुई थी। एक होड़-सी थी कि समाज की गंदगी या कमी को कौन बेहतर ढंग से सिनेमा में पेश करेगा, भ्रष्टाचार को कौन सबसे वीभत्स रूप में पेश करेगा।

इसी दशक के बिल्कुल मध्य में 1985 में राजकपूर ने 'राम तेरी गंगा मैली' का निर्माण किया। यह फिल्म सुपर हिट हुई। बात खुल चुकी थी, तो स्त्री शरीर बोलिए या स्त्री का सौंदर्य बोलिए, यह भी यथार्थ ही था। इस फिल्म पर अश्लील होने का आरोप लगा, तो फिर लोग क्यों इसे देखने गए क्या यह एक यथार्थ नहीं है कि लोग अश्लीलता देखना चाहते थे, यह बात अलग है राजकपूर सौंदर्य दिखाना चाहते थे। यह बात ठीक उसी तरह से थी, मानो आपने समाज, शासन, प्रशासन का यथार्थ देख लिया, तो आप शरीर का भी यथार्थ देख लीजिए। भ्रष्टाचार, अन्याय हर किसी के साथ था, तो शरीर भी तो हर किसी के साथ था, फिर भी लोग देखना चाहते थे। पुरुष भी यथार्थ देखना चाहते थे और स्त्रियाँ भी। 'राम तेरी गंगा मैली' स्त्रियों के बीच भी बहुत चर्चित हुई। एक नदी या गंगा का प्रदूषण भी तो यथार्थ ही था, '...राम तेरी गंगा मैली हो गई, पापियों के पाप ढोते-ढोते...।' नदी का प्रदूषण आज भी व्यावसायिक

सिनेमा का विषय नहीं बन पाया है, लेकिन 1980 का दशक ही कुछ ऐसा था कि इस दौर का सबसे बेहतरीन व्यावसायिक सिनेमा भी यथार्थवादी हथियार से लैस था। इस दशक की प्रतिनिधि फिल्म के रूप में हम 'मशाल' फिल्म को भी देख सकते हैं। दिलीप कुमार और अनिल कपूर की भूमिका वाली इस शानदार फिल्म में बदलते और निष्ठुर होते समाज को बहुत अच्छी तरह से उकेरा गया था। समाज में लोग एक दूसरे की मदद करने से पीछे हटने लगे थे, लोग मतलबी होने लगे थे। लोग घी निकालने के लिए अपनी उँगली टेढ़ी करने लगे थे, इन सब सच्चाइयों को 'मशाल' फिल्म में बखूबी दर्शाया गया।

इस दशक में टूटते परिवारों की सच्चाई को भी बेहतरीन तरीके से पेश किया गया। फिल्मी नायक ने पारिवारिक परेशानियों से जूझने में काफी वक्त लगाया। प्रेम भी था और हिंसा भी। इस दशक में यथार्थवाद की ऐसी लहर थी कि लगता था कि फिल्में फिर कभी सपनों की ओर नहीं लौटेंगी। व्यावसायिक फिल्में परिवार और मनुष्य संबंधों पर केंद्रित होकर यथार्थ दिखा रही थीं, वहीं दूसरी ओर, समानांतर फिल्में समाज का ठोस यथार्थ दिखा रही थीं। इलाज दोनों में से किसी के पास नहीं था, इसलिए हम यह कह सकते हैं कि फिल्में एक तरह से पलायन की शिक्षा दे रही थीं। नायकत्व दाँव पर लग गया था, क्योंकि नायक सताए जा रहे थे, दूसरे चरित्रों द्वारा संचालित होने लगे थे।

देश की राजनीति में भी ठीक ऐसा ही हो रहा था, देश की राजनीति के नायक भी दूसरों के हाथों की कठपुतलियाँ-से बन गए थे। उन्हें तरह-तरह की चौकड़ियाँ घेरने लगी थीं। नेताओं को मजबूर किया जा रहा था कि वे भ्रष्टाचार, गरीबी, भाई-भतीजावाद, सांप्रदायिकता जैसी सच्चाइयों को स्वीकार कर लें। इस दशक में नायक सांप्रदायिकता की ओर मुड़े, बड़े घोटाले हुए, उच्च स्तरीय धोखेबाजी हुई। असंतोष का इलाज न हुआ, तो आतंकवाद की भी जमीन तैयार हुई। इस दशक में देश का यथार्थ खुलकर सामने आ गया, हम भारतीय भले ही गंगा की पूजा करते हों, लेकिन हम स्वयं अपने हाथों से गंगा का गला घोंट रहे हैं। हम यह कह सकते हैं कि यह भारतीय नायकत्व के ढहने का दशक था। कोई भी नायक नैतिकता के पैमाने पर ज्यादा टिक नहीं पा रहा था, समझौते करने पड़ रहे थे। फिल्मी नायकों ने भी खूब समझौते किए। समाज को समझौतावादी और पलायनवादी बनाने में इस दशक के नायकों का सर्वाधिक योगदान है। कोरा सच बहुत कम लोगों को अच्छा लगता है, इसलिए जो फिल्में

ज्यादा यथार्थवादी थीं, उनको खरीदने वाला कोई न था। विडंबना है कि नायकत्व की हत्या करके स्वयं नायक के रूप में उभरने वाला समानांतर सिनेमा रोजी-रोटी के लिए तरसने लगा था। इस दशक में समाजवादी और कलावादी, दोनों ही तरह के नायक उभरे, इन दोनों को ही व्यावसायिकता पसंद नहीं थी। हालांकि यह भी बड़ा सच है कि दोनों ही तरह के नायक अपने सिद्धांतों पर मुस्तैदी से टिक नहीं सके, दोनों ने ही कम या ज्यादा, देर या सबेर व्यावसायिकता का लाभ लिया।

इस दशक के अनेक प्रतिनिधि नायक-अभिनेता हैं - अनिल कपूर, ऋषि कपूर, जैकी श्रॉफ, सनी देओल, संजय दत्त, नसीरुद्दीन शाह इत्यादि। अनिल कपूर विशेष रूप से टपोरी वाला अंदाज लेकर आए। टपोरीपना भी अपने समय का एक सच था, जो बाद के दशकों में भी साथ-साथ चलता रहा।

अब यहाँ से कहाँ जाएँ हम

प्रवासी नायक : 1990 का दशक

आदर्श भी देखे, प्रेम भी, असंतोष भी, यथार्थ भी, तो उसके बाद स्वाभाविक सवाल था ... अब यहाँ से कहाँ जाएँ हम...। फिल्मी समाज ने समझ लिया कि खुद को बदलना होगा। ज्यादा यथार्थवादी हुए, तो संगीत-गीत की अहमियत घटती जाएगी, फिल्में सपना दिखाने का काम छोड़ देंगी, फिल्म का व्यवसाय मुश्किल हो जाएगा। तो फिल्मों ने यथार्थवाद की ओर से ध्यान हटाना शुरू किया। देशी नायक तो भ्रष्ट हो चुके थे, इतने यथार्थवादी हो चुके थे कि उनके सहारे सपने गढने का काम असंभव हो गया था। पिछले दशक में व्यावसायिक सिनेमा का नायक भीड़ में शामिल होकर बौना हो चुका था, नायिका सास या समाज के हाथों बुरी तरह से सताई गई थी, तो दूसरी ओर, खांटी समानांतर सिनेमा का नायक (नसीरुद्दीन शाह) 'पार' के सुअर पालक की तरह था या इसी फिल्म की नायिका (शबाना आजमी) की स्थिति एक गर्भवती सुअरी से भी बदतर हो चुकी थी। ऐसे नायक और नायिका सपनों की सौदागरी या कालाबाजारी में सहायक नहीं हो सकते थे, अतः 1990 के दशक में फिल्मों ने नायक-नायिका का विदेश से आयात किया। इसका मतलब यह नहीं कि अंग्रेज नायक-नायिका आयात हुए, आयात तो वही नायक-नायिका हुए, जिनके पूर्वज या पिता विदेश जाकर बस गए थे।

हम देखते हैं कि इसी दौर में देश ने आर्थिक उदारीकरण (वर्ष 1991)

को स्वीकार किया, विदेशियों, विदेश में बसे भारतवंशियों और प्रवासी भारतीयों की अहमियत बढ़ी। प्रवासी भारतीयों के लिए स्वर्ण युग शुरू हुआ। जैसे भारत सरकार ने विदेश में देश का भविष्य देखा, वैसे ही फिल्मों को भी अपना भविष्य विदेश में नजर आया। इस दशक के ठीक मध्य में फिल्म आई 'दिलवाले दुल्हनिया ले जाएँगे'। यह फिल्म ब्रिटेन-यूरोप से शुरू होती है और भारत आकर संपन्न होती है।

प्रेम अंतरराष्ट्रीय हो चुका है और भारत एक मिलन स्थल या विवाह स्थल है। यह फिल्म न केवल सवाल उठाती है कि 'यहाँ से कहाँ जाएँ हम', बल्कि उत्तर भी देती है कि 'तेरी बाँहों में मर जाएँ हम'। यानी सपना फिर हावी हो गया, बाँहों में मर जाने का सपना कितना यथार्थवादी है, यह सब जानते हैं, लेकिन लोग फिर भी सपनों की ओर मुड़े, क्योंकि वे कुछ देर के लिए अपनी जिंदगी के यथार्थ को भूल जाना चाहते थे। अपनी गंदी समस्याग्रस्त गलियों से दूर कहीं किसी मनोरम देश में लोग खुद को महसूस करना चाहते थे। कोई आश्चर्य नहीं, मानव सदा से ऐसा ही रहा है। वह जहाँ है, वहाँ से काफी दूर जाकर सोचना चाहता है। प्रसिद्ध साहित्यकार निर्मल वर्मा भी अकसर कहते थे कि 'एक अच्छी रचना पाठकों को दूसरे संसार में ले जाती है।' फिल्में भी तो यही करती हैं, हॉलीवुड की फिल्म हों या बॉलीवुड की।

सुभाष घई की 'परदेश' हो या करण जौहर की 'कुछ कुछ होता है', प्रवासी भारतीय चरित्रों को लेकर ऐसी अनेक फिल्में बनीं, जिन्होंने दुनिया भर में बसे भारतवंशियों को लुभाया, बुलाया। यह फिल्मी नायक के रूप में शाहरुख खान का चरम दौर था। वे ताजा हवा के झोंके की तरह दीवाना बनकर आए थे, यथार्थ का बोझ उनके साथ नहीं था। प्रेम की चाहत थी, जिसके लिए वे दुनिया के एक कोने से दूसरे कोने तक पहुँच सकते थे। पूंजी उनके पास बहुत थी। तलाश थी, तो सिर्फ प्रेम की। इसमें कोई शक नहीं कि यही वह दशक था, जब भारतीय समाज का प्रवासी नायकों के प्रति मोह अत्यधिक बढ़ गया। भारतीय बाप अपनी बेटियों के लिए प्रवासी दूल्हे खोजने लगे थे, मानो देश के अंदर पूंजीवाले दूल्हों का अभाव हो गया हो। सपनों को फिर पंख लग गए थे। भारतीय युवाओं को भी लगने लगा था कि उनकी कीमत तभी है, जब वे भी प्रवासी हो जाएँ या फॉरेन रिटर्न हो जाएँ । विदेश में पढ़ाई, नौकरी करने से नायकत्व हासिल होने लगा। लोग कबूतरबाजों के हाथों में फंसकर कबूतर

बनकर विदेश जाने को लालायित थे, क्योंकि नायक होने का रास्ता विदेश में ही खुलने लगा था। यही वह दशक था, जिसमें विदेश में भारतीयों की संख्या बढ़ी और फिल्मकारों को प्रवासी दर्शकों के बारे में भी सोचना पड़ा। जैसे विदेशी पूंजी भारतीय लाभांश की ओर आकर्षित हुई, ठीक उसी तरह से विदेश में बसे अनेक प्रवासी व विदेशी कलाकार रुपहले पर्दे पर हिस्सेदारी के लिए भारत आने के सपने देखने लगे।

इश्क दी गल्ली बिच ...

विलासी नायक : 2000 का दशक

अटल बिहारी वाजपेयी की सरकार के साथ भारत ने नई सदी में प्रवेश किया था। तकनीक, इंटरनेट से उपजी सूचना क्रांति ने देश के मिजाज को बदल दिया था। मल्टीप्लेक्स, मॉल, विदेशी उत्पादों, इलेक्ट्रॉनिक यंत्रों की भरमार, विदेशी गाड़ियों का चलन बढ़ गया था। युवा भारत की विकास गति सुधर गई थी। ऐसा लगने लगा था कि भारत अब तरक्की करता चला जाएगा, पीछे मुड़कर देखने की जरूरत नहीं पड़ेगी। मध्य वर्ग के जो सपने पिछले दशकों में साकार नहीं हुए थे, वो इस दशक में साकार होने लगे। ऋण लेकर घर बनाना, पढ़ाई करना, विदेश जाना आसान हो गया। मस्ती की पाठशालाएँ सज गईं। भारतीय समाज के एक हिस्से में कुछ संपन्नता आई। प्रभु वर्ग की तनख्वाहें बढ़ गईं। सरकारी योजनाओं में गाँव के स्तर तक वितरण और लूट की संभावना बढ़ी। समाज में पैसा बढ़ा तो सिनेमाई नायक विलासी हो गया। महंगी गाड़ी, महंगे ब्रांडेड कपड़े, महंगे विदेश दौरे, महंगे होटल, महंगी गर्लफ्रेंड, महंगे गिफ्ट का दौर आ गया। मुख्यधारा में जो फिल्में बन रही थीं, उनमें पैसा कोई मुद्दा नहीं रहा। नायक के पास ज्यादा काम नहीं था, समाज इत्यादि की ज्यादा चिंता नहीं थी, उसके पास पूरा समय था कि वह जिम जाकर 'सिक्स पैक' बना सके। सिक्स पैक बना लेने से दुश्मनों से लड़ने, शर्ट खोलने, नाचने-गाने, नायिका का दिल जीतने, खलनायकों को डराने और दर्शकों को लुभाने में सुविधा होने लगी।

गरीबी से लड़ने वाले, समाज की समस्याओं से पीड़ित होने वाले सिंगल पैक बॉडी वाले नायक पीछे छूट गए, उनकी जगह सिक्स पैक वाली समृद्ध जमात आ गई। एक समय दारा सिंह और धर्मेंद्र इत्यादि को अच्छी बॉडी का मालिक माना जाता था, ये भारतीय फिल्मों के ऐसे पहलवान थे, जिन्हें दुश्मनों

से लड़ने के लिए मांसपेशियों की जरूरत नहीं पड़ी थी। अमिताभ बच्चन भी अपने चरम दौर में सिंगल पैक वाले नायक थे। 2000 के दशक में पूरा मिजाज ही बदल गया। जिन फिल्मों को कभी खेतों में काम करने वाले मेहनती गठीले नायकों की जरूरत नहीं पड़ी थी, वे सिक्स पैक वाले नायक माँग ने लगीं। इस दशक में यह पूरी तरह से स्थापित हो गया कि अंग प्रदर्शन एकतरफा नहीं रहेगा, नायक को भी ऐसा शरीर बनाना पड़ेगा कि वह भी अंग प्रदर्शन में नायिकाओं से मुकाबला कर सके। इस दशक में विलास का फायदा यह हुआ कि नायक अच्छे शरीर धारी होने लगे, लेकिन चरित्र का पतन भी प्रबल हुआ।

2000 के दशक के मध्य वर्ष 2005 में एक फिल्म सुपर हिट हुई, 'नो एंट्री'। यथार्थ के स्तर पर बेतुकी कॉमेडी फिल्म, लेकिन दर्शकों को खूब पसंद आई। फिल्म के केंद्रीय नायक थे, सलमान खान। अच्छे शरीरधारी नायकों में अग्रणी। वास्तविक जीवन में अविवाहित, लेकिन सिलसिलेवार प्रेम संबंधों वाले सबसे चर्चित और प्रशंसित फिल्मी नायक। 'नो एंट्री' में उनका किरदार पूरे इस दशक का प्रतिनिधि किरदार बनकर उभरता है। वे एक ऐसे नायक हैं, जो अपनी समर्पित पत्नी को छोड़कर दूसरी लड़कियों के पीछे भाग रहे हैं, उनके संपर्क आधुनिक गणिकाओं से भी हैं, बल्कि वे उनका अपनी कहानी आगे बढ़ाने के लिए इस्तेमाल भी करते हैं। आधुनिक गणिका भी फिल्म की मुख्यधारा में अहम किरदार है, तो इसका श्रेय उस विलासी नायक को ही देना चाहिए, जिसके लिए मौज-मस्ती ही सब कुछ है, उसके सामने चरित्र चर्चा बेकार है। नायक दोगला भी है, वह अपनी पत्नी और प्रेमिका से तो पूरी ईमानदारी की माँग कर रहा है, लेकिन खुद अव्वल दर्जे का बेईमान है। इस विलासी नायक के दौर में ही हम देखते हैं कि समाज में परिवार, संबंध, निष्ठा, बंधुत्व या मित्रता का पतन, भ्रष्टाचार, चारित्रिक पतन इत्यादि चिंता के विषय नहीं रह गए। फिल्मों ने ईमानदारी को क्षणिक तत्व या एक क्षणिक अवस्था मान लिया। इस दशक में विलास के प्रति आकर्षण ऐसे बढ़ा कि बेईमानी भी स्वीकार्य-सी हो गई। अच्छाई या अच्छी बातों का रोमांच खत्म-सा हो गया। पैसे का डंका बज उठा।

इसी दौर में 'थ्री इडियट्स' जैसी फिल्म भी आई, जिसमें नायक बहुत क्षमतावान था, कुशल था, लेकिन छात्र जीवन में ही वह शराब का सेवन करने लगा था। रेंचो नाम का यह नायक सफल रहा, फिल्म भी सफल रही, लेकिन सच्ची बात तो यह थी कि इस नायक ने एक झूठे नाम और पराई पूंजी के दम

पर पढ़ाई की थी। उसकी पढ़ाई और उसके नायकत्व के आधार में झूठ था। नायक ने पराई पूंजी का सदुपयोग कर ढंग से पढ़ाई की, इसे तो लोगों ने देखा, लेकिन लोगों ने इस बात को नजरअंदाज कर दिया कि नायक ने शराब पीकर और दोस्तों को पिलाकर इस पराई पूंजी का दुरुपयोग भी किया। अनजानी शादी में भोजन करने पहुँच गया, प्रिंसिपल के घर उत्पात में शामिल हुआ और प्रश्न पत्रों की चोरी भी की। इस फिल्म ने यह प्रमाणित कर दिया कि गरीबों के लिए भी नैतिकता ज्यादा महत्वपूर्ण नहीं रही, केवल विलास महत्वपूर्ण हो गया। गरीबों को भी यही शिक्षा दी गई, पूंजी कहीं से भी ले लो, मस्त जीवन जीयो, अपना मतलब साधो और आगे निकल जाओ। इस दौर में नायकों के विलास की भी कोई सीमा नहीं रही, सारे बंधन टूट गए। ऐसी फिल्में भी आईं, जिनमें अधेड़ उम्र के नायकों को नई नवेली नायिकाओं से प्रेम हो गया। पिछली सदी के महानायक घोषित हो चुके अमिताभ बच्चन ने भी ऐसी भूमिकाओं को दो बार ('चीनी कम' और 'निःशब्द') निभाया। विवाहेत्तर संबंधों वाले इस विलासी दौर में गरीब और देहाती नायक दुर्लभ हो गए। अमिताभ अपने चौथे फिल्मी दशक में विराजमान थे, लेकिन उन्होंने पूरी तरह से बदलते वक्त का साथ दिया, कभी बैंक में डाका डालने वाले बने, तो कभी डॉन, तो कभी केवल पैसे के पीछे भागने वाले चरित्र। चरित्र की बात करें, तो अमिताभ बच्चन ने 'कभी अलविदा ना कहना' में 'सेक्सी सैम' जैसे विलासी चरित्र को निभाकर अच्छे चरित्र की अहमियत को गौण कर दिया।

विलास के पीछे भागने और विलास में जीने वाले फिल्मी नायकों की भीड़ लग गई, लेकिन इस दशक के एक प्रतिनिधि अभिनेता-नायक को अगर चुनें, तो बेशक वह नाम सलमान खान का होगा। जो अपनी वास्तविक जिंदगी में भी युवाओं के मॉडल रहे, विश्व सुंदरी से प्यार, नशा करके महंगी गाड़ी में सवारी, वन्य जीव का शिकार इत्यादि। समय बदल चुका था, कोई आश्चर्य नहीं, वे आदर्श बने और लोगों द्वारा खूब पसंद किए गए।

तोरे नैना बड़े दगाबाज रे

भ्रमित नायक : 2010 का दशक

इस दशक की शुरुआत में पूरी दुनिया को आर्थिक मंदी से गुजरना पड़ा। पैसा वापस जाने लगा, नए पैसे ने आना कम कर दिया। विदेशी-प्रवासी-विलासी दूल्हे धोखेबाज निकलने लगे। कई सपने टूटे, नायक आसमान से

जमीन पर गिरने लगे, लेकिन जमीन बदल चुकी थी। देश वैसा नहीं था, जैसा पहले सोचा गया था। सरकार और सरकार के नायक भ्रमित थे कि किधर जाएँ। फिल्मों में तो प्यार हुक्का बार हो गया था। सुंदर कन्या भ्रमित हो गई थी - गा रही थी कि - 'मेरे फोटो को सीने से यार चिपकाले सैंया फेविकॉल से।' ऐसा नहीं है कि यह बेतुका गाना फ्लॉप हो गया हो, इसे लोगों ने खूब पसंद किया। लोग अलग तरह की आवाज और धुन सुनकर मस्त थे, उन्हें अर्थ से ज्यादा मतलब नहीं रहा। दिखावा पूरी तरह से हावी हो गया। समलैंगिक समूह रैली निकालने का साहस करने लगे। फिल्मों के लिए समलैंगिकता एक प्रिय विषय बन गई। इस दशक में फिल्मों ने इस विकल्प को और मजबूत करना शुरू कर दिया कि जरूरी नहीं कि नायक किसी नायिका की ही तलाश करे, वह किसी सह-नायक को भी अपनी नायिका मान सकता है, उसके साथ जिंदगी बिता सकता है।

ऐसा नहीं है कि केवल फिल्में ही भ्रम का शिकार हों, देश में भी नाना प्रकार के भ्रम चलन में हैं। नेता कितने विश्वसनीय हैं, इसे लेकर भ्रम है। घोटाले हुए हैं, तो कितना नुकसान हुआ है, इसे लेकर भी भ्रम है। हमारे देश का पैसा हमारा है या नहीं, इसे लेकर भी भ्रम है। पैसा जेब में कब तक रहेगा, इसे लेकर भ्रम है। बीवी या प्रेमिका निष्ठावान है या नहीं, इसे लेकर भ्रम है। केवल देश में ही नहीं, उसकी फिल्मों में भी विचारों की मंदी का दौर है। विचार और नैतिकता का ऐसा अकाल पड़ा कि अब पोर्न उद्योग से भी कलाकार लेने में संकोच नहीं रहा। अच्छाई और बुराई के बीच भ्रम को मानो स्वीकार कर लिया गया है। पिछले दशक में एक प्रवासी से विवाह करके विदेश चली गई स्टार अभिनेत्री माधुरी दीक्षित वापस लौट आईं। भ्रम खड़ा हो गया कि लौटना था, तो गए क्यों थे संशय बरकरार है कि यह लौटना सफल होगा या नहीं। हो सकता है, माधुरी एक अपवाद मात्र हों, क्योंकि फिलहाल ज्यादातर लोग देश से भाग जाना चाहते हैं। जो भी सक्षम है, भाग रहा है कि अब इस देश में रखा क्या है देश के सच से भागते विदेशी निवेशकों, कंपनियों, सरकारों, नेताओं के लिए यह गाना मुफीद है - 'कल मिले ये हमको भूल गए आज रे', - 'तोरे नैना बड़े दगाबाज रे...।'

हिंदी सिनेमा और स्त्री का बदलता स्वरूप

भारत एक बहुआबादी वाला देश है, जहाँ प्रत्येक की अस्मिता (जाति, धर्म, नस्ल, समुदाय, वंश, एवं भाषा) अलग है। फिर भी एक 'सिनेमा' है जो लोगों को कही न कहीं एक दूसरे से जोड़ता है। चाहे व्यक्ति किसी भी भाषा को बोलने वाला हो या अन्य किसी भाषा को न समझने वाला हो इसके बावजूद वह 'हिंदी सिनेमा' से गहरा रिश्ता रखता है अर्थात् वह 'हिंदी सिनेमा' से अछूता नहीं है। यही कारण है कि विश्व में भारत फ़िल्म निर्माण के क्षेत्र में अग्रीणय स्थान रखता है। आज महिला सशक्तिकरण वैश्विक स्तर का मुद्दा है जहाँ स्त्रियों के सशक्त होने के प्रयासों पर ज़ोर दिया जा रहा है। भारतीय स्त्री की बात करें तो उसकी पहचान और अस्तित्व को बल मिला है, इस परिवर्तन को भारतीय सिनेमा के 104 वर्ष की यात्रा में स्पष्ट रूप से देखा जा सकता है। आजकल जैसे अस्मितावादी विमर्श, दलित विमर्श, स्त्री विमर्श आदि का बड़ा ज़ोर है। अब जरुरी हो गया है, कि इनकी नज़र से सिर्फ समाज की ही नहीं, बल्कि भारतीय और हिंदी सिनेमा की बात की जाए।

भारत में सिनेमा का जन्म 1913 ई0 में हुआ । जो अब तक अपने सफर के 107 वर्ष पूरा कर चुका है । इन 107 वर्षों में 'सिनेमा' में स्त्री के बदलते स्वरूप को हम देख सकते हैं जो भारतीय समाज में स्त्री की स्थिति तथा स्त्रियों के प्रति समाज के नजरिये को दर्शाते हुये आधी आबादी के बदलाव को प्रदर्शित करता है। पुस्तक के पाठक इसको पांच पड़ावों में पढकर जानकारी प्राप्त कर सकते हैं -

प्रथम पड़ाव- (मूक सिनेमा-1913 से 1930 तक)

भारतीय सिनेमा की यात्रा 1913 ई0 में मूक फिल्मों द्वारा प्रारम्भ हुई जो मुख्य रूप से 1930 ई0 तक चली । आरम्भिक फिल्मों में ध्वनि नहीं थी तो भाषा का कोई सवाल ही नहीं था इसलिये मूक फिल्मों को हिंदी सिनेमा न कहा जाये तो कोई हानि नहीं है । मूक फिल्मों के जन्मदाता 'धुंडिराज गोविंद फाल्के'

अर्थात् 'दादा साहब फाल्के' हैं । 'दादा साहब फाल्के' ने 1913 ई0 में पहली फ़िल्म 'राजा हरिश्चंद्र' बनाई जिसमें तारामती की भूमिका 'सालुंक' नमक पुरुष ने निभाई थी । क्योंकि जब तक सिनेमा में स्त्री का प्रवेश नहीं हुआ था । 'फ़िल्म में फाल्के जी किसी महिला अभिनेत्री को नहीं ले पाये एक तो उस समय पारसी रंगमंचीय परम्पराओं के अनुरूप केवल पुरुष ही महिला वेशभूषा में महिला की भूमिका अदा करते थे और दूसरा, उस समय समाज में कुलीन परिवारों की युवतियों के रंगमंच पर अभिनय पर प्रतिबन्ध था ।'2 लेकिन इसी वर्ष फाल्के जी की अगली फ़िल्म 'मोहिनी भस्मासुर' में पहली बार दो स्त्रिओं ने प्रवेश किया, जिसमें मोहिनी की भूमिका निभाने वाली पहली भारतीय अभिनेत्री 'कमलाबाई गोखले' थीं । 1919 ई0 में आयी 'कालियामर्दन' फ़िल्म में कृष्णा के बचपन की भूमिका निभाने वाली 'मन्दाकिनी' (दादा साहब फाल्के की पुत्री) को हम प्रथम बाल अभिनेत्री कह सकते हैं ।

तत्पश्चात फ़िल्मों में स्त्री की उपस्थिति बढ़ती गयी । 1919 ई0 में 'द्रोपदी वस्त्र प्रहारं' फ़िल्म में द्रोपदी को मुख्य भूमिका में रखा गया । अब तक की फ़िल्में पौराणिक आख्यायन पर आधारित थीं । स्त्री को पवित्रता के परदे में परोसना सुनियोजित रूप से पितृसत्तात्मक व्यवस्था का हथकंड़ा है । संभवतः इसी कारण स्त्री की भूमिका को महत्त्व मिला । इस प्रारम्भिक सिनेमा के सफर में भले ही स्त्रियाँ उच्च घरों से ताल्लुक रखती हों लेकिन फ़िल्मी परदे पर स्त्री की उपस्थिति स्वयं में साहसिक थी ।

पौराणिक आख्यान पर बनी फ़िल्म 'अहिल्या उद्धार' (1919) में पहली बार स्त्री दुविधा को उभारने की कोशिश की गयी । 'अहिल्या' सुन्दर और पवित्र (जैसा की हमेशा से पवित्र शब्द ही स्त्री चरित्र का परिचायक माना जाता रहा है) स्त्री है तथा पतिव्रत भी, देवताओं द्वारा उसे छला जाता है, लेकिन इसके लिए वह स्वयं दोषी है । इसी कारण पति के श्राप से पत्थर की शिला बन जाती है। यहाँ इस फ़िल्म में पौराणिक आख्यान को प्रस्तुत नहीं किया गया, बल्कि कहीं न कहीं स्त्री के दर्द को उजागर करने का प्रयास किया गया है । इस समय में सती प्रथा को रेखांकित करने वाली फ़िल्में 'सती पार्वती', 'सती तुलसीवृंद', 'सती दाक्षायनी', 'सती अंजनी', 'सती अनुसया', 'सती पद्मिनी', 'सती सावित्री' आदि रहीं । जिसमें पति धर्म का पालन एवम् पति के प्रति समर्पण ही स्त्री की पहचान रही तथा पति की चिता पर सती हो जाना ही स्त्री की एक

मात्र विशेषता ! इस विशेषता को सिर्फ पुरुष समाज ने ही नहीं स्त्री ने भी सहर्ष स्वीकार किया । इस संदर्भ में 'ललित जोशी' लिखतें हैं कि, 'शुरूआती समय में नायिका की परिभाषा सती सावित्री की थी । यह छवि उसे मिथक कहानियों से मिली थी । बाद में कुछ फिल्में जैसें 'औरत से सावधान'(1929), 'औरत का बदला'(1930), 'एक आदर्श औरत' (1930) तथा 'सिनेमा गर्ल' (1930), में इसे बदलने की कोशिश की गयी लेकिन स्त्री को स्वछंद पात्र की तरह निरुपित करने वाली इन फ़िल्मों में नारी मुक्ति के स्वरों को ढूढना बेकार होगा ।'3 इन आरम्भिक फ़िल्मों के शीर्षकों की भाषिक संरचना को समझने का प्रयास किया जाये तो आश्चर्य होगा की स्त्री की शुरुआत पवित्रता के खोल से शुरू होकर सती तक पहुंचती है और दूसरी ओर उसके प्रतिलोम 'औरत से साबधान' जैसे चेतावनी रूपक बिम्बों से स्त्री के नकारात्मक रूप का ही विस्तार है ।

देवदासी प्रथा (देवदासी अर्थात ईश्वर के साथ विवाह बंधन में बंधी हुई लड़की) जिसका साक्ष्य विष्णु पुराण एवं मत्स्य पुराण में भी मिलता है । यह प्रथा दक्षिण भारत में प्रचलित थी इस प्रथा पर आधारित फ़िल्म 'देवदासी'(1925) आयी जिसमें स्त्री की मार्मिक पीड़ा का वर्णन एक समस्या के रूप में किया गया तथा इसी संदर्भ में बनी फ़िल्म 'देवदास' (1928) में स्त्री के वेश्या रूप को प्रस्तुत किया गया । अब तक का फ़िल्मी स्त्री सफर सती से प्रारम्भ होकर एक वेश्या समाज की स्त्री तक आता है । समय के साथ बदलते परिवेश में स्त्री की भूमिका भी बदली । नौकरी करना तथा पुरुष के कंधे से कन्धा मिलाकर चलना स्त्री का यह स्वरूप हमें 1926-1927 ई0 के दौरान आयी फ़िल्में 'टाइपिस्ट गर्ल', 'टेलीफोन गर्ल', 'एज्यूकेटेड वाइफ' जैसी फ़िल्मों में देखने को मिलता है । फ़िल्मों के ये नये नाम स्त्री भूमिक का अंदाज़ा ही नहीं देते बल्कि स्त्री के प्रति समाज का बदलता हुआ नज़रिया भी पेश करते हैं ।

इस समय की प्रमुख अभिनेत्रियों में 'ज़ुबैदा', 'गौहरबानो', 'सुलोचना' एवं गायिका में 'सरस्वती देवी' का नाम लिया जा सकता है । इस पड़ाव की सबसे बड़ी उपलब्धि निर्देशक 'फ़ातिमा बेगम' को कह सकते हैं, जिन्होंने सात फीचर फ़िल्मों का निर्देशन किया । यह पहली भारतीय महिला निर्देशक रहीं, इनके बाद फ़िल्मी दुनिया में एक लम्बे अंतराल तक महिला निर्देशक का आगमन नहीं हुआ ।

द्वितीय पड़ाव (सवाक फ़िल्म 1931 से 1950 तक)

14 मार्च 1931 ई0 में पहली बार आवाज़ सहित फ़िल्म 'आलम आरा' प्रेम कहानी के रूप में उभर कर आयी जिसमें 'ज़ुबैदा' ने अभिनेत्री का किरदार निभाया । इस फ़िल्म के बाद सवाक फ़िल्म का दौर चल पड़ा जो फ़िल्मों को और भी सुदृढ़ आयाम प्रदान करने वाले रूप में उभर कर सामने आया । 1932 ई0 में 'देवकी बोस' के निर्देशन में 'सीता' मायथोलोजिकल फ़िल्म बनी जिसमें राम की तुलना में सीता के व्यक्तित्व को मजबूती के साथ बड़े सशक्त अंदाज में प्रस्तुत किया । 'गुण सुन्दरी' (1932) फ़िल्म की मुख्य भूमिका में 'गौहरबानो' रही । इस फ़िल्म का उद्देश्य स्त्री को एक ऐसे व्यक्तित्व के साथ प्रदर्शित करता है जहाँ एक लड़की संयुक्त परिवार को बचाने के लिए अनेक प्रतिघातों को सहती है और बेटों से बढ़कर साबित होती है । फ़िल्म का आगमन भी ऐसे समय में हुआ जब स्त्री का सती रूप अधिक प्रशंसनीय था । इसी बर्ष 'कॉलेज गर्ल' तथा 'इंदिरा एम0 ए0' आयी जिसमें स्त्री शिक्षा पर ज़ोर दिया गया ।

1935 ई0 में आयी फ़िल्म 'जवानी की हवा' में स्त्री प्रस्तावित विवाह से बचने के लिए घर का त्याग कर अपने प्रेमी के साथ चली जाती है तथा पुरानी मान्यताओं और परम्पराओं को तोड़ती हुई अपना जीवन व्यतीत करती है । यह भारतीय सिनेमा की पहली फ़िल्म है जिसमें नायिका प्रेम के लिए घर का त्याग करती है । इस वर्ष 'हंटर वाली' फ़िल्म से स्टंट फिल्मों का चलन शुरू होता है, इसके निर्देशक 'वाडिया मूवीटोन' एक अलग तरह की नायिका लेकर आये जो पुराणों से अलग, घरेलू एवं नौकरी पेशा संभ्रांत स्त्री के रूप में नहीं बल्कि साहसिक नायिका जो मेकअप एवं सुन्दर वस्त्रों से दूर, घोड़े पर सवार होकर ट्रेन के सामने स्टंट करना, हाथ में बंदूक एवं कोड़ा लेकर मजबूर लोगों पर होने वाले अत्याचार के खिलाफ़ लड़ने वाली एक क्रान्ति के रूप में थी । यह अभिनय 'मेरी इवान्स' यानी 'नदिया' ने किया, जिसे काफी सराहना मिली । 'अमर ज्योति'(1936) बेनिस के अंतरराष्ट्रीय फ़िल्म समारोह में दिखाई गई पहली फ़िल्म थी जिसे स्त्री मुक्ति की प्रथम फ़िल्म कहा जा सकता है । स्त्री की दमित स्थिति को दुनिया के सामने प्रस्तुत किया गया, जिसमें स्त्री पत्नी रूप में हुए अत्याचारों का विद्रोह के साथ बदला लेती है । फ़िल्म में स्त्री को देवी मानकर पूजने वाले रूप के साथ-साथ अन्याय के ख़िलाफ लड़ने वाले देवी

काली रूप को प्रस्तुत कर सन्देश दिया कि स्त्री पूजनीय रूप में शांत एवं धैर्यशाली है तो उसका दूसरा रूप एक और भी है जो अन्याय के ख़िलाफ लड़ सकता है । इसी वर्ष 'बालयोगिनी' बनी जिसमें पत्नी अपनी अस्मिता के लिए पति से विरोध करती है ।

'दुनिया ना माने' (1937) बेमेल विवाह पर बनी फ़िल्म है । जिसकी नायिका चाचा द्वारा बड़े बिधुर से कराये गये विवाह को विवाह न मान विद्रोह करती है तथा आत्मनिर्भर बन ज़िन्दगी को जीना सीखती है यह भारतीय स्त्री द्वारा समझौता न करने वाली प्रथम सामाजिक फ़िल्म रही । अतः हम देख सकते हैं कि स्त्री की सामाजिक स्थिति में भले ही न के बराबर परिवर्तन आया हो लेकिन स्त्रियों की स्थिति को लेकर पुरुष प्रधान समाज ने सोचना अवश्य प्रारम्भ कर दिया था । इस युग में सती का आधुनिक रूप से महिमामंडन भी किया गया। 'सती परीक्षा', 'दुल्हन', 'पति परमेश्वर', 'चरणों की दासी', 'सुहाग सिंदूर' आदि फिल्में जिसमें स्त्री को पुराने रूप में ही गड़ने की प्रक्रिया का समर्थन किया गया । अभिनेत्री के रूप में 'दुर्गा खोटे', 'सुरैया', 'जद्दनबाई' तथा गायिका के रूप में 'नूरजहाँ', 'अमीरीबाई', 'पारुल घोष' ने प्रसिद्धि पायी।

तृतीय पड़ाव- (सिनेमा का स्वर्ण युग 1940 से 1960 तक)

सन 1940 से 1960 ई0 तक का समय फिल्मों का स्वर्ण युग माना जाता है । इस युग में 'औरत' (1940) 'डायमण्ड क्वीन' (1940), 'राजनृतकी', (1940), 'चरणों की दासी', (1941), 'गुडिया' (1942), 'मैं अबला नहीं हूँ', 'मीरा' आदि फिल्में आयीं । 'दहेज़' (1950) फ़िल्म में सास तथा नन्द द्वारा दहेज़ के लिये प्रताड़ित बहू 'राधा' आत्मसमर्पण नहीं करती बल्कि घर छोड़ने से इंकार करती है, जिसे फ़िल्म की पहली विद्रोही बहू का ख़िताब प्राप्त है । स्वतंत्रता प्राप्ति के बाद देश की सामाजिक स्थिति में काफी बदलाब आया लेकिन स्त्री दृष्टी से निराशा जनक ही रहा । 'मदर इंडिया' (1957) में 'राधा' (नर्गिस) पति के छोड़ जाने के पश्चात् अपने बच्चों का पालन पोषण अकेले करती है । साहूकार द्वारा शादी एवं बच्चों की जिम्मेदारी लेने के प्रस्ताव को ठुकरा देती है ।

छोटे बेटे का साहूकार एवं गाँव की बेटी के प्रति गलत व्यव्हार को अनदेखा न कर स्वयं अपने बेटे को गोली मार देती है। फ़िल्म में कहीं न कहीं स्वतंत्रता आन्दोलन की झलक तथा देश के लिए बलिदान होने के अंश को स्त्री

भूमिका में दिखाया गया है, जिसमें साहसी स्त्री के साथ भारतीय पारम्परिक पत्नी को ही महत्त्व मिला । यह फ़िल्म 'ऑस्कर अवार्ड के फोरेन फ़िल्म कैटेगरी में नोमिनेट होने वाली पहली भारतीय फ़िल्म थी । 1959 ई0 में 'सुब्रमण्यम' की 'त्यागभूमि' आयी जो वर्तमान समय के परिप्रेक्ष्य में साहसिक स्त्रीवादी फ़िल्म मानी जा सकती है । फ़िल्म में नायिका को धनाड्य पति द्वारा घर से निकाल दिया जाता है, नायिका पति से शरण नहीं माँगती बल्कि संघर्ष करते हुये आत्मनिर्भर बनती है । इस दौरान पति की आर्थिक स्थिति बिगड़ जाती है, वह माफी मांगते हुए पत्नी को अपनाना चाहता है । नायिका उसे माफ नहीं करती लेकिन भरण पोषण हेतु पैसा देना स्वीकार कर लेती है ।

इसी प्रकार 'अमर प्रेम' (1960) की नायिका मारपीट करने वाले पति को छोड़कर व्यावसायिक गायिका बन जाती है और दूसरी शादी कर लेती है । फ़िल्म स्त्री की दूसरी शादी करने तथा समाज का स्त्री के प्रति बदलते नजरिये को प्रदर्शित करती है । फ़िल्मों का स्वर्ण युग स्त्री दृष्टी से मायूसी पैदा करने वाला ही रहा, फिर भी 'वन्दनी', 'सुजाता', आदि फिल्में स्त्री की स्थिति को उभारने की कोशिश करती नज़र आयी । 'मीना कुमारी', 'नर्गिस', 'मधुबाला', 'शकीला', 'गीता बाली', 'कामिनी कौशल', 'सुरैया', 'बैजयंतीमाला', आदि अभिनेत्री तथा 'शमशाद बेगम', 'आशा भोसले', 'गीता दत्त', 'लता मंगेशकर', 'जोहराबाई' आदि गायिका अपने स्वरों से अपनी पहचान बना चुकीं थीं।

चतुर्थ पड़ाव- (एक्शन युग 1960 से 2000 तक)

1960 ई0 के बाद एक्सन फ़िल्मों का आगमन हुआ । इस दौर की नायिका गुडिया मात्र थी, पुरुष के प्रति समर्पित एवं निर्भर तथा पुरुष द्वारा अबला समझ सुरक्षा देना फ़िल्मों की प्रमुख विशेषता रही है । अब स्त्रीमूलक समस्याओं को ज्यादा संज़ीदा रूप में अभिनीत किया जाने लगा, फिर भी इन दशकों की फिल्में स्त्री छवि को कुछ खास सफलता नहीं दिला सकीं । जिनमें 'साहब बीबी गुलाम' (1962), 'सीता और गीता' (1978), 'गृह प्रवेश' (1978), 'एक बार फिर' (1979) आदि फ़िल्म शामिल हैं ।

आठवें दशक के शुरूआती दौर में 'बाज़ार', 'मासूम' एवं 'सुबह' आदि फ़िल्म चर्चा में रहीं । 'सुबह' (1981) में 'जब्बार पोल' एक ऐसी स्त्री की कहानी लेकर आये जो सुविधा संपन्न परिवार को छोड़ ज़िन्दगी को नया आयाम देने निकलती है । समाज सेवा सम्बन्धी प्रशिक्षण ले चुकी नायिका वकील पति

एवं समाजसेवी सास की अनिच्छा के बावजूद अपनी इकलौती बेटी को पति के पास छोड़कर नारी सुधारग्रह में अधीक्षक की नौकरी करती है । जहाँ उसे एक अलग ही दुनिया देखने को मिलती है । नारी सुधार के नाम पर किस तरह स्वार्थी तत्त्व ग़रीब सताई औरतों का क्रूरता से शोषण करते हैं जिसके लिए नायिका संघर्ष करती है । उसे नौकरी छोड़ने पर मजबूर कर दिया जाता है, जब वह घर लौटती है तो उसका पति अन्य औरत से सम्बन्ध बना चुका है; बेटी भी अपनाना नहीं चाहती । पति समझौता करने के लिए कहता है कि वह दूसरी औरत से सम्बन्ध को स्वीकार ले, लेकिन नायिका को मंज़ूर नहीं होता । फिर से वह एक नई चुनौती के संषर्ष के लिए निकल पड़ती है । यह फ़िल्म स्त्री यात्रा में मील का पत्थर साबित हुई । यहाँ से सिनेमा में स्त्री की अलग यात्रा प्रारंभ हो जाती है । फ़िल्म 'अर्थ' (1982) की नायिका (पूजा) का पति उसे छोड़कर प्रेमिका के साथ रहने का निर्णय लेता है । प्रेमिका के इंकार से वह वापस पत्नी के पास लौटता है 'पूजा' पूछती है कि अगर मैं ऐसा करती तो तुम क्या मुझे स्वीकारते ? नहीं । नायिका पति को ठुकराकर नौकरानी की बेटी को गोद लेने का निर्णय लेती है । यह फ़िल्म स्त्री द्वारा स्वयं की अस्मिता के लिए लड़ी लड़ाई को सार्थक आयाम देती है ।

'मंडी' (1983) फ़िल्म में समाज के उस पक्ष का चित्रण किया गया है जहाँ हमारी परम्पराएँ पुरुष के शौक तथ स्त्री के चरित्र से पहचान कराती रहीं ह। वह है वेश्यावृति जो प्राचीनकाल से प्रचलन में रहा है । महिला बाल विकास मंत्रालय 2007 की रिपोर्ट के अनुसार देश में लगभग तीस लाख से ज्यादा महिलाएं वेश्यावृति की गिरफ़्त में हैं । ये आँकड़े सी0 बी0 आई0 की रिपोर्ट के अनुसार दोगुने हो जाते हैं । फ़िल्म वेश्यावृति को बढ़ावा देने में लिप्त समाज एवं राजनीति के अलग-अलग नज़रिए खोलती है तथा वेश्या जीवन की विडंबना का संवेदनशील चित्रण प्रस्तुत करती है । इस समय भारत में महिला संगठनों का गठन हुआ । 1974 ई0 में हैदराबाद में पहला नारी संगठन 'सचेतन नारी संगठन' (पत्नी प्रताड़ना के मुद्दे पर आधारित) खुला तथा 1975 ई0 को यूनाइटेड नेशंस ने अंतर्राष्ट्रीय महिला वर्ष घोषित किया । इसके बाद देश भर में 'पुरोगामी स्त्री संगठन' (पुणे), 'स्त्री मुक्ति संगठन' (मुम्बई) आदि संगठन खुले, जिनका प्रभाव 'परोम', 'मिर्चमसाला', 'दामिनी', 'क्या कहना' आदि फ़िल्मों पर पड़ा ।

'मिर्चमसाला' (1986) की सोनाबाई (स्मिता पाटिल) ठेकेदार द्वारा की जाने वाली छेड़कानी का विरोध करती है तथा अन्य स्त्रियों को संगठित करती है । यह लड़ाई सामन्तवाद के ख़िलाफ एक महिला युद्ध का रूप ले लेती है। 'दामिनी' (1993) की 'सौदामिनी' मध्यवर्गीय परिवारों में नैतिकता के नाम पर डाले हुए परदे को हटाते हुए बलात्करी की पक्षधर बनी न्यायव्यवस्था के समक्ष प्रश्न उठती है कि आज भी हमारी न्यायव्यवस्था के सामने बलात्कार को बलात्कार साबित करने के लिए स्त्री चरित्र को और ज्यादा उछाला जाता है । 'गॉडमदर' (1999) की 'राम्भी' एक पत्नी, माँ, घरेलू स्त्री से लेकर राजनीतिक स्त्री के रूप में पहचान बनाती है । 'अस्तित्व' (2000) की 'अदिति' यौन नैतिकताओं पर समाज के दोगलेपन पर प्रहार करती है । 'चरित्र और नैतिकता हमारे यहाँ वैसे भी दुनिया को किसी गैर क़ानूनी अमानवीय, निकृष्ठ और जघन्य कार्य से नहीं, लिंग प्रयोग से तय होते हैं । स्त्री व्यक्तित्व के तो बड़े से बड़े गुब्बारे को 'नैतिक स्खलन' की छोटी सी सुई से आप फोड़कर ध्वस्त किया जा सकता है । बड़ी से बड़ी साध्वी को आप चरित्र हीन कहिए और गोली मार दीजिए समाज आपकी मर्दानगी के साथ होगा ।'4 जहाँ पुरुषों के लिए विवाहेत्तर सम्बन्ध उचित हैं वहीं स्त्री के लिए नहीं ? यहाँ सवाल ये नहीं है कि स्त्री के विवाहेत्तर सम्बन्ध को जघन्य अपराध न माना जाये, प्रश्न उस दृष्टी का है जिसमें स्त्री के लिए सजा का विधान है लेकिन पुरुष के प्रति असंवेदनशीलता! इसी असंवेदनशीलता का विरोध 'अस्तित्व' में प्रदार्शित किया गया है ।

1913 ई0 में शुरू हुई यात्रा जब शताब्दी के अंत तक पहुँचती है तो एक बड़ा बदलाब स्पष्ट रूप से दिखाई देता है । जहाँ स्त्री देवताओं के पाप से पत्थर की शिला बनने के लिए मजबूर होती थी अब उस थोपी सार्थकता को नहीं स्वीकारती बल्कि बराबर के हक़ की बात करती है । इस समय की प्रमुख अभिनेत्रियों में 'मुमताज़', 'सयाराबानो', 'शर्मीला टेगौर', 'आशा पारेख', 'शबाना आज़मी' (पदम् श्री), 'श्री देवी' (पदम् श्री), 'ज़ीनत अमन', 'हेमा मालनी', माधुरी दीक्षित' (पद्म श्री), तथा गायिका के रूप में 'साधना सरगम', 'कविता कृष्णमूर्ति', 'अनुराधा', 'अलीशा' (अंतर्राष्ट्रीय संगीत महोत्सव एशिया 2004 में प्रथम स्थान प्राप्त), 'अलका', 'श्रेया घोषाल', 'सुनिधि चौहान' आदि संगीत जगत पर छाई रहीं । इस पड़ाव में निर्देशिकाओं का एक बड़े अन्तराल के बाद आगमन हुआ । जिसमें 'सावित्री', 'सई परांजये', 'अरुणा

राजे', 'विजया मेहता', 'राधा भारद्वाज', 'विजया मूले' आदि रहीं, जिसे एक बड़ी उपलब्धि कहा जा सकता है ।

पंचम पड़ाव- (21वीं सदी की फ़िल्में 2001 से अब तक)

21वीं सदी महिलाओं की सदी मानी गयी है । 2001 में 'राष्ट्रीय महिला उत्थान नीति' महिलाओं को राजनैतिक, सामाजिक, आर्थिक दृष्टी से मजबूत करने हेतु बनायीं गयी । अब स्त्री अपनी स्थिति को नियति मानकर स्वीकार करने वाले रूप का त्याग कर समाज में अपना स्थान प्राप्त करने के लिये आगे बढ़ने लगी थी । जिसे हम 21वीं सदी की आरम्भिक फ़िल्मों 'लज्जा', 'चांदनी बार', 'हाईवे', 'गुलाब गैंग', 'ढेड इश्किया', 'रिवाल्वर रानी', 'लक्ष्मी', 'मर्दानी', 'पार्चड', 'कैलेंडर गर्ल', 'लिपस्टिक अन्डर माय बुर्खा' आदि में देख सकते हैं । 'लज्जा' (2001) फ़िल्म में वैदेही, मैथली, जानकी, रामदुलारी चार महिलाओं पर होने वाले दहेज़, घरेलू हिंसा' लैंगिक शोषण, भ्रूणहत्या जैसी समस्याओं से जूझते हुए अपने अधिकारों के लिए संघर्ष करते देखते हैं । 'चांदनी बार' (2003) में गाँव से मुंबई आयी बेसहारा लड़की की त्रासद जीवन को, 'सत्ता' फ़िल्म राजनैतिक क्षेत्र में धाकड़ स्त्री के स्वरूप को प्रस्तुत करती है। पहली बार 1899 ई0 में 'मिर्जा हादी रुसवा' ने अपराध जगत के द्वारा लायी गई 'उमरावजान' के वेश्या जीवन की अमानवीय गरिमा तथा संघर्ष को प्रस्तुत किया है । 'लगा चुनरी में दाग'(2007) वेश्यावृति पर बनी फिल्मों में से एक श्रेष्ट फ़िल्म हैं ।

21वीं सदी में हम महिलाओं को हर क्षेत्र में काम करते देख सकते है लेकिन आज भी हमारी मानसिकता लिंग भेद की नीति से नहीं उभर पाई है । स्त्री को अलग-अलग परिस्थितियों में अलग-अलग समस्याओं का सामना करना पड़ता है । 'फ़ैशन'(2008) में ग्लैमरस दुनिया की चकाचौंध तथा 'क्वीन'(2014) में भारतीय संस्कारों के विरोधाभासों की जटिलताओं का सुंदर अभिनय किया गया है । 'हाइवे'(2014) समाज में बढ़ रहे दिन-प्रतिदिन स्त्री शोषण की कहानी को नये तथा सच्चे रूप में प्रदर्शित करती है और सोचने पर मजबूर करती है कि स्त्री घर के बाहर ही नहीं घर के अंदर भी असुरक्षित है, चाहे वह समाज का कैसा भी वर्ग हो । फ़िल्म एक ऐसे सच को नंगा करती है जिसमें घर के लोगों के द्वारा अपनी ही बच्ची का बलात्कार किया जाता है और उसे छिपाने में घर के ही लोगों का हाथ होता है । स्त्री कहाँ सुरक्षित है ? अर्थात्

कहीं नहीं । सुरक्षा का घेरे को हटाकर सम्मान की दृष्टि से स्त्री को आजादी मिलनी चाहिए । 'पारंपरिक तौर पर एक राष्ट्र के तौर पर हमारा रुख़ औरत को देवी या पुरुष की संपत्ति के तौर पर देखने का रहा है, न कि उसके बराबर ।'5

'पाचर्ड'(2015) फ़िल्म में बाल-विवाह, वेश्यावृति, विधवा समस्या, घरेलू हिंसा, वैवाहिक-बलात्कार जैसी समस्याओं को रेखांकित करती है । 'लाजो' की कहानी बताती है कि आज भी स्त्री के माँ न बनने पर वह अकेली ज़िम्मेदार है । फ़िल्म की सकारात्मकता स्त्री मुक्ति का प्रश्न है । जो अंत तक बना रहता है । ग्रामीण जीवन पर आधारित फ़िल्म 'पाचर्ड' अपने शीर्षक की सार्थकता को प्रदशित करता है । स्त्री जीवन कितना शुष्क और नीरस है पूरी ईमानदारी के साथ फ़िल्म प्रस्तुत करती है । 'गुलाब गैंग'(2014) स्त्री संगठन, 'लक्ष्मी'(2014) बाल-वेश्यावृति, 'मरदानी'(2014), 'रिवाल्वर रानी'(2014) जैसी फ़िल्में स्त्री अन्याय के ख़िलाफ़ हथियार बंद लड़ाई को सही ठहराती हैं । 'नीरजा'(2016) इसी श्रेणी की फ़िल्म है । 'पिंक'(2016) में समाज के दोहरे मापदंड की नीति के सरल तथा व्यवहारिक प्रश्नों को सुलझाने की कोशिश की गई है । साथ ही रूढ़िवादी सोच पर चोट है ।

'लिपस्टिक अंडर माय बुर्खा'(2016) में आधुनिकता और परम्परा की लड़ाई के बीच उलझती स्त्रियों की दास्ताँ है । उम्र के अलग-अलग पड़ावों की चार स्त्रियाँ ('बुआ जी', 'शीरीन अस्लम', 'लीला', 'रेहाना आबीदि') एक छोटे से शहर में अपने सपनों को साकार करने के लिए परम्पराओं को चुनौती देती हैं । आर्थिक रूप से मजबूत 'बुआ जी' एक सपने को साकार होने की ईच्छा में अपना सारा कुछ गवां देती हैं । 'रेहाना आबीदि' संगीत के सपने को (जिसे उसका परिवार, धर्म, संस्कार, इज़ाज़त नहीं देते) पूरा करने के लिए गलत संगत (शराब, सिगरेट, चोरी) का सहारा लेती है । यहाँ दोनों के कुछ सपने हैं जिन्हें समाज स्त्री होने नाते पूरा करने की अनुमति नहीं देता । 'बुआ जी' की कहानी बताती है कि स्त्री का वैवाहिक जीवन चुनने का अधिकार आज भी ज़रूरी नहीं समझा जाता है ।

'रेहाना आबीदि' की बुर्खे में जींस और लिपस्टिक की चाहत दर्शाती है कि आज भी वस्त्रों का चुनाव पुरुषों के लिए आधुनिकता के आधार पर और स्त्री के लिए परम्परा के आधार पर पुरुष द्वारा ही निर्धारित किया जाता है तथा बदलते दौर के साथ उन्हें शिक्षा तो दी जाती है लेकिन स्वप्न पूरे करने का समान

अवसर नहीं । 'शीरीन अस्लम' सेल्स वर्कर की भूमिका में भारतीय स्त्रियों के वैवाहिक शोषण, स्वास्थ्य सम्बन्धी समस्याओं की ओर ध्यान खींचती है । 'लीला' और उसकी माँ दैनिक ज़रूरियात को तथा छोटे-छोटे सपनों को पूरा करने की चाहत में उस रास्ते पर आ जाती हैं जो समाज द्वारा तिस्कृत है । फ़िल्म का अंत मनोविज्ञान पर आधारित है जो लिंग भेदी दृष्टिकोण को छोड़ने के लिए बाध्य करता है । यही आज की आवश्यकता है और स्त्रियों का अधिकार भी । परम्परा और संस्कृति के नाम पर भेदभाव के नियम भटकाव के रास्ते खोलता है जो समाज के लिए खतरा है ।

अतः हिंदी सिनेमा के इस सुनहरे सफ़र में स्त्री अस्मिता हाशिए से केन्द्रोन्मुख है । सारी जटिलताओं के साथ पुरुष प्रधान व्यवस्था कभी कठोर तो कभी कमज़ोर होती रही । मनोरंजन की भौंड़ी पहचान आइटम सांग की दरिद्रता से लेकर साहसिक तथा स्त्री पहचान के सफल अभिनय को 'हिंदी सिनेमा' ने प्रस्तुत किया है । सशक्तिकरण के इस दौर में 'हिंदी सिनेमा' ने भी स्त्री की पहचान में एक कड़ी और जोड़ी है ।

सामाजिक बदलाव में सिनेमा की बड़ी भूमिका

अधिकांश हिंदी फिल्में महज व्यापारिक सफलता को ध्यान में रखकर बनाई जाती हैं। उन्हें किसी फार्मूले की तलाश रहती है जो बॉक्स आफिस पर किसी तरह क्लिक कर जाए। दर्शक क्या पसंद करेंगे इस बारे में अटकलें निरंतर लगती रहती हैं। इस माहौल में फिल्में समाज में प्रचलित मिथकों को चुनौती देने के स्थान पर उन्हें बढ़ावा अधिक देती हैं क्योंकि इस तरह दर्शकों को आकर्षित करने की अधिक संभावना होती है और यह अधिक सरल भी होता है। सतही मनोरंजन, रोमांस, ढिशुम-ढिशुम, अति सरलीकरण और मिथक से मजबूती से जुड़े हिंदी सिनेमा से समाज सुधार और सार्थक सामाजिक बदलाव की फिल्में बनाने की अधिक उम्मीद नहीं की जा सकती है, लेकिन इसके बावजूद समय-समय पर समाज सुधार के प्रति जागरुक फिल्म निर्माताओं ने सार्थक बदलाव में महत्त्वपूर्ण योगदान देने वाली फिल्में भी बनाई हैं। बिमल राय, वी. शांताराम, ऋषिकेश मुकर्जी, राजकपूर, के.ए. अब्बास, चेतन आनन्द, महबूब जैसे अनेक फिल्मकारों ने निरंतरता से ऐसी फिल्में बनाईं। हाल के वर्षों में अभिनेता आमिर खान ऐसी अनेक फिल्मों से जुड़े रहे हैं।

अपराधी का सुधार एक ऐसा मुद्दा है जिसने फिल्म निर्माताओं को काफी आकर्षित किया है और ऐसी कुछ फिल्में तो बहुत यादगार रही हैं। चंबल में डाकुओं का समर्पण अहिंसा की जीत का एक बड़ा उदाहरण माना जाता है। राज कपूर ने इस विषय पर 'जिस देश में गंगा बहती है' जैसी बहुत लोकप्रिय और कलात्मक फिल्म बनाई जो अपने गीतों, संगीत, फोटोग्राफी और अभिनय के लिए भी याद की जाती है। समर्पण के लिए प्रेरित करवाने वाले भोले-भाले युवक की भूमिका में राजू का चरित्र भुलाए नहीं भूलता, जिसे राजकपूर ने बहुत शानदार ढंग से निभाया। डाकुओं के आत्मसमर्पण-यात्रा के दृश्य, जो 'आ अब लौट चलें' गीत के साथ फिल्माए गए, गहरा प्रभाव छोड़ते हैं।

डकैत समस्या पर सुनील दत्त ने भी 'मुझे जीने दो' जैसी यादगार फिल्म

बनाई। जेल में बंद बहुत खूंखार अपराधियों को भी अहिंसक प्रयासों से सुधारा जा सकता है, यह संदेश वी.शांताराम ने अपनी असरदार फिल्म 'दो आंखें बारह हाथ' में मार्मिक ढंग से दिया। जेल-सुधार का एक अन्य पक्ष यह है कि कई बार विशेष परिस्थितियों में बहुत उच्च चरित्र के व्यक्तियों को भी जेल जाना पड़ता है और ऐसे व्यक्तियों को एक नई शुरुआत का अवसर अवश्य मिलना चाहिए। ऋषिकेश मुखर्जी ने 'आशीर्वाद' फिल्म के मुख्य चरित्र के माध्यम से यह संदेश बखूबी दिया, जिसे अशोक कुमार के अभिनय ने और मार्मिक बना दिया।

इस विषय पर विमल राय की अविस्मरणीय फिल्म 'बंदिनी' को कौन भूल सकता है। महिला बंदियों की मजबूरियों और दुखों का इस फिल्म में बहुत मार्मिक चित्रण हुआ है और यह दर्द इन दो गीतों 'अब की बरस भेज भैया' और 'ओ पंछी प्यारे' के कारण और गहरा हो जाता है। इस तरह के यादगार फिल्म चित्रण से हमेशा के लिए महिला कैदियों की समस्याओं की ओर ध्यान दिलाने में मदद मिलेगी और यही श्रेष्ठ सिनेमा की बड़ी उपलब्धि है कि वे किसी सामाजिक मुद्दे पर इतनी गहरी छाप इतने अधिक समय के लिए छोड़ सकता है। दूसरे देश की जेल में फंस गए कैदी से हुए अन्याय का मार्मिक चित्रण 'वीर-जारा' में दिखाया गया है। गुलजार की फिल्म 'अचानक' में मृत्यु दंड के विरुद्ध एक शक्तिशाली संदेश था, जो फिल्म की बॉक्स आफिस की असफलता के बावजूद इसे आज भी महत्त्वपूर्ण बनाता है।

किसी को अपराध की ओर धकेलने में सामाजिक-आर्थिक परिस्थितियों की अधिक भूमिका होती है, इसकी ओर ध्यान दिलाया राज कपूर की 'आवारा' और 'श्री 420' जैसी फिल्मों ने। सफेदपोश अपराधियों के स्वार्थों और बेदर्दी को बेपरदा करने के साथ 'श्री 420' में बेघर लोगों की समस्याओं और आकांक्षाओं का भी अच्छा चित्रण किया गया। 'बूट पालिश' में फुटपाथ पर रहने वाले बच्चों और बाल मजदूरों की समस्याओं और दैनिक संघर्षों का मार्मिक चित्रण था, हालांकि इसका संदर्भ आज की बहसों में कुछ अलग था। इस फिल्म के संगीत (नन्हें-मुन्ने बच्चे तेरी मुट्ठी) ने समस्याओं से घिरे बच्चों को हिम्मत दी। के.ए. अब्बास की फिल्म 'शहर और सपना' में बेघर लोगों और प्रवासी मजदूरों का तथ्यात्मक चित्रण था। शहर में रात को पानी खोज रहे प्यासे व्यक्ति की विडंबनाएं बहुत असरदार ढंग से राजकपूर की 'जागते रहो' फिल्म में दर्शकों के सामने आई। स्लम बस्तियों के निवासियों से हो रहे अन्याय और

इसके विरुद्ध उठी आवाज को चेतन आनन्द ने 'नीचा नगर' में सशक्त रूप में प्रस्तुत किया। ऋषिकेश मुखर्जी की 'नमक हराम' और यश चोपड़ा की 'काला पत्थर' फिल्मों में औद्योगिक और खनन मजदूरों के मुद्दे उठाए गए हैं। ग्रामीण शोषण व्यवस्था और महिला किसान के अंतहीन संघर्षों का बेहद जीवंत चित्रण महबूब ने अपनी कालजयी फिल्म 'मदर इंडिया' में किया। नरगिस ने इस फिल्म की मुख्य भूमिका में ग्रामीण महिला के मां और किसान दोनों रूपों का अविस्मरणीय प्रदर्शन किया जिसे दर्शकों ने बहुत पसंद किया। इससे पहले के.ए. अब्बास और उनके अनेक साथियों ने बंगाल के अकाल पर एक बड़ी जन भागेदारी के प्रयास से 'धरती के लाल' फिल्म बनाई जो अनेक स्तरों पर एक महत्त्वपूर्ण प्रयास था।

हिन्दी साहित्य की प्रमुख रचनाओं पर बनी कुछ फिल्में (जैसे प्रेमचंद के 'गोदान' और 'गबन' तथा फणीश्वरनाथ रेणु के 'मैला आंचल' पर बनी फिल्में) भी इस दृष्टि से महत्त्वपूर्ण रहीं। रवीन्द्रनाथ टैगोर की एक कविता से प्रेरणा लेकर विमल राय ने 'दो बीघा जमीन' जैसी यादगार फिल्म बनाई, जिसमें जमीन छिनने और प्रवासी मजदूर बनने की दर्दनाक कहानी का बहुत सशक्त प्रदर्शन है। श्याम बेनेगल ने ग्रामीण शोषण व्यवस्था पर 'अंकुर', 'निशांत' और 'मंथन' तीन फिल्मों की श्रृंखला बनाई। साम्प्रदायिक सद्भावना पर वी.शांताराम ने महत्त्वपूर्ण फिल्म बनाई थी 'पड़ोसी'। सांप्रदायिकता के विरुद्ध एम.एस. सथ्यू की फिल्म 'गर्म हवा' में भी महत्त्वपूर्ण संदेश है। अनेक फिल्मों (जैसे 'चैदहवीं का चांद') में विभिन्न धर्मों के व्यक्तियों की अटूट मित्रता के माध्यम से सद्भावना की गहरी छाप छोड़ी गई है। अब्बास की 'सात हिंदुस्तानी' में भी गोवा की स्वतंत्रता की लड़ाई के माध्यम से राष्ट्रीय एकता का संदेश था। जातिगत भेदभाव के विरुद्ध प्रेम की जीत का संदेश फिल्म 'सुजाता' में है।

धर्म के पाखंडी और लोगों को बांटने वाले पक्ष की तीखी पर मनोरंजक आलोचना फिल्म 'पीके' में उपलब्ध है। 'लगान' में भी औपनिवेशिक उद्दंडता के विरुद्ध उभरी गांववासियों की एकता के माध्यम से राष्ट्रीय एकता का संदेश मिलता है। हालांकि इससे आगे बढ़कर यह फिल्म कमजोर शोषित वर्ग की एकता और दृढ़ निश्चय की प्रेरणादायक और मनोरंजक कहानी भी है। शिक्षा-सुधार पर हाल में बनी फिल्म 'थ्री इडियट' अच्छी-खासी चर्चा का विषय बनी। विशेष जरूरतों के बच्चों की शिक्षा पर 'तारे जमीन पर' एक बहुत उपयोगी

फिल्म है जिसे दर्शकों ने भी काफी पसंद किया। 'हिचकी' फिल्म में जहां शिक्षा सुधार के लिए महत्त्वपूर्ण संदेश है, वहां यह मुख्य रूप से एक शारीरिक चुनौती का साहस और दृढ़ निश्चय से सामना करने वाली अध्यापिका की कहानी है।

'दोस्ती' ऐसे दो मित्रों की मार्मिक कहानी है जिसमें दोनों ही शारीरिक चुनौती या अपंगता झेलते हुए बहुत सहृदयता, मेहनत और निष्ठा का परिचय देते हैं। मूक-बधिर लोग जीवन में किन मुश्किल चुनौतियों का सामना करते हैं, इसकी प्रेरणादायक, मनोरंजक और मार्मिक कहानी गुलजार ने 'कोशिश' में बताई है। संज लीला भंसाली की 'ब्लैक' फिल्म भी इस संदर्भ में खासी चर्चित रही। जानलेवा बीमारी झेल रहे मरीजों की हिम्मत और गहरी सहृदयता की बहुत प्रेरणादायक कहानियां ऋषिकेश मुखर्जी ने फिल्म 'आनन्द' और 'मिली' में प्रस्तुत की है। आदर्शवादी डाक्टरों के अथक प्रयासों की कहानी ऋषिकेश मुखर्जी की 'अनुराधा' और वी.शांताराम की 'डॉक्टर कोटनीस की अमर कहानी' फिल्मों में बहुत प्रेरणादायक ढंग से दिखाई गई है।

युद्ध पर वैसे तो अनेक फिल्में बनी हैं, पर कुछ हद तक 'हिन्दुस्तान की कसम', 'उसने कहा था' और 'हकीकत' युद्ध विरोधी संदेश की छाप छोड़ती हैं। पड़ोसी देशों से मित्रता का संदेश 'डा. कोटनीस की अमर कहानी' और कुछ हद तक 'हिना' और 'वीर जारा' में उभरता है। उपनिवेशवाद विरोधी साहस कथा के संदर्भ में शहीद भगत सिंह और उनके साथियों पर अनेक फिल्में बनी हैं, पर मनोज कुमार की 'शहीद' फिल्म ही इनमें सबसे यादगार रही है।

हाल ही में बनी फिल्म 'सीक्रेट सुपर स्टार' में जहां लड़कियों की प्रतिभाओं को चारदीवारी के भीतर कुंठित करने का तीखा विरोध है, वहीं महिला-हिंसा के विरुद्ध भी यह फिल्म एक महत्त्वपूर्ण आवाज है। बलात्कार के विरुद्ध आवाज उठाने के साथ पीड़ित महिलाओं को नया जीवन देने की आवाज 'दामिनी', बी.आर.चोपड़ा की 'इंसाफ का तराजू' और ऋषिकेश मुकर्जी की 'सत्यकाम' फिल्मों में उठाई गई है। प्रतिकूल परिस्थितियों के बावजूद अनेक हिंदी फिल्मों ने सार्थक सामाजिक बदलाव में महत्त्वपूर्ण योगदान दिया है। यदि इसके लिए अधिक अनुकूल स्थितियां प्राप्त हों तो कहीं बेहतर योगदान और निरंतरता से प्राप्त हो सकता है।

सिनेमा के बदलते परिदृश्य और बदलता दर्शक

आज का हिन्दी सिनेमा तमाम तरह के स्टीरियोटाईप को तोड़ता है। सिनेमा का वर्तमान इसलिए भी आकर्षक है क्योंकि यह अपने समय की नब्ज़ को न सिर्फ पकड़ता है, बल्कि बिल्कुल ही-मैन वाले अंदाज़ में अपना प्रभा मंडल भी तैयार करता है। ये अचंभा नहीं कि फॉर्म और कन्टेंट, दोनों ही स्तरों पर सिनेमा बदला है। विषय, भाषा, पात्र, प्रस्तुति सब कुछ। ऐसा नहीं कि यह सब कुछ पहली बार हुआ या हो रहा है। पहले भी समय-समय पर बदलाव होते रहे हैं। लेकिन वर्तमान में जो बदलाव परिलक्षित हुआ है, वो पहले से बिल्कुल ही अलग है।

हिन्दी सिनेमा समाज का एक ऐसा आईना है जो एक साथ समाज के तीनों वक्त कल,आज और कल यानि कि अतीत,वर्तमान,और भविष्य के बिम्ब सभी स्तर के दर्शकों को एक साथ बड़े फलक पर दिखाता है। उन्नीसवीं सदी के प्रारम्भ से अब तक हिंदी सिनेमा के परिदृष्य बदलते रहे हैं,कथानक,शैली,कथ्य और तकनीक तो बदली ही है,साथ ही बदला है सिनेमा का दर्शक वर्ग भी। सिनेमा समय की नब्ज़ टटोलता है,साथ ही अपना एक प्रभा मंडल भी तैयार करता है।अचंभा नहीं कि फॉर्म और कंटेंट दोनों ही स्तर पर सिनेमा बदला है। ऐसा पहली बार नहीं हुआ ऐसे बदलाव समय समय पर होते रहे हैं किन्तु वर्तमान में जो बदलाव हुए हैं वह पहले से बिल्कुल भिन्न परिलक्षित हुए हैं। सिनेमा ही क्यों भारतीय दर्शक भी तो उसी रफ्तार से बदला है। ये जो नया दर्शक है उसने सिनेमा के इस परिवर्तित और अपेक्षाकृत परिवर्धित ,समृद्ध स्वरूप को तहेदिल से स्वीकार किया है।

श्याम बेनेगल ने एक साक्षात्कार के दौरान कहा था कि-'भारतीय दर्शकों का डीएनए एक खास़ किस्म की फिल्में ही पसंद करता है' लेकिन अब इस डीएनए में भी हलचल हुई है। श्याम बेनेगल के इस कथन को अभी सिरे से खारिज़ नहीं किया जा सकता है। फिर भी यह तथ्यात्मक है कि इस खास़ पसंद

के दर्शकों के लिए अब ख़ास फिल्में बन रही हैं जिन्होंने परम्परागत समाज और सिनेमा के ढांचे को हिलाने की जुर्रत ही नहीं की है अपितु अपने समय को संयमित ढंग से दृश्यबद्ध भी किया हैऔर सफलता के नये आयाम भी गढ़े हैं।कॉरपोरेट जगत के जुड़ने से फिल्में न केवल करोड़ों का बिजनेस कर रही हैं वरन् लोगों में ग्लैमर के साथ ही व्यवसायिक ललक भी पैदा कर रही है।

वैसे सिर्फ सिनेमा ही क्यों, भारतीय दर्शक भी तो बिल्कुल उसी रफ्तार से बदल रहा है। ये जो नया दर्शक है, उसने सिनेमा के इस परिवर्तित और अपेक्षाकृत समृद्ध रूप को तहे-दिल से स्वीकार किया है। श्याम बेनेगल ने कभी अपने एक साक्षात्कार में इसी भारतीय दर्शक के बारे में कहा था कि 'यह हमारे डीएनए में है कि हम एक ख़ास किस्म की फिल्में पसंद करते हैं'। लेकिन हिंदी सिनेमा के बदले हुए परिदृश्य को देखकर लग रहा है कि इस डीएनए की 'खास पसंद' में हलचल हुई है। अभी श्याम बेनेगल के उपरोक्त कथन को सिरे से खारिज नहीं किया जा सकता, क्योंकि आज भी बहुसंख्य फिल्में उसी 'खास किस्म' की श्रेणी में आती और बनाई जाती हैं। लेकिन हाँ, इन सबके बावजूद कुछ ऐसी फिल्में भी बन रही हैं, जिन्होंने सिनेमा और समाज के बने बनाये ढाँचों को हिलाने की जुर्रत की है। अपने समय को संयमित ढंग से दृश्यबद्ध किया है। और सफलता के नये मानदंड भी गढ़े हैं।

आज के समय की फिल्मों के विषय व्यापक हैं,उद्देश्यपरक समाधानात्मक फिल्में इस दौर की उपलब्धियां हैं। बीते जमाने की फिल्मों के मुख्य विषय- प्रेम मुहब्बत के त्रिकोण,खलनायक की अनिवार्यता और काल्पनिक कथानक,एक अति आदर्श चरित्र जिसे संघर्षशील तथा अंत में विजेता दिखाया जा सके बस इतना ही होता था फिल्मों का ताना बाना।जो मात्र मनोरंजन के उद्देश्य से ही अधिक बनती रही थी। हां संगीत कर्ण प्रिय अवश्य होता था मगर उसमें शैली की विविधता कम पाई जाती थी,लेकिन भाव प्रधान गीत-संगीत होने की वजह से अद्भुत प्रभाव छोड़ने में सक्षम होता था,फिल्में संगीत प्रधान होती थी,मधुर संगीत एक महत्वपूर्ण पक्ष होता था। उत्कृष्ट,मधुर, कर्णप्रिय एवं अर्थपूर्ण शब्दावली से सजे गीत और मन की भावभूमि पर उतरने में सक्षम संगीत के कारण बीते युग को हिन्दी फिल्मों के संगीत का स्वर्ण युग कहना अतिश्योक्ति नहीं होगी। राष्ट्रभक्ति की फिल्में हमेशा मुनाफे का सौदा साबित होती थी,ये फिल्में समाज का आईना तो होती थीं। वास्तविकतापूर्ण परन्तु आदर्शवादिता की

स्थिति अतिरंजितापूर्ण कल्पना गढ़ने से सिर्फ कोरा मनोरंजन ही दे पाती थी। फिल्में नायक प्रधान होती थी,नायिका प्रधान फिल्में कम ही बनती थी,नायिकाओं के लिए करने को ज्यादा कुछ नहीं गढ़ा जाता था,शो पीस की सी उपस्थिती,पेड़ों के इर्द गिर्द चक्कर लगाना,रोना धोना और कभी कभी षडयंत्रकारी किरदार मात्र,जिसकी वजह से उस दौर की नायिकाएं बेहतरीन अदाकारा होने के बावजूद, वो मान,सम्मान और पैसा न पा सकी जो आज की नायिकाओं को हासिल है, उन्हें दूसरे पायदान पर ही संतुष्ट होना पड़ा या कहें कुंठित होना पड़ा। नायिका प्रधान फिल्में कम ही बनती थी,मदर इंडिया,अभिमान,अनामिका जैसी कुछ फिल्में सुपर हिट भी हुई लेकिन अधिकांश निर्माता नायिका प्रधान फिल्मों के जोखिम से खुद को बचाते ही आए हैं। तब फिल्मों का प्रधान उद्देश्य विशुद्ध मनोरंजन ही हुआ करता था। शिक्षा या समाधानात्मक सिनेमा की सफलता संदिग्ध ही हुआ करती थी,शोले जैसी फिल्म ने सफलता के सारे रिकॉर्ड तोड़ डाले थे,जो एक पूरी तरह से सिर्फ मसाला फिल्म थी।

आज का सिनेमा सौ पचास साल आगे के समाज का खाका खीचने में समर्थ है,नयी पीढ़ी ने फिल्म जगत में ऊंची छलांग लगाई है,नये आइडियाज़ और प्रतिभा के साथ तकनीक का गठजोड़ सुदृढ हो गया है। प्रतिभा के इस युग में प्रतिभाएं निखरी हैं। यहां वही टिकता है जिसमें हुनर की समझ और मुकाबले का साहस हो।

आज के सिनेमा ने बेहद सामान्य से दिखने वाले महत्वपूर्ण विषयों को भी बड़ी संजीदगी से उठाया है,कुछ हद तक तो तमाम वर्जनाएं तोड़ते हुए ऐसे अनछुए विषय लिए हैं जो हमारे बीच छुपे हुए पर कहीं न कहीं समाज के दिलोदिमाग पर विकृति के तौर पर रहे हैं,ऐसा क्यों,कब,कहां,कैसे यह द्वितीयक है परन्तु बात रही है तो फिल्मों का विषय भी बनी है। जैसे कि तारे ज़मीं पर,ऑटिज्म पीड़ित बच्चे की अंतर्व्यवस्था और उसके परिजनों ,शिक्षकों की समस्या को लेकर ऐसा भावनात्मक,खूबसूरत ताना बाना बुनकर प्रस्तुत किया गया है कि हर दर्शक की संवेदनाएं उस ऑटिज्म़ पीड़ित बच्चे से जुड़ गई,इसका सुखद परिणाम आज यह हुआ कि अब समाज के ऐसे चैलेन्जिंग बच्चों के प्रति सबकी सहानुभूति व्यवहार में दिखाई देती है।

इसी प्रकार 'द टॉयलेट एक प्रेमकथा', 'द पैडमैन' क्रमशः शौचालय एवं महिलाओं की नितान्त निजी समस्या जिस पर बनी जिस पर भारत की सत्तर

प्रतिशत ग्रामीण सामान्य जनता बात करने में भी संकोच करे,उस विषय पर सिनेमा ने बात ही नहीं की वरन् मन मस्तिष्क झकझोर कर रख दिया,हम सोचने को मजबूर हो गये कि आखिर अब तक किसी ने ये मुद्दे क्यों नहीं छेड़े ।

आज का दर्शक परिपक्व है उसे बहलाया नहीं जा सकता है, वह सही को सही कहकर सिर आंखों पर बिठाने तथा गलत को गलत कहकर खारिज़ करने का साहस रखता है। वह पैसा जेब से खर्च करता है तो मनमाफिक मनोरंजन के चयन की समझ भी रखता है,उसके पास ढेरों विकल्प मौजूद हैं। आज का दर्शक जहां अपनी सोच को विराम देता है सिनेमा अपनी बात वहां से शुरू करके सौ पचास साल आगे का परिदृश्य सामने रख रहा है। वह विषय आम जनमानस के उठाता है,समाधान यथार्थ के धरातल पर देता है,जिससे सामाजिक स्वीकारोक्ति आसानी से मिल जाए,बायोपिक के साथ ही पीरियड फिल्में भी बनाई जा रही हैं किन्तु पीरियड फिल्मों के अंतहीन बजट ने इसे कुछ बड़े निर्माताओं तक ही सीमित कर दिया है,हां तकनीक और संचार क्रान्ति का एक बड़ा परिवर्तन यह दिखा है कि अब फिल्म निर्माण कोई बहुत दूर की कौड़ी नहीं रही। प्रतिभा और विज़न के संजोग ने कई युवा प्रतिभाओं को इस उद्योग से जोड़ दिया। यह आज एक करियर के रूप में अपनाया और देखा जा रहा है।

शॉर्ट मूवी और वेबसीरिज़ आधुनिक फिल्म उद्योग की एक नई विधा है जो कम समय,संसाधन और बजट में उद्देश्यपूर्ण सकारात्मक काम कर रही हैं,यानि कि समय की मांग,समस्या,समय,और दर्शकों की विविधता के,आधार पर बहुआयामी फिल्मों का दौर आया है। आज की फिल्में प्रयोगधर्मिता पर आधारित हैं,रोज नये विषय,नये विज़न के साथ तकनीक के अदभुत संयोजन से उत्कृष्ट सिनेमा का वृहद संसार तैयार हुआ है।

मूक फिल्मों के समय से अब तक थ्री डी फिल्मों की तकनीक तक सब कुछ बदला है। कहानी,पात्र,भाषा,संगीत के सुर और शब्द सब कुछ।।आखरि कहीं यह बदलाव अखरता है तो उससे कहीं ज्यादा परिमार्जित और परिवर्धित भी हुआ है,यह समय समृद्ध सिनेमा का समय है,एक समय था कि फिल्मों में काम करने वालों को खासकर महिलाओं को दोयम द जे का समझा जाता था लेकिन आज यह प्रतिष्ठित स्थान है,ग्लैमर जगत युवाओं को आकर्षित करता है और माता पिता सहजता से स्वीकृति दे रहे हैं।

फिल्मों का ये बदलता परिदृष्य सुखद अनुभूति देने वाला है आज का

सिनेमा विचारों को गढ़ने और प्रसारित करने में समर्थ है,सशक्त प्रस्तुति ने इसे बहुसंख्य जन तक आवाज बुलन्दी का साधन और क्रान्ति का माध्यम बनाया है। 'राजि' जैसी फिल्में राष्ट्रभक्ति का ज़ज़्बा जगाती हैं तो 'सुईधागा' जैसी फिल्में निम्न मध्यम वर्ग की आर्थिकी को संबल प्रदान करने वाली साबित हुई हैं। राष्ट्रभक्ति और प्रेम बीते समय के भी प्रमुख विषय रहे हैं आज एक बड़ा फर्क प्रस्तुतिकरण का भी रहा है,तब सीधी सपाट कहानी का दौर था। आज कहानी में जबरदस्त ट्वीस्ट आया है,तब की कहानी वर्तमान समाज का आईना तो थी लेकिन काल्पनिकता की चाशनी में लिपटी हुई,आज कहानियां यथार्थ के धरातल पर बुनी जाती हैं और अपने समय से कहीं आगे चलती हैं। कुल मिलाकर कहा जा सकता है कि हिन्दी सिनेमा के बदलते स्वरूप के साथ दर्शक भी बदला है जो सुखद है। स्थिरता जड़ता की निशानी होती है और परिवर्तन विकास की कहानी कहता है,आखिर समय की मांग के साथ कदम मिलाकर चलना ही तो निरंतरता है!

हाल-फिलहाल रिलीज हुई कुछ फिल्मों पर नज़र डालें तो पाएँगे कि 'हंसी तो फंसी', 'हाईवे' और 'क्वीन' जैसी फिल्में एक बिल्कुल नये तरह के सिनेमाई-सौंदर्यशास्त्र को विकसित कर रही हैं। 'हाईवे' की वीरा एक उच्चवर्गीय और रसूखदार परिवार की लड़की है। बचपन से ही वह अपने पिता के बड़े भाई यानी अपने बड़े चाचा द्वारा शारीरिक शोषण का शिकार होती आयी है। जब वह इसके बारे में अपनी मां को बताती है तो उसकी मां उसे चुप रहने और इस बाबत किसी से कुछ नहीं कहने की सलाह देती है। ग़ौरतलब है कि यह वही वर्ग है, जो हमेशा सभ्य और इज्ज़तदार होने का दावा करता आया है। लेकिन साथ-साथ ये भी याद रखना चाहिये कि यही वर्ग खाऩदान की इज्ज़त और मोरल पुलिसिंग के नाम पर, अपने ही घर की लड़कियों की हत्या भी करता आया है। यही वह तथाकथित सभ्य वर्ग है, जहाँ बात-बात पर लड़कियों को तहज़ीब और एटीकेट की दुहाई दी जाती है और इसी वर्ग में दीवारों के भीतर स्त्री को, ड्राइंग रूम के किसी कीमती शो-पीस की तरह ट्रीटमेंट दी जाती है। अपनी बेटी के साथ घर में ही हो रहे अनाचार के खिलाफ आवाज़ बुलंद करने की बजाय, चुप रहने की सलाह देना, उसे सिर्फ वीरा का ही दोषी नहीं बनाता, बल्कि पूरे स्त्री समाज का दोषी बनाता है।

यहाँ यह ध्यान देने वाली बात है कि पितृसत्ता ने पूरी सामाजिक व्यवस्था

को इस तरह जकड़ रखा है कि एक स्त्री को यह एहसास भी नहीं होता कि किस तरह वह उस सत्ता की जड़ों को मजबूत करती जाती है। किस तरह वह एक कठपुतली मात्र बनकर स्त्रियों के खिलाफ किये जाने वाले हर अपराध में सहभागी बनती रही है।

फिल्म का एक और महत्वपूर्न पात्र है- महावीर भाटी। वह वीरा का अपहरणकर्ता है। फिल्म में फ्लैश बैक के माध्यम से हमारा परिचय महावीर की मां से होता है, जो एक निम्नवर्गीय ग्रामीण पात्र है। पति से पिटना और गाली सुनना, जैसे उसकी नियति ही है। वीरा और महावीर की मां की नियति लगभग एक ही है और दोनों के जीवन की कड़ियाँ, इस स्तर पर एक ही बिंदु पर जाकर मिलती हैं। अंतर सिर्फ दोनों के परिवारों के सामाजिक स्तर में है। बाकी शोषण के तरीकों, शोषण के हथियारों और शोषण करने वालों मे कोई अंतर नहीं है। फिल्म में महावीर का एक संवाद, इस शोषण के एक नये पहलू की ओर भी इशारा करता है- ''गरीबन की लुगाई की कहाँ इज़्ज़त'!' शोषण का यह पहलू, धनी का निर्धन पर किये जाने वाले अत्याचार को दर्शाता है और ग़रीब पर किये गये इसी अन्याय का बदला लेने के लिये महावीर, वीरा को कोठे पर बेचने की बात सोचता है। यहाँ फिल्म जेंडर के सवाल से आगे निकल कर वर्गीय टकराव की तरफ बढ़ती है।

स्त्रियों के उत्पीड़न के बीज सिर्फ पितृसत्ता और जेंडर के सवालों में ही नहीं, बल्कि उससे कहीं आगे बढ़कर वर्ग से जुड़े सवालों में भी तलाशने चाहिए। 'हाईवे' एक ही साथ वर्ग और जेंडर के द्वंद्व और इसके गठजोड़ की बारीकियों को समझाती है। इसी तरह 'हंसी तो फंसी' की मीता के माध्यम से हम एक बिल्कुल नये तरह का चरित्र देख पाते हैं। मीता एक तरफ तो लापरवाह, साहसी और मनमौजी है तो दूसरी तरफ उसमें कुछ कर गुजरने की चाहत और ललक भी है। वह अपनी इंजीनियरिंग की पढ़ाई और रीसर्च के लिए विदेश जाना चाहती है, लेकिन अपने बड़े भाई के दबाव में आकर, उसके पिता उसे आगे पढ़ने के लिये पैसे देने को तैयार नहीं होते। अपने ही परिवार की एक लड़की का मॉडल या अभिनेत्री बनना उन्हें अजीब नहीं लगता। लेकिन किसी लड़की का इंजीनियर बनना, उनसे बर्दाश्त नहीं होता। यह कहना गलत नहीं होगा कि यही दोमुँहापन मध्यवर्ग का स्थाई वर्गीय-चरित्र बन गया है।

मीता के चाचा को लड़की की पढ़ाई पर पैसे खर्च करना नाग़वार गुजरता

है। उन्हें तो बस एक ही चिंता रहती है कि मीता से शादी कौन करेगा? उन्हें मीता के लड़कों जैसे कपड़ों और छोटे बालों से हमेशा चिढ़ होती है। चाचा, मीता के पिता से कहते हैं- ''यह तुम्हारे घर में दामाद नहीं बहू लाएगी'। यह घोर पुरूषवादी जुमला, अक्सर ही हमारे भारतीय मध्य-वर्गीय घरों में उछलता हुआ देखा जा सकता है। इसी संदर्भ में सिमोन द बोऊआर का ये कथन भारतीय समाज के चरित्र पर एकदम सटीक और खरा उतरता है, जब वह कहती हैं- ''दल बनाकर सड़क पर घूमने वाली लड़कियाँ दूसरों के लिये नमूना बन जाती हैं. उनका उछलते कूदते चलना, जोरों से हंसना, ठहाके लगाना, या कुछ खाना पुरुष-वर्ग का ध्यान आकर्षित ही करेगा। जो ऐसा करती हैं, उनकी चर्चा हुए बिना नहीं रहती। लापरवाह खुशी उनके लिये एक बुरा आचरण ही कहलाती है।'' वर्षों पहले यूरोपीय समाज के विषय में लिखी गई यह पंक्ति आज भारतीय समाज के संदर्भ में पूरी तरह सही प्रतीत होती है।

फिल्म के अंत में मीता के पिता का उसके साथ खड़ा होना और यह कहना कि 'यह सब इसी का तो है', एक बदले हुए नज़रिये को तो दिखाता ही है... साथ ही समाज में लड़की के पिता की मजबूत होती स्थिती को भी दर्शाता है। इसी तरह मीता के प्रेमी का मीता को उसके 'तथाकथित मर्दाना मनमौजीपन' के साथ सहज रूप में, प्रेम करना और उसके अनुरूप खुद को ढालना, एक बदले हुए पुरूष के साथ-साथ एक बदली हुई मानसिक अवस्था का भी द्योतक है।

'क्वीन' भी कुछ इसी मिजाज़ की फिल्म है। यह स्त्री स्वातंत्र्य और स्त्री अस्मिता से जुड़े पहलुओं को, उनके सबसे आधारभूत और सबसे ज़रूरी स्तर पर समझने की कोशिश करती है। यह फिल्म स्त्री के पूरे व्यक्तित्व के गढ़न की कहानी कहती है। एक बहुत ही आम लड़की के कमज़ोर होने, बिखरने और फिर संभलने की कहानी है। रानी नामक पात्र के माध्यम से फिल्मकार ने स्त्री की जिजीविषा और संघर्ष का बेहतरीन चित्रण किया है। जिस समाज में बचपन से स्त्री को घोड़े पर चढ़कर आने वाले राजकुमार के सपने दिखाये जाते रहे हों, उस समाज में स्त्री का अपने मंगेतर द्वारा ठुकरा दिये जाने पर, क्या स्थिती होती होगी! इसकी कल्पना की जा सकती है। रानी इसके लिये खुद को ही गुनहगार समझती है, पास पड़ोस के लोग और रिश्तेदार भी उस पर दया दिखाने से नहीं चूकते। थोड़ा संभलने के बाद वह अकेले यूरोप घूमने जाने का फैसला करती है। वही रानी, जिसे पड़ोस के दुकान भी जाना होता था तो उससे सात-आठ

बरस छोटे भाई को उसके पीछे लगा दिया जाता था, अब यूरोप जाती है और अकेली जाती है। रानी की यह यात्रा सिर्फ रानी की ही नहीं, बल्कि हर उस स्त्री के अस्तित्व और मानवीय गरिमा की यात्रा है, जिसे पितृसत्तात्मक व्यवस्था ने सदियों से बस एक 'चिर शिशु' बना कर रखा है। क्वीन इसी चंगुल से आज़ाद होने की कहानी है।

ये फिल्में सिर्फ इसलिए खास़ नहीं कि ये जेंडर के सवालों से टकराती हैं, बल्कि इसलिए भी खास़ हैं कि ये एक पूरी की पूरी सामाजिक व्यवस्था से जूझने का माद्दा रखती हैं। सृजन एक घोर सामाजिक कर्म है और ऐसी फिल्में ही सृजन और उसके उद्देश्य को सर्थक बनाती हैं। एक बहुत ही ज़रूरी बात यह है कि इन फिल्मों ने एक फीमेल-प्रोटागोनिस्ट को रचाव है और यह बात हिंदी सिनेमा के लिए मील का पत्थर साबित हो सकती है। सुख़द यह है कि भारतीय दर्शकों ने इस सिनेमा को दिल खोल कर सराहा है। ये फिल्में केवल आलोचकों से प्रशंसा पाने तक ही सीमित नहीं रही हैं, बल्कि इनका व्यवसाय भी खूब रहा है। मल्टीप्लेक्स-कल्चर के इस दौर में, जब कि थोक के भाव से फिल्में रिलीज हो रही हैं और कोई भी फिल्म एक हफ्ल़ते से ज़्यादा सिनेमाघरों में नहीं टिक पाती, वहीं बिना किसी शोर-शराबे के रिलीज हुई, एक सादा फिल्म 'क्वीन' दूसरे और तीसरे सप्ताह भी अच्छा व्यवसाय करती है। इन फिल्मों ने मानो समानांतर सिनेमा की अवधारणा को ही समाप्त कर दिया हो, इस सिनेमा ने कला सिनेमा और मेनस्ट्रीम सिनेमा के अंतर को मिटा दिया है। कला फिल्में कही जाने वाली उन फिल्मों का दौर बीत गया लगता है, जिसका दर्शक एक खास किस्म का एलीट वर्ग हुआ करता था। आज का सिनेमा यदि मेनस्ट्रीम या व्यावसायिक सिनेमा है, तो साथ ही वो अपने भीतर कला फिल्मों की सादगी और सौन्दर्य को भी समेटे हुए है। शायद अब फिल्मकारों को राष्ट्रीय पुरस्कारों को लक्ष्य कर कुछ खास तरह की फिल्में बनाने की ज़रूरत नहीं रह गई है।

इस नये सिनेमा ने फिल्मों को एक खास तरह के 'एलीटीज्म' से बचाया है। स्त्री पात्रों को नायक के रूप में प्रस्तुत करने वाली, इन फिल्मों की स्त्रियाँ अपने शर्म और संकोच की कैद से निकल जाती हैं। ये तथाकथित साभ्रांत समाज से बेपरवाह हो ठहाके लगाती हैं, चीखती हैं, ज़ोर–ज़ोर से गाती हैं और तब तक नाचती हैं, जब तक कि उनका मन नहीं भर जाता। ये महँगी शिफॉन साड़ियों में या कई-कई किलो के लहंगे और अनारकली सूट में नज़र नहीं

आतीं, बल्कि साधारण कपड़ों में ही अपने व्यक्तित्व को बेहतरीन ढंग से प्रस्तुत करती हैं। 'हाईवे' के वीरा की जिप्सी वेशभूषा हो या 'हंसी तो फंसी' की मीता के तथाकथित मर्दाना कपड़े- इन सब में स्त्रियाँ अपने बदले हुए और कायांतरित रूप में दिखायी देती हैं।

'हाईवे' की वीरा जबर्दस्ती थोपे गये अनुशासन और एटीकेट की पोल खोलती है। इसी संदर्भ में स्त्री-विमर्श की क्लासिक कृति 'स्त्री अधिकारों का औचित्य-साधन' की लेखिका मेरी वोलस्टन क्राफ्ट का वह कथन याद आता है, जब वह स्त्रियों पर थोपे गये अनुशासन की तुलना सैनिकों के अनुशासन से करती हैं, जहाँ अनुशासन का एकमात्र लक्ष्य व्यक्ति को पराधीन रखना होता है। वीरा इस पराधीनता को समझ जाती है, तभी झूठे तहज़ीब से बाहर निकल कर वह कह पाती है कि 'अब मैं जा चुकी हूँ'। इसी तरह 'क्वीन' की रानी प्रेम की दासता से मुक्त हो अपने सम्मान को चुनती है, तो 'हंसी तो फंसी' कि मीता अपना हक़ ना मिलने पर उसे चुरा लेती है। वीरा का जाना, अकेले उसका जाना नहीं है। यह अपने पहचान के संकट से जूझती हर लड़की का जाना है। यह हिंदी सिनेमा में औरत के शख़्सियत की वापसी है। औरत की इस वापसी को, उसके जुझारूपन को, दर्शकों ने हाथों-हाथ लिया है। दर्शक अब अस्सी-नब्बे के दशक की शिफॉन साड़ियों की फंतासी से बाहर निकल, यथार्थ की खरोंचों को महसूस करना चाहता है। वह आईने में स्वयं को देखना और ख़ुद को जनना चाहता है।

इन तीनों ही फिल्मों ने जेंडर डिस्कोर्स को नये मोड़ दिये हैं। साथ ही उन बहसों में कुछ नये अध्याय भी जोड़े हैं। जहां पुरुष स्त्री का शत्रु या उसका प्रतिद्वंद्वी नहीं, बल्कि उसका साथी है। वह अपने मेल-ईगो और वर्चस्ववाद से मुक्त हो, स्त्री के मर्म और उसके अधिकारों को समझते हुए नये तरीके से, अपना विकास कर रहा है। स्त्री छवियों के साथ-साथ पुरुषों कि सामंती छवियां भी खंडित हुई हैं और अब ये पूरी तरह स्वीकार्य हैं। हिंदी सिनेमा उद्योग के अपने समाज में भी स्त्रियों अर्थात अभिनेत्रियों और महिला कलाकारों की स्थिति में उत्साहजनक बदलाव दिखाई देते हैं। अंग्रेज़ी दैनिक 'द टाइम्स ऑफ इंडिया' को दिए अपने हालिया साक्षात्कार में माधुरी दीक्षित यह स्वीकार करती हैं कि अब अभिनेत्रियों को ज़्यादा स्पेस मिल रहा है और उनके पास अधिक विकल्प भी हैं। समाज व सिनेमा पर परिवर्तन के इस बयार के असर को साफ़-साफ़

महसूस किया जा सकता है।

आज सिनेमा ने मनोरंजन के अर्थ बदले हैं। इसके पैमाने बदले हैं। सिनेमा ने समझ लिया है कि बदला हुआ, यह दर्शक केवल लटकों-झटकों से तुष्ट नहीं होने वाला। उसे बदलते सामाजिक आर्थिक मौसम के अनुरूप कुछ खास, कुछ मजबूत आहार की ज़रूरत है। यही वजह है कि करण जौहर जैसे विशुद्ध सिनेमा व्यवसायी भी अपने स्वनिर्मित रूमानी किले से बाहर निकलने और 'माइ नेम इज़ खान' और 'बॉम्बे टाकिज' जैसी फिल्में बनाने को मजबूर हुए हैं।

अब हिंदी सिनेमा अपने पुरसुकून रोमानी माहौल से उबर रहा है। उसने दर्शकों की बेचैनी को भांप लिया है और अब उसे आवाज़ देनी भी शुरू कर दी है। अपने नये मिजाज़ से दर्शकों को नये सिरे से न सिर्फ अपनी तरफ खींचा है बल्कि उन्हें नये तरीके से सोचने पर मजबूर भी किया है। अनुराग कश्यप, दिबाकर बैनर्जी, इम्तियाज़ अली जैसे युवा निर्देशकों तथा ज़ोया अख़्तर, रीमा कागती और किरण राव जैसी सशक्त महिला फिल्मकारों ने हिंदी सिनेमा को तीखे तेवर दिए हैं। उसके रंग-ढंग बदले हैं। इनके स्त्री पात्र अब विपरीत से विपरीत परिस्थितियों में भी डिप्रेशन के शिकार नहीं होते। ना ही ये किसी 'मीना कुमारी सिंड्रोम' से ग्रस्त हैं। ये लड़कियाँ तो इन झमेलों से आगे निकल, जीने के नये रास्ते और उड़ने को नया आसमान ढूँढ़ रही हैं। दर्शक भी रोते-बिसूरते, हर वक़्त अपने दुखड़े सुनाते चरित्रों पर कुछ खास मुग्ध नहीं हो रहे। उन्हें भी पात्रों में समय को परिभाषित करने वाले सशक्त व्यक्तित्व और चरित्र की खोज है। और यही पिछले कुछ वर्षों से हिन्दी सिनेमा को एक नये युग की तरफ खींचे लिए जा रहे हैं। यह न सिर्फ सिनेमा के लिए बल्कि भारतीय समाज के लिए भी उम्मीद की किरण जैसा है।

हिन्दी सिनेमा का आर्थिक परिदृश्य

आजादी के बाद देश के नवनिर्माण में भारतीय फिल्मों ने खुल कर हाथ बंटाया। मौजूदा समय में फिल्में जरूर व्यावसायिक जरूरतों के हिसाब से बन रही हैं लेकिन इनकी सामाजिक प्रतिबध्दता लुप्त नहीं हुई। वास्तव में मनुष्य ने अपने जीवन और प्रकृति के यथार्थ को अभिव्यक्त करने के लिए जितनी कलाओं का आविष्कार किया, उनमें सिनेमा ने सबसे अधिक प्रभावशाली माध्यम के रूप में खुद को स्थापित किया है।

भारतीय चलचित्र ने 20 वीं शती के आरम्भिक काल से ही विश्व के चलचित्र जगत पर गहरा प्रभाव छोड़ा है। भारतीय सिनेमा के अन्तर्गत भारत के विभिन्न भागों और विभिन्न भाषाओं में बनने वाली फिल्में आतीं हैं। भारतीय फिल्मों का अनुकरण पूरे दक्षिण एशिया तथा मध्य पूर्व में हुआ। भारत में सिनेमा की लोकप्रियता का इसी से अन्दाजा लगाया जा सकता है कि यहाँ सभी भाषाओं में मिलाकर प्रतिवर्ष 1,000 तक फिल्में बनीं हैं। यह संख्या हॉलीवुड में बनने वाली फिल्मों से लगभग 40 प्रतिशत ज्यादा है। फिल्म उद्योग में प्रति वर्ष बीस हजार करोड़ का व्यवसाय होता है। लगभग 20 लाख लोगों का रोजगार इस उद्योग पर निर्भर है।

हिंदी फिल्में कुल बनने वाली फिल्मों के एक तिहाई से अधिक नहीं होती लेकिन व्यवसाय में उनकी भागीदारी लगभग दो तिहाई है। वैसे तो भारतीय (विशेषतः हिंदी) फिल्में चौथे-पांचवे दशक से ही भारतीय उपमहाद्वीप के बाहर भी देखी जाती थीं, खासतौर पर अफ्रीका के उन देशों में जहां भारतीय बड़ी संख्या में काम के सिलसिले में जाकर बस गए थे। लेकिन पिछले दो दशकों में भारतीय फिल्मों ने अमेरिका, यूरोप और एशिया के दूसरे क्षेत्रों में भी अपना बाजार का विस्तार किया है। यह भी गौरतलब है कि भारत में अब भी हॉलीवुड की फिल्मों की हिस्सेदारी चार प्रतिशत ही है जबकि यूरोप, जापान और दक्षिण अमरीकी देशों में यह हिस्सा कम-से-कम चालीस प्रतिशत है। भारत की कथा

फिल्मों ने कहानी कहने की जो शैली विकसित की और जिसे प्रायः बाजारू, अरचनात्मक और अकलात्मक कहकर तिरस्कृत किया जाता रहा उसी ने भारतीय फिल्मों को हॉलीवुड के वर्चस्व में जाने से बचाये रखा। 20वीं शती में हॉलीवुड तथा चीनी फिल्म उद्योग के साथ भारतीय सिनेमा भी वैश्विक उद्योग बन गया था।

बॉलीवुड की सबसे ज्यादा कमाने वाली फिल्मों में सबसे पहला नाम आता है 1943 में बनी किस्मत का जो तीन साल तक कोलकाता के एक ही सिनेमाहाल में चलने वाली 'किस्मत' कई मायनों में एक अनोखी फिल्म थी। बांबे टॉकीज़ की इस 'बोल्ड' फिल्म ने भारतीय सिनेमा के इतिहास में न सिर्फ पहली ब्लाकबस्टर फिल्म के रूप में अपना नाम दर्ज करा लिया बल्कि इसी फिल्म के जरिए अशोक कुमार के रूप में भारतीय सिनेमा को पहला 'एंटी हीरो' भी मिला। पहली बार भारतीय सिनेमा के पर्दे पर किसी अविवाहित लड़की को गर्भवती दिखाया गया। पहली बार किसी फिल्म में कोई किरदार डबल रोल में दिखा। यही नहीं ब्रिटिश राज के दौरान बड़ी चालाकी से फिल्माये गए इसके एक गीत 'दूर हटो ऐ दुनिया वालों, हिन्दुस्तान हमारा है' ने लोगों के मन में आजादी की अलख जगा दी। फिल्म ने उस समय एक करोड़ रुपये का कारोबार किया, जो आज के समय में 63 करोड़ 20 लाख के बराबर है। इसके बाद 1949 में आई बरसात एक करोड़ 10 लाख का कारोबार करके 'किस्मत' का रिकार्ड तोड़ दिया।

1951 में आई आवारा एक करोड़ 25 लाख का कारोबार करके राज कपूर ने अपनी ही पिछली फिल्म का रिकार्ड तोड़ दिया। 1952 में आई आन ने डेढ़ करोड़ का मुनाफा कमाया। 1955 में आई श्री 420 के जरिए एक बार फिर आरके फिल्म्स ने अपनी कामयाबी की कहानी लिखी। फिल्म ने उस जमाने में दो करोड़ कमाए। 1960 में आई मुगले आज़म ने कामयाबी के ऐसा रिकार्ड बनाए जो अगले 15 सालों तक कोई नहीं तोड़ सका। यह उस दौर की सबसे महंगी फिल्म थी और इसने साढ़े पांच करोड़ कमाए। हालांकि फिल्म जब रिलीज हुई तो रंगीन फिल्मों का दौर शुरु हो गया था मगर इस फिल्म के गीत-संगीत, संवाद और दिलीप कुमार, पृथ्वीराज कपूर और मधुबाला के अविस्मरणीय अभिनय ने धूम मचा दी। 1974 में आई शोले एक ऐसी फिल्म जिसके रिलीज होने पर समीक्षकों ने उसे औसत दर्जे का बताया और पहले हफ्ते में उसे फ्लाप

घोषित कर दिया गया। धीरे-धीरे इसकी लोकप्रियता ने रफ्तार पकड़ी और आज की तारीख में यह भारतीय सिनेमा की 'आल टाइम ग्रेट' फिल्म है, न सिर्फ बिजनेस के मामले में बल्कि कहानी कहने के दिलचस्प सलीके के कारण भी। जहां एक तरफ हिंसा के अतिरेक के कारण इस फिल्म की आलोचना हुई, न्यूयार्क टाइम्स जैसे अखबारों में इस फिल्म को हिन्दी फिल्म मेकिंग में क्रांतिकारी बदलाव और पटकथा लेखन में प्रोफेशनलिज्म की शुरुआत के तौर पर देखा गया। फिल्म ने 65 करोड़ का कारोबार किया। 1994 में आई हम आपके हैं कौन ने लगभग 70 करोड़ का कारोबार किया, ओवरसीज को मिला लें तो यह लगभग 100 करोड़ के आसपास बैठता है। सन 2001 से 2008 तक इंडस्ट्री में भी काफी बदलाव आए। फिल्में तकनीकी तौर पर ज्यादा बेहतर होती गईं। नतीजे के तौर पर हम देख सकते हैं कि इन सात-आठ सालों में तीन ऐसी फिल्में ब्लाकबस्टर रहीं, जिनमें काफी ऐक्शन था।

सन 2001 में आई गदर भारत विभाजन के बैकड्राप पर बनी एक प्रेमकथा थी, जिसमें सनी के अभिनय और ऐक्शन को लोगों ने बहुत पसंद किया। फिल्म ने 75 करोड़ से ज्यादा कमाए इसी तरह से 2006 धूम 2 का कारोबार 80 पहुंच गया। फिल्म के निर्देशक संजय गढ़वी ने इस फिल्म एक-एक एक्शन सीक्वेंस की स्टोरी बोर्डिंग कर रखी थी। और 2008 में आई आमिर खान की गजिनी, जो क्रिस्टोफर नोलन ('डार्क नाइट राइजेज़' और 'इंसेप्शन' वाले) की फिल्म मेमेंटो पर आधारित तमिल फिल्म 'गजिनी' का रिमेक थी। जबरदस्त वायलेंस वाली इस फिल्म ने 114 करोड़ कमाए। 2009 में आई थ्री ईडियट्स ने शोले की तरह इस फिल्म ने भी ऐसा रिकार्ड बना दिया है, जिसे अगले कई सालों तक तोड़ना मुश्किल है। चेतन भगत के उपन्यास 'फाइव प्वाइंट समवन' पर आधारित यह फिल्म एक संवेदनशील और गंभीर मुद्दे को छूती थी। मगर निर्देशक राजकुमार हीरानी ने कहानी को इतने दिलचस्प ढंग से प्रस्तुत किया कि फिल्म के 'चतुर' और 'आल इज वेल' जैसे शब्दों को लोग आम जीवन में मुहावरों की तरह प्रयोग करने लगे। इस फिल्म ने 200 करोड़ रुपये कमाए और शायद 'थ्री ईडियट्स' अकेली ऐसी भारतीय फिल्म है जिसके रीमेक के राइट्स चाइना और हॉलीवुड में खरीदे जा चुके हैं।

कला सिनेमा बनाम बाजारू सिनेमा

भारतीय कला सिनेमा तेजी से लोकप्रिय फिल्मों से भिन्न होता है जिन्हें अधिकांशतः व्यावसायिक रूप से जाना जाता है। वे यथार्थवादी हैं, अक्सर नृवंशविज्ञान, और वे भारतीय वास्तविकता के महत्वपूर्ण पहलुओं पर कब्जा करना चाहते हैं। कहा जाता है कि एक विद्या के रूप में सिनेमा नाटक की कोख से ही जन्मा। लेकिन हर नाटक अपनी अगली प्रस्तुति में नया हो जाता है और फिल्म में ऐसा नहीं होता है। नाटक में निर्देशक और अभिनेता की सशरीर जीवित उपस्थिति ही उसे पुनर्नवा बनाए रखती है। फिल्म में निर्देशक और अभिनेता के साथ एक कैमरा भी होता है वह कैमरा ही है जो एक निश्चित दृश्य बंध की सृष्टि के बाद चुपचाप विदा होता है और जाते-जाते अपने दर्शक के लिए निश्चित कोण (दृष्टि) अंतिम रूप से निर्धारित कर चुका होता है। न अटक में नश्वर जीवन होता है और फिल्म में कैमरे की मदद से निर्देशक के द्वारा गढ़ी गयी अनश्वर जीवन छवि। यह अनायास नहीं होता है कि अपनी ही छवि में कैद कई कलाकार बार-बार जीवन में लौटने के लिए छटपटाते हैं।

एक सच्चाई है कि इन छवियों ने हमारे समाज को गहरे अर्थों में प्रभावित किया है।हमारा रहन-सहन, बोल-चाल, रेरती-रिवाज और यहाँ तक कि विश्वासों को भी बदलने में फिल्मों का बड़ा हाथ रहा है। पिछली शताब्दियों की तुलना में बीसवीं शताब्दी में हुए सामाजिक परिवर्तन की अप्रत्याशित तेज गति की कल्पना भी छाया-माया के इस खेल के बिना असम्भव था। लेकिन इस बात को भी कैसे नकारा जा सकता है कि 'लुमिएर बन्धुओं' की यह जादुई 'लालटेन', प्रगतिशील कला और परिवर्तनकामी कलाकारों के आभाव में न जाने कब तक टिमटिमा कर बुझ चुकी होती। भारत में फिल्मों की विकास यात्रा देखें तो इसका पहला युग 1896-1930 तक है। यह मूक सिनेमा का समय था। छोटी-छोटी आकस्मिक गतिविधियों को छोड़ दें तो मूक फिल्मों के निर्माता 'दादा साहेब फाल्के' को भारतीय सिनेमा का जनक कहा जाता है। इन्होंने पहली मूक फीचर

फिल्म 'हरिश्चंद्र' बनायीं। यह फिल्म अब उपलब्ध नहीं है।सन 1931में जब बोलती फ़िल्में आर्देशिर इरानी की – 'आलम-आरा' और तेलगु में 'भक्त प्रहलाद' तथा 'तमिल में 'कालिदास' बनी तो फिल्मों का दूसरा उत्थान शुरू हो गया, सन 1931 से 1960 तक इस कलारूप का बहुत विकास हुआ। काफी दिनों तक भारतीय भाषाओँ की फ़िल्में आदर्शवाद से उत्प्रेरित होती थीं। धीरे-धीरे यथार्थवाद की ओर झुकाव बढ़ा। मार्क्सवाद का कुछ असर हुआ तो फिल्मों में शोषण-उत्पीडन की पोलें खुलने लगी। साहित्य में जब प्रगतिवाद चरम पर था और इप्टा पूरे देश में फैल गया था तभी फिल्मों में इस विचारधारा के प्रभाव दिखायी पड़ता है। इप्टा के मँजे हुए कलाकार फिल्मों में आए थे।वे निर्माता, निर्देह्सक, अभिनेता और गीतकार के रूप में सक्रिय हुए। उल्लेखनीय फ़िल्में इनकी योजनाओं से बनी। मार्क्सवाद के प्रभाव से अलग आधुनिकतावादी मूल्यों से अनुप्रनिता फ़िल्में भी बनायीं जाती थीं।

इस दौर की कुछ महत्वपूर्ण फ़िल्में हैं – व्ही शांताराम – 'दुनिया न माने', 'दो आँखें बारह हाथ', गुरूदत्त – 'प्यासा', पीसी बरूआ – 'देवदास', देवकी बोस – 'विद्यापति', फ्रांज आस्टेन – 'अछूत कन्या', महबूब – 'औरत', 'आन', आर्देशिर इरानी – 'किसान कन्या', सोहराब मोदी – 'पुकार', विजय भट्ट – 'भरत मिलाप', 'रामराज्य', बिमलराय – 'दो बीघा जमीन', सत्यजीत राय - 'पथेर पांचाली', केए अब्बास – 'राही', राजकपूर – 'आवारा', 'जागते रहो' आदि हैं। सातवें दशक में जो फ़िल्में मशहूर हुई वे हैं – 'मुगल-ए-आजम', 'संगम', 'आरजू', 'साहेब बीबी और गुलाम'। सन 1960 के बाद फिल्म जगत में बहुत परिवर्तन हुआ। पहले से काम कर रहे निर्माताओं ने भी अपना रंग-ढंग और दृष्टिकोण बदला। सरकारी सहयोग के अलावा अन्य वित्त सहयोगी सामने आए। वे जो केवल व्यापारी थे तथा वे भी जिन्हें फिल्मों में रुचि थी और वे अच्छी फिल्मों के धनदाता के रूप में यशकामी थे। इससे अनेक प्रतिभाएं सामने आयीं। बीसवीं शताब्दी के ढलते-ढलते बहुत महंगे वित्तीय ढांचे से फ़िल्में बनने लगीं। बालीवुड दो नंबर के पैसों के खेल का अड्डा बन गया। इस जगत की मुख्य प्रवृति बनी – मंहगी लोकप्रिय फिल्मों का निर्माण। इस तरह यह संसार दो हिस्सों में बंटा – 'कला सिनेमा और लोकप्रिय सिनेमा (बाजारू सिनेमा)।

भारतीय कला सिनेमा आमतौर पर कम बजट के होते हैं और अंतर्राष्ट्रीय

फिल्म समारोहों में दिखाए जाते हैं। भारतीय कला फिल्में, बड़े पैमाने पर दर्शकों को आकर्षित नहीं करती हैं, जो लोकप्रिय फिल्में करती हैं। अक्सर कई क्षेत्रीय फिल्में बनाई जाती हैं, जिन्हें अखिल भारतीय प्रदर्शन नहीं मिलता है। गंभीर सिनेमा के प्रति प्रतिबद्धता के संदर्भ में, सिनेमा को कलात्मक संचार का एक महत्वपूर्ण माध्यम बनाने के लिए, अक्सर भारतीय लोकप्रिय सिनेमा से जुड़े अश्लीलता और असमानताओं को दूर करने के लिए, कलात्मक फिल्म निर्माता लोकप्रिय सिनेमा में अपने समकक्षों से काफी भिन्न होते हैं। अरस्तू के अनुसार, आर्ट मिमेसिस है, जिसे दो बार रखा वास्तविकता की अवधारणाओं द्वारा पोषित किया जाता है। सिनेमा वास्तविक का रील रूपांतरण है। आर्ट हाउस सिनेमा के प्रवचनों में स्पष्ट रूप से दो ध्रुव हैंः चित्रण के रूप में और संस्था के रूप में।

जब भारत में कला फिल्मों की बात होती है तो सबसे पहला नाम सत्यजीत रे का आता है। ऐसा इसलिए है क्योंकि वह इस शैली के फैशन के लिए मुख्य रूप से जिम्मेदार थे और इसके लिए अंतर्राष्ट्रीय मान्यता प्राप्त कर रहे थे। 1955 में बनी उनकी फिल्म पाथेर पांचाली पहली ऐसी फिल्म थी। पत्रिका साइट एंड साउंड द्वारा 1992 में किए गए एक सर्वेक्षण में, पाथेर पांचाली को अब तक की दस सबसे बड़ी फिल्मों में से एक चुना गया था। भारतीय कला फ़िल्में भारतीय लोकप्रिय फ़िल्मों के विपरीत है। वे प्रभावी रूप से समझ का उपयोग करते हैं, लोकप्रिय फिल्मों में पूरी तरह से अनुपस्थित कुछ। एक दृश्य गीतवाद और एक गहरा मानवतावाद है जो तीव्रता से संतोषजनक है। सत्यजीत रे ने उन्हीं सांचों में कई महत्वपूर्ण फिल्में बनाईं, जिन्होंने अंतरराष्ट्रीय स्तर पर प्रशंसा हासिल की। उनका काम कलात्मक सिनेमा के पूर्वाभासों की भावना प्रदान करता है और वे लोकप्रिय सिनेमा से कैसे भिन्न होते हैं। सत्यजीत रे को आमतौर पर भारत के सबसे महान फिल्म निर्माता के रूप में माना जाता है और जीन रेनॉयर और विटोरियो डी सिका के साथ, उन्हें मानवतावादी सिनेमा के महान गुरुओं में से एक माना जाता है। लोकप्रिय सिनेमा के लिए पूंजी का खेल महत्वपूर्ण है। समानांतर सिनेमा, कला सिनेमा और नया सिनेमा में लोकप्रिय सिनेमा से अलग काम करने वालों के समूह थे। ये समूह अभी छोटे बजट और अच्छी फिल्मों के प्रतिज्ञा से बंधे थे। इनका काम भारतीय जीवन के यथार्थ को फिल्मों में में लाना था।

जाहिर है पूंजी के खेल का मुकाबला 'कला सिनेमा' के निर्माता बलपूर्वक

नहीं कर सके। फलतः इन्हें खुद अपने में परिवर्तन करना पड़ा। कुछ-कुछ समर्पण और कुछ-कुछ भिन्नता के साथ।सन 1973 में श्याम बेनेगल ने 'अंकुर' फिल्म बनायीं तो उसने तहलका मचा दिया। लोकप्रिय सिनेमा की लोकप्रियता चारों खाने चित्त हुई। इस फिल्म ने लोकप्रियता का रिकार्ड बनाया। इसके बाद इन्होंने 'निशांत' और 'मंथन' जैसी फ़िल्में बनायीं। जिनका कथानक ग्रामीण जीवन से सम्बंधित था। इन फिल्मों के निर्माण से उत्साहित कुछ कला प्रेमी प्रोडयूसर पूंजी लगाने के लिए उत्साहित हुए। महत्वपूर्ण फ़िल्में बनी। जैसे बासु चटर्जी – 'सारा आकाश', 'रजनीगंधा', बासु भट्टाचार्य – 'अनुभव', 'अविष्कार', शिवेंद्र सिन्हा – 'फिर भी', एम। एस। सथ्यू – 'गर्म हवा', अवतार कौल – '27डाउन', मणि कौल – 'आषाढ़ का दिन', 'उसकी रोटी', 'दुविधा', कुमार साहनी – 'माया दर्पण' इत्यादि। इनके अलावा इसी क्रम में नगर-ग्रामों की समस्या, समूह और व्यक्ति के द्वन्द की कथा, भ्रष्टाचार, न्यायिक ढांचे की कमजोरी जैसे विषयों पर – गोविन्द निहलानी – 'अर्द्ध सत्य', सईद मिर्जा – 'मोहन जोशी हाजिर हो', केतन मेहता – 'होली', गोपाल कृष्णन – 'मुखामुखम' फ़िल्में बनी।

कला फिल्मों का बाजार नष्ट करने के लिए अनेक प्रयास हुए। पूंजी ने दर्शकों को अनेक रास्तों में भटकाने के प्रपंच रचे पर कला फ़िल्में गायब नहीं की जा सकीं। अभी बन रही हैं, चौकाती भी हैं, पर वे हाशिये पर हैं। बालीवुड में ऐसे निर्माता कुछेक हैं। चरित्र अभिनेताओं के संघर्ष टेढ़े हैं। लोकप्रिय सिनेमा ने ऐसे फार्मूले गढ़ें हैं जो युवा पीढी को आकर्षित करें। धर-पकड़ रोमांस के लिए एकांत, पहाड़ नदी-झरने, बरसात, बेडरूम, कैबरे, आदि। इन जगहों में पुरूष-स्त्री अंग प्रदर्शन, विशेष रूप में संभोग चित्रों की भरमार, जासूसी और रहस्य की नकली कथाएं, मृतात्माओं का प्रकट होकर बदला लेना, पुनर्जन्म के प्रसंग पटकथाओं के हिस्से बने। कहानी छोटी-सी होगी और इस तरह के प्रसंगों से ढाई-तीन घंटे की फिल्म बन जायेगी। इस कार्य को अंजाम देनेवाले एक नम्बर के रचनात्मक व्यक्ति कहलाते हैं। ऐसे फार्मूले बन गए जिनके आधार पर छुटभैया प्रतिभाहीन लेखक गीतकार सस्ते रंग भरते हैं। भड़कीले सेटों पर ऐसी फिल्मों की की शूटिंग होती है। इन फिल्मों के नायक, खलनायक-नायिकाओं में प्रेम का उबाल इसी पद्धति से तत्काल अंकुरित होता है। विवाहेतर संबंधों के तनाव और खेल होते हैं। चालाकियां, धूर्तताएँ होती हैं। विवाह पूर नायिकाएं

अनेक प्रेम-प्रसंगों से गुजराती हैं और विवाह के बाद भी इनका निर्वाह चलता रहता है। समाज की अन्य समस्याएं दूर-दूर तक नहीं दिखतीं, संवाद, गीत, संगीत और नृत्य भी फार्मूलों के भीतर होते हैं।

एक ज़माने में प्रेमचंद्र, अमृतलाल नागर, मंटो, रेणु, अश्क, राजेंद्र सिंह बेदी, कमलेश्वर, भगवती-चरण शर्मा सिनेमा में पटकथा लिखने के लिए उत्प्रेरित रहते थे, पर धीरे-धीरे कमलेश्वर के अलावा कोई नहीं टिक सका। अंततः कमलेश्वर ने भी माया नगरी छोड़ दी। फ़िल्म का वातावरण यथार्थ विरोधी होता जा रहा है।कलात्मक फ़िल्में इस प्रवृति का प्रतिकार करती थीं। अब तो कला फिल्मों के लिए भी व्यावसायीक शर्तों के सामने झुकना पड़ता है। लोकप्रिय फिल्मों के लिए भी व्यावसायीक शर्तों के सामने झुकना पड़ता है। वस्तुतः लोकप्रिय फ़िल्मों की अन्तर्दशा आज के बाजार का ही विस्तार करती है। फिल्मों के निर्माता पश्चिमी देशों की बाजारू फिल्मों के लगातार संपर्क में रहतें हैं, अंतर्राष्ट्रीय दलाल काम करते हैं। लोकप्रिय कथानक चुराते हैं और वेश बदलकर पेश करते हैं, इन निर्माताओं और धन्दाताओं को हिंदुस्तान की मूलभूत समस्यायों की चिंता नहीं है, बल्कि समाज को बाजार की दौड़ में शामिल होने के लिए तैयार करने का लक्ष्य होता है। इन्हें अन्तर्राष्ट्रीय उधोग घरानों और राजनीती का समर्थन प्राप्त रहता है।

लोकप्रिय सिनेमा और फार्मूलों की बढ़ोतरी की प्रतियोगिता के बिच यदा-कदा होशियारी से बनी कला फ़िल्में भी हिट हो जाती हैं। उनमें अग्रगामी मूल्यपरकता होती है। ऐसी फिल्मों का देश कला के लक्षणों से अनुस्यूत होना जरूरी होता है। जो मूल्य दृष्टि तीसरे और चौथे दशक में थी वह आज की नहीं हो सकती। उद्देश्यपूर्ण लेखक, निर्माता और अभिनेता की अंतर्दृष्टि देखने को मिलाती हैं। ये फ़िल्में अपने ही पूर्व सैद्धांतिक आधार का विरोध करते चलती हैं। ये व्यक्ति की आजादी और समजोंमुखता से प्रेरित होती हैं। 'लोकप्रिय फ़िल्में सबसे ज्यादा कथानक की करती हैं। इसके बदले विकसित कला फ़िल्में उनका उत्तर होती हैं। इन फिल्मों का उद्देश्य गंभीर दर्शकों के पास जाना है।

आज, भारत में कला फिल्में अब लोकप्रियता में मुख्यधारा की फिल्मों से अलग नहीं हैं। दर्शकों को आज लोकप्रिय या गंभीर फिल्मों के बजाय अच्छी फिल्मों की तलाश है। इसलिए जबकि एक मल्टी-स्टारर भारतीय फिल्म बॉक्स ऑफिस पर धमाका करती है, आमिर जैसी फिल्म को सिने प्रेमियों द्वारा काफी

सराहा जाता है। थोडासा रूमानी हो जयेन एक और मील का पत्थर है जो कहानी को एक अविवाहित बदसूरत लड़की को दर्शाती है। हू तू तू राजनेताओं को बेनकाब करता है जबकि सुकमा सांप्रदायिक दंगों, राजनीति और नौकरशाही का यथार्थवादी चित्रण है। इस शैली में सुशील राजपाल की एंटर्डवैंड एक और प्रशंसित फिल्म है जो एक वास्तविक जीवन के अनुभव को चित्रित करती है। कल्पना लाज़मी की रुदाली शानदार ढंग से एक महिला के जीवन और कठिनाइयों को प्रस्तुत करती है जो सार्वजनिक रूप से परिवार के सदस्यों के दुःख को व्यक्त करती है जो सामाजिक स्थिति के कारण भावनाओं को प्रदर्शित करने के लिए प्रतिबंधित हैं। अडूर गोपालकृष्णन की फिल्म, रैट ट्रैप (1981) ने कई प्रतिष्ठित पुरस्कार जीते हैं और उनकी फिल्म फेस टू फेस (1984) में, गोपालकृष्णन ने स्वयं और आधुनिकीकरण के विषय की खोज की, इस बार एक अलग कोण लिया। एक बार फिर फिल्म की शैली नव-यथार्थवादी परंपरा का अनुसरण करती है। बॉलीवुड की अन्य प्रसिद्ध कला फिल्मों में अर्ध सत्य, सूरज का सत्त्व घोड़ा, राजीव पाटिल की जोगवा (मराठी) और अपर्णा सेन की सती (बंगाली), अल्बर्ट पिंटो को गुसा क्यूं आया है, अंकुर, परजानिया, माया दर्पन, सरदारी बेगम, उत्सव, एक दिन आचमन, एक डॉक्टर की मात और बहुत कुछ शामिल हैं।

भारतीय सिनेमा के कई उच्च कोटि के कलाकार अडूर गोपालकृष्णन, विजया मेहता, बुद्धदेव दासगुप्ता, ऋत्विक घटक, गोविंद निहलानी, श्याम भलगल, मृणाल सेन, केतन मेहता, कुमार शाहनी, मणि कौल, अपर्णा सेन, अरविंद सेन जैसे कलात्मक सिनेमा से जुड़े हैं। इस शैली की शुरुआत से ही कला और व्यावसायिक सिनेमा में अंतर था। हालांकि बदलते समय के साथ इस अंतर को पाटा गया है। कला फिल्मों के विषय में बदलाव देखा गया है। भारतीय कला फिल्मों में पहले के रुझान अधिक विशेष रूप से भारतीय दर्शकों से संबंधित थे जबकि हालिया झुकाव एक वैश्विक अवधारणा की ओर है। आदर्श रूप से इसलिए भारतीय कला सिनेमा धीरे-धीरे समाज में होने वाली घटनाओं के प्रतिबिंब के रूप में उभरा है। बेहतर विषयों की आवश्यकता, स्क्रीन पर कुछ अधिक देखने की इच्छा और नियमित रूप से कैंडी फ्लॉस ड्रामा के साथ सेट की गई बोरियत दर्शकों की वरीयताओं में इस स्पष्ट परिवर्तन का कारण है। यदि यह प्रवृत्ति तथाकथित भारतीय कला फिल्में बनी रहती है, तो

निश्चित रूप से निकट भविष्य में इसमें उछाल आएगा। जैसा कि एक भारतीय फिल्मों की विशिष्ट विशेषताओं की पहचान करना चाहता है, किसी को अपनी दो मुख्य शाखाओं – मुख्य और लोकप्रिय कला फिल्मों की मुख्य विशेषताओं को ध्यान में रखना होगा। दोनों भारतीय वास्तविकता और चेतना से संबंधित हैं, लेकिन बहुत अलग तरीकों से। लोकप्रिय सिनेमा की तकनीकें काफी हद तक पारंपरिक कथाओं द्वारा बनाई गई हैं, जबकि कलात्मक सिनेमा की प्रकृति पश्चिमी है, बड़े पैमाने पर नव-यथार्थवादी। हालाँकि, अनुभव की खोज के संदर्भ में, कलात्मक फिल्में लोकप्रिय फिल्मों की तुलना में भारतीय वास्तविकता के बहुत करीब हैं, जो ज्यादातर कल्पनाएँ हैं। समकालीन भारतीय समाज की गहरी समझ के लिए विभिन्न मुद्दे कलात्मक सिनेमा में अभिव्यक्ति पाते हैं।

कला फिल्मों को धनदाता-निर्माता के अतिनियंत्रण को अस्वीकार करना पड़ता है। उन्हें अभिनेता की विशिष्टता को गंभीरता से रेखांकित करना पड़ता है। जितने अभिनेताओं को कला की दुनिया ने विशेष रूप से पहचाना है, वे कला फिल्मों से ही आए हैं। प्रसिद्ध अभिनेता 'नसीरूदीन शाह' अभिनय कौशल के लिए 'ब्रेख्त' को याद करते हैं और कहते हैं कि – 'अभिनेता दर्शकों के मर्म को स्पर्श करते हैं। चाहें नायक चरित्र हों या खलनायक। दर्शकों के भीतर दोनों का विवेचन हो जाता है।' इन फिल्मों को हिन्दी के महत्वपूर्ण लेखकों की कृतियों से बहुत मदद मिलाती है। 'मृणाल सेन' और 'मणि कौल' जैसे फिल्मकारों ने साहित्य और सिनेमा को इन्हीं की मदद से करीब किया है। अच्छे मँजे फिल्म अभिनेताओं को तैयार करने में एनएसडी नई दिल्ली, जामिया मिल्लिया इस्लामिया युनिवर्सिटी नई दिल्ली, पूना फिल्म संसथान पुणे, सत्यजित रे फिल्म संसथान कलकत्ता की अहम् भूमिका है। कला फिल्मों के दर्शक हिन्दी से ज्यादा मलयालम, तेलुगु, तमिल, कन्नड़ और अब वर्तमान में मराठी भाषाओं में हैं।

हिन्दी में यह काम बंगला से आए सत्यजित रे ने जिस खूबी से किया है – अन्य फिल्मकारों ने नहीं किया है। कला फिल्मों के क्षेत्र में फ़िल्में कभी-कभी ऐसी फ़िल्में बनती हैं जिनकी भाषा दर्शकों के अनुकूल नहीं होती, इस स्थिति में दर्शक निराश होते हैं। वे अपनी विशिष्टता के लोभ में भाषा को उलझाते हैं, फलतः कथानक पारदर्शी नहीं रह जाता। 'उत्पल्दत्त' ठीक कहते है कि – 'जनता वैसे ही व्यावसायिक फिल्मों का शिकार है, विशिष्टतावादी भी उसे तंग

करने लगते हैं। यह शेष हिन्दी सिनेमा में अधिक है। अरविंदन और अडूर गोपाल कृष्णन जय फिल्मकारों से हिन्दी सिनेमा को सीखना चाहिए। असमर्थ और घटिया लेखकों पर निर्भर रहने के बजाए प्रतिभाशाली लेखकों को पटकथा लिखने के लिए आमंत्रित करना चाहिए। जिन निर्देशकों-निर्माताओं ने पटकथा की गुणवत्ता पर ध्यान दिया है उनमें से 'श्याम बेनेगल', 'कुमार साहनी', 'मणि कौल', 'सईद मिर्जा', 'सुधीर मिश्रा', 'प्रकाश झा', 'संजय लीला भंसाली', 'हंसल मेहता', 'अनुराग कश्यप', 'संजय पूरण सिंह','सुजीत सरकार' आदि की कोशिशों को सराहना मिली है।

गौर करने की बात है भारतीय फिल्म को संसार की प्रतियोगिता में ले जाने के लिए प्रायः व्यावसायिक फिल्मों का चयन नहीं होता, अमेरीका की टाइम पत्रिका जब श्रेष्ठ भारतीय फिल्मों का चयन करती है तो 'आवारा', 'मदर इंडिया', 'शोले', 'अंकुर', 'चोखेर बाली', 'मकबूल', 'जन अरण्य', 'देवदास' के नाम आते हैं। पिछले दशकों में अमिताभ बच्चन को प्रशंसा तो मिली है पर उन फिल्मों के कारण जो कला फ़िल्में हैं। ऐश्वर्या राय बच्चन परम्परागत मूल्यों को वहन करने वाली भारतीय फिल्मों की नायिका के रूप में चर्चित हुई हैं। आश्चर्य है कि वर्ष 2003 के अंतर्राष्ट्रीय फिल्म समारोह में 18 भारतीय फिल्मों के पैनोरमा में 5 मलयाली की और दो हिन्दी की फ़िल्में शामिल थीं। सन 2010 में संजय पूरण सिंह की 'लाहौर' जो की नेशनल आवार्ड से नवाजी गई, काफी सराहनीय फिल्म थी। जो संजय की पहली ही फिल्म थी। फिल्मों के विकास और चर्चा में फिल्म प्रचार के काफी महत्व है। आजकल तो ऐसी कंपनियां हैं जो ठेके के पैकेज के आधार पर काम करती हैं। लोकप्रिय फ़िल्में मर्यादा से बाहर जाती हैं। सेंसर बोर्ड की भूमिका और आचरण पर सवाल उठते हैं। यह बोर्ड निष्पक्ष रह सके तो फिल्म जगत समृद्ध होता है। वहां बाजारू फ़िल्में हैं तो कला फ़िल्में भी।

सिनेमा, संस्कृति और नारी

सिनेमा हमेशा से संस्कृति का परिचायक रहा है । क्योकि सिनेमा ने संस्कृति के विशयों को उठाकर पर्दे के माध्यम से हमेशा से चित्रित किया है । इसने नए जीवन के उल्लास को और बितते पलों को समेट पर्दे पर जिंदगी जीने की हमेशा कोशिश की है । इन्ही कोशिशों में सिनेमा ने ममता महिमा , भावनात्मक बहन , प्यारी पत्नी और जीवन को निछावर कर देने वाली स्त्री के चरित्र को चित्रित किया है । जहां वो कृध होती है, टूटती है , बिखरती है और कभी संघर्ष के लिए खड़ी हो जाती है । ऐसी है हमारी हिन्दी सिनेमा की संस्कृति और उसमे रचने-बसने वाली नारी । संचार के सबसे सशक्त माध्यम के तौर पर फिल्म का प्रभाव जनता पर सबसे अधिक पड़ता है इसमें पढ़े-लिखें लोगों से लेकर गरीब जनता तक समिमलित होता है क्यों कि यह दृष्य-श्रव्य माध्यम है। हिंदी सिनेमा का प्रारंभ वैसे तो सन 1931 में आर्देषिर ईरानी निर्देशित फिल्म 'आलम आरा से होती है जिसकों भारत की पहली सवाक फिल्म होने का गौरव प्राप्त है। वैसें भारत में सिनेमा 1896 में बम्बई के वास्टन होटल में प्रदर्षित लूमेर भाइयों के मूल फिल्मों से होती है ।

सन 1931 कें कुछ समय उपरांत ही भारतीय समाज में प्याप्त नारी जीवन की विडंबनाओं को लेकर कई फिल्में बनाई गई जिनमें 'दुनिया ना मानें' (1937), 'अछूत कन्या' (1936) 'आदमी'-(1939), 'देवदास'-(1935), 'इंदिरा एम.ए.' (1934) बाल योगिनी' (1936) प्रमुख रूप से सम्मिलित है। इस तरह की फिल्मों में नारी जीवन से संबंधित जिन समस्याओं को उजागर किया गया उनमें 'बाल विवाह', 'अनमेल विवाह', 'पर्दा प्रथा', 'अशिक्षा' आदि थें । हिंदी सिनेमा में स्वतंत्रता प्राप्ति यानी सन 1947 के बाद परिवर्तन आया। फिल्मों में व्यावसायिकता वढ़ी और जो विषय सामाजिक होनें चाहिए वह गौण हो गए और इससे जुड़े लोगों का ध्येय सिर्फ मुनाफा रह गया ।

'ऐसे लोगों नें नारी जीवन के हर पक्ष का शोषन किया , उसे ऐसी वस्तु

में बदल दिया जिसकी विशेषताओं और कमजोरियों दोनों का व्यावसायिक इस्तेमाल किया जा सके । अगर कभी नारी जीवन की समस्याओं को फिल्मों का विषय बनाया भी गया, तो उसे ऐसे कृत्रिम रूप में प्रस्तुत किया गया कि उससे नारी जीवन की थोड़ी सी जटिलता का भी एहसास नहीं होता था, बल्कि इसके विपरीत सारी समस्या ऐसे समाधान के साथ समाप्त होती थी जिसका न तो तर्क से कोई संबंध होता था, न वास्तविकता से ।2 अगर नारी समस्या उभर के भी आती है तो उसमें दाम्पत्य जीवन में देह सुचिता, पतिव्रता नारी, आदर्ष नारी के गुण जाती दिखाई देती हैं । जहा वह अपने ससुराल वालों के अत्याचार को पूरें धैर्य के साथ सहती है और अपने पति को परमेश्वर समझ पूजा करती है । इस समय में फिल्मों में पति-पत्नी के संबंधों को दर्शाया गया जिसमें शक की वजह से दोनों में दरारें पैदा हो जाती है और घर तोड़ने का ठिकरा उस पर मढ़ दिया जाता है परन्तु किसी सिथति का निर्माण कर स्त्रियों को गलत ठहरा, उससें माफी मंगवा , संबंधों को एक कर दिया जाता है 'अनुभव, 'गृह क्लेश, 'दूरिया ये कैसा इन्साफ 'श्री मान-श्रीमति जैसे फिल्मों में नारी का नौकरी करना , उसका विदेशी संस्कृति को अपनाना आदि रवैयें को दिखाया गया है ।

'हिंदी के व्यवसायिक सिनेमा नें अबतक नारी की जो तस्वीर पेश की है , वह वही है जिसके आदर्श धार्मिक पुस्तकों में मिलतें है और जो प्राय पूजीवादी समाज में नारी की वास्तविक स्थिति का प्रतिबिंब है । इसके अनुसार नारी जीवन की इसके अलावा और सार्थकता नहीं है कि वह अपने पति और बच्चों के लिए जियें, अपनी दैहिक पवित्रता की रक्षा करें और हर तरह से अपनें पति के प्रति एकनिष्ठ रहे । कोई ऐसा कदम न उठाए जिससे कि घर की इज्जत पर आंच आए । जो नारी इन जीवन मूल्यों को स्वीकार नहीं करती उन्हें हिंदी फिल्मों में 'खलनायिका' बनाकर पेश किया जाता है । नारी के यही दो रूप हिंदी सिनेमा को स्वीकार्य रहें है और इसका समसामयिक नारी यथार्थ सें कोई संबंध नहीं है ।3 फिल्मों में प्रवीण बावी, हेलन, डिम्पल कपाडिया और जीनत अमान जैसी बालाओं ने नारी स्वतंत्रता कों अपनी फिल्मों में उभारा । वह उनके 'बोल्डनेस' और 'अंग दिखाउ' चित्रों के अलावा स्त्री समस्याओं से परें रहा । स्त्रियों का चरित्र एकनिष्ठ, प्रेम और पवित्रता की देवी सुख-दुःख सहकर भी पति, पुत्र और परिवार कों सुख देने वाली बनी रही परन्तु स्त्री यथार्थता सें बहुत दूर खड़ी दिखाई पड़ी । अगर स्त्री समस्या और चरित्रों को लेकर फिल्म बनी भी है तो

वह इक्का-दुक्का ही रही । स्त्रियों के चरित्रों को दर्शाया भी गया तो उसमें क्लब में जाना , शराब पीना, सिगरेट पीना आदि को दिखाया गया । सिनेमा में नारी दो रूपों में काफी चित्रित हुई एक तो 'सौन्दर्य साधन' के रूप में, वही दूसरी ओर 'देवी' के रूप में इसके अलावा स्त्री की पारिवारिक सामाजिक समस्या को लेकर बहुत कम फिल्मकारों ने फिल्में बनाईं है ।

हिंदी सिनेमा में स्त्री लगभग तीसरें दशक के बाद से ही सिनेमा के निर्देशन, संगीत, लेखन के क्षेत्र में नजर आने लगी । जिसके प्रभाव के कारण आज स्त्री की सिनेमाओं में भागीदारी बढ़ी और बड़ी-बड़ी फिल्मकारा का नाम जुड़ गया जिसमें अपर्णा सेन, कल्पना लाज़मी, मीरा नायर, दीपा मेहता, तनुजा चन्द्रा, फराह खान, पूजा भटट, जोया अखत़र हैं जिन्होंने नारी प्रधान समस्याओं को उठाया, उनकी बारीकी तक पहुचीं पर इसके बावजूद जन सामान्य नारी की वेदना को वह नहीं दिखा सकीं है । 50 के और 60 के दशक में विमल राय, गुरू दत्त, महबूब खान और राजकपूर जैसे फिल्म बनानें वाले हसितयों नें नारी कें कई रूप पत्नी, मां, प्रेमिका का सही चित्र प्रस्तुत किया । जिसके विषय नारी की आंतरिक हाल और विचारों पर केन्द्रित रही 'मदर इंडिया', 'प्यासा', 'कागज के फूल' और 'मधूमति' जैसी फिल्मों नें यह साबित किया की किस तरह स्त्री अपने 'व्यकितत्व' को जीती है ? किस तरह वह खुश रहती है ? उनका आंतरिक हृदय क्या कहता है ? और वह किस तरह समाज और परिवार को देखते हुए कहा पहुचना और रहना चाहती है ?

केतन मेहता की 'मिर्च मसाला' में जहा एक नारी-उभर कर समाज की नारियों में जागृति लाने का काम करती है वहीं मुजफ्फ़र अली के 'उमराव जाऩ' की भूमिका में रेखा एक कोठा डांसर के रूप में भी नारी संवेदनाओं की सिथतियों को उजागर कर देती है । 'सिनेमा का यर्थाथ से संबंध होता है इस बात को दोहरानें की आवश्यकता नहीं है, यथार्थ के साथ संबंध के कारण स्वाभाविक है कि स्त्री जीवन का चित्रन फिल्मों में हो । लगभग सौ साल के इतिहास में लगातार ऐसी-फिल्में बनती रही है । जिनमें स्त्री जीवन के यथार्थ कों कलात्मक उत्कर्शता के साथ प्रस्तुत किया गया है ।4 हिंदी सिनेमा के 70, 80 और 90 के दशक में स्त्री पक्ष को लेकर गजब का बदलाव आया जिसनें रूपहलें पर्दे पर ही नारी चरित्रों को नहीं बदला, बल्कि इसनें समाज में पल रहे नारीवादी विचारधारा को भी तोड़ा कि नारी सिर्फ घर की चारदीवारी में रहकर घर

का काम-काज और बच्चों को पालनें के लिए होती है । 70 और 80 के दशक के दौरान 'दो बीघा जमीन', 'बूट पालिश', 'जागृति', 'झनक-झनक पायल बाजें', 'सुजाता', 'गाइड', 'उपकार', 'आनंद' इसके अलावा ऋृशिकेश मुखर्जी की 'अभिमान' और 'मिली' जैसें फिल्मों नें सामाजिक अंतरद्वंद और किस तरह नारी जीवन जीती है उसका चित्रण किया । उसी फिल्म ने नई सोच कों उजागर किया जहा स्त्री-चरित्र को अपना कैरियर भी प्यारा है । 90 के दशक में जब भारतीय अर्थव्यवस्था कों विश्व अर्थव्यवस्था से जोड़ा गया । भारत में बाजार के उदारीकरण और अर्थव्यवस्था के वैष्वीकरण की शुरुवात होती है ।

जिससे भारतीय हिंदी सिनेमा में विदेशी कंपनियों की भागरीदारी बढ़ी और भारतीय समाज में हालीवुड की फिल्मों का अच्छा प्रभाव देखकर उसी तरह की तकनीक और शैली का विकास हुआ । बड़े पैमाने पर भारतीय समाज की स्त्रियों पर प्रभाव हिंदी सिनेमा मे भी देखा गया । पिछले एक दशक में बनाने वाली हिन्दी सिनेमा की एक प्रमुख प्रवृति स्त्री जीवन की समस्याओं को केन्द्र मे रखकर फिल्म बनाना है । ऐसा नहीं है की पहले इस तरह की फिल्में नहीं बनी हैं । लेकिन पहले की फिल्मों से इन फिल्मों में कुछ बुनियादी फर्क है । पहले की फिल्में स्त्री जीवन की मुश्किलों और विडंबनाओं को व्यक्त करते हुए उनके साथ बराबरी और अधिक और मनुष्योचित व्यवहार करने पर बल देती थी । जबकि इनके बाद जो फिल्में बनाने लगी उसमे इसनके साथ-साथ स्त्री सबलिकरण पर भी बल दिया गया है ।

इन फिल्मों में स्त्री जीवन के कुछ ऐसे पहलुओं को उठाया गया है जो की शायद इस तरह से इससे पहले इतने तीखे रूप में नहीं उठाया गया है । इन फिल्मों में गरीबी और भुखमरी में जीने वाली स्त्रियाँ भी है और आभिजात समाज की स्त्रियाँ भी है । इसमें उच्च वर्णीय हिंदू है तो दलित स्त्री भी है और धार्मिक अल्पसंख्यक भी ।

इन फिल्मों ने स्त्री जीवन के पारिवारिक और सामाजिक सवालों को ही नहीं उठाया गया है बल्कि राजनीतिक सवालों को भी उठाया गया है । स्त्री जीवन पर केंद्रित कुछ ऐसी फिल्में –'सूरज का सातवा घोड़ा' (1992) , 'दामिनी' (1993), 'बेंडिट क्वीन' (1994), 'मम्मो' (1994), 'फायर' (1998), 'सरदारी बेगम' (1998), 'मृत्युदंड' (1998), 'गॉड मदर' (1999), 'हरी-भरी' (1999), 'गजगामिनी' (1999), 'अस्तित्व' (2000), 'जुबैदा'

(2000), 'क्या कहना' (2000), 'लज्जा' (2001), 'चांदनी बार' (2001), आदि के नाम लिए जा सकते है । इनके अलावा 'नसीम' (1995), 'जख्म' (1999), 'हमारा दिल आपके पास है' (2000), 'फिज़ा' (2000) आदि में भी स्त्री जीवन को महत्वपूर्ण ढंग से अभिव्यक्त किया गया है ।

सन 1991 में आई फिल्म लम्हें और हिना नारी संवेदनाओं और चरित्रों की विशेष प्रकार की फिल्म है जिसमें प्रेम तो है पर समझ भी है , जीवन के प्रति जीनें की । सन 1992 में रूदानी और रोजा जैसी फिल्मों ने फिर समाज में स्त्री के चरित्रों और कमजोरियों को उभारा दोनों फिल्मों की स्त्री पात्र लड़ती है पर समाज और परिस्थितियों के आगें झुक जाती है । सन 1993 में 'दामिनी' फिल्म जब पर्दे पर आई वहाँ नारी एक सशक्त चरित्र के रूप में उभर कर आती है जहा वह अपनें पति से अलग रहकर भी अपने सम्मान की लड़ाई लड़ती है। समाज में हो रहें अत्याचार के विरूद्ध खड़ी होती है, बेबाक होकर हाथ में फावड़ा लेकर गुन्डों का सामना करती है । सन 1995 में 'बाम्बे' फिल्म में एक मुस्लिम स्त्री का हिंदू लड़के के साथ शादी और उससे उपजी दिक्कतों को दर्शाया गया । सन 1997 में 'विरासत' और 'परदेश' जैसी फिल्मों में, फिल्म विरासत में गाव और शहर के मध्य आंतरिक संवेदना का चित्रण किया गया वही परदेश के स्वच्छंद वातावरण में खुद को घुटती, महसूस करती एक नायिका का चित्रण किया गया । सन 1998 और सन 1999 के 'गॉडमदर' , 'हम दिल दे चुके सनम', 'ताल', 'हजार चौरासी की मां', 'दिल से' आदि जैसी फिल्मों ने नारी के अनगिनत चरित्र पेश किए जिन्होंने सामाजिक बधनों को कहीं न कहीं तोड़ा । इसके साथ फिल्मों में उपभोक्तावादी संस्कृति का विकास हुआ जिसका कार्य सिर्फ और सिर्फ मुनाफा था । 'सिनेमा का संसार भी पुरूष वर्चस्व वाला संसार है । यह वर्चस्व उनके संख्या बल के कारण नहीं बलिक सिनेमा के संसार में जारी मूल्य व्यवस्था के कारण है । भूमंडलीकरण के दौर में हिंदी सिनेमा की स्त्रियाँ भी अब विश्व स्तर पर जानी जाती है स्वभावतः उनके चरित्रों में परिवर्तन आया है। समाज में देश से लेकर विदेशी वस्तुओं की उत्पादकता और खपत बढ़ी है इनकी खपत में फिल्मों का भी एक बहुत बड़ा योगदान रहा है ।

21वीं सदी के प्रारंभ में ही सूचना क्रांति के विस्फोट ने यह दर्शा दिया कि यह परिवर्तन संचार ही नहीं संचार से जुड़ें समाज और सामाजिक क्रिया एवं प्रतिक्रियाओं पर भी स्वतः ही पड़ेगा । फिल्मों में बड़ें उद्योगपतियों की भागीदारी

और फिर उनका संचार माध्यम द्वारा प्रचलित करना उत्पादकता को बढ़ावा देना ही था । एक और जहां नारी की वेदना, भाव, भंगिमा, आदि को चरित्रों के माध्यम से फिल्मों में उतारा गया और भारत में कई प्रकार के उत्पाद को जन साधारण बनाया गया । 21वीं शताब्दी के प्रारंभ में ही 'क्या कहना', 'मि. एण्ड मिसेस अय्यर', 'मानसून वेडिंग', 'लज्जा', 'चांदनी बार' जैसी फिल्में आई, बेशक इन फिल्मों ने भारतीय समाज की पोल खोल कर रख दी । जिसमें नारी स्वतंत्रता कहीं न कहीं बाधित हो रही थी । 'क्या कहना' फिल्म में प्रिटी जिंटा (स्त्री पात्र) नायिका एक लड़के से प्रेम करती है। उसकी परिणति गर्भधारण के रूप में होती है नायिका उस लड़के से शादी करना चाहती है पर वह उस गर्भ कों गिराने की सलाह देता है । परन्तु वह फैसला बच्चे को जन्म देने का करती है । इसी परंपरा में बाकी की फिल्म 'पा' सराहनीय है जहा नायिका अपनें गई के लिए किसी पर दोश नहीं मढ़ती है और अकेले बच्चे को जन्म देकर पालती है ।

फिल्म 'सलाम नमस्तें' में 'लिव इन रिलेशनषिप' के मुददे को उठाया गया जहा वह पुरूष की हीं भांति स्वतंत्रता चाहती है वह प्रेम सूत्र में बंधना तो चाहती परन्तु अभिव्यक्ति को स्वतंत्र रूप में प्रकट भी करती है । सन 2002 में आई 'मित्र माई फ्रेंड' फिल्म ने एक ऐसी स्त्री को पेश किया जो रूटीन लाइफ से उदासीन बन जाती है और कुछ नयापन खोजती है अपने अकेलापन बाटनें के लिए वह इंटरनेट पर चैट करती है और फ्रेंड बनाती है । इसी तरह की ओर फिल्में जैसे- 'लव आजकल', 'इश्किया', 'नो वन किस जेसिका', 'बैंड बाजा बारात', 'अंजाना-अंजानी' ने नई नारी के चरित्रों को नया आयाम और नई परिभाषा दी है । जहा वह अपना जीवन खुलकर जीती है । उसे इस बात की कोई परवाह नहीं है की उसे लोंग क्या कहेंगे । वह तो बिन्दास होकर जीती है।

इस तरह के स्त्री के करेक्टर को देखकर मन में स्वतः ही स्वतंत्र रूप से उभरती एक लड़की की तस्वीर सामनें आ जाती है जिनकी परिधि सिमटी या छोटी नहीं है । बल्कि यह परिधि विस्तृत हो गई है और लड़किया एवं औरतें विभिन्न क्षेत्रों में पदार्पण करने लगी है । शादी या पारिवारिक मामलों में उनकी राय बदलनें लगी है । वह अपना कैरियर बनाना चाहती हैं अपने को स्टैंड करना चाहती है पहले वह पुरूष की भांति अपनी पहचान बनाना चाहती है । भारत जैसें देश में आज भी साठ प्रतिशत औरतों का जीवन गाव के परिवेश

में व्यतीत होता है जहा सुविधाओं की कमीं है बुनियादी सांस्कृतिक और शैक्षणिक अधिकार नहीं है । जिसकी प्राप्ति शहरी लड़कियों ने कर ली है। गाव की लड़किया स्कूल कालेज तो जाती है, पर अभी भी कहीं न कहीं सामंती और पूंजीवादी समाज उसे एक निश्चित दायरें में बांधे रखा है । जहा से वह मुक्त होना चाहती तों है पर घर-परिवार समाज की मान-मर्यादा और लज्जा अभी भी उसके अंदर बना हुआ है ।

जहां औरतें पंचायत, विधायक के तौर पर निर्वाचित तों होती है पर उसका सारा कार्य उसका पति या घर के किसी पुरूष के हाथ में होता है । सिनेमा के प्रभाव से आज शहरों में लड़की, अपने मन पसंदीदा लड़के से शादी करने, उससे प्रश्न करने और जीवन को अपने ढंग में व्यतीत करती हैं। वहीं आज भी देहात की लड़की अपने पसंद के लड़के से शादी नहीं कर सकती और अगर कोई ऐसा करता भी है तों उसे ऑनर (सम्मान) के नाम पर मौत के घाट उतार दिया जाता है । यानि आनर-किलिंग । ऐसी लड़कियों को भोग्य वस्तु समझ या अपनी मान मर्यादा समझ उसे ऐसे परिवार और लड़के के साथ जोंड़ दिया जाता है जहा न ही प्रेम है और न हीं स्वतंत्रता । इस तरह की कई फिल्में बनी है जिनमें नायिका अपने पति के उत्पीड़न के खिलाफ भी पूरी ताकत से उठ खड़ी हुई है । 'मृत्युदंड' 'फायर', 'दमन', 'लज्जा' जैसी कई फिल्मों के कथानक अलग-अलग तरह के समाजों और वर्गो से लिए गए है । 'मृत्युदंड' और 'दमन' में यदि वह सामंती किस्म का समाज है तो 'फायर' और 'सत्ता' में यह महानगरीय मध्यवर्गीय समाज और लज्जा में अपनी ही पत्नी की हत्या करने का प्रयत्न करने वाला पति बहुत बड़ा उधोगपति है, जिसका व्यवसाय अमरीका तक फैला है । एक तरह से ये फिल्में बताती है कि सामंती और पूंजीवादी दोनों तरह के समाज स्त्री जीवन को न सुरक्षा दे सकते है और न समानता और स्वतंत्रता। इन फिल्मों में समाज की सामाजिक, राजनीतिक पहलुओं को स्पष्ट किया गया कि किस तरह का नारी चरित्र समाज में है और किस तरह की सामाजिक मर्यादा के मूल्य-व्यवस्था के लिए लड़कियों और औरतों की बलि कभी शादी, कभी मान, मर्यादा आदि के नाम पर चढ़ा दी जाती है ।

इसके बावजूद आज नई अवधारणा नए विचारों का पर्दापण हुआ । कार्य के हर क्षेत्र में नारियों की संख्या बढ़ी है वह फिल्मों में निर्देशक से लेकर सिनेमेटोग्राफर, डिजाइनर, स्क्रिप्ट राइटर पर अपना नाम दर्ज करवा चुकी है ।

यह सिनेमा ही है जिसने उसे झूठी आदर्शवाद के चौखट से बाहर निकाला है जिससे वह अपने स्वाभाविक रूप में स्वीकारा जाना चाहती है । उन्हें अपने परिवार की चिंता है परन्तु उनका जीवन सिर्फ यहीं तक सीमित नहीं है । वह अपने चरित्रों को अपने तरीके या मुताबिक ढ़ालना चाहती है और उस पर गर्व करती है ।

एक समय था जब नीना गुप्ता बिन ब्याही मां बनने का ऐलान किया तो समाचार पत्र से लेकर टी.वी चैलनों तक हंगामा मच गया । कई वाद-विवाद हुए लेकिन आज कोर्ट अकेली 'मां' (सिंगल मदर्स) की मदत करता है। आज स्त्रियों की भूमिका समाज में बढ़ी है । सलवार-सूट या साड़ी पहने घर में चौका-बारी करनें वाली सामान्य सी औरत एक नयें रूप में सामने आयी है । समाज के हर क्षेत्र में अपनी जगह बनाने के साथ-साथ उन सारी चुनौतियों का सामना भी किया, जिसका पुरुष वर्ग करते है वह ऑफिस और घर में बराबर समय देती है। अब वह 'नाइट शिफ्ट' ऑफिस में काम करती है । परिवार से दूर अकेले दूसरे शहर में रहकर भी काम करती है । 'चक दें इंडिया', 'शेर', 'मेंहदी', 'दिल बोले हडिप्पा' जैसी फिल्मों नें सिनेमा में स्त्री चरित्रों को मजबूत बनाया है। इसमें अपने आगे बढ़ते करियर, साथ में देश और समाज भी उसके लिए मायने रखते है । जहा वह अपने लिए ही नहीं बल्कि देश और समाज का नाम भी ऊंचा करना चाहती है । आज समाज में खुलापन आया जिससे समाज में मौलिकता और मटीरियल वैल्यू की बढ़ोत्तरी हुई है ।

हिंदी सिनेमा में स्त्री चरित्रों को लेकर कई फिल्म बनाई गई और आज भी बनती जा रही है । 'देव-डी', 'स्वराज', 'ब्लैक', 'हाट द बाज़ार', 'वाटर' आदि जिसमें नारी जीवन की कहानी साफ आइने सी झलकती है । समाज में कई तरह के परिवर्तन समय-समय पर आए । जिसने सामाजिक धरातल पर लड़कियों और औरतों संबंधी विचारधारा को बदला जीवन में जहा वह सिर्फ घर तक सीमित थी वह बाहर निकल कर मीडिया, प्रबन्धन चिकित्सा, अनुसंधान, अध्ययपन, खेलकूद, विज्ञान, राजनीति, कानून, मार्केटिंग, बैंकिंग, सिनेमा और प्रयटन जैसे क्षेत्रों में अपना पाव ही नही जमाया बल्कि उसके लिए नयें विचारों का आदान-प्रदान भी किया ।

सिनेमा ने नारी चरित्रों को समाज परिवर्तन में नया रूप दिया, पर दूसरी और औरत को एक उत्पादकता के रूप में भी पेश किया जहा वह सिर्फ बाज़ार

के एक प्रोमोटर के रूप में मॉडल बन कर रह गई । सिनेमा का प्रभाव अत्यंत व्यापक और अधिक तीव्र होता है जो व्यक्ति के मानसिक स्तर को झकझोरता है। आज बदलते परिप्रेक्ष्य में सिनेमा में स्त्री का चरित्र बदला है । वह एक माडल के रूप में किसी वस्तु या उत्पाद को अधनंगे कपड़ों में पेश करती दिखाई देती है । बड़ी-बड़ी लांजरी कम्पनी अपनी लांजरी कों फिल्मों के माध्यम से पेश करते है । कम्पनी अपना प्रोडक्ट फिल्म में स्पोन्सर्ड करवाती है, वह भी नारी पात्रों से क्योंकि वह भावनात्मक स्तर पर दूसरी नारी से जुड़ी होती है । इस तरह आज जों समाज में फैशन और कपड़ों के प्रति जो मानसिक बदलाव (ब्राण्ड वाली) आया है वह कहीं न कहीं सिनेमा से प्रभावित है । जिसनें औरतों या स्त्री को उत्पाद बना के रख दिया है । आज फैशन और कॉर्पोरेट फिल्म इसका अच्छा उदाहरण है जहा अपने मतलब के लिए लड़कियों का प्रयोग किया जाता है । उसे उस उत्पाद का मॉडल बनाया जाता है जिसकी बिक्री करनी होती है। जिसमें न नारी संवेदना है, न पीड़ा है , न ही उसकी सामाजिकता । वहा सिर्फ उत्पाद है और मुनाफ़ा । जहा स्त्री को इस प्रकार प्रयोग के लिए रखा जाता है। हेयर स्टाइल से लेकर मार्डन बनने और नया लुक की होड़ में सिनेमा में जैसें ही स्त्री का नया रूप (प्रोडक्ट) दिखता है । हाथों-हाथ बाहर भी वह चीज़ या प्रोडक्ट बिक्री हो जाती है ।

आज बाजारवाद के होड़ ने सिनेमा को भी नहीं बक्सा है क्योंकि जितना बड़ा बाजार होगा मुनाफा उतना ज्यादा होगा और फिल्म कों भी बड़ा-बनाना है तो अच्छी पब्लिसिटी करनी होगी जिसके लिए पैसा अधिक मात्रा में चाहिए और यह तभी संभव हों सकता है जब फिल्म और फिल्म निर्माता बाज़ार से जुड़ कर रहें । बाज़ार अपनी उत्पादकता को बढ़ाने के लिए अपने उत्पाद का प्रचार फिल्म के माध्यम से करवाता है जहां न वेदना होती है, न दर्द, बस उत्पाद होता है । जिसकी खपत देखी जाती है । पहले स्त्रीयों और लड़कियों को मेक-अप, हेयर स्टाइल, फैशन आदि की ज्यादा जरूरत नहीं हुआ करती थी । फिल्मों के प्रभाव ने इन सभी सामाग्री को अत्यंत आवश्यक बना कर इसकी बिक्री बढ़ायी है । सिनेमा कहीं न कहीं जीवन से जुड़ा होता है या यू कहें कि जीवन कहीं न कहीं सिनेमा से जुड़ ही जाता है इसलिए जरूरी है कि सिनेमा समाज को नए रास्तें दिखाए जहा उत्पादकता ही नहीं बल्कि समाज की यथार्थता हो । आज भी समाज में स्त्री को लेकर अनेक कुरीतिया है । जिसका चित्रण कर फिल्म

समाज में नये मानक की स्थापना करें । सिनेमा ने नए रूप में उत्पादों का चित्रण कर स्त्री कों उपभोगवादी बना दिया है जहा वस्तुओं का प्रचार भी वहीं करती है और उसका उपभोगी भी वही करती है ।

हिंदी सिनेमा में स्त्री पर्दे के पीछे कई रूपों में आई हैं परन्तु स्त्री समस्याओं को इन्होंने सिर्फ छू कर ही छोड़ दिया । आज शहरी जिंदगी में स्त्री-पुरुष का चुनाव, उनका मतभेद, टूटते परिवार, स्थायित्व की कमी जैसी अनगिनत समस्याएं है । स्त्रियों की स्थिति कुछ ठीक नहीं है । अगर गावों की बात करें तो आज भी लड़किया वहा मॉडर्न होने की कोशिष ही कर रहीं है अपने पुराने आवरण को अभी भी उतार फेंकने में नाकामयाब है और बाज़ार, स्त्रियों को फिल्मों के माध्यम से आजादी तों दे रहा है परन्तु वह सिर्फ देह के प्रति लाज का भाव दूर करने तक सीमित है । जों उपभोक्तावादी संस्कृति का एक कार्य है। उपभोक्तावादी संस्कृति ने जहा सिनेमा को अपने वर्चस्व में कर लिया वहीं इसनें स्त्री-पुरुष (मानवीय) संबंधों में तनाव पैदा किया है । स्त्री की तुलना विभिन्न उपभोग की वस्तु से कर उसके उपभोग की वस्तु ही बना देना है । जहा उसे अपने सामाजिक न्याय, समानता से नहीं बल्कि देह दिखाने तक सीमित रख दिया जाता है । हिंदी सिनेमा में स्त्रियों को लेकर विभिन्न पर्व त्यौहारों पर खरीददारी करते , नई-नई उपभोग की वस्तु खरीदते और उसे अच्छा बताते दिखाया जाता है जिसका समाज की स्त्रियों पर प्रभाव पड़ता है और वह उन वस्तुओं को भी अपनाना शूरु कर देती है ।

हिंदी सिनेमा में दो टूक कपड़ों में विदेशी बालाओं के साथ अभिनेता या अभिनेत्री नाचते गाते नजर आते हैं । आम नायिकाओं के वस्त्र कम से कमतर हो गए है । नायिका भोग्य रूप में सिनेमा में दिखती है । जिससे नारी जीवन में विशेषकर शहरी महिलाओं में इसका प्रभाव दिख रहा है ।हिंदी सिनेमा में प्रारंभ से अब तक नारी के कई चित्र उभरकर आते है । जिसमें मां, बहन, पत्नी, कार्यकर्ता आदि के रूप में दिखती है जहा वह सशक्त लड़ती हुई दिखाई पड़ती है तो कहीं वह आसमान छू लेना चाहती है कहीं कहीं अबला भी प्रतीत होती है।

इन सभी के चरित्रों को उभारती आज हिंदी सिनेमा की स्त्री विश्वस्तर पर जानी जाती है । मगर इसके अलावा हिंदी सिनेमा से प्रचलन आया उपभोक्तावादी संस्कृति जिसने कहीं न कहीं समाज में स्त्रियों के चरित्रों, उनकी वेदना, भावों का दोहन किया और कर रहा है । वह उन वस्तुओं की अनुगामी हों गई है ।

यह सच है कि हिंदी सिनेमा में स्त्री का बड़ा योगदान रहा है जिससे समाज में कई परिवर्तन हुए, स्त्री की जिंदगी नए सरीके से तैयार होने लगी । वह सिर्फ भोग्य नहीं रही परन्तु अगर बाज़ारवाद का प्रभाव रहा और उसकों हिंदी सिनेमा में बढ़ावा मिलता रहा तब स्त्री सिर्फ भोग्य या उपभोग की वस्तु में ही नज़र आने लगेगी । वह सिर्फ उत्पादित वस्तुओं की, प्रचारक मात्र रह जाएगी । जहा न उसकी पीड़ा होगी, न ही उसका मर्म । वह सिर्फ और सिर्फ दृष्ट बन कर, मूक दर्षक बन कर, अपनें आप को उपभोक्तावादी संस्कृति का हिस्सा मान बैठेगी । इसलिए आज भी फिल्मों में स्तरीय बदलाव की आवश्यकता है जिससे जीवन की सोच जितनी उन्नत है और उससे आगे बढ़ कर स्त्री जीवन को नयी दृष्टि प्रदान करें । जहां वह अपनी रजामंदी से नौकरी से लेकर शादी के लिए लड़के तक का चुनाव कर सके । वह अपनी जिम्मेदारी को समझे उपभोक्तावादी संस्कृति और खुद को उपभोग की वस्तु से अलग कर अपनी पहचान समाज में प्रतिष्ठित रूप व्याख्यायित करें । जीवन और जगत में संतुलन के साथ-साथ व्यवसाय से लेकर नौकरी और घर तक आत्मनिर्भर बनी रहें ।

भारतीय संस्कृति हमारी मानव जाति के विकास का उच्चतम स्तर कही जा सकती है । इसी की परिधि में सारे विश्वराष्ट्र के विकास के-वसुधैव कुटुम्बकम् के सारे सूत्र आ जाते हैं । हमारी संस्कृति में जन्म के पूर्व से मृत्यु के पश्चात् तक मानवी चेतना को संस्कारित करने का क्रम निर्धारित है । मनुष्य में पशुता के संस्कार उभरने न पायँ, यह इसका एक महत्त्वपूर्ण दायित्व है । भारतीय संस्कृति मानव के विकास का आध्यात्मिक आधार बनाती है और मनुष्य में संत, सुधारक, शहीद की मनोभूमि विकसित कर उसे ऋषि, महामानव, देवदूत स्तर तक विकसित करने की जिम्मेदारी भी अपने कंधों पर लेती है । सदा से ही भारतीय संस्कृति महापुरुषों को जन्म देती आयी है व यही हमारी सबसे बड़ी धरोहर है ।

हिंदी सिनेमा में नारी चेतना

सिनेमा....अर्थात चलचित्र, आम भाषा में फिल्म; सपने, आकांक्षा, जीवन, मनोरंजन, बदलावों को दर्शानेवाला शब्द। एक-दूसरे को प्रभावित करनेवाले सिनेमा और समाज परस्परावलंबी है। सौ वर्ष की आयुवाले भारतीय सिनेमा में नारी चेतना का स्वर प्रखरता से गूँजायित हुआ है। चेतना परिवेशगत दबाओं से उत्पन्न मूल्यपरक इकाई है और असंतोष, जिज्ञासा, दृष्टि उसके मूल घटक है।1 परंपरा से अलग प्रयत्न करनेवाली नारियों का संसार सिनेमा में प्रत्यक्ष हुआ। हिंदी सिनेमा की पहली महिला निर्देशिका और मूक फिल्मों की नायिका फातिमा बेगम, तो 'आलमआरा' की जुबैदा बेगम सस्वर फिल्मों की पहली नायिका का गौरव प्राप्त कर चुकी है। तब से कई नारी पात्र सिनेमा के परदे पर प्रत्यक्ष हुए। पर आज सवाल उठता है कि क्या सिनेमा के स्त्री पात्र भारतीय नारी का प्रतिनिधित्व करते है? इसी प्रश्न को सकारात्मक रूप से देखे तो सिनेमा के कारण नारी से जुडे कई प्रश्नों पर पुरुष संवेदनशील होकर विचार कर रहे है या उन्हें संवेदनशील करने का प्रयास हो रहा है।

पाश्चात्य की तुलना में हिंदी सिनेमा में विविधता, गंभीरता, वास्तविकता, साहस वैसे कम पाया जाता है। व्यावसायिकता के चलते सिनेमा पैसा और व्यापार की भावना से जुड गया। प्रसिद्धि, सफलता, थिएटर पर पकड मजबूत करने फिल्मों में आशयहीन, घटिया विनोद पर जोर दिया जाने लगा, वह भी यथासंभव किसी स्त्री को सामने रखकर या अंगप्रदर्शन करनेवाली किसी नायिका के इर्द-गिर्द घूमनेवाले नायक पर कोई गीत बनाकर।हिंदी में नारीकेंद्री प्रयोगशील फिल्में कम बनी है।ऐसी कुछ फिल्मों में नारी चेतना ढूंढने का प्रयास यहाँ किया गया है। परंपरागत नारीविषयक भावनाओं को छेदनेवाले विषयों पर भी फिल्में बनी। जहाँ नारी प्रतिमा कोमल नहीं, पुरुष से अधिक सामर्थ्यशाली, आक्रमक, परिवारीक जिम्मेदारी उठानेवाली है। 'मदरइंडिया'(1957) की राधा ऐसी कृषक स्त्री है,जो पति के पश्चात बच्चों को संभालते हुए भाग्य को खुद बनाती

है,अत्याचार करनेवाले अपने ही बेटे को स्वयं मारती है। अस्सी के दशक की पारिवारीक फिल्मों में परंपरागत स्थिति के विरुद्ध विद्रोही एवं परिवर्तनवादी नारी का चित्रण होने लगा। प्रचलित व्यवस्था में नारी का स्थान और जगह बनाये रखने उसका आपसी शत्रुत्व फिल्मों में उभर रहा था।समय की मार झेलती,हालात से मजबूर नारी प्रातिनिधिक रूप में सिनेमा के परदे पर दिखाई दी। उसके मानसिक स्वास्थ के बारे में भी चिंतन होने लगा। पुरुषप्रधान व्यवस्था में स्वाभिमान से जीती नारी आंतरिक शक्ति को पहचानने लगी। आज पतिपरमेश्वर की गलतियों को स्वीकारने का जमाना नहीं। विवाहबाह्य संबंधों पर आधारित 'अर्थ' (1982) नारी जीवन के आंतरिक संघर्ष को प्रस्तुत करता है। घर का सपना देखनेवाली पूजा का पति इंदर मानसिक रूप से अस्थिर कविता के लिए उसे छोड देता है। पूजा नौकरी पाकर जीवन की कठिनाईयों से लडती है, तो पूजा की शादी तोडने के अपराध भाव से कविता इंदर को छोड देती है।फिर से पूजा की ओर आने की कोशिश करनेवाले इंदर को मात्र पूजा अपनी जिंदगी से खारिज कर देती हैं।

'एक चादर मैली-सी'(1986) परंपराओं से उभरनेवाली नारी समस्या को दर्शाती है। ग्रामीण रानो दो बच्चों के बावजूद दहेज के लिए सास से प्रताडित है,शराबी पति से पीटती है। बलात्कार के आरोप में जब रानो के पति की हत्या होती है,तब उससे दस साल छोटे,जिसे वह बच्चे के रूप में देखती है, ऐसे देवर से रानो को चादर डालने की परंपरा द्वारा शादी के लिए मजबूर किया जाता है। औरत होना,वह भी गरीब,निम्न जाति की;यह चित्र समाज की दृष्टि से अधिक आशादायी नहीं माना जातां। 'रुदाली'(1993) की अपशकुनी 'सनीचरी' राजस्थान की पेशेवर निम्न जाति की महिलाओं का प्रतिनिधित्व करती है,जो सवर्ण पुरुष की मृत्यु पर मातम मनाती है। स्थानीय जमींदार का बेटा उसका प्रेमी है,पर शराबी पति की मृत्यु,विकलांग बेटे का भविष्य देख गरीबी में भी वह प्रेमी से पैसे नहीं मांगती। जिंदगी में कभी न रोनेवाली सनीचरी परिस्थितिवश रुदाली बन जाती है।

मानसिक विक्षिप्तता से जुडी बलात्कार की समस्या पर आधारित फिल्म 'दामिनी'(1993) नारी की न्याय के लिए संघर्ष की कहानी है,जो पीडित नौकरानी के लिए अपने ही अमीर ससुराल के विरुद्ध खडी होती है। दस्युरानी फूलन देवी के जीवन पर आधारित 'बैंडिक्ट क्वीन'(1994) फूलन के माध्यम

से निम्न जाति की स्त्रियों का सवर्णो द्वारा यौन शोषण, पुलिसी असहयोग, बलात्कार, प्रतिशोधवश हाथ में बंदूक उठाकर डाकू बनना, अंत में दल की औरतें व बच्चों को ध्यान में रखकर आत्मसमर्पन करना नारी उत्पीडन के आयामों को दर्शाता है।

'फायर' (1996) नारी समलिंगी जैसे विषय पर बनी प्रथम भारतीय फिल्म है। राधा और सीता इन पात्रों से प्रकट होता है कि लैंगिक सुखप्राप्ति पर नारी का भी अधिकार है,पर पति वह सुख देने में अक्षम हो तो स्त्री परंपरा और दुर्भाग्य की जंजीरें तोड संस्कारों से विद्रोह करती है।समाज को अनपेक्षित,विरोधाभासी मूल्य जब स्त्री में आए तो वह भी सिनेमा का विषय बन गये।'आस्था'(1997) मानसी जैसी विवाहित,घरेलु महिला के वेश्या में बदलने की स्थिति पर आधारित फिल्म है।पति की स्थिर आय से असंतुष्ट मानसी उपहार और पैसों के बदले अन्य आदमी से संबंध रखती हुई व्याभिचार की दुनिया में फंसती है।फिल्म 'मृत्युदंड'(1997) नारी पर होनेवाले सामाजिक और लैंगिक अन्याय पर आधारित है।जिसका प्रारंभ दो बेबस महिलाओं की भीड द्वारा हत्या से होता है।इस कुकर्म के पीछे के स्वार्थ को छिपाने गांव के प्रमुख अपनी शक्ति लगाकर प्रशासन से बचते है। महिलाओं को प्रताडित करनेवाले, बेईमान, शक्तिशालियों की साजिश से घिरे पति को केतकी सही राह पर लाती है।

देश-काल के विस्तार से परे सिनेमा का संबंध लोगों के संस्कार-मूल्य,मानसिकता,उनके बनने-बिगडने से होता है।'चांदनीबार' (2001) वेश्यावृत्ति, डान्सबार पर आधारित फिल्म है। सांप्रदायिक दंगों में परिवार खो चुकी मुमताज स्त्रीजन्य शर्म के बावजूद मुंबई के डान्सबार में नृत्य और इश्कबाजी के लिए तैयार होती है। चाचा की वासना का शिकार बन चुकी मुमताज एक गॅगस्टर से प्रेम, तत्पश्चात विवाह कर कुछ पल सुख से जीती है। पर पति की इन्काउंटर में मौत, जेल से बेटे को छुडाने मुमताज को अपना शरीर बेचना पडता है और उसकी बेटी बार में नाचती है।'फिजा' (2001) बंबई दंगों के दौरान गुम हो चुके अपने भाई को खोजनेवाली बहन की कहानी है, जो कानून, मीडिया, राजनेताओं से मदद मांगती है। पर भाई को आतंकवादी गतिविधियों में फंसा जान उसे सम्मानजनक अंत देने वह स्वयं अपने भाई को मार डालती है। तथाकथित समाज मान्य वर्तन को अमान्य करनेवाले नारी चरित्र फिल्मों से उभरें। फिल्म 'जुबैदा'(2001) जीने की आझादी और स्वयंनिर्णय की क्षमता से

दूर नायिका के विद्रोह को दर्शाती है। पिता के अहंकार, समाधान तुष्टी का साधन बनी जुबैदा करियर, विवाह, तलाक का निर्णय स्वतंत्रता से नहीं ले सकती। आसमान का सपना देखनेवाली जुबैदा विद्रोह कर फतेहपुर राजा से विवाह करती है,पर कई शर्तो के साथ। अधिकारलिप्सा, संकुचित प्रथा-परंपरा में उसका दम घुटता है और समझौता न करने की स्थिति में उसकी मौत होती है।

फिल्म 'डोर' (2006) अलग पार्श्वभूमि की औरतों को जोडती है। विधवा, परंपराओं में फंसी मीरा का उत्साह काले घूंघट में दब जाता है।हत्या के आरोप में सौदी में बंदी पति को बचाने, सौदी के नियमानुसार मृतक की पत्नी का माफीनामा लाने जीनत हिमाचल से जोधपूर आती है।वास्तविकता छुपाकर की गयी जीनत की दोस्ती को धोखा जान मीरा दुखी होती है।मात्र हवेली के लिए ऋण के बदले उसका सौदा करनेवाले ससुरालवालों को छोड, पुरानी परंपराओं से भागकर मीरा जीनत की ओर,जिंदगी की ओर जाती है,जिसने उसे जीना सिखाया।

अभिनय की उत्कृष्टता के मापदंड के बावजूद हिंदी सिनेमा में नारी को भोगवादी और शोपीस की भूमिका में अधिक रखते हुए रूप और मादकता के लिए महत्वपूर्ण माना गया।पुरुषी प्रवृत्तिओं को चुनौती देनेवाली प्रथाओं के चलते कुछ नायिकाओं को प्रसिद्धि मिली। 'द डर्टी पिक्चर'(2011) दाक्षिणात्य अभिनेत्री सिल्क स्मिता के वादग्रस्त,अल्प जीवन के साथ दर्शकों की अश्लील मनोवृत्ति,पैसे कमाने के अव्यावसायिक तंत्र एवं नारी मनोविज्ञान को दर्शाता है।फिल्मों में नाम कमाने की इच्छुक रेशमा योग्य मार्ग न पाकर सब कुछ दांव पर लगाकर फिल्म के परदे पर बेशरम हो जाती है। किंतु उसकी विद्रोहात्मता मौका पाकर समाज की नग्न मनोवृत्ति पर प्रहार करने से नहीं चुकती।व्यावसायिक अपयश, वास्तविक सामाजिक स्तर, व्यसनाधिनता, प्रेम के नाम पर छल और सामान्य नारी की तरह कई सपनें लिए रेशमा अपने जीवन का अंत कर लेती है। आज नारी साहस से कदम उठाते हुए कितनी ही पारंपारिक श्रृंखलाओं को तोड रही है। निश्चितता में ढल चुकी सामाजिक चौखट को भेदकर निकलनेवाली इन स्त्रियों के लिए पुरुषी दृष्टिकोण फिल्मों में नजर आता है। बाजारीकरण, नवमूल्यवाद से 'स्टारडम' का प्रभाव आम समाज पर हुआ।जिसे फिल्म 'फॅशन' (2008) में देखा जा सकता है। घर छोड मुंबई आनेवाली मेघना जैसी छोटे शहर की लडकी का समझौतों से भरा फॅशन मॉडेल बनने का सफर,सफलता

के बाद अतिआत्मविश्वास,मादक पदार्था का सेवन,भावनाओं की जगह व्यावसायिकता और करियर में पिछडने से टूटी मेघना का पिता द्वारा पुनः प्रोत्साहन इस फिल्म की विशेषता हैं। वहीं मॉडेल शोनाली सफलता के बाद पतन से निराश हो मानसिक रूप से बीमार, बेघर, शराबी बन एक दिन मरती है, तो मेघना आत्मविश्वास से रैम्प पर उतरती है।

नारी की जाग्रकता जीवन को अधिक सुसह्य बनाती है, अन्यथा उसके मन के न्यूनत्व का दुरूपयोग समाज करता है। 'परिणिता' (2005) ललिता के माध्यम से नारी आदर्श की स्थापना करता है। प्रेमी से गहरे प्रेम के बावजूद गरिमा,नैतिकता को महत्व देते हुए वह अपमानित होती है,पर सम्मान हेतु परिस्थिति से चार हाथ करती है। 'लाइफ इन मेट्रो' (2007) की उच्चशिक्षित शिखा परिवार के लिए घर में रहती है।पति की उपेक्षा,उदासीनता से शादी में आई कडवाहट के चलते शिखा एक थियेटर कलाकार की ओर आकर्षित होती है। दोस्ती से प्रेम की ओर बढनेवाले इस रिश्ते में मर्यादा का उल्लंघन न करते हुए भी वह खुद को अपराधी मानती है। किंतु मर्यादाविमुख पति को वह आसानी से क्षमा कर देती है।

'अस्तित्व' (2000), 'कॉर्पोरेट' (2006), 'नो वन किल्ड जेसिक' (2011), 'कहानी' (2012), 'चक्रव्यूह ' (2012) मातृत्व, न्याय हेतु संघर्ष, नारीजनित प्रतिशोध, पुलिसी अत्याचार, क्रोध की प्रतिक बनती नक्सलवादी नारी, कर्तव्यनिष्ठ नारी, व्यावसायिक किंतु भावना से जुडी सोच की कहानी है। भावनिकता के जगह ॲक्शन को मिलते महत्व ने नायक को महत्वपूर्ण भूमिका दिलाई और नायिका का काम कम से कम कपडों में आकर्षक दिखना मात्र रह गया।भारत में पुरुषप्रधान व्यवस्था के बावजूद नायिकाप्रधान फिल्मों ने समाज को अपनी ओर ध्यानाकर्षित किया। शोषण की अति से विद्रोही बनी,विवाह चौखट लांघकर निज अस्तित्व खोजनेवाली,कलम से लेकर बंदूक, घर से लेकर बार, आँगन से लेकर रैम्प, प्रेम से लेकर प्रतिशोध, न्याय से लेकर प्रतिकार, सुख खोजती, राजनीति के फलक पर चमकती नारी का चित्रण सिनेमा में हुआ है। मात्र सहज मानवीय भावनाओं के परे नारी नहीं जा सकी, न वास्तव में न फिल्म के परदे पर।

भारतीय सिनेमा की नयी स्त्री

हिंदी सिनेमा या यूँ कहे पूरा भारतीय सिनेमा व समाज ही नायक प्रधान रहा है । हिंदी सिनेमा अपने प्रारम्भ से ही समाज में स्त्री की स्थिति और समय के साथ उसकी बदलती भूमिका,उसकी चुनौतियों को सकारात्मक व लगभग आदर्श रूप में प्रस्तुत करता रहा है । सिनेमा के प्रारम्भ में ऐतिहासिक ,धार्मिक और पौराणिक फिल्मों के अनुरूप ही स्त्री पात्र उन्ही पारंपरिक आदर्श भूमिकाओं में रही । हर काल में समाज की समस्याएं बदल जाती हैं ठीक वैसे ही जैसे हर उम्र में हमारी समस्यायों का रूप अलग-अलग होता है । हिंदी सिनेमा ने काफी सालों तक नारी की वही तस्वीर प्रस्तुत की जिस आदर्श की अपेक्षा पितृसत्तात्मक समाज को रहती है । नारी जीवन की सार्थकता इस बात में है कि वो प्रेम को महत्व न देकर संस्कारों और परम्पराओं को महत्व दे ,पति और बच्चों के लिए जिए उनके लिए व्रत ,त्याग ,तपस्या करे । हर तरह से पति के लिए लॉयल और समर्पित रहे । जो नारी इन मानकों के साथ अपना जीवन-यापन नहीं करती उसे खलनायिका का रूप दे दिया गया । खलनायिका वो औरत भी होती थी जो जीवन को अपने शर्तों के मुताबिक जीती है ,क्लब या डिस्को में नाचती है ,पुरुषों से बात करती है ,उन्हें रिझाती भी है, छोटे कपडे पहनती है और अपनी सेक्सुअली जरूरतों को प्राथमिकता देती है ।

इस तरह सिनेमा में दो तरह के चारित्रिक विशेषताओं के साथ नारी के चरित्र और उसके अच्छे बुरे होने का सर्टिफिकेट जारी कर दिया गया और फिल्मों में वैसा ही दिखाया जाने लगा । धीरे-धीरे ये दो मुख्य छवियाँ बदलने लगीं और नायिका कई छवियों में हमारे सामने आयीं । शिक्षा, राजनीति,सेरोगेसी ,लिव इन रिलेशनशिप, कार्पोरेट ,देह व्यापार ,मॉडलिंग ,खेल-जगत ,समलैंगिकता ,ऐतिहासिक घटनाएँ ,सेक्सुअलिटी, पत्रकारिका और भी ऐसे असंख्य विषय व विषय क्षेत्र में नायिका उभर कर आयीं व नायिका प्रधान फ़िल्में बनने लगीं व नायिकाओं की एक अपनी जगह बनी ।

हिंदी सिनेमा नायिका के इतने रंग रूप ढंग सामने लाया जो हमने न कभी सोचा था न सोच पाते। ये प्रयास किसी एक व्यक्ति का नही समूह का है पूरे सिनेमा समाज का है और समाज में हो रहे बदलावों के प्रभाव का है । ऐसा नहीं है की ये रूप काल्पनिक या फैंटसी है ,समाज में कार्य के हर क्षेत्र में नारियों की सक्रियता ,संख्या,और सहभागिता तेजी से बढ़ी है ।कॉर्पोरेट, साहित्य,धर्म,फैशन,राजनीती ,सिनेमा ,ज्ञान अभिनय आदि क्षेत्र में स्त्रियों ने अपने योगदान से लोगो को चकित कर दिया है । समाज की यह धारणा की हिंदी सिनेमा में नायिकाओं की ज्यादा भूमिका नहीं होती और जो होती है वो पुरुष को रिझाने के लिए होती है का सिनेमा ने निर्मूल कर दिया और महिला सशक्तिकरण पर आधारित कई फिल्मों का निर्माण हुआ जिसमे नायिकाओं का और भारतीय स्त्री का असल रूप सामने आया जो कि यथार्थ की भूमि पर टिका और दिखा न कि आदर्शों के बोझ तले दबा बनावटी रूप । हिंदी सिनेमा के इतिहास से शुरुआत करें तो दादा साहब फाल्के द्वारा 1913 ई. में बनाई गई पहली भारतीय फिल्म 'राजा हरिशचन्द्र' को ही ले लें, तो हम देखते हैं कि इस फिल्म की मुख्य चरित्र रानी तारामति है जो उच्च आदर्श, पतिव्रता, त्याग की प्रतिमूर्ति, कष्ट साधक तथा ममतामयी माँ की प्रतिमा है। असल में शुरुआती दौर की भारतीय फिल्मों में त्याग की प्रतिमूर्ति, श्रद्धा की देवी, उच्चतर आदर्श को पहचानने वाली, पति के प्रति पूर्ण

समर्पित स्त्री-बिम्बों की प्रधानता है। बाद में 'मदर इंडिया' 'लेडी टीचर'(1922), 'नर्तकी तारा'(1922), 'बाल विधवा'(1925), 'टाइपिस्ट गर्ल' (1926), 'अनारकली' (1928), 'आर्य महिला' (1928), 'बहादुर बेटी'(1931) 'आंजाद अबला' (1933) आदि फिल्मों ने एक भिन्न लकीर खींची। स्त्री की मानवीय तथा यथार्थपरक छवि पेश करने में इन फिल्मों की भूमिका जबर्दस्त है। सन् 1940 ई. में बनी फिल्म 'औरत' की बात करें, तो यह फिल्म स्त्री की छवि स्वायत्तता और आत्मनिर्भरता को दर्शाता है। साथ ही, सिनेमाई 'क्लोजअप' में कैद यह स्त्री-छवि के सशक्तिकरण का महत्त्वपूर्ण संकेत भी देता है । हिन्दी सिनेमा में स्त्री की स्वतंत्र छवि का निर्माण 'भूमिका' (श्याम बेनेगल), 'सुबह'(जब्बार पटेल), 'बांजार' (सागर सरहदी) और 'मासूम'(शेखर कपूर),मंडी, अभिमान ,गाइड, आंधी जैसी फिल्मों में हुआ है। इस दौर की फिल्मों में 'मदर इंडिया' महत्त्वपूर्ण है। इस फिल्म में दिखाया गया है कि भारत

के अस्तित्व के जितने भी आयाम हैं; सब के पीछे स्त्री का बहुत ही गहन संघर्ष है। इसी तरह फिल्म 'गाइड' में स्त्री के भीतर छिपी सृजनशील प्रतिभा का विद्रोह है। गुलंजार निर्देशित फिल्म 'नमकीन' में एक व्यापक स्त्री-संसार है जो आथ-अलम छूटने के बावजूद पूरी ताकत और निर्भीकता के साथ विडम्बनापूर्ण जिन्दगी जीती हैं; किन्तु उकताती नहीं हैं। फिल्म 'आँधी' में एक स्त्री सत्ता में सीधे भागीदार बनकर राजनीति में पुरुष वर्चस्व के मिथक को तोड़ती हुई दिखाई पड़ती है। इसी तरह जानी-मानी लेखिका महाश्वेता देवी द्वारा लिखित उपन्यास 'हजार चौरासी की मां' के ऊपर इसी नाम से बनी फिल्म भी उल्लेखनीय हैं। इसमें नक्सलबाड़ी आन्दोलन में भागीदार एक ऐसी दृढ़ स्त्री का चरित्र है जो तमाम यातनाओं के बावजूद टूटती नहीं है ।

सभ्यता के विकास के साथ ही हिंसा,असंतोष का विकास भी समाज में हुआ और ये हिंसा हर स्तर पर हुआ होता है और इन दिनों ये चरम पर है । सम्पत्ति के लिए,स्त्री के लिए ,अधिकार के लिए ,किसी प्रकार के वर्चस्व के लिए हमारा यहाँ केंद्र स्त्री के साथ हो रही हिंसा से है जो समाज में हर क्षेत्र और वर्ग में व्याप्त है । हमारा मुद्दा यहाँ स्त्रियों के प्रति की गयी हिंसा से है ये हिंसा केवल शारीरिक नही होती मानसिक और मनोवैज्ञानिक भी होती है जो दिखती नहीं पर उसका प्रभाव शारीरिक हिंसा से कहीं ज्यादा गहरा होता है । बॉलीवुड ने समय-समय पर इसे अपने तरीके से दिखाया है और इसका विरोध भी किया है । समाज के एक बड़े वर्ग का ये आरोप है कि सिनेमा में हिंसा दिखाए जाने के कारण हिंसा में बढ़ोतरी हुई है । ये एक अलग बहस का विषय है । हिंदी फ़िल्में प्रारम्भ से ही हिंसा और उसके कई रूपों को दिखाते आई है जो कि समाज में मौजूद रहा है । हिंसा को लेकर कई सारी फ़िल्में बनती आई हैं जनता ने उन्हें पसंद भी किया है और स्वीकार भी है । जहां आए दिन प्रेम के मायने बदल रहे हों, एकतरफा प्रेम में तेजाब फेंकने से लेकर हत्या तक की खबरों से समाज आतंकित हो। जहां रिश्तों की मर्यादा खतरे में हो, वहां प्रेम को, आज़ादी को, सेक्स का पर्याय बना देने की कोशिश वाकई डराती है। लज्जा ,मृत्यदं,खूनभरी मांग ,दामिनी ,एक हसीना थी ,बैंडिट क्विन ,शक्ति कुछ ऐसी फ़िल्में है जिनमे नायिकाएं खुद अपने लिए लडती हैं । अपना प्रतिशोध लेती हैं और जुल्म का विरोध ही नहीं दोषियों को सजा भी दिलाती हैं ।

पिछले कुछ दशक में सिनेमा ने नायिकाओं के इतने रूप स्वरूप दिखाए

हैं कि ये एक नया विमर्श ही है जिस पर स्वतंत्र रूप से पुस्तक या असंख्य लेख लिखे जाने चाहिए और लिखे जाने की जरुरत है । समाज में महिलाओं के जितने मुद्दे हैं ,जितनी समस्याएं हैं उसके कुछ प्रतिबिम्बों को सिनेमा ने दिखाने की कोशिश की ही है । आज के नए सिनेमा में नायिकाओं का जो मुखर रूप सामने आया है वो न दर्शक कभी सोच सकता था न समाज । सिनेमा एक साथ सभी वर्गों का प्रतिनिधित्व नही कर सकता । हर वर्ग के लिए अलग-अलग किस्म की फ़िल्में बनी हैं । एक स्त्री के जीवन में कई समस्याएं होती हैं पति प्रेमी के साथ सामंजस्य, माँ बाप के साथ सामंजस्य ,समाज के साथ सामंजस्य ,कार्यस्थल पर कई तरह की समस्याएं ,घर में सम्मान और पहचान की समस्या ऐसे छोटे बड़े कई समस्याएं हैं । जिन पर कभी-कभी हमारा ध्यान भी नहीं जाता और हम उसके साथ अभ्यस्त हो जाते हैं । ऐसे कई समस्याओं और मुद्दों पर हिंदी सिनेमा ने न सिर्फ बात की है बल्कि बड़ी ही बारीकी से उन मुद्दों को उठाया भी है । खासतौर पर ये पिछले दस सालों के फिल्मों का अवलोकन किया जाये तो ऐसी-ऐसी फ़िल्में हमारे सामने आयीं जिनके बारे में पता तो सबको है पर कोई बात नहीं करता न स्वीकार । इन फिल्मों में हम इंग्लिश विन्गलिश ,हाईवे ,क्वीन ,पिंक ,पार्च्ड,पीकू,मरदानी, जज्बा ,नो वन किल्ड

जेसिका ,चक दे इंडिया ,निल बट्टे सन्नाटा ,एन एच 10,बॉबी जासूस,नीरज,मैरी कॉम आदि तमाम बायोपिक से लेकर सच्ची घटनाओं तक महिला केन्द्रित फ़िल्में आयीं । ये प्रयोग महिला प्रधान फिल्मों के रूप में सामने आये ।सच्ची घटना पर आधारित फिल्म 'नो वन किल्ड जेसिका' की सफलता से निर्देशकों और फिल्म जगत में एक सकारात्मक प्रभाव पड़ा और ऐसी घटनाओं पर फ़िल्में बनने लगीं । दिल्ली की एक अकेली लड़की के संघर्ष की कहानी को रानी मुखर्जी और विद्या बालन ने जिस बिंदास अंदाज़ में परदे पर साकार किया था, उससे लगा कि फ़िल्म नायक के बगैर भी बहुत अच्छे से सफलतापूर्वक दिखाया जा सकता है और दर्शक भी स्वीकार करेंगे । रानी मुखर्जी इस फ़िल्म में एक जुझारू टीवी पत्रकार की भूमिका में थी, जबकि विद्या बालन ने अपने बूते अकेले इन्साफ़ की लड़ाई लड़ने वाली बहन की भूमिका निभाई थी। इससे पहले भी कई बार महिलाएं परदे पर टीवी पत्रकार के रूप में दिखी थीं, लेकिन 'नो वन किल्ड जेसिका' में पहली बार ऐसा लगा कि नए कार्यक्षेत्रों में दखल बना रही स्त्रियों की पहचान हिंदी सिनेमा कर रहा है। वैसे

यह भ्रम साफ़ होने में देर नहीं लगी, क्योंकि सिनेमा की प्राथमिकता महिला सशक्तीकरण को प्रदर्शित करने से अधिक एक नए किस्म का ग्लैमर दिखाने में थी। दीपा मेहता का 'फायर' या फिर 'वाटर' जिसमें एक स्त्री की दृष्टि से जबर्दस्त कथानक का रचाव-बसाव है; सर्वश्रेष्ठ उदाहरण हैं। महिला केंद्रित सिनेमा का आधार सिर्फ यह नही हो सकता कि महिला की भूमिका कितनी लंबी है। यह मात्र इसी बात से तय हो सकती है कि भूमिका और चरित्र कितना सशक्त है।

सिनेमा द्वारा पूरी परिपक्वता के साथ स्त्री को अभिव्यक्त करने की कोशिश साफ दिखाई पड़ती है। वे सामाजिक-मनोवैज्ञानिक धरातल पर स्त्री के व्यक्तित्व की वास्तविक पड़ताल करते हैं। यही नहीं स्त्री के मायारूप और त्रिया-चरित्र का भी फिल्मांकन बखूबी हुआ है। फिल्म 'भूमिका' में चरित्र-नायिका का यह कथन गौरतलब है-'सबकुछ बदलता है, लेकिन मर्द नहीं बदलता।' पुरुष का मूल गुण यह है कि वह पुरुष है जिसका एक रूढ़ मायने यह भी है कि वह स्त्री की नियति का नियंत्रक है।

सुखद है कि ऐसे में 'क्वीन', 'हाइवे' और 'हंसी तो फंसी' दावत ए इश्क जैसी फिल्में आती हैं तो लगता है हिंदी सिनेमा ने अब महिलाओं की आज़ादी को पहचानने की शुरुआत की है। विकास बहल के निर्देशन में बनी पहली फिल्म 'क्वीन' इसका एक बहुत रचनात्मक सबूत है। इस फिल्म की नायिका को उसका पूर्व प्रेमी और भावी पति शादी से ठीक दो दिन पहले छोड़ देता है। दिल्ली के नितांत मध्यवर्गीय और पारंपरिक संसार में पली इस नायिका की पूरी दुनिया ही जैसे उजड़ जाती है। कुछ देर के लिए लगता है, वह आत्महत्या कर लेगी। लेकिन वह ऐसा नहीं करती- जीने की एक दबी हुई भूख उसके भीतर फिर भी सिर उठाती है- देश-विदेश घूमने की तमन्ना के तहत पेरिस में हनीमून मनाने के ख्वाब के साथ बनवाया गया पासपोर्ट, लिया गया टिकट और बुक किया गया होटल उसे याद आते हैं। और एक दिन अपने आंसुओं और मायूसी के बीच वह घरवालों को बताती है कि वह अकेली ही अपनी 'हनीमून ट्रिप' पर जाएगी। यह असंभव सा लगता ट्रिप, लेकिन संभव होता है। ऐसा नहीं कि इस परिवर्तन के साथ रानी कोई क्रांतिकारी लड़की हो उठती है। वह पहले की तरह ही सहज है- बस खुद को पहचान रही है और दुनिया को भी। उसका घूमना दरअसल दुनिया को देखना ही नहीं, दुनिया के आईने में अपने-आप को देखना

भी हो जाता है। इसी दौरान जिंदगी उसके सामने वापसी का एक विकल्प भी रखती है। यह हिंदी सिनेमा की नई नायिका ,नई स्त्री है । अपने बोलचाल और पहनावे में बेहद मामूली ,लेकिन इस मामूलीपन के साथ वह भारतीय समाज में बदलती औरत की छवि का एक सुराग दे जाती है। बेशक, पूरी फिल्म को कंगना रानावत का सहज अभिनय ऐसी विश्वसनीयता प्रदान करता है कि यह फिल्म हमारे लिए यादगार अनुभव में बदल जाती है सिर्फ अनुभव ही नहीं उन तमाम लड़कियों के लिए एक सबक जो किसी पुरुष द्वारा नकारे जाने पर डिप्रेशन टूटन की अवस्था से गुजरती हैं ।

इसी श्रृंखला में इम्तियाज़ अली की फिल्म 'हाइवे' की नायिका क्वीन की तरह दबी-सहमी नहीं दिखती । वह कुछ बिंदास है और कुछ रोमांटिक भी। उसे एक खुली दुनिया और उसके ढेर सारे अनुभव चाहिए। रात के वक्त अपने दोस्त के साथ ऐसी ही खुली ड्राइव के बीच उसका अपहरण हो जाता है। आगे की कहनी फिर उसके बदलने की कहानी है। जिस अनपढ़ और खूंखार शख्स ने उसका अपहरण किया है, उसके भीतर भी एक मासूम इन इंसान बैठा हुआ है, यह वह पहचान पाती है। यह भी कि यह खूंखार शख्स कम से कम उसके उस चाचा से कहीं ज्यादा अच्छा है जो बचपन में उसे चॉकलेट देकर उसका जबरन यौन शोषण किया करता था।

कुछ फ़िल्में जिनके बारे में बात कम होती है पर वो भी नायिका को एकदम नये कलेवर में लेकर आता है । स्त्री की शिक्षा की समस्या आज की नहीं सभ्यता के विकास के साथ की है और इसके लिए आज भी कोशिशें जारी हैं। हंसी तो फंसी' ऐसी ही फिल्म है जिसमे हलके-फुल्के मनोरंजन के साथ गंभीरतापूर्वक नायिका के शिक्षा के पहलू को उठाया गया है जो आज भी हर दूसरे तीसरे घर की समस्या है । बदलते समय के साथ बदलती महिलाओं को पूर्णता में परिभाषित करने वाली यह हिंदी की पहली फिल्म मानी जा सकती है। हो सकता है आने वाले समय में 'हंसी तो फंसी' किसी महान फिल्म की तरह याद न भी की जाए, लेकिन जब भी महिलाओं की आज़ादी की बात होगी, उनकी समझ की बात होगी, समाज और परिवार में उनकी स्थिति की बात होगी, तब फिल्म 'हंसी तो फंसी' को भुलाना संभव नहीं होगा। हिंदी सिनेमा में नायिकाओं का घर से भागना कोई नई बात नहीं, अक्सर प्रेमप्यार से ओत-प्रोत फिल्म 'बॉबी' से लेकर फिल्म 'शुद्ध देशी रोमांस' तक में नायिकाएं आज़ादी के

मजे की तलाश में घर से भागती दिखती रही हैं। फिल्म 'हंसी तो फंसी' हिंदी की पहली फिल्म है जिसमें नायिका उच्च शिक्षा के लिए घर से भागने का निर्णय लेती है। विनिल मैथ्यू निर्देशित इस फिल्म में ऊपरी तौर पर भले ही प्रेम त्रिकोण भी दिखाई देता है, लेकिन एटोमिक पावर के अपने शोध के प्रति नायिका का जीवट रोंगटे खड़ा कर देता है। बचपन से नए नए वैज्ञानिक प्रयोगों में रुचि रखने वाली मीता को पढ़ाने में उसके व्यवसायी परिवार के किसी सदस्य की रुचि नहीं। पढ़ने के लिए मार और डांट खाते भी उसकी हिम्मत नहीं टूटती और अंततःअपने शोध कार्य को पूरा करने के लिए घर से 5 करोड़ रुपए चुरा कर चीन भाग जाती है। बेटी की पढ़ाई और कॅरिअर के अधिकार को शिद्दत से बयान करती यह फिल्म सन् 2014 की एक नई नारी से भी दर्शकों को मिलने का अवसर देती है।

हिन्दी सिनेमा में स्त्रियों की यौनिकता को अश्लीलता का श्रोत बताया गया है जबकि पुरुषों को उसके पुरुषार्थ से जोड़ दिया गया है। लिंग संवेदना, स्त्री यौनिकता, देह विमर्श, स्त्री मन, लेस्बियनिम, कार्यकुशलतायोग्यता की समानता, पुरुष की तरह समान व्यवहार और इच्छाशक्ति दर्शाने वाली स्त्री जैसे प्रश्न आज हिन्दी सिनेमा के विषय कम बनते हैं पर अब बनने लगे हैं । हिंदी सिनेमा पर यह बराबर आरोप लगता रहा है कि सिनेमा ने स्त्री को देह के रूप में परोस कर मुनाफा कमाया है । यह केवल एकांगी दृष्टिकोण है ऐसे तो हर कम्पनी जो ऐड बनती है चाहे साबुन से लेकर कार बेचने की बात हो या किसी भी ऑफिस वगैरह में प्राथमिकता में महिला रिसैप्शनिस्ट को रखने की

बात हो ये आरोप सब पर लागू होता है । आमतौर पर परदे पर महिलाओं की आज़ादी के सामने उसके अपने शरीर को ही सबसे बड़े खतरे के रूप में प्रस्तुत किया जाता रहा है। घर से बाहर निकलते ही छेड़खानियों से लेकर बलात्कार की घटनाओं को प्रदर्शित करते निर्देशक कहीं न कहीं महिलाओं की आज़ादी पर ही सवाल करते दिखते हैं। सिनेमा और टीवी की एक बड़ी समस्या यह है कि प्रायः महिलाओं को सेक्स प्रतीक के रूप में चित्रित किया जाता है। महिलाओं की समाज में बहुपक्षीय सार्थक भूमिका को सही ढंग से दिखाने वाली कुछ फिल्में भी बनी हैं, पर अधिकतर व्यावसायिक मसाला फिल्मों में महिलाओं को सेक्स प्रतीक के रूप में ही उभारा जाता है। उनके तरह-तरह के हाव-भाव, वेश-भूषा, अंग-प्रदर्शन पर फिल्म निर्माताओं या निर्देशकों का ध्यान केंद्रित

रहता है। इसी तरह फिल्म, फिल्मी गीत व अन्य कार्यक्रम टीवी पर दिखाई देते हैं। केबल टीवी आने पर यह चलन और बढ़ गया है और इस सबमें अर्द्धनग्नता व अश्लीलता की प्रवृत्ति तो और भी बढ़ गई है।

हिंदी सिनेमा ने उन अनछुए पहलुओं और समस्याओं को बहुत ही बारीकी से उठाया और दिखाया है जो हमारे समाज के विभिन-विभिन्न वर्ग का हिस्सा हैं। स्त्री केन्द्रित या स्त्री की समस्याओं से सम्बन्धित फ़िल्में एक-दो दशक में बननी शुरू हुई हों ऐसा भी नहीं है हाँ ये जरुर है कि स्त्री पक्ष और समस्या के साथ ही नायक का योगदान और सहयोग को वरीयता दिया गया है पर अब हिंदी फ़िल्में इस तरह के वरीयता से मुक्त है । पर्दे पर लगभग वही दिखाया जाता है जो दिखाने के उद्देश्य से फिल्म निर्माता फिल्म बनाता है । ये भी सच है कि आधुनिकता ,भूमंडलीकरण या उदारीकरण के बावजूद स्त्री की सामाजिक पारिवारिक स्थिति में बहुत बड़ा परिवर्तन नहीं आया है , पर परिवर्तन नहीं आया है इसे कतई नहीं नकारा जा सकता ।

सिनेमा में अभिव्यक्त लोकजीवन

सिनेमा विचारों की अभिव्यक्ति का प्रभावशाली माध्यम है। सिनेमा का उद्देश्य चाहें जो भी हो व्यवसाय/मनोरंजन करना, या कोई सामाजिक सन्देश प्रदान करना लेकिन उसका अपने समय के यथार्थ से घनिष्ठ सम्बन्ध होता है। सिनेमा को मोटे तौर पर दो भागों में बांटा जाता है-1. मुख्यधारा का सिनेमा2. समानांतर सिनेमाजहाँ मुख्यधारा का सिनेमा मनोरंजन को ध्यान में रखकर कहानियां गढ़ता है। वहीं समानान्तर सिनेमा को परिवर्तन या बदलाव के सिनेमा के रूप में देखा जाता है। यह समाज की समस्याओं को न सिर्फ गहराई से उठाता है, बल्कि उस पर प्रश्न भी छोड़ जाता है।

पहले फिल्मों की कहानियां धार्मिक पृष्ठभूमि पर बनती थी। जैसे- 1942 में बनी 'सावित्री' और पहली फिल्म 'हरिश्चन्द्र' भी एक तरह की धार्मिक फिल्म थी। अन्य धार्मिक फिल्मों में लंका दहन, कृष्ण-जन्म, सावित्री-पद्मिनी, दक्ष-प्रजापति भी प्रमुख है। उस समय के समाज में लोगों को धर्म पर गहरी आस्था थी, धर्म उनके मन में गहरी पैठ बना चुका था। यही कारण है कि लोग धार्मिक फिल्मों को बहुत पसन्द किया करते थे, परन्तु कुछ समय बाद ही बेरोजगारी, बेकारी बढ़ने से लोगों का अब इन धार्मिक फिल्मों से मोहभंग होने लगा क्योंकि लगभग 60ः बेरोजगार युवा रोजी रोटी के लिए काम की तलाश में जुट गये और फिल्में उन्हें उनके वास्तविक परिस्थिति से जोड़ नहीं पाती थी, इसलिए उन्हें धार्मिक फिल्मों से संतुष्टि नहीं मिलती थी, और ये फिल्में सिर्फ बुजुर्गों तक सीमित हो गयी।धार्मिक फिल्मों के बाद इतिहास की घटनाओं, राजा-महाराजाओं, उनके युद्धों पर फिल्म बननी शुरू होती है। सोहराब मोदी की फिल्म 'पुकार' भी (1939) ऐतिहासिक फिल्मों में अग्रणी है। इन ऐतिहासिक फिल्मों का दौर मुगले आज़ाम से लेकर सत्यजित राय के 'शतरंज के खिलाड़ी' तक चलता रहा।फिल्मों के विकास के दौर के साथ फिल्मों की विविधता भी बदलती गयी, एक समय बाद प्रेमकथाओं पर बनी फिल्मों की भरमार होती है- हीर-रांझा,

सोहनी-महिवाल, आधुनिक प्रेमकथाओं पर भी फिल्में बनती है जैसे- आनन्द, मिली, बरसात, रोमांटिक फिल्मों में प्रमुख है। यहीं से फिल्में समाज का दर्पण बनना शुरू हो जाती है। 1941 में बनी 'आदमी' फिल्म में वेश्यावृत्ति को मानवीय नजरिये से देखने का प्रयास किया गया है। इन फिल्मों के माध्यम से हमें पता चलता है कि फिल्में सिर्फ मनोरंजन या व्यवसाय का काम नहीं करती थी, अपितु उनका ध्यान समाज की समस्याओं पर भी था।अब सिनेमा सिर्फ मनोरंजन का ही साध्न नहीं रह गया था, बल्कि सामाजिक समस्याओं पर भी फिल्में बननी शुरू हो गयी थी।

जैसे- ग्रामीण पृष्ठभूमि पर बनी प्रमुख फिल्में जैसे- 'मजदूर' (1934), 'औरत' (1940), 'रोटी' (1942), 'धरती के लाल' (1946), सिर्फ आजादी के पहले ही नहीं बल्की आजादी के बाद भी इन फिल्मों की संख्या में बढ़ोत्तरी होती हैं। जैसे- 'दहेज' (1950), 'आवारा' (1951), 'दो बीघा जमीन', 'मदर इण्डिया' (1957), 'वंदिनी' (1963), 'प्यासा' (1951) आदि ऐसी अनेक फिल्में बनी जो समाज के सच या वास्तविकता को दर्शकों के सामने प्रस्तुत कर रही थी। यानी आजादी के बाद लगभग 50 के दशक में फिल्मकार कल्पना व यथार्थ के बीच एक रचनात्मक स्थान खोज रहे थे और आजादी के बाद लगभग 50 के दशक में 'दो बीघा जमीन', 'मदर इण्डिया', 'जागते रहो', 'श्री 420', 'सुजाता' आदि अनेक फिल्मों ने यथार्थ से सीधा संपर्क स्थापित किया और निर्देशकों ने भी यथार्थ से अपनी पकड़ को साबित किया।हिन्दी में लोकजीवन से जुड़ी पहली फिल्म बनाने का श्रेय निर्माता हिमांशु राय तथा निर्देशक फ्रेंज आस्टिन को दिया जाना चाहिए, जो सन् 1936 में 'अछूत कन्या' फिल्म लेकर आये। इस फिल्म में दलित रेलवे चैकीदार दुधिया की पुत्री कस्तूरी (देविका रानी) का ब्राह्मण मोहन के पुत्र प्रताप (अशोक कुमार) से प्रेम को दर्शाया गया है।

सन् 1939 में आयी फिल्म रोटी में निर्देशक ज्ञान मुखर्जी एक औद्योगिक सभ्यता तथा आदिवासी संस्कृति की तुलना अत्यन्त प्रभावशाली तरीके से करते हुए निष्कर्ष निकालते है कि न तो आदिवासी संस्कृति शहर में आकर सुखी हो सकती है न ही एक तबाह उद्योगपति आदिवासी सभ्यता में खुशियाँ हासिल कर सकता है। दोनों की मुक्ति अपने-अपने बोलों के भीतर ही है।सन् 1953 में विमल रॉय 'दो बीघा जमीन' लेकर आये जो वास्तव में कृषक जीवन की

कारुणिक गाथा है। हिन्दी में 'गोदान' के बाद यदि किसानों की व्यथा कहीं अपने पूर्ण भयावह स्वरूप में आयी है, वह इस फिल्म में देखने को मिलेगी। 65 रुपये के साहूकार के कर्ज को चुकाने के लिए एक किसान को किन अमानुषिक परिस्थितियों से होकर गुजरना पड़ता है; यह देखकर एक साधारण व्यक्ति व्यथित हुए बिना नहीं रहता।सन् 1957 ई. महबूब खान द्वारा निर्देशित फिल्म 'मदर इण्डिया' भारतीय लोक संस्कृति की परदे पर हुई सबसे सटीक और सशक्त व्याख्या है; फिल्म में लोक के सभी रंग मौजूद है। गाँव अपनी संपूर्णता में फिल्म में उपस्थित है। फिल्म में लोकधुनों पर आधारित गीत है जिन्हें आज भी लोग गुनगुनाते हैं। घूंघट नहीं खोलूँगी सैयाँ तोरे आगे, पी के घर आज प्यारी दुल्हनिया चली, दुख भरे दिन बीते रहे भैया जैसे गीत आज भी आम जनता की जुबान पर हैं। फिल्म राधा के परिवार का पल्लू पकड़े तो जरूर रहती है पर उसकी नजर से गाँव-गिरांव की कोई भी चीज़ा मजाल है जो छूट गयी हो। संघर्षशील राधा (नरगिस) ने पसीने और आँसू से जो गाथा लिखी है। वह पूरे गाँव के लिए आदर्श है, आज गाँव में जो थोड़ी बहुत खुशहाली है तो वो राधा की बदौलत।

जिस गाँव में आज पक्की सड़के, लहलहाते खेत, पानी की नहर तक आ गई है, वहाँ कर्ज के बोझ से दबे किसानों के आह के सिवाय कुछ भी न था, किसान कर्ज में मरने को अभिशप्त था। सभी का पेट भरने वाला किसान घुट-घुट कर जीने को विवश क्यों है? इसका जवाब अपने को किसान का हिमायती मानने वाली सरकारें न तब दे पाई थी और न आज ही दे पा रही।हिन्दी के प्रतिष्ठित साहित्यकार रेणु की कहानी 'तीसरी कसम' उर्फ मारे गये गुलफाम पर निर्देशक बासु भट्टाचार्य द्वारा निर्देशित 'तीसरी कसम' फिल्म निर्माता शैलेन्द्र की आत्मा के चित्त कविता थी। वे गाँव के दुःख दर्द, वहाँ की पीड़ा, भोलेपन, निश्चलता सहजता के साथ-साथ उद्दात प्रेम को दर्शाया है। मेला जाते समय समेटे गये कजरी नदी प्रसंग, नटुआ नाच प्रसंग तथा गाँव के छोटे बच्चों द्वारा टप्पर के पीछे दौड़कर गाये गए गीत लाली लाली डोलिया पे लाली रे दुल्हनियांष्ठ प्रसंग लोक जीवन के बेहद मार्मिक और सहज बिंब है जिन्हें फिल्म गहराई से पकड़ सकी है।

नौटंकी जैसे उत्तर प्रदेश के लोक नाट्य को फिल्म द्वारा भारतीय जनमानस से परिचय कराना लोक संस्कृति के प्रति निर्माता निर्देशक के अगाध श्रद्धा को

प्रकट करता है।जिस समाज में आज परिवार ही नहीं पति-पत्नी के रिश्तों में दरारें आ चुकी हो वहाँ परिवार के बने रहने के लिए अपने प्रेम, चाहत को आत्मोत्सर्ग करने वाले चरित्रों को हम सन् 1982 में राज श्री बैनर की फिल्म 'नदिया के पार' में देख सकते हैं। यह पूरी फिल्म लोक के रंग में रंगी है, फिल्म में जहां सोहर, विवाह- गीत, ग्राम देवी गीत, मनौती गीत और प्रसिद्ध लोक पर्व होली के अवसर पर गाये जाने वाले फाग गीत का सुन्दर दृश्यांकन हुआ है वही संवादों में अवधी, भोजपुरी, जैसी क्षेत्रीय बोलियों के शब्दों का प्रयोग फिल्म को लोक सापेक्ष बनाता है।समानांतर सिनेमा के विस्तृत अर्थ पर जाये तो यह होगा कि इस सिनेमा के द्वारा समाज की गंभीर समस्याओं पर फिल्में बनती है जिसे कला या समानांतर सिनेमा कहा गया। जिसे व्यावसायिक अथवा मुख्यधारा के सिनेमा के बरअक्स प्रतिरोध का सिनेमा माना गया। वैसे तो समानांतर सिनेमा की उत्पत्ति 60 के दशक के अंत में मृणाल सेन की फिल्म 'भुवन शोम' से मानी जाती है, परन्तु, इसके पूर्व ही ऐसी फिल्मों की तैयारी होने लगी थी। कई फिल्मकारों ने यह महसूस किया कि समाज की गंभीर समस्याओं को फिल्म में शामिल करना चाहिए, तभी दर्शक भी स्वयं को उससे जोड़ पायेंगे उस समय समाज की गंभीर समस्या साहूकार, जमींदार थे जो किसानों का शोषण करते थे, इसी को आधर बनाकर समानांतर सिनेमा की शुरूआत इन्हीं ग्रामीण पृष्ठभूमि की वास्तविक घटनाओं पर बनी फिल्मों से होती है।

सिनेमा एक सशक्त व मजबूत माध्यम है जिससे पूरा यथार्थ व इतिहास का वातावरण सामने आ जाता हैजितना की यह वातावरण अन्य माध्यमों से नहीं आ पाता है।श्याम वेनेगल समानांतर सिनेमा बनाने वाले संजीदा फिल्मकार है, जिन्होंने 'अंकुर' फिल्म बनाई इस फिल्म के माध्यम से वे ग्रामीण पृष्ठभूमि व जमींदारी प्रथा के कारण शोषित, पिसते किसानों का संजीदा चित्राण किया है जो आज भी हिन्दी सिनेमा की महत्वपूर्ण थाती है। ग्रामीण भारत की समस्याओं और स्त्रियों के ऊपर हो रहे शोषण की भयावता को सबसे पहले कला फिल्म ने ही दिखाया। भारत में स्त्रियों पर हो रहे शोषण, दलित स्त्री के ऊपर हो रहे साहूकारों, जमींदारों द्वारा मानसिक-शारीरिक शोषण गरीबी आदि का नग्न चित्र हमें कला सिनेमा में मिलता है।समानांतर सिनेमा का उद्भव हिन्दी सिनेमा में नया था, परन्तु इसके पूर्व ही सत्यजीत राय, ऋत्विक घटक, मृणाल सेन जैसे निर्देशक यथार्थ पर आधारित फिल्में बनाया करते थे, परन्तु यह फिल्में बंगाली

पृष्ठभूमि पर आधारित हुआ करती थी, अतः सिनेमा में जब सामाजिक घटनाओं एवं लोक जीवन पर आधारित फिल्में बनने लगी तो सिनेमा का पूरा रूख ही बदल गया और यह आन्दोलन के रूप में सबके सामने मौजूद था। यद्यपि यह आंदोलन लंबे समय तक नहीं चला परन्तु फिर भी यह सिनेमा के महत्वपूर्ण अध्याय के रूप में है जो कि उस समय हिन्दी सिनेमा के लिए इस आन्दोलन की बहुत आवश्यकता थी।फिल्मों ने लोगों को वास्तविक भारत के निकट लाकर खड़ा किया। जिसके माध्यम से दर्शक भी असली भारत की तस्वीर, उसकी संस्कृति, धर्म, जाति, परम्परा, से परिचित हो पाये, अनजाने ही सही परन्तु इन फिल्मों से राष्ट्रीय एकता को भी बल मिला।जहाँ इन फिल्मों में लोक जीवन संस्कृति, गीत संगीत के संरक्षण पर संचयन का काम किया वहीं आज शहरी कृत्रिमता के फैलाव और पैसे की अनकूत इच्छा के चलते फिल्मों का व्यवसायीकरण हो गया है। इस समय फिल्मों का उद्देश्य मात्र पैसा कमाना रह गया है आज की फिल्मों से गाँव एवं क्षेत्रीय समस्याओं का गायब होना बहुत चिंतनीय है। जिस देश की आबादी के अस्सी प्रतिशत लोग गाँवों में रहने वाले लोग किसान मजदूर आदिवासी हो वहाँ पर निर्मित होने वाली फिल्मों का लोक के प्रति उदासीन होना बहुत खलता है।

फिल्म जो आम-आदमी की बिल्कुल पहुँच में है उसके द्वारा निम्न-वर्गीय या मध्यवर्गीय लोगों की समस्याओं को परदे का विषय न बनाया जाना सिनेमा को कटघरे में खड़ा करता है। एक दौर था जब हिन्दी सिनेमा में ग्रामीण परिवेश और ग्रामीण समस्याओं को लेकर फिल्मों का निर्माण किया गया था, जिसका प्रभाव समाज के साथ-साथ सरकार पर भी पड़ा था।वर्तमान हिन्दी सिनेमा में लोक जीवन एवं गैर लोक जीवन की फिल्मों को देखते सुनते परखते हुए लगातार महसूस करता हूँ कि आज लोक जीवन, ग्रामीण चेतना की फिल्में हाशिये पर जा खड़ी है, आज मसाला फिल्मों का बोल बाला है।फिर भी, पिछले कुछ वर्षों में ग्रामीण परिवेश से संघर्ष करके आये निर्देशकों के प्रयासों की सराहना अनिवार्य हो जाती है। जिन्होंने धन पशुओं के बीच में अपनी जगह बना कर लोक की समस्याओं एवं प्रश्नों को उठाना शुरू किया है। आशा है, आने वाले समय में इस तरह के निर्देशकों की तादात बढ़ेगी जो लोक के विभिन्न रूपों को परदे पर जीवित करते रहेगें।

सामाजिक राजनीतिक यथार्थ और सिनेमा

अक्सर हम संचार माध्यमों को निरपेक्ष परिघटना के रूप में देखते हैं। यह मानकर चलते हैं कि लोकमाध्यमों से लेकर इलेक्ट्रोनिक माध्यम तक के संचार माध्यम कालनिरपेक्ष, समाजनिरपेक्ष होते हैं। वे अपने समय की सामाजिक-सांस्कृतिक-आर्थिक-राजनीतिक-टेक्नोलॉजी प्रक्रियाओं के प्रभावों से अछूते रहते हैं। इन बहुआयामी प्रक्रियाओं के प्रभावजगत से संचार माध्यमों का कोई सरोकार नहीं होता है। सिनेमा को भी इसी परिप्रेक्ष्य में देखा जाता है।

यह एक भ्रामक सोच है। प्रायः भाववादी, आदर्शवादी और संरचनात्मकवादी विचारक ऐसा मानकर चलते हैं कि संचार माध्यम जिसमें निःसंदेह सिनेमा भी शामिल है, भौतिक यथार्थों से स्वतंत्र हैं। इसका अर्थ यह हुआ कि संचार माध्यम और भौतिक संरचनात्मक परिवर्तन दोनों का स्वतंत्र अस्तित्व है। पर ऐसा नहीं है। इतिहास के अनुभव इस बात की तस्दीक करेंगे कि सिनेमा समेत संचार के शेष सभी माध्यम स्थिति सापेक्ष होते हैं, तत्कालीन और समकालीन घटनाओं का उन पर कम अधिक प्रभाव पड़ता है बल्कि समकालीन सापेक्षता ही संचार माध्यमों का चरित्र, प्रभावशीलता और प्रासंगिकता निर्धारित करती आई है। इस दृष्टि से भारतीय सिनेमा भी इस सच का अपवाद नहीं है। साफ शब्दों में समझें तो सिनेमा तथा अन्य सभी माध्यमों का स्वतंत्र कार्य-अस्तित्व रहने के बावजूद ये सामाजिक-आर्थिक-राजनीतिक व्यवस्था के 'बाई प्रोडक्ट' ही कहे जाएँगे। किसी भी राष्ट्र-राज्य की 'राजनीतिक-आर्थिक व्यवस्था' (पॉलीटिकल इकोनॉमी) का प्रत्यक्ष व परोक्ष तथा सघन व गहन प्रभाव इन माध्यमों पर पड़ता आया है और ये प्रभाव माध्यमों द्वारा संप्रेषित अंतर्वस्तुओं के माध्यम से प्रतिबिंबित या अभिव्यक्त होता है।

भारतीय सिनेमा की यात्रा देश के औपनिवेशिक काल से शुरू होती है। राजनीतिक दृष्टि से यह समय साम्राज्यवादी-औपनिवेशिक शासनकाल का था। भारत अंग्रेजों का परतंत्र था लेकिन इसके साथ ही एक दूसरा सामाजिक व

राजनीतिक यथार्थ भी था जिसे मैं ध्यान में रखना जरूरी समझता हूँ। जहाँ एक तरफ विदेशी शासनम्व्यवस्था थी वहीं दूसरी तरफ भारत में सामंतवादी व्यवस्था भी थी। ये दोनों समानांतर व्यवस्थाएँ भारतीय जनमानस को गहरे तक जकड़े हुए थी। सामंती व्यवस्था राज्यसत्ता या शासनव्यवस्था के रूप में ही जीवित नहीं थी बल्कि सामंतवादी मूल्यों के रूप में भी इसकी एक सांस्कृतिक सत्ता भारतीय समाज में गतिशील थी। इन त्रिकोणीय व्यवस्थाओं से भारतीय समाज की मानस निर्मिति हुई थी।

इस पृष्ठभूमि में सिनेमा जैसे औद्योगिक और पूँजीवादी काल के संचार माध्यम का आगमन भारत के लिए एक महान ऐतिहासिक घटना से कम नहीं था; लोक माध्यम और प्रिंट माध्यम के बाद सिनेमा माध्यम के जन्म ने भारतीय समाज के समक्ष अभिव्यक्ति के नए विकल्प को प्रस्तुत कर दिया था। बीसवीं सदी के प्रथम चरण में दादा साहब फाल्के द्वारा निर्मित मूक फिल्म 'हरिश्चंद्र' ने जहाँ नई संचार क्रांति की थी वहीं सामंती और औपनिवेशिक भारत के आंतरिक जगत को बाह्य रूप से प्रस्फुटित होने का अवसर भी दिया था। क्या वजह है कि फाल्के साहब ने अपनी पहली फिल्म की कथावस्तु के रूप में एक मिथकीय आख्यान को चुना हरिश्चंद्र-तारामती की कहानी पूर्णतः धार्मिक थी और भारतीय मिथकीय मन से गहरे तक जुड़ी हुई थी। हमें यहाँ यह भी समझ लेना होगा कि भारत एक तरफ गहरे तक कृषियुगीन समाज था, कृषियुगीन समाज मूलतः भावनात्मक होता है और मिथकीय आख्यानों में समाया हुआ होता है। विदेशी शासनव्यवस्था ने तत्कालीन भारत को केवल सतह तक प्रभावित किया था लेकिन भारतीय समाज का अंर्तजगत कमोबेस भावनाप्रधान व मिथकीय ही रहा। यह अकारण नहीं है कि बीसवीं सदी के शुरुआती दशकों में धार्मिक फिल्मों का निर्माण अधिक होता है। हिंदी में ही नहीं, दक्षिण की भाषाओं और बाँग्ला में भी धार्मिक फिल्में अधिक बनी। यहाँ तक कि सवाक फिल्मों में भी धार्मिक फिल्मों का निर्माण अधिक हुआ था।

देश की पहली बोलती फिल्म या सवाक फिल्म 'आलम आरा' का निर्माण 1931 में हुआ था। यह भी अकारण नहीं है कि कृषिप्रधान और औपनिवेशिक समाज मूलतः पौराणिकता और रूमानियत में जीते हैं। जब पौराणिकता और रूमानियत का प्रभाव अधिक होता है तब समाज ऐसे आख्यानों में रमना पसंद करता है जो कि उसे आलोचनात्मक चेतना से दूर रखकर एक ऐसी मायानगरी

में ले जाए जहाँ वह अपने जीवन की समकालीन पीड़ाओं, दुःखों, त्रासदियों आदि से मुक्ति (पलभर के लिए ही सही) पा सके और एक छद्म आध्यात्मिकता का आनंद लूट सके। इस मजे के लिए वह समकालीन कटु यथार्थों से वह पलायन करता है और धार्मिक, पौराणिक, चमत्कारिक, इश्क मिजाजी जैसी फिल्मों में शरण लेता है। आजादी प्राप्ति के काल तक हरिश्चंद्र के अलावा भगवान राम, भक्त प्रह्लाद, भक्त हनुमान, भरत मिलाप, दशहरा, रावण वध, बालि वध, लव-कुश, कृष्ण-सुदामा, राधा-कृष्ण, कंस वध, द्रौपदी चीरहरण, कृष्ण लीलाएँ, सती सावित्री, सती अनुसूइया जैसे विषयों को लेकर दर्जनों धार्मिक फिल्मों का निर्माण हुआ। इसी के साथ-साथ रूमानियत के सिनेमा का बाजार भी चमका।

इस कड़ी में 'आलम आरा', 'अलिफ लैला', 'अरब का सौदागर', 'लैला मजनूँ', 'अली बाबा चालीस चोर', 'बगदाद का चोर', 'बगदाद की राजकुमारी', 'सोहनी माहीवाल', 'हीर राँझा', 'भोला-मारू' जैसी प्रेम कथाओं को लेकर सैकड़ों फिल्में बनाई गईं और इनमें कई हिट भी हुईं। जब कोई व्यक्ति या समाज या कौम या देश दासत्व का शिकार होता है या पराधीन होता है तब उसका आंतरिक प्रतिरोध नकारात्मक ढँग से भी अभिव्यक्त होता है। यह नकारात्मक अभिव्यक्ति पौराणिक नायक-नायिकाओं, प्रेमी-प्रेमिकाओं, पौराणिक युद्धों के माध्यम से व्यक्त होती है। गुलाम प्रजा इन पौराणिक तथा रोमानी पात्रों के माध्यम से अपने आक्रोश और शौर्य को वाणी देने की कोशिश करती है। इस धारा के सिनेमा निर्माताओं, निर्देशकों, पटकथा लेखकों और संगीतकारों ने सामंती व औपनिवेशिक भारत की इस मनोसंरचना का जमकर फायदा उठाया लेकिन इसके साथ ही परोक्ष रूप से भारतीयों को एक सांस्कृतिक सूत्र में पिरोने का प्रयास भी किया।

यह वह काल था जब महात्मा गांधी राष्ट्रीय मंच पर स्थापित हो चुके थे। स्वतंत्रता आंदोलन तेज होने लगा था। अखिल भारतीय राष्ट्रीय कांग्रेस राष्ट्र की आवाज बनने जा रही थी। इसी काल में जालियाँवाला बाग कांड हुआ, सिविल नाफरमानी आंदोलन चला, चौरा-चौरी हिंसा हुई, भगत सिंह, सुखदेव और राजगुरू की शहादत हुई, जवाहरलाल नेहरू, सुभाषचंद्र बोस, मोहम्मद अली जिन्ना, मौलाना आजाद जैसे नेता समाज के विभिन्न वर्गों के नायक के रूप में उभरे। इसी दौर में 'प्रगतिशील लेखक संघ', 'इप्टा' जैसे सांस्कृतिक प्रगतिशील

आंदोलन अस्तित्व में आए। यहाँ यह भी समझ लेना प्रासंगिक रहेगा कि 1917 में रूस की क्रांति ने भी जहाँ भारतीय राजनीतिज्ञों को प्रभावित किया वहीं संस्कृतिकर्मी और बौद्धिकों की जमात भी अक्टूबर क्रांति से अछूती नहीं रह सकी। कला, संस्कृति, साहित्यिक, नाटक, सिनेमा जैसे माध्यमों पर इस ऐतिहासिक क्रांति की छाप साफ तौर पर देखी जा सकती है। सवाक भारतीय सिनेमा में नए सामाजिक-राजनीतिक-सांस्कृतिक मुद्दे उठने लगे। इन मुद्दों को आधार बनाकर अनेक गैर-पौराणिक व रोमानी फिल्मों का निर्माण किया गया।

जैसा कि पहले कहा जा चुका है कि समाज बदलने लगता है तो संचार माध्यम भी उससे अछूते नहीं रहते हैं। देश में आंदोलन संस्कृति फूटने लगी भारतीयों में स्व-अस्मिता का भाव जाग्रत होने लगा और राष्ट्र राज्य के निर्माण की चेतना अंकुरित होने लगी। सिनेमा कर्मियों ने अपने-अपने ढ़ंग से उभरती हुई प्रवृतियों और विमर्शों को पकड़ने की कोशिश की। यह अकारण नहीं था कि महबूब खाँ ने 'औरत' बाद में 'मदर इंडिया' के नाम से बनी फिल्मों में कृषि समाज की महाजनी अर्थव्यवस्था और तदजनित अंतर्विरोधों को प्रस्तुत किया। इसके साथ ही भारतीय कृषि समाज में औरत की क्या हैसियत है, इसे भी सामने रखा। यह कहना होगा कि जहाँ पौराणिक भारतीय नारियों ('सीता', 'सावित्री', 'तारावती', 'दुर्गा' आदि) की फिल्मों में भरमार थी वहीं महबूब खाँ ने भारतीय स्त्री की यथार्थवादी स्थिति को चित्रित किया। किसान समस्या से संबंधित कई और भी फिल्में बनीं। उदाहरण के लिए उत्तर औपनिवेशिक भारत में बिमल रॉय ने बहुत ही सशक्त फिल्म 'दो बीघा जमीन' का निर्माण कर देश के संक्रमणकालीन द्वंद्वों को उजागर किया।

1953 में बनी ये फिल्म देश के बदलते राजनीतिक-आर्थिक दौर को सामने रखती है और बतलाती है कि औद्योगिकीकरण कृषियुगीन भारत से किस प्रकार की कीमत वसूल करेगा; भूमि का विलगन; सीमांत किसानों का खेतों से बेदखल होना, गाँवों से पलायन; विस्थापन व भूमिहीनता तथा शहरी सर्वहारा में किसान का तब्दील होना; पारंपरिक भू स्वामी या जमींदार और शहरी पूँजीपति का जन्म लेता गठबंधन जैसी प्रवृत्तियाँ नेहरूयुगीन समाजवाद की विसंगतियों को उघाड़ती हैं। यहाँ यह याद दिलाना मौजूं रहेगा कि पाँचवें दशक में ही आदिवासी अंचलों में (बस्तर, भिलाई, दुर्ग, छोटा नागपुर, राँची आदि) औद्योगिक सभ्यता ने अपनी घुसपैठ की लंबी यात्रा की शुरुआत की थी। यह वह दौर भी जब

मानव और मशीन के बीच प्रतिस्पर्धा तेज होने लगी थी, मशीन मानव को प्रतिस्थापित करने पर तुली हुई थी। इसका खूबसूरत फिल्मांकन बी.आर.चोपड़ा की फिल्म, 'नया दौर' में देखा जा सकता है। इसी प्रकार राजकपूर द्वारा अभिनीत 'जागते रहो' में भी गाँवों से गमन और शहर में ग्रामीण हिंदुस्तानी का हाशियाकरण व हताशाकरण सामने आता है।

इसी संक्रमणकालीन भारत के अंतर्विरोधों को ख्वाजा अहमद अब्बास ने अपने फिल्म 'शहर और सपना' में भी प्रभावशाली ढ़ंग से सामने रखा है। वामपंथी अब्बास बतलाते हैं कि एक महानगर का निर्माण किस प्रकार मानवीय मूल्यों के दम पर किया जाता है। महानगर की संस्कृति किस तरह से संवेदनाशून्य होती है और किस प्रकार के नारकीय जीवन को जन्म देती है। स्वाधीन भारत के तेजी से होते शहरीकरण और महानगरीकरण की विद्रूपताएँ 'श्री 420', 'बूट पॉलिस', 'जागते रहो', 'फिर सुबह होगी' जैसी फिल्मों में देखने को मिलती है। इन्हीं विद्रूपताओं का मेगा संस्करण बीस पच्चीस साल बाद बनी फिल्मों ('सत्या', 'कंपनी', 'सरकार', 'हथियार', 'त्रिशूल', 'अग्निपथ' आदि) में देखने को मिलता है। भारत नेहरूयुगीन समाजवाद या मिश्रित अर्थव्यवस्था से छलांग लगाकर भूमंडलीकृत राजनीतिक अर्थव्यवस्था में पहुँच जाता है। एक नया विमर्श सिनेमा में जन्मा लेता है जो कि हाइटेक फिल्मों ('कृष', 'रा-वन', 'कोई मिल गया', 'अवतार', '2050', 'माई नेम इज खान', 'न्यूयार्क', 'गजनी' आदि) में प्रतिबिंबित होता है। इन फिल्मों से इस बात की संकेत मिलते हैं कि भारत तेजी से बदल रहा है और उपभोक्तावाद के युग में प्रवेश कर चुका है।

भारत के भूमंडलीकृत दौर में बनी फिल्मों में उपभोक्तावाद का चरम विस्फोट, मानवीय संवेदनाओं और संबंधों का कमोडिटीकरण, गुरु मूल्यों और संस्थाओं का विखंडन, नायक का प्रतिनायक, प्रतिनायक का नायक में रूपांतरण, लंपटी शक्तियों का ग्लैमरीकरण, हिंसा व सेक्स की वर्चस्वता जैसी घटनाएँ आक्रमकता के साथ स्थापित हुई हैं। अब यदि भारतीय राजनीतिक व आर्थिक परिदृश्य की फिल्म बनाई जाए तो वह इससे भिन्न नहीं होगी। उदाहरण के लिए विगत दो दशकों में सबसे अधिक महाघोटालों ने इस राष्ट्र-राज्य को पूरी तरह से हिलाकर रख दिया है। इसी दौर में अपराध पृष्ठभूमि के निर्वाचित प्रतिनिधि विधायिका में पहुँचे, इनका प्रतिशत 30 तक हुआ। इतना ही नहीं, 'आया राम

गया राम' के नवीनतम संस्करण सामने आए। करोड़पतियों की तादाद संसद और विधानसभा में कई गुणा बढ़ी। इस कुरूप यथार्थ का चित्रण 'राजनीति', 'सरकार', 'गंगाजल', 'अपहरण', 'सत्याग्रह', 'नायक' जैसी फिल्मों में शिद्धत के साथ दिखाई देता है।

गौरतलब यह भी है कि भारतीय सिनेमा समाज के परिवर्तनशील यथार्थ के साथ कदमताल मिलाकर चलता रहा है। पाँचवें दशक तक जहाँ भारतीय स्त्री को निरीह, अबला, पतिता, कुलटा, डायन, छिनाल जैसे अपमानजनक संबोधनों से जड़ा जाता था, वहीं कालांतर में स्त्री के अस्तित्व, और अस्मिता को भी पुरजोर तरीके से स्थापित किया गया। याद कीजिए स्वाधीनता के आरंभिक वर्षों में बनी 'पतिता', 'धूल का फूल', 'साधना', 'एक ही रास्ता', 'धर्मपुत्र' जैसी फिल्मों को जिसमें अर्द्धसामंती व अर्द्ध औपनिवेशिक भारत की स्त्री की कशमकश, शुचिता, पुरुष प्रधान समाज की वर्चस्ववादी व्यवस्था जैसे पहलुओं का चित्रांकन किया गया था लेकिन बाद के दशकों में बनी फिल्मों में भारतीय स्त्री का नया रूप सामने आता है। इस दृष्टि से 'अर्थ', 'अस्तित्व', 'क्या कहना', 'मातृभूमि', 'बैडिंट क्वीन', 'मंडी', 'दामिनी', 'पिंजर', 'चक्र', 'मम्मो', 'जुबैदा', 'चाँदनी बार', 'गॉड मदर', 'गजगामिनी', 'भूमिका', 'लज्जा' जैसी फिल्में उल्लेखनीय हैं। इन फिल्मों में उत्तर नेहरूकालीन तथा इंदिरा-राजीवकालीन भारत की स्त्री का एक नया रूप उभरता हुआ मिलता है जो कि अस्तित्व व अस्मिता बोध, प्रतिरोध और विद्रोह से रूपायित हुआ है। 21वीं सदी की भारतीय स्त्री सामंती संस्कारों, सोच और पुरुष की वर्चस्व सत्ता को सीधे ललकारती है। वह एक नए विमर्श को जन्म देती है जिसमें स्त्री पुरुष की समानता व स्वतंत्रता की उत्कंठा छितराई हुई है।

प्रश्न यहाँ स्त्री-पुरुष की समानता का नहीं है बल्कि मुद्दा यह है कि सिनेमा बदलते भारत के द्वंद्वों और प्रवृत्तियों को किस प्रकार अपनी भाषा के माध्यम से अभिव्यिक्ति देता है क्योंकि एक नया सामाजिक-राजनीतिक यथार्थ भारतीय फलक पर उभर रहा था। एक तरफ गांधीवाद और समाजवाद की विचारधाराएँ अपनी जौहर दिखा रही थी तो दूसरी ओर हिंदू-मुस्लिम संबंध नई करवटें ले रहे थे; जहाँ भारत को दो सौ वर्ष की पराधीनता से आजादी दिलाने का आंदोलन जारी था वहीं इस विभाजन की भी तैयारियाँ चल रही थी; भारतीय समाज के आंतरिक उपनिवेश (दलित व आदिवासी) के सुप्त अंतर्विरोध धीरे-धीरे चमकने

लगे थे; स्वदेशी और पश्चिमी जीवन दृष्टियों के बीच टकराहटें उभरती जा रही थीं इन तमाम प्रकार के अंतर्विरोधों को सैलूलाइड पर उतारना भारतीय सिनेकर्मियों के लिए एक बड़ी चुनौती थी; लेकिन इससे भारतीय सिनेमा ने पलायन नहीं किया बल्कि अपनी तत्कालीन प्रतिभा और सिनेमा तकनीकी क्षमता के साथ इसका सामना किया।

जैसे-जैसे आंदोलन तेज होता गया वैसे-वैसे विभिन्न राष्ट्रीय धाराओं को लेकर फिल्में बनती गईं। उदाहरण के लिए स्वतंत्रता की पूर्व संध्या पर 'शहीद' जैसी फिल्म बनी। इसी प्रकार अस्पृश्यता की समस्या को लेकर 'अछूत कन्या', 'सुजाता', 'नीचा नगर' जैसी फिल्में भी बनती हैं। इसके साथ ही संस्था के रूप में पतनशील सामंतवाद को लेकर भी कई फिल्में बनी जिनमें प्रमुख थी गुरूदत्त की 'साहब, बीबी और गुलाम'। श्रमिक वर्ग की समस्याओं को लेकर भी फिल्में बनाई गईं। श्रमिक वर्ग के संघर्ष को 'समाज को बदल डालो', 'नया जमाना', 'पैगाम', 'सत्यकाम', 'नमक हराम', 'काला सोना' जैसी फिल्मों में देखा जा सकता है। श्रमिक आंदोलन से संबंधित फिल्मों में गांधीवादी विचारधारा और मार्क्सवादी विचारधारा की स्पष्ट छाप देखी जा सकती है। आगे चलकर भी स्वातंत्र्योत्तर भारत में इसी प्रकार की कई फिल्में बनी जो कि किसी न किसी रूप में अपनी वैचारिक प्रतिबद्धताओं को दर्शाती हैं। इन फिल्मों में 'दो आँखें बारह हाथ', 'सत्यकाम', 'जागृति', 'अंकुर', 'निशांत', 'आक्रोश', 'मृगया', 'दामुल', 'अल्बर्ट पिंटों को गुस्सा क्यों आता है', 'मोहन जोशी हाजिर हो', 'द्रोहकाल' जैसी सैलूलाइड कृतियों को शामिल किया जा सकता है।

भारत महाविभाजन की त्रासदी से गुजरा। अथाह कोशिशों के बावजूद स्वाधीनता आंदोलन का नेतृत्व हिंदू-मुस्लिम संबंधों को एक समान कौम की शक्ल देने में ऐतिहासिक रूप से नाकाम रहा है। हिंदी सिनेमा ने इस त्रासदी को भी समझने की कोशिश की, कुछ गंभीर फिल्में बनीं जिनमें 'गरम हवा', 'तमस', 'ट्रेन टू लाहौर', 'धर्म पुत्र', 'पिंजर' आदि फिल्मों को याद किया जा सकता है। हालाँकि आजाद भारत में हिंदू-मुस्लिम संबंधों के अलावा विभाजन से उत्पन्न दक्षिण एशिया के महास्थापन पर भी दर्जनों बॉलीवुड फिल्में बन चुकी हैं। इन फिल्मों में विभाजन का सतही ट्रीटमेंट है फिर भी बॉक्स ऑफिस पर हिट फिल्मों में 'वक्त', 'छलिया' जैसी फिल्मों को याद किया जा सकता है। हिंदू-मुस्लिम संबंधों पर दर्जनों फिल्में बन चुकी हैं जिनमें मुगलकालीन पृष्ठभूमि

पर बनी ऐतिहासिक फिल्में भी शामिल हैं। इन फिल्मों में जहाँ सिनेमाई ऐतिहासिकता दिखाई देती है वहीं सतही स्तर पर या रोमांटिक तर्ज में हिंदू-मुस्लिम संबंधों को भी परोसा गया है। इस तरह की फिल्में हैं- 'तानसेन', 'मुगले आजम', 'शाहजहां', 'हुमायूँ', 'जोधा अकबर', 'गोलकुंडा, का कैदी', 'लालकिला', 'उमरावजान', 'शतरंज के खिलाड़ी', 'मेरे महबूब', 'चौदहवीं का चाँद', 'बाजार', 'बरसात की एक रात', 'धर्मपुत्र', 'आसमान महल', 'दस्तक', 'नसीम', 'बहू बेगम', 'अमर अकबर एंथोनी', 'सरफरोश', 'फिजा', 'पाकीजा', 'वीरजारा' आदि। यहाँ यह उल्लेखनीय है कि स्वाधीन भारत में उस मुस्लिम वर्ग का फिल्मांकन किया गया जो कि सामंती पृष्ठभूमि से था, अल्पसंख्यक वर्ग के निचले तबकों की उपस्थिति बहुत कम दिखाई गई। वैसे पिछले कुछ वर्षों से बंबईया फिल्मों में विभिन्न प्रकार के अपराधों में संलिप्त निम्न मुस्लिम वर्ग को जरूर चित्रित किया जा रहा है जो कि गैर नवाबी मुस्लिम समाज की आधी-अधूरी या विकृत तस्वीर पेश करता है। अधिसंख्य मुस्लिम समाज तेजी से बदल रहा है। मुस्लिम समाज का नवउदित मध्य वर्ग व निम्न मध्य वर्ग भी भारतीय राष्ट्र राज्य में अपना गरिमापूर्ण स्थान पाने और राष्ट्र निर्माण में अपना सक्रिय योगदान देने की दृष्टि से वैसी ही भूमिका निभा रहे हैं जिस प्रकार बहुसंख्यक समाज के वर्ग निभाते हैं। हिंदी सिनेमा को अल्पसंख्यक वर्गों के प्रति नई दृष्टि और संवेदनशीलता से काम लेने की जरूरत है।

विगत ढ़ाई-तीन दशकों में नए विमर्श सामने आए हैं। सिनेमा ने इनकी अनदेखी नहीं की है, यह सच है। उदाहरण के लिए 'मुन्ना भाई एमबीबीएस', 'लगे रहो मुन्ना भाई', 'हे राम', 'थ्री इडियट', 'तारे जमीं पर', 'पा', 'खामोशी', 'ब्लैक', 'माचिस', 'स्वदेश' 'आ अब लौट चलें', 'रांझणा', 'मद्रास कैफे', 'पीपली लाइव', 'ट्रेफिक सिग्नल', 'रंग दे बसंती', 'वेडनसडे', 'पान सिंह तोमर', 'हजारों ख्वाहिशें ऐसी', 'गैंग ऑफ वासेपुर' जैसी फिल्मों में हिंदी सिनेकर्मियों ने 21वीं सदी के परिप्रेक्ष्य में गतिशील भारत की अधुनातन प्रवृत्तियों का फिल्मांकन किया है।

आज भारत भूमंडलीकरण के तीसरे चरण की दहलीज पर खड़ा हुआ है। एक प्रकार का अदृश्य साम्राज्यवाद व उपनिवेशवाद दक्षिण एशिया को घेरे हुए है। विश्व में एकल ध्रुवीय शक्ति तंत्र की सत्ता फैली हुई है। सभ्यताओं के टकराव और संघर्ष के नए क्षेत्र निर्मित होते जा रहे हैं। सुदूर संचालित साम्राज्यवादी

शक्तियाँ नए मानव संबंधों को जन्म दे रही हैं जो कि पूरी तौर पर अनुकूलित और एकरूपी बनने के संकटों के साये में पल रहे हैं। राष्ट्रों की संप्रभुता विखंडित हो चुकी है और कारपोरेट राज्यी परंपरागत राज्य को प्रतिस्थापित करने पर कटिबद्ध है। जाहिर है कि इस तरह की स्थितियाँ समाज में कल्पनातीत परिस्थितियों को जन्मा देगी। एक नया राजनीतिक-आर्थिक विमर्श मानव सभ्य ता को ललकारने के लिए तैयार खड़ा है। जब आज भारतीय सिनेमा की एक सदी मनाई जा रही है तब सिनेकर्मियों और चिंतकों के समक्ष सबसे बड़ी चुनौती यह है कि वे हाइटेक सिनेमा के माध्यम से भविष्य के मानव का संत्रास किस प्रकार पढ़ते है।

साहित्य से है सिनेमा

सिनेमा का इतिहास बहुत पुराना नहीं होते हुए भी इतने कम समय में समाज को जिस तरह प्रभावित किया है वह अकल्पनीय है । सिनेमा हमारे सामाजिक जीवन को इस तरह प्रभावित किया है कि हम उसी के काल्पनिक दुनिया में सैर करते हुए वास्तविक धरातल कि तलाश करते हैं । सिनेमा न केवल समाज को बल्कि समाज के प्रत्येक बिन्दुओं को अपने तरफ आकर्षित किया है, चाहे वह हमारी संस्कृति हो, जीवन शैली हो ,साहित्य हो, परंपरा हो, आर्थिक व्यवस्था हो सबको नयी आयाम दी है । सिनेमा के द्वारा ही हम नए समाज की तलाश में भटक रहे हैं । सिनेमा ने मजह 100 वर्षों में जिस बुलंदियों को छु रहा है साहित्य उसके पीछे दौड़ लगती ,थकती सी प्रतीत हो रही है । ऐसा नहीं है कि सिनेमा साहित्य से अलग है ,यह भी साहित्य का अभिन्न अंग है लेकिन यह अंग आज जितना अकर्षणीय बन गया है कि शरीर के तरफ बुध्दिजीवियों के अलावा अन्य किसी का ध्यान खींच पाने में असक्षम महसूस कर रहा है । सिनेमा जहां समाज को प्रभावित किया है वहीं यह अर्थ व्यवस्था का सुदृढ़ नींव बन गया है । सिनेमा वैश्विक अर्थव्यवस्था तक को प्रभावित कर रहा है ,नवयुवकों को रोजगार मुहैया करा रही है । पर जब सिनेमा का संबंध साहित्य से जोड़ते है तो कई बिन्दुओं से इनकी आंतरिक सम्बन्धों के तानेबाने के कई परतों को खोलना होता है ,ऐसे जगहों पर आकार ही सिनेमा और साहित्य के संबंध तिक्त हो जाते है । 'सिनेमा ने अपने आरंभिक चरण में साहित्य से ही प्राण-तत्व लिया. यह उसके भविष्य के लिए ज़रूरी भी था. दरअसल सिनेमा और साहित्य की उम्र में जितना अधिक अंतर है, उतना ही अंतर उनकी समझ और सामर्थ्य में भी है । विश्व सिनेमा अभी सिर्फ 117 साल का हुआ है. साहित्य की उम्र से इसकी तुलना की जाय तो यह अभी शिशु ही है साहित्य के सामने.' शिशु होने के बावजूद यह समाज के नब्ज पकड़ने में सक्षम है ।सिनेमा की बौध्दिकता इतनी विकसित हो गई है कि अब वह साहित्य

का पल्लू छोड़कर स्वतंत्र हो रहा है । अब यहीं एक प्रश्न मेरे मन में तैर जाती है कि साहित्य और सिनेमा का संबंध कैसा था ? कैसा है ? और कैसा रहेगा ? इन्हीं तीन बिन्दुओं पर विचार करने पर सिनेमा और साहित्य का अंतरसंबंध स्पष्ट हो पाएगा ।

सिनेमा अपने प्रारम्भिक दौर में साहित्य के विभिन्न विधाओं को आधार बनाकर अपनी यात्रा शुरू किया । पहले पहल सिनेमा ने पौराणिक कथाओं पर आधारित फिल्में बनाई । सन् 1912 में मुंबई के 'रामचन्द्र गोपाल टोन ' द्वारा निर्मित फ़िल्म 'पुंडलीक' को अपार सफलता मिली। यह फ़िल्म महाराष्ट्र के ख्यातिप्राप्त हिंदू संत के जीवन पर आधारित 'रामाराव किर्तीकर' द्वारा लिखित नाटक पर आधारित थी। इसके बाद दादा साहब फाल्के द्वारा निर्मित 'राजा हरिश्चंद्र' फिल्म प्रदर्शित की गई । हालांकि हरिश्चंद्र को भारतीय सिनेमा में पहली फिल्म मानी गई है लेकिन इसके पूर्व 'पुंडलीक' फिल्म का निर्माण हो चुका था,दुर्भागय से इस फिल्म का छायाकर भारतीय न होकर विदेशी होने के कारण इसे भारतीय सिनेमा में प्रथम स्थान नहीं मिला । पौराणिक चरित्रों को केंद्र में रखकर बनाई गई फिल्में- भक्त प्रहलाद, शिव महिमा ,विष्णु अवतार ,रामायण, उत्तर रामायण ,कृश्ञ्जंम, कालिया मर्दन, संत तुकाराम, संत नामदेव, भक्त प्रह्लाद आदि जैसी बहुचर्चित फिल्में बनी । सन् 1931 में भारत में सवाक् फ़िल्मों का आरंभ 'आर्देशिर ईरानी' द्वारा निर्मित फ़िल्म 'आलम आरा' से हो गया था। भारतीय सिनेमा का स्वरूप बहुत तेज़ी से बदलने लगा था। दर्शक अधिक से अधिक सवाक् फ़िल्मों की प्रतीक्षा करने लगे। अब दर्शकों का रुझान बदला तो फिल्म पौराणिक घटनाओं से हटकर सामाजिक समस्याओं पर आकार डटे । सामाजिक को केंद्र में रखकर कई बहुचर्चित फिल्में बनी जो समाज को नई दिशा देने में सक्षम थे । मंथन ,खानदान ,ममता ,किस्मत ,नादान,नौकर, जमीन ,दोस्त ज्वार-भाटा ,जुगनू,नौका डूबी ,बरसात ,जीत आदि सुपेरहिट फिल्में आई । सामाजिक फिल्मों के साथ-साथ ऐतिहासिक फिल्में भी आ रही थी जैसे-सिकंदर, अनार काली ,मुगल-ए -आलम आदि । सामाजिक फिल्में कि इस दौर में रोमांटिक फिल्में दर्शकों को ज्यादा पसंद आने पर रोमांटिक फिल्मों का एक नया दौर शुरू हो गया । रोमांटिसिज़्म ने भारतीय फिल्मों को इतना प्रभावित किया कि आज भी वो फिल्म के मूल तत्व है ।

अब रही बात साहित्य और सिनेमा की ,तो कई साहित्यकार अपने कलम

को आजमाने मुंबई गए ,लेकिन किस्मत ने साथ नहीं दिया । पर कुछ साहित्यकार ने फिल्म में अपनी जगह बनाई तो मैं इसे अपवाद ही मानूँगा । साहित्य जगत के प्रसिध्द कथाकार मुंशी प्रेमचंद जैसे मूर्धन्य साहित्यकार भी इस रंगीन दुनिया से बच नही सके और अपनी कलाम की जादूगरी दिखाने 1933 अजंता मूवी टोन,बंबई (मुंबई) पहुँच गए । वहाँ पहुँच कर उनहोंने फिल्म जगत के जगत के लिए कहानी लिखना शुरू किए ।प्रेमचंद की कहानी पर मोहन भावनानी के निर्देशन में फिल्म 'मिल मजदूर' बनी। निर्देशक ने मूल कहानी में कुछ बदलाव किए जो प्रेमचंद को पसंद नहीं आए। फिर अंग्रेजों के सेंसर ने फिल्म में काफी काँट-छाँट कर दी। इसके बाद फिल्म का, जो स्वरूप सामने आया उसे देख प्रेमचंद को काफी धक्का लगा। उन्होंने कहा यह प्रेमचंद की हत्या है। प्रेमचंद की यह कहानी फिल्म के निर्देशक और मालिक की कहानी है। इस फिल्म पर मुंबई में प्रतिबंध लग गया और पंजाब में यह 'गरीब मजदूर' के नाम से प्रदर्शित हुईं।प्रेमचंद अपनी आत्मा को बेच नहीं सके और एक वर्ष के बाद ही वह वापस आ गए । 28 नवंबर, 1934 को जैनेंद्र कुमार को लिखे एक पत्र में प्रेमचंद कहते हैं- ''फिल्मी हाल क्या लिखूं? मिल (बाद में मजदूर नाम से जारी चलचित्र) यहां पास न हुआ। लाहौर में पास हो गया और दिखाया जा रहा है। मैं जिन इरादों से आया था, उनमें से एक भी पूरा होता नजर नहीं आता। ये प्रोड्यूसर जिस ढंग की कहानियां बनाते आए हैं, उसकी लीक से जौ भर भी नहीं हट सकते। 'वल्गैरिटी' को ये 'एंटरटेनमेंट बैल्यू' कहते हैं।... मैंने सामाजिक कहानियां लिखी हैं, जिन्हें शिक्षित समाज भी देखना चाहे; लेकिन उनकी फिल्म बनाते इन लोगों को संदेह होता है कि चले, या न चले!''

1934 में प्रेमचंद की ही कृतियों पर 'नवजीवन' और 'सेवासदन' बनी लेकिन और दोनों फिल्में फ्लॉप हो गई। 1941 में ए.आर. कारदार ने प्रेमचंद की कहानी 'त्रिया चरित्र' को आधार बना कर 'स्वामी' नाम की फिल्म बनाई जो चली नहीं। यही हाल 1946 में प्रेमचंद के उपन्यास 'रंगभूमि' पर इसी नाम से बनी फिल्म का हुआ। इस बीच उपेंद्रनाथ अश्क, अमृतलाल नागर, भगवती चरण वर्मा और पांडेय बेचन शर्मा 'उग्र' फिल्मों में हाथ आजमाने पहुँच चुके थे। फिलिमस्तान में काम करते हुए अश्क और किशोर साहू के साथ लेखन करने वाले अमृतलाल नागर सिनेमा की आवश्यकताओं और सीमाओं को समझ चुके थे। इसलिए वे कुछ समय तक वहाँ टिके रहे। हालाँकि इस दौरान उन्होंने

किसी साहित्यिक कृति को सिनेमा में नहीं बदला बल्कि डायरेक्टर और प्रोड्यूसर की मांग के मुताबिक पटकथा और संवाद लिखते रहे। उग्र अपने विद्रोही और यायवरी मिजाज की वजह से बहुत जल्द मुंबई को अलविदा कह आए। भगवती चरण वर्मा भी साल भर में ही वापस लौट आए।

प्रेमचंद के बाद उपेंद्र नाथ अश्क ,भगवातीचशरण वर्मा भी फिल्म के लिए लिखते रहे किन्तु 'चित्रलेखा' के अलावा उनकी और कोई फिल्म हिट नहीं हुई। साहित्यिक कृतियों पर बने फिल्म पीट जाने के बाद निर्देशक इस आधार पर फिल्म बनाने से कतराते रहे। कुछ निर्देशकों ने हिम्मत भी दिखाई तो उनको असफलता ही उसके हाथ लगे। चंद्रधर शर्मा गुलेरी की कहानी 'उसने कहा था' पर इसी नाम से फिल्म बनी, आचार्य चतुरसेन शास्त्री के उपन्यास पर 'धर्मपुत्र' फिल्म बनी, रेणु की 'कहानी मारे गए गुलफाम' पर 'तीसरी कसम' बनी और तीनों फिल्में बुरी तरह फ्लाप रहीं। 'तीसरी कसम' को भले ही उसकी श्रेष्ठता के लिए राष्ट्रीय पुरस्कार भी मिला । फिल्मों के लिए कई कहानियाँ लिख चुके और फिल्में बना चुके कहानीकार राजेंद्र सिंह बेदी की कृति 'एक चादर मैली सी' पर भी जब फिल्म बनी तो वह भी फ्लॉप साबित हुई।

प्रेमचंद के मृत्यु के पश्चात सत्यजित राय ने 'शतरंज के खिलाड़ी' फिल्म बनाई जो दर्शकों द्वारा खूब सराहा गया । केवल प्रेमचंद ही नहीं बल्कि बंगला के कई साहित्यकारों के उपन्यासों पर फिल्म बनी जो अपनी प्रसिध्दि का परिचायक स्वयं है। शरतचंद्र के उपन्यास 'देवदास' को कई भाषाओं में बनाया गया और अब तक कई सेलुलाइड पर उतारा जा चुका है ।हर बार दर्शकों द्वारा सराहा गया है। इसके अलावा 'परिणीता', रवीन्द्रनाथ के पाथेर पांचाली, चोखेर बाली ,नौका डूबी कई साहित्यिक कृतियों के आधार पर सफल फिल्में बनी। इकबाल रिजवी आगे कहते है ' साहित्यिक कृतियों पर फिल्म लेखन करवाना आसान काम नहीं है इसके लिए पहली शर्त है निर्देशक और प्रोड्यूसर का कृति के मर्म तक पहुँचना और साहित्यकार की मानसिक बुनावट को समझ पाना और बाजार के दबाव और मनोरंजन के तकाजों के बीच साहित्यकार की सोच के साथ इंसाफ करना ।' सिनेमा में हिंदी साहित्यकारों का असर सातवें दशक में नजर आता है। इसका प्रणेता अगर कमलेश्वर को कहा जाए तो गलत नहीं होगा। उपेंद्रनाथ अश्क और अमृतलाल नागर के बाद कमलेश्वर ही वह महत्वपूर्ण हिंदी साहित्यकार थे जिन्होंने सिनेमा की भाषा और जरूरत को बेहतरीन ढंग से

समझा।। मुंबई में रहने के दौरान वह ऐसे फिल्मकारों के संपर्क में आए जो साहित्यिक रुचि रखते थे। कमलेश्वर के उपन्यास 'एक सड़क सत्तावन गलियाँ', 'बदनाम बस्ती' (1971) और 'डाक बांग्ला' (1974) बनीं लेकिन सफल नहीं हो सकीं। उनकी कहानी पर और भी फिल्में बनीं लेकिन जब गुलजार ने कमलेश्वर की कृति पर 'आंधी' और 'मौसम' बनाई तो दोनों फिल्में मील का पत्थर साबित हुईं। आम दर्शक और बौद्धिक वर्ग दोनों ने इन फिल्मों को सराहा। सातवें दशक के बाद बसु चटर्जी ने मन्नू भण्डारी के कहानी 'यही सच है' के आधार पर 'रजनीगंधा' और राजेन्द्र यादव के उपन्यास पर आधारित 'सारा आकाश' सरहनीय रही । आठवें दशक तक आते आते बासु चटर्जी, ह्रषीकेश मुखर्जी, गोविंद निहलानी, श्याम बेनेगल, अरुण कौल, गुलजार जैसे फिल्मकारों के होते हुए भी हिंदी फिल्में भारी हिंसा और घटिया हास्य से लहूलुहान होने लगीं। कलात्मक फिल्मों का गला रुँधने लगा । नवें दहसक तक आते आते साहित्यिक कृतियों पर आधारित फिल्में नदारत होती गई । इधर कुछ साल पहले चेतन भगत के उपन्यास पर आधारित 'थ्री ईडीओट्स' तो काफी सफल रही लेकिन टू स्टेट्स, कई पो छे फ्लॉप हो गई ।

बॉलीवुड में शुरू से हिंदी साहित्य पर आधारित फिल्में बनती रही हैं। यही नहीं, विदेशी लेखकों के उपन्यास और नाटकों पर आधारित फिल्में भी बनती रही हैं। जहां एक ओर शरत चंद्र, रबींद्रनाथ टैगोर, बिमल राय, के आर नारायणन, चेतन भगत जैसे कई लेखकों की रचनाओं पर अब तक काफी फिल्में बन चुकी हैं, वहीं दूसरी ओर शेक्सपियर, रस्किन बॉन्ड जैसे कई विदेशी लेखकों की रचनाओं पर भी फिल्में बन चुकी हैं। विशाल भारद्वाज की फिल्म ओमकारा और मकबूल जहां सेक्सपियर के नाटक ओथैलो और मैकबेथ पर आधारित थीं, वहीं विशाल भारद्वाज की ही एक और फिल्म सात खून माफ, रस्किन बॉन्ड की कहानी सुजैना सेवेन हसबैंड पर आधारित थी।

हिंदी की साहित्यिक कृतियों पर फिल्म ना बनने का शोर साठ के दशक में सरकारी वर्ग तक भी पहुँचा। फिल्म वित्त निगम ने आगे बढ़कर सरकारी खर्च पर अनेक ख्याति प्राप्त साहित्यकारों की कृतियों पर फिल्मों का निर्माण कराया। इनमें से अधिकांश फिल्में डिब्बों में बंद हैं। कुछ फिल्में गिने-चुने स्थानों पर रिलीज जरूर हुईं लेकिन वे इतनी नीरस और शुष्क थीं कि सीमित बौद्धिक वर्ग के अलावा किसी ने उनकी चर्चा तक नहीं की। इन फिल्मों को बनाने वाले

अधिकतर फिल्मकारों ने फिल्म तकनीक का तो ध्यान रखा लेकिन दर्शक उनकी प्राथमिकता में कहीं नहीं थे। दरअसल हिंदी की साहित्यिक कृतियों पर सफल फिल्म ना बन पाने के कई कारण हैं। साहित्य लेखन अलग विधा है। कहानी या उपन्यास का सृजन एक नितांत व्यक्तिगत कर्म है। जबकि फिल्म लेखन में निर्देशक, अभिनेता-अभिनेत्रियों यहाँ तक कि कैमरामैन को निर्देशक की दृष्टि पर निर्भर रहना पड़ता है। फिल्म एक लोक विधा है। साहित्य शिक्षितों की विधा है। फिल्म तो रामलीला और लोकनाट्य की तरह आम जनता तक अपनी बात पहुँचाती है उसका उद्देश्य मनोरंजन है चाहे उसके दर्शक अनपढ़ हों या फिर पढ़े लिखे। हिंदी के कई साहित्यकार इस तथ्य को स्वीकार नहीं कर पाए। इसके अलावा प्रेमचंद के समय से ही फिल्म निर्माताओं ने लेखक को वह महत्व ही नहीं दिया जिसका वह अधिकारी होता है। सिनेमा में लंबे समय तक लेखक दोयम दर्जे की हैसियत का समझा जाता था। यह स्थिति अधिकांश साहित्यकारों को स्वीकार्य नहीं हुई। यह कहना गलत नहीं होगा कि अनेक सहित्यकारों ने फिल्मी दुनिया में अपने लिए जगह तो चाही लेकिन फिल्मकारों और स्थितियों से तालमेल नहीं बन सका। अपने समय के साहित्यकारों का फिल्मी दुनिया में हाल देखकर उनके समकालीन और बाद की पीढ़ी के साहित्यकारों का फिल्मी दुनिया से मोह भंग हो गया।

एक कारण यह भी रहा कि फिल्म बनाने की मुख्य धुरी वह व्यक्ति होता है जो पैसा लगाता है और जो पैसा लगाता है फिल्म निर्माण के हर क्षेत्र में उसका दखल चलता है। हिंदी का दुर्भाग्य रहा कि फिल्मों में पैसा लगाने वाले सेठ साहित्य से ना के बराबर सरोकार रखने वाले रहे। वहीं हिंदी सिनेमा पर पंजाबी, उर्दू और बांग्लाभाषी फिल्मकार शुरू से ही हावी रहे हैं। एक भी चर्चित फिल्मकार हिंदी भाषी नहीं था। 1931 से 1938 तक हिंदी फिल्में बनाने वाले प्रमुख लोग बाबूराव पेंटर, भालजी पेंढाकर, वी. शांता राम मराठी भाषी थे। पी सी बरुआ, देबकी बोस, नितिन बोस बंगाली थे, चंदूलाल शाह गुजराती तो आर्देशिर ईरानी और वाडिया बंधु पारसी थे, जिनकी प्राथमिकता में हिंदी की साहित्यिक कृतियाँ लगभग नहीं रहीं।

दूसरा पहलू यह भी है कि साहित्यिक कृतियों पर फिल्म लेखन करवाना आसान काम नहीं है इसके लिए पहली शर्त है निर्देशक और प्रोड्यूसर का कृति के मर्म तक पहुँचना और साहित्यकार की मानसिक बुनावट को समझ पाना,

और बाजार के दबाव और मनोरंजन के तकाजों के बीच साहित्यकार की सोच के साथ इंसाफ करना। होता यह है कि साहित्यकार की अपनी कल्पना होती है पाठक को वह उस कल्पना से शब्दों के सहारे रू-ब-रू कराता है। एक ही कहानी पाठकों के मन में अलग अलग रूप और प्रभाव के साथ रच बस सकती है जबकि फिल्मकार को कैमरे के माध्यम से कहानी को इस प्रकार प्रस्तुत करना होता है, जिससे अलग अलग प्रदेश, वर्ग और भाषा के दर्शक उससे खुद को जोड़ सकें। सिनेमा में दृश्य और ध्वनि का महत्व शब्दों से अधिक होता है सिनेमा से जुड़ा एक तथ्य यह भी है कि साहित्य लेखन में बाजार की अहम भूमिका नहीं होती जबकि सिनेमा में बाजार का तत्व ना केवल लागू होता है बल्कि हावी भी होता है क्योंकि फिल्म की लागत बहुत होती है। हिंदी के मुक़ाबले बंगाली फिल्मकारों ने साहित्यिक कृतियों को फिल्माने में लेखक की संवेदना, बाजार के तकाजों और फिल्म मेकिंग का जबरदस्त तालमेल बनाया। यहाँ तक की उन्होंने बांग्ला कृतियों को हिंदी फिल्मों में ढाला तो वे भी सफल फिल्में साबित हुईं।

सातवें दशक में एक ओर हिंदी कथा साहित्य में बदलाव आ रहा था वहीं हिंदी भाषी फिल्मकारों की संख्या भी बढ़ रही थी। बासु चटर्जी बांग्ला भाषी थे लेकिन उन्होंने हिंदी साहित्य का गहरा अध्ययन किया था। राजेंद्र यादव के उपन्यास 'सारा आकाश' पर उन्होंने फिल्म बनाई जो सफल नहीं हो सकी लेकिन मन्नू भंडारी की कहानी 'यही सच' पर जब उन्होंने 'रजनीगंधा' बनाई तो वह फिल्म लोकप्रिय साबित हुई। हिंदी साहित्य की कृतियों पर उस दौर में कुछ और फिल्में बनीं लेकिन तभी हिंदी फिल्मी दुनिया में एक एंग्रीमैन अमिताभ बच्चन का प्रवेश हुआ और बासु चटर्जी, हृषीकेश मुखर्जी, गोविंद निहलानी, श्याम बेनेगल, अरुण कौल, गुलजार जैसे फिल्मकारों के होते हुए भी हिंदी फिल्में भारी हिंसा और घटिया हास्य से लहूलुहान होने लगीं। यह दौर डेढ़ दशक से ज्यादा चला।

इस दौर में मनोरंजक विदेशी फिल्मों की हूबहू नकल का शार्टकट खूब चला। इस दौरान कला फिल्मों के नाम पर कुछ साहित्यिक कृतियों पर फिल्में जरूर बनी लेकिन आम दर्शक को ये फिल्में छू भी ना सकीं। नवें दशक के अंत में हिंदी फिल्मों में प्रयोग शुरू हुए लेकिन साहित्यिक कृतियाँ लगभग नदारद रहीं। हिंदी फिल्मों को मौजूदा परिदृश्य बहुत बदल चुका है हर तरह की फिल्में

बन रही हैं विषयों में इतनी विविधता पहले कभी नहीं दिखाई दी। छोटे बजट की फिल्मों का बाजार भी फूल-फल रहा है। साहित्यिक कृतियों पर फिल्म बनाने की समझ रखने वाले युवा हिंदी भाषी फिल्मकारों की जमात तैयार हो चुकी है लेकिन फिलहाल हिंदी फिल्में पत्रकारिता से फायदा उठा रही हैं। अभी जोर बायोग्राफिकल फिल्में बनाने पर अधिक है शायद अगला नंबर साहित्यिक कृतियों का हो लेकिन जरूरी नहीं वे कृतियाँ हिंदी साहित्य की हों।

कहा जा सकता है कि सिनेमा और साहित्य का धरातल अलग-अलग है। सिनेमा शुध्द मनोरंजन प्रधान होता है जिसमें दर्शकों के मांग का ख्याल रखा जाता है, दर्शक को जो चाहिए फिल्म इंडस्ट्री वहीं परोसता है जिसका सीधा संबंध व्यवसाय से होता है,जबकि साहित्य संवेदना और अनुभूति प्रधान होता है, साहित्य दर्शकों के मांग पर नहीं बल्कि साहित्यकार अपनी निजी संवेदना और अनुभूति को केंद्र में रखकर समाज के यथार्थ रूप को सामने लाने का प्रयास करता है । दो धरातल पर होने के बावजूद साहित्य और सिनेमा कई विंदुओं पर मिल भी जाता है । सिनेमा कल्पना प्रधान है ,भावों की अभिव्यक्ति के लिए ऐसे दृश्यों का निर्माण कर दिया जाता है जो शब्दों के द्वारा संभव नहीं है । वहीं साहित्य शब्दों के माध्यम से जिस वातावरण का निर्माण करता है उसे दृश्यरुप में लाना फ़िल्मकारों के लिए कभी –कभी चुनौती भी बन जाती है । साहित्यकार शब्दों के जिस वातावरण का निर्माण करता है उसे पाठक अपनी-अपनी कल्पना द्वारा अलग-अलग भाव और दृश्य मन में बनाते हैं ।जबकि फ़िल्मकार द्वारा तैयार किया गया वातावरण दर्शकों के लिए एक जैसा होता है। फ़िल्मकार अपने अनुभव के द्वारा साहित्य से ली गई सामाग्री का ज्यों का त्यों रूपान्तरण नहीं कर पाता है या करना नहीं चाहता है क्योंकि वह साहित्य को फिल्म के रूप में परोसना चाहता और साहित्य फिल्म के साँचे में पूर्णरूप से उतर नहीं पता और यहीं से साहित्य और सिनेमा का अंतर्संबंध में विलगाव उत्पन्न हो जाता है ।

उदाहरण, अभी हाल ही में एक मूवी आई थी 'बाहुबली' इस फिल्म में जिस तकनीक के प्रयोग से जिस वातावरण का निर्माण किया गया है उसे हूबहू साहित्य में उतार पाना बड़े से बड़े लेखकों के चुनौती है ।ऐसे जगह पर आकार ही साहित्य अपनी सीमा का जान पाती है । साहित्य और सिनेमा का सम्बंध भी दो पड़ोसियों की तरह रहा। दोनो एक दूसरे के काम तो आते रहे लेकिन यह

कभी सुनिश्चित नही हो पाया कि इनमे प्रेम है या नही.।'हालांकि सिनेमा अपने अपने शिशुत्व अवस्था में साहित्य को अपनी धात्री के रूप में अपनाकर प्राणतत्व को प्राप्त किया ,पर सिनेमा रूपी शिशु विकासित होकर वयस्क गया है,अब हम अपना अलगा अस्तित्व तलाश ली है।

सम्बन्ध को विकसित करने में गीत, कविता, नाटक और उपन्यास की चर्चा भी अक्सर होती रही है, लेकिन फिल्में केवल उपन्यासों उमेश राठौर लिखते हैं, 'फिल्म और साहित्य' के परस्पर लगाव का प्रश्न सदैव से ही जीवन्त रहा है। इस पर ही नहीं बनी-कथाओं पर भी निर्मित की गई।वहीं फिल्म समीक्षम इकबाल रिजवी का मानना है 'हिंदी में साहित्यिक कृतियों पर सबसे कम सफल फिल्में बन पाई हैं।'इस तरह हम कह सकते है कि सिनेमा और साहित्य का अंतरसंबंध होते हुए भी दोनों अलग –अलग विंदुओं पर अलग हो जाते हैं । सिनेमा का फ़लक इतना विस्तृत है कि वो संसार के सारे कलाओं को अपने में समाहित किए हुए है । फ़िल्मकार बलराज साहनी इस तथ्य को स्पष्ट करते हुए कहते है कि 'फिल्म-कला को 'ऑपरेशन टेबल' पर रखिए और उसकी चीरफाड़ कीजिए तो पता चलेगा कि फिल्म-कला दरअसल एक कला का नाम नहीं, बल्कि अनगिनत कलाओं के समूह का नाम है।'

साहित्य और सिनेमा का अंतर्सम्बंध

अगर साहित्य और सिनेमा के अन्तर्सम्बंध की बात करें तो इससे पहले एक दिलचस्प तथ्य का उल्लेख करना उचित होगा। जैसे-जैसे हम आगे बढ़ेंगे, इसका महत्व बढ़ता जाएगा। यह सिर्फ सिनेमा ही है, जिसने अब तक साहित्य के उपयोग, इसके रूपांतरण और इसमें मिलावट करने की कोशिश की है। इस बात का कोई प्रमाण नहीं मिलता कि इसकी उल्टी कोशिश आज तक कभी हुई है। आखिर ऐसा क्यों होता है? इसकी वजह क्या है? इसको समझना बहुत ही जरूरी है।

साहित्य और सिनेमा के कुछ रोचक आयामों की चर्चा करना, इस बात को शुरू करने का दिलचस्प तरीका हो सकता है। पहला आयाम है - शब्दों और दृश्यों का आपसी संबंध। जैसे-जैसे हम तीन बीज शब्दों - उपयोग, रूपांतरण और मिलावट की अर्थ-छवियों को पकड़ने और व्याख्यायित करने की दिशा में अग्रसर होंगे, यह महसूस होगा कि इन दोनों विधाओं में वृत्तांत रचने की प्रक्रिया एक ही समय में समान भी है और भिन्न भी। संचार और संवाद के बदलते रूपों को दोनों विधाओं के परस्पर प्रस्थान बिंदु के तौर पर परखना काफी प्रासंगिक होगा, भले ही यह कितने ही अलग-अलग तरीके से क्यों न प्रभाव डालता हो! आज के बेहद तेजी से बदलते हुए परिवेश के संदर्भ में दोनों विधाओं की सीमाओं को समझने की कोशिश करना भी इस मायने में जरूरी होगा। जरूरत शायद इस बात की भी है कि हम इन दोनों विधाओं द्वारा इन सीमाओं के पार जाने की कोशिशों की भी पहचान करें।

ऐसा करना इन तीन शब्दों को बेहतर तरीके से परिभाषित करने के लिहाज से कारगर साबित हो सकता है। एक नजर में देखें, तो साहित्य और सिनेमा का मूलभूत प्रयोजन लोगों का मनोरंजन करना है। एक दर्शक थियेटर या फिल्म देखने इसलिए जाता है, ताकि उसका मनोरंजन हो, उसे खुशी मिले। ऐसा क्यों है कि कोई व्यक्ति टिकट खरीदकर एक फिल्म के शो में दाखिल हो सकता है,

लेकिन अगर वह इसी तर्ज पर थियेटर देखना चाहे, तो दुनिया के अधिकतर देशों में यह तब तक मुमकिन नहीं होगा जब तक कि उसने हफ्तों पहले एडवांस बुकिंग न कराई हो! इसका कारण सिर्फ यह नहीं है कि फिल्में घर में टेलीविजन स्क्रीन पर भी मौजूद हैं। इसका जवाब जैसा कि डेविड मैमेट ने कहा था - मनोरंजन और खुशी की तलाश में दर्शक द्वारा किया वरण है। साहित्य दोनों का संगम है। लेकिन सिनेमा के लिए इस एकात्मक संतुलन के एहसास को हासिल कर पाना शेष है। साहित्य और लुग्दी साहित्य का अंतर स्वतः स्पष्ट है। इसी तरह से सिनेमा में कुरोसावा के 'थ्रोन ऑफ ब्लड' और हमारे अपने 'मकबूल' के बीच का अंतर है। किसी भी रूपांतरण में मौलिकता का महत्व, जैसा कि 'वेटिंग फॉर गोडो' में व्लादिमीर, एस्ट्रेगॉन से कहता है, 'तुम जो कर (कह) रहे हो वह महत्वपूर्ण नहीं है, बल्कि महत्वपूर्ण यह है कि तुम उसे किस तरह कर (कह) रहे हो। यहाँ बेकेट के जादू को महसूस किया जा सकता है, जो थियेटर की ग्रीक अवधारणा का मिलान, युद्धोतर संवेदनशीलता से कर रहे थे, साथ ही गहरी मानवता में अभिव्यक्ति ढूँढ़ रहे थे और बीते हुए समय और वर्तमान के बीच के संबंध सूत्रों की हर क्षण तलाश और पहचान कर रहे थे।

संक्षेप में कहें, तो फिल्मों के दृश्यात्मक प्रभाव की तात्कालिकता या नजदीकी को हमेशा सिनेमा के महत्वपूर्ण गुण के तौर पर पेश किया जाता है। लेकिन ऐसा करते वक्त पहले से तय खाँचों (फ्रेमों) में, भले ही वे कितने ही कलात्मक क्यों न हों, विन्यस्त सीमाओं को अक्सर नजरअंदाज कर दिया जाता है। साहित्य शब्दों के माध्यम से लोगों की कल्पनाओं में छवियों का निर्माण करता है। यह अलग-अलग लोगों के लिए अलग होता है। इसका अनुमान नहीं लगाया जा सकता है। यह अनेक संभावनाओं को जन्म देता है, जो कि भिन्न-भिन्न व्याख्याओं में स्वाभाविक है। सिनेमा अपनी रेखाएँ काफी स्पष्ट तरीके से खींचता है। एक दर्शक सब कुछ निर्देशक की निगाह से कैमरा के जरिए देखता है। कैमरे की आँख, इनसान की आँख का स्थानापन्न बन जाती है। यह दर्शक को वही दिखाती है, जो निर्देशक इसे कहता है। इसके बावजूद यह तर्क दिया जाता है कि सिनेमा एक दर्शक को बिना मिलावट के या कहें खाँटी या खालिस सच्चाई की समझ विकसित करने की इजाजत देता है। हमारे देश के महानतम थियेटर और फिल्म निर्देशकों में से एक बा.व. कारंत ने इसे बेहद सारगर्भित तरीके से कहा था, 'टेलीविजन के पर्दे पर इनसान अपने असल कद से काफी

छोटे नजर आते हैं, जबकि सिनेमा के पर्दे पर वे अपने असल कद से कहीं बड़े होते हैं। थियेटर एकमात्र ऐसी जगह है, जहाँ वे वैसे ही होते हैं, जैसे वे वास्तव में हैं।' यह वक्तव्य काफी महत्वपूर्ण है, क्योंकि यह एक निर्देशक-अभिनेता द्वारा दिया गया है, जो दोनों माध्यमों में एक समान रूप से सहज था।

एक दूसरा बीज शब्द है - 'अंतरपाठीयता'। इस शब्द पर किसी किस्म की बहस के वक्त रूपांतरण और उपयोग पर पड़नेवाले इसके प्रभाव को ध्यान में रखना होगा। इस सवाल का जवाब खोजना होगा कि आखिर कला, कला का निर्माण कैसे करती है? या फिर खुद साहित्य, साहित्य से आकार लेता है? रूपांतरण और उपयोग की सीमाएँ इस बात से प्रभावित हो सकती हैं वे कितने स्पष्ट रूप से अपने अंतरपाठीय मकसद को बयान करते हैं। इस संदर्भ में ऐंटन चेखव के 'द चेरी ऑरचर्ड' के उपलब्ध अनेक रूपांतरणों को देखा जा सकता है, जिसका जिक्र ट्रेवर ग्रिफिथ और आर्थर मिलर ने किया है। ऐसे कई उदाहरण गिनाए जा सकते हैं। मसलन, जेम्स जॉयस का 'युलिसिस' किसी टेक्स्ट के रूपांतरण के आदर्श के तौर पर हमारे सामने उपस्थित होता है। यह क्लासिक कृति 'ओडिसी' के उपयोग का भी उदाहरण है। टी.एस. एलियट का 'द फैमिली रीयूनियन' ग्रीक माइथलॉजी के यूमेनाइड्स का रूपांतरण है। अपने घर में झाँक कर देखें तो रामायण के कई रूपांतरण और उसकी अनेक व्याख्याएँ मिलती हैं। थियेटर में 'महाभारत' के कई रूपांतरण हुए हैं। इनमें संभवतः सबसे चुनौतीपूर्ण रहा है भारत के महान रंग निर्देशक रतन थियम का बहुचर्चित 'चक्रव्यूह,' जिसका अब तक दुनिया के सभी प्रमुख थियेटर केंद्रों में प्रदर्शन हो चुका है। यहाँ हमें रंचमंचीय (दु)रुपयोग के दूसरे बिंदु पर भी ध्यान देना चाहिए, भले ही इसका मकसद सिर्फ अंतर बताना हो। अगर हम पीटर ब्रुक्स के काफी चर्चित रहे 'महाभारत' के प्रोडक्शन की बात करें तो मीडिया द्वारा इसके प्रोडक्शन / उपयोग को लेकर काफी चर्चा करने के बावजूद यह असफल साबित हुआ था। इसके लिये कहा जा सकता है कि - 'महाभारत खाली बर्तन से ज्यादा कुछ नहीं है, अगर इसे सिर्फ प्रतिशोध, शौर्य और साहस के सैन्य किस्सों के समुच्चय मात्र के तौर पर पढ़ा जाए। भगवद्गीता के प्रकरण पर जिस तरह से कैंची चलाई गई है, जो कि इस महाकाव्य का केंद्र बिंदु है, जो कि मानवता के इस भव्य नाटक की धुरी है, उससे वह सिर्फ फुसफुसाहट तक महदूद रह जाता है, जिसे दर्शक कभी सुन नहीं पाता।' ब्रुक्स ने जो किया, वह

कुछ वैसा ही था, जैसे कोई बाइबल के साथ ऐसा ही प्रयोग करना चाह रहा हो और ईसा मसीह के 'सर्मन ऑन द माउंट' को नजरअंदाज कर दे।

यह दिलचस्प है कि रूपांतरण और उपयोग पर अध्ययन हमें उत्तर आधुनिकता और उत्तर उपनिवेशवाद के आलोचकीय और सांस्कृतिक आंदोलनों के प्रस्थान बिंदु की ओर ले जाएगा। एक स्तर पर यह आलोचकीय सिद्धांत (क्रिटिकल थियरी) का इतिहास बन जाएगा। रूपांतरण को हम पुनर्व्यवस्थापन (अदला-बदली) की प्रक्रिया के तौर पर देख सकते हैं, जिसमें एक विधा को दूसरी विधा के साँचे में ढाला जाता है। यह किसी चीज को फिर से नए सिरे से देखना है। लेकिन, इसके साथ ही रूपांतरण को अनुमान और सुधार (प्रॉक्सीमेशन एंड अपडेटिंग) की प्रविधि द्वारा किया गया सहज प्रयास भी माना जा सकता है जो किसी आलेख (टेक्स्ट) को नए दर्शकों या पाठकों के लिए प्रासंगिक बनाने या आसानी से समझ में आने लायक बनाने की दिशा में किया जाता है। और इसकी शुरुआत सिर्फ शेक्सपीयर से ही नहीं होती है, बल्कि उन प्रतियोगी कथाओं से होती है, जो व्यवहार में थीं और जिन्होंने ग्रीक ड्रामा की नींव तैयार की। यह प्रक्रिया रोमवासियों से होते हुए मध्य युग और एलिजाबेथ के युग तक चलती रही। जैसा कि जूली सैंडर्स का कहना है, 'रूपांतरण और उपयोग स्वाभाविक रूप से आखिरकार पाठीय प्रतिध्वनि और संकेत के प्रदर्शन से जुड़े हैं। यह कहीं का ईंट कहीं का रोड़ा, भानुमती ने कुनबा जोड़ा यानी उद्धरणों का चलताऊ या सुविधाजनक समुचय नहीं है, जिसे कि अकसर अंतरपाठीयता के ऑपरेटिव (क्रियाशील) रूप के तौर पर देखा जाता है। इसमें कोई शक नहीं कि एक नई इकाई या पूर्णता के गठन के लिए विभिन्न टुकड़ों का उद्देश्यपूर्ण पुनर्गठन कई उत्तर आधुनिक पाठों का सक्रिय तत्व है।'

यहाँ दो लेखों और एक किताब का जिक्र करना दुरुस्त होगा, जो कि रूपांतरण और उपयोग की समझ विकसित करने के लिए काफी महत्वपूर्ण मानी जा सकती है। पहला है, टी.एस. एलियट का लेख, 'ट्रेडिशन एंड इंडिविजुअल टैलेंट (परंपरा और व्यक्तिगत प्रतिभा); दूसरा है, एड्रिएन रिच का लेख, 'व्हेन वी डेड अवेकन : राइटिंग ऐज रिविजन,' आखिरी है हैरल्ड ब्लूम की किताब - 'द एंग्जाइटी ऑफ इनफ्लुएंस : अ थियरी ऑफ पोएट्री।' इस किताब में ब्लूम ने लेखकों और उनकी विरासत के बीच के व्याकुल संबंधों की जाँच की है। ब्लूम ने इसे आत्म चेतस फ्रायडियन शब्दावली में निर्मित करते हुए इसे युवा

संतानों और उनके साहित्यिक पूर्वजों के बीच के ओडिपिसीय संघर्ष के तौर पर व्याख्यायित किया है। हालाँकि जूली सैंडर्स आगे कई एकांगी निष्कर्ष निकालती हैं, जिन्हें स्वीकार करना कठिन है, खासकर जेंडर को लेकर उनके दुराग्रहों को। यह एक दिलचस्प तथ्य है कि कई लेखिकाओं ने, मसलन ग्लोरिया नेलस के उपन्यासों में बाइबल, चौसर, दांते के लेखन और शेक्सपीयर और विलियम फॉकनर के साथ बड़ी मात्रा में अंतरपाठीयता मिलती है।

आदर्श रूप में बात करें, तो पुनर्लेखन को, जिसका इस्तेमाल पुनर्दृष्टि की एक अभिव्यक्ति के तौर पर पर किया जा रहा है, फिर चाहे यह उपन्यास हो या नाटक या फिल्म, हर बार महज अनुकरण की सीमाओं के पार जाना चाहिए। इस प्रक्रिया का सबसे बड़ा शाप कुछ वैसा होता है, जैसे बॉलीवुड के सिनेमा को कलात्मक सम्मान के लिए संघर्ष करना पड़ रहा है और इसने अब भी दुनिया के सामने अपनी सौंदर्यशास्त्रीय क्षमता का प्रदर्शन नहीं किया है। यह ऐसे विचलन का संकेत देता है, जो वास्तव में उपयोग और रूपांतरण की प्रक्रिया के मिलावट तक जा पहुँचने की दास्तान बयान करता है। कलात्मक और रचनात्मक रूप से दीवालिया बॉलीवुड ने कई रूपांतरणों में अपना हाथ आजमाया है, लेकिन वे आखिरकार सिर्फ मिलावट ही साबित हुए हैं। यहाँ हम 'मकबूल' पर खास तौर पर बात कर सकते हैं। यह दीवालियापन अचानक पुरानी फिल्मों के रीमेक के बढ़ते चलन में भी दिखाई देता है। यह रूपांतरण है, उपयोग है या मिलावट? यहाँ यह गौर करना महत्वपूर्ण होगा कि इस तथ्य के बावजूद कि भारत में दुनिया में सबसे ज्यादा फिल्में बनती हैं, यह अभी तक बॉक्स ऑफिस और सौंदर्यबोध के बीच में से किसी एक को चुनने की दुविधा में फँसा है। इसका परिणाम रहा है कि अंतरराष्ट्रीय मंचों पर हमारी फिल्में बुरी तरह असफल साबित होती हैं। जिस कान फिल्म महोत्सव की हमारे यहाँ खूब चर्चा होती है और वहाँ भारतीय कलाकारों की उपस्थिति को सुर्खियों में स्थान दिया जाता है, पिछले 19 सालों से एक भी भारतीय फिल्म गोल्डन पाम सेक्शन तक भी पहुँच पाने में नाकाम रही है। हालाँकि हम इस तथ्य से इनकार नहीं कर सकते कि यह दीवालियापन सिर्फ बॉलीवुड तक ही सीमित नहीं हैं, ब्रुक की 'महाभारत' भी पूरी तरह से रास्ते से भटक गई थी।

हालाँकि, वर्तमान में इस बात की पहचान कर पाना काफी कठिन है कि आखिर अच्छे और खराब रूपांतरण में भेद क्या है? वे कैसे बनते हैं?

ओरिजनल या मौलिक के प्रति ईमानदारी इसका आधार नहीं हो सकती, क्योंकि रूपांतरण और उपयोग के ज्यादातर कलात्मक उदाहरणों का आधार ही मौलिक से विचलन होता है। डेबोरा कार्टमेल ने उपन्यासों के सिनेमाई रूपांतरण के लिए कुछ उपयोगी नियम चिह्नित किए हैं। ये इस प्रकार हैं - 1. पुनर्व्यवस्थापन, 2. भाष्य या तबसरा और 3. मौलिक से समानता बनाए रखने की कोशिश। पहली नजर में देखें, तो स्क्रीन पर उपन्यासों के अधिकांश रूपांतरण पुनर्व्यवस्थापन होते हैं, जिनमें एक विधा के पाठ को लेकर नए दर्शक तक पहुँचने तक कोशिश की जाती है। इसके लिए सौंदर्यशास्त्रीय परंपराओं का इस्तेमाल किया जाता है, जो बिलकुल ही भिन्न प्रक्रिया पर आधारित होता है - यानी उपन्यासों को फिल्म में ढालने की प्रक्रिया पर। यह सूची अंतहीन है। यहाँ पेचीदा मसला समृद्धीकरण (इनरिचमेंट) या सिर्फ कुछ अलग करने के बीच की रेखा निर्धारित करने का है।

रूपांतरण को स्वतंत्र कला के तौर पर काम करना चाहिए। भले ही यह मौलिक के प्रति अपनी कृतज्ञता प्रकट करे, दूर से ही सही। एनलॉग यानी मौलिक से समानता बनाए रखने की कोशिश - यह वर्गीकरण थोड़े अलग किस्म का है। यह नए रूपांतरण की हमारी समझ को भले समृद्ध करे, पहले के अंतर्पाठों के योगदान के बारे में बताए, लेकिन यह भी काफी हद तक संभव है कि रूपांतरण का आनंद इसके पहले के पाठों के बारे में जाने बिना भी उठाया जा सकता है। हम कह सकते हैं कि ऐसे उदाहरण अलग ही कतार में रखे जा सकते हैं और अपनी अलग हैसियत / पहचान रखते हैं। इसी तरह से संगीत प्रधान या कहें गीतिकाव्य (म्यूजिकल्स) का रिश्ता भी साहित्य से रहा है। इसके दो अच्छे उदाहरणों में एक टी.एस. एलियट के 'ओल्ड पॉसम्स बुक ऑफ प्रैक्टिकल कैट्?स' पर विक्टर ह्यूगो के महाकाव्यात्मक उपन्यास 'ला मिजराब्ल' का प्रभाव है। दूसरा उदाहरण 'माई फेयर लेडी' नामक फिल्म है जिसने खुद अच्छी ख्याति हासिल कर ली है, जबकि यह जॉर्ज बरनार्ड शॉ के नाटक 'पिगमैलियन' का उल्था या परिवर्तित संस्करण है। 'माई फेयर लेडी' का शीर्षक इस कारण और ज्यादा महत्वपूर्ण हो जाता है, क्योंकि वास्तव में यह शॉ से भी पहले ओविड के 'मेटामॉरफॉसेस' तक जाता है, जिसमें पिगमैलियन अपनी ही बनाई मूर्ति के प्यार में पड़ जाता है।

जहाँ रूपांतरण कृति के साथ संबंधों को बचाए रखता है, उपयोग मौलिक कृति से दूर जाने वाली एक यात्रा तय करता है, जिसका मकसद एक बिलकुल

नई कृति को रचना और नए आयाम को हासिल करना होता है। इन दोनों के बीच अंतर लाने वाला एक तथ्य यह है कि उपयोग की प्रक्रिया में मौलिक कृति से प्रभाव को उस तरह स्वीकार नहीं किया जाता है, जैसे कि रूपांतरण में। यहाँ इस बात की परीक्षण करने की जरूरत है कि एक, आखिर अंतःस्थापित विभिन्न पाठ एक-दूसरे के साथ अपनी क्रिया-प्रतिक्रिया किस तरह विकसित करते हैं? और किस तरह से दो पाठों के बीच के संबंधों और अतिव्यापन / ओवरलैप की परख की जा सकती है? इसके साथ ही यह सवाल भी महत्वपूर्ण है कि क्या उपयोग को मौलिक कृति के प्रति श्रद्धांजलि माना जा सकता है या फिर यह महज साहित्यिक चोरी का मसला है? उपन्यासों और थियेटर में पाठों के उपयोग के उदाहरण कुछ ज्यादा ही हैं। हालाँकि, इस भीड़ में शेक्सपीयर अलग खड़े नजर आते हैं, जिनके पाठ का प्रभूत मात्रा में उपयोग और रूपांतरण ही नहीं हुआ है, उसमें जम कर मिलावट भी की गई है।

जैसे कि लॉरेंस ऑलिवियर ने एक साक्षात्कार के दौरान यह पूछे जाने पर कि लंबे अरसे तक रंगमंच का अभिनेता होने के नाते शेक्सपीयर को फिल्मी परदे पर उतारने की कोशिश को वे किस तरह से देखते हैं, जवाब में एक सपने का जिक्र किया था। यह सपना इस तरह था, वे अपनी पसंदीदा पब में बैठे हुए हैं और बियर पी रहे हैं। इतने में शेक्सपीयर के जमाने के एक अभिनेता - जेम्स बरबेज उनके पास रखे स्टूल पर आ बैठते हैं और दोनों के बीच बातचीत शुरू हो जाती है। यह बातचीत शेक्सपीयर के नाटकों पर हो रही है। जेम्स बरबेज ऑलिवियर को यह चुनौती देते हैं कि एक ऐक्टर के तौर पर वे उनके मुकाबले आगे नहीं जा सकते हैं। ऑलिवियर यह चुनौती स्वीकार कर लेते हैं और दोनों के बीच शर्त लग जाती है। शर्त यह थी कि अगर ऑलिवियर कुछ नया कर पाते हैं, तो बरबेज उन्हें दावत में 13 गिलास बियर पिलाएँगे। लेकिन अगर ऑलिवियर हारते हैं तो वे दावत में 13 गिलास बियर बरबेज को देंगे। इसी बिंदु पर वह सपना टूट गया। इसके बाद ऑलिवियर आगे बढ़े और उन्होंने शेक्सपीयर की फिल्मों की प्रसिद्ध सीरीज बनाई। उस शर्त का क्या हुआ? उसके बाद से बरबेज उन्हें फिर नहीं दिखाई दिए।

कहने का मकसद यह है कि कई मौकों पर उपयोग निश्चित तौर पर पाठ को समृद्ध करता है। जब ऐसी रचना किसी रचनात्मक दिमाग से जन्म लेती है तो वह अगर मौलिक से ज्यादा नहीं तो कम-से-कम उतनी ही वैध हो सकती है।

यहाँ यह भी ध्यान में रखने लायक है कि जब एक रचनात्मक कार्य किसी दूसरे कलाकार के लिए चुनौती बन जाता है, तो चुनौती सिर्फ व्यक्तिगत अहं को नहीं मिलती। बल्कि कलात्मक अहं को मिलती है। और इस कलात्मक अहं से चुनौतियों का सामना इस तरह किया जाता है कि वह कलात्मक सरहदों के पार चला जाए। एक तरह से देखें, तो उपयोग और रूपांतरण सभी कलाओं के अभ्यास और उसकी रसानुभूति के लिहाज से मौलिक महत्व रखता है। इसमें लेखक, निर्देशक और अभिनेता समान रूप से रूपांतरण और उपयोग की प्रक्रिया में शामिल होते हैं। यह बात खास तौर पर थियेटर पर लागू होते है, जहाँ कोई भी प्रदर्शन किसी दूसरे प्रदर्शन के समान नहीं हो सकता। यह फिल्मों से काफी अलग है, जहाँ एक स्तर पर हर प्रदर्शन / शो एकांगी और स्थिर / अपरिवर्तित / स्टैटिक होता है।

विषय के संबंध में एक सीमा तक पश्चिमी सौंदर्यशात्री तकनीक पर नजर डालने के बाद, सोचा जा सकता है कि हमारी दृष्टि गैर पश्चिमी सौंदर्यशात्र के उद्भव की संभावनाओं की ओर भी जानी चाहिए, जो कहीं से भी कम महत्वपूर्ण या कम व्यवहार्य नहीं है। हमें इस सौंदर्यशास्त्र के दायरे में भी रूपांतरण, उपयोग और मिलावट के सवाल पर विचार करना चाहिए। एक चीज विशेष उल्लेख किए जाने की माँग करती है। दुनिया ने काफी लंबे अरसे तक पश्चिमी सौंदर्यशास्त्र को इस बात की छूट दी है कि वह उसकी कलात्मक दृषटि को प्रभावित करे, जबकि इसकी समरूपता मानव जाति के लिए बेहद लज्जाजनक या अनचाही दुर्घटना के समान है। यह एक सार्वभौमिक सत्य है कि अप्रत्याशित और एकरूपता का तिरस्कार, जीवन के सौंदर्य को गतिमान रखने के लिए केंद्रीय महत्व रखता है। यह देखा गया है कि पश्चिम की भाषा अंग्रेजी सिर्फ दूसरी दुनिया की खिड़की नहीं है, बल्कि इसने खुद को एक ऐसी जगह पर ला खड़ा किया, जहाँ यह अपने से जुड़ी हर चीज की श्रेष?ठता का प्रतीक बन गई है। इसलिए जरूरी है कि हम इस बहस को आगे बढ़ाते हुए धर्मवीर भारती, उत्पल दत्त, मनोज मित्र और गिरीश कर्नाड जैसे नाटककारों के नाटकों पर भी चर्चा करें। इसके साथ ही दुनिया के इस हिस्से के दूसरे नाटककारों, मसलन रफी पीर और लैटिन अमेरिका, पुर्तगाल, स्पेन, पाकिस्तान, अर्जेंटीना और श्रीलंका से आनेवाले अन्य नाटककारों की रचना पर भी अनिवार्य रूप से बात की जानी चाहिए।

यह देखना आश्चर्यजनक है कि कैसे एक खास सौंदर्यशास्त्र को पूरी दुनिया पर थोपने की कोशिशें की जा रही हैं। ऐसा शायद इसलिए है कि कुछ देशों को यह भ्रम है कि वे ही विश्व हैं। यह एक आत्मपीड़क व्यामोह है, जिस पर संवेदना ही जताई जानी चाहिए। यह एक बड़ा रहस्य है कि येलोरोब को छोड़कर, जिनसे मुझे थियेटर विदाउट बॉरडर्स के सम्मेलन में और 2010 में न्यूयॉर्क में ला मामा थियेटर के दौरान मिलने का मौका मिला, किसी अन्य रेड इंडियन नाटककार का उभार क्यों नहीं हुआ? मैं कभी-कभी हैरत से सोचता हूँ कि अमेरिका के किसी निर्देशक ने ऐसे नाटकों का प्रदर्शन या उनके सिनेमाई रूपांतरण के लिहाज से महत्वपूर्ण क्यों नहीं माना है? क्या इसके पीछे किसी डर या असुरक्षाबोध का हाथ है? वह डर जो 'हमारे,' 'उनके' की झूठी अवधारणाओं को जन्म देता है। ऐसी स्थिति में दुनिया 'दूसरी / अन्य' होती है। लेकिन अगर आप इस 'दूसरे' की पहचान को पोंछ कर मिटाना चाहते हैं तो आप खुद अपने सौंदर्यशास्त्र के खिलाफ जा रहे होते हैं, जैसा कि देकार्ते ने कहा था, ' 'पर्यवेक्षक' और 'पर्यवेक्षणीय' की आपसी अंतःक्रिया के बगैर, दोनों में से किसी की पहचान या अस्तित्व संभव नहीं है।'

सैमुएल बेकेट ने अपने सभी नाटकों और उपन्यासों में इस द्वैध को काफी प्रभावशाली तरीके से बने रहने दिया। बेकेट ने आइंस्टीन को एक पत्र लिखा था, जिसमें उनके साथ सिनेमा सीखने की बात थी। यह चिट्ठी द्वितीय विश्वयुद्ध के दौरान गुम हो गई। यह युद्ध के समाप्त होने के बाद ही आइंस्टीन को मिल सकी। तब तक बेकेट की ख्याति एक महान नाटककार और उपन्यासकार के तौर पर हो चुकी थी। अगला चरण साहित्य में काफी उत्साहवर्द्धक है। हैरल्ड पिंटर पर बेकेट के प्रभाव ने उन्हें न सिर्फ नई नाट्यभाषा, बल्कि नई फिल्म भाषा का संधान करने के लिए प्रेरित किया। इसी जगह से एक नई धारा की शुरुआत हुई, जो सिनेमा और थियेटर के बीच रिश्ता जोड़नेवाली, उन्हें आपस में मिलानेवाली थी। यह मिलाप थियेटर और सिनेमा के बीच एक सहक्रिया पैदा करता है, जो दोनों को समृद्ध करती है। ज्यादातर नाट्यलेखक, अपने नाटकों की पटकथा खुद लिखते हैं। हैरल्ड पिंटर, पीटर शेफर, टॉम स्टॉपार्ड ऐसे कई नाम हैं। बा.व. कारंत, कर्नाटक से गिरीश कर्नाड, कोलकाता से मनोज मित्र भी ऐसे नाम हैं। नाट्य साहित्य के एक हिस्से के तौर पर थियेटर और सिनेमा के बीच की यह सह-क्रिया स्वागत-योग्य संकेत है और नाट्य लेखक, निर्देशक

और अभिनेता सभी शामिल हैं। इसका एक क्लासिक उदाहरण है लुइस माल द्वारा 'अंकल वान्या ऑन फॉर्टी सेकेंड स्ट्रीट' के नाम से चेखव के नाटक 'अंकल वान्या' का प्रदर्शन। यह रूपांतरण और उपयोग का सबसे मोहक उदाहरण है।

पूरी दुनिया में अभिनेता लगातार थियेटर की ओर लौटते रहे हैं। बेन किंग्सले से लेकर नसीरुद्दीन शाह, मधुर जाफरी, शबाना आजमी, अमोल पालेकर और नाना पाटेकर तक। आलोचना और पश्चिमी सौंदर्यशास्त्र के लिए जरूरी है कि वह अपने विकल्प को आजमाए और उसे स्वीकार करे। ऐसा करके वे खुद को समृद्ध ही करेंगे। श्रीलंका के प्रसन्ना विथांगें, भारत के तिग्मांशु धूलिया और शोएब मंसूर जैसे प्रसिद्ध निर्देशकों की फिल्में परिदृश्य में बदलाव ला रही हैं। और यह बदलाव सिर्फ स्टीवन स्पीलबर्ग की फिल्मों जैसा भव्य नहीं है, बल्कि यह एक सौंदर्यशास्त्रीय बदलाव है, जो बदल रहा है, उभर रहा है और अपनी स्वतंत्र राह पकड़ रहा है।

जब हम सिनेमा और साहित्य के बारे में बात करते हैं, तब हमें इस तथ्य पर भी विचार करना चाहिए कि आखिर क्या वजह है कि दुनिया की सर्वश्रेष्ठ फिल्में पश्चिम से नहीं आ रही हैं, बल्कि छोटे देशों से आ रही रही हैं। उनके सामने महँगी और भव्य तकनीक की बाढ़ में बह जाने का खतरा है, लेकिन वे इसकी क्षतिपूर्ति महानतर सिनेमा के निर्माण से कर लेते हैं। यह खुशी, मनोरंजन और उत्थान की रचना के आसपास पहुँचता है, जो काम साहित्य अब तक करता रहा है और आगे भी करता रहेगा। इस श्रेणी में चार फिल्मों का जिक्र खास तौर पर जरूरी है, जो साहित्य द्वारा मुमकिन किए जानेवाले उत्थान से आगे जाती हैं। पहली फिल्म है अकीरा कुरोसावा की 'ड्रीम्स,' जिसमें कुरोसावा, जो पहले चित्रकार थे, अपनी फिल्म के लिए पारंपरिक ब्लैक एंड व्हाइट की जगह पहली बार रंगों का इस्तेमाल करते हैं। और रंगों और सपनों की कविता के द्वारा वे कविता, पेंटिग, युद्ध और मानवीय स्थिति का एक समग्र चित्र प्रस्तुत करने में कामयाब होते हैं।

यह समझ में आनेवाली बात है कि पश्चिम ने इस फिल्म पर संभवतः जान-बूझ कर कोई ध्यान नहीं दिया। ऐसी ही एक फिल्म आर्जेंटीना की 'द सीक्रेट इन देयर आई' है। यह काफी परिपक्व और सब कुछ को समेटनेवाली फिल्म है। यह एक ऐसी फिल्म है जो अपने दायरे में मानवीय स्थिति की सभी

भावनाओं को समेट लेती है। सुविधाजनक रास्ता अपनाते हुए इस फिल्म को गैर अंग्रेजी फिल्म की कैटेगिरी में बेस्ट फिल्म का ऑस्कर अवॉर्ड दे कर रुखसत कर दिया गया, जबकि यह फिल्म किसी भी तथाकथित अंग्रेजी फिल्म से श्रेष्ठ थी। यह फिल्म भी सिनेमा की सीमाओं के पार गई और इसने सार्वभौमिक को कुछ उसी तरह छूने का काम किया जैसा साहित्य करता है। तीसरी फिल्म है, शोएब मंसूर की 'बोल।' 'खुदा के लिए' के बाद अई यह फिल्म न सिर्फ एक डायरेक्टर के और परिपक्व होने की खबर लेकर आई, बल्कि यह हमें बताती है कि महान फिल्म का निर्माण करने वाले तत्व कौन से होते हैं? यह फिल्म इनसानी स्थितियों के त्रासद रास्तों के बारे में बताती है, कुछ उस तरह से जिसके कारण अर्नेस्ट हेमिंग्वे को 'द ओल्ड मैन एंड द सी' के लिए नोबल पुरस्कार मिला था। चौथी फिल्म युवा निर्देशक तिग्मांशु धूलिया की 'पान सिंह तोमर' है, जिसने अपने सौंदर्यशात्र और प्रासंगिकता के बल पर बॉलीवुड द्वारा बॉक्स ऑफिस को सर्वोपरि मानने की फितरत को शर्मसार कर दिया है। यह फिल्म जिस तरह से मानवीय मूल्यों को विशेष मानवीय संदर्भों में पेश करती है, उसने पेड़ों के चारों ओर चक्कर लगाने और लगवाने वाले निर्देशकों, तथाकथित हीरो और हीरोइनों को खुद पर लज्जित किया है। इस फिल्म की लोकप्रियता बाकी बातें खुद-ब-खुद बयान कर देती है। हाल के वर्षों में आई ये फिल्में साहित्य के प्रभाव का मुकाबला करती हैं, इसलिए वे हमेशा बची रहेंगी। इन सबके बावजूद जिस तरह से पीटर शेफर की 'अमादेउस' बची रहेगी, क्योंकि यह औसत और उत्कृष्टता के बीच के सार्वभौमिक संघर्ष से दो-चार होती है। उनका नाटक 'ईक्वस' बचा रहेगा, क्योंकि यह इस बात के महत्व को रेखांकित करता है कि व्यक्तियों में फर्क होता है। व्यवस्था को यह बात अस्वीकार्य होती है और दो विश्व युद्धों की हिंसा के बाद वह व्यक्तिगत प्रतिरोधों के दमन को प्रेरित करती है। इसके लिए व्यवस्था के नौकर यानी मनोविज्ञान का इस्तेमाल किया जाता है।

ये नाटक और फिल्में तब बनीं थीं, जब अर्थ के संचार ने प्रतिकूल दुर्बोधता हासिल नहीं कर ली थी। जब व्यवहार में आनेवाली किसी बात का बिना किसी सिद्धांत के सूत्रीकरण करने की कोशिश की जाती है, तो परिणाम कुछ ऐसा ही होता है। मुर्गी पहले या अंडा की कभी न खत्म होनेवाली बहस में पड़ने की जगह सीधा-सा सवाल पूछा जाए। क्या इन सिद्धांतों के फैशनेबल होने से पहले अर्थ का संचार नहीं होता था? मेरा इशारा निश्चित तौर पर

साहित्य या सिनेमा के लक्षण विज्ञान की ओर है। साहित्य और सिनेमा में एक चीज साझी है। दोनों एक स्तर पर नैरेटिव आर्ट / वृतांतपरक कला-रूप हैं। जहाँ तक सिनेमा की बात की जाए, लक्षण विज्ञान में काफी विशेषीकृत भाषा को ईजाद किया गया है। सटीक परिभाषाओं और उपयोगी दिशा-निर्देशों की अनुपस्थिति के कारण लक्षण विज्ञान काफी पेचीदा / भ्रामक और कठिन हो गया है। इसका प्राथमिक कारण यह है कि शब्दकोश के साथ नाता जोड़ने की तमाम कोशिशों के बावजूद इनके बीच का अंतर्संबंध अभी तक धुँधला है।

यह स्वतः प्रमाणित है कि लक्षण विज्ञान का संबंध साइन / संकेत और प्रतीक के अध्ययन के सिद्धांतों से है। खासकर भाषा के तत्वों और संचार के दूसरे तंत्रों में। संकेतों के इस तंत्र में अर्थ के निर्माण की विधियाँ समाहित हैं। और साथ में यह भी कि वास्तविकता को किस तरह प्रस्तुत किया जाता है? जैसा कि सब को पता है कि संकेत खुद में अर्थ को संप्रेषण नहीं करते हैं। वे उस माध्यम का निर्माण करते हैं, जिसमें अर्थ का निर्माण किया जाता है। सवाल है कि इससे पहले अर्थ का निर्माण किस तरह से हो रहा था? संकेत इस्तेमाल के हिसाब से बदलते रहते हैं और वे जिस अर्थ का निर्माण करते हैं, वे कभी समरूप नहीं हो सकते। यह अलग बात है कि दूसरे विश्व युद्ध के बाद ज्यादातर राजनीतिक व्यवस्थाओं ने किसी एक चीज की सबसे ज्यादा कोशिश की है, तो वह है एकरूपता का सृजन। व्यवहारवाद इसका सीधा प्रतिफल हैं।

अर्थ का निर्माण करने के लिए सिद्धांत की ओर मुड़ना मेरे हिसाब से थोड़ा संदेहास्पद है, क्योंकि यह एक तरह से शायद यह संदेश देता है कि अर्थ को संकेतों के तंत्र में महदूद किया जा सकता है। या अर्थों के संचार पर नियंत्रण संभव है। क्योंकि फिल्म अपनी भाषा के तौर पर संकेतों में बुनी हुई किसी भी चीज को अपना लेती है, यही कारण है कि फिल्म का लक्षण विज्ञान श्रव्य और दृश्य संकेतों का अध्ययन बन जाता है, जिसका मकसद उस अर्थ का निर्माण होता है, जो देखे और सुने गए के परे होता है। यह एक गलत कोशिश होती है - छपे हुए शब्दों की दुनिया के पार जाने की, जो साहित्य का निर्माण करते हैं। लेकिन, फिर भी कोई ऐसा तरीका नहीं हो सकता, जो सिनेमा के संकेत तंत्र को संपूर्णता में फिल्म निर्देशक और दर्शक या सभी दर्शकों के बीच साझा कर सके। यहाँ बेहतरीन ईरानी फिल्म 'लैला' का जिक्र करना अप्रासंगिक नहीं होगा। अगर फिल्म के अर्थ को उसकी पूर्णता में सिर्फ संकेत तंत्र की सीमाओं

में बाँध दिया जाए, तो काफी हद तक इसके अर्थ का महत्वपूर्ण हिस्सा हमसे छूट जाएगा। यही बात कुरोसावा की फिल्म 'ड्रीम्स' के बारे में भी कही जा सकती है। एक सच्चा कलाकार तंत्रों की अवहेलना करता है। वह खुद अपने अर्थ का निर्माण करता है, जो महज आलोचकीय शब्दावली को नापसंद करता है। यही कारण है कि जब व्लादिमीर और एस्ट्रेगॉन समय बिताने के लिए एक-दूसरे को गाली देने का खेल खेलते हैं, तब उसका अंत उस बिंदु पर होता है जब एक गाली के तौर पर 'आल्ललोचक्क' का इस्तेमाल करता है। यह दूसरे को हार मानने पर मजबूर कर देता है, कुछ इस तरह कि कोई दूसरा शब्द इसका जवाब नहीं हो सकता। यहाँ हैरल्ड पिंटर का जिक्र करना मानीखेज होगा, जिन्होंने अपने नोबेल ग्रहण वक्तव्य का शीर्षक 'आर्ट, ट्रूथ एंड पॉलिटिक्स' (कला, सच्चाई और राजनीति) - बल्कि उन्होंने 'सच्चाई' शब्द का इस्तेमाल किया। यह एक सच्चाई है कि पिंटर ने 'वास्तविकता / यथार्थ शब्द का इस्तेमाल जान-बूझ कर नहीं किया, जो सभी आलोचकों को खासा प्रिय रहा है। इस तरह से उन्होंने कलात्मक उद्यम के दायरे का विस्तार आलोचना की उन सीमाओं के परे किया, पश्चिमी आलोचक उन्हें जिसके भीतर बाँधना पसंद करते।

यह लगातार चलनेवाली बहस है कि क्या कलात्मक प्रेरणा या उत्प्रेरणा किसी सिद्धांत की देन है। शुक्र है कि इसका जवाब नहीं है। जैसा कि पहले मैंने कहा, कलाकार अनिवार्य रूप से व्यवस्थापीकरण का विरोध करते हैं। तंत्र की पूरी कोशिश होती है कि वह प्रेरणा को तंत्र की सीमाओं के भीतर बाँधने की कोशिश करे, जिसे समरूप तरीके से सभी कलारूपों पर लागू किया जाता है। कौन सा ऐसा आलोचकीय तंत्र है, जो कविता के तर्क को पूरी तरह से समझने और व्याख्यायित करने का दावा कर सका है? कलात्मक अभिप्रेरणा और अभिव्यक्ति में भिन्नता का उत्सव मनाया जाना चाहिए। चलिए, हम एक सामान्य-सा शब्द लेते हैं - रंग। सिनेमा में इसे कुरोसावा की फिल्म 'ड्रीम्स' में रंगों का इस्तेमाल कविता के तौर पर करने और बॉलीवुड में तथाकथित सुपरस्टारों पर छाप छोड़ने के लिए ईस्टमैन कलर के उपयोग को बराबर नहीं मान सकते, जिनकी नियति स्मृतियों में खो जाने की है। हम यहाँ रिचर्ड ऐटनबरो का उदाहरण भी ले सकते हैं, जिन्होंने फिल्म 'गांधी' में गांधी की भूमिका के लिए बेन किंग्सले का चुनाव नसीरुद्दीन शाह के ऊपर किया, जबकि

खुद नसीरुद्दीन शाह मानते हैं कि उस भूमिका के लिए उनका दावा कहीं ज्यादा मजबूत था। और कस्तूरबा के लिए रोहिणी हटंगरी को क्यों लिया गया? सवाल है कि यह फिल्म क्यों चली? क्या लक्षण विज्ञान के उप-तंत्र के चलते या फिर इसलिए कि सही लोगों का चयन मुख्यतः कलात्मक दृष्टि से किया गया था? लेकिन वह इतिहास था। क्या यह महज दस्तावेजीकरण था या फिर व्याख्या भी थी?

कला के किसी भी कार्य के पीछे, फिर चाहे वह साहित्य हो या सिनेमा, काम करने वाला प्रभाव किसी भी अन्य प्रभाव से अलग होता है। आखिर पश्चिमी आलोचना का कोई स्वयंभू मुहावरा / इडियम सभी कलाओं पर समरूप तरीके से लागू होने का दावा कैसे कर सकता है? यही वह बिंदु है, जहाँ पश्चिमी परंपरा के सौंदर्शास्त्र के साथ दिक्कत शुरू होती है। और कोई कारण नहीं कि आखिर क्यों दुनिया को इसका अनुकरण करना चाहिए जब तक कि यह सिर के ऊपर से न गुजर जाए? पश्चिम के सैद्धांतिकी में विन्यस्त व्यक्तिगत कलात्मक प्रभावों के प्रति असम्मान की भावना, धीरे-धीरे और अधिक स्पष्ट होने लगी है। हालाँकि, इसे अंदरुनी तरीके से फासीवाद का बड़ा स्थानापन्न माना जाने लगा है। बहरहाल, यहाँ कलात्मक उद्यम के मूल्यांकन का सवाल प्रासंगिक और महत्वपूर्ण है। कला अभिव्यक्तिपरक चिह्नों के तंत्र की बजाय हमेशा से इस बात पर निर्भर करती है कि आखिर दर्शक / श्रोता / पाठक क्या ग्रहण करता है - सामूहिक रूप से नहीं, बल्कि व्यक्तिगत तौर पर। वैसे आलोचक जो अपनी निजी राय को सही / न्यायोचित ठहराने के लिए, कलात्मक उद्यम को श्रोता / दर्शक / पाठक के समूह पर लादना चाहते हैं, वे विश्वास के योग्य नहीं हैं। दुनिया भर के कलाकार ऐसे आलोचकों को हिकारत की भावना से देखते हैं। इसकी वजह क्या है?

पश्चिम के एक तबके द्वारा कला में पलीता लगाने के बावजूद, और जैसा कि पिंटर ने अपने नोबल वक्तव्य में कहा था, इस मरुभूमि में बीच-बीच में कई उद्यान भी हैं। बॉलीवुड भले ही कितनी अपनी पीठ थपथपाए, सच्चाई यह है कि बाहर इसे वैसी प्रशंसा या सराहना नहीं मिलती। जब हमारी फिल्में बाहर सराही / पहचानी जाती हैं, तो यह ऋत्विक घटक की फिल्मों के कारण होता है। उनकी फिल्में, फिर चाहे वह 'सुबर्न रेखा' हो, या 'मेघे ढाके तारा।' और वे हर विदेशी आलोचकीय मानदंडों को झुठलाते हुए सफल होती हैं। सत्यजित

राय भी सफल होते हैं, लेकिन बिलकुल दूसरी तरह से। अपु ट्रायोलॉजी एक भव्य शुरुआत है, लेकिन यह आगे चल कर क्षीण पड़ जाता है। वे 'शतरंज के खिलाड़ी' में उत्कर्ष पर पहुँचते हैं, जो कि इसी नाम से लिखी गई प्रेमचंद की कहानी पर बनी थी। यह इस बात का एक बेहतरीन उदाहरण है कि किस तरह से सिनेमा साहित्यिक पाठ को और ऊँचाई दे सकता है और लेखक के मौलिक से भी बेहतर प्रभाव छोड़ सकता है। किस तरह से यह लेखक द्वारा तय की गई सीमाओं के पार ले जा सकता है। ऐसा क्यों और कैसे होता है? लेकिन कहानी यहीं खत्म नहीं होती है। जब खुद राय ने इब्सन के नाटक 'एनेमी ऑफ द पीपल' का रूपांतरण 'गणशत्रु,' के नाम से करने की कोशिश की तो वे सफल नहीं हुए। यह फिल्म एक हादसे के समान है। रूपांतरण, उपयोग और मिलावट के सभी आयामों को विशिष्ट उदाहरणों के आईने में देखना दिलचस्प होगा, क्योंकि ये विशिष्ट उदाहरण ही हैं, जो अपवाद के तौर पर उभर सकते हैं और एक नियम बना सकते हैं।

फिल्मों के निर्माण को प्रेरित करने वाले साहित्य की सूची बनाई जाए, तो यह अंतहीन होगी। इनमें से एक केन केसी की फिल्म 'वन फ्ल्यू ओवर द कुकूज नेस्ट' है, जो उपन्यास की सीमा से पार चली जाती है। लेकिन हेमिंग्वे के उपन्यास 'द ओल्ड मैन एंड द सी' पर बनी फिल्म, इसका ठीक उल्टा उदाहरण है। इस पर बनी कोई भी फिल्म इस उपन्यास के प्रभाव के स्तर तक नहीं पहुँच पायी है। ग्रीक लेखक निकोस कजांतजाकिस के उपन्यास 'जोरबा द ग्रीक' के बारे में यह मानना पड़ेगा कि इस उपन्यास का सिनेमाई रूपांतरण, और उपन्यास, दोनों का प्रभाव समान स्तर तक पहुँचता है। हालाँकि दूसरे रूप में। दोनों कभी न मिटने वाला प्रभाव छोड़ जाते हैं, जिन्हें एक-दूसरे का पूरक ही कहा जा सकता है।

हमने पुस्तक के इस भाग में विश्व में साहित्य और सिनेमा के दोनों रूपों में समान रूप से दखल रखनेवाले लोगों का जिक्र किया गया है। लेकिन यह प्रासंगिक होगा कि हम दुनिया के इस हिस्से के ऐसे लोगों के नामों का भी उल्लेख करें। इनमें भारतीय थियेटर की कद्दावर शख्सियत शंभु मित्र, श्यामानंद जालान, 'गोधूलि' और 'चोमन' के लिए प्रसिद्ध बा.व. कारंत, मनोज मित्र, हबीब तनवीर, गिरीश कर्नाड का नाम गिनाया जा सकता है, ये नाट्य लेखक भी थे। निर्देशक और अभिनेता भी। इनकी दोनों माध्यमों में आवाजाही थी।

वैसे देखा जाए तो इस बिंदु पर हमारे लिए महत्वपूर्ण ऊपर से थोपा गया कोई सिद्धांत नहीं है। आज की दुनिया में हमारे लिए महत्वपूर्ण व्यक्ति की क्षमता का उत्सव उसकी कमजोरियाँ, उसकी असहायता और इसके बावजूद उसकी अनिवार्य गरिमा है। पिंटर के नोबल व्याख्यान को उद्धृत करते हुए कहा जा सकता है - 'मेरा यह यकीन है कि मौजूदा तमाम विपरीत परिस्थितियों के बावजूद एक नागरिक के तौर पर अपने और समाज के वास्तविक सत्य को परिभाषित करने के लिए निर्भीक, अटल, कट्टर, बौद्धिक संकल्प का होना, हमारा एक अत्यंत महत्वपूर्ण कर्तव्य है। बल्कि यह अनिवार्य है। अगर हमारी राजनीतिक दृष्टि में ऐसा संकल्प शामिल नहीं है, तो हम उस चीज को दुबारा हासिल करने के बारे में सोच भी नहीं सकते हैं, जो लगभग हम से खो गई है : व्यक्ति की गरिमा।'

यह एक ऐसे व्यक्ति का कथन है, जो सिनेमा और साहित्य, दोनों में ही सिद्धहस्त है। कितने कलाकार और उनके सिद्धांत हैं जो ऐसा करने के नजदीक भी फटकते हैं? रूपांतरण और उपयोग की प्रक्रिया को मजबूत करने में यह काफी मददगार हो सकता है। यानी अपने मकसद के प्रति चिंता और प्रतिबद्धता, न कि सिर्फ सिद्धांत के प्रति।

साहित्य समाज और सिनेमा

साहित्य को समाज का दर्पण कहा जाता है। यदि इस नज़रिए से सिनेमा को देखा जाए तो सिनेमा को समाज की अन्तर्शिराओं में बहने वाले रक्त की संज्ञा दी जा सकती है। प्रारम्भ से ही सिनेमा ने समाज पर सकारात्मक एवं नकारात्मक दोनों ही प्रकार के प्रभाव छोड़े हैं। भारत की पहली फिल्म सत्य हरिश्चन्द्र देखकर बालक मोहनदास करमचंद गांधी रो पड़े थे और 'राजा हरिश्चंद्र' की सत्यनिष्ठा से प्रेरित होकर उन्होंने आजीवन सत्य बोलने का व्रत ले लिया था। वास्तव में इस फिल्म ने ही उन्हें मोहनदास से महात्मा गांधी बनने की दिशा में पहला कदम रखने हेतु प्रेरित किया था। स समाज, न नवीन, म मोड़ अर्थात् सिनेमा ने समय-समय पर समाज को नया मोड़ देने में अपनी महत्त्वपूर्ण भूमिका का निर्वाह किया है। साहित्य ने भी समाज के इस महत्त्वपूर्ण दृश्य-श्रव्य माध्यम के पुष्पन-पल्लवन में अपना योगदान यदि हम शुरूआती सिनेमा की ओर नज़र दौड़ाएँ, तो पाते हैं कि इसकी शुरूआत ही पौराणिक साहित्य के सिनेमाई रूपान्तरण से हुई। 'सत्य हरिश्चन्द्र', 'भक्त प्रह्लाद', 'लंका दहन', 'कालिय मर्दन', 'अयोध्या का राजा', 'सैरन्ध्री' जैसी प्रारंभिक दौर की फिल्में धार्मिक ग्रंथों की कथाओं का अंकन थीं।

इन फिल्मों का धार्मिक और आर्थिक के साथ-साथ सामाजिक उद्देश्य भी था। चौथे दशक से फिल्मों में सामाजिक कथाओं की भी आवश्यकता को महसूस किया जाने लगा और इसके लिए समकालीन साहित्य के रचनाकारों की ओर देखना लाज़मी हो गया। नतीजा यह हुआ कि सिनेमा को मण्टो का साथ लेना पड़ा। मण्टो की लेखनी से 'किसान कन्या', 'मिर्ज़ा गालिब', 'बदनाम' जैसी फिल्में निकलीं। प्रेमचंद और अश्क भी इस दौर में सिनेमा से जुड़े और मोहभंग के बाद वापस साहित्य की दुनिया में लौट गए। बाद में ख्वाजा अहमद अब्बास, पाण्डेय बेचन शर्मा उग्र, मनोहरश्याम जोशी, अमृतलाल नागर, कमलेश्वर, राजेन्द्र यादव, रामवृक्ष बेनीपुरी, भगवतीचरण वर्मा, राही मासूम रज़ा,

सुरेन्द्र वर्मा, नीरज, नरेन्द्र शर्मा, कवि प्रदीप, हरिवंशराय बच्चन, कैफी आज़मी, शैलेन्द्र, मज़रूह सुल्तानपुरी, शकील बदायूँनी इत्यादि ने भी समय-समय पर हिन्दी सिनेमा में किसी न किसी रूप में अपनी आमद दर्ज कराई। अनेक हिन्दी, उर्दू तथा बांग्ला की कालजई रचनाओं पर भी फिल्में बनाई गईं और उनमें साहित्य की आत्मा डालने की कोशिशें की गईं। वास्तव में आठवें दशक तक सिनेमा ने हिन्दी-उर्दू में कोई फर्क ही नहीं माना।

उर्दू के अफसानानिग़ार मण्टों की कहानी पर बनी फिल्म 'अछूत कन्या' सुपरहिट साबित हुई। बांग्ला लेखक शरतचंद्र के उपन्यास 'देवदास' पर हिन्दी में चार फिल्में बनीं और कमोबेश सभी सफल रहीं। प्रेमचन्द की कहानी 'शतरंज के खिलाड़ी' पर सत्यजीत रॉय ने इसी नाम से फिल्म बनाई, जो वैश्विक स्तर पर सराही गई। भगवतीचरण वर्मा के अमर उपन्यास 'चित्रलेखा' पर भी फिल्में बनीं, जिनमें एक सफल रही। बाद में साहित्यिक कृतियों पर आधारित फिल्मों को आर्ट फिल्मों के खांचे में रखकर इनका व्यावसायिक और हिट फिल्मों से अलगाव कायम करने का प्रयास किया गया, जिससे ऐसी फिल्मों का आर्थिक पहलू प्रश्नचिह्नांकित हो गया और फिल्मकारों ने साहित्यिक कृतियों पर फिल्म बनाने से परहेज करना शुरू कर दिया। इसका परिणाम यह हुआ कि 'एंग्री यंग मैन' युग आ गया और यथार्थ से कटी हुई अतिरंजनापूर्ण 'अमिताभीय' फिल्मों का दौर आ गया। मैं इस दौर को हिन्दी सिनेमा का 'अंधकार युग' मानता हूँ, जिससे हमें नवें दशक में आकर मुक्ति मिल सकी।

यह युग वस्तुतः समाज की सोच, उसकी आकांक्षाओं एवं उसके स्वप्नों से कटा हुआ था और इसमें आम जनता की सहभागिता नगण्यप्राय थी। इन फिल्मों के अर्थ-दृष्टि से सफल होने का बड़ा कारण यह था कि अमिताभ के 'लार्जर दैन लाइफ' अवतार में तल्लीन तत्कालीन युवा वर्ग को अपनी समस्याएँ तीन घण्टे के लिए ही सही खत्म होती दीखती थीं। ऐसे में बाकी समाज की उन्हें न तो ज़रूरत थी और न ही उसकी कोई आर्थिक उपयोगिता थी। इस नैराश्यपूर्ण दौर में समाज और साहित्य को तो हाशिए पर रहना ही था। हालांकि अमिताभीय युग में भी सत्यजीत रॉय, मृणाल सेन, कमाल अमरोही, ऋषिकेश मुखर्जी, बासु भट्टाचार्य, श्याम बेनेगल, एम. एस. सत्थू, एन. चंद्रा, मुजफ्फर अली, गोविन्द निहलानी, आदि ने अपने-अपने स्तर से साहित्य, सिनेमा और समाज का त्रयी में सम्बन्ध स्थापित करने का प्रयास किया लेकिन ये सभी चाहे-अनचाहे

'आर्ट सिनेमा' में बँधने को बाध्य हुए। एक कारण और भी था कि इस दौरान साहित्यिक कृतियों पर बनने वाली फिल्में एक-एक कर असफल होने लगी थीं। प्रेमचंद की रचनाओं पर बनीं 'गोदान', 'सद्गति', 'दो बैलों की कथा', फणीश्वरनाथ रेणु के उपन्यास पर बनी 'तीसरी कसम', मन्नू भंडारी की रचनाओं पर आधारित 'यही सच है', 'आपका बंटी' और 'महाभोज', शैवाल की कहानी पर आई फिल्म 'दामुल', धर्मवीर भारती के उपन्यास पर आधारित 'सूरज का सातवाँ घोड़ा', चन्द्रधर शर्मा 'गुलेरी' की कहानी पर आधारित 'उसने कहा था', संस्कृत की रचना 'मृच्छकटिकम्' पर आधारित 'उत्सव', राजेंदर सिंह बेदी के उपन्यास पर बनी 'एक चादर मैली सी' आदि का असफल होना सिनेमा और साहित्य से दूरी की एक बड़ी वजह बन गया।

इसके कारण समाज से भी फिल्मों की दूरी बढ़ने लगी। हालांकि इन फिल्मों के फ्लॉप होने की अन्य कई वजहें थीं लेकिन यह मिथ्या धारणा फिल्मकारों के मन में घर कर गई कि साहित्यिक कृतियों पर बनी फिल्मों का आर्थिक महत्त्व नहीं है। यद्यपि कमलेश्वर को फिल्म जगत में काफी सफलता मिली लेकिन एक साहित्यिक लेखक न होकर जब वे फॉर्मूलाबद्ध कथानक रचने लगे, तभी उनकी फिल्में सफलता का स्वाद चख सकीं और निर्देशकों ने उनकी कहानियों पर फिल्में बनाईं। 'द बर्निंग ट्रेन', 'राम-बलराम', 'सौतन' आदि उनकी फिल्में कहीं से भी साहित्य के चौखटे में फिट नहीं होतीं। यहाँ एक तथ्य यह भी महत्त्वपूर्ण और रेखांकित करने योग्य है कि हिन्दी फिल्म जगत में जितनी सफलता कवियों और शायरों को मिली, उतनी सफलता कथाकारों को नहीं मिल सकी। इसका एक कारण यह हो सकता है कि कथाकारों की कथा का कैनवॉस अत्यधिक विस्तृत होता है और इनमें 'शब्दों की महत्ता' सर्वोपरि होती है, जबकि सिनेमा में ऐसा नहीं होता। सिनेमा को अपने समूचे विस्तार को दो से तीन घण्टों के भीतर दृश्यों के माध्यम से समेटना होता है और यहाँ शब्द से अधिक महत्त्वपूर्ण 'अभिव्यक्ति' और 'प्रस्तुति' होती है। नाटक के चारों अवयव – वाचिक, सात्त्विक, कायिक और आहार्य सिनेमा में आकर शब्दों, अलंकारों पर भारी पड़ने लगते हैं। सिनेमा दृश्य-श्रव्य माध्यम है और साहित्य पाठ्य माध्यम। यह अन्तर न समझ पाने वाले लेखक अथवा फिल्मकार इस रास्ते पर चलकर असफलता का स्वाद चखते हैं। फिल्मी नज़रिए से नाटक और एकांकी ही सिनेमा के सबसे नज़दीकी सम्बन्धी दिखाई देते हैं। वहीं कवियों और शायरों के

लिए ऐसी कोई बन्दिश है ही नहीं। उन्हें तो किसी 'सिचुएशन' के मुताबिक गीत या ग़ज़ल भर लिखनी होती है और सिनेमा के अन्य ज़रूरी आयामों से उन्हें कोई लेना-देना नहीं होता।

साहित्य और सिनेमा के अन्तर्सम्बन्धों पर गुजराती फिल्म समीक्षक बकुल टेलर ने बेहद सारगर्भित टिप्पणी की है। उनका कहना है, 'साहित्यिक कृतियों पर बनी फिल्म अपने आप अच्छी हो, ऐसा नहीं होता। वास्तविकता यह है कि साहित्यिक कृति का सौन्दर्यशास्त्र और सिनेमा का सौन्दर्यशास्त्र अलग-अलग हैं और सिनेमा सर्जक भी साहित्यकृति के पाठक रूप में साहित्यिक आस्वाद तत्वों पर मुग्ध होकर उनका सिनेममेटिक रूपांतरण किए बगैर आगे बढ़ जाते हैं।

एक अन्य तथ्य यह भी उल्लेखनीय है कि कई बार गलत पात्र चयन से भी साहित्यिक फिल्मों की आत्मा मर जाया करती है। इसका सबसे सटीक उदाहरण 'गोदान' फिल्म का है, जिसमें होरी की भूमिका में अभिनेता राजकुमार को ले लेने से यह फिल्म अविश्वसनीय लगने लगी क्योंकि दमदार डायलॉग बोलने वाले राजकुमार कहीं से भी दीन-हीन होरी के रोल में फिट नहीं थे। इसके अलावा कृति के मुताबिक परिवेश का अंकन भी फिल्मकारों के लिए बड़ी चुनौती होती है। उदाहरण के लिए बंकिमचंद्र की कृति पर बनी 'आनंदमठ', विमल मित्र कृत 'साहब बीबी और गुलाम', आर. के नारायण के अंग्रेज़ी उपन्यास पर बनी 'गाइड', उडिय़ा लेखक फकीर मोहन सेनापति की रचना पर बनी 'दो बीघा ज़मीन' और मिर्ज़ा हादी की उर्दू कृति पर बनी 'उमराव जान' फिल्मों की सफलता का सबसे बड़ा कारण परिवेश की समनुरूपता रहा है। साहित्यकारों की एक बड़ी समस्या यह भी है कि वे प्रायः बन्धनों में बँधकर सृजन करना पसन्द नहीं करते। यही कारण है कि वे सिनेमा में जाने से दूर भागते हैं क्योंकि उन्हें पता है कि उन्हें फिल्म के निर्माता अथवा निर्देशक के दबाव में कहानी में बदलाव करने पड़ सकते हैं। दूसरी समस्या पटकथा लेखकों की है। वे अक्सर अतिनाटकीयता और अतिरंजना को ही फिल्मों की सफलता की एकमेव कसौटी मान लेते हैं। इसका सबसे भोंडा उदाहरण टी.वी. धारावाहिक 'चन्द्रकान्ता' का है, जिसमें अतिनाटकीयता और अतिरंजना को बढ़ाने के लिए बाबू देवकीनंदन खत्री के मूल उपन्यास की आत्मा ही नष्ट कर दी गई। एक अन्य बड़ी समस्या यह है कि अधिकांश साहित्यकार फिल्म निर्माण के विभिन्न तकनीकी पहलुओं से प्रायः अनभिज्ञ होते हैं और वे कैमरे की ज़रूरत के

मुताबिक कथ्य दे पाने में असफल हो जाते हैं।

नवें दशक में आई भूपेन हजारिका की फिल्म 'रूदाली' ने समाज, साहित्य और सिनेमा की त्रयी को 'आर्ट सिनेमा' के सीमित सांचे से बाहर निकालने में अहम् भूमिका निभाई और इस धारणा को पुनः स्थापित किया कि साहित्य से जुड़ी हुई और समाज का वास्तविक अंकन करने वाली फिल्में भी हिट हो सकती हैं बशर्ते उनमें निहित साहित्यिक संवेदनाओं का सिनेमाई रूपांतरण सफलतापूर्वक किया जाए। बाद में 'परिणीता' और 'थ्री ईडिएट' जैसी फिल्मों ने इसी धारणा को पुष्ट किया। 'मोहल्ला लाइव' कार्यक्रम में अनुराग कश्यप जैसे आज के दौर के फिल्मकार तो यह बात कहने में नहीं हिचके कि हिन्दी का अधिकांश लेखन फिल्मों की दृष्टि से अनुपयोगी है और समकालीन लेखक सिनेमा की ज़रूरतों के मुताबिक लेखन कार्य नहीं कर रहे हैं। कमोबेश यही राय निर्देशक सुधीर मिश्रा और फिल्म समीक्षक अजय ब्रह्मात्मज की भी है। हमें ऐसी चुनौतियों को गम्भीरता से लेना होगा और साहित्य जगत को अपने भीतर से ऐसे साहित्यकार पैदा करने होंगे, जो फिल्म लाइन की बारीकियों की जानकारी रखते हों और चित्रपट की आवश्यकताओं के मुताबिक पटकथा लेखन करने में सक्षम हों, वरना हम हॉलीवुड की फिल्मों की घटिया नकल और बासी रीमेक फिल्मों अथवा पुरानी कहानियों की भोंडी पुनर्प्रस्तुतियों को देखने के लिए अभिशप्त ।

हिंदी सिनेमा में दक्षिणी भाषाओं का साहित्य

इस बात पर आम सहमति रही है कि हिंदी सिनेमा ने हिंदी भाषा के प्रसार में महत्वपूर्ण योगदान दिया है। भारत के सभी हिस्सों में हिंदी सिनेमा को पसंद करने वाले लोग हैं। दक्षिण भारत में भी हिंदी सिनेमा के दर्शकों की बड़ी संख्या है। यह कहा जा सकता है कि हिंदी फिल्में पूरे भारत की साझी विरासत हैं। हिंदी सिनेमा की इस व्यापकता के कारण, इस पहलू पर विचार करना जरूरी लगता है कि क्या विषय वस्तु के चयन में हिंदी फिल्मकार हिंदी सिनेमा की इस व्यापकता का ध्यान रखते हैं? क्या हिंदी फिल्में भारत की क्षेत्रीय व अन्य विविधताओं को उचित जगह दे पाती हैं? क्या हिंदी सिनेमा यह दावा कर सकता है कि वह संपूर्ण भारत का प्रतिनिधित्व करता है?

इन पहलुओं पर विचार करते हुए एकदम से निराश तो नहीं होना पड़ता, लेकिन बहुत अधिक उत्साहजनक निष्कर्ष भी नहीं मिलते हैं। उदाहरण के लिए पूर्वोत्तर भारत हिंदी सिनेमा की मुख्य धारा से लगभग गायब है। दक्षिण भारतीय समाज और संस्कृति का प्रतिनिधित्व भी हिंदी सिनेमा में बहुत उल्लेखनीय नहीं है। व्यावसायिक हिंदी सिनेमा में इस तरह के समाज और संस्कृति का जो रूप सामने आता है, वह उस समाज को सूक्ष्मता से दिखा पाने में लगभग असफल होता है। कुछ गंभीर फिल्मकारों ने क्षेत्रीय विविधताओं को अपना विषय बनाने की कोशिश जरूर की है लेकिन ऐसे प्रयास पर्याप्त संख्या में नहीं हुए हैं।

व्यावसायिक दबाव से बहुत हद तक मुक्त होने के कारण विभिन्न भाषाओं के साहित्य को समाज का अधिक प्रामाणिक दस्तावेज समझा जाता है। इसलिए साहित्यिक कृतियों पर बनने वाले सिनेमा का विशेष महत्व होता है। हालाँकि ऐसी फिल्मों की संख्या बहुत अधिक नहीं है, लेकिन हिंदी फिल्मकारों ने हिंदी साहित्य के अतिरिक्त कुछ अहिंदी भाषी साहित्यिक कृतियों को आधार बनाकर कुछ बहुत उल्लेखनीय फिल्में बनाई हैं। ऐसी फिल्में प्रायः मूल भाषायी समाज का प्रतिनिधित्व कर पाने में अधिक सफल रही हैं।

पुस्तक के इस भाग में हम विचार कर रहे हैं कि दक्षिण भारतीय साहित्य को हिंदी फिल्मकारों ने कितनी तरजीह दी है। यह सच है कि दक्षिण भारतीय भाषाओं के साहित्य के हिंदी अनुवाद बहुत अपर्याप्त हैं, लेकिन उससे भी चिंताजनक दक्षिण भारतीय साहित्य के प्रति हिंदी फिल्मकारों की उदासीनता है। तेलुगु, तमिल, मलयालम, कन्नड़ भाषाओं की साहित्यिक कृतियों पर इन भाषाओं की कुछ उम्दा फिल्में जरूर बनी हैं, लेकिन इन भाषाओं के साहित्य पर हिंदी फिल्में नहीं के बराबर बनी हैं। टी.आर. सुब्बाराव के 1952 में प्रकाशित कन्नड़ उपन्यास 'हंसा गीते' को आधार बनाकर 1956 में राजा नवाथे ने अपने निर्देशन में 'बसंत बहार' नामक फिल्म बनाई। मूल उपन्यास का कथानक कर्नाटक के अठारहवीं शताब्दी के एक संगीतकार भैरवी वेंकट सुब्बैय्या के जीवन पर आधारित है। यहाँ इस बात का उल्लेख करना आवश्यक है कि इसी कथानक को आधार बनाकर हिंदी में बनी फिल्म के दो दशक बाद 1975 में, जी.वी. अय्यर के निर्देशन में कन्नड़ में मूल उपन्यास के शीर्षक से ही एक फिल्म बनी।

1977 में गिरीश कर्नाड और वी.बी. कारंथ के निर्देशन में एक फिल्म आई थी 'गोधूलि'। यह फिल्म एस.एल. भर्यप्पा के कन्नड़ उपन्यास 'तबाली नीनाड़े मगाने' पर आधारित है। यह फिल्म इस रूप में भी उल्लेखनीय है कि यह हिंदी और कन्नड़ दोनों भाषाओं में प्रदर्शित की गई थी। इसे हिंदी में 'गोधूलि' और कन्नड़ में मूल उपन्यास के ही नाम 'तबाली नीनाड़े मगाने' के साथ प्रदर्शित किया गया था। महत्वपूर्ण फिल्मों को एकाधिक भाषाओं में प्रदर्शित करने की परंपरा को यदि फलने फूलने का अवसर मिलता तो भारतीय दर्शकों को इसका बहुत अधिक लाभ मिलता। टी.आर. सुब्बाराव के कन्नड़ में लिखे तीन उपन्यासों 'नाग्रहवाहू', 'ओंनु गाडू इरादु हेनु' और 'सर्प मथ्सरा' को आधार बनाकर 1974 में फिल्म 'जहरीला इंसान' प्रदर्शित की गई। वास्तव में पुत्तन्ना कनगल निर्देशित यह फिल्म, 1972 में उन्हीं के निर्देशन में इन्हीं उपन्यासों पर आधारित कन्नड़ फिल्म 'नाग्रहवाहू' का हिंदी रीमिक्स थी। यह फिल्म बहुत उल्लेखनीय तो नहीं है, लेकिन अहिंदी साहित्य को आधार बनाकर बनाई गई फिल्म के हिंदी रीमेक के सकारात्मक प्रयोग के कारण यह ध्यान खींचती है।

तक्षी शिवशंकर पिल्लई के मलयालम भाषा के उपन्यास 'चिरुथा' को

आधार बनाकर इसी नाम से 1980 में एक हिंदी फिल्म तनवीर अहमद के निर्देशन में प्रदर्शित हुई। यह फिल्म विषयवस्तु से लेकर फिल्मांकन और अभिनय तक में उम्दा कही जा सकती है। प्रेम, त्याग और अन्य भावनाओं को यह फिल्म बहुत ही सूक्ष्मता से प्रस्तुत करती है। प्रतिष्ठित कन्नड़ साहित्यकार यू.आर. अनंतमूर्ति की कृति 'घटश्राद्ध' पर अरुण कौल ने 'दीक्षा' नाम से 1991 में बेहद उम्दा हिंदी फिल्म बनाई। जातीय सामंती संस्कार में जकड़े कन्नड़ ब्राह्मण समाज के खोखले अहंकार और दुर्गति को इस फिल्म में बेहद सूक्ष्मता के साथ चित्रित किया गया है। यहाँ इस बात का उल्लेख करना आवश्यक है कि यू.आर. अनंतमूर्ति के बहुचर्चित उपन्यास 'संस्कार' पर कन्नड़ में तो फिल्म बनीं लेकिन हिंदी में नहीं बनी। इससे हिंदी फिल्मकारों की इस दिशा में उदासीनता का परिचय मिलता है।

गिरीश कर्नाड के मूल कन्नड़ में लिखे नाटक 'अग्नि मत्तू माले' को आधार बनाकर 2002 में अर्जुन सजनानी ने 'अग्निवर्षा' नामक फिल्म बनाई। गिरीश कर्नाड का यह नाटक मूल रूप से महाभारत की पौराणिक कथा पर आधारित है। कला, शुचिता, धर्म, पाखंड, प्रेम, ईर्ष्या, वर्चस्व, स्त्री जैसे विभिन्न मुद्दों को छूने वाली यह फिल्म दर्शकों पर खासा प्रभाव छोड़ती है। रामगोपाल वर्मा के निर्देशन में बनी फिल्म 'फूँक' 2008 में प्रदर्शित हुई थी। इस फिल्म की कहानी वैसे तो मिलिंद गडगकर ने लिखी है, लेकिन इस कहानी पर यांदमुरी वीरेंद्र नाथ के तेलुगु उपन्यास 'तुलसी दलम' का बहुत अधिक प्रभाव माना गया है। इस अर्थ में इस फिल्म का उल्लेख किया जा सकता है। संभव है कि दक्षिण भारतीय भाषाओं के साहित्य पर कुछ और भी हिंदी फिल्में बनी हों, किन्तु उनकी जानकारी अप्राप्य है। लेकिन इतना तय है कि ऐसी फिल्मों की संख्या बहुत अपर्याप्त है। कन्नड़ साहित्य पर बनी कुछ हिंदी फिल्में मिल जाती हैं, मलयालम साहित्य परकम से एक हिंदी फिल्म 'चिरुथा' ज्ञात है लेकिन दक्षिण भारत की अन्य प्रमुख भाषाएँ तेलुगू और तमिल साहित्य पर आधारित हिंदी फिल्में नहीं मिलती।

वास्तव में दक्षिण भारतीय साहित्य और हिंदी सिनेमा और इसी तरह हिंदी साहित्य और दक्षिण भारतीय सिनेमा के बीच आदान-प्रदान का रिश्ता कभी ढंग से पनपा ही नहीं! जबकि ऐसा होता तो यह बहुत ही सकारात्मक परिणाम देने वाला साबित होता। हिंदी सिनेमा में प्रतिभाशाली दक्षिण भारतीय फिल्मकार

जरूर हुए, लेकिन उन लोगों ने अपनी मातृभाषा के साहित्य को सिनेमा का विषय प्रायः नहीं बनाया। विभिन्न मातृभाषाओं के फिल्मकार यदि अपनी मातृभाषाओं के साहित्य पर आधारित हिंदी फिल्में बनाएँ तो इससे न सिर्फ हिंदी फिल्मों के दर्शक समृद्ध होंगे बल्कि हिंदी सिनेमा को भारत की सामासिक संस्कृति के प्रतिनिधि सिनेमा के रूप में विकसित होने में पर्याप्त मदद मिलेगी। यह दक्षिण भारत और उत्तर भारत की दूरियों को कम कर इन्हें संपर्क भाषा हिंदी के सहारे एक सूत्र में बांधने वाला भी साबित होगा।

सिनेमा की भाषा : तब और अब

सामान्य जीवन में हम सिनेमा की भाषा से उसके व्यवहारों से, चित्रों से, व्यवस्था से बेतरह प्रभावित रहते हैं। सिनेमा यानी पर्दे से छूटते ही सिनेमा का क्या होता है, हमारे अपने जेहन में, हमारी वाणी में। सिनेमा कैसे अपनी जगह तलाशता है, ये देखना बेहद मजेदार अध्ययन हो सकता है। मुझे अच्छी तरह याद है- बल्कि आजकल भी राजस्थान, बिहार, बंगाल आदि प्रान्तों के छोटे शहरों, कस्बों में जो फिल्मी-पोस्टर लगाए जाते हैं, उनकी तस्वीरों को देखकर ही आप अंदाजा लगा सकते हैं कि फिल्म से क्या अपेक्षाएँ की जानी चाहिए?'

फिल्म और समाज के बीच गहरा रिश्ता होता है। जहां फिल्में समाज से विषयों का चुनाव करती हैं, वहीं समाज पर अपना असर भी डालती हैं। बहरहाल, मैं 'हिन्दी सिनेमा की भाषाः तब और अब' विषय पर अपनी बात रखूंगा। मैंने यह विषय इसलिए चुना है कि क्रिश्चियन मेट्ज से लेकर लेव मानोविच तक, फिल्म की भाषा को एक खास मुहावरे की तरह देखने और बताने की एक परंपरा रही है। जैसे फिल्म की भाषा एक अलग अंदाज-ए-बयाँ लेकर आती है, जो कि हमारी आम बोलचाल की भाषा से कुछ अलग है। इस बात की पड़ताल होनी चाहिए। दूसरे, सिनेमा की भाषा को लेकर ही हरीश त्रिवेदी ने एक लेख लिखा था- 'इट्स आल काइन्ड्स आफ हिन्दी', जिसमें उन्होंने स्थापित किया है कि हिन्दी सिनेमा में हर तरह की हिन्दी के लिए जगह है, और ये अच्छी बात है। उक्त दोनों सवालों और वर्तमान परिदृश्य को लेकर मैंने कुछ विचार किया है।

चूंकि सिनेमा में दृश्य भी हैं, श्रव्य भी और भी बहुत तरह के आयोजन भी हैं। जब हम भारतीय सिनेमा पर नज़र डालते हैं तो पता चलता है कि सिनेमा की भाषा के प्रचार-प्रसार, साहित्यिक रचनाओं के फिल्मी रुपांतरण, हिंदी गीतों को लोकप्रियता दिलवाने में, हिन्दी की उपभाषाओं, बोलियों, सांस्कृतिक एवं जातीय प्रश्नों को उभारने में बहुत बड़ा योगदान रहा है। हिन्दी भाषा की

संचारात्मकता, शैलीवैज्ञानिक अध्ययन, जन संप्रेषणीयता, पटकथा-निर्माण, संवाद लेखन, दृश्यात्मकता, संक्षिप्त कथन, बिम्बधर्मिता, प्रतीकात्मकता आदि विभिन्न मानकों को भारतीय सिनेमा ने गढ़ा, निर्मित किया है। भारतीय सिनेमा हिन्दी भाषा, साहित्य और संस्कृति का लोकदूत बनकर इन तक पहुंचने की दिशा में अग्रसर है। हिंदी सिनेमा ने बीते सौ सालों में कई बार अपना स्वरूप बदला है।

पहली बोलती फिल्म 'आलम आरा' से लेकर आजतक हिंदी-उर्दू ने उसमें रंग और मिठास भरने का काम किया है। हिंदुस्तानी सिनेमा में 'हिंदी-उर्दू' की मिठास से हिंदुस्तान ही नहीं बल्कि सारी दुनिया में शुरू से लेकर आज तक लोग लुत्फ अंदाज होते चले आ रहे हैं। हिंदुस्तानी सिनेमा की सबसे खास बात मैं यह समझता हूँ कि एक तरफ जहाँ हिंदुस्तानी फिल्मों ने लोगों को इंटरटेनमेंट का जरिया उपलब्ध कराया वहीं दूसरी ओर न सिर्फ हिंदुस्तान में बल्कि सारी दुनिया में हिंदुस्तानी फिल्मों ने भारतवासियों को अपनी संस्कृति और सभ्यता से जोड़े रखा, जिसे हम किसी आंदोलन से कम नहीं समझते।

जहां तक भारतीय सिनेमा में भाषा यानि हिंदी-उर्दू के प्रयोग का संबंध है तो हम कह सकते हैं कि भारतीय सिनेमा और हिंदी-उर्दू का चोली दामन का रिश्ता है। वैसे समय के बदलते परिवेश में अगर देखा जाए तो हमें पता चलता है कि भाषा के प्रयोग में भी बहुत बदलाव आया है। शुरू की फिल्मों में या यूँ कहें, कि आरंभ के फिल्मों की जबान बिलकुल साफ, आसान और सादा हुआ करती थी वहीं आजकल के फिल्मों में फिर अंग्रेजी शब्दों का प्रयोग बहुत अधिक होने लगा है। हाल ही में रिलीज हुई फिल्म 'गैंग आफ वासेपुर' को देखें तो आपको पता चलेगा कि सिनेमा में प्रयोग होने वाली भाषा कितनी बदल गई है। हम जानते हैं कि फिल्म और समाज के बीच एक बहुत ही प्रशस्त और गहरा रिश्ता होता है। जहाँ एक तरफ फिल्में समाज से विषयों का चुनाव करती हैं वहीं दूसरी और समाज पर अपना प्रभाव और असर भी डालती हैं।

अब प्रश्न यह उठता है कि भाषा के बदलाव का जो स्वरूप सिनेमा के जरिए हमारे सामने आ रहा है वह किस हद तक सही है क्या यही भाषा हमारे जीवंत समाज और संस्कृति का मापदंड है और अगर नहीं तो हम सबको सिनेमा में भाषा के इस तरह के प्रयोग पर सोचना होगा। अगर इतिहास पर नजर डालें तो पता चलता है कि बोल-चाल की भाषा में हमेशा से ही बदलाव आता रहा

है। ज्यादातर लोगों तक पहुँचने का जरिया वही भाषा होती है जो आम लोगों में लोकप्रिय हो और लोगों के समझ में आसानी से आ जाती हो। मेरे एक मित्र आसिफ रमीज दाऊदी, जो सऊदी अरब में पिछले कई सालों से अंग्रेजी पढ़ा रहे हैं, हिंदुस्तानी सिनेमा में भाषा के बदलते स्वरूप पर उन्होंने बताया कि 'निःसंदेह सिनेमा में भाषा के इस्तेमाल में बहुत बदलाव आया है। पहले की फिल्मों में अक्सर कलाकारों को भाषा की ट्रेनिंग लेनी पड़ती थी, भाषा का अपना एक अलग प्रभाव होता था। बोलने वालों की अपनी एक अलग शैली होती थी। कई बार तो बोलने की शैली या बोलने के अंदाज से ही कलाकार का पता चल जाता था लेकिन आज ऐसे भी कलाकार हैं जो हिंदी-उर्दू नहीं जानते हुए भी फिल्मों में काम कर रहे हैं जैसे कैटरीना कैफ को ही देखें, वह शुरू-शुरू में तो हिंदी बिलकुल ही नहीं जानती थीं। इन सब के बावजूद भाषा के प्रयोग में निरंतर बदलाव आता रहा है और आने वाली सदियों में भी आता रहेगा, क्योंकि बदलाव का आना प्रगति का सूचक भी होता है।

समय के साथ-साथ सिनेमा की तस्वीर भी बदलती चली गई। ये बदलाव फिल्मों में हिंदी भाषा के प्रयोग में भी आए। जहाँ हिंदी सिनेमा की शुरुआत 1913 में रिलीज हुई मूक फिल्म 'राजा हरिश्चंद्र' से हुई, वहीं बदलते वक्त ने 1931 में अर्देशिर ईरानी द्वारा निर्देशित भारत को उसकी पहली टॉकी 'आलम आरा' दी। अगर फिल्मों में संवादों की बात हो तो जाहिर है शुरुआत 'आलम आरा' से ही करनी होगी। जहां शुरुआती दौर में भाषा साफ, लयबद्ध और सरल थी, वहीं आधुनिक युग की भाषा के कई रंग हैं। पहले की भाषा बेहद रचनात्मक, लोक और देशकाल की दृष्टि से अर्थगर्भित होती थी। श्लीलता, चारित्रिकता और भाषाई साफगोई का पूरा ध्यान रखा जाता था, जबकि आज की तारीख में 'स्लैंग' शब्दों का प्रयोग फिल्मों में बेबाक तरीके से हो रहा है। गुलजार के गीत 'मोरा गोरा अंग लई ले' से लेकर अमिताभ भट्टाचार्य के 'भाग-भाग डीके बोस' तक भाषा के प्रयोग में कितना अन्तर आ गया है, ये आप खुद ही देख सकते हैं। क्या यही हिन्दी के 'ऑल काइंड्स' हैं? और इन्हें 'अच्छा' कहा जाना चाहिए?

असल में, हिन्दी सिनेमा या भारतीय सिनेमा की वाचालता, प्रगल्भता, इसके बातूनीपन को देखते हुए भी हमने इसकी भाषा के अध्ययन को एक तरह से नजरअंदाज किया है। जबकि हम भाषा में ही सिनेमा को याद रखते हैं, ऊपर

के कथन से अलग जाते हुए कहूं तो सामान्य जीवन में हम सिनेमा की भाषा से उसके व्यवहारों से, चित्रों से, व्यवस्था से बहुत प्रभावित रहते हैं। सिनेमा यानी पर्दे से छूटते ही सिनेमा का क्या होता है, हमारे अपने जेहन में, हमारी वाणी में। सिनेमा कैसे अपनी जगह तलाशता है, ये देखना पाठकों के लिये बेहद मजेदार हो सकता है। आजकल राजस्थान, बिहार, बंगाल आदि प्रान्तों के छोटे शहरों, कस्बों में जो फिल्मी-पोस्टर लगाए जाते हैं, उनकी तस्वीरों को देखकर ही आप अंदाजा लगा सकते हैं कि फिल्म से क्या अपेक्षाएँ की जानी चाहिए? इसमें ऐक्शन है या रोमान्स, मारधाड़ है या प्यार, या कुछ और, या सब-कुछ का घालमेल। लेकिन इसके अलावा एक और महत्त्वपूर्ण चीज होती थी, जिसे रेडियो पर विविध भारती चैनल आदि के माध्यम से सुनते थे- आने वाली फिल्म के हिट डायलाग, यह बताते हुए कि फिल्म के आकर्षण ये भी हैं। ये चीजें बहुत दिलचस्प लगती थीं कि ये कैसे हो रहा है कि सिनेमा को लोगों तक ले जाने के लिए दीगर माध्यमों का इस्तेमाल होता है। रेडियो इसी श्रृंखला की बहुत जरूरी कड़ी है। फिल्म देखकर आने के बाद दिलचस्प ढंग से वे डायलॉग दर्शकों की बातचीत का हिस्सा हो जाते थे। जिस साल मुगले-आजम आई, तो तत्कालीन प्रेमियों को मानो अभिव्यक्ति की एक नई भाषा ही मिल गई-प्यार किया कोई चोरी नहीं की, छिप-छिप आहें भरना क्या।' अकबर और सलीम के संवादों ने पिता-पुत्रा के बीच बातचीत को एक नया संदर्भ दिया। ये आज भी होता है।

सिनेमा भाषा के प्रचार-प्रसार का एक जबर्दस्त माध्यम है। पाठक इसे गैर-हिन्दी भाषी प्रदेशों में रहते हुए करीब से देख सकते है। त्रिपुरा और पश्चिम बंगाल में, जहां हिन्दी को लेकर कितने ही सरकारी प्रयास किए हों, जो असर सिनेमा से पड़ा है, उतना किसी तरीके से नहीं। वहां छोटे-छोटे बच्चे तीर-कमान लेकर गाते हुए मिल जाते थे- 'मार दिया जाए कि छोड़ दिया जाए, बोल तेरे साथ क्या सलूक किया जाय।' वे सब बड़ी आसानी से हिन्दी और उसके अनुप्रयोग समझ रहे हैं। उन्हें किसी ने क्लास में बुलाकर या एक 'इंक्रीमेंट' का लालच देकर हिन्दी सीखने को प्रेरित नहीं किया है। बहरहाल, ये भाषा और सिनेमा के अंतर्संबंध का सकारात्मक पहलू है। अगर हम नकारात्मक पहलू पर वचार करें, जैसा कि ऊपर बताया जा चुका है, सिनेमा की भाषा को लेकर हरीश त्रिवेदी का लेख 'इट्स आल काइन्ड्स आफ हिन्दी' इस नज़रिए से काफी

महत्त्वपूर्ण है। इसमें उन्होंने यही घोषित किया है कि हिन्दी सिनेमा में हर तरह की हिन्दी के लिए जगह है और ये अच्छी बात है। हमारा सवाल इस 'हर तरह की हिन्दी' और 'अच्छी बात' पर ही है। हम यहां खराब हिन्दी या भद्दी हिन्दी, हिंगलिश, अच्छी उर्दू, खराब उर्दू, भद्दी उर्दू आदि भाषिक मेलों की बात नहीं कर रहे हैं। पुस्तक के इस भाग में भाषा के प्रचलित शब्दों, मुहावरों के अर्थ-परिवर्तन यानी अर्थ-संकोच, अर्थ विस्तार या अर्थों के रूढिक़रण पर है। हम जानते हैं कि सिनेमा का समाज पर जबर्दस्त प्रभाव पड़ता है, इस तथ्य का उपयोग अच्छे और बुरे दोनों अर्थों में संभव है। भाषा के संबंध में भी। सिनेमा में प्रयुक्त हुए एक-एक शब्द, हरेक डायलॉग का अपना असर होता है। अगर आपको समाज में किसी शब्द को 'क्वाइन' करवाना है, बस उसका किसी फिल्म में प्रयोग करा दीजिए, फिर देखिए। गांधीगीरी, हिन्दी कर देना....जैसे कितने ही शब्द-पद इसके उदाहरण हैं।

एक समय इस बात का पूरा ध्यान रखा जाता था कि रेडियो पर वैसे गाने नहीं बजाए जाएंगे जिनके शब्द ठीक नहीं हैं, यानि एक तरह की श्रव्य सेंसरशिप भी लागू थी और कई बार मजेदार स्थितियां भी पेश आती थीं, जिनका समय-समय पर श्रोता वर्ग ने लुत्फ लिया, समर्थन किया तो विरोध भी। कई गाने रिकार्डों पर तो होते थे, लेकिन फिल्म से गायब पाए जाते थे, कई गानों के कुछ अंश ही फिल्म या प्रसारण से उड़ा दिए जाते थे। सिर्फ एक ही फिल्म की मिसाल लेते हैं। अमेरिकावासी उद्भट सिनेसंगीत-रसिया सतीश कालरा के अनुसार, फिल्म छलिया (1960) का सबसे पहला शीर्षक गीत था 'छलिया मेरा नाम'. . . जिस पर सेंसर बोर्ड ने आपत्ति की थी कि इससे फिल्म के नायक के व्यवसाय का पता चलता है कि वह जेबकतरा है। इसलिए रिकॉर्ड पर दिए गए मुखड़े - छलिया मेरा नाम, छलना मेरा काम -2 को बदलकर यूं कर दिया गया था - छलिया मेरा नाम, छलिया मेरा नाम। 'आवारा' जैसे शब्द जरूर चले थे पर इसमें वैसी अशिष्टता नहीं है।

इसी तरह इस फिल्म के अन्य गीत 'डम डम डिगा डिगा' में भी हेर-फेर हुआ था। प्रथम अंतरे की अंखियाँ झुकीं-झुकीं, बातें रुकीं-रुकीं देखो लुटेरा आज लुट गया . . . पंक्तियों को बदलकर 'अंखियां झुकीं-झुकीं, बातें रुकीं-रुकीं, देखो कोई रे आज लुट गया' कर दिया गया था। इसे फिल्म से शायद काट ही दिया गया था क्योंकि यह वीडियो कैसेट, आदि पर भी सुनाई नहीं

देता। आजकल न तो श्रव्य की सेंसरशिप बची दृश्य की। एक तो वह जमाना था और एक आज का समय है। जिस तरह की द्विअर्थी भाषा का प्रयोग 'डैली बैली', 'गैंग्स आफ वासेपुर', 'ग्रांड मस्ती', 'रामलीला', 'बॉस' या आजकल आ रही फिल्मों में हो रहा है क्या उससे हिंदी के स्तर में गिरावट नहीं आई है? क्या आपको 'कमीने', 'लफंगे-परिन्दे', 'बद्‌तमीज' सुनकर अब पहले जितना बुरा लगता है। आजकल आ रही फिल्मों ने इन शब्दों के अर्थ का विस्तार कर दिया है। पहले जिन्हें सुनकर गुस्से या अपमान का बोध होता था, अब वहां गर्व जैसा कुछ महसूस होता है। पहले प्यार में 'पगला', 'पगली', 'बेवकूफ', 'नादान' कह दिया जाता था, आजकल बद्‌तमीज, लफंगे, कमीने और बहुत कुछ द्विअर्थी, जिसे यहां बताया भी नहीं जा सकता। अब तो फिल्मों को 'यू', 'ए' सर्टिफिकेट देना या उन्हें 'बी' या 'सी' ग्रेड में श्रेणीगत करना फालतू की कवायद लगती है। सब जगह कमोबेश एक जैसी 'डर्टी पिक्चर' हैं। चूंकि ये सब हमारे लोक में भी मौजूद है अथवा जनता ऐसा ही सिनेमा चाहती है, क्या ऐसे लचर तर्क देकर समस्या से किनारा कर लिया जा सकता है। शायद नहीं। ना ही आप पाठक सामंती नैतिकतावादी होने का आरोप लगाकर मुद्दे से बच सकते हैं। हम नहीं कह रहे कि साहित्य में ऐसे प्रयोग नहीं हुए हैं। बरसों पहले भीष्म साहनी ने ही एक कहानी लिखी थी- 'ओ हरामजाद'। पर इसके बावजूद ऐसे प्रयोगों को ऐसा कथित 'अर्थ-गौरव' नहीं मिला था, जैसा आजकल के सिनेमा से मिला है। 'आधा गांव', 'काशी का अस्सी' अथवा समकालीन अस्मितावादी साहित्य में भी गालियों का प्रयोग मिल जाता है, पर वह सोद्देश्य है, घटिया मनोरंजन मात्रा वहां नहीं है। गंभीरतापूर्वक लगता है कि सिनेमा की सामाजिक सोद्देश्यता, उपयोगिता और 'पॉप्युलेरिटी' देखते हुए मात्रा मनोरंजन के नाम पर ऐसे घटिया द्विअर्थी उपयोगों से बचा जाना चाहिए।

॥ भाग- 5 ॥

सिनेमा निर्माण

फिल्म निर्माण के सिद्धांत, पटकथा, कैमरा, सम्पादन तथा निर्देशन

सिनेमा और उसके सिद्धांत

सिनेमा का निर्माण एक व्यक्ति नहीं बल्कि कई व्यक्तियों के समूह द्वारा किया जाता है। किसी भी फिल्म के निर्माण से पहले फ़िल्मकार द्वारा सिद्धांत, मूल्य, विषय, नियम, कानून तय किए जाते हैं। हम जानते हैं कि सिनेमा का समाज के साथ और साहित्य की लगभग सभी विधाओं के साथ मजबूत संबंध होता है। सिनेमा के निर्माण में तकनीक की महत्वपूर्ण भूमिका होती है लेकिन सिनेमा निर्माण एक कला भी है। कई विधाओं और कलाओं को सिनेमा अपने भीतर समेटे हुए होता है। गीत, संगीत, चित्रकला, वास्तुकला, कविता, कहानी सबका समावेश एक फिल्म में होता है। यह भी कहना सही है कि सिनेमा इन कलाओं को न केवल अपने अंदर समेटता है बल्कि उसे और भी बेहतर ढंग से प्रस्तुत करता है। कला और तकनीक का यह आपसी सम्मेलन नीति और नियम के तहत होता है। सिनेमा के निर्माता और निर्देशकों की यह सोच होती है कि उनके द्वारा बनाई गई फिल्म दर्शक को आकर्षित करे ताकि दर्शक बड़ी संख्या में टिकट खरीदकर देखें अर्थात उसकी पूंजी लाभ के साथ वापस आए। साथ ही वे सिनेमा के माध्यम से जो संदेश दर्शकों तक पहुंचाना चाहते हैं वह भी पहुंचे। सिनेमा की कथा लेखक लिखता है, परंतु उसके माध्यम से संदेश और उद्देश्य को किस रूप में और कैसे दर्शकों को तक पहुंचाना है, इसे तय करने का काम निर्माता-निर्देशक करते हैं। दूसरे शब्दों में कहें तो लेखक की रचना को प्रस्तुत करने के तरीके निर्देशक तय करता है।

फिल्म कौन से विषय पर बनेगी, उसे कैसे प्रस्तुत करना हैं, उसमें कौन कलाकार होंगे, शूटिंग कहाँ होगी आदि तय करने की ज़िम्मेदारी फिल्म निर्देशक का होती है। सिनेमा के इतिहास में ऐसे कई निर्माता और निर्देशक हैं जिन्होंने अपने जीवन में एक ही तरह के संदेश और सिद्धांत दर्शकों तक पहुंचाते रहे हैं। उन्होंने अपने सिनेमाई सिद्धांतों के साथ कभी भी समझौता नहीं किया। यह बात केवल निर्माता और निर्देशकों के लिए ही सही नहीं है बल्कि ऐसे कई कलाकार

भी हैं, जिन्होंने अपने सिद्धांतों के विरोध में जाकर कभी सिनेमा में काम नहीं किया। मनुष्य ने अपने जीवन में जीने के सिद्धांत तय किए हैं और उसके आधार पर ही वे काम करते हैं। फिल्म निर्माण से जुड़े लोग भी मनुष्य ही हैं और उनके जीवन में भी सिद्धांतों का महत्व होता है। वे भी अपने सिद्धांत और मूल्यों को समाज में संप्रेषित करने का प्रयास करते हैं। ऐसा करते समय वह सिद्धांत, व्यावसायिकता, मनोरंजनात्मकता, औचित्य, सामाजिकता, व्यावहारिकता आदि का भी ध्यान रखता है।

दूसरे शब्दों में कहें तो फिल्म निर्देशक अपने विचार और सिद्धांत को सिनेमा के माध्यम से प्रस्तुत करता है लेकिन वह मनोरंजन और आर्थिक सफलता का भी ध्यान रखता है। चूंकि फिल्म निर्माण में बहुत अधिक धन के निवेश की जरूरत पड़ती है इसलिए उसे अपने सिद्धान्त के साथ अपने धन की वापसी की भी पूरी चिंता रहती है। एक फ़िल्मकार अपनी प्रतिभा और विचार के आधार पर फिल्म का निर्माण करता है। बाद के फ़िल्मकारों को उस फिल्म में प्रयुक्त कुछ तत्व प्रभावित करते हैं और वह अपनी फिल्म भी उन्हीं तत्वों के समावेश से बनाता है। धीरे-धीरे कई अन्य फ़िल्मकार उन तत्वों का उपयोग अपने फिल्मों में करने लगते हैं। अब यही तत्व सिद्धान्त का रूप धारण कर लेते हैं। भारत के साथ-साथ विश्व सिनेमा में हम बहुत आसानी से इन सिद्धांतों की पहचान कर सकते हैं। हम बहुत आसानी से देख सकते हैं कि सभी फिल्मों में कुछ समान तत्व सिद्धान्त के रूप में मौजूद हैं।

सिनेमा में प्रयुक्त होने वाले निम्नलिखित प्रमुख सिद्धान्त हैं-

उपकरण सिद्धांत

सिनेमा के निर्माण में बड़ी संख्या में वैज्ञानिक उपकरणों का उपयोग होता है। इन उपकरणों की सहायता से फ़िल्म में चमत्कार उत्पन्न करने का प्रयास किया जाता है। किसी भी फ़िल्म में किसी घटना को जीवंत रूप में तो प्रस्तुत किया ही जाता है बल्कि कभी-कभी असम्भव प्रतीत होने वाली घटनाओं को भी दर्शक के सामने उपकरणों के माध्यम से घटते हुए दिखाया जाता है। आधुनिक सिनेमा में इसका बहुत अधिक प्रयोग हो रहा है। एनिमेशन फ़िल्म, साय फाय फ़िल्म, युद्ध फ़िल्म, एडवेंचर फ़िल्म, मनोविश्लेषणात्मक फ़िल्म, हॉरर फिल्म आदि फिल्मों के कई प्रकार जिन्हें हम देखते हैं उनके निर्माण में उपकरणों की सबसे महत्वपूर्ण भूमिका होती है। इस प्रकार के फिल्मों के निर्माण में उपकरणों

का बहुत अधिक महत्व होता है इसलिए फ़िल्म निर्माण के क्षेत्र में उपकरण सिद्धांत विकसित हो गया। बाहुबली, रा वन, रोबोट आदि फिल्में उपकरण सिद्धान्त का उदाहरण हैं।

इन फिल्मों में उपकरण के प्रयोग से दृश्य और विषय को अधिक प्रभावी बनाया जाता है। फिल्मों में सौंदर्य और आकर्षण उत्पन्न करने के लिए भी उपकरणों की सहायता ली जाती है। इन सबका प्रतिनिधित्व संपादन और कैमरा से संबंधित उपकरण करते हैं। सिनेमा सबसे पहले दर्शक की आंख और कान को प्रभावित करता है उसके बाद ही हृदय प्रभावित होता है। इसी कारण कोई भी फ़िल्म निर्माता फ़िल्म के दृश्य और श्रव्य पक्ष पर विशेष ध्यान देता है और इसके लिए उपकरण ही सबसे अधिक सहायक सिद्ध होते हैं। फ़िल्म निर्माण में उपकरण सिद्धांत को विकसित करने का श्रेय लुइस ब्यूड्राय को दिया जाता है। लुइस ब्यूड्राय ने सबसे पहले मार्क्सवादी सिद्धांतों को अपनी फिल्म में प्रस्तुत करने के लिए उपकरण सिद्धांत का प्रयोग करना शुरू किया। गरीब और वंचित वर्ग दुख, संघर्ष और उसके यथार्थ को प्रस्तुत करने के लिए लुइस ब्यूड्राय ने उपकरणों का प्रयोग किया था। इसके पहले भी फ़िल्म में उपकरणों का प्रयोग होता था लेकिन वह आवश्यकता के अनुसार ही होता था। ब्यूड्राय ने उपकरणों का अतिरिक्त उपयोग शुरू किया। बाद में ब्यूड्राय द्वारा शुरू किए गए उपकरणों के उपयोग को अन्य लोगों ने भी अपनाना शुरू किया और धीरे-धीरे यह सिद्धांत का रूप लेता चला गया। अब बिना अतिरिक्त उपकरणों के उपयोग से फ़िल्म निर्माण की कल्पना नहीं की जा सकती है।

लेखकद्वय का सिद्धांत

सबसे पहले फ़िल्म निर्माण के लिए एक कहानी की जरूरत होती है। यह कहानी किसी विशेषज्ञ लेखक द्वारा लिखी जाती है। लेखक कहानी लिखकर निर्देशक को सौंप देता है और निर्देशक उसमें अपने अनुसार बदलाव करता है। इसके कारण मूल कहानी और फिल्मी कहानी में जमीन-आसमान का अंतर आ जाता है। कई फिल्मों में निर्देशक ही लेखक भी होता है। मूल कहानी में फ़िल्म के प्लॉट के अनुसार बदलाव लाए जाते हैं। सिनेमा की कहानी लिखना एक कला है और इस कला के भी अपने नियम होते हैं। यही नियम धीरे-धीरे सिद्धांत का रूप ले लेते हैं। फ़िल्म के अनुकूल कहानी के दृश्य और श्रव्य पक्ष को बदलना पड़ता है। यह बदलने की कला ही लेखन सिद्धांत कहलाता है।

फ़िल्म में कौन सी बात 'दिखाकर' और कौन सी बात 'सुनाकर' कही जाएगी यह लेखन सिद्धांत का महत्वपूर्ण तत्व है। दूसरी बात यह है कि एक ही कहानी को अलग-अलग समय में अलग-अलग ढंग से प्रस्तुत की जाती है। यह भी लेखन सिद्धांत का ही अंग है। उदाहरण के रूप में देवदास फ़िल्म का नाम लिया जा सकता है। हिन्दी फिल्मों के इतिहास में देवदास शीर्षक फ़िल्म का निर्माण कई बार हुआ है और हर बार वह अलग-अलग रूपों में प्रस्तुत हुआ है। शेक्सपियर की 'रोमियो और जूलियट' पर पूरे विश्व में फिल्में बनी हैं लेकिन वे सभी अलग-अलग रूपों में प्रस्तुत हुई हैं।

नारीवादी सिद्धांत

पूरे विश्व में स्त्री को पुरुषों के मुकाबले दोयम दर्जे का नागरिक मानने की मानसिकता रही है। प्रायः स्त्रियों को उनके अधिकार से वंचित भी रखा गया है। हर दिन स्त्रियों के खिलाफ अत्याचार और शोषण की घटनाएं होती रहती हैं। इस कारण समाज में स्त्री सशक्तिकरण के लिए आन्दोलन भी होते रहे हैं। सिनेमा ने स्त्री सशक्तिकरण के लिए होने वाले आन्दोलनों के समर्थन में अपनी आवाज बुलन्द की है। फिल्मकारों ने स्त्री सशक्तिकरण के आंदोलनों को, स्त्रियों के खिलाफ हो रहे अन्याय को, प्रजनन संबंधी अधिकार को आदि को फिल्मों का विषय बनाया है। स्त्रियों के पक्ष में वातावरण का निर्माण करने के उद्देश्य से बनी फिल्में नारीवादी फ़िल्म सिद्धांत के आधार पर बनती है। विश्व सिनेमा में नारीवादी फ़िल्म सिद्धांत की सूची में कैरल जे क्लोवर, एलिजाबेथ कोवाई, बारबरा क्रिड आदि का नाम आदर के साथ लिया जाता है।

नारीवादी फ़िल्म सिद्धांत के अनुसार बनी फिल्मों में नारी को अलग-अलग दृष्टिकोण से चित्रित करने की कोशिश की गई है। फ़िल्म निर्देशक स्त्री सशक्तिकरण को अलग-अलग ढंग से चित्रित करते रहे हैं। समय के साथ यह चित्रण सिद्धांत का रूप धारण कर लेता है और आगे आने वाले निर्देशक उसी के आधार पर स्त्रियों का चित्रण करते हैं। वर्तमान में स्त्री चित्रण के कई सिद्धांत बन गए हैं-। सांस्कृतिक नारीवाद, समतामूलक नारीवाद, उदारवादी नारीवाद, मार्क्सवादी नारीवाद, रेडिकल नारीवाद आदि के माध्यम से फ़िल्म निर्देशकों ने स्त्री के कई रूप सामने रखा है। हिन्दी फिल्मों में भी हमें उक्त सिद्धांतों के आधार पर चित्रित स्त्रियां दिखाई देती हैं। हिन्दी सिनेमा के इतिहास से हमें पता चलता है कि स्त्री की कई आधुनिक छवियों को फिल्मकारों ने दर्शाया है।

परंपरागत फ़िल्म सिद्धांत

सिनेमा का परंपरागत फ़िल्म सिद्धांत उसे एक विशेष संरचना प्रदान करता है। हिन्दी सिनेमा के इतिहास में जब हम फिल्मों का सूक्ष्म अध्ययन करते हैं तो यह देखते हैं कि अधिकांश फिल्मों में कुछ सामान्य तत्व मौजूद हैं। हम अधिकांश फिल्मों के संदर्भ में देखते हैं कि उनमें एक नायक होता है। यह नायक साधारण दुनिया से विशिष्ट दुनिया में प्रवेश करता है। उसके जीवन में एक लक्ष्य होता है, पूरी फिल्म में उस लक्ष्य को प्राप्त करने की जद्दोजहद करता है और अन्ततः उस लक्ष्य को प्राप्त कर लेता है। प्रेम और गीत-संगीत के संदर्भ में भी परंपरागत सिद्धांत का ही प्रयोग किया जाता है। पहली बार किसी फिल्मकार ने अपनी फिल्म में इनका प्रयोग किया और धीरे-धीरे अधिकांश फिल्मकारों ने इसका अनुसरण किया। वर्तमान में यह एक सिद्धांत ही बन गया है जिनके बिना फ़िल्म निर्माण की कल्पना नहीं की जा सकती।

मार्क्सवादी फ़िल्म सिद्धांत

मार्क्सवाद के विचारों ने पूरी दुनिया को जितना प्रभावित किया है उससे कहीं अधिक सिनेमा जगत को प्रभावित किया है। मार्क्सवाद समाज को दो भागों में विभाजित करता है- शोषक और शोषित या बुर्जुआ और सर्वहारा। सामाजिक परिवर्तन के लिए मार्क्सवाद वर्ग संघर्ष की बात करता है और इस संघर्ष में शोषित या सर्वहारा के पक्ष में खड़े होने की अपील करता है। यह विचार हिन्दी फिल्मों का केन्द्रीय विचार है। सभी फिल्में सर्वहारा के पक्ष में खड़ी दिखाई देती हैं। 1920 के आस-पास सोवियत रूस के फ़िल्म निर्माताओं में सर्गेइ ने सबसे पहले मार्क्स के विचारों को फिल्मों में ढालने का प्रयास शुरू किया। उसके बाद धीरे-धीरे यह सिद्धांत का रूप लेता चला गया और पूरे विश्व में सिनेमा इसी सिद्धांत के आधार पर बनने लगा।

दार्शनिक फ़िल्म सिद्धांत

दर्शनशास्त्र वह ज्ञान है जो परम सत्य और प्राकृतिक सिद्धांतों की व्याख्या करता है। दर्शनशास्त्र यथार्थ को देखने की एक दृष्टि देता है। इससे सामाजिक चेतना भी उत्पन्न होती है। सिनेमा ने हमेशा प्रत्यक्ष-अप्रत्यक्ष रूप से दर्शनशास्त्र जनित ज्ञान को सिद्धांत के रूप में चित्रित किया है। फिल्में हमेशा ही सत्य, अच्छाई, धर्म, सेवा, कर्त्तव्य, राष्ट्र प्रेम, मानवता, मूल्य आदि का न केवल चित्रण करती हैं बल्कि एक तरह से प्रचार-प्रसार भी करती रहीं हैं। कोई भी

फ़िल्म दर्शनशास्त्र के इन मूल्यों के खिलाफ जाती हुई नहीं दिखाई देती है। इसे ही दर्शनशास्त्र सिद्धांत कहा जाता है। दर्शनशास्त्र के सिद्धांतों को अपना आधार बनाने वाली फिल्में लम्बे समय तक दर्शकों पर अपना प्रभाव छोड़ती हैं और उन फिल्मों की प्रासंगिकता भी बनी रहती है।

मनोविश्लेषणात्मक फ़िल्म सिद्धांत

मनोविश्लेषणवाद का प्रवर्तन सिग्मंड फ्रायड ने किया था। फ्रायड के मनोविश्लेषणवाद ने कला, साहित्य और सिनेमा को बहुत अधिक प्रभावित किया है। मनोविश्लेषणवादी सिद्धांत से प्रभावित फिल्मों में मनुष्य की मानसिक स्थिति, उसकी भावनाएं और उसकी चेतना का प्रस्तुतीकरण किया जाता है। हिन्दी फिल्मों ने भी इस सिद्धांत को प्रमुखता से अपनाया है।

नव यथार्थवादी फ़िल्म सिद्धांत

यथार्थवाद और इसी शब्द से विकसित नव यथार्थवाद का सम्बंध कला और साहित्य के क्षेत्र से है। यहीं से एक विचार के रूप में इनका प्रभाव सिनेमा पर भी पड़ा। समाज जैसा है ठीक वैसा ही चित्रण करना साहित्य में यथार्थवाद कहलाता है और दृश्यों के माध्यम से प्रस्तुत करना सिनेमा का यथार्थवाद कहलाता है। इसी यथार्थवाद के साथ सिनेमा में निर्देशकों ने एक नया प्रयोग किया तो उसे नव यथार्थवादी सिद्धांत कहा जाने लगा। फिल्मों में नव यथार्थवादी सिद्धांत का सबसे पहला प्रयोग इटली में हुआ। 1950 और 1960 के दशक में इटली में प्रयुक्त यह सिद्धांत पूरी दुनिया के सिनेमा जगत को प्रभावित करने लगा। इटली में बनी नव यथार्थवादी फ़िल्म 'बाइसिकिल थिव्स' ने न केवल भारत बल्कि विश्व सिनेमा पर गहरी छाप छोड़ी। इटली के नव यथार्थवादी फिल्मों के प्रभाव में हिन्दी फ़िल्म में चेतन आनंद की नीचा नगर (1946), ऋत्विक घटक की नागरिक (1852), विमल राय की 'दो बीघा जमीन (1953) का नाम प्रमुखता से लिया जा सकता है।सत्यजीत रे की 'अप्पू ट्रायोलॉजी' ने कई अंतरराष्ट्रीय फ़िल्म समारोहों में पुरस्कार जीते। वर्तमान में भी यथार्थ को हू-ब-हू प्रस्तुत करने के सिद्धांत का हिन्दी सिनेमा में खूब प्रयोग हो रहा है।

कुल मिलाकर हम कह सकते हैं कि एक फिल्मकार अपने विचार और प्रतिभा के आधार पर फ़िल्म का निर्माण करता है। वह फ़िल्म बाद के फिल्मकारों को प्रभावित करती है और वे भी उसी आधार पर फ़िल्म का निर्माण करते हैं।

धीरे-धीरे यह सिद्धांत के रूप में प्रिंट होता जाता है। ये सिद्धांत सिनेमा के तकनीकी और विषय दोनों पक्षों से जुड़ जाते हैं। हमने उपकरण सिद्धांत, लेखन सिद्धांत, नारीवादी सिद्धांत, मार्क्सवादी सिद्धांत आदि सिद्धान्त का उल्लेख किया है। इसका अर्थ यह नहीं कि सिनेमा निर्माण में केवल यही सिद्धांत प्रयुक्त होते हैं। इसके अलावा भी कई सिद्धांत हो सकते हैं जिनका फिल्मों में प्रयोग होता है।

फिल्म निर्माण की प्रक्रिया

लेखक के द्वारा लिखी कहानी से परदे पर उतरनेवाली फिल्म तक की प्रक्रिया बहुत लंबी है। यह प्रक्रिया विविध चरणों, आयामों और संस्कारों से अपने मकाम तक पहुंचती है। एक लाईन में बनी फिल्म की कहानी या यूं कहे कि दो-तीन पन्नों में लेखक द्वारा लिखी कहानी को फिल्म में रूपांतरित करना एक प्रकार की खूबसूरत कला है। इस रूपांतर से न केवल लेखक चौंकता है बल्कि फिल्म के साथ जुड़ा हर शख्स चौकता है। टूकड़ों-टूकड़ों में बनी फिल्म जब एक साथ जुड़ती है तो एक कहानी का रूप धारण करती है। फिल्मों का इस तरह जुड़ना दर्शकों के दिलों-दिमाग पर राज करता है। लेखक से लिखी कहानी केवल शब्दों के माध्यम से बयान होती है परंतु फिल्म आधुनिक तकनीक के सहारे से ताकतवर और प्रभावी बनती है।

'सिनेमा ने परंपरागत कला रूपों के कई पक्षों और उपलब्धियों को आत्मसात कर लिया है – मसलन आधुनिक उपन्यास की तरह यह मनुष्य की भौतिक क्रियाओं को उसके अंतर्मन से जोड़ता है, पेटिंग की तरह संयोजन करता है और छाया तथा प्रकाश की अंतर्क्रियाओं को आंकता है। रंगमंच, साहित्य, चित्रकला, संगीत की सभी सौंदर्यमूलक विशेषताओं और उनकी मौलिकता से सिनेमा आगे निकल गया है। इसका सीधा कारण यह है कि सिनेमा में साहित्य (पटकथा, गीत), चित्रकला (एनीमेटेज कार्टून, बैकड्रॉप्स), चाक्षुष कलाएं और रंगमंच का अनुभव, (अभिनेता, अभिनेत्रियां) और ध्वनिशास्त्र (संवाद, संगीत) आदि शामिल हैं। आधुनिक तकनीक की उपलब्धियों का सीधा लाभ सिनेमा लेता है।' (संदर्भ विकिपिड़िया) यहां हमारा उद्देश्य सिनेमा निर्मिति का संक्षिप्त परिचय करवाना है और इस परिचय के दौरान फिल्म निर्माण के चरण और फिल्म निर्माण की प्रक्रिया अत्यंत महत्त्वपूर्ण है। यहां हमारा उद्देश्य फिल्म निर्माण की प्रक्रिया किस प्रकार घटित होती है और उसकी प्रमुख सीढ़ियां कौनसी है, इस पर प्रकाश डालना है। इसकी कई छोटी-बड़ी सीढ़ियां है परंतु

यहां उसमें से प्रमुख सत्रह सीढ़ियों का संक्षेप में एक क्रम के तहत विवरण है।

1. एक वाक्य की कहानी

फिल्म निर्माताओं के सामने कोई व्यक्ति इसी रूप में कहानी को लेकर जाता है। लेखक की कहानी पांच पन्ने की दस पन्ने की या इससे भी बड़ी हो सकती है। कोई उपन्यास या नाटक भी हो सकता है। विषय की विविधता के हिसाब से उसकी लंबाई हो सकती है। परंतु किसी निर्माता को मौखिक तौर पर बताते वक्त उसे कुछ वाक्यों में बयान करना पड़ता है इसे एक वाक्य की कहानी कहा जाता है। दूसरे शब्दों में इसे आयड़िया या चमकता विचारसूत्र भी कहा जाता है।

2. पूर्ण कहानी बनाने की प्रक्रिया

विचार-सूत्र या एक वाक्य की कहानी को विकसित कर एक पूरी कहानी बनाई जाती है। निर्माता इस कहानी का चयन और आवश्यक परिवर्तन करता है और सबकी स्वीकृति के लिए रखा जाता है। इसे फिल्म की कथा कह सकते हैं।

3. पात्रों का चुनाव

कहानी स्वीकृत हो जाने पर उसके अनुकूल मुख्य पात्रों के चुनाव की प्रक्रिया शुरू होती है। निर्माता-निर्देशक जिन पात्रों पर मुहर लगाते हैं उनके अनुमति की भी जरूरत होती है, अतः पात्रों के पास कहानी पढ़ने और स्वीकृति के लिए भेजा जाता है। कभी-कभार सबको इकट्ठा बुलाकर कहानी का मौखिक वाचन होता है। अर्थात् पात्रों के चुनाव के बाद उनकी स्वीकृति प्राप्त होना भी अत्यंत आवश्यक होता है।

4. पटकथा निर्माण

फिल्म की कथा को पटकथा में ढाले बिना फिल्म निर्माण बड़ा जटिल होता है। पटकथा लेखक या निर्देशक द्वारा कहानी की पटकथा सिनेमा के फिल्मांकन के अनुरूप तैयार की जाती है। पटकथा एक नहीं अनेक होती हैं जिसमें कॅमरा परसन और अभिनेताओं समेत सभी जरूरी लोगों के लिए आवश्यकता के अनुरूप पटकथाएं तैयार की जाती हैं। पटकथा लिखने के बजाय या फिर उस पर हू-बहू चलने के बजाय वह लगातार बदलती रहती है।

5. संवाद लेखन

पटकथा की तैयारी के साथ-साथ संवाद लेखक का आगमन होता है तथा निर्देशक की सलाह से दृश्यों का ध्वनिकरण करना तथा इससे जरूरी काट-छांट संभव हो जाती है और इससे पटकथा का नाटकीय विधान तन जाता है, उसमें कसाव पैदा होता है। पटकथा में स्पेसीफिक्स यानी समय, जगह और इनड़ोर तथा आउटड़ोर जैसी सूचनाएं होती है।

6. बजट बनाना

निर्माता द्वारा बजट पर बातचीत तथा बजट के अनुरूप पटकथा का समायोजन एवं बदलाव जरूरी होता है। वास्तव में देखें तो बजट पटकथा पर दबाव बनाता है जिसके चलते पटकथा से कई दृश्य काट-छांट दिए जाते हैं।

7. फाइनेंसर और वितरक

फाइनेंसर और वितरक इसी दौरान स्टोरी सुनने आ जाते हैं। साथ ही वे तय करते हैं कि फिल्म में कितने गीत-नृत्य होंगे। इन दोनों की भूमिका कई बार निर्देशक की परिकल्पना को भी प्रभावित करने लगती है। अभिनेताओं के चयन में हेर-फेर भी इनके चलते कई बार करना पड़ता है।

8. संगीत और गीत

इसी दौरान संगीत निर्देशक के साथ पूरी तकनीकी यूनिट से संपर्क किया जाता है और संगीत और गीत रिकार्डिंग के काम के लिए समझौता साइन कर लिया जाता है। कोरियोग्राफी की भूमिका भी जबर्दस्त होती है। गीत-नृय की शूटिंग अलग से की जाती है।

9. शूटिंग, लोकेशन्स और स्टूड़ियो

अभिनेताओं और अभिनेत्रियों की सुविधा के अनुसार शूटिंग की तारीखों और लोकेशन्स याटूड़ियों का निचय किया जाता है। टूड़ियो की शूटिंग एक समय सबसे महत्त्वपूर्ण मानी जाती थी लेकिन समानांतर फिल्मकारों ने इससे बाहर निकलकर वास्तविक लोकेशस पर ही पिमांकन को तवज्जो दी। इसमें रुपयों के लागत का भी ध्यान रखना पड़ता है। फिल्म कैसे और कहां और कितने समय तक शूट की जाएगी यह बहुत कुछ धन की

उपलब्धता पर भी निर्भर करता है।

10. दृश्य संपादन

शूट की गई फिल्म के गैर तराशे अंशों को रशेस कहते हैं। इससे कहानी की क्रमिकता की पहचान की जा सकती है। संपादक तैयार फिल्म को देखते हैं और अन्य फिमी हिस्सों से मिलान कर उनका संपादन कर लेते हैं। संपादक पिमों के रफ कट तैयार कर शूटिंग के दौरान निर्देशक को दिखाते चलते हैं और जरूरी बदलावों को उसी समय नोट कर लिया जाता है। फाइनेंसर और डिस्ट्रीयूटर को दृश्य दिखाए जाते हैं जिसके आधार पर उनसे आगे पैसा लिया जा सके।

11. लिप-सिंक

अधिकांश एक्टर सेट पर ही अपनी रिहर्सल करते हैं और संवादों को वहीं दुहराते हैं। संवादों को बाद में अलग से डब किया जाता है, जिससे शूटिंग के दौरान सिर्फ लिप-सिंक की जरूरत होती है।

12. पार्श्व संगीत और पार्श्व ध्वनियों का रिकॉर्डिंग

संगीत कंपोजर को पूरी फिम दिखाकर उसका संगीत रिकॉर्ड करवा लिया जाता है। साथ ही, वह पार्श्व ध्वनियों का भी अभिलेखन (रिकॉर्ड) कर लेता है।

13. डबिंग

संपादक सारी पार्श्व ध्वनियों, संवादों और विशेष ध्वनि प्रभावों को फिल्म के साथ जोड़ देता है। यह प्रकिया डबिंग कहलाती है। संवादों को डब करने के लिए हीरो और हीरोइन समेत सह अभिनेताओं को कई बार टूड़ियो आना पड़ता है। डबिंग पूरी होने पर इसे दृय फिम के साथ तकनीकी दक्षता से जोड़ दिया जाता है।

14. सेंसर बोर्ड

जब फिल्म पूरी तरह से तैयार हो जाती है तो उसे भारत सरकार के सेंसर बोर्ड के पास प्रमाणपत्र लेने हेतु भेजा जाता है और सेंसर बोर्ड द्वारा सुझाए बदलावों को संपादक, निर्देशक की अनुमति से समाहित कर लेता है। हमारे देश में बिना सेंसर बोर्ड के प्रमाण पत्र किये बिना फिल्म का प्रदर्शन नहीं किया जा सकता है।

15. रि-रिकॉर्डिंग

पूरी फिल्म का पुनर्अभिलेखन (रि-रिकॉर्डिंग) होता है। इस बीच गीतों और टी.वी. शो तथा ट्रेलर आदि के जरिए फिल्म दर्शकों में जिज्ञासा जगा चुकी होती है।

16. प्रिंट रिलीज

शूट की गई फिल्म को कई रिलीज प्रिंट तैयार किया जाते हैं। वितरकों को समझौते के अनुसार ये प्रिंट उपलब्ध कराए जाते हैं। इस तरह से पूरे देश तथा विदेशों में स्थित सिनेमाघरों में फिल्म को दर्शकों के लिये प्रदर्शित किया जाता है।

17. प्रदर्शन

प्रेस के लिए प्रदर्शन आयोजित किए जाते हैं। इससे प्रिंट मीड़िया में भी फिल्म की समीक्षाएं आनी प्रारंभ हो जाती हैं और फिल्म दर्शकों को खीचनें में कामयाब होती है। अन्य अनेक स्तरों मसलन पोस्टर आदि द्वारा भी व्यापक प्रचार-प्रसार अभियान चलाया जाता है और सिनेमा थिएटरों में फिम प्रदर्शित कर दी जाती है।

कहा जा सकता है कि सिनेमा निर्माण और संघर्ष हमेशा जारी रहता है। यह संघर्ष सिनेमा से जुड़े हर शख्स की जिंदगी का हिस्सा होता है। सिनेमा निर्माताओं के हाथों में सिनेमा निर्माण करना, उसका प्रचार-प्रसार एवं प्रमोशन करना होता है, लेकिन उस सिनेमा की सफलता-असफलता दर्शकों पर निर्भर होती है। अतः फिल्म निर्माण क्षेत्र में केवल निर्मिति करना निर्माण करनेवाले का कार्य है। अगर निर्मिति में त्रूटियां रहेगी, कहानी, पटकथा, संवाद, गीत और संगीत में कमजोरियां रहेगी तो इसका असर फिल्म की कमाई पर होता ही है, साथ ही फिल्म से जुड़े हर व्यक्ति के भविष्य पर भी इसका असर पड़ता है। जिस तरह कोई लेखक किसी उपन्यास या कहानी का निर्माण करता है वैसे ही फिल्म का निर्माण भी होता है। कहानी पहले से लिखी होती है परंतु उस कहानी को फिल्म के भीतर बाजार और दर्शक के हिसाब से ढालना लंबी प्रक्रिया है। इस प्रक्रियां में कई लोग कई कलाओं के साथ जुड़ जाते हैं। इनका समायोजन और मिलाप करना फिल्म निर्मिति क्षेत्र का कौशल माना जाता है।

मूलतः फिल्म निर्मिति का क्षेत्र जितना आसान लगता है उतना आसान

नहीं है। सफल फिल्म निर्माण के लिए अच्छे प्लॅनिंग की जरूरत होती है। अपने फिल्म के लिए कौनसे दर्शक आ सकते हैं, उनकी मनोरंजन को लेकर मांगे कौनसी हैं? उनके सपनें और अपेक्षाएं क्या हैं? फिल्म निर्माण से सृजनात्मक मांग कितनी की जा रही है? निर्देशक और निर्माता का तालमेल कितना है? फिल्म का बजट कितना है? जिस फिल्म को बना रहे हैं वह बाजार में टिकेगी या नहीं? उसकी मार्केटिंग पॉलिसी क्या होगी? आदि बातों का ध्यान निर्माताओं को रखना पड़ता है। दुघर्टना का बीमा होता है परंतु फिल्मों के असफल होने का बीमा नहीं होता है, अतः इस बात को ध्यान में रखें तो फिल्म निर्माण बड़ी जोखिम का कार्य होता है। घरों-घरों में आसानी से उपलब्ध टी. वी. मनोरंजन भी फिल्म निर्माण के लिए चुनौती दे रहा है। किसी भी फिल्म के रिलिज होते ही आधुनिक तकनीकों के चलते उसकी पायरसी भी आम बात बन चुकी है जो निर्माण क्षेत्र का नुकसान कर रही है।

फिल्म पटकथा कैसे लिखें?

फिल्मों के व्यावसायिक और कलात्मक नजरिए से सफल होने के लिए आधारभूत तत्त्व के नाते कथा, पटकथा और संवादों को बहुत अधिक एहमीयत है। कथा या कहानी आरंभिक तत्त्व के नाते एक सृजन प्रक्रिया होती है और इसे साहित्यकार द्वारा जाने-अनजाने अंजाम दे दिया जाता है। सृजन कार्य स्वयं के सुख के साथ समाज हित के उद्देश्य को पूरा करता है, परंतु इसका पूरा होना किसी आंतरिक प्रेरणा का फल होता है। लेकिन इन्हीं कहानियों का जब फिल्मी रूपांतर होता है तब उसका मूल फॉर्म पूरी तरीके से बदल जाता है। एक कहानी की पटकथा लिखना और फिर संवाद स्वरूप में उसे ढालना व्यावसायिक नजरिए को ध्यान में रखते हुए की गई कृत्रिम प्रक्रिया है। इसे कृत्रिम प्रक्रिया यहां पर इसलिए कह रहे हैं कि जैसे साहित्यकार कोई रचना अंतर्प्रेरणा से लिखता है वैसी प्रक्रिया पटकथा लेखन में नहीं होती है, उसे जानबूझकर अंजाम तक लेकर जाना पड़ता है।

पटकथा लेखक के लिए और एक चुनौती यह होती है कि निमार्ताओं द्वारा बनाई जा रही फिल्में किसी छोटी कहानी पर बनी हो तो भी और किसी बड़े उपन्यास पर बनी हो तो भी उसे चुनिंदा प्रसंगों के साथ एक समान आकार में बनाना होता है, ताकि वह दो या ढाई घंटे की पूरी फिल्म बन सके। अर्थात् पटकथा लेखक का यह कौशल, मेहनत और कलाकारिता है, जिसके बलबूते पर वह पटकथा में पूरा उपन्यास समेट सकता है और किसी छोटी कहानी में कोई भी अतिरिक्त प्रसंग जोड़े बिना उसको पूरी फिल्म बना सकता है। फणीश्वरनाथ रेणु जी की ढाई पन्ने की कहानी 'तीसरी कसम' (मारे गए गुलफाम) पर बनी फिल्म 'तीसरी कसम' (1966) और रणजीत देसाई के उपन्यास 'राजा रविवर्मा' पर बनी फिल्म 'रंगरसिया' (2014) दोनों भी परिपूर्ण है। अर्थात् एक पटकथा का आकार कहानी से बना है और दूसरी पटकथा का आकार व्यापक उपन्यास की धरातल है। इन दोनों में भी साहित्यिक रूप से फिल्म के भीतर का रूपांतर

पटकथा लेखक का कमाल माना जा सकता है। आवश्यकता भर लेना और अनावश्यक बातों को टालने का कौशल पटकथा लेखन में अत्यंत महत्त्वपूर्ण है। जिस प्रकार पटकथा का लेखन और लेखक का कमाल होता है वैसे ही निर्माता-निर्देशक की परख, पैनापन और चुनाव का भी कमाल होता है। हिंदी की साहित्यकार मन्नू भंड़ारी ने कई टी. वी. धारावाहिकों के साथ फिल्मों हेतु बासु चटर्जी जी के लिए पटकथा लेखन किया। वे लिखती हैं कि 'इस विधा के सैद्धांतिक पक्ष की ए बी सी डी जाने बिना ही मैंने अपना यह काम किया (कभी जरूरत हुई तो आगे भी इसी तरह करूंगी) और इसलिए हो सकता है कि मेरी ये पटकथाएं इसके तकनीकी और सैद्धांतिक पक्ष पर खरी ही न उतरें। फिर मैंने कभी यह सोचा भी नहीं था कि मुझे इन पटकथाओं को प्रकाशित भी करना होगा।... मैंने तो इन्हें सिर्फ बासुदा के लिए लिखा था और उनकी जरूरत (जिसे मैं जानती थी) के हिसाब से लिखा था, सैद्धांतिक पक्ष के अनुरूप नहीं... (जिसे मैं जानती ही नहीं थी)।' खैर मन्नू भंड़ारी पटकथा लिखना नहीं जानती थी परंतु उनमें पहले से मौजूद प्रतिभा, रुचि और बासु चटर्जी का मार्गदर्शन सफल पटकथा लेखन करवा सका है। मन्नू भंड़ारी लिखती है कि 'बरसों पहले मेरी कहानी 'यहीं सच है' पर बासुदा (बासु चटर्जी) ने फिल्म बनाने का प्रस्ताव रखा तो मुझे तो इसी बात पर आश्चर्य हो रहा था कि एक लड़की के निहायत निजी आंतरिक द्वंद्व पर आधारित यह कहानी (इसीलिए जिसे मैंने भी डायरी फॉर्म में ही लिखा था) दृश्य-माध्यम में कैसे प्रस्तुत की जाएगी भला? पर बासुदा ने इस पर 'रजनीगंधा' (1974) नाम से फिल्म बनाई, जो बहुत लोकप्रिय ही नहीं हुई, बल्कि सिल्वर जुबली मनाकर जिसने कई पुरस्कार भी प्राप्त किए।'

1. पटकथा क्या है?

प्रस्तावना में लिख चुके हैं कि पटकथा फिल्मों के लिए आधारभूत तत्त्व है। कहानी का फिल्मी ढांचे के तहत विकसित रूप पटकथा कहा जाता है। पटकथा लेखक वह पहला व्यक्ति होता है जो फिल्म को परदे पर उतरने से पहले देखता है। अपनी कल्पना की आंख से उसके सामने से कई अदृश्य चित्र सरकने लगते हैं और उसे वह संक्षेप में कागज पर उतारता है। उन्हीं उतरे हुए शब्दों को एक कहानी के तहत फिल्मों से जुड़े अन्य लोगों के सामने बयां करते भी जाता है तब वे अन्य लोग भी पटकथा लेखक के कथन कौशल के आधार पर फिल्म की आरंभिक अवस्था की सही झलक पाते हैं। पटकथा लेखक के दिमाग में कहानी

के दृश्य एक क्रम से मानो चलचित्र जैसे चलने लगते हैं। इन्हीं दृश्यों को पटकथा लेखक शब्दों में पकड़ता है और कागज पर उतारते जाता है। इस प्रकार से कागज पर पटकथा को उतारना आसान नहीं होता उसके लिए कल्पना, प्रतिभा, तपस्या, मेहनत और कौशल की जरूरत होती है। इस प्रकार का लेखन अचानक नहीं होता इसके लिए इस क्षेत्र से जुड़े रहना और अभ्यस्त होना भी जरूरी होता है। पटकथा अंग्रेजी शब्द 'स्क्रीन प्ले' का अनुवाद है। फिल्मों में और दूरदर्शन पर कई प्रकार के कथात्मक कार्यक्रम बनाए जाते हैं और इसको बनाते वक्त उसके आरंभ, मध्य और अंत की रूपरेखा बनाई जाती है। यह कल्पना की जाती है कि फिल्म बनने के बाद परदे पर किस रूप में उभरेगी और मूल कथा को कैसे प्रकट करेगी। अर्थात् फिल्मों में भूतकाल में चलती मूल कहानी को वर्तमान के साथ जोड़ने का कार्य पटकथा लेखन करता है। अगर देखा जाए तो पटकथा, कथा का वह रूप है जिसके आधार पर निर्देशक बनाए जानेवाली फिल्म के भावी स्वरूप का अनुमान लगाता है।'

'आप पहले अपने मन के पर्दे पर घटनाओं को होते हुए देखिए और पात्रों को बोलते हुए सुनिए। फिर कागज पर उतारते जाइए कि क्या घटना घट रही है और कौन पात्र क्या बोल रहा है? घटना की नाटकीयता को उभारते जाइए। यह मानकर चलिए कि जैसा नानी से कहानी सुनता बच्चा हर दिलचस्प मोड़ के बाद यह पूछता है कि फिर क्या हुआ, उसी तरह बहुत-से जिज्ञासु दर्शक बैठे हैं जो आपसे जानना चाहते हैं कि 'फिर क्या होता है?' इस प्रश्न का जवाब देते रहने से नए-नए सीक्वेंस शुरू होंगे और ये सीक्वेंस आपका 'स्क्रीन प्ले' यानी आपकी पटकथा तैयार कर देंगे। गोया पटकथा और कुछ नहीं वह कथा है जो पर्दे पर दिखाई जाने के लिए लिखी गई है।' कथा और पटकथा मात्र दो ऐसे तत्त्व हैं जो यंत्र के मोहताज नहीं है। कथा, विचारबीज के रूप में जनमती है और पटकथा जिसे चित्रनाट्य भी कहते हैं उस विचारबीज का मुकम्मल ढांचा रचती है। 'पटकथा यानी सिनेमा, टेलीविजन तथा वृत्तचित्र माध्यम हेतु किया गया विस्तृत लेखन। यह एक अलग शैली का लेखन है, इसलिए इसका नाम भी अलग है, पटकथा लेखन। पटकथा लेखन में कथा-लेखन समाया हुआ है। लेकिन यह कथा लेखन के बाहर के तत्त्वों को भी अपने में समेटे हुए हैं।'

यह बातें विशेष रूप से ध्यान में रखें

- फिल्म और टी. वी. के आधार लेखन को पटकथा कहते हैं।

- पटकथा के माध्यम से निर्देशक, अभिनेता, कॅमरा मॅन, साउंड़ रिकॉर्डिस्ट आदि दिशानिर्देशन पाते हैं।
- कहानी पटकथा का आधार होती है।
- पटकथा लेखन को प्रस्तुतिकरण से जोड़ना होता है।
- सही पटकथा लेखक वहीं है जो शब्दों को अपने काबु में रख सके।
- दृश्यों के जरिए वर्णन, दृश्यों का लेखन ही पटकथा है।
- पटकथा कहानी कहने की एक अद्भूत कला है।
- पटकथा लेखक माध्यम की सूक्ष्मताओं को बारीकी से पकड़े।

2. पटकथा के लिए कहानी कैसी हो?

फिल्मों की सफलता और असफलता कहानी और पटकथा पर निर्भर होती है। अतः निर्माताओं द्वारा कहानी का सही चुनाव होना भी अत्यंत आवश्यक है। उनका यह चुनाव गलत हो गया तो आगे चलकर उनके लिए आर्थिक नुकसान की ओर ले जा सकता है। उनका यह नुकसान केवल उनका नहीं रहता है, तो उस फिल्म से जुड़े हर शख्स के लिए होता है। 'कहानी फिल्म का मूल आधार बनती है और कहानी 'अच्छी' या 'खराब' होने से फिल्म की सफलता और असफलता तय होती है। चूंकी फिल्म और टी. वी. बहुत महंगे माध्यम है इसलिए इसके व्यावसायिक पक्ष का ध्यान रखना भी जरूरी होता है। कहानी चुनते समय यह सोचना बहुत आवश्यक है कि कहानी फिल्म के लिए क्यों चुनी जा रही है? क्या कहानी दर्शकों को पसंद आएगी?' (पटकथा लेखन व्यावहारिक निर्देशिका, पृ. 16) कहानी में आरंभ से लेकर अंत तक का सफर बड़ी बारीकी से सजाया हुआ होना चाहिए। उसमें अनावश्यक विस्तार और घटना प्रसंग जुड़े हैं तो पटकथा लिखते वक्त उसे परहेज करना पड़ता है। छोटी कहानी पर बनी फिल्में कम तकलीफ देती है, परंतु बड़े उपन्यास और कहानियों पर बनी फिल्मों पर बहुत अधिक काम करते हुए व्यापक परिदृश्य को फिल्म के हिसाब से छोटा करना अत्यंत जरूरी होता है।

पटकथा के लिए कहानी का चुनाव करते वक्त निम्न बातों का विशेष ध्यान रखें –

- कहानी में मनोरंजन के तत्त्व होने चाहिए।
- मौलिकता कहानी की अनिवार्य शर्त है।

- कहानी के कथानक का सीधा, स्वाभाविक होना आवश्यक है।
- कहानी का प्रासंगिक होना जरूरी है।
- कहानी के तत्त्वों में संतुलन होना चाहिए।
- पात्रों की संख्या संतुलित और कथानक के अनुसार हो।
- कहानी में अत्यधिक घटनाएं, उलझी हुई नहीं होनी चाहिए।
- पात्रों और घटनाओं के बीच संतुलन होना चाहिए।
- कहानी में द्वंद्व आवश्यक है। आंतरिक द्वंद्व और बाह्य द्वंद्व का संयोजन आवश्यक है।
- कहानी का परिवेश स्पष्ट हो।
- कहानी में स्पष्ट चरम उत्कर्ष हो।
- मुख्य कथा और उसकी उपकथाओं के बीच एक गहरा संबंध होना चाहिए।
- कहानी में किसी विचारधारा, पात्र या समस्या के प्रति अनावश्यक मोह नहीं होना चाहिए।
- कहानी का काम उपदेश देना नहीं है।

3. पटकथा का स्वरूप

कहानी और सिनेमा की पटकथा में जमीन-आसमान का अंतर होता है। सिनेमा की पटकथा लिखते वक्त लेखक को सिनेमाई जानकारी आवश्यक है। फिल्में बनती कैसी है और उसका उद्देश्य क्या है, यह भी जानना जरूरी है। फिल्में बनाने के तरीकें और उसके तकनीक की बारिकियों पर भी पटकथा लेखक को गौर करना पड़ता है। अगर यह पता नहीं है तो पटकथा लेखक से कई गलतियां होगी और गलतियों के साथ बनी फिल्में व्यावसायिकता की कसौटी पर सबका नुकसान करेगी। अब निर्माता-निर्देशक व्यावसायिक नफे-नुकसान के बारे में सोचने लगे हैं। प्रत्येक फिल्म उनके लिए कमाई का जरिया होता है। बहुत अधिक नफा नहीं परंतु नुकसान तो बिल्कुल उठाएंगे नहीं जैसी मानसिकता हर फिल्मी शख्स की है और यह गलत भी नहीं है। पटकथा लेखक और लेखन फिल्मों के लिए आरंभिक सीढ़ी है और इस सीढ़ी का अतुलनीय, तराशा हुआ तथा ताकतवर होना जरूरी है; अगर यह नहीं है तो पटकथा का कोई मोल नहीं और पटकथा लेखक का भी कोई मोल नहीं। ऐसे कई उदाहरण

हिंदी और अन्य भारतीय तथा विश्व भाषाओं की फिल्मी दुनिया में देखें जा सकते हैं कि जो एक साहित्यकार के नाते सातवें आसमान पर चढ़े लेकिन एक पटकथा लेखक के नाते धराशायी हो गए। हिंदी साहित्यकार और कथाकार के नाते मुंशी प्रेमचंद, भगवतीचरण वर्मा, सुदर्शन, जैनेंद्र कुमार जैसों के नाम बहुत बड़े नाम हैं परंतु यहीं जब फिल्मों के साथ जुड़ते हैं और पटकथा लिखने लगते हैं तो उसके फॉर्म और तकनीक के आदी नहीं होते तो असफल होते हैं। अंततः इन बड़े लेखकों को फिल्मी दुनिया से निराशा होती है और वापस लौटते हैं। राही मासूम रजा, कमलेश्वर जैसे लेखक फिल्मी दुनिया की तकनीक से आदी हो गए तो उन्होंने सफलता पाई। 'पटकथा अथवा स्क्रिप्ट लेखन कार्य आम लेखन से बिल्कुल दूसरी तरह का लेखन कार्य है, जिसे दृश्यों के आधार पर लिखा जाता है, वह व्यक्ति उतना ही अधिक सफल पटकथा लेखक होता है, जिसे लेखन के साथ-साथ निर्देशन, संपादन और छायांकन का भी अनुभव हो। इसलिए यह आवश्यक है कि सफल पटकथा लेखक बनने हेतु निर्देशन, संपादन और छायांकन का कुछ-न-कुछ अनुभव होना चाहिए।'

पटकथा के स्वरूप की जानकारी लेते वक्त निम्न बातों पर गौर करना जरूरी है –

- पटकथा लेखन का सही स्वरूप तो वही होगा, जो दृश्य-श्रव्य के अनुकूल हो।
- पटकथा प्रभावकारी होती है, उसके प्रभाव से दर्शक, पाठक और श्रोता के पास पहुंचना होता है।
- पटकथा लेखक द्वारा पटकथा को कागज पर लिखा जाता है परंतु उसका माध्यम बदलने से मतलब फिल्मी बनने से अधिक प्रभाव निखरता है। अर्थात् अधिक प्रभाव निखारनेवाली पटकथा का होना जरूरी है।
- यह जरूरी नहीं है कि पटकथा कहानी की पूरी प्रतिछाया हो। लेखक कहानी के किसी ऐसे बिंदु से भी पटकथा शुरू कर सकता है जो कहानी का प्रारंभिक बिंदु न हो।
- पटकथा लेखन फिल्म की गति, रोचकता और नाटकीयता तथा चरित्र विकास को ध्यान में रखकर होना चाहिए।
- पटकथा लेखक कहानी को दृश्यात्मक रूप में देखता है और कहानी के जो

प्रसंग किसी खास तरह के 'विजुवल' की मांग करते हैं उन्हें पूरा करता है।

- पटकथा कहानी को उस रूप में प्रस्तुत करती है जिस रूप में वह पर्दे पर दिखाई देगी।
- यह जरूरी नहीं कि कहानी के क्रम से ही पटकथा लिखी जाए।
- कहानी की प्रत्येक घटना एक निश्चित स्थान पर निश्चित समय में घटीत होती है। अतः एक स्थान और एक समय पर घटनेवाली घटना से दृश्य बनता है।
- पटकथा लेखन में छोटी और बड़ी घटनाओं को स्थान और समय के आधार पर सूचिबद्ध किया जाता है।
- कहानी में किसी घटना का स्थान या समय बदल जाने से पटकथा के भी दृश्य बदल जाते हैं।

कहानी छोटी-बड़ी घटनाओं का एक संकलन होती है। समय और स्थान के आधार पर सीन (दृश्य) बनते हैं। एक फीचर फिल्म की कहानी में प्रायः 100 से 150 सीन होते हैं। पटकथा लेखक दृश्यों को आपस मे जोड़ने के लिए कुछ ऐसे दृश्यों की कल्पना करता है, जो सब सीन (उपदृश्य) कहे जाते हैं। इन उपदृश्यों में दो-चार ही शॉट्स होते हैं, लेकिन इससे दृश्य को स्थापित किए जाने में मदद मिलती है। कुलमिलाकर कहा जा सकता है कि पटकथा लेखन ही फिल्मों के लिए सफलता की सीढ़ी है, जिस पर चढ़कर दर्शकों के मन पर राज किया जा सकता है। कहानी को फिल्मी पटकथा के भीतर ढालना एक विशेष प्रकार की कला है और इस कला को आत्मसात करना एक नई दुनिया का खुल जाना है। इस क्षेत्र में अपना भविष्य बनाने के इच्छुक पटकथा की बारिकियों को समझे और अभ्यास तथा अनुभव के बल पर नए रोजगार क्षेत्र को खोले।

4. पटकथा के अंग

किसी भी साहित्य की विधा के अंग होते हैं वैसे ही पटकथा के भी अंग होते हैं। पटकथा फिल्मों के नजदीक जैसे है वैसे ही वह साहित्य के भी नजदीक है। सिनेमा और साहित्य को जोड़ने का काम पटकथा करती है। राजेंद्र पांड़े जी ने पटकथा के तीन अंग बताए हैं –

अ. *कहानी,*

आ. *दृश्यमय बुनावट,*

इ. *संवाद*

कहानी, दृश्यमय बुनावट और संवाद पटकथा के तीन स्वतंत्र अंग हैं। 'ये तीनों अंग एक-दूसरे में मिले हुए हैं और एक-दूसरे के पूरक भी। ऐसा नहीं हो सकता कि बगैर कहानी के पटकथा लिख ली जाए... उसी तरह कहानी हो, पटकथा हो, लेकिन उनमें संवाद न हों। जब तक फिल्में मूक हुआ करतीं, तब तक उनमें अधूरापन हमेशा खलता रहा। आज बोलती फिल्में देखकर लगता है कि फिल्में पूर्णतः को प्राप्त कर चुकी हैं। इससे यह साबित होता है कि शब्द की अपनी ताकत होती है। इन तीनों अंगों में संतुलन बनाए रखना जरूरी है। इस संतुलन से ही एक दूसरे अंग को बल मिलता है, और वे एक दूसरे को सम्हाल लेते हैं।'

5. पटकथा लेखन का तकनीकी तरीका

इससे पहले भी स्पष्ट कर चुके हैं कि पटकथा लेखन करना मेहनत, अभ्यास, कौशल और सृजनात्मक कार्य है। कोई लेखक जैसे-जैसे फिल्मी दुनिया के साथ जुड़ता है वैसे-वैसे वह पटकथा लेखन की सारी बातें सीख लेता है। पटकथा लेखक को उसकी बारिकियां अगर पता भी न हो तो कम-से-कम उसे ऐसा लेखन करने की रुचि होनी चाहिए। निर्माता-निर्देशक लेखक से अच्छी पटकथा लिखवा लेते हैं, कमियों को दुरुस्त करने की सलाह देते हैं। पटकथा लेखन के दो तकनीकी तरीकें जो आमतौर पर फिल्मी दुनिया में अपनाए जाते हैं। एक है घटना-दर-घटना, दृश्य-दर-दृश्य, पेज-दर-पेज लिखते जाना। इसे लेखन की गतिशील (रनिंग) शैली या क्रमबद्ध तरीका कहा जाता है, और दूसरा तरीका है स्थापित लेखन तरीका।

अ. क्रमबद्ध तरीका – हमारे यहां फीचर फिल्म तथा टेलीविजन धारावाहिक हेतु यह तरीका अपनाया जाता है। इसके अनुसार पटकथा की शुरुआत दृश्य एक से की जाती है और वह लगातार, क्रमवार ढंग से, एक के बाद एक दृश्य के रूप में लिखी जाती है। जिस तरह किताब लिखी जाती है, वही तरीका यहां भी अपनाया जाता है। क्रमबद्ध (रंनिग) शैली में लिखते समय हर दृश्य स्वतंत्र पेज पर भी लिखा जाता है, या पेज की चिंता न करते हुए लगातार लिखा जाता है।

आ. स्थापित तरीका – दूसरे तरीके में पेज को उसकी लंबाई के हिसाब से दो समान हिस्से में बांटा जाता है। यानी ऊपर से नीचे तक एक साक्षात या काल्पनिक रेखा खिंच ली जाती है। एक हिस्से में शीर्षक के रूप में ऊपर लिखा जाता है – Visual यानी दृश्य। दूसरे हिस्से में शीर्षक के रूप में ऊपर लिखा जाता है – Audio यानी आवाज या ध्वनि। (आकृति देखें)

पटकथा लेखन का स्थापित तरीका

दृश्य (*Visual*)	आवाज या ध्वनि (*Audio*)
कमरे में दीपक का प्रवेश... वह इधर-उधर चौकन्ना होकर देखता हैं।	(संवाद) "...अरे, रमा अभी तक नही आई!"

दृश्य के हिस्से में दृश्य का वर्णन लिखा जाता है। क्रियाकलाप या साक्षात्कार संबंधी संकेत लिखे जाते हैं। आवाज या ध्वनि के हिस्से में साक्षात संवाद या कमेंटरी लिखी जाती है। इस तरह माना जाता है कि अमुक हरकत के साथ अमुक संवाद जुड़ा है। दोनों को मिलाकर दृश्य (शॉट) बन जाता है। यह तरीका अभी तो हमारे यहां वृत्तचित्र और विज्ञापन लेखन के क्षेत्र में अपनाया जाता है। विज्ञापन लेखन हेतु प्रयुक्त शैली को स्टोरी बोर्ड (Story Board) कहा जाता है। विदेशों में अभी भी फिल्म, धारावाहिक, वृत्तचित्र तथा विज्ञापन क्षेत्र की पटकथा लिखने के लिए एक ही तरीका अपनाया जाता है। वह है दृश्य और ध्वनि को पन्ने के दो हिस्सों में बांटनेवाला।

6. पटकथा लेखक के गुण

कहानी का सृजक अपनी प्रतिभा के बलबूते पर कहानी की रचना करता है। उसका यह लेखन अपने अंतर की प्रेरणा का स्वरूप होता है। लेखक जो लिखता है उसका व्यावसायिक लाभ कमाने का उद्देश्य कम होता है, अर्थात् उसका लेखन करने का उद्देश्य स्वांतः सुखाय अधिक होता है। लेकिन यहीं

कहानियां फिल्मों के भीतर पटकथा का स्वरूप धारण कर जब परदे तक का सफर तय करना शुरू करती है तब हर जगह पर उसके साथ व्यावसायिकता जुड़ जाती है। अर्थात् फिल्मों में पटकथा लिखना भी व्यावसायिक मांग की तहत आता है। पटकथा लेखक के हाथों में कहानी सौंपी जाती है और उसे कहा जाता है कि फिल्म के लिए इसकी पटकथा तैयार करें। बहुत जगहों पर ऐसे पाया जाता है कि मूल कहानी का लेखक और पटकथा लेखक दोनों एक ही है। मूल लेखक ही कहानी को पटकथा के स्वरूप में ढालता है। व्यावसायिक धरातल पर उस लेखक के लिए लेखक और पटकथा लेखक दोनों का मानधन भी दिया जाता है। फिल्मों के अनुकूल पटकथा लिखना एक कला है। आज-कल हमारे आस-पास फिल्मों के अलावा ऐसे कई मनोरंजन के साधन, टी. वी. चॅनल्स और अन्य क्षेत्र है वहां पर पटकथा लेखन की आवश्यकता पड़ती है। प्रतिभावान और इस क्षेत्र में रुचि रखनेवाले लोगों के लिए पटकथा लेखन करना आय के स्रोत की उपलब्धि करवाता है। पटकथा लेखन अभ्यास, मेहनत और स्वाध्याय के साथ-साथ एक व्यावसायिक लेखन है। जाहिर है कि लेखन की इस विधा के लिए स्वाध्याय के साथ-साथ लेखन के व्यवसायिक गुणों का होना जरूरी है। पटकथा लेखन के लिए आवश्यक गुणों को निम्न रूप में विश्लेषित किया जा सकता है –

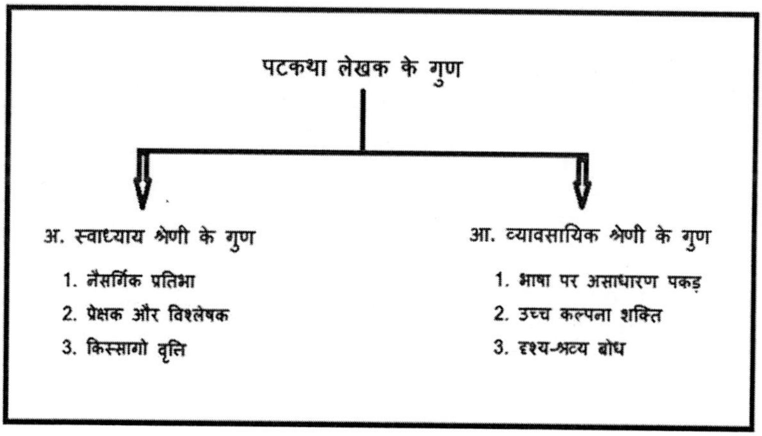

6.1 स्वाध्याय श्रेणी के गुण

1. नैसर्गिक प्रतिभा – स्वाध्याय श्रेणी का यह गुण 'इन-बिल्ट' और

'डिफ़ॉल्ट' गुण हैं। इसे निसर्गतः प्राप्त प्रतिभा भी कह सकते हैं। प्राप्त प्रतिभा और रुचि को जब मौका मिल जाता है तब वह इस क्षेत्र में आगे बढ़ता है। कहानियां पढ़ने और इसे चलचित्रों जैसा अनुभव करने की तथा लिखने की रुचि ही उसकी मूल नैसर्गिक प्रतिभा को तराशती है। सफल पटकथा लेखक बनने के लिए नई-नई कहानियां पढ़ने और सुनने का केवल शौक नहीं बल्कि एक जुनून होना जरूरी है।

2. प्रेक्षक और विश्लेषक - पटकथा लेखक केवल कहानियां पढ़ने और सुनने के जुनूनी नहीं होते हैं, बल्कि इससे दो कदम आगे वे कहानियां देखने में यकीन रखते हैं। इसलिए समाज से कटकर नहीं, समाज से जुड़कर सामाजिक गतिविधियों पर पैनी नजर रखते हैं। कहने का तात्पर्य है, एक पटकथा लेखक बनने के लिए घटनाओं और परिघटनाओं का अच्छा प्रेक्षक यानी ऑब्जर्वर और विश्लेषक होना आवश्यक है।

3. किस्सागो वृत्ति - केवल कहानियां देखने से क्या होता है? सबसे जरूरी है कहानियां कहना, किस्सागो होना। पटकथा लेखक द्वारा कहीं और कथन की गई सफल कहानी दर्शकों को सिनेमाघरों में खिंच लाती है। एक सफल किस्सागो होना एक सफल पटकथा लेखक होने का एक महत्त्वपूर्ण गुण है।

6.2 व्यावसायिक श्रेणी के गुण

1. भाषा पर असाधारण पकड़ - जिस भाषा में पटकथा लिखी जानी है, उस भाषा पर अच्छी पकड़ होनी चाहिए। इससे भावनाओं को सहजता से व्यक्त किया जा सकता है। असहज भाषा में लिखी गई पटकथा को कोई पढ़ने के लिए तैयार नहीं होता है। यह ध्यान रहे कि फ़िल्म-निर्माण से जुड़े अधिकांश लोग भाषा के विद्वान नहीं होते हैं। वे आम बोलचाल की भाषा में लिखी गई पटकथा को ज्यादा पसंद करते हैं।

2. उच्च कल्पना शक्ति - उच्च कल्पनाशक्ति पटकथा लेखन की दूसरी सबसे बड़ी जरूरत है। जिनकी कल्पनाओं के घोड़े जितनी तेज दौड़ते हैं, वे उतनी ही अच्छी पटकथा लिख सकते हैं। जैसा कि ऊपर कहा गया है कि भाषाई रूप से समृद्ध होने पर एक पटकथा लेखक अपनी कल्पना को स्पष्टता से अभिव्यक्त कर सकता और सादगी से कह सकता है।

3. दृश्य-श्रव्य बोध - पटकथा पाठक द्वारा पढ़ी नहीं जाती है बल्कि दर्शक द्वारा देखी और सुनी जाती है। दूसरे शब्दों में कहें तो पटकथा एक काग़ज़ी और कच्चा दस्तावेज है, जिसका रूपांतरण फ़िल्म या धारावाहिक में होता है। इसलिए एक सफल पटकथा लेखक बनने के लिए जरूरी है कि दृश्य-श्रव्य बोध (ऑड़ियो-विजुअल सेंस) काफी विकसित हो।

पटकथा लेखन एक चरणबद्ध प्रक्रिया है। इसके कुछ मौलिक सिद्धांत हैं, जिसे जानना जरूरी है। कहानी या कथा किसी की भी हो सकती है। एक पटकथाकार केवल उस कहानी या कथा को एक निश्चित उद्देश्य यानी फिल्मों के निर्माण के लिए लिखता है, जो पटकथा (एंमाहर्ज्ब) कहलाती है। और दूसरी ओर एक कथाकार स्वयं पटकथाकार भी हो सकता है यानी कहानी भी उसकी और पटकथा भी उसी की। सवाल है कि पटकथा लेखन के सिद्धांत क्या हैं? यह कैसे लिखें? क्या लिखें और क्या न लिखें? एक फ़िल्मी कथानक का बीजारोपण कैसे होता है, इसका प्रारूप कैसा होता है? इसे निम्नानुसार समझाया जा सकता हैं।

1. प्रस्थान बिंदु (प्रिमाईस)

एक कथा का पटकथा के रूप में रूपांतर और लेखन के लिए सबसे शुरूआती चरण है कि कहानी को तीन प्वायंट पर कसें। ये तीन प्वायंट है - प्रस्तावना, संघर्ष और समाधान। अनेक विद्वान इन तीन बिंदुओं को कहानी की समस्या, नायक-प्रतिनायक का संघर्ष और कहानी का उपसंहार कहते हैं। अंग्रेजी में इन्हें 1. प्रपोजिशन (Proposition), एक्सपोजिशन (Exposition) या कनफ्लिक्ट (Conflict), 2. स्ट्रगल (Struggle) या प्रोटागोनिस्ट्स (नायक) एंड़ एन्टागोनिस्ट्स (प्रतिनायक या विलेन) एक्शंस (Protagonist's and Antagonist's Actions) और 3. रिजॉल्यूशन (Resolutions) कहते हैं। प्रस्तावना, संघर्ष और समाधान को पटकथा का त्रिक-बिंदु (Three Points of Screenplay) या पटकथा का प्रस्थान-बिंदु (Starting Point of Screenplay) भी कहते हैं। आइए इसे समझने के लिए एक वर्कआउट करते हैं। इसे 'दिलवाले दुल्हनिया ले जाएंगे' (DDLJ) फिल्म के संदर्भ में समझने की कोशिश करते हैं कि इस फ़िल्म की प्रस्तावना, संघर्ष और समाधान क्या हैं? आपमें से बहुत लोगों ने यह फ़िल्म जरूर देखी होगी, जिन्होंने नहीं देखा

हो, देख लें, ताकि पटकथा-लेखन की इस बुनियादी विषयवस्तु को भली-भांति समझ सकें।

अ. प्रस्तावना - लंदन में रहनेवाले एक भारतीय आप्रवासी बलदेव सिंह की इंट्रोवर्ट और आज्ञाकारी बेटी सिमरन और एक एक्सट्रोवर्ट मॉड़र्न लड़के राज को यूरोप की एक टूर के दौरान एक-दूसरे से प्यार हो जाता है।

आ. संघर्ष - भारतीय रीति-रिवाजों को दिल से माननेवाले बलदेव सिंह को यूरोपीय रहन-सहन से चिढ़ होती है, लिहाजा वे सिमरन की शादी अपने दोस्त के बेटे से करवाने के लिए भारत चले आते हैं, तो दूसरी ओर राज अपने पिता की सलाह मानकर अपने प्यार सिमरन को पाने उनके पीछे भारत आ जाता है।

इ. समाधान - राज और सिमरन का प्यार देखकर सिमरन की मां उन्हें भाग जाने के लिए कहती है, लेकिन राज कहता है कि वह बाबूजी के दिल में अपनी जगह बनाकर उनकी मर्जी से ही सिमरन को दुल्हन बनाएगा और आख़िरकार राज और सिमरन की दीवानगी देखकर बलदेव सिंह को उनके प्रेम को स्वीकार करना पड़ता है।

2. पटकथा लेखन का OBE या OBC सूत्र

पटकथा के कथानक को समस्या, संघर्ष और समाधान में बांटने की एक सर्वमान्य लेखन-परंपरा है। इन तीन बिंदुओं के रूप में कथानक को प्रस्तुत करने का चलन सर्वथा नया नहीं है। स्कूली शिक्षा में हमें सिखलाया जाता है कि अपने प्रत्येक आलेख को तीन भागों यानी शुरुआत (Opening), मध्य भाग (Body) और अंत (Ending) में बांटे। आलेख-लेखन का यह सूत्र OBE (Opening-Body-Ending) या OBC (Opening-Body-Conclusion) के रूप में जाना जाता है। ओपनिंग वाले हिस्से में जहां प्रस्तावना या विषयवस्तु का परिचय होता है, बॉड़ी वाले भाग में विषय-वस्तु का वर्णन होता है, तो वहीं एंड़िंग वाले पार्ट में विषय-वस्तु का निष्कर्ष या आलेख का उपसंहार होता है। कमोबेश पटकथा लेखन भी इसी अवधारणा पर नियोजित होती है। सदियों से और आज भी स्कूल में आलेख लिखने का यह प्रारूप जरूर सिखलाया जाता है। रोचक यह है

कि इस रीति का पालन नहीं करने पर परीक्षक नंबर काट लेते हैं। अगर किसी आलेख के लिए 10 नंबर निश्चित है और किसी छात्र ने OBE के ढर्रे का पालन नहीं किया है, तो उसके 2-3 नंबर तो शर्तिया काट लिए जाते हैं। सवाल है फिल्मी दुनिया में OBE के इस बहस से क्या मतलब है? मतलब है, बड़ा गहरा मतलब है। क्या यहां भी नंबर कटता है। जी, बिलकुल कटता है और 2-3 नंबर नहीं, पूरे-का-पूरा नंबर कट जाता है और आपकी पटकथा को कचरे के डिब्बे में फेंक दिया जता है।

3. प्रिमाईस के गुण

पटकथा लेखन के प्रस्थान बिंदु यानी किसी कथानक को समस्या, संघर्ष और समाधान के रूप में प्रस्तुत करने की अवधारणा को फिल्मी लेखन की भाषा में 'प्रेमाईस' या 'प्रिमाईस' (Premise) कहते हैं। विद्वानों के अनुसार जैसे किसी कहानी को लिखने से पहले उसका 'प्लॉट' (Plot) लिखा जाता है, ठीक उसी तरह किसी पटकथा को लिखने से पहले उसका प्रिमाईस लिखना अनिवार्य है। संक्षेप में कहें, तो पटकथा का आधार, उसकी जमीन है - 'प्रिमाईस'। सवाल यह उठता है कि एक कथानक को समस्या, संघर्ष और समाधान के रूप में क्यों बांटे यानी प्रिमाईस के रूप में क्यों लिखे? इनके कारणों पर अगर नजर डालेंगे तो प्रिमाईस के गुण पता चलते हैं।

***अ. मूल विषय और दार्शनिक पृष्ठभूमि* -** पटकथा के कथानक को समस्या, संघर्ष और समाधान में बांटना इसलिए जरूरी है, क्योंकि यह कथानक को उसकी मूल विषय और दार्शनिक पृष्टभूमि से जोड़े रखता है। कथा और पटकथा के विस्तार के समय भटकाव की गुंजाइश लगभग नहीं के बराबर होती है। दूसरे शब्दों में कहें तो यह कथानक को दिशा और उसका आधार देता है, लिहाजा पटकथा कहीं से लचर नहीं होती है। कमजोर और लचर पटकथा यह आज के अधिकांश फिल्मों की एक सबसे बड़ी समस्या है। एक सुपर-डुपर हिट फिल्म में दो मिनट की कमजोर और लचर पटकथा भी अक्षम्य है।

***आ. अंतर्संबंध* -** कहानी को समस्या, संघर्ष और समाधान के रूप में बांटना इसलिए जरूरी है कि कथानक के साथ-साथ उपकथा, समांतर कथा, अवांतर कथा, घटनाओं और प्रतिघटनाओं का सीधा संबंध इन्हीं

तीन बिंदुओं से होता है। एक कथानक का सारा ताना-बाना इन्हीं तीन बिंदुओं के इर्दगिर्द घूमता है। जैसे ही यह ताना-बाना इस त्रिक-बिंदु से दूर होता है, पटकथा बिखरने लगती है।

इ. पटकथा की टॅगलाईन - प्रिमाईस कथानक के थीम (What), सब्जेक्ट (Who, Why, Where) और (When) और क्लाइमेक्स (Now what & How) को परिभाषा देता है। यह पटकथा के टॅगलाईन जैसा होता है, जिसे पढ़ने मात्र से ही आगे के कथानक को जानने की बेचैनी और उत्सुकता बढ़ जाती है।

ई. नाटकीयता - एक अच्छा प्रिमाईस न केवल अच्छे कथानक और बेहतर पटकथा को आधार देता है, बल्कि यह कथा-पटकथा में पर्याप्त नाटकीयता भी लाता है।

उ. दो मिनट की फिल्म (Two Minute Movie) - हॉलीवुड़, बॉलीवुड़, टॉलीवुड़ या और भी जितने फिल्म निर्माण क्षेत्र हैं, वहां के प्रबुद्ध फिल्ममेकर्स (प्रोड्यूसर्स, डायरेक्टर्स आदि) के बीच थ्री प्वायंट्स ऑफ स्क्रीनप्ले यानी पटकथा का त्रिक-बिंदु ही प्रचलित है। फिल्म निर्माण की भाषा (शब्दावली) में, ये फिल्ममेकर्स 'समस्या, संघर्ष और समाधान' या 'प्रिमाइस' (Premise) को 'टू मिनट मूवी' (Two-minute Movie) के रूप में ज्यादा जानते हैं।

फिल्म में संवाद लेखन

फिल्म के निर्माण की अनेक महत्त्वपूर्ण कड़ियों में से अहं कड़ी हैं - संवाद। संवाद सृजन प्रक्रिया के साथ जुड़नेवाली कला है। संवादों के माध्यम से कहानी को कथात्मक रूप से संवादात्मक और नाटकीय रूप प्राप्त होता है, जिसका उपयोग अभिनय के दौरान होता है। फिल्मों की व्यावसायिक और कलात्मक सफलता भी तस्वीरों की सूक्ष्मताओं और संवाद के आकर्षक होने पर निर्भर होती है। न केवल भारत में बल्कि विश्व सिनेमा में आरंभिक फिल्में अवाक (बिना आवाज) की थी। इन्हें सवाक (वाणी के साथ, आवाज के साथ) होने में काफी समय लगा।

हालांकि सिनेमा के निर्माताओं की मंशा इन्हें आवाज के साथ प्रदर्शित करने की थी परंतु तकनीकी कमजोरियां और कमियों के चलते यह संभव नहीं हो सका। धीरे-धीरे दर्शकों का और सारी दुनिया का सिनेमा के प्रति आकर्षण उसमें नई-नई खोजों से इजाफा करते गया और फिल्में सवाक बनी और आगे चलकर रंगीन भी हो गई। चित्रों के माध्यम से प्रकट होनेवाली कथा-पटकथा संवाद के जुड़ते ही मानो लोगों के मुंह-जुबानी बात करने लगी। लोग पहले से अधिक उत्कटता के साथ फिल्मों से जुड़ने लगे और विश्वभर में सिनेमा का कारोबार दिन दुनी रात चौगुनी प्रगति करने लगा। फिल्मों के लिए चुनी कहानी को पटकथा में रूपांतरित करने के लिए और पटकथा को संवादों में ढालने के लिए आलग-अलग व्यक्तियों की नियुक्तियां होने लगी। इसमें माहिर लोग पात्रों के माध्यम से अपने संवाद कहने लगे और आगे चलकर यहीं संवाद लोगों के दिलों-दिमाग की बात भी करने लगे। संवादों का फिल्मों के साथ जुड़ते ही फिल्में सार्थक रूप में जीवंत होने की ओर और एक कदम उठा चुकी।

1. संवाद क्या है?

दो या दो से अधिक लोगों के बीच होनेवाली बातचीत, कथोपकथन, चर्चा

और विचार-विमर्श को संवाद कहा जाता है। परंतु फिल्मों में कोई पात्र अपने-आप से भी बातचीत कर रहा है तो संवादों के माध्यम से दिखाया जाता है। फिल्मों मे होनेवाली बातचीत में शब्द होते हैं, शब्दों से वाक्य बनते हैं और वाक्यों के माध्यम से होनेवाला आपसी कथोपकथन संवाद का स्वरूप धारण करता है, यहीं संवाद मनुष्यों के बीच होनेवाले क्रियाकलाप, भावनाओं, विचारों, प्रतिक्रियाओं और इच्छा-आकांक्षाओं को सामने लाते हैं। यह बातचीत सार्थक होती है और उसमें कई अर्थ छिपे होते हैं, जिससे फिल्म के मूल विषय या पात्रों के चरित्र को उभार मिलता है। उपन्यास और कहानी की अपेक्षा फिल्मों में संवादों की अधिक एहमीयत होती है, उसका कारण फिल्मों का दृश्य-श्रव्य माध्यम होना है। कहानी और उपन्यास में पाठक कल्पना करता है कि पात्र संवाद बोल रहा है परंतु फिल्में और धारावाहिकों में चित्र स्वरूप पात्र सीधे संवाद बोलते हैं और उन संवादों का अभिनय के साथ प्रकटीकरण भी होता है। ऐसी स्थिति में पात्र और संवादों की जांच-पड़ताल दर्शक सीधे करने लगते हैं।

’फिल्म में पात्रों द्वारा बोले गए संवाद एक ओर जहां वास्तविक जीवन में बोले गए संवादों के समान होते हैं तो कहीं-कहीं ‘लार्जर दॅन लाइफ’ होते हैं। कम या अधिक पात्रों के बीच भाषा द्वारा अर्थपूर्ण संवाद कभी-कभी भाषा और संकेत का मिला-जुला रूप भी हो सकता है। यदि एक आदमी दूसरे से कुछ पुछता है और दूसरा संकेत द्वारा उसका उत्तर देता है तो यहां संप्रेषण हो जाता है पर दोनों ओर से भाषा का प्रयोग नहीं किया गया है। कहानी में विविध प्रकार के पात्र होते हैं। इन पात्रों की पृष्ठभूमि और स्वभाव भिन्न होता है। यही कारण है विभिन्न पात्रों के संवाद एक-दूसरे से बहुत भिन्न होते हैं। पात्रों के संवादों की विभिन्नता संवाद लेखक के लिए चुनौती होती है। लेखक को न केवल प्रत्येक पात्र की भाषा अथवा बोली बोलने का स्टाइल तय करना पड़ता है बल्कि कहीं-कहीं यह भी सुनिश्चित करना पड़ता है कि फिल्म के आगे बढ़ने के साथ-साथ संवादों में किस तरह का परिवर्तन आएगा।’ फिल्मों की कहानी, पटकथा और संवाद आपस में जुड़े हुए होते हैं। इन तीनों पर अलग-अलग व्यक्ति काम कर रहे हैं तो तीनों को आपसी तालमेल बिठाना पड़ता है और चर्चा के उपरांत कई बार संवादों को अंतिम स्वरूप देना पड़ता है। फिल्म की कहानी पटकथा से चलती है और पटकथा संवादों से बनती है तो दर्शकों को ध्यान में रखते हुए संवाद लिखे जाने चाहिए। कई फिल्मों में कहानी, पटकथा लेखक और संवाद

लेखक एक ही होते हैं और कई फिल्मों में यह कार्य तीन अलग व्यक्ति भी करते हैं। 'साहित्य की विधा में अगर कवि, कहानी नहीं लिख पाए तो कहीं अनर्थ नहीं होगा। क्योंकि हर विधा स्वतंत्र विधाएं हैं। लेकिन दृश्य-श्रव्य माध्यम में कहानी, पटकथा तथा संवाद एक ही बिंब के तीन अंग हैं। अब यह बात अलग है कि कहानीकार अच्छी पटकथा नहीं लिख पाता इसलिए उसे संवाद लेखन का अवसर नहीं दिया जाता किंतु यह विभाजन समर्थनीय नहीं है।' लेखक अपनी कहानी की आत्मा के साथ जुड़ा हुआ होता है, अतः वह फिल्मी तकनीकें सीख जाए तो अच्छी पटकथा लिख सकता है और अच्छी पटकथा के बाद अच्छे संवाद भी लिखे जा सकते हैं। हां अगर जरूरत पड़ रही है तो निर्देशक लेखक के साथ सहायक व्यक्तियों की नियुक्ति कर सकता है। फिल्मी संवादों की विशेषताएं निम्नानुसार बताई जा सकती हैं -

अ. यथार्थवादी,

आ. स्वाभाविक,

इ. सहज,

ई. तर्कसंगत,

उ. सुगठित,

ऊ. प्रभावशाली,

ऋ. संप्रेषणीय,

ऌ. संक्षिप्त आदि।

उपर्युक्त विशेषताएं अगर संवादों में हो तो फिल्में चुस्त-दुरुस्त होती है। दर्शक संवादों को गानों जैसा अपने होठों पर सजा लेते हैं।

2. फिल्मी संवाद के प्रकार

फिल्मी संवादों को चार वर्गों में विभाजित किया है। उन्होंने कहा है कि 'संवादों के माध्यम से न केवल साधारण बातचीत होती है बल्कि भावनाओं और विचारों को भी व्यक्त किया जाता है। परिस्थिति और घटनाओं का ब्योरा दिया जाता है, टिप्पणियां की जाती हैं। संवादों का बहुआयामी स्वरूप उसके प्रकार निर्धारित करने पर बाध्य करता है। संवाद के विविध प्रयोगों के आधार पर संवाद को चार वर्गों में विभाजित किया जा सकता है – (1) सामान्य जानकारी देने या लेनेवाले संवाद, (2) औपचारिक कार्य-व्यापार की सूचना देनेवाले संवाद, (3)

विचार व्यक्त करनेवाले संवाद और (4) भावनाएं व्यक्त करनेवाले संवाद।'

1. सामान्य जानकारी देने या लेनेवाले संवाद – सामान्य जानकारी देनेवाले संवाद सीधे-साधे और सरल होते हैं। इनके माध्यम से केवल जानकारी और सूचनाएं प्राप्त होती है। इसकी भाषा और भाषा में निहित अर्थ दर्शकों की समझ में आसानी से आता है। इसमें कोई अतिरिक्त भाव नहीं होता है। इन संवादों में कोई चमत्कार और टेढ़ापन भी नहीं होता है। कोशिश यह होती है कि दर्शक पात्रों की भाषा को आसानी समझे और भ्रांति पैदा न हो।

2. औपचारिक कार्य-व्यापार की सूचना देनेवाले संवाद – फिल्मों में कई औपचारिक प्रसंग आ जाते हैं जहां संवाद लेखक के लिए समतोल बनाने की आवश्यकता होती है। अदालती भाषा, पुलिस कार्य प्रणाली की भाषा, सरकारी कार्यालयों की भाषा आदि औपचारिक संवादों की श्रेणी में आते हैं और इन संवादों में संवाद लेखक को ऐसी भाषा के निकट पहुंचना पड़ता है। फिल्मों में ऐसी भाषा का इस्तेमाल अगर हो जाए तो फिल्में यथार्थ के अधिक निकट पहुंच जाती है। तीन घंटे तक दर्शक के दिलों-दिमाग पर अगर राज करना है तो कसे हुए संवादों की आवश्यकता है।

3. विचार व्यक्त करनेवाले संवाद – विचार प्रकट करना जटिल कार्य है और इसकी भाषा आमतौर पर परिष्कृत होती है। फिल्मों में अगर परिष्कृत भाषा का प्रयोग किया जाए तो साधारण दर्शक की समझ में नहीं आएगी। अतः संवाद लेखक की यह जिम्मेदारी है कि परिष्कृत भाषा को थोड़ा नरम करते हुए दर्शकों को समझनेवाली भाषा के शब्दों को चुने और फिल्मी विषय तथा प्रसंग के भाषागत नीति-नियम की भी हानी न हो पाए। संवाद लेखक को ऐसे शब्दों का चुनाव करना पड़ता है जो पारिभाषिक न होते हुए भी विचार को व्यक्त करने में सक्षम हो।

4. भावनाएं व्यक्त करनेवाले संवाद – मनुष्य के स्थायी भाव ग्यारह प्रकार के हैं और इनके साथ जुड़कर आनेवाले विभाव, अनुभाव और संचारी भावों की संख्या भी अधिक हैं। अर्थात् विभाव, अनुभाव और संचारी भाव स्थायी भावों को ताकद प्रदान करते हैं और इन भावों को बड़ी सार्थकता के साथ फिल्मी संवादों में इस्तेमाल किया जाता है। फिल्मों में संवादों के माध्यम से मनोभावों को प्रकट करना कठिन और जटिल कार्य

है। हर कहानी और पटकथा में यह भाव सर्वत्र बिखरे पड़े होते हैं और उनको बड़ी सादगी के साथ क्रम से सजाना होता है। संवाद लेखक के लिए चुनौती यह होती है कि सभी फिल्मों मे कम-अधिक मात्रा में यहीं भाव होते हैं तो अभिव्यक्ति करते वक्त कौनसे शब्दों और वाक्यों को चुना जाए। इतनी सारी फिल्में बन रही हैं और उनमें वहीं भाव प्रकट हो रहे हैं तो पुनरावृत्ति होने की संभावनाएं होती है। उससे बचने के लिए भावानुरूप शब्दों का चुनाव और संवाद लेखन कौशल का कार्य माना जाता है।

3. फिल्मी संवाद का कार्य

आरंभिक दौर में फिल्में अवाक थी और बाद में सवाक बन गई। परिवर्तन हुआ आवाज के बिना चलनेवाली फिल्में आवाज के साथ चलने लगी। इंसान को प्रकृति से जितनी भी देनें मिली है, उसमें एक महत्त्वपूर्ण देन है आवाज, और आवाज को इसने अपने काबिलियत के बल पर भाषा में रूपांतरित किया। मनुष्य के लिए अभिव्यक्ति का सर्वश्रेष्ठ साधन है ध्वनि या विविध ध्वनियों से बनती भाषा। कितनी बड़ी विड़ंबना थी कि इंसान को फिल्मों के आरंभिक दौर में अपने सर्वश्रेष्ठ अभिव्यक्ति के साधन को उसमें समाविष्ट करने का मौका नहीं मिला था। बिना आवाज की फिल्मों को देखकर निर्माताओं को भी अधूरापन खल रहा था; अतः फिल्मों को आवाज के साथ प्रस्तुत करने की लगातार कोशिश हो रही थी। जैसे ही फिल्मों के साथ आवाज जुड़ी मानो कोई चमत्कार हो गया और इंसानी सपने को पर लग गए। कहानी के कथन में अड़चन पैदा हो रही थी, वह दूर हो गई और मूकपट बोलपट माना जाने लगा। संवादों के साथ पात्रों का और पात्रों के साथ कहानी की पटकथा, विषय का परिपूर्ण विकास होते गया। मनुष्य कहानियां सुनना और सुनाना पसंद करता है। आरंभ से मंचीय नाटक भी यहीं कार्य करे रहे थे। अब फिल्मों में आवाज और संवाद के जुड़ने से यह कार्य बड़ी सफलता के साथ हुआ और कहानी कहने और सुनने की इंसानी भूख शमने लगी। संवादों के माध्यम से कहानी को गति तो मिलती है ही साथ में फिल्मी पात्रों के चरित्रों का अंकन भी होता है। फिल्मी संवादों का कार्य निम्नानुसार है –

- कहानी को आगे बढ़ाना।
- पात्रों का चरित्र-चित्रण करना।
- वातावरण बनाने में सहायता प्रदान करना।

- कथा के द्वंद्व को आगे बढ़ाना।
- अप्रस्तुत की जानकारी देना।
- संबंधों का चित्रण करना।
- भावों को प्रकट करना।
- विचार प्रकट करना।
- रोचकता निर्माण करना।
- कार्य-व्यापार को सामने लाना।
- फिल्म के विषय को ताकत प्रदान करना।
- जीवन की विविधता और व्यापकता को वाणी देना।
- भाषा को सौंदर्यात्मक अभिव्यक्ति देना।
- व्यंग्य और कटाक्ष को शब्दों के सहारे तीखा बनाना आदि।

4. फिल्मी संवाद और पात्र

फिल्मी संवाद और पात्रों का बहुत नजदीकी संबंध है। पात्र ही संवादों की भाषा पर प्रभाव डालते है। पात्र कौन है? कहां से आया है? उसकी परिस्थिति क्या है? आदि बातें संवादों की भाषा को तय करती है। फिल्म के भीतर पात्र अनाड़ी है और उसके संवादों में परिनिष्ठित भाषा और अंग्रेजी का धड़ल्ले से उपयोग किया जा रहा है तो यह उटपटांग लगेगा। कहानी के मूल लेखक को पता होता है कि उसने वह पात्र कौनसी परिस्थितियों में गढ़ा है। उसकी भाषा से वह भलीभांति परिचित होता है, अतः फिल्मों के संवाद खुद लेखक लिख रहा है तो उसके संवादों में पैनापना आ जाता है। यही कार्य अगर लेखक की जगह पर कोई दूसरा संवाद लेखन करेगा तो उसे सबसे पहले पात्रों की सारी पृष्ठभूमि को जानना पड़ता है। 'संवाद का पात्र से गहरा रिश्ता होता है क्योंकि संवाद पात्र ही बोलते हैं। अच्छे संवाद लेखक अपने पात्रों को जितनी अच्छी तरह जानता है और उनके स्वरूप की जितनी अच्छी कल्पना कर सकता है वह उतने ही अच्छे संवाद लिख सकता है। पात्र का संवाद लेखक से यही आग्रह होता है, 'मैं जैसा बोलता हूं वैसा तू लिख' अच्छा संवाद लेखक स्वाभाविक संवाद लिखता है। 'संवाद लिखने से पहले लेखक को पात्र के बारे में निम्न जानकारी मालूम होनी चाहिए।

- पात्र की उम्र क्या है।
- पात्रों की पारिवारिक पृष्ठभूमि कौनसी है।
- पात्रों की आर्थिक पृष्ठभूमि कौनसी है।
- पात्र शिक्षित है या नहीं।
- पात्र का सामाजिक और सांस्कृतिक परिवेश कौनसा है।
- पात्र की जाति और धर्म कौनसा है।
- पात्र कौन से देश और भौगोलिक स्थान से आता है।
- पात्र का व्यवसाय कौनसा करता है।
- पात्र की पसंदें और विशेष अभिरुचियां कौनसी हैं।
- पात्र का चाल-चलन, भाव-भंगिमाएं और वेशभूषा कैसी है।
- कहानी में पात्र की भूमिका कौनसी है।
- कहानी में पात्र का अन्य पात्रों के साथ संबंध कौनसा है।
- पात्र की स्वभावगत विशेषताएं कौनसी है।

पात्र संवाद नहीं बोलते तो संवाद ही पात्रों की पहचान होते हैं। पात्रों का चरित्र संवादों के आधार पर ही फिल्मों में गढ़ने की प्रक्रिया होती है। इसलिए पात्र और संवादों का रिश्ता बहुत महत्त्वपूर्ण, बहुआयामी और नाजुक होता है। एकाध गलती भी क्षम्य नहीं है। कोई छोटी गलती पात्र के चरित्र को हानी तो पहुंचाती है साथ ही फिल्म की कहानी और विषय को भी चोट पहुंचाती है।

5. फिल्मी संवाद की भाषा

संवाद के प्रकारों के भीतर संवाद की भाषा कैसी होनी चाहिए इस पर चर्चा हो चुकी है उसी चर्चा को यहां आगे बढ़ाया जा सकता है। संवादों की भाषा हमेशा गतिशील होती है और उसका गतिशील होना कहानी के हित में होता है, परंतु संवाद लेखक के लिए इस भाषा को गतिशील रखना एक प्रकार की चुनौती होती है। फिल्मों में आनेवाले पात्र हमारे आस-पास उपलब्ध होते हैं या यूं कहे कि मानवी जीवन की ही कहानियां फिल्मों में होती हैं, तो उसमें भाषाई प्रयोग भी उन पात्रों के अनुकूल ही होता है। संवादों की भाषा सबके लिए संप्रेषणीय होनी चाहिए क्योंकि फिल्में और धारावाहिकों को व्यापक जनसमुदाय देखता है और इस जनसमुदाय को वह समझ में आनी चाहिए। भाषा में सुगमता और

सर्वग्राह्यता भी आवश्यक है। संवादों की स्वाभाविक भाषा लेखक की नहीं तो पात्रों की होती है। फिल्मी संवाद की भाषा को निम्न आकृति के आधार पर स्पष्ट किया जा सकता है।

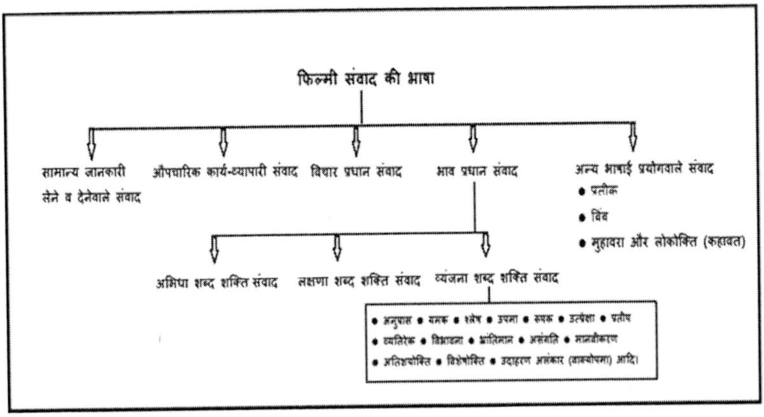

सामान्य जानकारी देने या लेनेवाले संवाद, औपचारिक कार्य-व्यापार की सूचना देनेवाले संवाद, विचार व्यक्त करनेवाले संवाद और भावनाएं व्यक्त करनेवाले संवाद यह चार संवादों के प्रमुख प्रकार हैं और इन प्रकारों के अनुरूप फिल्मों की भाषा बनती है। संवादों के प्रकारों में इसका विश्लेषण हो चुका है, अतः पुनरावृत्ति को रोकने के लिए यहां पर उसकी चर्चा नहीं कर रहे हैं। यहां जो अन्य बातें हैं उस पर संक्षेप में चर्चा कर सकते हैं जिसके भीतर भाव प्रधान संवाद और अन्य भाषाई प्रयोगवाले संवाद फिल्मों में सौंदर्य निर्माण करने का कार्य करते हैं।

फिल्मों में भावनाएं होती हैं और मनुष्य के ग्यारह प्रकार के स्थायी भाव – प्रेम (रति), उत्साह, हास, शोक, क्रोध, भय, घृणा (जुगुप्सा), विस्मय, निर्वेद (शम), श्रद्धा और वत्सलता का फिल्मों में अंकन होता है। इन भावों के अनुकूल शब्दों का चुनाव अत्यंत आवश्यक होता है। इन भावों के प्रकटीकरण के लिए संवाद लेखक अभिधा, लक्षणा और व्यंजना शब्द शक्ति का इस्तेमाल करते हुए संवाद लेखन करता है। व्यंजना शब्द शक्ति के भीतर अलंकारिक भाषा का भी उपयोग होता है। परंतु इन सारी विशेषताओं को संवाद की भाषा के साथ जोड़ते वक्त इस बात का ध्यान रहे कि संवाद स्वाभाविक, सरल और पात्रानुकूल बने। अतिशयता और अतिरंजितता विषय को खतरा पैदा कर सकती है।

♦ ***प्रतीक –*** *'संवाद की भाषा में प्रतीक का प्रयोग अभिव्यक्ति के स्तर को बहुत ऊपर उठा देता है। किसी भाव या विचार को बहुत प्रभावशाली ढंग से बताने के लिए प्रयोग में लाए जाते हैं। प्रतीक आमतौर पर जनसाधारण में प्रचलित हैं और उनका संवाद में प्रयोग बहुत सरलता से पूरा संदेश प्रेषित कर देता है। मुख्य रूप से प्रतीक की विशेषताएं ये हैं कि वह अप्रस्तुत को प्रस्तुत कर देते हैं। मन में तुरंत किस भावना का संचार होता है। प्रतीक प्रायः अपने देश की संस्कृति, सभ्यता और इतिहास से प्रेरित होते हैं। प्रतीक बनने की प्रक्रिया लगातार जारी रहती है। प्रतीक के प्रयोग से न केवल वाक्य में नयापन आता है बल्कि उसका प्रभाव बढ़ जाता है।'*

उदाहरण मेरे दोस्त के घर में महाभारत शुरू है। एक भाई भीम की तरह कौरव सेना पर टूट पड़ा है। यहां पर महाभारत, भीम, कौरव सेना आदि भाषाई प्रयोग प्रतीक है।

♦ ***बिंब –*** *फिल्में देखी जाती है अर्थात् वह दृश्य माध्यम है। फिल्मों में दृश्य स्वरूप में बिंबों को चित्रित किया जाता है। फिल्मों में यह अत्यंत प्रभावी प्रयोग है। बिल्कुल कम शब्दों में फिल्मी संवाद के भीतर बिंबों की सहायता से ताकत आ जाती है। फिल्मों में जहां दृश्य बिंब बनाना संभव नहीं वहां शब्द बिंबों की मदत ली जाती है। इसके कारण भावनाएं अधिक प्रभावशाली बन जाती है, संवादों में ताजगी और जीवंतता आती है।*

उदाहरण खेत में काम करने के बाद अगर परिवार के सदस्य थक चुके हैं तो होनेवाले संवाद की भाषा में बिंबों का इस्तेमाल किया जाए तो इस प्रकार संवाद बनेगा – 'मैं आज चुर-चुर हो गया हूं। क्या मेरे माता-पिता भी इसी प्रकार चुर-चुर हो गए होंगे। आज जैसे लग रहा है सारा शरीर चक्की में डालकर पिसा गया हो। क्या मां भी ऐसा ही महसूस कर रही होगी।'

♦ ***मुहावरा और लोकोक्ति (कहावत) -*** *'भाषा में मुहावरों के माध्यम से सटीक और प्रभावी अभिव्यक्ति होती है। किसी प्रसंग या अभिव्यक्ति विशेष के संबंध में शताब्दियों से संचित अनुभव मुहावरों के रूप में स्थापित हो गए हैं। मुहावरों के माध्यम से न केवल सटीक बात कही जाती है बल्कि मुहावरे ऐसे बिंब भी बनाते हैं जो श्रोता को सरलता से गहराई तक ले जाते हैं। बोल-चाल की भाषा में मुहावरों का इस्तेमाल अक्सर*

किया जाता है। मुहावरे संवाद की भाव प्रधान भाषा में बहुत उपयोगी साबित होते हैं। लेकिन यह देखना आवश्यक है कि मुहावरा पूरे प्रसंग में सटीक बैठता हो और सिनेमा का दर्शक समुदाय उसे अच्छी तरह समझता हो। संवादों में मुहावरों का प्रयोग बहुत सोच-समझकर उचित स्थान पर ही करना चाहिए। मुहावरों की तरह लोकोक्तियां भी शताब्दियों से बोल-चाल की भाषा का हिस्सा हैं। लोकोक्तियां जीवन के कार्य व्यापार से संबंधित अनुभव आधारित अभिव्यक्तियां हैं, जो प्रायः सर्वमान्य हैं। मतलब यह कि उनके द्वारा व्यक्त किया गया मत प्रायः स्वीकार किया जाता है। मुहावरा कुछ शब्दों का समूह माना जाता है, जो एक साथ मिलकर अभिव्यक्त होते हैं। मुहावरों का सीधा अर्थ न होकर कोई और लक्षित अर्थ होता है। मुहावरें जब वाक्य में प्रयोग किए जाते हैं तब शब्दों को नया आयाम मिलता है। मुहावरों के शब्दों को समान्यतः बदला नहीं जाता क्योंकि ऐसा करने से उनका प्रभाव नष्ट होता है। लोकोक्तियां प्रायः वाक्य जैसी होती है। उनमें कोई अनुभव जनित सच्चाई छिपी होती है। लोकोक्तियां छोटी होती हैं। भाषा सरल होती है। इनमें लोकजीवन के तत्त्व भी होते हैं। लोकोक्तियों का प्रयोग वाक्य में नहीं किया जाता, इन्हें उदाहरण के तौर पर कहां जाता है।'

उदाहरण - *उंगलियों पर नचाना (मुहावरा)* – किसी को पूरी तरह अपने काबू में कर लेना। फिल्मों में कोई पात्र दूसरे पात्र के दिमाग और मन पर हांवी हो गया हो तो इस मुहावरे का इस्तेमाल हो सकता है।

उदाहरण - *तलवे चाटना (मुहावरा)* – बहुत खुशामद करना, चापलुसी करना। फिल्मों में कोई पात्र अपने लाभ के लिए या भय से दूसरे पात्र की बहुत खुशामद कर रहा है, चापलुसी कर रहा है तो इस मुहावरे का इस्तेमाल हो सकता है।

उदाहरण - *अकल बड़ी की भैंस (लोकोक्ति)* – बुद्धिमानी सबसे बड़ी ताकत है। बुद्धि और ताकत के इस्तेमाल से कोई काम किया जा रहा है और उस प्रसंग में सफलता बुद्धि के बल मिल जाए तो इस लोकोक्ति का इस्तेमाल होता है।

उदाहरण - *आम के आम गुठलियों के दाम (लोकोक्ति)* – किसी काम से दोहरा फायदा होना। पर्यावरणीय संदेश देनेवाली फिल्म में पेडों को लगाने का आवाहन किया है और ऐसी स्थितियों में लोगों ने ऐसे पेड़ लगाए जो पर्यावरणीय संरक्षण करते हैं और फल भी देते हैं तो यहां पर इस लोकोक्ति का उपयोग हो

सकता है।

5. फिल्मी संवाद, ध्वनि प्रभाव और आंगिक भाषा

फिल्मी संवाद, ध्वनि प्रभाव और आंगिक भाषा का तालमेल अगर बैठ जाए तो फिल्में चार चांद लगा देती है। दर्शकों के दिलों पर राज करती है। विश्वभर की फिल्मों में इनका तालमेल बिठाकर उत्कृष्ट निर्मिति का प्रयास होता है। 'शब्दों की बेजोड़ अभिव्यंजना जिसे लोग गीतों की तरह गुनगुनाए और फिल्म के वहीं लफ्ज उसके अमरता की गाथा को बयां करें, जिसमें शामिल हो पूरी फिल्म की रूपरेखा या संवाद ऐसे शब्दों का गुलदस्ता होता है जिसे दर्शकों की जुबां मिलती है। सिनेमा के सौ वर्षों के इतिहास में हजारों फिल्में रूपहले पर्दे पर नजर आईं लेकिन उनमें से कुछ के संवाद दशकों गुजरने के बाद भी आम आदमी की जुबां पर हैं। शब्दों की यही अविस्मरणीय सजावट जिसकी आहट भी कान के पर्दे पर पड़ते ही पूरी पृष्ठभूमि को सामने ला देता है।' इसका अर्थ यह है कि फिल्मी संवाद विशिष्ट ध्वनि प्रभाव से आंगिक भाषा के साथ अभिनय रूप में पर्दे पर उतरे तो वह फिल्मों की सफलता का मानक बनती है। संवादों की प्रस्तुति से अभिनेताओं की आवाज तथा उच्चारण से अर्थों के नए द्वार खुल जाते हैं। एक ही शब्द को कई तरह से प्रस्तुत करते हुए अभिनेता शाब्दिक सौंदर्य से फिल्मों को अभिभूत करते हैं।

संवाद लेखक द्वारा लिखे फिल्मी संवादों को अधिक प्रभावी बनाने के लिए उसकी पृष्ठभूमि में अन्य प्रतीकात्मक आवाजों को जोड़ा जाता है तब उसे ध्वनि प्रभाव कहा जाता है। उदा. कौओं की आवाज, बिल्ली की आवाज, बादल का गरजना, रेल की खड़खड़ाहट, तूफान, समंदर की आवाज, कुत्ते का भौंकना आदि आवाजें संवादों में ध्वनि प्रभाव के साथ जोड़ दी जाती है। अर्थात् संवाद और विभिन्न ध्वनि प्रभावों के साथ अभिनेताओं का आंगिक अभिनय एक-दूसरे से जुड़ी कड़ियां है। 'आंगिक भाषा एक विकसित ज्ञान है। अभिनय में आंगिक भाषा का विशेष महत्त्व है और प्रमुख रूप से यह अभिनय का ही विषय है लेकिन पटकथाकार को इसका ज्ञान होना आवश्यक है। आंगिक भाषा शब्दविहीन संप्रेषण का माध्यम है जो शरीर के विभिन्न अंगों, चेहरे के भावों तथा आंखों की गति से किया जाता है। कहा जाता है कि मनुष्य के संप्रेषण में आंगिक भाषा की हिस्सेदारी पचास प्रतिशत से अधिक होती है। आंगिक भाषा से पात्र की मनोदशा, उसका संभावित व्यवहार, प्रतिक्रियाएं और जिज्ञासाएं सामने आती हैं।

पात्र की भावनाओं को आंगिक भाषा प्रभावशाली बनाती है। आंगिक भाषा प्रायः उंगलियों, सिर के हिलने, हाथों की गति से उत्पन्न होती है। आंखों, होठों, जबडों, तथा चेहरे की मांसपेशियों को गति देने से भी आंगिक भाषा बनती है।' फिल्मी संवाद, ध्वनि प्रभाव और आंगिक भाषा का तालमेल बिठाते वक्त निम्न बातों का विशेष ध्यान रखें –

♦ संवाद के साथ कुछ अतिरिक्त ध्वनियां संवाद को अधिक प्रभावशाली बनाती है।

♦ संवाद को अधिक प्रभावशाली बनानेवाली ध्वनियां प्राकृतिक या मॅकेनिकल (यांत्रिक) ध्वनि भी हो सकती है।

♦ आंगिक भाषा शब्दविहीन संप्रेषण का माध्यम है जो शरीर और चेहरे की गति से संपन्न होता है।

♦ फिल्म और टी. वी. में आंगिक भाषा का महत्त्व बढ़ रहा है।

♦ कभी-कभी संवाद का उत्तर आंगिक भाषा से दिया जाता है।

♦ आंगिक भाषा संप्रेषण को सरल बनाने का कार्य करती है और संवादों में स्वाभाविकता आती है।

प्रारंभिक फिल्में अवाक थी। उनके साथ कोई संवाद नहीं था। चित्रों और अभिनय के माध्यम से फिल्म के कहानी को समझना पड़ता था। परंतु जैसे ही फिल्मों के साथ संवाद जुड़े तो सिनेमाघरों में तहलका मचने लगा। लोगों के दिलों-दिमाग की बातें संवादों के माध्यम से पर्दे पर साकार होने लगी। संवादों के जुड़ने से सिनेमा पहले से ज्यादा जीवंत हो गया। कहानीकार, पटकथा लेखक और संवाद लेखक की त्रयी सिनेमा को और अधिक प्रभावशाली बनाने में कामयाब हो गई। हालांकि संवादों का अस्तित्व हमारे कहानियों में पहले से मौजूद था अड़चन थी उसे तकनीकी तौर पर फिल्मों के साथ जुड़ने की। संवाद जब तकनीकी तौर पर सिनेमा से जुड़े तब अभिनय, चित्र और सिनेमा भी सार्थक बन गया। पात्रों के बीच चलनेवाले संवाद मनुष्य के विविध भावों को और मनोदशाओं को पर्दे पर सफलता के साथ प्रदर्शित करने में सफल हो गए हैं।

फिल्म में कैमरे का महत्त्व

फिल्म के निर्माण की अनेक महत्त्वपूर्ण कड़ियों में से दो अहम कड़ियां हैं - कैमरा और संवाद। यह दोनों कड़िया अलग-अलग है, अतः यहां पर इनका स्वतंत्र विवेचन भी जरूरी है। कैमरा तकनीकी कला है और संवाद सृजन प्रक्रिया के साथ जुड़नेवाली कला है। संवादों के माध्यम से कहानी को कथात्मक रूप से संवादात्मक और नाटकीय रूप प्राप्त होता है, जिसका उपयोग अभिनय के दौरान होता है। कैमरा एक यंत्र है, परंतु उसकी सहायता से कैमरामैन ऐसी तस्वीरों को खिंचता है जो जीवंत होकर परदे पर धूम मचाती है। संवादों के साथ प्रत्येक हलचल को अपने भीतर समेटता कैमरा दर्शकों की तीसरी आंख बनकर उभरता है। फिल्मों की व्यावसायिक और कलात्मक सफलता भी तस्वीरों की सूक्ष्मताओं और संवाद के आकर्षक होने पर निर्भर होती है।

फिल्म में कैमरा का काम शूट किए जा रहे प्रत्येक दृश्य को दृश्यांकित करना होता है। इसे चलाने के लिए निपुण और कुशल कैमरामन की जरूरत होती है। कैमरा का आधुनिक तकनीक से लदे होना, विशिष्ट एंगल के तहत चलना और कैमरामन का कार्य निर्देशक की सूचनाओं का पालन करते हुए उनके मन में उठती तस्वीर को साकार रूप देना है। पिछले पाठ में लिखा है कि दुनिया में बहुत अच्छे निर्देशकों ने फिल्मी दुनिया में अपनी आरंभिक शुरुआत कैमरामन से की है। उसका कारण यह है कि कैमरामन आधा दर्शक और आधा निर्देशक बनकर अपनी सोच को आगे बढ़ाता है और तस्वीरों को विविध कोणों से खिंचने की कोशिश करता है। दुनिया में कैमरा (सिनेमॅटोग्राफी) इस मशिन ने ही फिल्म निर्माण की प्रेरणा दी है। यहीं वह यंत्र है जो लेखक या पटकथा लेखक की कहानी को, छोटे-छोटे दृश्य, घटनाओं और प्रसंगों को पुरजों मे इकठ्ठा करता है। आगे चलकर वहीं पुरजें संपादकों के टेबल पर विविध प्रक्रियाओं के तहत संपादित होते हैं, जुड़ते हैं, विविध जगहों से कट होते हैं और ढाई-तीन घंटे की एक फिल्मी कहानी में उतरते हैं। आजकल बाजार में विविध

प्रकार के बहुत अच्छे और कम कीमत में कॅमरे मिल जाते हैं जो दृश्यों को शूट करने का काम कर सकते हैं। लोगों के पास मोबाईल है और मोबाईल में भी अच्छे पिक्सल के कॅमरे बिठाए जाते हैं, जो फोटो तो खिंचते ही है साथ ही ऐसे कई दृश्यों को शूट कर सकते हैं जो एक फिल्म का रूप देने में सक्षम होते हैं। हां उसकी स्तरीयता और पिक्चर कॉलिटी कमजोर हो सकती है परंतु यह ध्यान रहे कि आरंभिक दौर में केवल हिलती-डूलती तस्वीरों को देखने के लिए लोगों की भीड़ उमड़ पड़ती थी।

1. कैमरा और कैमरामन का महत्त्व

फिल्मों में जो स्थान कहानी और लेखक, पटकथा और पटकथा लेखक, निर्देशन और निर्देशक का होता है वही स्थान कैमरा और कैमरामन का होता है। श्याम-श्वेत (ब्लॅक-व्हाईट) सिनेमा का दौर खत्म हुआ है, अब रंगीन फिल्में लोगों के सपनों को और रंगीन कर रही है। फिल्मी दुनिया में जो सबसे अधिक चौकानेवाले परिवर्तन हुए हैं उसमें सबसे पहले फिल्में बनना यानी दृश्यों का हिलती-डुलती फिल्म बनना, दूसरा अवाक से सवाक होना यानी मूक फिल्मों से बोलती फिल्मों में रूपांतरित होना और तीसरा श्याम-श्वेत से रंगीन बनना है। इन तीन परिवर्तनों में से दो परिवर्तन कैमरा के साथ जुड़ते हैं। अर्थात् फिल्मों में कैमरा का महत्त्व बहुत अधिक हैं। विनोद भारद्वाज लिखते हैं कि 'पिछले कुछ सालों में मुंबईया सिनेमा में कैमरामन का महत्त्व बढ़ा है। निर्देशक, अभिनेता-अभिनेत्री, संगीतकार, गीतकार आदि को शुरू से ही प्रचार मिलता रहा है पर अब कैमरामन, नृत्य निर्देशक और एक्शन निर्देशक का भी केंद्रीय महत्त्व हो गया है। खास तौर से कैमरामन की भूमिका को लंबे समय बाद उसका समुचित सम्मान मिल पा रहा है। अनेक अच्छे कैमरामन अब निर्देशन की दुनिया में भी पर्याप्त सफलता पा रहे हैं।

दरअसल किसी भी अच्छी फिल्म में निर्देशक और कैमरामन में तालमेल की बहुत जरूरत होती है। मिसाल के लिए स्वीड़न के महान फिल्मकार बर्गमॅन और उनके कैमरामन स्वेन निकविस्ट की जोड़ी ने सिनेमाई भाषा को एक नई प्रतिष्ठा दिलाई थी। निकविस्ट ने बर्गमॅन की फिल्मों के मनोवैज्ञानिक मूड़ को अच्छी तरह समझकर लाइटिंग, कंपोजीशन, कैमरा मूवमेंट आदि को उस मूड़ के अनुकूल बनाया था। रूसी फिल्मकार तारकोवस्की (जिन्हें 'फिल्म निर्देशकों का निर्देशक' कहा जाता है) की अंतीम फिल्म 'द सॅक्रीफाइस' के कैमरामन भी

निकविस्ट ही थे। निकविस्ट की कला का बड़ा रहस्य यही है कि वह तकनीकी चमत्कारों को कम-से-कम महत्त्व देकर अभिव्यक्ति और मनोवैज्ञानिक मूड़ को केंद्रीय स्थान देते रहे हैं।' कुलमिलाकर कहा जा सकता है की पटकथा के भीतर उतरते भावों का अभिनेताओं के चेहरे पर अभिनय में व्यक्त होना और उसे कैमरा की सहायता से पकड़ में लाना कैमरामन का कार्य है। इस कार्य की पूर्ति करने के लिए उसकी एहमीयत भी बहुत अधिक है।

आज-कल हमारे सामने जिस खूबसूरती के साथ फिल्में पेश हो रही हैं वह कैमरामन का ही कमाल माना जा सकता है। क्लासिकल और आर्ट फिल्मों में पात्रों के भावों को उजागर करने का कार्य कैमरामन ही करता है। सत्यजीत राय ने 'पथेर पांचाली' और 'चारुलता' जैसी फिल्मों में सुब्रत मित्र के कैमरा कमाल का इस्तेमाल किया है। दक्षिण की फिल्मों में शाजी एस. करुण और रवि वर्मा इन दो कैमरामनों का नाम बड़े आदर के साथ लिया जाता है। आर. के. फिल्म के निर्देशक राजकपूर ने राधू करमारकर के कैमरामन के नाते प्राप्त खूबियों का लाभ उठाते हए दर्शकों के दिलों पर राज किया है। 'आवारा', 'श्री 420', 'जागते रहो', 'जिस देश में गंगा बहती है', 'संगम', 'मेरा नाम जोकर', 'बॉबी', 'प्रेम रोग', 'सत्यम् शिवम सुंदरम्', 'राम तेरी गंगा मैली', 'हिना' आदि फिल्में आर. के. फिल्म प्रोड़क्शन के तहत राजकपूर ने बनाई और इसके मुख्य कैमरामन की जिम्मेदारी राधू करमारकर की रही है। कम साधनों और कम तकनीकों के चलते विविध प्रयोग करता यह अद्भुत प्रतिभासंपन्न कैमरामन राजकपूर के लिए बहुत अधिक प्रिय इसलिए था कि वह उनके मन के चित्रों को परदे पर लेकर आने में सक्षम था। 'श्याम बेनेगल ने गोविंद निहालानी का शुरू में कैमरामन के रूप में अच्छा इस्तेमाल किया था। 'भूमिका' में गोविंद निहालानी कैमरामन थे। बाद में 'आक्रोश' से वह एक निदेर्शक के रूप में प्रतिष्ठित हो गए।'

2. कैमरा एंगल

जब फिल्म कैमरा या विड़ियो कैमरा से एक शॉट या फोटोग्राफ लेने के लिए कैमरा को किसी विशिष्ट स्थान पर रखा जाता है तब उसे कैमरा एंगल कहते हैं। एक शॉट, एक साथ, एक समय पर कई एंगल्स से लिया जा सकता है। इससे अलग अनुभवों या कभी-कभी अलग भावनाएं दिखाई जा सकती हैं। हर कैमरा एंगल से दर्शकों पर एक अलग प्रभाव पैदा किया जा सकता है।

इसके अलावा भी कुछ और रस्ते होते हैं जिनसे कैमरा संचालक ऐसे प्रभाव पैदा कर सकता है।

3. एंगल्स और उसका प्रभाव

पटकथा, कहानी और फिल्म के विषयवस्तु तथा शॉट के विषय को ध्यान में रखते हुए कैमरा कहां रखा हुआ है इस बात से भी दर्शकों के विषय को देखने के नज़रिए पर असर पड़ता है। कैमरा एंगल कई प्रकार के होते हैं, जैसेः हाई-एंगल शॉट, लो-एंगल शॉट, बर्ड्स-आय व्यू और वर्म-आय व्यू। एक स्पष्ट दूरी और एंगल जिससे कैमरा में दिखाई देता है अथवा रिकॉर्ड किया जाता है उसे व्यू पॉइंट कहते हैं। आय-लेवल शॉट और पॉइंट ऑफ़ व्यू शॉट भी कुछ कैमरा एंगल्स के प्रकार हैं।

अ. हाई-एंगल शॉट - हाई-एंगल शॉट वो होता है जिसमे कैमरा विषयवस्तु से ऊपर रखा हुआ हो और उसे निचे झुक के देख रहा हो। हाई-एंगल शॉट विषयवस्तु को छोटा, कमज़ोर और भेद्य देखता है।

आ. लो-एंगल शॉट - लो-एंगल शॉट विषयवस्तु को नीचे से ऊपर की ओर देखता है, जहा कैमरा विषयवस्तु के नीचे रखा होता है जिससे विषयवस्तु शक्तिशाली या धमकानेवाली दिखाई देती है।

इ. बर्ड्स आय शॉट – बर्ड्स आय शॉट या बर्ड्स आय व्यू शॉट्स दृश्य के ऊपर से लिए जाते हैं ताकि परिदृश्य को स्थापित किया जा सके।

ई. वर्म आय व्यू शॉट - जब दर्शकों को यह महसूस कराना हो कि वे पात्र को काफी नीचे से देख रहे हैं तब उसे वर्म आय व्यू कहा जाता है, ये अक्सर छोटे बच्चे या किसी पालतू जानवर के व्यू को दिखने के लिए उपयोग किया जाता है।

कैमरा के एंगल को चुनते वक़्त यह ध्यान में रखना चाहिए की हर एंगल का एक अलग प्रभाव होता है, इसलिए इनका उपयोग सीन अथवा फिल्म के संदर्भ को ध्यान में रखकर करना चाहिए। अर्थात् कैमरामन का कौशल होता है कि कैमरा के एंगल कैसे बनाए जाए और कौनसे दृश्यों को विषय के अनुरूप कहां से शूट करना चाहिए।

4. शॉटस् के प्रकार

शॉट्स के विभिन प्रकार होते हैं जो इन एंगल्स के इस्तेमाल से काम में

लाए जा सकते हैं। शॉट्स का सीधा अर्थ एक दृश्य को कैमरा रोल करते हुए लगातार पूर्ण रूप से शूट करना है। शूट करने की प्रक्रिया और दृश्यांकन के विविध आयामों के तहत शॉट्स के कई प्रकार बनते हैं।

***अ. एक्सट्रीम लॉंग शॉट* -** एक्सट्रीम लॉंग शॉट जो विषयवस्तु के बहुत दूर से रिकॉर्ड किया जाता है और कभी कभी तो इसमें विषय दिखाई भी नहीं देता है। एक्सट्रीम लॉंग शॉट ज़्यादातर हाई एंगल से लिया जाता है, ताकि दर्शकों को नीचे के सीन की सारी स्थिति दिख सकें। एक्सट्रीम लॉंग शॉट ज़्यादातर किसी भी सीन के शुरुआत में उपयोग किया जाता है खास कर उसे स्थापित करने के लिए या फिर वर्णनात्मक रूप से सीन की व्यवस्था दर्शकों को दिखने के लिए उपयोग किया जाता है।

***आ. आय-लेवल या पॉइंट ऑफ़ व्यू शॉट* -** ज़्यादातर शॉट्स आमतौर पर आय-लेवल या पॉइंट ऑफ़ व्यू शॉट होते हैं, हालांकि किसी भी शॉट को किसी भी एंगल से लेना संभव है। लॉंग शॉट में विषयवस्तु को दिखाया जाता है, किंतु शॉट की सेटिंग ऐसी होती है कि पिक्चर फ्रेम विषयवस्तु पर हावी होती है।

***इ. मीड़ियम-शॉट* -** मीड़ियम-शॉट में विषयवस्तु और सेटिंग्स का बराबर महत्त्व होता है और दोनों ही फ्रेम में समान महत्त्व रखते हैं। इससे अलग जब मीड़ियम-शॉट में केवल पात्र पर ध्यान या जोर देना होता है तब पात्र को कमर से ऊपर तक दिखाता है, तब वह मिड़-शॉट होता है।

***ई. मीड़ियम क्लोजअप शॉट* -** मीड़ियम क्लोजअप शॉट वो होता है जिसमें पात्र को छाती से ऊपर तक दिखाया गया हो। क्लोजअप में किसी खास विशेषता या विषय के हिस्से से पूरा फ्रेम भर जाता है, जैसे कि अगर एक फ्रेम में केवल पात्र का चेहरा ही दिखाया गया हो।

***उ. एक्सट्रीम क्लोजअप शॉट* -** आखिर में एक्सट्रीम क्लोजअप शॉट आता है, इसमें केवल पात्र के किसी एक शारीरिक हिस्से ने पूरा फ्रेम भरा हुआ होता है, जैसे कि आंखें, हाथ या कोई और हिस्सा। ये सभी शॉट किन्हीं भी पूर्वकथित कैमरा एंगल्स के साथ उपयोग किए जा सकते हैं। (ई-संदर्भ) इन शॉट के अलावा समय और परिस्थिति के अनुरूप अन्य भिन्न एंगल से भी दृश्यांकन होता है, परंतु फिल्मों में मूलभूत शॉटस् के इन्हीं प्रकारों का प्रयोग होता है।

5. सिनेमॅटोग्राफी विज्ञान है या कला?

सिनेमॅटोग्राफी विज्ञान है या कला? इस प्रश्न का सीधा उत्तर यह है कि सिनेमॅटोग्राफी करना कला है और इस तंत्र के वैज्ञानिक ज्ञान की सूक्ष्मताओं को हासिल करना, कैमरा तकनीक सीखना विज्ञान है। यहां राधू करमाकर जी की किताब 'कैमरा मेरी तीसरी आंख' के अंशों को जैसे के वैसे दे रहे हैं जिसमें सिनेमॅटोग्राफी विज्ञान है या कला पर प्रकाश डाला है।

'कैमरामन एक मंहगे आधुनिकतम यंत्र 'मुवी कैमरा' का इस्तेमाल करता है और फिर प्रकाश सहायता से तीसरी आंख अथवा कैमरा के जरिए प्रकाश चित्रकारी करता है। इसे वह किस तरह अंजाम देता है और निर्दिष्ट सांसारिक कर्म से ऊपर उठाकर उसे किस तरह एक सौंदर्य कृति में तब्दील कर देता है, इसका रहस्य कला की दुनिया में है। निर्देशक के विजन को सिनेमॅटोग्राफर सेलूलाइड़ पर उतारते हैं। कैमरा के कोणों का विवेकपूर्ण उपयोग करके वे अभिनेता और अभिनेत्रियों को ग्लॅमरस बना देते हैं। ये वे लोग होते हैं जो कला निर्देशकों की कलाकारियों, मेकअपमॅनों के हुनरो, कॉस्ट्यूम डिजाइनरों की सृजनात्मकता को आंदोलित करते हैं और फिर अंत में संगीत निर्देशकों की धुनों, नृत्य निर्देशकों के नृत्य दृश्यबंधों और फाइट कंपोजर के मारामारी के हैरतअंगेजी कारनामों को सेलूलाइड़ पर साकार करते हैं। कैमरा, फिल्म टेक्नॉलॉजी तथा फिल्म से जुड़े दूसरे क्षेत्र में हुई बेहिसाब तरक्की के हिसाब से सिनेमॅटोग्राफर को नए-नए प्रयोगों से परिचित रहना पड़ता है। 'श्याम और श्वेत फोटोग्राफी में प्रकाश और अंधेरे की छायाएं होती है। लेकिन रंगीन फिल्मों के आने से विभिन्न रंग आभाओं रंगतों का इस्तेमाल सुरुचि और कल्पनाशीलता से करने की जरूरत है। रंगों और प्रकाश के प्रयोग करने की संवेदनशीलता एक अच्छे कैमरामन में होनी चाहिए जिससे उसके काम को एक टैक्सचर मिले जिसे अनुभूति के स्तर पर महसूस किया जा सके। उसके काम में ऐसा पेशेवराना स्पर्श हो जिससे दृश्य के पीछे छीपे विचार को समझने में दर्शकों को सहायता मिले।

महान रुसी निर्देशक सेरजई आइंजेस्टाइन का कहना है कि कलर स्क्रीन ऐसा होना चाहिए जिसमें बिंब और कथ्य, नाटक और एक्शन तथा संगीत का रंगों के साथ स्वाभाविक संबंध दिखाई दें। ऐसे स्क्रीन को बनाने के लिए हर सिनेमॅटोग्राफर को सौंदर्यशास्त्र का अध्ययन अवश्य करना चाहिए ताकि प्रकाश

और रंगों की बारीक छटाओं का वे कुशलतापूर्वक प्रयोग कर सकें। सौंदर्यशास्त्र एक ऐसा ज्ञान है जो ऐतिहासिक रूप से निर्धारित मानवीय मूल्यों के सारे तत्त्वों को, उनके सृजन, बोध, रसास्वादन और समावेशकता से जुड़ा है। समाज की सौंदर्य दृष्टि को बदलने की यह एक ऐसी प्रणाली है जिसका प्रभाव मनुष्य की संपूर्ण भौतिक और सांस्कृतिक क्रियाकलापों पर पड़ता है।

जन्मजात प्रतिभा, स्वनिर्मित उच्च मानदंड, अध्यवसाय, कड़ी मेहनत और हुनर के बिना कला संभव नहीं है। ये सभी आवश्यक और अपरिहार्य गुण निरर्थक है, अगर दुनिया के बारे में कलाकार के पास अपनी कोई कलात्मक सोच नहीं है, उसके बारे में निजी दृष्टिकोण नहीं है और सौंदर्य के सिद्धांतों को बिंबों में बदलने की उसके पास सुसंगत प्रणाली नहीं है। एक कलाकार की विश्वदृष्टि उधार ली गई सच्चाइयों का कुल जोड़ नहीं होती बल्कि जिंदगी, प्रकृति और समाज को देखने, मानवीय संस्कृति को आत्मसात करने और संसार के प्रति संचित दृष्टिकोणों पर आधारित जिंदगी से पैदा होती है। विश्वदृष्टि केवल प्रतिभा और हुनर को ही रास्ता नहीं दिखाती बल्कि यह स्वयं भी सृजन की गत्यात्मक प्रक्रिया से प्रभावित होकर अपना ग्रहण करती है।

सृजन कार्य और इसके समझने के नियम साथ-साथ चलते हैं। शेक्सपियर, माइकेल एंजेलो, टॉलस्टाय, द विंची केवल महान कलाकार ही नहीं थें, वे महान प्रयोगधर्मी और अन्वेषक भी थे। कला के प्रति अभिरुचि विकसित करने के लिए सौंदर्यशास्त्र आवश्यक है। महान कलाकार वह है जो सृजन की स्थापित सीमाएं लांघता है जबकि एक कलाकार सभी नियमों का, खासतौर पर मूल नियमों तक को तोड़ नहीं पाता है। कला में सृजनात्मकता ही जिंदगी पैदा करती है, अन्यथा यह निष्प्राण और नीरस हो जाए। कैमरा एक ऐसा यंत्र है जो कॅमरे की कला को ही उद्घाटित नहीं करता बल्कि प्रकाश, रंग और जिंदगी की बारीक अर्थछटाओं को भी आंकता जाता है। आधुनिक टेक्नॉलॉजी सुंदरता के प्रति मनुष्य की धारणा को बदलती है।' अर्थात् विज्ञान, तकनीक, प्रकाश और रंग के सहारे इस्तेमाल में आनेवाली कला के नाते सिनेमॅटोग्राफी को देखा जा सकता है।

6. चित्रकारिता और रंगोत्सव

कैमरा से फिल्मों का दृश्यांकन करना एक प्रकार की चित्रकारिता है। जब फिल्में ब्लॅक-व्हाईट थी तब दो रंगों की सहायता से ही पात्रों की मनोदशा का

अंकन किया जाता था। परंतु फिल्में जैसे ही रंगीन हो गई तो भावों के प्रकटीकरण के लिए अनेक रंगों के पर्याय उपलब्ध हो गए और मानो फिल्में एक प्रकार से रंगों का उत्सव ही मानी जाने लगी। इन रंगों के आकर्षण के कारण विश्व के कोने-कोने से लोग फिल्मों के साथ जुड़ते गए। इसी के चलते 'रंगीन दुनिया का आकर्षण', 'रंगीली दुनिया' जैसी कहावतें भी इसके साथ जुड़ती गई। राधू करमाकर लिखते हैं कि 'सिनेमॅटोग्राफी के क्षेत्र में हाल में हुई अभूतपूर्व प्रगति के कारण रंगीन फोटोग्राफी भी प्रकाश से चित्रकारी कर सकती है। श्याम और श्वेत फोटोग्राफी में प्रभावी ढंग से विपरीत प्रभाव पैदा करने का अतिरिक्त गुण है।

श्याम रंग बुराई का प्रतिनिधित्व करता है जबकि सफेद अच्छाई का सूचक है। धूसर रंग इन दोनों के दरम्यान रहस्य की विराट दुनिया रचता है जिसमें कुछ तलाशना हर एक को हमेशा दिलचस्प लगता है। रंगीन फोटोग्राफी जिंदगी को सुंदर, प्रसन्न और चटखिले रंग में प्रस्तुत करती है। मनुष्य में जिंदादिली और विशुद्ध आनंद को बरकरार रखती है। आदमी जिंदगी की भयानक हकीकत से भागना चाहता है और सिनेमा उसे यह करने का मौका देता है।' (कैमरा : मेरी तीसरी आंख, पृ. 118) यहां पर राधू करमाकर जी का कॅमर और प्रकाश योजना के माध्यम से फिल्मों में इस्तेमाल किए रंगों को लेकर मानसिक प्रभाव और उससे निकलते प्रतीकात्मक अर्थ की ओर संकेत है। हो सकता है आम जीवन, देशकाल और परिस्थिति के भीतर रंगों के अर्थ बदलते हो। आगे वे लिखते हैं, 'पीला रंग प्रफुल्लित करता है जबकि हरा रंग शांत करता है। पश्चिमी दुनिया में नीला रंग अशांतपूर्ण माना जाता है विशेषकर जब कोई खराब मनोदशा में हो। लेकिन एशिया में नीला एक प्रसन्न रंग है। काला मृत्यु और अशुभ का प्रतीक है, जबकि निर्मलता और अच्छाई का प्रतिनिधित्व सफेद करता है। सभी व्यक्तियों पर रंगों का मनोवैज्ञानिक असर पड़ता है। दृश्य की कल्पना करते समय निर्देशक को इन सब बातों का ध्यान रखना पड़ता है।' निर्देशक अगर भूल भी जाए तो कैमरामन को इन सारी बातों का खयाल रखना ही पड़ता है। कैमरामन हर पल सजग रहकर चित्रों को संजोने की कोशिश करता है।

कैमरा फिल्मों को आरंभ करनेवाला चमत्कार है। कॅमरे की निर्मिति के बाद लगातार यह कोशिश हो गई थी कि इसके माध्यम से लोगों की हिलती हुई

तस्वीरों को अंजाम दिया जाए और जब पहली बार यह सफलता मिली तो फिल्में बनने का रास्ता खुल गया। और विश्व सिनेमा ने 28 दिसंबर, 1895 लिमिएर बंधुओं की फिल्म 'द अरायव्हल ऑफ अ ट्रेन' से अपना सफर शुरू किया।

भारतीय फिल्मी दुनिया का सफर दादासाहब फालके जी की फिल्म 'राजा हरिश्चंद्र' के प्रदर्शन से 21 अपैल, 1913 में हुआ। कैमरा की निर्मिति से मानो इंसान की कल्पना को पर लग गए और वह सपनों की दुनिया में स्वच्छंद विहार करने लगा। इतने दिनों से किताबों में बंद कहानियां पर्दों पर जीवंत होने लगी और दर्शक इन्हें पसंद करने लगे। केवल पसंद ही नहीं तो सर-आंखों पर लेने लगे। दिनों-दिन कैमरा में नवनवीन तकनीकें जुड़ना शुरू हो गई और पहले से ज्यादा प्रभावशाली फिल्मों का निर्माण होता गया। आज-कल तो कैमरा और वीड़ियो-कैमरा बहुत सस्ती वस्तु बन गया है। मोबाईल में उपलब्ध कॅमरे से भी अच्छा चित्रण हो सकता है। यह भी सच है कि फिल्मों में तकनीकी तथा कैमरा-तकनीकों में भी इतना परिवर्तन आ चुका है कि पर्दे पर उतरनेवाले चित्र बड़ी सूक्ष्मताओं के साथ दर्शाए जा सकते हैं। एकाध बार इंसान की आंखों से कोई दृश्य छूट सकता है पर कैमरा की आंखों से नहीं। ब्लॅक-व्हाईट फिल्में जब रंगीन बनी तब और एक बार धमाकेदार परिवर्तन फिल्मी दुनिया में हो गया।

फिल्म निर्देशनः तकनीक और कला

फिल्म का निर्देशन करना जितना तकनीकी कार्य है उतना ही कलात्मक कार्य है। फिल्म निर्देशक निर्देशन की दिशा तय करता है कि फिल्म को कहा लेकर जाना है। मूल कहानी को निर्माता-निर्देशक जब सुनते हैं या पढ़ते हैं तब उन्हें तुरंत पता चलता है कि इस कहानी पर फिल्म बनने की संभावनाएं है या नहीं है। जब किसी कहानी में फिल्म के लिए सफलता के सूत्र मिलते हैं तब एक-दूसरे की अनुमति से उस पर कार्य होता है और विभिन्न लोगों की नियुक्तियां शुरू होती है। निर्माताओं की अनुमति के बाद निर्देशक पटकथा लेखक से पटकथा लिखवा लेता है, उसे लिखवाते वक्त उन सारी बातों को उसमें भर देता है जो कलात्मक तो हो ही पर व्यावसायिक सफलता हासिल करने की क्षमता भी रखती हो। अर्थात् निर्देशन कौशल फिल्म सृजन (निर्माण) प्रक्रिया और तकनीकी प्रक्रिया के बीच का पुल होता है जिस पर एक सफल फिल्म संवार होकर अपने मकाम तक पहुंचती है।

फिल्म निर्माण प्रक्रिया में निर्देशन एक अलग और स्वतंत्र कार्य है परंतु आजकल देखा जा रहा है कई प्रतिभा संपन्न लोग फिल्मों का निर्माण, निर्देशन, कहानी व पटकथा लेखन, संवाद लेखन अकेले कर रहे हैं। इसका अर्थ यह है कि फिल्म के सफलता की बागड़ौर वे अपने हाथों में रखते हैं। व्यावसायिक सफलता की सीढ़ी उन्हें पता होती है, अतः ऐसे निर्माता-निर्देशक दूसरों के बलबूते पर अपनी फिल्म को दांव पर लगाना पसंद नहीं करते हैं। कभी-कभार ऐसा भी होता है कि कहानी का लेखक कोई और होता है, निर्माता-निर्देशकों को उसकी कहानी पसंद आती है परंतु उसमें व्यावसायिक परिवर्तन की आवश्यकता होती है। लेखक से यह व्यावसायिक परिवर्तन संभव नहीं है तो वे उससे उस कहानी के अधिकार खरीद लेते हैं, अपने हिसाब से उसमें परिवर्तन करते हुए निर्देशन करते हैं। ऐसी स्थिति में लेखक से अगर छूटकारा पाना है तो सीधे उसे उसका मूल्य चुका दिया जाता है और निर्माता-निर्देशक अपने नाम से कहानी

करवा देते हैं या लेखक ने ऐसा करने से मना किया तो वे उसकी अनुमति से इस कहानी से प्रभावित (ंदज्ूदह) होकर इस फिल्म को बनाया जाता है, इसका जिक्र और आभार फिल्म के आरंभ में किया जाता है। ऐसी स्थितियों में निर्देशकों को मूल कहानी में परिवर्तन और अपने हिसाब से कहानी को गढ़ने तथा उसका अंत करने की अनुमति होती है। आजकल ऐसी फिल्मों का प्रचलन अधिक है। अर्थात् निर्देशन की जिम्मेदारी यह होती है कि लिखित कहानी को फिल्मी फॉर्म मे रूपांतरित करते वक्त उसे सफलता की सीढ़ी तक लेकर जाना।

1. निर्देशक और निर्देशन क्या है?

निर्देशक के लिए दिग्दर्शक और निर्देशन के लिए दिग्दर्शन शब्द का भी प्रयोग होता है। अंग्रेजी में निर्देशक के लिए ॅीगम्ूदि और निर्देशन के लिए ॅीगमूदह शब्द का इस्तेमाल होता है। निर्देशक उसे कहा जाता है जो पूरी फिल्म की दिशा को तय करने का काम करता हो। वह जो किसी प्रकार का निर्देश करता या कुछ बतलाता हो, सिनेमा निर्माण के क्षेत्र में वह अधिकारिक व्यक्ति जो पात्रों की वेष-भूषा, भूमिका या आचरण और दृश्यों के स्वरूप आदि को निश्चित करता है। निर्देशन का सीधा अर्थ है निर्देश करने की क्रिया या भाव, सिनेमा निर्माण के दौरान वे सब कार्य इसमें समाविष्ट होते हैं जो एक निर्देशक के कहने पर किए जाते हो। अर्थात् निर्देशन का सीधा अर्थ होता दिशादर्शन। परंतु इस बात से परिचित होना जरूरी है कि जहां पर निर्माता-निर्देशक एक है वहां ठीक है परंतु कई बार निर्माता अपनी फिल्म के लिए अधिकारिक तौर पर किसी निर्देशक की नियुक्ति करता है। ऐसी स्थितियों में निर्देशन करना अलग भूमिका के तहत आता है। निर्देशक के लिए कहा जाता है कि फिल्म का विषय यह है और इसे यहां तक लेकर जाना है, आप उसको बनाने का कार्य करें। ऐसे में उसके पास फिल्म निर्देशन की जिम्मेदारी आती है, उसे पूरा करना उसका कर्तव्य होता है। लेकिन फिल्म की लाभ-हानी से उसका कोई आर्थिक नफा-नुकसान नहीं होता है क्योंकि उसे उसका तय मानधन मिल जाता है। फिल्म सफल या असफल हो गई तो उसके भविष्य पर असर पड़ता है। इसलिए हर निर्देशक अपने काम के प्रति ईमानदार रहकर अपने भविष्य, रुचि और पॅशन (ईंग्दह) को अंजाम तक लेकर जाने के लिए जी-जान लगा देता है। उसके द्वारा निर्देशन करना चुना हुआ उसका पंसदिता क्षेत्र होता है तो उसमें उतनी जिम्मेदारियां होती है। फिल्म का निर्माण पूरी टीम करती है और दिग्दर्शक की हैसियत वहीं

होती है जो किसी टीम के कप्तान की होती हो सकती है। सामूहिक प्रयास से बननेवाली फिल्म का किसी को भी 'औत्यूर' नहीं कहा जा सकता। लेकिन अगर यह श्रेय किसी को देना हो तो 'ऑथर' यानी लेखक को दिया जाना चाहिए। मशहूर-से-मशहूर दिग्दर्शकों की फिल्मों की रंगत उनके लेखक के हिसाब से बदलती रहती है। यहीं नहीं, एक लेखक की पटकथाओं पर अलग-अलग दिग्दर्शकों द्वारा बनाई गई फिल्मों की रंगत एक-सी है। फिल्म की बुनियाद पटकथा होती है, उसे लेखक तैयार करता है। लेखक ही होता है जो प्रस्तावित फिल्म के बारे में सबसे पहले सोचता है। उसी के दिमाग में उसकी तस्वीर सबसे पहले उभरती है। फिल्म का सारा दारोमदार पटकथा पर होता है।'

वैसे देखा जाए तो कोई लेखक कहानी फिल्मों के लिए नहीं लिखता है, उसकी अपनी पसंद और सृजनात्मक प्रक्रिया होती है। फिल्म उसके दिमाग से कोसों दूर होती है। रही बात पटकथा लेखकों की, तो पटकथा लेखन आधी सृजन और आधी तकनीकी प्रक्रिया है। अभ्यास और कौशल से इसे अवगत किया जा सकता है, परंतु उसके लेखन पर नियंत्रण रखने और दुरुस्तियां करवाने का कार्य निर्देशकीय कर्तव्य के भीतर आता है। लिखित सामग्री को दृश्य-श्रव्य सामग्री के हिसाब से अनुकूल बनाने का कार्य तथा उतनी ताकतवर अभिव्यक्ति की जिम्मेदारी निर्देशक की ही होती है। अतः लेखक और पटकथा लेखकों को निर्देशकों से बड़ा मानना थोड़ी ज्यादती होगी। हा अगर कोई निर्देशक लेखक और पटकथा लेखकों को बड़ा मान रहा है तो उसके मन की विशालता मानी जाएगी।

कुल मिलाकर कहा जा सकता है कि फिल्मों में निर्देशक और उसके द्वारा किए निर्देशन की एहमीयत बहुत अधिक है। सबकी सफलता का श्रेय कहीं-न-कहीं निर्देशक का मार्गदर्शन-दिशानिर्देशन ही माना जाता है। निर्देशन फिल्म निर्माण क्षेत्र की अहं जिम्मेदारियों में एक जिम्मेदरी है। उसके लिए आतंर्दृष्टि, कलात्मकता, सौंदर्यात्मकता, जुनून, ईमानदारी, काम के प्रति लगन, कार्यशीलता, कुशल, कार्यनिपुणता, कॅमरा-संपादन-प्रदर्शन की सोच और उसे अंजाम तक लेकर जाने का नजरिया, रचनात्मक दिमाग आदि बातों की जरूरत होती है। निर्देशक के निर्देशन कौशलों का परिपाक होता है कि फिल्में मकाम तक पहुंचती है। हजारों लोगों के साथ जुड़कर तालमेल बिठाना और फिर तकनीकी क्षेत्र का भी निर्देशन करना कड़ी मेहनत का कार्य है। यह बहुत बड़ी जिम्मेदारी है और

इसे अंजाम तक लेकर जाने के लिए एक मुख्य निर्देशक के साथ कई सहायक निर्देशकों की फौज भी खड़ी होती है।

2. कौशल और कला का संगम

निर्देशन करने के लिए अभ्यास की जरूरत होती है और कौशल या निपुणता अभ्यास के पश्चात् ही आती है। कोई व्यक्ति वर्षों से किसी क्षेत्र से जुड़ा है तो उसमें अपने-आप उस क्षेत्र की सूक्ष्मताओं का कौशल आ जाता है। निर्देशन का भी बिल्कुल ऐसे ही है। कोई व्यक्ति फिल्म निर्माण और निर्देशन का पाठ्यक्रम पूरा कर चुका और सीधे फिल्में निर्देशित करने लगा है ऐसा कभी होता नहीं है। उस व्यक्ति को इस क्षेत्र के साथ धीरे-धीरे जुड़ना पड़ता है। फिल्मों का निर्देशन करना जितना कौशल का काम है उतना ही वह कला का कार्य है। वह कला का कार्य इसीलिए भी है कि निर्देशन फिल्म निर्माण के दौरान की सृजन प्रक्रिया है। सृजन सौंदर्य और कला के साथ हो तो उसमें अधिक निखार आ जाता है। अतः फिल्मों के निर्देशन में कौशल और कला का संगम हो जाएगा तो फिल्में दर्शकों को सिनेमा घरों तक लेकर आने में सफल होगी। अशोक वाजपेयी जी लिखते हैं कि 'विश्व-सिनेमा में भारतीय सिनेमा की जगह और इज्जत है वह उस सिनेमा की वजह से बहुत कम है जिसे बॉलीवुड़ कहा जाता है।

यह एक विड़ंबना ही है कि जो सिनेमा इतना लोकप्रिय और खासी अंतरराष्ट्रीय व्याप्तिवाला है उसे गुणवत्ता और सिनेमाई नक्शे में बहुत कम गिना जाता है। जिन फिल्मकारों को संसार के स्तर पर मान्यता और प्रतिष्ठा मिली उनमें सत्यजीत राय, मृणाल सेन, मणि कौल, कुमार शहानी आदि थोड़े से ही नाम भारत में हैं। वे सभी भारत की लोकप्रिय सिनेमा धारा से या तो दूर रहे या उसमें द्वीप की तरह ही नजर आते हैं। लोकप्रिय सिनेमा कहानी को कहने भर की तकनीक है जो खासी चकाचौंध और खर्चीलेपन और आजकल खासी नंगई से कही जाती है और जिसका प्रयोग प्रायः भारतीय जीवन की सच्चाई, उसके अंतर्विरोधों और विड़ंबनाओं, उसकी आंतरिकता और आध्यात्मिक और नैतिक संकटों और उलफतों से कुछ लेना-देना ही नहीं रहता। अधिकतर वह कौशल है, कला नहीं।' इस विचार पर अगर बारीकें से विचार करें तो निष्कर्ष यह निकलेगा कि सिनेमा निर्देशन जितना कौशल है उतनी कला भी है। यह सोचे की निर्देशक केवल दिशा निर्देशन कर रहा है और उसमें अपनी सौंदर्यात्मक

दृष्टि और कलाकारिता इस्तेमाल नहीं कर रहा है तो क्या होगा। होगा यही कि सिनेमाई दुनिया फिकी पड़ेगी। सिनेमा निर्देशन करना यंत्रवत कार्य रहेगा और सारी फिल्में एक जैसी लगेगी। फिल्में अलग-अलग है और उसकी मनोरंजनात्मकता और सौंदर्यात्मकता अलग-अलग है तो कहा जा सकता है कि सिनेमा में निर्देशकीय कौशल और कला का संगम हो चुका है। हॉलीवुड़ की 'सायको' फिल्म का उदाहरण लिया जा सकता है। उसकी पहली निर्मिति ब्लॅक-व्हाईट में है। यह जिन कलाकारों के साथ बनी वहीं जब बाद में रंगीन हो गई तो भिन्न कलाकारों के साथ बनाई गई। अभिनय और लोकेशन एक जैसे ही परंतु निर्देशकीय कौशल और कला का संगम इसमें देखा जा सकता है।

निर्देशन क्षेत्र के भीतर कौशल और कला का संगम अगर न हो तो फिल्मों की व्यावसायिक सफलता दांव पर लगती है। आगे चलकर उस फिल्म के कमजोररियों को ढूंढ़ना शुरू होता है और सबसे पहली कमजोरी निर्देशन की मानी जाती है। उसमें अनुभव, कला, कौशल की अगर कमी है तो ऐसे निर्देशक आगे चलकर अपने अस्तित्व को खो देते हैं। उन्हें फिल्में मिलना बंद होती है। हर साल की तरह पिछले साल भी एक दर्जन से अधिक नए निर्देशकों ने फिल्म जगत में कदम रखा। अभी यह बताना मुश्किल होगा कि इनमें से कौन भविष्य में श्याम बेनेगल, यश चोपड़ा, सुभाष घई या रामगोपाल वर्मा बनेगा। बनेगा भी या सभी के सभी इतिहास में भुला दिए जाएंगे इस साल आए निर्देशकों की पहली फिल्म पर सरसरी निगाह डालें तो ऐसी कोई फिल्म नहीं मिलती, जहां नजरें पूरी तरह थम जाए।' अर्थात् उनका असरदार न होना कई कमियों के साथ कौशल और कला के संगम का अभाव भी है।

3. कॅमरामन और निर्देशक का तालमेल

निर्देशन करते समय निर्देशक का सबके साथ तालमेल तो होना चाहिए परंतु उसका सबसे अधिक तालमेल कैमरामेन के साथ हो तो दृश्यों की स्तरीयता, सौंदर्य, स्पष्टता, अभिनय कौशल की बारीकियां, सूक्ष्मताओं का अंकन करने का मार्ग खुल जाता है। गोविंद निहलानी ने आरंभिक दौर में कैमरामेन का कार्य कुछ फिल्मों के लिए बड़ी रुचि के साथ किया बाद में वे निर्देशन के क्षेत्र में उतर आए। जो काम मिला उसका पूरा करना और उसके भीतर से अपने मकाम तक जाने का काम गोविंद निहलानी ने किया। अर्थात् उन्होंने सबसे पहले कैमरामेन के गुर सीखे और उसका लाभ उन्हें निर्देशन के

दौरान हुआ। उनका उनके कैमरामेन के साथ बना और इनका उन बारिकियों को सीखना निर्देशन को एक अलग ऊंचाई तक लेकर गया है। उनके फिल्मों का निर्देशन कौशल पढ़ाई का विषय है और साहित्य की कृतियों पर बनी 'तमस' जैसी व्यापक पृष्ठभूमिवाली फिल्म की मिसाल दी जाती है और आगे भी दी जाएगी। खैर कहने का तात्पर्य कि निर्देशन के दौरान निर्देशक और कैमरामेन तालमेल के साथ आगे बढ़ रहे हैं तो फिल्मों में कला, सौंदर्य और रंगत भरी जा सकती है। कैमरामेन और निर्देशक का अच्छा तालमेल हो तो कैमरामेन काफी जोड़ता है। दुनिया के सभी बड़े निर्देशकों की अपनी कैमरामेन के साथ अच्छी समझदारी रही है या फिर वे स्वयं कैमरामेन रहे हैं। कैमरामेन और निर्देशक की सही समझदारी से फिल्म को खास व्यक्तित्व मिल जाता है। विचार तभी प्रस्फुटित होता है। शब्दों में जो विचार व्यक्त है, उसे दृश्य और ध्वनि में बदलने का काम तो बाद में होता है। पहले शब्द पर मेहनत होती है।'

कैमरामेन दृश्यांकन करता है और उसका बहुत अधिक काम तकनीकी है पर उसकी सौंदर्यात्मक दृष्टि निर्देशक के लिए कई सूचनाएं दे सकती है। कैमरामेन दृश्यों का पहला दर्शक होता है जिसे वह आंखों से नहीं तो कैमरे की आंख से देखता है। आम आंखें जो सौंदर्य देखकर पकड़ नहीं सकती है उसे कैमरा पकड़ता है। अतः निर्देशन के दौरान निर्देशक का कैमरामेन पर विश्वास है और उसके साथ उसके संबंध मधुर है तो फिल्मों के अंतिम परिणाम भी अच्छे होते हैं। राधू करमाकर प्रसिद्ध कैमरामेन रहे हैं और इन्होंने राजकपूर की फिल्मों में कैमरा को संभाला है परंतु राजकपूर निर्देशन के दौरान इनके साथ विचार-विमर्श करते रहे और निर्देशकीय मशवरे भी लिए। आर. के. प्रोड़क्शन की तहत बनी फिल्मों में निर्देशक और कैमरामेन के तालमेल का सौंदर्य देखा जा सकता है।

4. काल्पनिक सत्य की वास्तविकता को पिरोना

फिल्में कल्पना होती है और दर्शक परदे पर दृश्यों को देखकर वास्तविक दुनिया की कल्पना करने लगता है। फिल्मों में कल्पना भी हो तो दर्शक को कभी भी ऐसे लगना नहीं चाहिए कि भाई फिल्में हमारी दुनिया, विचार, सोच, वास्तविकताओं और कल्पनाओं से काफी दूर है। निर्देशन का काम यहीं है कि लेखक और पटकथा लेखक द्वारा उसके पास जो कहानी और पटकथा पहुंची है उसे कल्पना के साथ वास्विकता का जामा पहनाया जाए। फिल्में मात्र

कल्पनाएं या केवल मनोरंजन है तो दर्शक उन दो-तीन घंटों में उसे देखकर भूल जाते हैं। लेकिन निर्देशक का कौशल यह है कि दर्शकों के सामने ऐसी कहानी परोसी जाए कि वह दर्शकों के आत्मा में प्रवेश करें। ऐसी फिल्में कुछ निर्देशक ही बना पाते हैं।

हिंदी और भारतीय फिल्मी दुनिया में बीच-बीच में ऐसी फिल्मों का दर्शन होता है जो सिनेमाघरों में दर्शकों को बहुत अधिक नहीं परंतु पैसा वसुलने की भीड़ जमा करती है, परंतु स्तरीयता के चलते कई पुरस्कारों पर अपना नाम दर्ज करती है और आंतर्राष्ट्रीय स्तर पर भी अपना सिक्का जमा लेती है। काल्पनिकता के साथ-साथ वास्तविक सत्य को जिस प्रकार पिरोकर दिखाया जाता है वह दिलों दिमाग की अंतरंग गहराइयों को छू लेता है। बंगाली सिनेमा की रीढ़ 'शक्ति सामंत, अपर्णा सेन, सुजोय घोष, प्रदीप सरकार, मृत्युंजय देब्रत जैसे निर्देशक हैं और यह सब अपनी-अपनी कलात्मकता का परिचय दे चुके हैं। इनके द्वारा बनाए गए सिनेमा में समाज के अनदेखे, अनछुए पहलुओं के दर्शन होते हैं जो यह एहसास दिलाते हैं कि हिंदी सिनेमा में फिल्में बड़ी तादाद में बनती तो हैं लेकिन इतनी गंभीरता या कलात्मकता के साथ नहीं। (कुछ फिल्मों और निर्देशकों को छोड़कर) बंगाली सिनेमा में एक स्वर्ण युग तब था जब सत्यजित रे जैसे निर्देशक ने 'पाथेर पंचाली' जैसी अविस्मरणीय फिल्मों का निर्माण करना शुरू किया और भारतीय सिनेमा को ऐसी ऑफ बीट फिल्में दीं जो समाज में रहनेवाले विभिन्न तबकों का गहराई से विश्लेषण करती हैं, उसकी असली तस्वीर प्रस्तुत करती हैं।

आगे चलकर यही निर्देशक हिंदी फिल्मों में निर्देशन करने लगे तो अपने-आप उनके देखा-देखी बाकी निर्देशकों ने भी इन्हीं के रास्ते पर चलना पसंद किया। निष्कर्षतः यह कहा जा सकता है कि फिल्मों में कल्पनाएं हो परंतु निर्देशन की कलात्मकता रहेगी कि उन्हें वास्तव के साथ जोड़कर दिखाया जाए। ऐसा अगर फिल्मों में हो जाए तो फिल्में चित्रों के रूप में अपने समय का सत्य सुरक्षित कर लेती है और निर्देशक उन सत्यों को देखकर अपने समय से आगे की बात का दृश्यांकन करने में भी सफल हो जाता है।

5. समन्वय करना

फिल्म निर्देशन कहानी और पटकथा के बीच समन्वय करके दृश्यांकन करना है। निर्देशन की जिम्मेदारी फिल्म निर्माण के दौरान बहुत अधिक है

इसलिए कि फिल्म निर्माण से जुड़े हर शख्स का जुड़ाव निर्देशक के साथ होता है। अर्थात् फिल्मों में काम करनेवाला प्रत्येक कलाकार और तकनीशियन निर्देशक के आदेशों के तहत अपने काम को अंजाम देता है। इसका अर्थ निर्देशक सबके लिए बीच की कड़ी होता है। दूसरी बात न केवल भारत में बल्कि विश्व में साहित्य के अलावा अन्य ढेरों कलाएं हैं जिनका इस्तेमाल फिल्मों में होता है।

परंपरागत कलाओं का अस्तित्व पहले जैसे था वैसे ही है परंतु उसका जीवंत प्रसारण बहुत कम मात्रा में हो रहा है, वहीं अगर फिल्मों मे उतर जाता है तो दर्शक उसे पसंद करते हैं। इससे फिल्मों का सौंदर्य तो बढ़ता ही है साथ ही उस पौराणिक और परंपरागत कला का सम्मान भी होता है। आखिर 'अपना सिनेमा क्या है? हम लोकप्रिय सिनेमा की बात कर रहा हैं। इसकी जड़े तो हमारी लोककथाओं और लोकनाट्यों में हैं। हरिकथा लें, रासलीला लें, रामलीला लें या तमाशा लें। किसी भी माध्यम को देखें, उसमें कहानी गाकर सुनाई जाती है। अभिनय होता है। लोग नाचते भी हैं। यहीं चीजें लोकप्रिय फिल्मों में आईं। दुनिया के किसी और देश में यह माध्यम नहीं है। लोककथा को जिस तरह से फिल्मों में लिया गया, वह कहीं नहीं है। पश्चिम के लोग हिकारत की नजरों से देखते हैं कि क्या गाना-बजाना करते हैं। लेकिन वह अस्सी सालों से लोकप्रिय है, क्यो? भरत नाट्यशास्त्र के रसों का निर्वाह होता है सिनेमा में। कोई एक रस प्रमुख होगा। लेकिन बाकी रस भी रहेंगे। इन रसों को दृश्यों में बदलिए तो एक्शन होगा, कॉमेडी होगी, प्रेम भी होगा, माध्यम के जरिए आप क्या कहते हैं? वह महत्त्वपूर्ण है। यदि निर्देशक प्रतिक्रियावादी विचार आगे बढ़ाते हैं तो वह माध्यम का दुरुपयोग है, लेकिन अगर प्रगतिशील विचार लाते हैं तो वहीं माध्यम अच्छा होता है। दोनों ही तरह के लोग रहे हैं। विमल राय, गुरुदत्त, महबूब खान ने इसी माध्यम मे अच्छी फिल्में दी हैं, सामाजिक रूप से प्रासंगिक फिल्में बनाई है। 'दो बीघा जमीन' में भी स्टार थे, गाने थे। लेकिन फिल्म क्या कहती है? सिर्फ इन तत्त्वों से फिल्म व्यावासायिक नहीं हो जाती। आप क्या कहते हैं या किस तरह से माध्यम का इस्तेमाल करते हैं, उससे फर्क पड़ता है।

कहने का तात्पर्य यह है कि निर्देशकीय जिम्मेदारी यह है कि सबका समन्वय करके फिल्म का सौंदर्य बढ़ाया जाए। निर्देशक को यह छूट मिलती है कि वह सारी कलाओं और कौशलों का इस्तेमाल करके फिल्मों को बेहतर से

बेहतर बनाए। निर्माताओं से ऐसी खुली छूट मिल जाए तो निर्देशन करते समय निर्देशक के दिमाग में अनेक कल्पानाओं का उद्गम होता है और फिल्मों के लिए अधिक लाभ होता है।

6. एक पैशन

निर्देशन का क्षेत्र कोई निर्देशक अपनी रुचि और चुनाव से करता है। उसे अपने चुनाव से न केवल ईमानदार रहना पड़ता है बल्कि अपनी जान से भी प्यारा समझना चाहिए। कई लोगों की आम मानसिकता होती है कि जॉब केवल पैसा कमाने के लिए करें उसमें उन्हें रुचि नहीं होती या आरंभिक दौर में रुचि के तहत उसका चुनाव किया होता है लेकिन फिर वह रुचि खत्म होती है। ऐसे लोग बाद में अपना काम कृत्रिमता से करने लगते हैं। यह उस कार्य के लिए भी खतरा होता है और व्यक्ति के लिए भी। अतः हमें यह ध्यान रखना है कि किसी भी क्षेत्र का चुनाव अपनी रुचि है उसे अंत तक पैशन के साथ निभाना है। रोज अगर नए-नए प्रयोग करते रहेंगे तो परिणाम अच्छे आएंगे। अर्थात् परंपरागत काम को छोड़कर प्रयोगशील और पैशनिस्ट रहेंगे तो अपने काम के प्रति रुचि भी बढ़ेगी।

फिल्मों का दिग्दर्शन जब चलता है तब मानो निर्देशक के दिमाग पर भूत सवार होता है। उसे सोते जागते केवल और केवल फिल्म ही दिखाई देती है। सोने और खाने का भी कम मौका मिलता है। फिल्मों का निर्देशन एक लंबी प्रक्रिया है और ज्यादा समय भी लगता है। कई चीजें अपने हाथ में नहीं होती है तब समय-सारणी में गड़बड़ होती है। ऐसी स्थिति में निर्देशक को सब्र से काम लेना पड़ता है। अपने मन को और अन्य टीम मेंबर के मन को प्रसन्न रखना पड़ता है। यह तब होता है जब आप और आपकी सारी टीम पैशन के साथ काम कर रही होती है।

7. विषय को न्याय देना

फिल्मों के लिए कहानी आधार होती है और कहानी में एक विषय होता है। पटकथा लेखन भी उसी विषय को ध्यान में रखकर किया जाता है। फिल्म तकनीक को अपनाकर बनाई जाती है, वह कलात्मक सौंदर्य का प्रकटीकरण करती है परंतु यह भी सच है कि वह विषय से हटती नहीं है। हर फिल्म के भीतर निर्देशक की यह कोशिश होती है कि फिल्म बनाते वक्त मूल विषय को न्याय दिया जाए। विश्वभर में जितनी फिल्में बन रही है उन फिल्मों का निर्देशन करते

वक्त विषय के साथ चलना और उसी के आस-पास सारे दृश्यों को बनाने की कोशिश होती है। जो फिल्में विषय से भटक जाती है उनकी व्यावसायिक सफलता और कलात्मक सफलता भी खतरें में आ जाती है।

कोई भी माध्यम जो समाज से बंधा है, जिसके अनुभव के लिए निश्चित सीमा को पार नहीं कर सकते, वहां ऐसी समस्या आती है। फिल्म, नाटक और धारावाहिक, टेलीफिल्म आदि ऐसे ही माध्यम हैं। उस सीमा की वजह से फिल्मकार को चुनना पड़ता है मान लीजिए आप कोई मुद्दा लेकर चलते हैं और उसमें चार तत्त्व हैं तो चुनाव करना पड़ता है। उस निश्चित सीमा में चरित्र को विकसित करना है कहानी भी है। एक कथावस्तु रहेगी और निर्देशक को अपनी अभिरुचि भी जाहिर करनी है फिर यह देखना पड़ता है कि उन चार तत्त्वों में कौनसा आपको ज्यादा उद्वेलित करता है या जिससे आप चितिंत हैं या जिसे आप प्रकाशित करना चाहते हैं। इसका मतलब यह नहीं है कि शेष तीन मुद्दे गलत हैं। फिल्मांकन के समय उन तीन तत्त्वों पर छाया आ जाएगी। प्रकाशित वहीं तत्त्व होगा, जिससे आप उद्वेलित हैं। यह हमें चुनना पड़ता है। समय के बंधे हर माध्यम में यह चुनाव करना ही पड़ेगा। यह माध्यम की अपनी खासियत या सीमा है, जो भी आप कहें। इससे फायदा यह होता है कि एक तत्त्व प्रभावशाली तरीके से दर्शकों के सामने आता है। दृश्य और श्रव्य माध्यम के कारण यह प्रभाव गहरा होता है। विषय के साथ न्याय करने की बात निर्देशक सोचता है और फिल्म के बाकी किरदार भी इसके साथ अपनी ईमानदारी से खड़े होते हैं।

8. सब्र की जरूरत

फिल्म बनाने के लिए लगभग एक-डेढ़ साल लगता है। इन दिनों निर्देशक ही अकेला व्यक्ति होता है कि जो आदि से अंत तक उस फिल्म के साथ जुड़ता है। इसके पहले भी लिखा है कि फिल्म बनाने की प्रक्रिया में अनेक लोग जुड़ते हैं परंतु वे समय-समय पर आते हैं। इनके साथ जुड़कर, उनका मूड संभालकर समय-सारणी बनाना और पूरी फिल्म बनाने का दबाव सहन करना कठिन कार्य है। इसे सफलता तक लेकर जाना है तो सब्र की आवश्यकता होती है। निर्देशन के भीतर आनेवाले मानसिक तनावों को सहन करने की क्षमता होनी चाहिए। 'उस लेवल तक पहुंचने में बहुत धैर्य चाहिए। क्योंकि आप छोटा-छोटा काम करते हैं। बहुत बार खीझ भी उठती है, निराशा होती है। कई बार ऐसा भी

लगता है कि कहां आ गया हूं। ऐसे में अपना फोकस आपको दिखना चाहिए कि मुझे वहां पहुंचना है। आप विश्वास रखेंगे खुद पर, धैर्य रखेंगे और गोल पर केंद्रित रहेंगे तो पहुंच जाएंगे।

9. आशावादिता

फिल्म का निर्देशन करना और सबको एक साथ लेकर चलना एक प्रकार का सफर होता है। सबके साथ चलना पड़ता है। कुछ लोग पसंद हो न हो, कुछ के साथ बनता हो न हो तो भी अपने उद्देश्य पर नजर रखते हुए निर्देशन करना पड़ता है। काम पर ध्यान केंद्रित करना पड़ता है, छोटे बड़े प्रसंगों की तनातनी से निराश नहीं होना है और अच्छी फिल्म बनने की आशाएं पाले रखना है। आपको अपना लक्ष्य दिखना चाहिए। कहीं पहुंचने के लिए अगर पांच सौ सीढ़ियां चढ़ी हैं और आप सौ सीढ़ी बाद थक जाओ तो कुछ सोचेंगे कि सौ में मेरी ये हालत है चार सौ और कैसे चढ़ूंगा। लेकिन आपने तय कर रखा है कि मुझे तो जाना ही है, तो मैं पांच मिनट बैठूंगा, अपनी एनर्जी हासिल करूंगा और वापिस चढ़ूंगा।' अर्थात् निर्देशन कुशलता से निभाने के लिए जैसे सब्र की आवश्यकता है वैसे ही आशावादी भी रहना चाहिए।

10. पर्दे के पीछे का कार्य

निर्देशन पर्दे के पीछे का कार्य है। जैसे पर्दे पर दिखनेवाले लोगों की पहचान होती है वैसी पहचान निर्देशक के हिस्से नहीं आती है। आज इसमें थोड़ा-बहुत परिवर्तन आ रहा है। अच्छे निर्देशकों को दर्शक पहचानने लगे हैं उसका कारण मीड़िया, फिल्म समीक्षाएं और व्यापक प्रचार-प्रसार है। निश्चित तौर पर एक समझ बनी हुई है। आप लोगों को जाकर नहीं कह सकते कि ये फिल्म मैंने बनाई है। आम दर्शक एक्टर को देखता है तो उसी की बात करेगा। डायरेक्टर के लिए सबसे बड़ी बात ये है कि लोग उसकी फिल्म के बारे में बात करें। कुछ निर्देशक निर्देशन के साथ फिल्मों में अपनी छबि को उतारने का मोह नहीं रोक पाते हैं। सुभाष घई अपनी फिल्मों में कहीं-न-कहीं एकाध दृश्य में अपना दर्शन करवाते हैं। मराठी के युवा निर्देशक नागराज मंजुळे भी 'फाउण्ड्री' और 'सैराट' में निर्देशन के साथ अभिनय का काम कर चुके हैं। परंतु फर्क यह है कि सुभाष घई का दर्शन होता है और नागराज मंजुळे अपनी फिल्म में जिस किरदार में हैं वह उस फिल्म का प्रभावशाली हिस्सा है। निर्देशन की फिल्म निर्माण में अहं भूमिका है इसलिए आज इसकी काफी चर्चा हो रही है और कुछ

साल पहले जिन निर्देशकों की पहचान पर्दे की पीछे की थी वह आजकल बदलने लगी है। आज फिल्में निर्देशकों के नामों से पहचानी जानी लगी है। हॉलीवुड में फिल्म निर्देशकों का काफी सम्मान है।

फिल्मों के समूचित प्रभाव से उसकी व्यावसायिकता तय होती है और समूचित प्रभाव को बनाना निर्देशक का कार्य होता है। निर्देशन फिल्म के आरंभ से फिल्म के पर्दे पर उतरने तक लगातार चलनेवाली प्रक्रिया है। निर्देशक एक अकेला ऐसा व्यक्ति है जिसकी फिल्म पूरी होने तक छुट्टी नहीं होती है। फिल्म की बारीकियों पर नजर रखते हुए उसको प्रभावशाली ढंग से प्रस्तुत करने का कार्य निर्देशक का होता है। आदि से अंत तक फिल्म के साथ जुड़ने के कारण फिल्म की कमजोरियां निर्देशक की पकड़ में आती है। उन पर उसी समय काम करते हुए सुधार करना जरूरी होता है। निर्देशन का अर्थ दिशा दर्शन और मार्गदर्शन करना है। कौशल और कला का संगम, कॅमरामन और निर्देशक का तालमेल, काल्पनिक सत्य की वास्तविकता को पिरोना, समन्वय करना, विषय को न्याय देना, पर्दे के पीछे का कार्य आदि निर्देशकीय जिम्मेदारियां होती है। निर्देशक अपने कार्यों को एक पॅशन, सब्र और आशावादिता के साथ अंजाम तक पहुंचा देता है।

निर्माताओं द्वारा निर्देशक को निर्देशन के लिए नियुक्त किया जाता है। अर्थात् फिल्म के निर्माता और फायनेंसर कोई दूसरे होते हैं और निर्देशन एक प्रकार का जॉब होता है। परंतु यह बात भी सही है कि निर्माताओं का फिल्म की सौंदर्यात्मक और कलात्मक दृष्टि से कोई संबंध नहीं होता है, यह कार्य निर्देशकीय जिम्मेदारी के तहत आता है। खैर आज कई फिल्मों के भीतर यह भी देखा जाता है कि निर्माता और निर्देशक एक ही होता है। निर्माता ही निर्देशन की जिम्मेदारी को निभाता है और फिल्मों को निर्माण-निर्देशन के साथ पर्दे पर लेकर जाता है। ऐसा करने के पीछे यह उद्देश्य है कि फिल्म के सारे सूत्र अपने हाथ में रहे। दूसरी बात यह भी है कि फिल्म निर्देशन में कई सहायक निर्देशक भी होते हैं जो अपने विभाग में निपुण होते हैं जिससे निर्देशन करना आसान होता है।

फिल्म का संपादन

फिल्म संपादन एक रचनात्मक और तकनीकी तरीका है। फिल्म निर्माण, शूटिंग, साउंड रिकॉर्डिंग, पृष्ठभूमि संगीत रिकॉर्डिंग के बाद फिल्मों का संपादन होता है। विभिन्न तकनीकों, कंप्यूटर सॉफ्टवेयरों के आधार पर फिल्मों का संपादन किया जा सकता है। आधुनिक टेक्नॉलॉजी का इतना अधिक विकास हो गया है कि संपादन में आसानी बनी है। अतः पहले इसके संपादन के लिए जितना समय लगता था उतना अब नहीं लग रहा है। आधुनिक तकनीकों के चलते फिल्मों में पहले से अधिक साफ-सुथरापन आ गया है। यह साफ-सुथरापन दृश्य और श्रव्य (वीडियो और ऑडियो) में देखा जा सकता है। फिलहाल फिल्मों को तेजी से संपादन करने के लिए डिजिटल प्रौद्योगिकी का इस्तेमाल किया जा रहा है।

फिल्म संपादक फिल्माए गए कच्चे दृश्यों और आवाजों के साथ काम करता है। फुटेज का चयन, शॉटस् और उनमें संयोजन तथा पहले दृश्य के खत्म होने के बाद दूसरे दृश्य का आरंभ तथा उन दोनों की विषय के साथ संगति बिठाकर गतिशीलता बनाए रखने की जिम्मेदारी संपादक की होती है। फिल्म संपादन कला और कौशल का अद्भुत मिलाप है। संपादकीय टेबल पर जब फिल्म आती है तब संपादक, निर्देशक, सहायक निर्देशक आदि महत्त्वपूर्ण लोगों के साथ बैठकर विविध शॉटों का चुनाव करता है और बाद में अपने कौशल, अभ्यास तथा ज्ञान के बल पर जोड़ने की प्रक्रिया शुरू करता है। इस प्रक्रिया को जोड़ते वक्त जितना कला और तकनीकी कार्य है उतना ही सृजनात्मक कार्य है। क्योंकि संपादक को साहित्य और फिल्मी कलाओं से परिचित होना पड़ता है, उसकी सूक्ष्मताओं से अवगत होना पड़ता है तथा सृजनप्रक्रिया से भी वाकिफ होना पड़ता है; तभी वह पटकथा और संवादों में पिरोयी गई कहानी को सुसूत्रता से जोड़ सकता है। फिल्म संपादन को अदृश्य कला के रूप में जाना जाता है। इसका कारण यह है कि वह पर्दे के पीछे रहकर फिल्म को अंजाम तक पहुंचाता

है। संपादक आम तौर पर एक फिल्म के निर्माण में गतिशील भूमिका निभाते हैं। डिजिटल संपादन के आगमन के साथ फिल्म संपादन में गति आ गई है और एक संपादक की जगह पर अनेक संपादक फिल्मों में योगदान दे रहे हैं। वे अपने-अपने क्षेत्र के माहिर विद्वान होते हैं। चित्र संपादक केवल चित्रों का संपादन, ध्वनि संपादक केवल ध्वनि संपादन, संगीत संपादक संगीत का संपादन, दृश्य संपादक दृश्य संपादन करता है। यह सारे संपादकीय कार्य मुख्य संपादक के निर्देशों से होते हैं और अंत में निर्देशक के साथ बैठकर यह पूरी टीम दुबारा पूर्ण हो चुके संपादकीय कार्य का अवलोकन करती है। निर्देशक की मान्यता के बाद जोड़ने की प्रक्रिया शुरू होती है।

1. संपादन क्या है?

संपादन का अर्थ है किसी लेख, पुस्तक, दैनिक, साप्ताहिक, मासिक, कविता के पाठ, भाषा, भाव या क्रम को व्यवस्थित करके तथा आवश्यकतानुसार उसमें संशोधन, परिवर्तन या परिवर्धन करके उसे सार्वजनिक प्रयोग अथवा प्रकाशन के योग्य बना देना। लेख और पुस्तक के संपादन में भाषा, भाव तथा क्रम के साथ-साथ उसमें आए हुए तथ्य एवं पाठ का भी संशोधन और परिष्कार किया जाता है। इस परिष्करण की क्रिया में उचित शीर्षक या उपशीर्षक देकर, अध्याय का क्रम ठीक करके, व्याकरण की दृष्टि से भाषा सुधार कर, शैली और प्रभाव का सामंजस्य स्थापित करके, नाम, घटना, तिथि और प्रसंग का उचित योग देकर, आवश्यकतानुसार विषय, शब्द, वाक्य या उदाहरण बढ़ाकर, उद्धरण जोड़कर, नीचे पादटिप्पणी देकर सुबोध व्याख्या भी जोड़ दी जा सकती है। तात्पर्य यह है कि संपादन के द्वारा किसी भी लेख, पुस्तक या पत्र की सामग्री को उचित अनुपात, रूप, शैली और भाषा में इस प्रकार ढाल दिया जाता है कि वह जिस प्रकार के पाठकों के लिए उद्दिष्ट हो उन्हें वह प्रभावित कर सके, उनकी समझ में आ सके और उनके भावों, विचारों तथा भाषाबोध को परिमार्जित, सशक्त, प्रेरित और प्रबुद्ध कर सके तथा लेखकों का भी पथप्रदर्शन कर सके। संपादन का यह आम अर्थ हो गया जो सीधे लिखित सामग्री के साथ जुड़ता है। फिल्मों भी इसी धरातल पर संपादन का कार्य होता है।

व्यावसायिक संपादन केंद्र का एक दृश्य

फिल्में दृश्य और श्रव्य माध्यम है साथ ही इसमें पढ़ने योग्य भी थोड़ी-बहुत सामग्री होती है परंतु उसका उपयोग दृश्य और श्रव्य को अधिक प्रभावशाली

बनाने के लिए किया जाता है। लिखित माध्यम और दृश्य माध्यम के संपादकीय अंगों में अंतर होता है। लिखित स्वरूप में उपलब्ध सामग्री का एक दृष्टि से संपादन आसान है। दृश्य-श्रव्य माध्यम का संपादन कार्य लिखित की तुलना में कठिन है परंतु इन संपादकों की सहायता हेतु आधुनिक संसाधन, तकनीक और कंप्यूटर मदत करता है। दृश्य का आरंभिक फिल्मांकन, संवाद का रिकॉर्डिंग, संगीत और गीत आदि प्रकार की श्रव्य सामग्री जब संपादकीय टेबल पर आती है तब इसमें से फिल्म की कथा-पटकथा के अनुकूल उचित दृश्य-श्रव्य सामग्री को एक क्रम से प्रभावशाली ढंग से काटकर जोड़ने की प्रक्रिया को फिल्मी संपादन कहा जाता है। ऐसी स्थिति में इस बात का ध्यान रखा जाता है कि फिल्मों की कहानी अधिक प्रभावशाली बने, दर्शकों का मनोरंजन हो, दृश्यों के क्रम में सुसूत्रता हो और अखंड़ित फिल्म का निर्माण हो।

2. संपादन के चरण

फिल्में टी. वी. इंटरनेट, सिनेमाघर आदि जगहों पर प्रदर्शित होती है और इनके अनुकूल उनका होना भी जरूरी होता है। क्षेत्र व्यापक है और दर्शकों की संख्या तथा उसका वर्गीय विस्तार भी अधिक है। अतः इन सबके मांगों के हिसाब से दृश्य-श्रव्य संपादन तथा टेक्नॉलॉजी के हिसाब से उसकी सहज उपलब्धता होना अत्यंत आवश्यक है। यानि समय, माध्यम, दर्शक से इनकी मांग, मनोरंजन प्रियता और सिनेमा से अपेक्षा ही सिनेमा को अपड़ेट रखने, उसका उचित संयोजन करने और उसे बेहतर ढंग से सुसंपादित रूप में प्रस्तुत करने में मदद कर सकती है। आगे चलकर सिनेमा प्रौद्योगिकी (टेक्नॉलॉजी) में कई नए परिवर्तन होते रहेंगे और उसके साथ संपादकीय तकनीकी कौशल भी बदलते रहेंगे। फिलहाल उपलब्ध साधन-सामग्री और कौशलों के आधार पर फिल्मों के तीन संपादकीय चरणों पर विशेष ध्यान दिया जाता है। वह हैं –

अ. *दृश्य-श्रव्य सामग्री का चयन और उसका क्रम,*

आ. *दृश्य सामग्री के रंग और श्रव्य सामग्री का भाषाई सौंदर्य,*

इ. *प्रस्तुतिकरण।*

यह तीनों काम परस्पर संबद्ध हैं और इनमें बेहतर तालमेल से ही बेहतर संपादन कार्य किया जा सकता है। फिल्में व्यवसाय है और मनोरंजन का आधार बनाकर इसे बड़ी सफलता के साथ पूरा किया जाता है। परंतु संपादन करते वक्त

एक बात यह भी ध्यान रखनी चाहिए कि वे मात्र व्यवसाय नहीं है उसमें कलात्मकता भी है और उसका सौंदर्य उसी में निहित है। अगर इस सौंदर्य को फिल्म संपादक बनाए रखता है तो फिल्मों के भविष्य को भी सुरक्षित करता है। संपादकीय जिम्मेदारी बहुत नाजुक और महीन कार्य है। फिल्मों को बनाने के लिए हजारों लोगों के हाथ लगे होते हैं, अतः संपादकीय कौशल विविध चरणों से होकर सौंदर्य को चयन करने, उसे पकड़ने और प्रस्तुत करने में सफल होता है तो यह सबकी सफलता माना जाता है, साथ ही सबके आत्मविश्वास को भी बढ़ावा देता है।

3. फिल्म संपादन के प्रमुख प्रकार

सिनेमा दृश्य और श्रव्य माध्यम है। दर्शक देखकर और सुनकर इसका आनंद लेता है। देखने और सुनने की प्रक्रियाएं एक साथ होती है और उसे अपेक्षा होती है कि इन दो माध्यमों से जो फिल्म उसके सामने उपस्थित है वह तकनीकी तौर पर और सौंदर्यात्मक रूप से भी लबालब भरी हो। दर्शक इनमें से एक भी कमजोरी बर्दाश्त नहीं कर सकता है। दर्शकों की अपेक्षा में न उतरने का मतलब है फिल्म का आर्थिक घाटे में जाना। कोई सिनेमा निर्माता आर्थिक घाटा उठाने की मनस्थिति में नहीं होता है। अतः फिल्मों के संपादन के दौरान विशेष ध्यान रखा जाता है और कोई नए प्रयोग नहीं होते हैं। अगर कोई प्रयोग करना ही है तो अचानक नहीं किया जाता है, धीरे-धीरे संभलकर किए जाते हैं। दर्शक बहुत मुड़ी होते हैं वे कौनसी फिल्म को सर पर उठाएंगे और कौनसी फिल्म को पटक देंगे इसका भरौसा नहीं होता है। फिल्म संपादन पूरा होने के बाद भी अगर निर्देशक को लग रहा है कि कुछ प्रसंग छूट चुके हैं या कहीं कमजोरियां रही हैं तो वे उन प्रसगों पर दुबारा काम करते हैं। अगर आवश्यकता हो तो उन दृश्यों और ध्वनियों पर दुबारा काम भी किया जाता है। मूलतः फिल्मों का दृश्य (Video) और श्रव्य (Audio) रूप में संपादन कार्य होता है।

3.1 श्रव्य संपादन (Audio Editing)

जिस संपादन के भीतर आवाज (ध्वनि) का संपादन कार्य होता है उसे श्रव्य संपादन कहा जाता है। इस कार्य के दौरान रिकॉर्ड की गई आवाजों को साफ करना, गलतियों को दुरुस्त करना, विविध साउंड़ ट्रॅक बनाना, पृष्ठभूमि संगीत के साथ आवाजों को जोड़ना, गीतों को जोड़ना, दृश्यों के

अनुरूप ध्वनि का मिलाप करना आदि कार्य किया जाता है और सबसे अंत में इन सारी संपादित ध्वनियों को पूरी फिल्म के साथ जोड़ा भी जाता है।

3.2 दृश्य संपादन (Video Editing)

वीडियो संपादन वह प्रक्रिया है जिसमें हम एक आम कैमरे से ली गई सामान्य-सी लगनेवाली वीडियो को भी रंग, रूप, आकार आदि के प्रभाव डाल कर आकर्षक बनाते हैं। आज कल ये कार्य कंप्यूटर की सहायता से किया जाता है। सामान्यतः एक कंप्यूटर, कैमकॉर्डर, एक डेटा केबल और एड़िटिंग सॉफ्टवेयर की सहायता से किया जा सकता है। पिनाकल, केनोपस एडियस, वेगास, आदि प्रोफेश्नल सॉफ्टवेयर की सहायता से दृश्य संपादन आसान हो जाता है।

4. फिल्म संपादन प्रक्रिया

पीछे लिखा है कि फिल्मों का संपादन एक प्रकार से तकनीकी कार्य है और इस कार्य में जितनी वैज्ञानिक ज्ञान की आवश्यकता है उतना ही संपादकों का सौंदर्यात्मक दृष्टिकोण व्यापक होना चाहिए। फिल्म संपादन विविध चरणों के तहत चलनेवाली एक प्रक्रिया है। फिल्मों के पूरा होने के बाद ही यह प्रक्रिया पूर्ण होती है। इस प्रक्रिया में संपादक और निर्देशक अहम भूमिका निभाते हैं। पटकथा, कहानी, संवाद और अभिनय का परिपूर्ण मिलन करने का कार्य इन्हीं का होता है। बीस-बाईस घंटों में बनी फिल्म को दो-तीन घंटों की बनाते वक्त उसमें अनेक कट लग जाते हैं। कभी-कभार पात्रों को पूरी फिल्म देखने के बाद बहुत आश्चर्य होता है कि अपनी भूमिका को बहुत ज्यादा कट किया है। यह हादसे मुख्य अभिनेताओं के साथ नहीं तो सहायक और गौन पात्रों के साथ हमेशा होते हैं।

4.1 संपादकीय कट

संपादकीय कट के दौरान संपादक उसके टेबल पर मौजूद दृश्य फिल्म और श्रव्य फिल्म के केवल मिलाप का ही काम नहीं करता है तो उसकी जिम्मेदारी यह होती है कि बहुत अच्छे दृश्य-श्रव्य प्रसंगों को चुनना और उसे कट करना भी है। फिल्म संपादक दृश्यों को चुनते वक्त फिल्म निर्देशक के साथ हमेशा विचार-विमर्श करता है और चुनिंदा दृश्यों को

चुनकर विभिन्न प्रकार के जब कट बनाता है तब उसे संपादकीय कट कहा जाता है। परंतु यह ध्यान रखना चाहिए कि उसका प्रस्तुत कार्य अंतिम नहीं होता।

4.2 निर्देशकीय कट

संपादकीय कट के बाद फिल्म निर्देशक उन दृश्यों का अवलोकन करता है। वह कहानी, पटकथा और संवादों से जुड़ा होता है साथ ही सारी फिल्म के दृश्य उसके अनुमति के बाद ही शूट किए होते हैं उसे पता होता है कि कौनसे दृश्य अच्छे बने हैं और कौनसे प्रसंग अच्छे हैं। उसकी निर्देशक के नाते नजर पक्की होती है और संपादक से छूट चुके दृश्यों को निर्देशक कट करवाता है।

4.3 अंतिम कट

संपादकीय और निर्देशकीय कट पूरा होने के बाद दुबारा पूरी संपादकीय टीम निर्देशक के साथ बैठकर सारे फिल्माए गए दृश्यों को देखती है कि कहीं ऐसे दृश्य तो नहीं कि जो दोनों के नजरों से छूट चुके हो। अगर ऐसे दृश्य है तो उन्हें अंतिम कट के तहत छाटकर अलग निकाला जाता है।

4.4 निरंतरता

फिल्मों में कथा, पटकथा, संवाद और अभिनय अत्यंत अहम होते हैं। फिल्म के सारे संपादकीय कटों को नोट किया जाता है और उसके साथ समय का कोडिंग होता है। दृश्य और श्रव्य को इस कोडिंग के सहारे एक दूसरे के साथ मिलाकर निरंतरता लाई जाती है। मूल कहानी पटकथा, संवाद और अभिनय की निरंतरता का भी संपादन प्रक्रिया के भीतर ध्यान रखा जाता है। तकनीकी तौर पर निरंतरता की जिम्मेदारी स्क्रिप्ट पर्यवेक्षक और फिल्म निर्देशक की होती है।

5. वीडियो संपादन सॉफ्टवेयर

आजकल बाजार में आधुनिक वीडियो संपादन के सॉफ्टवेयर मिल जाते हैं। नई तकनीक और नए अस्त्रों के साथ लदे यह सॉफ्टवेयर फिल्म प्रौद्योगिकी के लिए देन हैं। बिल्कुल कम समय में वीडियो और ऑडियो संपादन करने की क्षमता रखते हैं। परंतु इसे भी जानना जरूरी है कि इनका इस्तेमाल कैसे किया जाए। किसी के पास कैमरा होने से कोई अच्छी तस्वीरें नहीं निकाल सकता या

किसी के पास कलम होने से कोई कहानी नहीं लिख सकता बिल्कुल वैसे ही सॉफ्टवेयर होने से सीधे फिल्म संपादक नहीं बन सकता। फिल्म संपादक की सूक्ष्मताएं, तकनीक, कौशल, ज्ञान, सौंदर्यदृष्टि, कलाकारिता अगर किसी के पास हो और उसके साथ संपन्न अनुभव हो तो ही फिल्म संपादन किया जा सकता है। इंटरनेट पर कई सारे मुफ्त और बिक्री के लिए फिल्म संपादक सॉफ्टवेयर उपलब्ध हैं। आमतौर पर इन सॉफ्टवेयरों से दृश्य को साफ करना, ध्वनि साफ करना, दृश्य और ध्वनि में कट लगाना और जहां जरूरी है वहां जोड़ना, साउंड़ ट्रेक जोड़ना, शीर्षक संपादन, लिखित सामग्री को प्रभावशाली बनाना, एनिमेशन, वीड़ियो आयात और निर्यात करना, खींचना और ड्रॉप करना, डिजाइन करना, छवि संपादन करना, डिस्क संपादन करना, एकल वीड़ियो और डबल ऑड़ियो ट्रॅक बनाना, थ्री डी इफेक्ट देना, कलर ग्रेड़िंग करना, स्लाईड़ शो करना, डीवीड़ी लेआउट और डिजाइन करना, रेखीय प्रदर्शन करना, टाईम कोडिंग करना आदि कामों को अंजाम देने के लिए उपयोग होता है।

कुछ चुनिंदा सॉफ्टवेयरों के नाम निम्नानुसार बताए जा सकते हैं –

- AVS वीड़ियो संपादक
- Last Cut Pro
- सोनी वेगास फिल्म स्टूड़ियो
- Lightworks
- सोनी वेगास प्रो
- सिनलेरा
- Pinnacle Studio
- कोरल वीड़ियो स्टूड़ियो
- iMovie वीड़ियो संपादक
- एडोब प्रीमियर समर्थक
- Pitivi वीड़ियो संपादक
- Cyberlink Power Director
- Kdenlive

- ivsEdits
- विंड़ोज़ मूवी मेकर
- ConoaEasyFX
- WLM home Loudness
- Gen Arts
- AVX

6. फिल्म संपादन की पढ़ाई

फिल्म संपादन रोजगार का नवीन क्षेत्र है। आजकल सिनेमा और धारावाहिक रूपांतरों का बहुत अधिक प्रचलन है और साथ ही विविध टी. वी. चैनल्स भी है जहां पर फिल्म संपादकों की जरूरत होती है। आपके पास जरूरी अंग्रेजी, अच्छी हिंदी और कंप्यूटर का ज्ञान हो तो अच्छे संपादक बन सकते हैं। इसका बेसिक कोर्स पूरा करने के बाद आपके पास फिल्मों के संपादकीय कौशल की निपुणता आ सकती है। किसी भी विषय से स्नातक होने के उपरांत आप फिल्म संपादन का कोर्स कर सकते हैं। 'दि फिल्म एंड़ टेलीविजन इंस्टीट्यूट ऑफ इंड़िया पूना, सत्यजीत रे फिल्म एंड़ टेलीविजन इंस्टीट्यूट कोलकाता, सिम्बायोसिस इंस्टीट्यूट ऑफ मास कम्युनिकेशन पूना आदि जगहों पर फिल्म संपादन के कोर्स चलाए जा रहे हैं। आप अगर उत्सुक है तो इंटरनेट पर फिल्म संपादन कोर्स चलानेवाले केंद्रों से परिचित हो सकते हैं। यह सूचना और प्रौद्योगिकी के जमाने में रोजगार उपलब्ध कराने का बहुत बड़ा क्षेत्र है। परंपरागत क्षेत्रों को छोड़कर नए क्षेत्र में प्रवेश करना है तो ऐसे क्षेत्रों का चुनाव किया जा सकता है।

फिल्म के दृश्यों का फिल्मांकन और ऑडियो की रिकॉर्डिंग होने के बाद अगली प्रक्रिया के नाते संपादन प्रक्रिया को देखा जाता है। पहले दृश्य संपादन और फिर उसके अनुरूप ध्वनि का संपादन होता है। यह एक निरंतर और लंबी चनेवाली प्रक्रिया है। फिल्मों के संपादकों के पास वैज्ञानिक ज्ञान के साथ तकनीकी और सृजनात्मक नजरिया होना चाहिए। फिल्म बनाना सृजन का कार्य है और इस सृजनात्मक निर्मिति के सौंदर्य स्थलों को पकड़ना, इकट्ठा करना और एक क्रम में सजाना संपादक का दायित्व होता है। फिल्मों के आरंभिक दौर में किसी भी प्रकार के संपादन को अंजाम तक लेकर जाना बहुत अधिक मुश्किल कार्य था। लेकिन अब आधुनिक तकनीकों कंप्यूटर के भीतर विकसित प्रोग्रॅमों तथा मौजूद सॉफ्टवेयरों के चलते यह कार्य आसान बन चुका है। आधुनिक

तकनीक के कारण फिल्मों में संपादकीय साफसुथरापन आ चुका है तथा दृश्यों और ध्वनियों की स्तरीयता भी बढ़ चुकी है।

भारत में और विदेशों में जिस प्रकार से फिल्में और धारावाहिकों का निर्माण हो रहा है उसके देखते हुए कहा जा सकता है कि फिल्म संपादन के क्षेत्र में रोजगार के बहुत अधिक मौकें बढ़ गए हैं। फिल्म संपादन का कार्य जितना तकनीकी है उतना ही सृजनात्मक है। जो लोग नवनिर्माण और विज्ञान के क्षेत्र में अधिक रुचि रखते हैं, उनके लिए यह पसंदिता कार्य साबित हो सकता है। फिल्मों का संपादन करना संपादकों के लिए पर्दे के पीछे का कार्य है।

परिशिष्ट

सिनेमा जगत की चर्चित हस्तियां

भारतीय सिनेमा के सौ साल के इतिहास में अनेक ऐसे कलाकार और फनकार हुए हैं जिन्होंने सीधे जनता के दिलों में अपनी जगह बनाई।

चर्चित अभिनेता

राज कपूरः राज कपूर बहुमुखी प्रतिभा के धनी थे और कम उम्र में उन्होंने निर्देशक की कमान भी संभाल ली। यही वजह है कि वे ज्यादा फिल्मों में अभिनय नहीं कर पाएं। एक मासूम व्यक्ति का किरदार उन्होंने कई फिल्मों में अभिनीत किया। आवारा, श्री 420 जैसी फिल्मों से उन्हें अंतरराष्ट्रीय स्तर पर ख्याति मिली। बरसात, चोरी-चोरी, संगम, मेरा नाम जोकर, तीसरी कसम उनकी अन्य यादगार फिल्में हैं।

अशोक कुमार (अभिनेता): अशोक कुमार को भारत का सबसे पहला स्टार कहा जाता है जो न चाहते हुए भी हीरो बन गए। जीवन नैया के हीरो को कुछ कारणों से बाहर कर दिया गया और अशोक कुमार को हीरो बना दिया गया। अशोक अभिनय नहीं जानते थे, लेकिन धीरे-धीरे उन्होंने सब सीखा और स्टार बन बैठे। 1943 में रिलीज हुई 'किस्मत' सुपरहिट हुई और अशोक कुमार ने इसके बाद कई सफल फिल्में दी। बाद में उन्होंने चरित्र अभिनेता के रूप में भी लंबी इनिंग खेली।

दिलीप कुमारः दिलीप कुमार को अभिनय सम्राट कहा जाता है। वे इतने परफेक्शनिस्ट हैं कि यदि फिल्म में गिटार बजाना हो तो वे पहले गिटार बजाना सीखते हैं। ज्वार भाटा (1944) से उन्होंने अपना करियर शुरू किया और इसके बाद पलटकर कभी नहीं देखा। दिलीप कुमार के अभिनय की शैली का असर कई अभिनेताओं पर देखा जाता रहा है। गुणवत्ता के प्रति दिलीप कुमार का विशेष आग्रह रहा है और अपने लंबे करियर में उन्होंने बेहद कम फिल्में की हैं।

देव आनंदः शहरी नौजवान की भूमिका देवआनंद पर खूब फबती थी। देवआनंद एक स्टाइलिस्ट अभिनेता थे। सिर पर हैट, गले में मफलर, स्वेटर, जूते और अपने एपियरेंस पर वे बहुत ज्यादा ध्यान देते थे, यही कारण रहा कि वे युवाओं में हमेशा लोकप्रिय रहे। रोमांटिक भूमिकाएं भी उन्होंने खूब की और

जीवन भर सदाबहार बने रहे। सीआईडी, सोलवां साल, काला पानी, गाइड, बम्बई का बाबू, इंसानियत,नौ दो ग्यारह, हरे रामा हरे कृष्णा जैसी कई यादगार और हिट फिल्में भारतीय सिनेमा को दी।

धर्मेन्द्रः पंजाब के छोटे-से गांव से गबरू धर्मेन्द्र को फिल्मों के प्रति जुनून मुंबई खींच लाया। मुंबई में धर्मेन्द्र ने लंबा स्ट्रगल किया और बॉलीवुड में लंबी इनिंग खेली। सत्यकाम, अनुपमा, चुपके-चुपके जैसी बेहतरीन फिल्म करने के बाद धर्मेन्द्र ने बदलते समय को देख एक्शन फिल्मों को चुना और अपनी धाक जमाई। टाइम मैगजीन ने उन्हें दुनिया के दस हैंडसम पुरुषों में चुना और उनकी तंदुरुस्ती देख दिलीप कुमार ने एक बार कहा था कि वे अगले जन्म में धर्मेन्द्र जैसे हैंडसम दिखना चाहेंगे। अपनी अदाकारी और विनम्रता के कारण इस धर्मेन्द्र ने लोगों के दिलों में अपनी जगह बनाई।

राजेश खन्नाः आराधना (1969) से राजेश खन्ना की ऐसी आंधी चली कि बॉलीवुड के दूसरे हीरो हिल गए। 15 लगातार सफल फिल्म देने का रिकॉर्ड आज भी काका के नाम पर है। उन्हें बॉलीवुड का पहला सुपरस्टार कहा गया। मधुर गानें और काका के गर्दन को टेढ़ा कर आंखों को मि?चमिचाकर रोमांस करने का अंदाज लोगों को खूब भाया। लड़कियां तो राजेश की दीवानी हो गईं और खून से उन्हें खत लिखने लगी। आनंद (1971) ने राजेश को अमर कर दिया। सफर, कटी पतंग, आन मिलो सजना, सच्चा झूठा, बावर्ची, नमक हराम उनकी अन्य यादगार फिल्में हैं।

अमिताभ बच्चन : एक दर्जन से ज्यादा फ्लॉप फिल्म देने के बाद दुबले-पतले और लंबे शख्स अमिताभ बच्चन ने जंजीर नामक फिल्म साइन की। युवा आक्रोश को उन्होंने अपने अभिनय से ऐसी धार दी कि दर्शकों ने उन्हें सुपरस्टार बना दिया। अमिताभ के बाद दूसरे नंबर के स्टार की गिनती ग्यारह से शुरू होती थी। अमिताभ न केवल स्टार हैं बल्कि अपने बेहतरीन अभिनेता भी हैं। जहां एक ओर उन्होंने आनंद, नमक हराम, चुपके-चुपके जैसी फिल्में की तो दूसरी ओर शोले,शान, मुकद्दर का सिकंदर, डॉन जैसी एक्शन फिल्मों से भी दिल जीता। उनके जैसी सफलता शायद ही किसी और स्टार को मिली हो। एक चरित्र अभिनेता के रूप में भी उन्होंने ब्लैक और पा जैसी उम्दा फिल्में दी हैं।

सलमान खान : मैंने प्यार किया से धमाकेदार शुरुआत सलमान खान

ने की। अपने करियर के शुरुआत में उन्होंने कई रोमांटिक फिल्में की। सलमान खान की एक्टिंग में गहराई नहीं है, लेकिन उनके अभिनय का एक खास अंदाज है जिससे दर्शक उनके दीवाने हुए। बॉलीवुड के हैंडसम स्टार सलमान का करियर ग्राफ कुछ वर्ष पहले बहुत नीचे आ गया था, लेकिन वांटेड और दबंग जैसी फिल्मों के जरिये उन्होंने शानदार वापसी की। उन्हें मास का हीरो कहा जाता है और लोग केवल सलमान को देखने जाते हैं, उन्हें कहानी, अभिनय जैसी चीजों से कोई मतलब नहीं होता है। इस समय सलमान की चारों ओर धूम है।

शाहरुख खानः छोटे परदे से शाहरुख खान ने ऐसी छलांग लगाई कि वे बॉलीवुड के नंबर वन सिंहासन कर काबिज हो गए। किंग खान ने रोमांस के दौर को बॉलीवुड में फिर लौटाया। एक और दिलवाले दुल्हनियां ले जाएंगे में वे मासूम प्रेमी नजर आए तो 'डर' और 'बाजीगर' में उनका शैतानी चेहरा नजर आया। वे अपने किरदारों को त्रीवता के साथ पेश करते हैं। उनकी ऊर्जा देखते ही बनती है। विदेश में उनके चाहने वालों की संख्यात बहुत ज्यादा है इसीलिए उन्हें डॉलर खान भी कहा जाता है।

आमिर खान : कयामत से कयामत तक से फिल्म उद्योग में प्रवेश। लगान ने आमिर की लोकप्रियता को शिखर पर पहुंचा दिया। बतौर निर्देशक 'तारे जमीं पर' बनाकर जता दिया कि कैमरे के पीछे भी वे उतने ही माहिर हैं जितना की कैमरे के आगे।

चर्चित अभिनेत्रियां

मीना कुमारी : मूल नाम माहजबीं बानो। 1953 तक मीना कुमारी की तीन सफल फिल्में आ चुकी थीं जिनमें : दायरा, दो बीघा ज़मीन और परिणीता शामिल थीं। परिणीता से मीना कुमारी के लिये एक नया युग शुरु हुआ। परिणीता में उनकी भूमिका ने भारतीय महिलाओं को खास प्रभावित किया था चूकि इस फिल्म में भारतीय नारियों के आम जिदगी की तकलीफ़ों का चित्रण करने की कोशिश की गयी थी। लेकिन इसी फिल्म की वजह से उनकी छवि सिर्फ़ दुखांत भूमिकाएँ करने वाले की होकर सीमित हो गयी। लेकिन ऐसा होने के बावजूद उनके अभिनय की खास शैली और मोहक आवाज़ का जादू भारतीय दर्शकों पर हमेशा छाया रहा।

कामिनी कौशलः 1947 में जेल यात्रा से कैरियर की शुरुआत करने

वाली कामिनी कौशल को 1956 में बिरज बहू के लिए फ़िल्मफ़ेयर सर्वश्रेष्ठ अभिनेत्री पुरस्कार मिला।

नूतन : हिन्दी सिनेमा की सबसे प्रसिद्ध अदाकाराओं में से एक रही हैं। नूतन ने 50 से भी अधिक फ़िल्मों में काम किया और उन्हे बहुत से अन्य पुरस्कारों के अलावा 6 बार फ़िल्मफ़ेयर पुरस्कार मिला (जो कि अभी तक किसी भी दूसरी अभिनेत्री से अधिक है)।

नर्गिस : हिन्दी सिनेमा की सबसे प्रसिद्ध अदाकाराओं में से एक रही हैं।

वैजयन्ती माला : वैजयन्ती माला हिन्दी फिल्मों की एक प्रसिद्ध अभिनेत्री और एक राजनीतिज्ञ हैं। इन्हें चार बार क्रमशः 1957 में देवदास के लिए, 1959 में मधुमती के लिए,1962 में गंगा जमुना के लिए और 1965 में संगम के लिए फ़िल्मफ़ेयर सर्वश्रेष्ठ अभिनेत्री पुरस्कार मिला।

वहीदा रहमानः 1957 में प्यासा से अपने कैरियर की शुरुआत करने वाली वहीदा रहना को दो बार क्रमशः 1967 में गाइड और 1969 में नीलकमल के लिए फ़िल्मफ़ेयर सर्वश्रेष्ठ अभिनेत्री पुरस्कार मिला।

शर्मिला टैगोरः शर्मिला टैगोर भारतीय फिल्मों की सशक्त अभिनेत्री रही हैं। शर्मिला टैगोर का जन्म हैदराबाद, आंध्र प्रदेश, भारत में एक हिंदू बंगाली परिवार में हुआ था। उनके पिताजी गीतेन्द्रनाथ टैगोर एल्गिन मिल्स के ब्रिटिश इंडिया कंपनी के मालिक के महाप्रबंधक थे। भारतीय क्रिकेट टीम के पूर्व कप्तान नवाब पटौदी से विवाह के बाद शर्मिला टैगोर ने अपना नाम आयशा सुलतान रख लिया।

मुमताज़ : 1971 में खिलौना के लिए फ़िल्मफ़ेयर सर्वश्रेष्ठ अभिनेत्री पुरस्कार से पुरस्कृत।

आशा पारेखः 2 अक्टूबर 1942 को जन्मी आशा पारेख हिन्दी फिल्मों की एक प्रसिद्ध अभिनेत्री हैं।

हेमा मालिनी : हेमा मालिनी हिन्दी फ़िल्मजगत की प्रसिद्ध अभिनेत्री हैं। इन्होंने अपने फ़िल्म कैरियर की शुरुआत राज कपूर के साथ फ़िल्मसपनों का सौदागर से की। 1981 में इन्होंने अभिनेता धर्मेन्द्र से विवाह किया। ये अब भी फ़िल्मों में सक्रिय हैं। ये भारतीय जनता पार्टी के सहयोग से राज्यसभा की सांसद चुनी गईं हैं।

जया बच्चनः जया का जन्म 9 अप्रैल 1948 को जबलपुर, मध्य प्रदेश में हुआ था। जया जी की शादी अमिताभ बच्चन से 1973 में हुई। इनके पुत्र अभिषेक बच्चन भी फ़िल्मों में अभिनेता हैं।

राखी गुलज़ारः राखी का किशोरावस्था में ही बंगाली फ़िल्मों के निर्देशक अजय बिश्वास से शादी हो गई थी पर यह शादी असफल रही। अभी वह विख्यात फ़िल्म निर्देशक, कवि एवं गीतकार गुलज़ार की पत्नी हैं। वर्ष 2003 में उनको पद्म श्री की उपाधि से सम्मानित किया गया।

शबाना आज़मीः शबाना आज़मी हिन्दी फ़िल्मों की एक सशक्त अभिनेत्री हैं, जिन्हें तीन बार क्रमशः 1978 में स्वामी,1984 में अर्थ और 1985 में भावना के लिए फ़िल्मफ़ेयर सर्वश्रेष्ठ अभिनेत्री पुरस्कार मिला।

रेखाः भानुरेखा गणेशन उर्फ़ रेखा हिन्दी फ़िल्मों की बेहद सशक्त अभिनेत्री हैं। प्रतिभाशाली रेखा को हिन्दी फ़िल्मों की सबसे अच्छी अभिनेत्रियों में से एक माना जाता है। वैसे तो रेखा ने अपने फ़िल्मी जीवन की शुरुआत बतौर एक बाल कलाकार तेलुगु फ़िल्म रंगुला रत्नम से कर दी थी, लेकिन हिन्दी सिनेमा में उनकी प्रविष्टि 1970 की फ़िल्म सावन भादों से हुई।

श्री देवी : श्रीदेवी हिन्दी फिल्मों की एक सशक्त अभिनेत्री हैं। इन्होंने फिल्म निर्माता बोनी कपूर से विवाह किया।

स्मिता पाटिलः हिन्दी फ़िल्मों की एक सशक्त अभिनेत्री थी। भारतीय संदर्भ में स्मिता पाटिल एक सक्रिय नारीवादी होने के अतिरिक्त मुंबई के महिला केंद्र की सदस्य भी थीं। वे महिलाओं के मुद्दों पर पूरी तरह से वचनबद्ध थीं और इसके साथ ही उन्होने उन फिल्मो में काम करने को प्राथमिकता दी जो परंपरागत भारतीय समाज में शहरी मध्यवर्ग की महिलाओं की प्रगति उनकी कामुकता तथा सामाजिक परिवर्तन का सामना कर रही महिलाओं के सपनों की अभिवयक्ति कर सकें.

माधुरी दीक्षित :माधुरी दीक्षित हिन्दी सिनेमा की सबसे सफल अभिनेत्री हैं। इन्होंने अपने अभिनय जीवन की शुरुआत सन 1984 में ' अबोध ' नामक चलचित्र से की। किन्तु इन्हे पह्चान 1988 में आई फिल्म ' तेजाब ' से मिली। इसके बाद इन्होंने पीछे मुड कर नहीं देखा। एक के बाद एक सुपरहिट फिल्मों के कारवां ने इनको भारतीय सिनेमा की सर्वोच्च अभिनेत्री बनाया : राम लखन (1989), परिन्दा (1989), त्रिदेव (1989), किशन - कन्हैया (1990)

तथा प्रहार (1991)। वर्ष 1990 में इनकी फिल्म ' दिल ' आई जिसमे इन्होंने एक अमीर तथा बिगडैल लडकी का किरदार निभाया जो एक साधारण परिवार के लडके से इश्क करती है तथा उससे शादी के लिये अपनों से बगावत करती है। उनके इस किरदार के लिये उन्हे फिल्म फेयर सर्वश्रेश्ठ अभिनेत्री का पुरस्कार मिला।

ऐश्वर्या रायः ऐश्वर्या राय की मातृ-भाषा तुलु है, इसके अलावा उन्हें कन्नड़, हिन्दी,मराठी,अंग्रेजी और तमिल भाषाओं का भी ज्ञान है। ऐश्वर्या राय की प्रारंभिक शिक्षा (कक्षा7 तक) हैदराबाद, आंध्र प्रदेश में हुई। बाद में उनका परिवार मुंबई आकर बस गया। मुंबई में उन्होने शांता-क्रूज स्थित आर्य विद्या मंदिर और बाद में डी जी रुपारेल कालेज कॉलेज, माटूंगा में पढाई की। पढाई के साथ-साथ उन्हें मॉडलिंग के भी प्रस्ताव आते रहे और उन्होने में मॉडलिंग भी की। उनको मॉडलिंग का पहला प्रस्ताव उन्हेंकैमलिन कंपनी की ओर से तब मिला जब वो नवीं कक्षा की छात्रा थीं। इसके बाद वो कोक, फूजी और पेप्सी के विज्ञापन में दिखीं। और 1994 में मिस वर्ल्ड बनने के बाद उनकी माँग काफी बढी .और उन्हें कई फिल्मों के प्रस्ताव मिले।

विद्या बालनः बालन, अपने केरियर की शुरुआत म्यूजिक विडियोस, सोअप ओपेरस और कॉमर्शियल विज्ञापन से की और उसने फ़िल्म के क्षेत्र में बंगाली फ़िल्म, भालो थेको (2003) से अपने केरियर की शुरुआत की, जिसके लिए फिल्मी आलोचकों ने उनकी भूरी - भूरि प्रशंसा की घ्बाद में उसने हिन्दी फिल्मों में अपना केरियर फ़िल्म परिणीता (2005) से शुरुआत की, जिसके लिए उन्हें सर्वश्रेष्ठ उभरती अभिनेत्री के लिए फिल्मफेयर पुरस्कार से नवाजा गया और उनकी पहली सफल व्यवसायिक फ़िल्म थी राजकुमार हिरानी की लगे रहो मुन्नाभाई (2006) इस प्रकार बालन ने अपने - आपको एक सफल अभिनेत्री के रूप में स्थापित किया।

प्रियंका चोपड़ा : वर्ष 2000 की विश्व सुंदरी प्रियंका वर्तमान समय की सशक्त अभिनेत्रियों में से एक हैं। इन्हें पहली बार फिल्म एतराज़ के लिए फ़िल्मफ़ेयर सर्वश्रेष्ठ खलनायक पुरस्कार मिला है।

चर्चित निर्देशक

भारतीय सिनेमा में कुछ निर्देशकों का स्थान बहुत सम्मान जनक है, जिन्हें दर्शकों ने जहां सिर-आँखों पर बिताया, वहीं पूरी दुनिया ने झुकाकर सलाम

किया। इनमें से प्रमुख हैं : यश चोपड़ा,सत्यजीत रे,बिमल राय,करण जौहर,श्याम बेनेगल,मणिरत्नम्,रमेश सिप्पी,गोविंद निहलानी आदि।

चर्चित गीतकार

हिन्दी संगीत ने बेहतरीन गीतकारों की एक परंपरा की शुरूआत कर संगीत प्रेमियों को यादगार तोहफा दिया। आलम आरा के साथ चला गीतों का कारवां कुछ उतार चढ़ाव के साथ चलता रहा और आज भी जारी है। इन गीतकारों की श्रेणी में कई ऐसे फनकारों के नाम लिये जा सकते हैं जिनके गीत लोगों के जुबान पर चढ़कर बोले। गीतकार कमर जलालादावादी, भरत व्यास, हसन कमाल, एस एच बिहारी, असद भोपाली, पंडित नरेन्द्र शर्मा, गौहर कानपुरी, पुरूषोत्तम, शेवाज रिजवी, अभिलाष, रमेश शास्त्री, बशर नवाज, खुमान बाराबंकी आदि प्रमुख हैं। इसके अलावा हिन्दी फिल्मों के चर्चित गीतकारों में कैफ़ी आज़मी, शकील बदायूँनी,कैफ भोपाली,मजरुह सुल्तानपुरी, गुलज़ार,जावेद अख्तर आदि प्रमुख हैं।

चर्चित गायक

भारतीय सिनेमा के मशहूर पार्श्वगायकों की बात करें, तो सबसे पहला नाम कुन्दन लाल सहगल का आता है, जो लंबे समय तक भारतीय सिनेमा के धूमकेतू बने रहे। बाद के दिनों में मुकेश,मोहम्मद रफी, मन्ना डे और किशोर कुमार अत्यंत चर्चित पार्श्व गायकों में से एक रहे। पार्श्व गायिकाओं में शमशाद बेगम,सुरैया,लता मंगेशकर और आशा भोंसले काफी चर्चित रहीं। भारतीय सिनेमा को अपनी गायकी से प्राणवायु देने वाले पार्श्व गायकों और गायिकाओं में कुछ और नाम अत्यंत महत्वपूर्ण है, यथा-उदित नारायण,नितिन मुकेश,कुमार सानु,शान,अमित कुमार,शब्बीर कुमार,सुदेश भोंसले,हेम लता,कविता कृष्णमूर्ति,अलका याज्ञनिक,सुनिधि चौहान,सपना मुखर्जी,श्रेया घोषाल, अनुराधा पौडवाल आदि।

प्रारम्भिक सिनेमा की प्रमुख फिल्म कम्पनियां

भारतीय सिनेमा के आरंभिक काल में चंदूलाल शाह, जे बी एच वाडिया, आर्देशिर ईरानी, जे एफ मदन आदि वे लोग थे जिनकी मेहनत, लगा, सूझ-बूझ और वित्तीय क्षमता की शक्ति ने भारतीय सिनेमा को एक अलग पहचान दी। इन व्यवसायियों के अलावा ऐसे भी महत्वपूर्ण व्यक्ति हैं जिन्होंने अपनी क्षमता के अनुसार भारतीय सिनेमा के विकास में सक्रिय और सृजनात्मक सहयोग दिया। बंगाल के हिमांशु राय, बी एन सरकार, पी सी बरुआ, नितिन बॉस, और देवकी बॉस, महाराष्ट्र के बाबूराव पेंटर, पेंढारकर, वी शांताराम, आदि ऐसे ही महत्वपूर्ण व्यक्ति हैं। इनके अमूल्य योगदान को भारतीय सिनेमा कभी नहीं भूल पाएगा।

सन् 1918 से 1920 के बीच भारतीय सिनेमा एक उद्योग के रूप में विकसित होने लगा और वह धीरे-धीरे यह व्यापार एक संगठित कारोबार का शक्तिशाली क्षेत्र बन गया। फ़िल्म निर्माण का लक्ष्य बड़े पैमाने पर निवेश कर इससे भारी लाभ अर्जित करना बन गया। इसी दौर में फ़िल्म कंपनियों के साथ फ़िल्म निर्माण के लिए स्टूडियो का जन्म हुआ। स्टूडियो के ढाँचे में फ़िल्में निर्मित होने लगीं तो फ़िल्मों की संख्या में वृद्धि हुई। सन् 1918 में सिर्फ़ सात-आठ फ़िल्में ही बनीं थीं वहीं 1920 में यह संख्या बढ़कर 18, 1921 में 40 और 1925 तक 80 फ़िल्मों तक पहुँच गई। भारतीय राष्ट्रीय फ़िल्म अभिलेखागार के सूत्रों के अनुसार 1918 से लेकर सवाक् फ़िल्मों के निर्माण के शुरू होने तक कुल छोटी-बड़ी फ़िल्मों को मिलाकर 1268 मूक फ़िल्मों का निर्माण भारत में हुआ था। आज इस अभिलेखागार में उस समय की केवल दस या बारह मूक फ़िल्में ही सुरक्षित रह गई हैं।

कोहिनूर फिल्म कंपनी

सन् 1918 में भारत की सबसे बड़ी और प्रभावशाली मूक फ़िल्मों के निर्माण के लिए डी एन संपत और माणिकलाल पटेल ने एक साथ मिलकर एक कंपनी की स्थापना की जिसे 'कोहिनूर फ़िल्म कंपनी' के नाम से जाना गया। इस कंपनी ने अपने स्टूडियो को फ़िल्म निर्माण से संबंधित लगभग सारी सुविधाओं से सुसज्जित किया था क्योंकि इनका मुख्य उद्देश्य था, हॉलीवुड की

तरह, भारत में भी फ़िल्मों के निर्माण के लिए निर्माताओं को एक छत के नीचे लगभग सारी सुविधाएँ उपलब्ध कराना। इस कंपनी के डी एन संपत उन दिनों गाँधी आंदोलन के प्रति काफ़ी आकर्षित हो चुके थे इसलिए गाँधीजी के आदर्शों का उन पर गहरा प्रभाव पड़ा। सन् 1919 में उन्होंने गाँधीजी के आंदोलन और विचारों पर आधारित एक वृत्तचित्र का निर्माण किया था जो इस कंपनी की पहली फ़िल्म थी। सन् 1921 में इस कंपनी के लिए डी एन संपत ने एक कथा फ़िल्म का निर्माण किया, जिसका नाम था 'भक्त विदुर', इसके बाद क्रमशः 'गुलेबकावली', 'काला नाग' कथा फ़िल्मों का निर्माण किया गया जो उस दौर में लोकप्रिय हुईं। इन फ़िल्मों की लोकप्रियता से इस कंपनी और स्टुडियो की ख्याति बढ़ गई। इसकी मासिक आमदनी पचास हज़ार रुपए तक पहुँच गई। यह कंपनी फ़िल्म निर्माण की सुविधाओं के अतिरिक्त नए कलाकारों को फ़िल्मों में काम करने का अवसर भी दिया करती थी। उस दौर के मशहूर फ़िल्म निर्माता होमी मास्टर, भावनानी, चंदूलाल, आर एस चौधरी, नंदलाल जसवंतलाल, आदि ने कई सफल मूक फ़िल्मों का निर्माण इसी स्टुडियो में किया था। उस दौर के कुछ प्रमुख कलाकार थे मोती, जमुना, तारा, खलील, जुबेदा आदि कई मशहूर और सफल कलाकारों इसी कंपनी ने पहचान दिलाई थी। उस समय की अति सुंदर अभिनेत्री 'सुलोचना' सन् 1925 में निर्मित फ़िल्म 'वीर बाला' से ही सुर्खियों में आयी। यह मशहूर फ़िल्म कंपनी सन् 1932 में बंद हो गई।

कृष्णा फिल्म कंपनी

मुंबई के 'कृष्णा फ़िल्म लेबॉरेटरी' को सन् 1924 में बदलकर माणिकलाल पटेल ने 'कृष्णा फ़िल्म कंपनी' की स्थापना की। माणिकलाल पटेल एक साहित्यकार थे और कृष्ण कुमार के नाम से फ़िल्में लिखा करते थे। ये फ़िल्म निर्माता भी थे और इन्होंने छोटी-बड़ी कई फ़िल्मों का निर्माण भी किया था। इस फ़िल्म कंपनी के लिए उस समय के कई मशहूर फ़िल्म निर्माताओं फ़िल्मों का निर्माण किया जिनमें हरश्राय मेहता, कांजीभाई राठोर, मोहनलाल शाह, प्रफुल्ल घोष और ए पीआईआई कपूर के नाम मुख्य थे।

इस कंपनी के लिए सन् 1927 में प्रफुल्ल घोष की चार भागों में बनाई गई धारावाहिक फ़िल्म 'हातिमताई' और जंजीर झंकारें' ऐसी फ़िल्में थीं जिससे यह कंपनी काफ़ी प्रसिद्ध हुई। सन् 1931 में सवाक् फ़िल्मों के आते ही इस कंपनी ने भी पाँच सवाक् फ़िल्में बनाईं। 'कृष्णाटोन' नाम से इस कंपनी ने एक

साउंड स्टुडियो भी विकसित कर लिया। इस कंपनी ने फ़िल्म निर्माण के लिए उस समय के कई बड़े गुजराती साहित्यकारों को फ़िल्में लिखने के लिए प्रेरित किया। इनमें कुछ नाम हैं - कन्हैयालाल माणिकलाल मुंशी, नारायण वस्सानजी ठक्कर, गोपालजी और रमणलाल देसाई। 44 सफल फ़िल्मों के निर्माण के बाद यह कंपनी बंद हो गई।

इंपीरियल फिल्म कंपनी

फ़िल्म कंपनियों के इस दौर में सन् 1926 में युसुफ अली और दाऊद जी रंगवाला के साथ मिलकर आर्देशिर ईरानी द्वारा स्थापित, 'इंपीरियल फिल्म्स कंपनी' का विशेष महत्व है। इस कंपनी ने 'कोहिनूर फ़िल्म कंपनी' में काम कर रहे कई मशहूर कलाकारों को अपने यहाँ काम करने का अवसर दिया था। उनमें मुख्य हैं सुलोचना, जुबेदा और जिल्लू। इस कंपनी में कुछ समय के लिए युवा पृथ्वीराज कपूर ने भी काम किया था। यह दौर मुख्यतः धार्मिक फ़िल्मों का था, धार्मिक कथाओं पर आधारित फ़िल्में ही ज्यादा निर्मित होती थीं। कुछ ऐसी भी कंपनियाँ और फ़िल्म निर्माता उभर रहे थे जो सामाजिक फ़िल्मों के निर्माण की ओर ध्यान दे रहे थे। इस बदलते दौर में 'इंपीरियल फ़िल्म कंपनी' ने कुछ अलग और बेहतर कर दिखाने के ध्येय से ऐतिहासिक फ़िल्मों के निर्माण की दिशा में सोचना शुरू कर दिया।

ऐतिहासिक प्रेम कथा के रूप में अनारकाली और सलीम की प्रेमकथा मुग़ल कालीन इतिहास की पृष्ठभूमि में सदा से लोगों में लोकप्रिय रहा है। सन् 1928 में इस कंपनी ने इसी कथा पर आर एस चौधरी के निर्देशन में 'अनारकाली' फ़िल्म का निर्माण किया और इसी वर्ष इसी प्रेमकथा पर चारू रॉय द्वारा निर्देशित 'द लव ऑफ़ ए मुग़ल प्रिंस' का भी निर्माण किया। ये दोनों फ़िल्में ऐतिहासिक कथा पर आधारित होने के कारण काफ़ी महंगी भी थीं। इन दोनों में से 'अनारकाली' अधिक लोकप्रिय और सफल सिद्ध हुई और चारू रॉय को काफ़ी नुकसान उठाना पड़ा। इसी कथा पर बाद में दो और फ़िल्में काफ़ी अंतराल के बाद बनी थीं जिसमें सन् 1935 में बनी अनारकाली और फिर 1960 में बनी फ़िल्म थी के आसिफ की 'मुग़ले आज़म'। ऐतिहासिक फ़िल्मों के निर्माण में शुरू से ही इंपीरियल फ़िल्म कंपनी का महत्वपूर्ण योगदान रहा है। 1931 में बनी पहली सवाक् फ़िल्म 'आलमआरा' भी इसी ने बनाई थी। 'आलमआरा' कलकत्ता के मदन थियेटर द्वारा निर्मित प्रथम अवाक् फ़िल्म 'शीरीं

फरहाद' से पहले रिलीज़ हुई जिस कारण वह प्थम सवाक् फ़िल्म का इतिहास रचने में पिछड़ गई। 'आलमआरा' 14 मार्च 1931 को मुंबई के मेजेस्टिक थियेटर में रिलीज़ हुई थी। 'आलमारा' से आर्देशिर ईरानी भारत की पहली सवाक् फ़िल्म के निर्माता बन गए और मास्टर विट्ठल तथा जुबेदा बने भारत की पहली सवाक् फ़िल्म के नायक और नायिका। इस फ़िल्म में युवा पृथ्वीराज कपूर और दक्षिण (मद्रास) के मशहूर फ़िल्म लेबोरेटरी के मालिक एल वी प्रसाद ने भी अभिनय किया था।

'आलमारा' ने भारत की प्रथम सवाक् फ़िल्म के साथ-साथ गीत, नृत्य और संगीत के लिए भी भारत की पहली फ़िल्म होने का गौरव प्राप्त किया है। यह फ़िल्म फारसी थियेटर के लिए लिखी गई एक जादुई नाटक पर आधारित थी और इस फ़िल्म का मुख्य आकर्षण इसके सात गाने थे। 'इंपीरियल फिल्म्स कंपनी' ने 1931 में ही तमिल भाषा में भी एक फ़िल्म बनाई थी जिसका नाम था 'कालीदास' और इसके निर्देशक थे एच एम रेड्डी। इस फ़िल्म कंपनी ने अपनी ही कई मूक फ़िल्मों का सवाक् फ़िल्मों में पुनर्निमाण किया। ऐसी फ़िल्मों में 1928 में निर्मित मूक फ़िल्म 'अनारकाली' थी जिसे पुनः सवाक् फ़िल्म के रूप में इसी नाम से पुनः 1935 में बनाया गया। हिंदी के अतिरिक्त इस फ़िल्म कंपनी ने अन्य भारतीय भाषाओं में भी फ़िल्में बनाईं। गुजराती, मराठी, तमिल, तेलुगु, बर्मी, पश्तो, और उर्दू आदि में भी इस कंपनी ने कई फ़िल्में बनाईं। इसी कंपनी के अंतर्गत 'गिडवानी' ने 'किसान कन्या' सन् 1937 में बनी जो भारत की प्रथम स्वदेशी रंगीन फ़िल्म थी। सन् 1938 'इंपीरियल फ़िल्म कंपनी' बंद हो गई और सागर मूवीटोन द्वारा इसका अधिग्रहण कर लिया गया।

प्रभात फ़िल्म कंपनी

भारतीय सिनेमा को उद्देश्यमूलक कथावस्तुओं के साथ सामाजिक सरोकार को जोड़ने वाले अप्रतिम फ़िल्मकार वी शांताराम का नाम सदैव अमर रहेगा। मूक फ़िल्मों में अपना अभिनय सफ़र शुरू करके फ़िल्मों के निर्माण तक के सफ़र में जो अमिट छाप वी शांताराम ने भारतीय सिनेमा के इतिहास में दर्ज की है वह अभूतपूर्व है। इन्होंने अपनी हर फ़िल्म, समाज की रूढ़ियों को तोड़कर एक नए समाज के निर्माण के लिए बनाई। भारतीय समाज में व्याप्त कुरीतियों और अंधविश्वासों के अँधेरे को दूर कर एक नए प्रभात की आशा उन्होंने लोगों में जगाई। भारतीय सिनेमा में वे एक नए युग के आंदोलनकर्ता थे। सन् 1929

में कोल्हापुर के राजा के सहायोग से स्थापित 'महाराष्ट्र फ़िल्म कंपनी' के चार स्तम्भ वी शांताराम, विष्णुकांत दामले, बाबुराव पेंढारकर और फत्तेलाल ने इस कंपनी से अलग होकर 'प्रभात फ़िल्म कंपनी' नामक एक नई फ़िल्म कंपनी का आरंभ कोल्हापुर में किया। यह फ़िल्म कंपनी 1933 में कोल्हापुर से पुणे स्थानांतरित की गई। कुछ ही समय में यह कंपनी अन्य फ़िल्म निर्माण संस्थाओं से होड़ लेने लगी। पश्चिम भारत में यह एक प्रतिष्ठित फ़िल्म कंपनी से रूप में स्थिर हो गई। प्रभात फ़िल्म कंपनी के फ्लोर (मंच) अन्य स्टुडियो के मंचों से आकार में विशाल थे।

इस कंपनी के अपने तकनीकी संसाधन थे जैसे संपादन, ध्वनि संयोजन और फ़िल्म प्रोसेसिंग आदि की सुविधाएँ इस कंपनी में अतिरिक्त आकर्षण थे। ऐसी आधुनिक सुविधाओं के लिए उन दिनों सिर्फ़ कलकत्ता स्थित 'न्यू थियेटर' ही एकमात्र स्टुडियो था। प्रभात फ़िल्म कंपनी भी उन दिनों प्रचलित परंपरा के अनुसार मशहूर फ़िल्म निर्माताओं, कलाकारों और में तकनीशियनों को मासिक वेतन पर नियुक्त करती थी। इस कंपनी का कला विभाग फत्तेलाल की देखरेख में अपनी अलग पहचान रखता था। इस कंपनी की सबसे महत्वपूर्ण फ़िल्म 'अमृत मंथन' (1934) थी। धीरे-धीरे प्रभात फ़िल्म कंपनी ने निर्माण के साथ-साथ फ़िल्म वितरण और थियेटर निर्माण के क्षेत्र में भी प्रवेश किया। इसके अलावा रंगमंच के क्षेत्र में भी इस संस्था ने अपनी विशेष उपस्थिति दर्ज कराई। सुरुचिपूर्ण मराठी नाटकों के मंचन के लिए यह संस्था प्रसिद्ध हुई। प्रारम्भ में प्रभात फ़िल्म कंपनी में दामले और फत्तेलाल के नेतृत्व में धार्मिक फ़िल्मों का निर्माण अधिक हुआ। कालांतर में शांताराम के निर्देशन में और गजानन जागीरदार, विश्राम बेडेकर, नारायण काले और केशवराव उल्लेखनीय हैं। मराठी फ़िल्मों के सुप्रसिद्ध निर्माता अनंत माने और दत्ता धर्माधिकारी भी इसी कंपनी में सहायक के पदों पर काम कर चुके थे इस कंपनी ने अपनी फ़िल्मों के उत्तम स्तर और मार्मिक कथा वस्तु के कारण न सिर्फ़ देश में बल्कि विदेशों में आयोजित फ़िल्म समारोहों में प्रतिष्ठा पाई। 1934 में निर्मित 'अमृत मंथन' और 1936 में निर्मित 'अमृत ज्योति' फ़िल्मों का प्रदर्शन उस वर्ष के वेनिस फ़िल्म समारोहों में हुआ था।

इसी कंपनी की सन् 1937 में दामले और फत्तेलाल द्वारा निर्मित 'संत तुकाराम' भारत की ऐसी पहली फ़िल्म थी जिसे उस वर्ष वेनिस फ़िल्म समारोह

में पुरस्कृत किया गया। इस कंपनी की अन्य चर्चित और सफल फ़िल्मों में अयोध्या का राजा, जलती निशानी और माया मछिंदर (1932), सिंहगढ और सैरंध्री (1933), चंद्रसेना और धर्मात्मा (1935) और सन् 1940 मे निर्मित 'संत ज्ञानेश्वर ' उल्लेखनीय हैं।

प्रभात फ़िल्म कंपनी ने अधिकतर फ़िल्में मराठी और हिंदी दोनों मे एक साथ अलग-अलग शीर्षकों में भी बनाई है। इनमें से कुछ चर्चित फ़िल्में हैं, माजा मुलगा – मेरा लड़का (1938), मानूस – आदमी (1939, निर्देशक – वी शांताराम) इन्हीं फ़िल्मों में से एक अतिविशिष्ट फ़िल्म भी थी जो देश-विदेश में काफ़ी लोकप्रिय हुई थी और कई समारोहों में प्रदर्शित की गई थी। वह फ़िल्म थी 'सुनिया न माने' जो हिंदी में थी और यही फ़िल्म 'कंकु' नाम से मराठी भाषा मे एक साथ बनाई गई। यह फ़िल्म भारतीय रूढ़िवादी समाज में नारी की स्थिति और समाज सुधार पर एक सशक्त अभिव्यक्ति थी जिसे सभी ने सराहा। सन् 1942 में आपसी मतभेदों के कारण वी शांताराम ने 'प्रभात फ़िल्म कंपनी' को छोड़ दिया और मुंबई आ गए। यहाँ इन्होंने 'राजकमल कला मंदिर' के नाम से अपनी स्वयं की एक फ़िल्म निर्माण संस्था खोल ली।

राजकमल कला मंदिर

वी शांताराम के प्रभात फ़िल्म कंपनी से दूर हो जाने से इस कंपनी की फ़िल्म निर्माण की गति काफ़ी धीमी पड़ गई। फिर भी दामले और फत्तेलाल अन्य सहयोगियों के साथ मिलकर फ़िल्मों का निर्माण करते रहे। सन् 1944 में राजा नेने के निर्देशन में बनी मराठी फ़िल्म 'दहा बजे' हिंदी में 'दस बजे' जो एक प्रेमकथा पर आधारित थी, बहुत चर्चित हुई। सन् 1946 में पीआईआई एल संतोषी ने इस कंपनी के लिए 'हम एक हैं' नामक फ़िल्म बनाई जो 'देवानंद' की पहली फ़िल्म थी। सन् 1953 प्रभात फ़िल्म कंपनी अंततः बंद हो गई।

'राजकमल कला मंदिर' के अंतर्गत वी शांताराम ने अपनी कलात्मक प्रतिभा का पूर्ण परिचय दिया। शांताराम एक सुलझे निर्माता के साथ-साथ सशक्त निर्देशक और अभिनेता भी थी। उनकी फ़िल्में अपनी कलात्मक सौन्दर्य के लिए विशेष से पहचानी जाती थीं और पसंद की जातीं थीं। उनके फ़िल्मों का संगीत और कला पक्ष बहुत सशक्त होता था। प्राकृतिक दृश्यों का फिल्मांकन अद्भुत रंगों से भारी सुंदरता के साथ एक सम्मोहन पैदा करता था। उनकी फ़िल्में

सुधारवादी, संदेशात्मक और देशभक्ति प्रधान होती थीं। भारतीयता का भाव उसमें पूरी तरह से समाया हुआ होता था। भारतीय सांस्कृतिक वैभव से समृद्ध उनकी फ़िल्में देश–विदेश में सराही जाती थीं। उनकी फ़िल्मों में सबसे अधिक प्रतिष्ठित और चर्चित फ़िल्म 'डॉ कोटनिस की अमर कहानी' (1945) थी। इस फ़िल्म में मुख्य भूमिका वी शांताराम ने स्वयं निभाई थी। यह फ़िल्म द्वितीय विश्वयुद्ध के परिदृश्य में एक कर्तव्यपरायण भारतीय डॉक्टर की चीन की युद्ध भूमि में अपनी सेवा प्रदान कर वहीं बस जाने की मर्मस्पर्शी कथा पर आधारित है। भारतीय स्वाधीनता आंदोलन में भाग लेने वाले भारतीयों के लिए यह फ़िल्म बहुत ही प्रेरणादायक सिद्ध हुई। इस फ़िल्म को अमेरिका औरवेनिस (1947) में आयोजित अंतर्राष्ट्रीय फ़िल्म समारोह में प्रदर्शति किया गया। सन् 1946 में 'मास्टर विनायक' के निर्देशन में इस कंपनी के लिए 'जीवन यात्रा' नामक फ़िल्म बनी जिसमें गायिका 'लता मंगेशकर' ने एक ग्रामीण लड़की का अभिनय किया था। इस फ़िल्म का एक गीत 'आओ आज़ादी के गीत गाते चलें', उन दिनों बहुत प्रसिद्ध हुआ। सन् 1947 में बाबूराव पेंटर के साथ मिलकर शांताराम ने मराठी में 'लोक शाहीर राम जोशी' और हिंदी में 'मतवाला शायर राम जोशी' का निर्माण किया। इसके बाद शांताराम ने अपनी कलात्मकता सामाजिक समस्याओं और भारतीय शास्त्रीय संगीत और नृत्यकला पर आधारित कथा वस्तुओं पर फ़िल्म निर्माण शुरू कर दिया। ये सारी फ़िल्में एक से बढ़कर एक सफल और लोकप्रिय हुईं। इन फ़िल्मों के गीत आज भी सुनाई देते हैं। 'तूफान और दिया, दो आँखें बारह हाथ, झनक झनक पायल बाजे, स्त्री, नवरंग, जल बिन बिजली नृत्य बिन बिजली, गीत गाया पत्थरों ने, पिंजरा' आदि फ़िल्में शांताराम की चिरस्मरणीय फ़िल्में हैं।

रणजीत मूवीटोन

रणजीत मूवीटोन या रणजीत फ़िल्म कंपनी की स्थापना सन् 1929 में चंडूलाल शाह और उस समय की विख्यात नायिका 'गौहर' ने की थी। 'विट्ठलदास मास्टर' इस कंपनी के आर्थिक सहायक थे। इस फ़िल्म कंपनी ने 1929 से 1960 तक फ़िल्म जगत में अपनी विशेष पहचान बनाई। आरंभिक दौर के फ़िल्म सफल निर्देशकों में चंडूलाल शाह, जयंत देसाई, नंदलाल जसवंतलाल, ए आर कारदार, और केदार शर्मा इस कंपनी से जुड़े थे। इस फ़िल्म कंपनी ने निरुपमा रॉय, पृथ्वीराज कपूर, मोतीलाल और के एल सहगल

जैसे दिग्गज कलाकारों को अपनी अभिनय कला को प्रदर्शित करने का अवसर दिया। सन् 1931 में नंदलाल जसवंतलाल ने इस कंपनी के लिए 'प्रेम जोगन' नाम से चर्चित फ़िल्म बनाई थी। उसी वर्ष चंडूलाल शाह ने 'देवी-देवयानी' का निर्माण किया जिसमें 'गौहर' का अभिनय सराहा गया। 'गौहर' को नायिका के रूप में लेकर चंडूलाल शाह ने 'सती सावित्री' बनाई। जो महिला दर्शकों की पहली पसंद बन गई। पतिव्रता सावित्री जो यमराज से अपने मृत पति को वापस ले आती है, इस कहानी ने भारतीय स्त्रियों को आकर्षित किया। इसके अलावा 'बैरिस्टर्स वाईफ़, मिस 1933 और सितमगर फ़िल्में इस कंपनी की लोकप्रिय फ़िल्में थीं। सन् 1943 में ऐतिहासिक फ़िल्म 'तानसेन' बनाई गई जिसमें मुख्य भूमिका 'के एल सहगल' ने निभाई थी।

सागर फ़िल्म कंपनी

सन् 1930 में चिमानलाल देसाई और अंबालाल पटेल ने मुंबई में 'सागर फ़िल्म कंपनी' की स्थापना की। इस फ़िल्म कंपनी से भी कई मशहूर कलाकार जुड़े गए। महबूब खान, जिया सरहदी और रामचन्द्र ठाकुर के नाम मुख्य रूप से इसमें शामिल हैं। साहित्यकार के एम मुंशी भी इनमें से एक थे। इस कंपनी ने नहरू और सुभाषचंद्र बोस के जीवन पर कई वृत्त चित्रों का निर्माण किया था। के एक मुंशी की कहानी पर आधारित फ़िल्म 'डॉ. मधुरिका' बहुत चर्चित है। मधुरिका एक लेडी डॉक्टर जो अपने पेशे के प्रति समर्पित है और जो अपने जीवन में पारिवारिक दायित्वों से विमुख होकर समाज का आक्रोश सहते हुए अपने अस्तित्व की लड़ाई लड़ती है। यह कहानी स्त्रीवादी दृष्टि से बहुत चर्चित हुई। इसी कंपनी के लिए महबूब खान ने अपनी पहली फ़िल्म 'अल हिलाल' (1935) में बनाई जिसमें मुख्य भूमिका उस समय की प्रसिद्ध कथक नृत्यांगना सितारा देवी ने किया था। सागर फ़िल्म कंपनी ने 1935 में भारत की पहली स्टंट फ़िल्म को पर्दे पर उतारा। सन् 1935 में निर्मित 'सिल्वर किंग' सफल तो नहीं हुई लेकिन स्टंट फ़िल्मों का आरंभ अवश्य हुआ। 1936 में महबूब खान ने इसी कंपनी के लिए मशहूर स्टंट फ़िल्म 'डेक्कन क्वीन' बनी जो कि उनके फिल्मी जीवन की एक मात्र स्टंट फ़िल्म थी। महबूब खान को उनकी अगली फ़िल्म के लिए नायक 'सुरेन्द्र' इसी फ़िल्म में मिले। महबूब खान ने यहीं पर अपनी संगीतप्रधान फ़िल्म 'अनमोल घड़ी' का निर्माण किया जिसमें नूरजहाँ और सुरेन्द्र ने मुख्य भूमिकाएँ निभाई थीं के गीत बहुत लोकप्रिय हुए।

महबूब खान की एक और फ़िल्म 'जागीरदार' का निर्माण भी यहीं हुआ था। सन् 1939 में यह कंपनी मुसीबतों में घिर गई और इसे बंद करके 'नेशनल पिक्चर्स' के नाम से एक नए रूप में इसे शुरू किया गया। महबूब खान की क्लासिक फ़िल्म 'औरत' सागर फ़िल्म कंपनी की अंतिम फ़िल्म थी जो सन् 1939 में बनी इसे नेशनल पिक्चर्स ने सन् 1940 में रिलीज़ किया। महबूब खान की 'औरत' वही फ़िल्म है जिसे उन्होंने दुबारा सत्रह वर्षों बाद सन् 1957 में अपने बैनर तले 'मदर इंडिया' के नाम से बनाया जिसमें 'नरगिस' ने अपनी अभिनय कला से सारे विश्व का दिल जीत लिया। 'मदर इंडिया' को ऑस्कर एवार्ड के लिए भी नामांकित किया गया था।

न्यू थियेटर

भारतीय सिनेमा निर्माण के इतिहास में कलकत्ता की 'न्यू थियेटर' का अप्रतिम योगदान है। बी एन सरकार ने 10 फरवरी 1931 में कलकत्ता के टोलीगंज में 'न्यू थियेटर' के नाम से एक फ़िल्म निर्माण संस्था की स्थापना की। बी एन सरकार पेशे से इंजीनियर थे। इंग्लैंड से सिविल इंजीनियरिंग की पढ़ाई पूरीकर लौटने के बाद अपने कारोबार में जब उन्हें कोई भविष्य नहीं दिखाई दिया तो वे सिनेमा की ओर मुड़ गए।

सर्वप्रथम उन्होंने एक साऊण्ड स्टुडियो खोला, फिर उन्होंने इंपीरियल फ़िल्म कंपनी के आर्देशिर ईरानी से हॉलीवुड से आयातित मशीनों और अन्य आधुनिक उपकरणों को खरीदकर अपने न्यू थियेटर में लगाया। कई युवा फ़िल्म निर्माता न्यू थियेटर की ओर आकर्षित होने लगे। धीरे-धीरे उस समय के मशहूर फ़िल्म निर्माता और दिग्गज कैमरा मैन और निर्देशक नितिन बोस, चारु रॉय, प्रफुल्ल रॉय, जैसे लोग जुडने लगे। दुर्गादास बनर्जी, अमर मल्लिक, जीवन गांगुली, पी सी बरुआ, और धीरेन गांगुली आदि जैसे भी कलाकार भी अपनी रुचि न्यू थियेटर में दिखने लगे। इनमें पी सी बरुआ अभिनय के साथ निर्देशन भी करने लगे थे। उस समय के कला सम्राट कुन्दन लाल सहगल ने भी न्यू थियेटर के लिए कई फ़िल्मों में अभिनय किया और गीत गाये थे। 'न्यू थिएटर' एक ऐसा स्टुडियो था जिसने बंगला और हिंदी में एक साथ कई सफल और लोकप्रिय फ़िल्मों का निर्माण किया। बी एन सरकार ने हमेशा बंग्ला की फ़िल्मों के लिए बंगाल के कलाकार और हिंदी फ़िल्मों के लिए हिंदी भाषी मशहूर कलाकारों को लेकर एक साथ फ़िल्मों का निर्माण कर प्रतिष्ठा अर्जित की।

न्यू थियेटर की पहली फ़िल्म 'नातिर पूजा' बंगला भाषा में सन् 1932 में बनी थी। इस फ़िल्म की सबसे महत्वपूर्ण बात यह थी कि इसका निर्देशन रवीन्द्रनाथ टैगोर ने किया था। सन् 1933 में देवकी बोस ने बंगला में 'मरा बाई' और हिंदी में 'राजरानी मीरा' फ़िल्मों का निर्माण किया। अपने समय के दो महान गायक कुन्दन लाल सहगल और के सी डे को साथ लेकर देवकी बोस ने सन् 1933 में हिंदी में 'पुराण भक्त' नाम से फ़िल्म बनाई। के एल सहगल के लिए यह न्यू थियेटर के लिए दूसरी फ़िल्म थी। इससे पहले वे 'राजरानी मीरा' में अभिनय कर चुके थे। इस फ़िल्म में उनके साथ पृथ्वीराज कपूर ने भी अभिनय किया था। इसके बाद सन् 1933 में बनी 'यहूदी की लड़की' में भी एक एल सहगल ने अभिनय किया।

न्यू थियेटर की सफलतम पहली फ़िल्म सन् 1932 में बंगला में बनी 'चंडीदास' थी जिसका निर्देशन देवकी बोस ने किया था। इस फ़िल्म ने लोकप्रियता के सारे रिकॉर्ड तोड़ दिए थे। यह फ़िल्म कलकत्ता में बी एन सरकार के थियेटर 'चित्रा' में एक वर्ष से भी अधिक समय तक चली। इसके अतिरिक्त 'चंडीदास' वह पहली फ़िल्म थी जिसमें दृश्यों के प्रभाव को उभारने के लिए पार्श्व संगीत का उपयोग किया गया था। यह फ़िल्म सामाजिक रूढ़िवादी परम्पराओं पर सीधा प्रहार करती है जिसमें जात-पांत, छूत–अछूत, अनमेल विवाह जैसी कुरीतियाँ शामिल हैं। बंगला में 'चंडीदास' की अपार सफलता से उत्साहित होकर बी एन सरकार ने इसे हिंदी में इसी नाम से नितिन बोस के निर्देशन में पुनः निर्माण किया। हिंदी में भी यह फ़िल्म बहुत लोकप्रिय हुई। इसमें भी मुख्य भूमिका में के एल सहगल ही थे। चंडीदास के बाद न्यू थियेटर की दूसरी सबसे बड़ी लोकप्रिय फ़िल्म थी सन् 1935 में पी सी बरुआ के निर्देशन में हिंदी और बंग्ला में एक साथ बनी फ़िल्म 'देवदास'। महान उपन्यासकार शरतचंद्र के लोकप्रिय उपन्यास पर बनी इस फ़िल्म के बंगला संस्करण में देवदास की मुख्य भूमिका स्वयम पी सी बरुआ ने निभाई थी और हिंदी में बनी इस फ़िल्म में मुख्य भूमिका के एल सहगल ने निभाई थी। एक साथ दोनों फिल सुपरहिट हुईं। इस तरह सामाजिक फ़िल्मों के निर्माण में 'न्यू थियेटर' ने भारतीय सिनेमा में अपना एक विशिष्ट स्थान बना लिया। बी एन सरकार एक प्रतिष्ठित फ़िल्म निर्माता के रूप में भारत में लोकप्रिय हो गए।

इसके बाद नितिन बोस ने सन् 1937 में बंगला भाषा में 'दीदी' और

हिंदी में 'प्रेसिडेंट' नाम की फ़िल्में एक साथ एक ही कथ्य पर बनाईं। 'प्रेसिडेंट' में फिर पृथ्वीराज कपूर के साथ मुख्य भूमिका के एल सहगल ने निभाई थी। इस फ़िल्म के कई गीत आज भी सुनाई देते हैं जैसे सहगल का गाया यह गीत - 'एक बंगला बने न्यारा ....'। सन् 1938 में फणी मजुमदार की बंगला में 'साथी' और हिंदी में 'स्ट्रीट सिंगर' 1939 में बनी। बंगला में 'बड़ी दीदी', हिंदी में भी 'बड़ी दीदी', हेमचन्द्र चुंद की बंगला में 'पराजय' - हिंदी में 'जीवन की रात', देवकी बोस की बंगला में 'सुपरे' और हिंदी में 'सपेरा' फ़िल्में चर्चित और लोकप्रिय रहीं हैं। न्यू थियेटर फ़िल्म निर्माण के क्षेत्र में सफलता की नई ऊँचाइयों को छूता रहा। अचानक 1940 में न्यू थियेटर में भीषण आग लग गई। बी एन सरकार इस दुर्घटना से स्तब्ध रह गए। आग लगने के कारणों का पता नहीं चल सका। इस दुर्घटना से सरकार आहत हुए किन्तु उन्होंने हिम्मत नहीं हारी। स्टुडियो के बचे-खुचे संसाधनों को इकट्ठा करके 1941 में सुबोध मित्र की 'डॉक्टर' और नितिन बोस की बंगला में 'परिचय' और हिंदी में 'लगन' फ़िल्मों का निर्माण किया जो उनके दृढ़ आत्मविश्वास का परिचायक है। इसके बाद 1941 में किन्हीं कारणों से कंपनी के अति महत्वपूर्ण सदस्य, कैमरामैन और निर्देशक नितिन बोस ने कंपनी छोड़ दी। इनके साथ कुछ अन्य लोगों ने भी न्यू थियेटर का साथ छोड दिया। फिर भी बी एन सरकार फ़िल्में बनाते रहे।

1944 में बनी बंगला फ़िल्म 'उदयेर पाथे' और हिंदी में एक साथ बनी फ़िल्म 'हमराही' का निर्देशन बिमल रॉय ने किया था। बिमल रॉय की निर्देशक के रूप में यह पहली फ़िल्म है। इसी वर्ष हेमचन्द्र चुंद ने के एल सहगल को लेकर लोकप्रिय फ़िल्म 'मेरी बहन' बनाई। इस फ़िल्म की कथा द्वितीय विश्वयुद्ध में एक गाँव के स्कूल शिक्षक और ज़मींदार की बहन की प्रेम कथा पर आधारित है। इस फ़िल्म के गीतों में से 'दो नैना मतवाले तुम्हारे ....' और 'ऐ क़ातिबे तकदीर मुझे इतना बता दे .....' आज भी सुने जाते हैं। समय के साथ-साथ न्यू थियेटर भी पीछे छूटने लगा और अंततः यह मशहूर कंपनी सन् 1945 में बंद हो गई। बी एन सरकार को कई राष्ट्रीय पुरस्कारों से सम्मानित किया गया जिसमें 1972 का 'दादा साहब फाल्के' पुरस्कार प्रमुख है।

भारतीय सिनेमा और ऑस्कर

पहली बार भारत की ओर से सबसे पहले मेहबूब खान की फिल्म 'मदर इण्डिया' (1957) विदेशी भाषा की अंतिम पाँच फिल्मों में नामांकित हुई थी, किन्तु इसे ऑस्कर के अनुरूप नहीं समझा गया। दूसरी बार मीरा नायर की फिल्म 'सलाम बॉम्बे' ऑस्कर की दौड़ में शामिल हुई थी। स्ट्रीट चिल्ड्रन्स पर आधारित यह फिल्म किसी भी विदेशी फिल्म से कमजोर नहीं थी। इसके बावजूद जूरी ने इसे अवॉर्ड के योग्य नहीं समझा। तीसरी बार आमिर खान की 'लगान' को लेकर तो इतना जबरदस्त माहौल बना कि लगा कि हर हाल में इसे ऑस्कर मिलकर रहेगा, किन्तु यह भी सफल नहीं हुआ। भारतीय सिनेमा को गाँधी' में कास्ट्यूम डिजाइनिंग के लिए भानु अथैया को ऑस्कर मिला है। इसके अलावा 1992 में विश्व सिनेमा में अभूतपूर्व योगदान के लिए सत्यजीत रे को मानद ऑस्कर अवॉर्ड से अलंकृत किया गया था, किन्तु वर्ष-2009 भारतीय फिल्म उद्योग के लिए एक खुशखबरी लेकर आया, जब ब्रिटिश भारतीय फिल्म स्लम डॉग मिलेनियर में 'जय हो...' गीत के लिए गुलज़ार और संगीत के लिए ए आर रहमान को ऑस्कर पुरस्कार मिला। सुरों के बादशाह रहमान ने हिंदी के अलावा अन्य कई भाषाओं की फिल्मों में भी संगीत दिया है। टाइम्स पत्रिका ने उन्हें मोजार्ट ऑफ मद्रास की उपाधि दी। रहमान गोल्डन ग्लोब अवॉर्ड से सम्मानित होने वाले पहले भारतीय हैं। ए. आर. रहमान ऐसे पहले भारतीय हैं जिन्हें ब्रिटिश भारतीय फिल्म स्लम डॉग मिलेनियर में उनके संगीत के लिए तीन ऑस्कर नामांकन हासिल हुआ है। इसी फिल्म के गीत जय हो। .... के लिए सर्वश्रेष्ठ साउंडट्रैक कंपाइलेशन और सर्वश्रेष्ठ फिल्मी गीत की श्रेणी में दो ग्रैमी पुरस्कार मिले। गुलजार को वर्ष 2002 में साहित्य अकादमी पुरस्कार और वर्ष 2004 में भारत सरकार द्वारा दिया जाने वाला तीसरे सर्वोच्च नागरिक सम्मान पद्म भूषण से भी सम्मानित किया जा चुका है। वर्ष 2009 में डैनी बॉयल निर्देशित फिल्म स्लम डॉग मिलेनियर में उनके द्वारा लिखे गीत जय हो के लिये उन्हे सर्वश्रेष्ठ गीत का ऑस्कर पुरस्कार पुरस्कार मिल चुका है। इसी गीत के लिये उन्हे ग्रैमी पुरस्कार से भी सम्मानित किया जा चुका है।

भारतीय सिनेमा से जुड़े कुछ रोचक तथ्य

- 'दिलवाले दुल्हनिया ले जायेंगे' दुनिया की पहली ऐसी फिल्म थी जो सबसे ज्यादा समय तक सिनेमा घर में चली थी। जब फिल्म रिलीज़ हुई तो दर्शकों ने इसे इतना पसंद किया की फिल्म को 1000 सप्ताह तक सिनेमा घरों में दिखाया गया।
- मुगले आजम को तीन भाषओं हिंदी,तमिल और इंग्लिस में बनाया गया था, मगर इसका तमिल और इंग्लिस वर्जन नहीं चला था।
- लगान हिंदी सिनेमा की पहली ऐसी फिल्म थी जिसमे सबसे ज्यादा ब्रिटिश अभिनेताओं को फिल्म में जगह दी गयी थी।
- राज कपूर की सुपरहिट फिल्म 'मेरा नाम जोकर' में एक की बजाय दो इंटरवल थे।
- डिंपल खन्ना 16 साल की थी जब उन्हें फिल्म बॉबी (1973) के लिए राज कुमार के स्टूडियो में बुलाया गया था। इसी दौरान उनकी मुलाकात राजेश खन्ना से हुई, उसी साल दोंनो की शादी हो गयी थी।
- फिल्म जगत के इतिहास में 'कारगिल' विश्व की सबसे लम्बी फिल्म है जो की 4 घंटे और 25 मिनट की है।
- आलम आरा पहली भारतीय फिल्म थी जिसमे आवाज थी, इससे पहले सारी फिल्में बिना आवाज की होती थी।
- 100 करोड़ को पार करने वाली पहली फिल्म आमिर खान की गजिनी थी।
- फिल्म 'कहो ना प्यार है' को 92 अवार्ड मिले थे। इस फिल्म को सबसे ज्यादा केटेगरी में अवार्ड मिलने का गिनीज वर्ल्ड रिकॉर्ड में नाम है ।
- सलमान खान की पांच फिल्मों ने 100 करोड़ का आंकड़ा पार किया है। ये फिल्में है रेडी, दबंग, बॉडीगॉर्ड, एक था टाइगर और दबंग 2।
- 3 इडियट अकेली ऐसी फिल्म है जिसने अपने देश में 200 करोड़ का आकड़ा पार किया है।
- फिल्म दो आँखे बारह हाथ में लता मंगेशकर द्वारा गाया गया गाना 'ऐ

मालिक तेरे बन्दे हम' को पाकिस्तानं के स्कूल में स्कूल गान के रूप में गया जाने लगा था।

- अमिताभ बच्चन समय के इतने पाबन्द है की वे स्टूडियो में हमेशा समय पर पहुंच जाते है और कई बार तो चौकीदार से भी पहले।
- देविका रानी पहली अभिनेत्री थी जिनके पास फिल्म बनाने में स्नातक की डिग्री थी।
- 1970 के दशक में रिलीज़ हुई सबसे सफल फिल्म शोले को केवल एक ही पुरूस्कार मिला था।
- हिंदी सिनेमा में 1899 में सबसे पहले शार्ट फिल्म बनी थी ये फिल्म हॉलीवुड की पहली फिल्म से 11 साल पहले बनी थी।
- जब अनिल कपूर फिल्म इंडस्ट्री में संघर्ष कर रहे थे तब उनके पास घर नहीं था। उन्होंने राज कपूर से उनके गेराज में रहने के लिए जगह मांगी थी।
- देव आनन्द अपनी फिल्मों का नाम अखबार के शीर्षक में से देख कर रखते थे।
- खलनायक फिल्म के एक गाने 'चोली के पीछे' को 42 राजनैतिक पार्टियों ने विरोध किया था।

—— संदर्भ ग्रंथ सूची ——

🕮 कैमरा मेरी तीसरी आंख – राधू करमाकर (अनु. विनोद दास), राजकमल प्रकाशन, नई दिल्ली, प्रथम 2010 🕮 मानक विशाल हिंदी शब्दकोश (हिंदी-हिंदी) – (सं.) डॉ. शिवप्रसाद भारद्वाज शास्त्री, अशोक प्रकाशन, दिल्ली, परिवर्द्धित संस्करण, 2001 🕮 सिनेमा : कल, आज, कल – विनोद भारद्वाज, वाणी प्रकाशन, नई दिल्ली, 2006 🕮 सिनेमा की सोच – अजय ब्रह्मात्मज, वाणी प्रकाशन, नई दिल्ली, संस्करण 2006, आवृत्ति 2013 🕮 हिंदी साहित्य कोश भाग 1, पारिभाषिक शब्दावली – (प्र. सं.) धीरेंद्र वर्मा, ज्ञानमंड़ल लि. वाराणसी, तृतीय संस्करण, 1985 🕮 हिंदी सिनेमा दुनिया से अलग दुनिया – (सं) गीताश्री, शिल्पायन प्रकाशन, दिल्ली, 2014 🕮 कथा-पटकथा – मन्नू भंड़ारी, वाणी प्रकाशन, नई दिल्ली, प्रथम संस्करण 2004, द्वितीय संस्करण 2014 🕮 कथा पटकथा संवाद – हूबनाथ, अनभै प्रकाशन, मुंबई, 2011 🕮 पटकथा लेखन एक परिचय – मनोहर श्याम जोशी, राजकमल प्रकाशन, नई दिल्ली, प्रथम संस्करण 2000, आवृत्ति 2008 🕮 पटकथा कैसे लिखें – राजेंद्र पांड़े, वाणी प्रकाशन, नई दिल्ली, संस्करण 2006, आवृत्ति 2015 🕮 पटकथा लेखन फीचर फिल्म – उमेश राठौर, तक्षशीला प्रकाशन, नई दिल्ली, प्रथम संस्करण 2001, द्वितीय संस्करण 2005 🕮 पटकथा लेखन व्यावहारिक निर्देशिका – असगर वजाहत, राजकमल प्रकाशन, नई दिल्ली, छात्र संस्करण 2015 🕮 पटकथा सौंदर्य और सृजन – डॉ. चंद्रदेव यादव, डॉ. मनोज कुमार, अनंग प्रकाशन, नई दिल्ली, 2015 🕮 सिनेमा समकालीन सिनेमा - अजय ब्रह्मात्मज, वाणी प्रकाशन, नई दिल्ली, संस्करण 2006, आवृत्ति 2012 🕮 हिंदी साहित्य कोश भाग 1, पारिभाषिक शब्दावली – (प्र. सं.) धीरेंद्र वर्मा, ज्ञानमंड़ल लि. वाराणसी, तृतीय संस्करण, 1985

🕮 Indian Film. by Erik Barnouw and S Krishnaswamy. 🕮 National Identity in Indian Popular Film, 1947-1987. by Sumita S Chakravarty. 🕮 Fearless Nadia. by Dorothee Wenner. 🕮 Bollywood Cinema. by Vijay Mishra. 🕮 Encyclopaedia of Indian Cinema (Revised Second Edition) by Ashish Rajadhyaksha and Paul Willemen. 🕮 The future of film censorship - Robertson Geoffery, British journals of law and society vol.7,no.1 (summer1980) Published by willey 🕮 Films and free speech - Noorani A. G. Economics and political weekly vol.43,no.18 (may3-9, 2008) 🕮 Films censorship - Noorani A. G Economics and political weekly vol.18,no.23 (jun4 1983) 🕮 The film in india - Howard Jack The quarterly of film radio and television vol.6,no.3(spring.1952) University of California press 🕮 Censorship in india - Hilton R.H. Past and present, no.77(nov.1977) Oxford university press. 🕮 Issues and censorship in india - Benegal Shyam & Sen Geeti India international centre quarterly,vol.24,no.2/3 Crossing boundary (Mansoon1997)